·中国社会科学院民俗学研究书系·

朝戈金　主编

国家话语与民间文学的理论建构
（1949—1966）

The Theoretical Construction of National Discourse on Folklore
1949—1966

毛巧晖 ｜ 著

中国社会科学出版社

图书在版编目（CIP）数据

国家话语与民间文学的理论建构：1949—1966／毛巧晖著.—北京：中国社会科学出版社，2023.10

（中国社会科学院民俗学研究书系）

ISBN 978-7-5227-2129-3

Ⅰ.①国… Ⅱ.①毛… Ⅲ.①民间文学—文学研究—中国—1949—1966 Ⅳ.①I207.7

中国国家版本馆 CIP 数据核字（2023）第 112798 号

出 版 人	赵剑英
责任编辑	张　林
特约编辑	张冬梅
责任校对	王　龙
责任印制	戴　宽

出　　版	中国社会科学出版社
社　　址	北京鼓楼西大街甲 158 号
邮　　编	100720
网　　址	http://www.csspw.cn
发 行 部	010-84083685
门 市 部	010-84029450
经　　销	新华书店及其他书店
印　　刷	北京明恒达印务有限公司
装　　订	廊坊市广阳区广增装订厂
版　　次	2023 年 10 月第 1 版
印　　次	2023 年 10 月第 1 次印刷
开　　本	710×1000　1/16
印　　张	28.25
插　　页	2
字　　数	462 千字
定　　价	159.00 元

凡购买中国社会科学出版社图书，如有质量问题请与本社营销中心联系调换
电话：010-84083683
版权所有　侵权必究

"中国社会科学院民俗学研究书系"编委会

主　编　朝戈金

编　委　卓新平　刘魁立　金　泽　吕　微　施爱东
　　　　　巴莫曲布嫫　叶　涛　尹虎彬

总　　序

自英国学者威廉·汤姆斯（W. J. Thoms）于19世纪中叶首创"民俗"（folk-lore）一词以来，国际民俗学形成了逾160年的学术传统。作为现代学科意义上的中国民俗学肇始于五四新文化运动，近百年来的发展几起几落，其中数度元气大伤。从20世纪80年代开始，这一学科方得以逐步恢复。近年来，随着国际社会和中国政府对非物质文化遗产（其学理依据正是民俗和民俗学）保护工作的重视和倡导，民俗学研究及其学术共同体在民族文化振兴和国家文化发展战略中，都正在发挥着越来越重要的作用。

中国社会科学院曾经是中国民俗学开拓者顾颉刚、容肇祖等人长期工作的机构，近年来又出现了一批较为活跃和有影响力的学者，他们大都处于学术黄金年龄，成果迭出，质量颇高，只是受到既有学科分工和各研究所学术方向的制约，他们的研究成果没能形成规模效应。为了部分改变这种局面，经跨所民俗学者多次充分讨论，大家都迫切希望以"中国民俗学前沿研究"为主题，以系列出版物的方式，集中展示以我院学者为主的民俗学研究队伍的晚近学术成果。

这样一组著作，计划命名为"中国社会科学院民俗学研究书系"。

从内容方面来说，这套书意在优先支持我院民俗学者就民俗学发展的重要问题进行深入讨论的成果，也特别鼓励田野研究报告、译著、论文集及珍贵资料辑刊等。经过大致摸底，我们计划近期先推出下面几类著作：优秀的专著和田野研究成果，具有前瞻性、创新性、代表性的民俗学译著，以及通过以书代刊的形式，每年择选优秀的论文结集出版。

那么，为什么要专门整合这样一套书呢？首先，从学科建设和发展的角度考虑，我们觉得，民俗学研究力量一直相对分散，未能充分形成集约效应，未能与平行学科保持有效而良好的互动，学界优秀的研究成果，也较少被本学科之外的学术领域关注，进而引用和借鉴。其次，我国民俗学至今还没有一种学刊是国家级的或准国家级的核心刊物。全国社会科学刊物几乎没有固定开设民俗学专栏或专题。与其他人文和社会科学的国家级学刊繁荣的情形相比较，学科刊物的缺失，极大地制约了民俗学研究成果的发表，限定了民俗学成果的宣传、推广和影响力的发挥，严重阻碍了民俗学科学术梯队的顺利建设。再次，如何与国际民俗学研究领域接轨，进而实现学术的本土化和研究范式的更新和转换，也是目前困扰学界的一大难题。因此，通过项目的组织运作，将欧美百年来民俗学研究学术史、经典著述、理论和方法乃至教学理念和典型教案引入我国，乃是引领国内相关学科发展方向的前瞻之举，必将产生深远影响。最后，近年来，随着国内外非物质文化遗产保护工作的大力推进，也频频推动着国家文化政策的制定和实施中的适时调整，这就需要民俗学提供相应的学理依据和实践检验成果，并随时就我国民俗文化资源应用方面的诸多弊端，给出批评和建议。

从工作思路的角度考虑，"中国社会科学院民俗学研究书系"着眼于国际、国内民俗学界的最新理论成果的整合、介绍、分析、评议和田野检验，集中推精品、推优品，有效地集合学术梯队，突破研究所和学科间的藩篱，强化学科发展的主导意识。

为期三年的第一期目标实现后，我们正着手实施第二期规划，以利于我院的民俗学研究实力和学科影响保持良好的增长势头，确保我院的民俗学传统在代际学者之间不断传承和发扬光大。本套书系的撰稿人，主要来自民族文学研究所、文学研究所、世界宗教研究所和民族学与人类学研究所的民俗学者。

在此，我代表该书系的编辑委员会，感谢中国社会科学院文史哲学部和院科研局对此项目的支持，感谢"国家社会科学基金"以及"中国社会科学院哲学社会科学创新工程"的鼎力支持。

朝戈金

目　录

导论 ·· (1)
 一　研究意义与价值 ·· (1)
 二　重要概念的界定与阐释 ·· (2)
 三　国内外研究现状述评 ··· (13)
 四　研究思路与研究框架 ··· (24)

第一章　1949—1966 年民间文学概述 ································· (27)
 第一节　政治文化规约与民间文学 ···································· (27)
 第二节　民间文学批评体系的构拟与消解 ························· (43)
 第三节　新中国成立初期少数民族民间文学的发展 ············ (52)

第二章　新中国形象塑造与民间文学学科重构 ···················· (60)
 第一节　"民族形式"论争与新中国民间文学话语的源起 ···· (60)
 第二节　1949—1966 年民间文学的理论自觉 ···················· (67)

第三章　机构与刊物：民间文学重构的导引与规范 ············· (77)
 第一节　民研会：新中国成立初期民间文艺重构的组织与导引 ····· (77)
 第二节　《民间文学》与民间文学的重构 ························· (95)

第四章　民间文学重构的多文类呈现 ································ (109)
 第一节　新中国成立初期（1949—1966）童话的
     多向度重构 ·· (109)
 第二节　跨界域：1958 年新民歌运动的"大众化"之路 ········ (119)

第三节　创编与重塑：20世纪60年代刘三姐（妹）
　　　　　传说之考察 …………………………………………（134）
　　第四节　民族国家与文化遗产的共构——1949—1966年
　　　　　中国少数民族神话研究 ……………………………（146）

第五章　政治与文艺之间：学人考察与学术反思 ……………（159）
　　第一节　周扬的民间文学思想 ……………………………（159）
　　第二节　延安民间文艺思想的延续——何其芳的民间
　　　　　文学研究 ……………………………………………（167）
　　第三节　钟敬文的民间文艺"新"论 ………………………（178）
　　第四节　学术组织和学术创新——贾芝与
　　　　　民间文学 ……………………………………………（186）

结　语 …………………………………………………………（195）

附　录 …………………………………………………………（206）
　　附录1　1949年至1966年民间文学学术年表 ……………（206）
　　附录2　《民间文学》（1955—1966）目录索引 ……………（230）
　　附录3　钟敬文1949年至1966年的主要论著 ……………（343）
　　附录4　1958年新民歌运动歌谣集存目 …………………（344）
　　附录5　学人访谈与访谈资料整理 ………………………（350）

参考文献 ………………………………………………………（417）

多重学缘与视野开拓——民俗学学习历程的思考（代后记）……（434）

导　　论

一　研究意义与价值

本书通过对1949—1966年民间文学基本问题、基本话语的梳理，探寻与呈现具体历史情境中国家话语对多文类民间文学的重构，其中重点梳理、反思了这一时期民间文学理论在对政治与文艺的依附中自主发展之特性。

民间文学这一概念不是中国固有的，但中国对于民间文学的重视则有着悠久的历史传统。先秦时期，正统的上层文化体系还未形成，无所谓民间文化、上层文化，它们之间彼此交融，所以孔子提出了"礼失求诸野"；删定《诗》三百篇，将风、雅、颂置于同一层面；并且穿朝服观看傩戏。到汉代，整个社会"独尊儒术"，上层文化形成体系，民间文化处于社会的边缘。20世纪的头十年，从西方引入现代科学意义的民间文学研究，到目前已有百余年历史。在民间文学学术发展历程中，1949—1966年极为特殊。这一时期民间文学的学术研究呈现出蓬勃发展的繁荣景象，在中国民间文学学术史上形成了又一高峰。但由于这一时期学术研究受政治文化的规约，长期以来学者较少关注在政治文化语境中，民间文学围绕国家话语而建构的理论体系，而这一理论格局影响着当下民间文学的理论进路与实践发展。

基于此，本书重点关注民间文学话语的多民族特性、民间文学介于文学与政治之间依靠自身的张力所建构的独特的理论体系、1949—1966年民间文学理论的重新思考等。笔者希冀通过全面呈现1949—1966年民间文学研究的整体性与理论脉络，为整个新中国民间文学理论的发展提供一个参照，同时也可为作家文学、少数民族文学提供有价值的镜鉴；对这一时期民间文学理论特性的考量，除了对民间文学自身的理论反思有一定的价值，同时也可以为当前非物质文化遗产保护中民间文学理论的重新建构提供切实的参考意义。

二 重要概念的界定与阐释

1. 民间

民间对于"民间文学""民俗学"都是重要的关键词，同时也是现代中国的"关键范畴"[①]。2003年11月22日，在中国民俗学学会成立20周年纪念会上，展开了关于"民间""民"的讨论，此次会议对这一话题的讨论主要围绕高丙中《民间、人民、公民：民俗学与现代中国的关键范畴》展开，参与讨论者有周星、郭于华、刘魁立、乌丙安、赵玉燕、李霞、孙正国、施爱东以及笔者本人。参与讨论者从革命话语、现代民族国家形成、国家观念、俗之承载、民间的意义以及市民生活、"公与私""官方与民间"以及文学的审美形态等不同视野对此发表了各自的见解[②]，之后这一话题在学界继续发酵。2013年，户晓辉《从民到公民：中国民俗学研究"对象"的结构转换》沿着高丙中思路进一步探索，他阐述了"从民到公民的结构转换，将给中国民俗学带来全新的观念变化和研究格局，也为民俗学者参与并推动中国社会的公民化进程提供良好的契机"[③]。笔者在此对这一概念的阐述主要着重于其内涵的流变过程，并以此作为本课题所论述范畴的逻辑基础。就民间的流变而言，从19世纪末20世纪初至20世纪60年代，这一概念流变背后的思想变迁主要为：

（1）以西方文化秩序为基础的"中/西""文化/野蛮"观

15世纪地理大发现改变了世界格局，推动并促成了首次的世界一体化。以此为起点，"从16世纪到20世纪，欧洲国家始终主张，基督教民族不仅创造了一套适用于整个地球的秩序，而且还代表此秩序。'欧洲'这个概念意味着正常态，它替地球上所有不是欧洲的地方树立起一套标

[①] 高丙中等：《民间、人民、公民：民俗学与现代中国的关键范畴》，《西北民族研究》2015年第2期，第147页。

[②] 参见高丙中等《民间、人民、公民：民俗学与现代中国的关键范畴》，《西北民族研究》2015年第2期，第149—153页。

[③] 户晓辉：《从民到公民：中国民俗学研究"对象"的结构转换》，《民俗研究》2013年第3期，第5—17页。

准。文明除了指欧洲文明之外，则无他指。在这个含义上，欧洲俨然是世界的中心。"① 这段话出自卡尔·施密特《全球规制》一书②，呈现了四五个世纪以来，全球秩序建构及文明体系标准。地理大发现之后的启蒙运动更是进一步推动这一秩序，"启蒙主义以后，古希腊的文野之分经过历次的改头换面，替欧美人塑造了一套新的文明观和普世性话语。"③ 在全世界范围内，文明就意味着欧洲文化，世界其他区域被归入"野蛮人"（savage）、"蒙昧或未开化"（barbarian）人群、"半开化"（half-civilized）人群，这一文明秩序或文明等级随着欧洲的扩张在全球范围推广。中国也被卷入这一新的世界秩序。

西方的坚船利炮打开了清朝的大门，也打破了中国疆域的完整。在西方侵入之地以及中西交往中，西方的科技文明渐趋进入中国，在新的文明体系面前，传统中国的"夷夏"之分以及中国与藩属国之间的"朝贡体系"全线崩溃。尤其是到了19世纪，进化论的历史观渐趋成熟，并逐步经典化。进化论的印记在地理教科书、人类学著作、文学和历史学中普遍存在，而且地理学、人类学、文学等领域的推进远远比西方军事侵略更为深入与改变人心。④

从19世纪末开始，第一批睁眼看世界的国人（主要是文化精英），他们提倡"师夷长技以制夷"，在强大的敌人与自己节节溃败面前，强兵卫国、改进文化、种族改良成为当务之急，从洋务派到改良派都积极为此努力，他们的努力目标就是西方所建构的"文明"秩序与文化标准。"文明的话语与实践生成了人种志或民族学的知识形式，而人种学或民族学反过来

---

① 刘禾：《国际法的思想谱系：从文野之分到全球统治》，载刘禾主编《世界秩序与文明等级：全球史研究的新路径》，生活·读书·新知三联书店2016年版，第45页。
② 因此文转引自刘禾《国际法的思想谱系：从文野之分到全球统治》，故参考文献标注了所引论文集。
③ 刘禾：《国际法的思想谱系：从文野之分到全球统治》，载刘禾主编《世界秩序与文明等级：全球史研究的新路径》，生活·读书·新知三联书店2016年版，第47页。
④ 相关论述可参见葛兆光《"天下""中国"与"四夷"——作为思想史文献的古代中国的世界地图》，载王元化主编《学术集林》第16卷，上海远东出版社1999年版，第50页；郝时远：《中文"民族"一词源流考辨》，《民族研究》2004年第6期，第65页；刘大先：《中国人类学话语与"他者"的历史演变》，载刘禾主编《世界秩序与文明等级：全球史研究的新路径》，生活·读书·新知三联书店2016年版，第482页。

承担起了所谓'西方的文明使命'。"① 人种学被迅速引入中国。章太炎《訄书·序种姓》对西方民族学中有关种族和民族的起源等知识作了简略的介绍和评论。他认为"化有早晚而部族殊",即人类种族同为历史变迁而发生差异,但文化的高低是区别不同种族的依据。"性有文犷而戎夏殊"则以种族的不同与文化的差别,来论证汉民族不应当受满族的统治。② 后者具有强烈的时代色彩,但是章太炎这一论述中有显著的欧洲种族论色彩,他把汉民族说成与欧美人种一样同属于文化发达的人种。刘师培《中国民族志》用"物竞天择"的进化论分析中国,"强调中华民族必须自强,宣传反清思想,为资产阶级民主革命制造舆论。"③ 刘师培《中国历史教科书》亦体现了进化论的观点。1903年,清政府学部所颁布的《奏定大学堂章程》中,将人种学列入国史及西洋史两门随意科课程中,这里的人种学,其实就是民族学。1904年,《新民丛报》刊载了蒋智由撰写的《中国人种考》。清末,京师华印书局出版了署"抱咫斋杂著"的《中国人种考原》,"该书作者认为中国人种可分为五种,即满洲、汉、蒙古、回、西藏,并对各民族进行了'探厥源泉,稽其本质'的族源的考证。"清光绪进士王树枬于光绪二十四年(1898年)写成《欧洲族类源流略》,概述了世界各国民族的源起与发展。④ 在该书的"绪论"中,他提出:五洲有黄、白、红、黑四种,"黄种与白种智,红种与黑种愚。愚种与智种角,则智种胜;智种与智种角,则尤智种胜。今日欧洲之人,天下所称为尤智者也"⑤。邓实也认为中西文化差异是由于"上地人种不同"⑥ 造成的。可见随着西方种族思想流入,中国知识界开始了解:世界分为白种人、黑种人、黄种人、红种人等。这就改变了从前中国以"华夷"和"夷夏"为标准的群体划分。但是这一体质划分,将原本地域空间的分布,转变为人类体质的进化,甚至被西方体质人类学研究者极端化,如布戎,他将人种纳入了从黑

---

① 梁展:《文明、理性与种族改良:一个大同世界的构想》,载刘禾主编《世界秩序与文明等级:全球史研究的新路径》,生活·读书·新知三联书店2016年版,第116页。
② 章炳麟:《訄书》,辽宁人民出版社1994年版,第63—94页。
③ 王建民:《中国民族学史·上卷(1903~1949)》,云南教育出版社1997年版,第82页。
④ 王建民:《中国民族学史·上卷(1903~1949)》,云南教育出版社1997年版,第82—85页。
⑤ 王树枬:《欧洲族类源流略》,中卫县署印1902年版,中国国家图书馆藏。
⑥ 邓实:《鸡鸣山风雨楼独立书》,《政议通报》卷七,1903年,第1页。

到白进化的时间序列,当然这一进化序列没有成为世界普遍性知识,但是人种划分却成为基础知识广泛延续并推广,"全然不顾古代族群的根本属性其实是政治单元而不是血缘集合。毫无疑问,对于种族思维的反思和批判,仍然是常识教育中的空白点。"① 当然在最初人种学引进中,亦不乏批评之声与意见相左之人,最典型的当推章太炎。他虽然较早对人种学做出了回应,但是,他反对西方文化秩序中的单线进化论与西方文明一元论,他认为"西方文化并不是四海皆同的共同范式,中国作为一个文化根底深厚、自成体系的国家,不应简单模仿"②。可见,他反对将中国复杂、多元的文化做简约化处理,当然由于其生存时代的历史情境,他对于进化论的阐释难免有局限,但这不能湮没他民族文化思想中的"理性之光"。

无论上述知识人思想之间有何差异,显而易见的是,随着西方人种学的引进,中国传统的"华夷"秩序观被改变。1843年,玛吉士③编纂了《地理备考》,在这一著作中,他引进了朗格卢瓦编辑的《现代地理学词典》,将人分为五色。朗格卢瓦原著中提道:黄种人主要分布于南亚,很显然,东亚被遗忘了,但是玛吉士将东亚补充进去,只是他并未将其写为黄种人,而是将东亚人与欧洲人一样,归入了白色人种。这一行为"旨在消除清朝官员长久以来对居住在澳门的葡萄牙人的鄙视心理"④,但是也说明了当初中国的"华夷"秩序依然影响着国人与澳门的葡萄牙人;进入20世纪后,传统的"华夷"秩序不仅被打破,而且在自我论述中渐趋认可了"半开化"人种,其转捩点就是日本跨入文明国家的行列。日本明治维新之后,按照欧美等国的文明标准,渐趋被纳入欧美等国发起的国际组织,因此中国的知识精英,如梁启超、谭嗣同等亦开始视文明等级为"进化之公理",梁启超在《文野三界之别》中写道:"泰西学者,分世界人类为三级:一曰蛮野之人,二曰半开化之人,三曰文明之人。其在

---

① 刘大先:《中国人类学话语与"他者"的历史演变》,载刘禾主编《世界秩序与文明等级:全球史研究的新路径》,生活·读书·新知三联书店2016年版,第482页。
② 王建民:《中国民族学史·上卷(1903~1949)》,云南教育出版社1997年版,第83页。
③ 玛吉士,葡萄牙人,19世纪早期因殖民贸易活动到澳门,曾经做过澳门葡萄牙人自治机构——澳葡议事会的议员。
④ 梁展:《文明、理性与种族改良:一个大同世界的构想》,载刘禾主编《世界秩序与文明等级:全球史研究的新路径》,生活·读书·新知三联书店2016年版,第139页。

《春秋》之义,则谓之据乱世,升平世,太平世。皆有阶级,顺序而升,此进化之公理,而世界人民所公认也。"① 可见,中国文明已经被纳入新的秩序,随着纳入此秩序,中国传统的夷夏之分亦发生变化。过去夷夏之间更多是空间、地域与亲疏之分,而不是时间与等级秩序,20 世纪初,华夷、华夏都被转换到"进化论"的轨道上,这也恰是进化论的核心之所在。正如英国哲学家亨利·斯基维克所指出的,它一转眼就"将社会理论转化成为道德论和政治理论"②。

(2) 革命意识形态语境中"民间"的重构

中国共产党从苏区开始就很重视对民间文学(包括民间艺术)的搜集和运用。红军到陕北后,当地丰富的民间文化资源成为解放区民间文学发展的外在生态条件。延安文艺座谈会召开以后,解放区确定了"文艺为工农兵服务"的方针,提倡文学创作要用人民喜闻乐见的形式,使民间文学得到迅速发展。同时按照《在延安文艺座谈会上的讲话》(以下简称《讲话》)精神,在民间文艺的利用中,将其与中国共产党的建设理论相结合,确定了社会主义革命纲领下民间文学的地位,并要求用政治性来重构民间文学。在这一重构中,知识分子起到了中介的作用。他们按照《讲话》的方针,通过搜集、改编、研究民间文学,寻找一种能为广大工农兵所普遍接受的通俗语言文学。正如《陕北民歌选·凡例》所言:"我们编辑这选集,不是单纯为了提供一些民俗学和民间文学的研究资料,而是希望它同时可以作为一种文艺性质的读物。我们选择的标准是要求在思想性和艺术性上或多或少有一些可取之处。"③ 另一方面,他们将自己当作共产主义先锋队,通过改编民间文学,向民众宣传中国共产党的路线、方针和政策,这样在解放区兴起了新秧歌运动和改造说书运动。在运动中,知识分子与民间艺人进行了合作,典型的例子有《兄妹开荒》《刘巧团圆》《白毛女》等。知识分子将中国共产党的方针政策通过民间艺人输入民间,知识分子成了民间文化的监管者、教化民众的领路人。这时,

---

① 梁启超:《文野三界之别》,载《饮冰室合集·专集之二》,中华书局1981年影印版,第8—9页。

② 刘禾:《国际法的思想谱系:从文野之分到全球统治》,载刘禾主编《世界秩序与文明等级:全球史研究的新路径》,生活·读书·新知三联书店2016年版,第82页。

③ 何其芳、张松如选辑:《陕北民歌选·凡例》,新文艺出版社1955年版,第1页。

"民间"是按照中国共产党从政治上划分的工农兵生活的空间以及从意识形态出发的工农兵文化系统。但是,民间文学有自身的发展规律,就以改造说书为例,知识分子对民间艺人的改造,面临着一些困难,如艺人的创作以及即兴表演是无法控制和预知的,所以在他们合作的作品中,艺人在很大程度上还是在表达自己原来的思想艺术观点。① 这就使得民间的文化体系中,有不为意识形态所控制的一面,即真正的民众知识和价值观念。这样在解放区,"民间"在地理空间上指的是工农兵生活空间,文化承载者是工农兵;就文化而言则有两个方面,一是经过意识形态过滤、重新整合在一起的工农兵文化,另一个就是真正的民间知识系统。

(3) 现代民族—国家意识形态下"民间"的演化

新中国成立以后,承继了延安时期重视民间文学的政策。② 新中国是人民当家作主,就要实现"民间"与官方一致,文学史家为此作了努力。1950年4月,上海北新书局率先出版了蒋祖怡的《中国人民文学史》一书,该书将"人民文学"的基本特质归纳为:口语的、集体创作的、勇于接受新东西、新鲜活泼而又粗俗浑朴。从其特质可知,蒋祖怡将人民文学等同于"民间文学"。但是很快这一观点受到批评和指责。1956年,北京大学1955级和复旦大学1955级集体编著的两部《中国文学史》问世,结合这两部文学史,就民间文学是不是"正宗"或"主流"的问题,古典文学界正式展开了一场具有针对性的讨论,讨论的结果是"民间文学"是无法涵盖整个中国文学的,也无法占据中国文学的"正统"地位。这就是说,民间文学不是"人民全体"的文学,只是以工农兵为主的劳动人民的口头文学,而劳动人民当时主要是指体力劳动者,所以这一时期的"民间"指的就是"劳动人民",特别是体力劳动者生活的空间,以及他们的文化知识系统。这一理念一直持续到20世纪80年代末。

本书所讨论的"1949—1966年民间文学"的主要内容与学术思想恰是以现代民族—国家意识形态下"民间"为支撑,但这一思想不是无源

---

① 董晓萍:《田野民俗志》,北京师范大学出版社2003年版,第163页。
② 1950年3月,中华全国文学艺术工作者第一次代表大会(简称第一次文代会)后成立的第一个协会就是中国民间文艺研究会(简称民研会)。民研会是一个独立的学术团体,从1954年起,加入中国文联,成为文联所属众多文艺家协会之一,民间文学事业被纳入政府文化工作范围。

之水、无本之木，它缘起于19世纪末。1949年新中国成立以后，在对西方秩序批驳的基础上，延续以及拓展了"民间"的文化空间。笔者恰是在此基础上探讨当时的社会情境如何作用于民间文学，以及民间文学如何应对当时的社会情境。

2. 民间文学

民间文学（folklore）的界定一直是学术界一个纷繁复杂的问题。1916年梅光迪给胡适的一封回信中提道："文学革命自当从'民间文学'（folklore，popular poetry，spoken language，etc）入手，此无待言；惟非经一番大战争不可，骤言俚俗文学，必为旧派文家所讪笑攻击。但我辈正欢迎其讪笑攻击耳。"① 在这里民间文学一词最早出现②。最早对民间文学进行阐释的是胡愈之，他认为"民间文学的意义，与英文的'Folklore'，德文的'Volkskunde'大略相同，是指流行于民族中间的文学；像那些神话，故事，传说，山歌，船歌，儿歌等等都是。民间文学的作品，有两个特质：第一，创作的人乃是民族全体，不是个人。普通的文学著作，都是从个人创作出来的，每一种著作，都有一个作家。民间文学可是不然；创作的决不是甲也不是乙，乃是民族全体……第二，民间文学是口述的文学（Oral Literature），不是书本的文学（Book Literature）。书本的文学是固定的，作品完成之后，便难变易。民间文学可是不然；因为故事、歌谣的流行，全仗口头的传述，所以是流动的，不是固定的。"③ 这一概念虽然提到民间文学与"folklore"同，但并没有将其混同于民俗学，与最初搜集歌谣不同，因为当时的目的是作为民俗学资料和文学的一种新形式。④ 胡愈之对"民间文学"的界定中基本上陈述了其内涵和基本特征。⑤ 20世

---

① 罗岗、陈春艳编：《梅光迪文录》，辽宁教育出版社2001年版，第162页。
② 当然文中并没有进行解释，只是将其等同于：folklore（民俗），popular poetry（流行诗），spoken language（口头语言）等。这三个词的意义不在一个层面上，可见他只是信手拈来，仅仅为了强调民间文学的语言特性对于文学革命的意义，再加上这个词出现在私人信件中，它的影响到底有多大难以估计。
③ 愈之（胡愈之）：《论民间文学》，《妇女杂志》1921年第1号，第32页。
④ 《发刊词》，《歌谣》周刊第1号，1992年12月17日。
⑤ 尽管没有得到当时学界同人的认同，但它是超越时代的，后来的民间文学概念基本上是在这一基础上的演化。随着民俗学运动的发展和深入，对民间作品在语言、文学方面的把握比重增大，遂有一种要求民间文学从民俗学中分离出来，走向独立的意向。

纪20—30年代，出版了一些民间文学概论性著作，这是一个学科兴起和独立的第一步。这一时期的概论性著作主要有徐蔚南《民间文学》、王显恩《中国民间文艺》、杨荫深《中国民间文学概说》等。徐蔚南认为："民间文学是民族全体所合作的，属于无产阶级的、从民间来的、口述的、经万人的修正而为最大多数人民所传诵爱护的文学。"① 徐蔚南的概念只是加上了阶级理念，将民间文学视为另一个阶级的文学。杨荫深则认为"像歌谣，谜语，时调，笑话，传记，神话……便是所谓'民间文学'。""这里的文学是口述的，耳听的，是一般民众——不论其为智识阶级或无智识阶级，他们都有演述口传的可能，这便是真正的民间文学。"② 杨荫深承袭了胡愈之的观点。

延安时期的民间文学基本上是《讲话》在学术上的发展与延伸。《讲话》中提出"萌芽状态的文艺（墙报、壁画、民歌、民间故事等）""自然形态的文学""较低级的群众的文学和群众艺术""群众的言语"和"初级文艺"，并且进一步论述了"文学专门家应该注意群众的墙报，注意军队和农村中的通讯文学。我们的戏剧专门家应该注意军队和农村中的小剧团。我们的音乐专门家应该注意群众的歌唱。我们的美术专门家应该注意群众的美术。一切这些同志都应该和在群众中做最低级的文学艺术普及工作的同志们发生密切的联系，一方面帮助他们，指导他们，一方面又向他们学习，从他们吸收由群众中来的养料，把自己充实起来，丰富起来，使自己的专门不致成为脱离群众、脱离实际、毫无内容、毫无生气的空中楼阁"③。从其所列内容可以看出所指的是民间文艺。延安时期的民间文艺充分发挥了它对于文学的意义，正如周扬所说："解放区文艺的一个重要特点之一，就是和自己民族的特别是民间的文艺传统保持了密切的血肉关系。"④

新中国成立以后，民间文学的界定出现了变化。其差别主要集中于两点：一是对"民间"概念的理解，一是对"文学"概念的理解。⑤ 1949年至1966年间，对民间文学的界定主要有：那些表现劳动人民的生活、

---

① 徐蔚南：《民间文学》，世界书局1927年版，第6页。
② 杨荫深：《中国民间文学概说》，华通书局1930年版，第1—2页。
③ 毛泽东：《在延安文艺座谈会上的讲话》，人民文学出版社1967年版，第63—64页。
④ 周扬：《周扬文集》第1卷，人民文学出版社1984年版，第519页。
⑤ 魏同贤：《民间文学界说》，《文史哲》1962年第6期，第76—77页。

感情和愿望的作品是民间文学;民间文学在阶级社会里才有了最确切的含义,它是劳动人民的创作①;杨荫深则认为"民间文学是指劳动人民所创造的文学"②。

20世纪80年代以后,对民间文学的概念众说纷纭,其主旨主要有:(1)它是流传于人民大众(或社会下层)中间的文学;(2)它是口头创作、口耳相传的艺术;(3)反映民众的思想观念和审美情趣;(4)与作家文学相对而言;(5)纳入民俗学领域,是一种生活文化。③

面对"民间文学成为一种科学的必然"④,需要对其进行独立研究,尽管"神话、故事或歌谣等,不论形式或内容,和文学作品中的叙事作品或诗歌,一经口语、文字的转换,便有颇为相近的东西"⑤,但是它们之间差异也是显而易见的。⑥

民间文学在新中国成立后,正式作为一个独立的研究领域。对它的研究承继了20世纪上半叶,尤其是40年代延安时期的学术倾向,"着重从文艺上来学习利用民间文艺,这种情况一直延续到新中国成立之后,成为中国民间文艺学的一个显著特征"⑦。尽管20世纪80年代之后,民间文学与民俗学之间的关系逐步密切,研究交合重叠,但是很多研究者还是注意和强调它们之间的区别。他们认为:民间文学侧重于文艺学方面的研究,属文学艺术范畴;而民俗学之研究民间文学则侧重其民俗性较强之风

---

① 魏同贤:《民间文学界说》,《文史哲》1962年第6期,第77页。
② 中国民间文艺研究会上海分会编:《中国民间文学论文选》(上),上海文艺出版社1980年版,第503页。
③ 参见毛巧晖《20世纪下半叶中国民间文艺学思想史论》(修订版),学苑出版社2018年版,第5页。
④ 钟敬文:《民间文艺学及其历史》,山东教育出版社1998年版,第4页。
⑤ 胡万川:《民间文学的理论与实际》,台湾清华大学出版社2004年版,第1—2页。
⑥ 正如钟敬文所提出的"我们当然不反对把民间文艺和文人文艺并作一个研究对象,而成立一种系统的科学——文艺学(一般文艺学)。但为了使关于它(民间文艺)的研究精密化、系统化,我们毫不客气地要为这种研究另创立一种独立的科学"。参见钟敬文《民间文艺学及其历史》,山东教育出版社1998年版,第7页。苏联文艺理论家莫·卡冈在《艺术形态学》中也专门论述过这一问题,他认为民间文学与作家文学有重大的差别,应作为文学的另一形态加以研究。参见[苏]莫·卡冈《艺术形态学》,凌继尧、金亚娜译,生活·读书·新知三联书店1986年版,第208—214页。
⑦ 刘守华、白庚胜主编:《中国民间文艺学年鉴:2001年卷》,华中师范大学出版社2003年版,第4页。

俗歌谣、节日传说、赛歌习俗、民间说唱和民间戏曲等有关方面。民间文学属于民俗学的一部分，是事物的一个方面，民间文学同时也是文艺学的一个部分，则是事物的另一个方面；前者必须服从民俗学的研究要求，后者则必须服从文学的研究要求。① 韦勒克认为："口头文学（按指——此处相当于民间文学）的研究是整个文学学科的组成部分，因为它不可能和书面作品的研究分割开来；不仅如此，它们之间，过去和现在都在继续不断地互相发生影响"，"对于每一个想了解文学发展过程及其文学类型和手法的起源和兴起的文学家来说，口头文学研究无疑是一个重要的领域。"② 从论述可知口头文学与书面文学一样分享着文学的本质，这样民间文艺学就是要发现和阐释民间文学的文学本质，现在一些学者开始借用folk literature 一词以强调其文学性。

在文学领域，民间文学与俗文学的边界一直难以理清。这不是本书讨论的重点，但为了进一步清晰本文的研究对象，在此进行简述。关于俗文学，郑振铎在《中国俗文学史》第一章第一节所下的定义是："'俗文学'就是通俗的文学，就是民间的文学，也就是大众的文学。换一句话，所谓俗文学就是不登大雅之堂，不为学士大夫所重视，而流行于民间，成为大众所嗜好，所喜悦的东西。"③ 杨荫深、吴晓铃也发表了类似的看法。1946 年出版的杨荫深所著《中国俗文学概论》中强调："俗文学就是通俗的文学""平民的文学""白话的文学"。④《华北日报·俗文学》周刊上发表的吴晓铃《俗文学者的供状》一文认为：俗文学"是通俗的文学，是语体的文学，是民间的文学，是大众的文学"⑤。新中国成立后，俗文学的名称基本消失，代之以民间文学。1976 年以后，学人又开始提倡俗文学，自新时期开始它有了长足的发展。学界对"俗文学""通俗文学""民间文学"之关系表述如下：

---

① 参见吴同瑞、王文宝、段宝林编《中国俗文学概论》，北京大学出版社 1997 年版，第 6—10 页；赵世瑜《眼光向下的革命——中国现代民俗学思想史论（1918～1937）》，北京师范大学出版社 1999 年版，第 16 页。
② ［美］勒内·韦勒克、［美］奥斯汀·沃伦：《文学理论》，刘象愚等译，江苏教育出版社 2005 年版，第 41 页。
③ 郑振铎：《中国俗文学史》上册，商务印书馆 1938 年版，第 1 页。
④ 杨荫深：《中国俗文学概论》，世界书局 1946 年版，第 1 页。
⑤ 吴晓铃：《俗文学者的供状》，《华北日报·俗文学》周刊 1948 年 6 月 4 日，第 6 版。

> 俗文学并不等于通俗文学，俗文学由其根植于广大民众，具有民族气派、民族风格，便于广大劳动人民接受、掌握和流传，它可以是通俗的，但通俗化的文学作品，只表明向俗行的努力，不一定就成为俗文学，这里划分的范围是有差异的。①
>
> 俗文学包括群众自己创作的民间文学和专业艺人、作家用传统民间形式所进行的文学创作。②

这种区分在俗文学领域达成了一定共识，但是这种以学科为基点的划分，在学术研究中并不像界定那样泾渭分明。钟敬文在编纂《民间文学概论》一书时，"前言"中就提到"'民间文学'（照我们的定义，它主要是广大劳动人民的文学）跟俗文学的'说唱'的关系，究竟应该怎样看待。这在学术界还是有争议的问题，我们参加编写的同志，意见也并不完全一致。"③ 这个问题一直延续到现在。曾永义认为："在中国语言命义的前提之下，所谓'民间文学'、'俗文学'、'通俗文学'，事实上是'三位一体'，不过在不同的角度说同一件事情而已，它们之间根本没有什么不同。"④ 21世纪初期，大陆学人在进一步界定民间文学时提到：俗文学由于概念产生之初就存在定义上的模糊不清和自乱阵脚，以及学科的逐渐失落。1949年至80年代，民间文学和俗文学分别经历了不同的命运，但自学科形成之初就产生的问题并未解决。陈泳超提出用"民间文学"作为统摄性概念，将"非作家文学"作为集体性下属的次级特性⑤，郑土有在中国民俗学第六届代表大会上也提出打通"俗文学""民间文学"，"以是否在口头传唱、是否具有文学性作为标准来划分研究对象，构建'口传文学'平台。"⑥ 他们的理论阐述虽然不是非常充分，但从中

---

① 王文宝编：《中国俗文学学会概况》，内部资料，1993年，第10页。
② 中国俗文学学会编：《俗文学论》，黑龙江人民出版社1987年版，第59页。
③ 钟敬文：《民间文学概论·前言》，上海文艺出版社1980年版，第6页。
④ 曾永义：《俗文学概论》，台湾三民书局2003年版，第23页。
⑤ 参见陈泳超《中国民间文学研究的现代轨辙》，北京大学出版社2005年版，第3—8页。
⑥ 郑土有：《打通"民间文学""俗文学"，构建"口传文学"平台——关于新时期民间文学学科建设的思考》（征求意见稿），载《中国民俗学会第六届代表大会论文集》，内部资料，2006年。

可以看到：民间文学的文学性成为学界研究和关注的基点，同时它也是民间文学的基本特质。

三 国内外研究现状述评

1949—1966 年，民间文学的学术研究迅速发展，是中国民间文学学术史上的又一高峰。

中国大陆对于 1949—1966 年民间文学进行系统研究者较少，但对于民间文学研究之研究，从现代学术意义上的民间文学出现之后就一直进行着，特别是 20 世纪末，伴随着"百年话题"，回顾 20 世纪民间文学学术历程成为热点，以往的民间文学涉及这一主题的研究主要表现在三个领域。

1. 民俗学领域

民俗学与民间文学关系极其密切，20 世纪前半叶它们之间没有明晰的学科界限，因此民俗学领域对这一时期民俗学史的回顾与研究就包含了民间文学学术史。关于这一课题研究者涉及较多，但主要是回顾与总结及对"北京大学时期""中山大学时期""杭州时期""抗战时期"等不同阶段民俗学发展的梳理及阐述。早期相关著作主要有王文宝《中国民俗学史》①和《中国民俗学发展史》②、张紫晨《中国民俗学史》③等。赵世瑜《眼光向下的革命——中国现代民俗学思想史论（1918～1937）》④一改从前的研究模式，从问题史入手，以思想史为目标，对 1918 年至 1937 年的民俗学运动进行探讨和诠释，但在他的论述中民间文学分为民俗学之民间文学和文艺学之民间文学，他只是将前者置于自己的研究视野，这样就忽视了民间文艺学研究对象之独立性，同时也分割了民间文学的研究，因此他的研究就难以进入民间文艺学的核心问题。对 20 世纪下半叶民间文艺学学术史研究涉及的有：刘铁梁《中国民俗学发展的几个阶段》⑤将民俗学的发展分成了发起阶段（1918—1926 年）、形成阶段（1927—1937 年）、缓进阶段

---

① 王文宝：《中国民俗学史》，巴蜀书社 1995 年版。
② 王文宝：《中国民俗学发展史》，辽宁大学出版社 1987 年版。
③ 张紫晨：《中国民俗学史》，吉林文史出版社 1993 年版。
④ 赵世瑜：《眼光向下的革命——中国现代民俗学思想史论（1918～1937）》，北京师范大学出版社 1999 年版。
⑤ 刘铁梁：《中国民俗学发展的几个阶段》，《民俗研究》1998 年第 4 期，第 81—89 页。

(1937—1949年)、转移阶段(1949—1966年)、复兴阶段(1978年至今)五个时期,简述了各个时期的代表人物、主要成果、基本特点、研究方法等。钟敬文《五十年来民间传承文化研究的新收获——〈中国民间传承文化学文集〉导言》①叙述了新中国成立五十年来民间文化学研究的历程,指出这一时期代表性的著述反映的新特点,其重在强调民众文化传承活动的重要性。陈勤建等发表了《20世纪中日民俗学学术倾向及前瞻》②和《中国现代民间文学在民俗学文学化中独立发展》③,前者阐述了中国民俗学发展的文学化倾向以及未来发展中的多学科联合;后者勾勒了20世纪民间文学学术史中不同时期的研究者和学术思潮。施爱东的《中国现代民俗学检讨》④则从田野作业、人才教育、学术史书写、学科定位、学科发展策略、理论与方法六个方面对中国现代民俗学进行反思,民间文学的学术史研究穿插其中,由田野作业、民间文学的"概论教育"与"概论思维"、《歌谣》周刊《发刊词》的考证、民间文学的学科建设、以"广义"故事研究为例的民间文学理论的发展与反思等个案出发,以点带面地审视了民间文学的学术发展中的得失和发展方向。这些研究从不同视角勾勒了百年民间文学发展的脉络以及理论得失,为其进一步研究奠定了基础。

2. 民间文学领域

自民间文学兴起后,对于其学术史的研究,不同时期都有涉及,这对于学术材料的整理以及回顾具有重要意义,近期研究中涉及1949—1966年民间文学学术史,或对这一时期学术酝酿与形成之研究成果主要有:(1)20世纪初至1966年以前民间文学学术史的研究。专门著作有:陈泳超的《中国民间文学研究的现代轨辙》⑤和他主编的《中国民间文化的学术史关照》⑥,前者对20世纪前半叶的主要民间文艺学家的

---

① 钟敬文:《五十年来民间传承文化研究的新收获——〈中国民间传承文化学文集〉导言》,《北京师范大学学报》(社会科学版)1999年第6期,第5—9页。
② 陈勤建:《20世纪中日民俗学学术倾向及前瞻》,《民俗研究》2001年第1期,第81—89页。
③ 陈勤建、廖海波:《中国现代民间文学在民俗学文学化中独立发展》,《广西师范学院学报》(哲学社会科学版)2004年第2期,第54—60页。
④ 施爱东:《中国现代民俗学检讨》,社会科学文献出版社2010年版。
⑤ 陈泳超:《中国民间文学研究的现代轨辙》,北京大学出版社2005年版。
⑥ 陈泳超主编:《中国民间文化的学术史关照》,黑龙江人民出版社2004年版。

思想进行了分析和探讨，后者则对民间文学各个分支以及研究方法进行了学术史梳理。毛巧晖《20 世纪下半叶中国民间文艺学思想史论》① 在论述中对于 1949—1966 年的民间文学发展分为两个时期，重点阐述民间文学学科在新的历史语境中之独立及其学术繁荣的历程。注重这一时期民间文学问题史及其背后的思想发展。（2）对理论的学术史反思。代表作有：户晓辉的《现代性与民间文学》② 在现代性话语实践的历程中对民间文学领域的几个核心概念"民""民间""民俗"作了深入分析，对民间文学学科的基本理念进行了深刻的反思。董晓萍《新时期 20 年民间审美理论研究》③ 对 1949—1966 年民间文艺有所提及，但主要论述了最近 20 年民间审美研究开始转向民众本身的审美意识，同时提出只有在民间文化的层次上才能理解民间的审美观，也才能真正承认民间文化，她旨在对民间文化进行阐释，偏移了民间文学的文学本质。《民间文学体裁学的学术史》④ 论述了现代民俗学中学者和民众双方阐释民间文学体裁的历史，指出如何认识民间文学的艺术本质，是研究民间文学体裁学的关键，但仅是点到为止，没有深入论述。吕微《"内在的"和"外在的"民间文学》⑤ 论述了民间文学理论研究转向"内在"，指出当前民间文学产生危机是民间文学学者自己对学科对象和学科核心概念产生了疑问；认为研究主体的"外在性"无法保证研究本身的"内在性"；中国现代民间文艺学忽略了民间文学的内在规则，导致学术概念体系难以建立，理论、方法的思考难以深入；但是对于如何产生的这种偏差没有展开论述。黎敏《新中国头十年苏联民间文学理论的引入》《中国社会主义新民间文艺学理论初创时期的苏联影响》等，重点阐述了在建立社会主义新文化的大背景下，中国民间文学领域对于苏联理论的学习与大规模引入，而民间文艺学体系之建构亦主要参照了

---

① 毛巧晖：《20 世纪下半叶中国民间文艺学思想史论》，上海文化出版社 2010 年版。该著后由学苑出版社于 2018 年出版了修订版。
② 户晓辉：《现代性与民间文学》，社会科学文献出版社 2004 年版。
③ 董晓萍：《新时期 20 年民间审美理论研究》，《民族艺术》1998 年第 3 期，第 91—102 页。
④ 董晓萍：《民间文学体裁学的学术史》，《北京师范大学学报》（社会科学版）1999 年第 6 期，第 20—26 页。
⑤ 吕微：《"内在的"和"外在的"民间文学》，《文学评论》2003 年第 3 期，第 155—166 页。

苏联民间文艺学。① 这一研究视点集中于苏联民间文学对于中国民间文学之影响。这一话题的研究，还应提到陈南先，他在《偏离与错位——对苏联文学与中国十七年文学关系的反思》② 中论述了"十七年文学"对于俄苏文学的师承与探索，尽管他主要从作家文学视域进行阐述，但对于这一时期民间文学之研究具有极大的补充意义。这一话题的研究，就当时的影响与当下成果而言，仍然较为薄弱。尤其是关于当时第三世界翻译运动与民间文学发展之关系尚无专门论述，这就无法将这一时期民间文学研究置于全球政治文学的视野。（3）对民间文学不同文类的学术史回顾。主要有：陈建宪《精神还乡的引魂之幡——20世纪中国神话学回眸》③ 从神话发掘、理论研究和文学创作三个方面阐述了百年来神话研究的历程以及神话对于中华民族的意义；叶舒宪的《中国神话学百年回眸》④ 论述了中西交流中的中国神话学研究和发展方向。万建中的《近二十年来中国故事学研究评述》⑤ 阐述了二十世纪八九十年代和二十一世纪初期的故事学研究方法、取得的成果，清晰地展现了二十年来民间故事研究的脉络。漆凌云对于二十世纪四五十年代牛郎织女故事的嬗变进行了阐述，重点分析了这一嬗变过程中的性别冲突与政治话语的权力。⑥ 尹虎彬《在古代经典与口头传统之间——20世纪史诗学述评》⑦ 主要着力于对欧洲和美国口头诗学理论的建构、发展和变迁的论述，其并未对本国的口头诗学进行反思。祝鹏程《文体的社会建构——以新中国十七年

---

① 黎敏：《新中国头十年苏联民间文学理论的引入》，《西北民族研究》2006年第2期，第158—166、188页；黎敏：《中国社会主义新民间文艺学理论初创时期的苏联影响》，《民俗研究》2007年第1期，第32—44页。

② 陈南先：《偏离与错位——对苏联文学与中国十七年文学关系的反思》，《齐齐哈尔大学学报》（哲学社会科学版）2005年第3期，第4—6页。

③ 陈建宪：《精神还乡的引魂之幡——20世纪中国神话学回眸》，《河北师范大学学报》（哲学社会科学版）1998年第3期，第132—137页。

④ 叶舒宪：《中国神话学百年回眸》，《学术交流》2005年第1期，第154—164页。

⑤ 万建中：《近二十年来中国故事学研究评述》，《西北民族研究》2005年第4期，第174—181页。

⑥ 漆凌云：《性别冲突与话语权力——论建国前后牛郎织女传说的嬗变》，《民俗研究》2014年第5期，第109—115页。

⑦ 尹虎彬：《在古代经典与口头传统之间——20世纪史诗学述评》，《民族文学研究》2002年第3期，第3—9页。

的相声为考察对象》① 一书对1949—1966年的相声改造进行了梳理,以民族志深描的方法,揭示了历史语境的变化对人们认识相声这一文艺体裁所产生的影响。岳永逸《保守与激进:委以重任的近世歌谣——李素英的〈中国近世歌谣研究〉》② 对毕业于燕京大学的李素英硕士学位论文《中国近世歌谣研究》进行了学术史阐述,指出学界长期对其忽视,李素英此文是首次对歌谣运动的总结,李素英在论述中,无意识地提到了歌谣除了当时学界公认的"唯美、出世和保守"之另一面,即"入世、激进、革命"。(4) 对钟敬文民间文学研究的学术史定位。主要作品有:杨利慧《钟敬文及其民间文艺学思想》③ 和《历史关怀与实证研究——钟敬文民间文艺学思想研究之二》④ 阐释了钟敬文的学科意识、民间文艺学是一种特殊的文艺学、多角度综合的研究方法以及两个民间文艺思想的主张、表现、影响、形成原因;孙正国《钟敬文的"大文学理论"观论》⑤ 强调了钟敬文以民间文艺理论为出发点的大文学理论观;陈泳超《钟敬文民间文艺学思想研究》⑥ 指出钟敬文的思想成就主要在学科建设方面。(5) 百年民间文学学术史回顾。主要有:刘守华《中国民间文学研究百年历程》⑦ 论述了民间文学研究的出现、成熟到当前危机的历史;刘锡诚则从学派的视角对民间文艺学发展进行梳理,发表了《谈谈中国民间文艺学史上的流派问题》《新中国民间文艺学理论和学科建设》《民间文艺学史上的社会—民族学派——20世纪中国民间文艺学流派论》《中国民间文艺学史上的民俗学派》《中国民间文艺学史上的俗文学派——郑振铎、赵景深及其他俗文学派学者论》《中国民间文艺学史上的文学人类学学

---

① 祝鹏程:《文体的社会建构——以新中国十七年的相声为考察对象》,中国社会科学出版社2019年版。
② 岳永逸:《保守与激进:委以重任的近世歌谣——李素英的〈中国近世歌谣研究〉》,《开放时代》2018年第1期,第91—106、6页。
③ 杨利慧:《钟敬文及其民间文艺学思想》,《文学评论》1999年第5期,第151—156页。
④ 杨利慧:《历史关怀与实证研究——钟敬文民间文艺学思想研究之二》,《北京师范大学学报》(社会科学版)1999年第6期,第27—33页。
⑤ 孙正国:《钟敬文的"大文学理论"观论》,《广西民族学院学报》(哲学社会科学版)2002年第1期,第33—37页。
⑥ 陈泳超:《钟敬文民间文艺学思想研究》,《民俗研究》2004年第1期,第5—29页。
⑦ 刘守华:《中国民间文学研究百年历程》,《华中师范大学学报》(人文社会科学版)2001年第2期,第61—66页。

派》等一系列文章，后他将其纳入《20世纪中国民间文学学术史》一书。① 刘锡诚、陈泳超、王孝廉、车锡伦、刘守华、钟宗宪、高有鹏、李稚田、陶阳、潜明兹等人在《民间文学学术史百年回顾》② 中，分别从平民意识的觉醒、学术转型与学科建设、古史的破坏与神话的还原、排除成见偏见建立学科体系、百年民间文学发展足迹、民间文学研究的文学性质、民间文学研究的立场、民间文艺学的新世纪意识、民间文学的"现代化"思潮、民间文学学科的建立与发展等主题谈了对百年民间文学历程的看法和见解。此外，刘锡诚还撰写了《双重的文学——民间文学+作家文学》③，此著作中对周扬、何其芳等民间文艺学思想进行了梳理，并对1949—1966年民间文学的搜集进行了论述，其优势就是作为这一时段的亲历者，他掌握了丰富的史料，但局限性亦因"身在此中"。(6) 国家话语与民间文学关系之研究。近年来关注这一话题的主要有：董晓萍《党性民间文艺与社会主义新文化建设》《党性民间文艺理论的核心概念与思想争论》《民间文艺在社会主义意识形态文化中的地位》《乌兰夫传承发展民族文化的思想与实践》等文章，重点阐述了社会主义意识形态中民间文化的意义与作用，论述了"新中国成立初期学苏联，延安党性文艺思想转为执政党时期的党性文艺理论，也为民间文艺学的学科建设提供了新条件，两者统筹发展。"此外，她还专门论述了新中国成立初期民间文学之"人民性"等核心概念的发展。④ 毛巧晖《现代民族国家话语与民间文学的理论自觉（1949—1966）》重点阐述了民间文学在新的意识形态语境中的理论对接及其理论新特性。⑤ 在这一论题的研究中，对新故事

---

① 刘锡诚文章分别载于《海峡两岸民间文艺学研讨会论文》，2003年；《广西民族学院学报》（哲学社会科学版）2003年第1期；《民族艺术研究》2003年第6期；《湖北民族学院学报》（哲学社会科学版）2004年第1期；《广西师范学院学报》（哲学社会科学版）2004年第2期；《湖北民族学院学报》（哲学社会科学版）2004年第4期。其著作于2006年由河南大学出版社出版，后又由中国文联出版社于2014年再版。
② 刘锡诚等：《民间文学学术史百年回顾》，《民间文化论坛》2005年第5期，第1—12页。
③ 刘锡诚：《双重的文学——民间文学+作家文学》，百花洲文艺出版社2016年版。
④ 董晓萍：《党性民间文艺理论的核心概念与思想争论》，《西北民族研究》2015年第4期，第47—60、22页。
⑤ 毛巧晖：《现代民族国家话语与民间文学的理论自觉（1949—1966）》，《江汉论坛》2014年第9期，第114—118页。

的关注度较高。沈国凡①、贾娅莉②、侯姝慧、王姝等都对其进行了较为充分的阐述。其中，侯姝慧对20世纪50—60年代兴起的新故事进行梳理与阐释，系统梳理了20世纪新故事文体的衍变历史，总结其文体特征，并在此基础上论证其文体的独立性③；王姝《新故事与当代民间叙事研究：以〈故事会〉为中心》将《故事会》期刊发展史置于百年民间文学学术史的视野，总结其渊源和特殊的地位④；另外，游自荧撰写了《传统与意识形态：1962—1966年中国新故事的创作》⑤，她主要从传统的发明、在新的意识形态语境中新故事创作的意义与价值出发进行了阐述。（7）民间文学搜集整理史研究。对这一话题的研究，主要有：毛巧晖《1949—1966年国家话语与少数民族民间文学资料搜集整理：兼议新中国初期社会主义文学经验实践》阐述了新中国成立初期少数民族民间文学资料的搜集与整理，对于少数民族民间文学发展史研究具有一定价值。⑥穆昭阳《中国民间故事搜集整理史研究——以1949—2010年为例》⑦则重点论述了民间文学搜集的三个时期，即"十七年时期""集成普查时期""非遗时期"等，对于"十七年时期"民间文学的搜集，他侧重对搜集背后的学者经验与知识生产的探索，其视角更倾向于社会记忆与知识建构理论。刘思诚《新中国初期内蒙古民间文艺搜集整理史（1949—1959）》⑧重点梳理了新中国成立初期内蒙古地区民间文艺作品搜集的学术史，时间段则以1949年至1959年为界限，其运用民间文艺学理论和方法，对新中国成立初期

---

① 沈国凡：《解读〈故事会〉——一本中国期刊的神话》，上海社会科学院出版社2003年版。
② 贾娅莉：《〈故事会〉杂志（1963—2005）研究》，硕士学位论文，首都师范大学，2008年。
③ 侯姝慧：《20世纪新故事文体的衍变及其特征研究》，中国社会科学出版社2014年版。
④ 王姝：《新故事与当代民间叙事研究：以〈故事会〉为中心》，浙江大学出版社2020年版。
⑤ Ziying You, Tradition and Ideology: Creating and Performing New *Gushi* in China, 1962 – 1966, *Asian Ethnology*, 2012（2），pp. 259 – 280.
⑥ 毛巧晖：《1949—1966年国家话语与少数民族民间文学资料搜集整理：兼议新中国初期社会主义文学经验实践》，载《中国民间文学与民族历史记忆学术研讨会论文集》，内部资料，2013年，第78—83页。
⑦ 穆昭阳：《中国民间故事搜集整理史研究——以1949—2010年为例》，博士学位论文，中央民族大学，2014年。
⑧ 刘思诚：《新中国初期内蒙古民间文艺搜集整理史（1949—1959）》，硕士学位论文，北京师范大学，2014年。

内蒙古民间文艺作品的搜集整理进行讨论。她对已被公认为代表作的当时所搜集的作品，包括汉蒙民间文艺工作者合作搜集整理的作品，以民歌和故事为主，进行了专题个案研究。同时，也对以往缺乏系统整理的这一时段内蒙古地区的其他民间文艺作品进行补充搜集和分析。在此基础上，进一步分析新中国成立初期内蒙古民间文艺搜集工作的学术价值与历史意义。此文的另一贡献，就是附有作者对参与这一工作的研究者及相关人员的访谈资料。另外，特别值得提出的是，刘守华撰写了《1949—1966：中国民间文艺学》（上、下）专文论述了这一时期民间文学思潮与社会变革、民间文学搜集整理问题的讨论及对其社会历史价值的重新认识等。[①]

2019 年是新中国成立 70 周年，与其他学科一样，民间文学在这一年有关学术史的研究成果较多，也较为集中。《新中国民俗学研究 70 年》是"中国社会科学院庆祝中华人民共和国成立 70 周年书系"之一，系民俗学领域学人集体编纂，"但具体章节又体现了章节负责人和作者的个人学术思想，可以说是集体规划与个体认知相结合的学术史写作"[②]。恰因"集体规划与个体认知"，在著作中兼顾了民俗学"大范畴"，即涵括民间文学、民俗学，统摄民间文学思想史脉络及民间文学各体裁学术史、民俗学基础理论研究和各民俗门类的学术史以及学术期刊与学科建设等；又呈现了个人对学术史梳理的不同视角与学术认知，展示了当下民俗学知识体系之样貌。[③] 除集体编纂的著作外，《民间文化论坛》《东方论坛—青岛大学学报》（社会科学版）刊发了"70 年专栏"，《民俗研究》《民族艺术》等亦刊发 70 年学术史反思的论文。所刊发文章内容涉及民间故事、歌谣、史诗、民间传说、民间小戏、民间谚语、神话、曲艺以及民间文学搜集整理等；其中，高丙中沿着民间文学社会处境、解释脉络展开，重点阐述了新中国 70 年民间文学与"政治建设、国家建设"时代主题契合，同时梳

---

① 刘守华：《1949—1966：中国民间文艺学》（上），《通俗文艺评论》1996 年第 3 期，第 49—59 页；刘守华：《1946—1966：中国民间文艺学》（下），《通俗文艺评论》1996 年第 4 期，第 13—23 页。

② 叶涛主编，施爱东、毛巧晖副主编：《新中国民俗学研究 70 年》，中国社会科学出版社 2019 年版，第 406 页。

③ 此书分上下两编，上编民间文学，各章撰写者为：毛巧晖、张多、王尧、漆凌云、冯文开、王娟、陈娟娟、祝鹏程、黄旭涛、高健；下编民俗学，各章撰写者为：户晓辉、董德英、萧放、邵凤丽、王丹、王祺、王霄冰、林海聪、王玉冰、孙英芳、萧放、程鹏、施爱东。

理了民间文学发展中"对立—冲突""贯通—共生"、"民族性—人民性—艺术性"解释框架。① 这一学术史梳理，重在民间文学"公共性"，同时兼顾非遗保护对民间文学影响之思考；巴莫曲布嫫《以口头传统作为方法：中国史诗学七十年及其实践进路》则探讨史诗学的理论发展历程，她以"机构—学科"为视角，梳理了少数民族史诗学、中国史诗学、口头传统、口头诗学的发展历程，通过这一门类梳理和反思了中国民间文学、民俗学理论发展与学术转向；尽管是民俗学某一具体门类的学术史，但管中窥豹，统观了学科全局。②

3. 文学领域

文学领域的研究集中在两个方面：（1）探讨"五四"新文学与本土的民间文化形态之间的关系，主要有王光东《民间理念与当代情感》。③（2）将民间文学视为 20 世纪中国文学发展中的一种思潮，主要有高有鹏《中国现代民间文学史论——中国现代作家的民间文学观》。④（3）重点论述 1949—1966 年文学发展与意识形态的关系。这一话题的重要研究有：蔡翔《革命/叙述：社会主义文学—文化想象（1949—1966）》⑤ 从国家和地方、英雄和传奇、动员结构、技术革新、劳动等不同方面对 1949—1966 年中国社会主义文学的叙述与文化想象进行了多角度论述。在他的阐述中，文学史始终处于和政治史或者思想史积极对话的过程。谢保杰《1958 年新民歌运动的历史描述》⑥ 等将"新民歌运动"这一文学事件置于当时的历史情境加以阐释，改变了过去简单的意识形态判断与政治/文学二分法。贺桂梅《赵树理文学与乡土中国现代性》⑦ 尝试从反思中国现

---

① 高丙中：《发现"民"的主体性与民间文学的人民性——中国民间文学发展 70 年》，《民俗研究》2019 年第 5 期，第 15—22、157 页。
② 巴莫曲布嫫：《以口头传统作为方法：中国史诗学七十年及其实践进路》，《民族艺术》2019 年第 6 期，第 29—37 页。
③ 王光东：《民间理念与当代情感》，广西师范大学出版社 2003 年版。
④ 高有鹏：《中国现代民间文学史论——中国现代作家的民间文学观》，河南大学出版社 2004 年版。
⑤ 蔡翔：《革命/叙述：中国社会主义文学—文化想象（1949—1966）》，北京大学出版社 2010 年版。
⑥ 谢保杰：《1958 年新民歌运动的历史描述》，《中国现代文学丛刊》2005 年第 1 期，第 24—45 页。
⑦ 贺桂梅：《赵树理文学与乡土中国现代性》，北岳文艺出版社 2016 年版。

代性问题出发,重新解读赵树理的重要文学与戏剧作品,并将其创作实践置于当代中国文学发展的整体历史格局中,这一视野值得民间文学学术史研究者借鉴。

我国台湾地区的学者长期以来较为关注政治语境对民间文艺学的影响。他们梳理了20世纪40—60年代民间文学的发展,重点关注《讲话》等对大陆民间文艺特质以及基本理念的影响。相关著作主要有:娄子匡、朱介凡《五十年来的中国俗文学》① 主要描述20世纪初至1949年民间文学的各体裁研究状况。李世伟《中共与民间文化(1935—1948)》依据台湾调查局的档案,阐述了1935—1948年中国共产党对民间文化的发展与利用,尤其将其置于革命语境中,只是在此书中民间文化的指涉范围较大,包括文学(主要指赵树理所著通俗文学作品)、民歌、秧歌、版画等。② 尽管他们都是阐述1949年之前的民间文学,但因为他们所论述的主要问题与1949—1966年民间文学的学术史直接相关,故将其列入。

国外对这一时期民间文学的研究主要集中于:其一,现代中国民间文学运动的兴起。在这一话题的讨论中,他们主要反思民间文学发生的历史情境,及其与政治运动、民族国家等的关系。其二,新中国国家组织对于民间文学资料搜集的影响及其成果的意义与价值。他们历史地分析了新中国成立初期(1949—1966年)特殊语境中民间文学资料搜集活动以及国家组织形成的三套集成等文化工程,强调与肯定了中国民间文学资料搜集的特性。这一研究的核心思想对本课题的影响较大,特别是后者,近年来影响了大陆学者对新中国成立后民间文学研究的重新审视,但问题的实质尚未被触及。主要研究有:洪长泰《到民间去:中国知识分子与民间文学,1918—1937》(新译本)③,采用了介乎民俗学、文化史和思想史之间的方法,集历史、文学与民俗于一身,研究1918年至1937年中国境内所产生和发展的民间文学运动史,探析了这一运动的性质及其社会意义。洪长泰《战争与大众文化:现代中国之抵抗运动》和《新文化史与中国政

---

① 娄子匡、朱介凡:《五十年来的中国俗文学》,台湾正中书局1963年版。
② 李世伟:《中共与民间文化(1935—1948)》,台湾知书房出版社1996年版。
③ [美]洪长泰:《到民间去:中国知识分子与民间文学,1918—1937》(新译本),董晓萍译,中国人民大学出版社2015年版。

治》运用思想史和文化人类学的理论解释抗战与大众文化的关系。① 理查德·多尔逊（Rchard M. Dorson）为艾伯华的《中国民间故事》所写的"前言"中论述了中国民俗学史，特别是第二部分论述了新中国成立以后民间文学的搜集、整理、应用及研究状况，他运用了很多珍贵的历史材料，在方法和角度上，强调历史的连贯性，着重于挖掘民俗学运动的兴衰同社会政治现实之间的关系，以及运动本身同中国历史、文化之间的渊源。② 日本对中国民间文学、民俗学的研究较为关注，涉及本书研究内容的主要有直江广治，他的《中国民俗文化》③ 概述了中国民俗学的发展历史，其论述重点是民俗研究发端至抗日战争以前，但也涉及新中国成立至20世纪60年代中期中国民间文学研究的概况。

对于1949—1966年民间文学研究历史的叙述很难完备和周详，难免挂一漏万，就笔者力所能及的视野和资料而言，可以看出学界虽然没有对1949—1966年民间文学学术史的系统论述，但是并不缺乏对1949—1966年民间文学学术史的关注和研究，只是现状不能令人满意而已。

关涉1949—1966年民间文学研究的有两个领域，即民间文学与少数民族文学。近年来中国民间文学学术史、思想史的研究颇受关注。既有20世纪中国民间文学学术史的整体梳理、20世纪初至40年代民间文学研究发端时期的反思与回顾，也有民间文学体裁学的学术史研究，这些一般按照历史时期，围绕学派、学人的研究展开。他们的研究取得了辉煌的成绩，为中国民间文学发展史的梳理提供了合理的学术分期与研究视角，但是其重点基本在1949年之前，对于新中国成立后的研究存在的问题如下：（1）没有将民间文学的基本问题置于具体历史情境与进程中分析；（2）淡化了处于政治文化规约下的民间文学的学术张力；（3）悬置这一时期在民间文学研究领域占重要意义的少数民族民间文学，忽略了中国民间文学的多民族特性。

民间文学，尤其是少数民族民间文学一直受到少数民族文学研究领域

---

① Changtai Hung, *War and Popular Culture: Resistance in Mordern China*, 1937—1945, Berkeley, los Angeles, Oxford: University of Calefornia Press, 1994；［美］洪长泰:《新文化史与中国政治》，台湾一方出版有限公司2003年版。

② Richard M. Dorson, Foreword, in Wolfram Eberhard (ed.), *Folktales of China*, The University of Chicago Press, 1968.

③ ［日］直江广治:《中国民俗文化》，王建朗等译，上海古籍出版社1991年版。

的关注。他们的研究主要集中于某些民间文学体裁史如史诗学、神话学等理论构建、资料搜集等；多民族文学之间的关系；民间文学与作家文学的关系；以及无文字民族民间文学资料的文化学意义，但缺乏对于民间文学理论格局及其发展历史的整体观照。

四 研究思路与研究框架

鉴于上述对民间文学学术史研究的历史和现状的分析，本书拟对以下几个问题进行重点讨论。

1. 历史情境与民间文学基本问题的演化

笔者借鉴问题史、思想史的基本观点，根据问题建构史料。在对1949—1966年民间文学庞杂的问题体系进行考量的基础上，总结与归纳了民间文学思想性、民间文学搜集与整理、民间文学主流之争等基本问题，并希冀在具体的历史情境中阐释它们的演化历程，探讨政治文化因素对民间文学理论的多层面影响。

2. 民间文学基本话语与主流话语的关系

基本话语是民间文学研究领域思想观念的外化方式，呈现的是民间文学本体、范畴、方法论等一系列变化的起点。我们一般以关键词或核心概念的方式加以提取。随着民间文学基本问题的重新构建，民间文学的关键词与核心概念也发生了变化，这样民间文学话语必然要进行转换。在对这一时期话语链进行梳理的基础上，阶级性、人民性、多民族特性成为民间文学的基本话语，这一部分重点审视民间文学基本话语与"人民文学"主流话语之间扭结与共生的复杂关系，笔者希冀通过系统地梳理，探析互相之间的关联与张力。

3. 民间文学理论在政治与文学张力中的建构

基本问题是民间文学理论的外在呈现，基本话语则是民间文学理论重组的起点。民间文学基本问题、基本话语的转换，主导了民间文学的研究本体、范畴、方法论等变革，民间文学的民间性、口头性、文学性与审美性等关涉本体的范畴被重新阐释。我们关注的是这些基本范畴，它们脱离了20世纪二三十年代的轨迹，在承继延安时期解放区文艺秩序的基础上，其内涵与外延的变化，同时这些变化如何遵循新的国家话语，在政治与文学的张力之间建构了有别于一般文艺学的理论体系。

4. 经过对1949—1966年民间文学基本问题、基本话语的梳理，并在剖析国家话语对民间文学理论重构的基础上，民间文学的理论特性逐步呈现。我们需要重点总结与思考这一时期民间文学理论在对政治与文艺的依附中自主发展的特性。

根据上述思路，本书的框架大致设计为：

导论部分阐释本书所涉及的概念，综述1949—1966年民间文学研究的历史和现状，同时兼论本书研究的目的、意义、研究思路和研究框架。

本书的主体部分首先整体呈现了1949—1966年民间文学发展的新语境。具体而言阐述了在社会主义意识形态影响与规约下，民间文学批评体系的构拟与消解。口头叙事相较于书面文学而言，其文学形式最显著的特征就是没有固定文本。资料搜集，将民间文学文本"固定化"成为民间文学研究的开端，建立民间文学资料总藏则是民间文学领域的终极追求。1949—1966年的"搜集"不再仅限于网罗材料，它与"整理""改编"等成为民间文学话语系统的重要概念，也成为民间文学研究领域的基本问题。本书通过对搜集整理问题讨论中钟敬文编纂、出版的《民间文艺新论集（初编）》，刘魁立和董均伦、江源就民间文学搜集工作所展开的讨论，《牛郎织女》入选中学《文学》课本、民间文学搜集整理"十六字方针"的形成等事件，呈现了民间文艺构建社会主义新型文学，以及对现代民族国家构建及塑造社会主义"新人"等国家话语的接驳与回应；民间文学领域也试图进行民间文学批评话语的构拟；只是在"研究"与"鉴赏"被区隔之后，民间文学自主批评的话语渐趋被消解。同时，1949—1966年民间文艺发展的另一重大特色就是少数民族民间文学的大规模搜集与研究。新中国民间文学话语与国家话语紧密关联，其意识形态特性极其鲜明。民间文学被纳入"革命中国"构建的进程，成为文学接驳国家话语的重要场域。民间文学在表层政治权力话语的影响中成为"人民文学"的核心与中坚，但不容忽视的是这一时期民间文学深层运作的理论自觉，在这两者中形成了一定的张力，逐步酝酿并形成了1949—1966年民间文学领域话语的独特性。

其次，从中国民间文艺研究会、《民间文学》刊物阐述与分析了它们对于1949—1966年民间文艺学发展的导引与规范。同时从童话、新民歌、刘三姐传说、少数民族神话等不同文类、典型文学事件进行了全方位呈现。童话在现代中国的兴起与"民间"的发现休戚相关,它是塑造"新民"的文艺样式之一。到了新中国成立,现代学术意义上的童话已经历了近半个世纪的发展,它在新的语境中实现了蜕变,在"民间"与"多民族"文学语境中,从教育价值与幻想层面进行了重构。新民歌运动是中国文学史上的重要事件,对于中国民间文学学术史而言亦极为重要。中国民间文学的兴起就缘于20世纪初期北京大学歌谣运动。在这一历史事件中,民间文学出现了大繁荣,民歌带动了诗风的改变,打破了"民间艺人"与"作家"的阈限,新型的"农民诗人"成为社会主义"文艺战线上的先锋",他们与作家共同抒写新的政治生活与劳动生活;民间文学的价值与功能发生了变化,同时作家文学和民间文学的"目标受众"都发生了转换。20世纪五六十年代,刘三姐变得家喻户晓,而且影响延续至今,现在刘三姐依然是广西的文化名片。就这一论题,笔者主要想讨论的是:刘三姐如何从一个地域性极强的传说发展为全国家喻户晓的"人物";又如何从歌仙传说,演化为"人民文学"的经典。1949年以后,国家有关少数民族的政策承继和延续了之前中国共产党的民族政策,同时借鉴苏联的民族理论。这样1949—1966年民间文学领域关注少数民族文学,由于很多民族有语言无文字,而且少数民族文学主要以口头流传为主,因此,少数民族民间文学成为研究之重点。以少数民族神话为例,除继续20世纪初至40年代所注重的民族文化认同外,焦点转向新的人民文学实践以及从文学上呈现社会主义制度。在这一构建与实践过程中,少数民族民间文学(尤其是神话)成为重要的民族文化遗产和珍贵的文化史料。除了对民间文学的领导机构、刊物以及不同文类、文学事件的关注外,本书还注意到当时民间文学领域的重要学者。在众多学者中,选取了在文学发展领域具有领导地位与引领作用的周扬,其次选取了从20世纪二三十年代就介入民间文学研究的钟敬文,重点阐释他在新的历史语境中民间文学之"新"论,再次则选取了从延安时期开始从事民间文学研究的何其芳、贾芝。通过这四位代表性学者,重点阐述了这一时期,在文艺与政治的张力中,他们所取得的新成就,并反思了他们的研究在中国民间文学学术史上的影响。

综上,我们对这一时期民间文学的发展历程与思想脉络有了清晰的了解。在研究与反思的基础上,总结这一时期民间文学发展的"新"特点以及学术话语的独特性。

第 一 章

1949—1966 年民间文学概述

19世纪中叶开始，中国在西方以船坚炮利为后盾的文化攻击下，渐趋改变了原初以"天朝"为中心的世界秩序观，开始吸纳西方文化，其中西方的"民族国家"观念被知识分子积极引入，即"以西方的'国族国家'（nation-state）为典范，着手从事中国'国族'的塑造"①。梁启超从20世纪初就开始提倡民族主义和国家意识，1901年他撰写《国家思想变迁异同论》一文，认为西方列强之所以强大，就是因为他们强大的"民族主义"，"民族主义者，世界最光明、正大、公平之主义也，不使他族侵我之自由，我亦毋侵他族之自由"，但是中国"于所谓民族主义者，犹未坯胎焉"。② 民族是"想象的政治共同体"③，即使对于西方而言，它也只是近代资本主义社会的产物，与现代国家的建构紧密相连。新中国成立初期（1949—1966）民间文学的发展伴随着新的多民族国家的建构与社会历史进程。

第一节 政治文化规约与民间文学

中华人民共和国成立后，建构社会主义新型国家是各个领域的共同目标。"政治文化是一个民族在特定时期流行的一套政治态度、信仰和感情。

---

① 沈松侨：《我以我血荐轩辕——黄帝神话与晚清的国族建构》，《"中研院"近代史所集刊》，第33期，2000年6月。沈松桥将nation译为国族，笔者将其等同于"民族"，与下文表述中的"民族国家"内涵一致。

② 梁启超：《国家思想变迁异同论》，《清议报》光绪二十七年（1901）9月11日；又见梁启超《饮冰室合集·文集之六》第1册，中华书局1989年影印本，第20页。

③ 参见吴叡人《认同的重量：〈想象的共同体〉导读》，载［美］本尼迪克特·安德森《想象的共同体：民族主义的起源与散布》，吴叡人译，上海人民出版社2005年版，第8页。

这个政治文化是由本民族的历史和现在社会、经济、政治活动的进程所形成。人们在过去的经历中形成的态度类型对未来的政治行为有着重要的强制作用。政治文化影响各个担任政治角色者的行为、他们的政治要求内容和对法律的反应。"① 民间文学进一步延续和深化延安时期中国共产党的文艺政策。1949年以后，在整个文学领域中，民间文学得以凸显，主要表现有：第一次文代会上，钟敬文关于民间文艺的发言；《光明日报》专辟民间文艺专栏等。由于苏联的民间文学研究及学科归属与欧美国家不同，其完全归属于文学领域，这形成了新中国成立初期民间文学纳入文学体系的根基；大学中文系的学科设置中也专列有民间文学课程，并重新编纂民间文学教材以适应新政权、新社会的需求。建立专门的学术机构，将民间文学研究纳入和规范到政府的文化体制之中。

经过新中国成立初期的发展，民间文学在学科体制内获得了独立的位置。从1958年开始，在社会历史情境的跌宕起伏中，民间文学逐步发展和变化着，随着"文化大革命"开始，《民间文学》杂志在出版了第107期后停刊，相关的学术研究也陷于停顿。

一

梁启超说："凡研究一个时代的思潮，必须把前头的时代略为认清，才能知道那来龙去脉。"② 因此，对于1949—1966年民间文学的论述，有必要对之前民间文学产生及其发展历程进行回溯。③

---

① ［美］加布里埃尔·A.阿尔蒙德、［美］小G.宾厄姆·鲍威尔：《比较政治学——体系、过程和政策》，曹沛霖等译，东方出版社2007年版，第26页。
② 梁启超：《中国近三百年学术史》，东方出版社1996年版，第2页。
③ 中国从16世纪以来，商品货币经济发展，新兴阶层商人和工场主的实力增长，社会地位提高，在社会上出现了新的劳资关系。长江下游地区，从明代到清代，逐渐增加工商业城镇，而且规模日益扩大，开始近代城市化进程。在这一区域内，经济上的矛盾超越政治上的矛盾，地方士绅势力从明末就开始与政府不协调，使得统治集团内部分裂。同时，由于商品化的趋势，政府政策出现变化，开始施行"一条鞭法""地丁合一"等，严密的封建统治出现松动，思想家开始激烈抨击专制统治以及传统的意识形态。在中国社会内部发生变化的同时，西方列强敲开了中国的大门，在西方武力攻击下，中国清政府签订了一系列不平等条约，出卖国家的主权和领土，西方的经济势力紧随而来，从沿海到内地建立了西方的资本主义工业。军事、经济上的失败，使得中国人意识到了中华民族的危机以及古老文明在西方现代文明攻击中的苍白。参见毛巧晖《涵化与归化——论延安时期解放区的"民间文学"》，上海辞书出版社2006年版，第16页。

19 世纪中叶起，中国社会发生巨变，政治上经历了洋务运动、戊戌变法、辛亥革命，这种种政治变革与中国社会的发展密切相关，如柯文所述："19 世纪、20 世纪的中国历史有一种从 18 世纪和更早时期发展过来的内在的结构和趋向。"① 在这种内外力量的交合作用下，中国的社会踏上了现代化进程。任何一种思想都是时代和世代的产物，但是它顺世却不随俗。如章学诚所说："与一代风尚所趋，不必适相合者。"② 相反，学术思想引导风尚，转移风气、改变习俗，学者思想理念对时势有着一定影响。梁启超说过："学术思想之在一国，犹人之有精神也。而政事、法律、风俗及历史上种种之现象，则其形质也。故欲觇其国文野强弱之程度如何，必于学术思想焉求之。"③ 不独中国，欧洲亦复如是。

在中国内部文化思想演变的同时，西方的思想伴随着它们对中国的侵入以及中国学者的"放眼看世界"逐渐进入中国。19 世纪末 20 世纪初，西方各门学科通过翻译涌入中国，进化论、无政府主义、实证主义、经验自然主义等都被引进。思想文化界内外交合的变革，其目的都与民族主义紧密联系，核心主题就是民族的生存和兴盛。在这种历史情境中形成了关注民间的思潮，在政治思想上表现出了平民意识，文学上则开始重视、推崇"白话文学""平民文学"。后者的必然结果就是民间文学的出现与兴盛。由于特殊的历史情境，民间文学从出现之日就更倾向于是一种运动，而不是纯粹的学术。

20 世纪初期，中国社会处于"转型时代"，发生了影响中国思想史和历史走向的"新文化运动"，正如周策纵在《五四运动：现代中国的思想革命》开篇叹言："在中国现代史上所发生的重大事件中，很少有像'五四'运动这样人们对之讨论得如此之多、争论得如此之烈，却又论述得如此不充分的事件。"④ 关于这一事件，学者向来是众说纷纭，对民俗学、

---

① ［美］柯文：《在中国发现历史——中国中心观在美国的兴起》，林同奇译，中华书局 1989 年版，第 173 页。
② 章学诚：《章学诚遗书》卷六，文物出版社 1985 年版，第 53 页。
③ 刘梦溪主编，陈平原校：《中国现代学术经典——章太炎卷·总序》，河北教育出版社 1996 年版，第 5 页。
④ ［美］周策纵：《五四运动：现代中国的思想革命》，周子平等译，江苏人民出版社 1996 年版，第 1 页。

民间文学与它的联系之研究，学人也涉及较多。① 在他们的论述中都提到了，民俗学、民间文学是"五四"新文化运动的一部分。学术界公认的民间文学产生的历史事件是：1918年2月1日，《北京大学日刊》上发布了刘半农拟订的《北京大学征集全国近世歌谣简章》（以下简称《简章》），号召和动员全国搜集代表人民心声的民俗歌谣②，即所谓的歌谣运动。

20世纪初期至30年代，学人共同关心，并凝聚于一个主题的周围，那就是"启蒙"。康德曾对"启蒙运动"作过这样一个界定："启蒙运动就是人类脱离自己所加之于自己的不成熟状态。不成熟状态就是不经别人的引导，就对运用自己的理智无能为力。当其原因不在于缺乏理智，而在于不经别人的引导就缺乏勇气与决心去加以运用时，那么这种不成熟状态就是自己所加之于自己的。Sapere adue！有勇气运用你自己的理智！这就是启蒙运动的口号。"③ 20世纪初期，"民权、民智、民识"成为知识分子关注的中心，《新青年》充分体现了知识分子作为社会良知的启蒙超越精神，"五四"新文学主要是通过自身浓烈的启蒙意识来确证其现代性，当然民间文学也包括在内。民间文学的兴起伴随着新文学运动以及启蒙之旅，更准确地说，民间文学从诞生之日便是一种运动。④

中国共产党其实很早就意识到文学在革命中的作用和意义，尤其重视

---

① 钟敬文在《我生命中的五四》（载中国民俗学网，https：//www. chinesefolklore. org. cn/web/index. php？NewsID=4699&Page=1，2009-05-03/2019-10-28）一文中述及：在"五四"的前两年，即1917年，新文学运动已经在知识界开始了，但"五四"运动的巨大力量却把它在全社会范围内带动起来，并把它的革命影响扩大到社会科学和人文科学的各个领域。在那个特定的时代气氛下，它这只文学之舟，成了一艘驶向纵深的历史海洋的"母舰"，承载了许多新学术的运送使命。它们后来又同它脱离开来，成了其他的现代新学科。在这些现代学科群中，就包括了我后来所终生从事的民俗学（包括民间文艺学）。钟敬文在为《二十世纪中国民俗学经典》（社会科学文献出版社2002年版）所作的序言中亦提及："在著名的五四运动爆发前的1918年，北京大学成立了近世歌谣征集处，1920年成立了歌谣研究会，1922年出版了《歌谣周刊》，有组织、有计划、有纲领、有行动的中国民俗学运动，由此拉开序幕。"吕微《民间文学—民俗学的意向方式》（载《中国社会科学院院报》2006年11月9日）一文中强调"五四"运动对现代中国之贡献时，明确指出歌谣运动是它的一翼。

② 王文宝：《中国民俗学史》，巴蜀书社1995年版，第184页。

③ [德]康德：《历史理性批判文集》，何兆武译，商务印书馆1990年版，第22页。

④ 参见毛巧晖《20世纪下半叶中国民间文艺学思想史论》（修订版），学苑出版社2018年版，第55—57页。

大众文学（包含民间文学）在宣传中的效果。① 1938年10月，在中共六中全会上毛泽东作了《论新阶段》的报告②，报告中就中国共产党在民族战争中的地位提出："马克思主义的中国化，使之在其每一表现中带着中国的特性，即是说，按照中国的特点去应用它，成为全党亟待了解并亟须解决的问题。洋八股必须废止，空洞抽象的调头必须少唱，教条主义必须休息，而代之以新鲜活泼的、为中国老百姓所喜闻乐见的中国作风与中国气派。把国际主义的内容与民族主义的形式分离起来，是一点也不懂国际主义的人们的做法，我们则要把二者紧密地结合起来。"③ 文学史家王瑶强调："这话自然也适用于文学的领域，特别是因为新文学的作品一直没有能够深入到工农群众间，为老百姓所喜闻乐见，因而立刻引起了文学工作者的反省与检讨。那时正是制作通俗文艺的高潮刚过去，大家对于运用旧形式的意见并不完全相同，甚至可以说有的很不相同，于是在深入学习毛主席的报告中，文艺界便展开了有关民族形式的论争。"④ 当然这一形势在解放区发展最好，由土地革命时代传下来的注重文艺教育的光荣传统，抗战后又集中了很多的文艺工作者，在中国共产党的领导下，文艺活动已成为人民生活中不可缺少的一部分了。《十年来新文化运动的检讨》中，李初黎提出当时文化运动中的任务时，谈道"要更广泛地深入地进

---

① 正如王明所说："在反对国民党的武装斗争时期，中央苏区和长征路上，红军里就有了自己的剧社、宣传队，中央苏区还成立过瞿秋白同志为校长的高尔基戏剧学校。"参见王明《中共50年》，东方出版社2004年版，第253页。1937年日本发动全面侵华战争，中国人民广泛的抗日民族统一战线在民族解放战争的旗帜下形成，在全国抗日的情势下，有着革命传统的文学必然介入，作家走向了农村、部队、小城镇，为了更好地配合抗战的需要，文艺界成立全国性组织——中华全国文艺界抗敌协会。在全国形势的影响下，1936年11月中旬，在苏区首府保安，经过党中央批准，成立了中国文艺协会。在成立大会上，毛泽东说："中华苏维埃成立已很久……中国文艺协会的成立，这是近十年来苏维埃运动的创举。"毛泽东特别提出，"文协"的同志要"发扬苏维埃的工农大众文艺，发扬民族革命战争的抗日文艺"。这是对十年苏区文艺运动的总结，也是他对即将出现的抗战文艺运动的高潮的期望，"大众"这两个字正式进入毛泽东提出的文艺口号。具体论述参见毛巧晖《涵化与归化——论延安时期解放区的"民间文学"》，上海辞书出版社2006年版，第85页。
② 毛泽东的报告发表以后，民族形式问题成了重庆和延安两地的文学界新的共同话题，从而展开了长达两年之久的关于民族形式问题的论争。
③ 毛泽东：《论新阶段》，《解放》周刊第五十七期，1938年11月25日。
④ 王瑶：《中国新文学史稿》（下），载《王瑶文集》第4卷，北岳文艺出版社1995年版，第24页。

行通俗化大众化的工作"①。之后延安的《新中华报》《文艺突击》《文艺战线》，晋察冀边区的《边区文化》等，相继发表了艾思奇、柯仲平、萧三、冼星海、沙汀、刘白羽、劳夫、陈伯达等人的文章，丁玲专门写了《苏区文艺运动》，这些文章联系利用旧形式问题，围绕着创造文艺的民族形式展开了讨论。周扬在《对旧形式利用在文学上的一个看法》一文中谈道：

> "五四"的否定传统旧形式，正是肯定民间旧形式；当时正是以民间旧形式作为白话文学之先行的资料和基础。②

虽然当时关于"民间""平民"的概念带有很大的限制性，但总是向民众接近了一大步。抗日战争爆发后，针对文艺界，特别是延安文艺界，周扬强调：

> 利用旧形式不但与发展新形式相辅相成，且正是为实现后者的目的。把民族的、民间的旧有艺术形式中的优良成分吸收到新文艺中来，给新文艺以清新刚健的营养，使新文艺更加民族化、大众化，更为坚实与丰富。
>
> 旧形式正是以那文字的简单明白而能深入了广大读者的心的，过去虽有人对民间文艺作过一些整理，搜集与研究的工作，但这工作还没有得到普遍的重视，民间艺术的宝藏还没有深入地去发掘。对这工作也还没有完全正确的态度，还没有把吸收民间文艺养料看作新文艺生存的问题。
>
> 用简洁明了的文字形式，在活生生的真实性上写出中国人来，这自然就会是"中国作风与中国气派"，就会是真正的民族形式。③

---

① 李初黎：《十年来新文化运动的检讨》，《解放周刊》第一卷第四十二期，1937年11月20日。
② 周扬：《对旧形式利用在文学上的一个看法》，《中国文化》第一卷创刊号，1940年2月15日。
③ 周扬：《对旧形式利用在文学上的一个看法》，《中国文化》第一卷创刊号，1940年2月15日。

在中国共产党政权领导下的解放区，伴随着中国共产党政治运动以及文艺政策和体系的确立与推广，民间文学运动再次兴盛与高涨。

延安时期，中国共产党从文化政策上号召研究者向"民间"学习，站在"民间"的立场上，特别强调文学作品要反映民众的生活。通过《讲话》将民间文学完全纳入文学的轨道，民间文学的学术研究即遵循这一宗旨向前推进。整个解放区在中国共产党的领导下，承袭之前"民间"理念的基础上，通过知识阶层的努力，建构了一个与中国其他区域以及历史上完全不同的、"全新"的"民间文学"，在这里"民间"从以前以模糊的下层民众为主体转为构想的、清晰的"工农兵"社会空间，他们的"文学"也要作为一种"被发明的传统"（invented tradition）重新缔造。在这一缔造过程中民间文学受到政治的影响而发生变化，同时民间文学自身的规律性又对这一变化起着一种牵制和支配作用，使得它向自己固有的本位靠拢、偏移。这一时期民间文学遵循延安政策规定，与作家文学研究一致，关于它的文学形式、内容、审美等进入研究视野，并且在搜集到写定等问题上形成了一定的学科规范；这种在特殊情境中形成的民间文学研究，新中国成立后推广到全国，奠定了中国民间文学特质的历史性基础。

二

新中国成立后，文学界各种力量重新整合，文艺学逐步形成"明确的政治形态"，这与当时的"单一政治文化语境"直接相关。[①] 民间文学亦是如此。学界的讨论一般从第一次文代会开始（第二章展开论述，在此不再赘述）。从表面上看，第一次文代会实现了解放区、国统区、沦陷区文艺的大会师，但从其实质而言，则是对延安道路的肯定与推广，"为中华人民共和国绘制了一个对日后文学实践产生重大影响的文学体制"[②]。1950年3月29日，在东四头条文化部的小礼堂召开了中国民间文艺研究会成立大会，在京的许多文艺界人士都参加了。从郭沫若、周扬的讲话以

---

① 参见王建刚《政治形态文艺学——五十年代中国文艺思想研究》，中国社会科学出版社2005年版，第14页。
② 斯炎伟：《全国第一次文代会与十七年文学体制心理的生成》，《文艺理论研究》2006年第4期，第100页。

及研究会章程等内容①，可以看到民间文学领域也在进行理论整合，并推广延安时期的民间文艺实践。这既是新的国家秩序重建的一部分，也是政治秩序重建的重要助力。它的发展与新中国成立初期的扫盲运动、文艺干部培养以及一系列文艺政策紧密融合。

新中国刚成立时，中国的文盲率高达80%，广大农民和城市贫民都是文盲或半文盲，"过去的教育是把持在统治阶级手里的；是统治阶级运用教育这一法宝以获得与巩固统治权的。在封建社会中如此，沦为半封建半殖民地之后亦复如此。至于劳动人民的子女，虽不能说绝对没有受教育的权利，但因经济、政治、社会、思想多方面的限制，能受到教育的实在居极少数。不然的话，中国何至于有占全人口百分之八十的文盲？而这百分之八十的文盲中，农和工的子女又占了绝对的大多数。"② 作为新中国主人的广大工人和农民占文盲人群的绝对多数，这样"开展工农教育，提高工人和农民的文化水平、政治觉悟和生产技术，就是加强和提高工农，巩固与发展人民民主专政的重要步骤"，"由此可知，开展工农教育乃是一个重大的政治任务"。③ 面对这种情形，政府延续根据地的经验，从工农教育着手，于1952—1960年在全国掀起四次大规模扫盲运动，工厂、农村、部队、街道等纷纷举办识字班，这些都为普及性的文学运动提供了基础。

1952年11月15日，扫除文盲工作委员会成立，各省、地、县成立相关机构，全面铺开了第一次扫盲运动。1955年，毛泽东在"《一个受欢迎的农业技术夜校》一文按语"中指出："这样的技术夜校，每个乡，在目前至少是大多数的乡，都应当办起来，青年团的各级组织应当管这件事。农民的学习技术，应当同消灭文盲相结合，由青年团负责一同管起来。技术夜校的教员，可以就地选拔，并且要提倡边教边学。"④ 1956年3月15日，全国扫除文盲协会成立，掀起第二次扫盲运动。1956年3月7

---

① 大会由周扬主持，郭沫若、茅盾、老舍、郑振铎相继讲话，郭沫若的讲话题为：《我们研究民间文学的目的》。大会通过了《中国民间文艺研究会章程》和《征集民间文艺资料办法》，由大家自由提名的方式推选出47名理事。郭沫若任理事长，周扬、老舍、钟敬文为副理事长。
② 董渭川：《新中国的新教育》，中华书局1951年版，第86页。
③ 钱俊瑞：《为提高工农的文化水平 满足工农干部的文化要求而奋斗——一九五〇年九月三十日在第一次全国工农教育会议上的总结报告》，《人民教育》1951年6月号，第12—13页。
④ 《毛泽东文集》第6卷，人民出版社1999年版，第450—451页。

日，《人民日报》发表社论《掀起规模壮阔的扫盲大跃进》；5 月 20 日，《人民日报》再次发表《用革命精神扫除文盲》。第三次扫盲运动高潮很快掀起。1958 年 2 月底，教育部、共青团中央、全国总工会、全国妇联、全国扫除文盲协会等联合召开扫盲先进单位代表大会。陈毅在会上说："扫盲工作是使六亿人民'睁开眼睛'的工作，要建设现代化的社会主义强国，一开步走，就要识字。从扫识字盲，扫文明盲，到扫科学盲。这样，中国才能改变又穷又白的面貌"。他号召来一个文化上的"原子爆炸"。① 会议向全国发出五年内基本上扫除全国青壮年文盲的倡议。

　　经过三次扫盲运动，全国的文盲人数大幅下降，但是巩固扫盲成果成为重要任务。1960 年 4 月，山西省委的一份报告引起了毛泽东的重视，之后，山西万荣"注音识字"的经验在全国推广。1960 年 5 月 1 日，《人民日报》发表社论，要求认真学习、大力推广山西万荣县的注音识字经验，争取提前扫除文盲。1960 年 5 月 11 日，中共中央发布了《关于推广注音识字的指示》，指出："山西省注音识字经验，是我国革命文化中一项重要的创举，应当在全国迅速推广。"新中国成立后，经过十余年的发展，民众的基本素养大大提高。1964 年第二次全国人口普查，15 岁以上人口的文盲率，已经由新中国成立初期的 80% 下降到了 52%；文盲人数减少了一亿多。

　　除工农民众教育运动外，文艺政策也直接影响了民间文艺的发展。1956 年 1 月 14 日至 20 日，中国共产党中央委员会就知识分子问题举行会议。周恩来在会上建议进行改革，以调动知识分子的积极性。1956 年 5 月 2 日，毛泽东在最高国务会议上作《论十大关系》的讲话，正式提出了"百花齐放，百家争鸣"（以下简称"双百"）的方针。文学艺术界推广"双百"方针后，"他们对党的政策的批评则要比其他知识分子的讨论更加直接。"② 他们对官僚体制进行批评，而且批评从官僚个人延展到社会制度。1957 年 1 月 7 日，《人民日报》发表了陈其通、陈亚丁、马寒冰、鲁勒的《我们对目前文艺工作的几点意见》，提出"反映社会主义建设的作品……逐渐少起来了，充满着不满和失望的讽刺文章多起来了。"

---

① 龙德、蔡翔主编：《中华人民共和国通鉴》，辽宁人民出版社 2000 年版，第 299 页。
② ［美］费正清、［美］罗德里克·麦克法夸尔主编：《剑桥中华人民共和国史（1949—1965）》，王建朗等译，上海人民出版社 1990 年版，第 245 页。

随着批评的蔓延,特别是学生反对中国共产党的权威的游行,中国共产党决定停止"双百"方针。1957年6月8日,《人民日报》发表《这是为什么》的社论。同日,毛泽东起草了党内指示《组织力量反击右派分子的猖狂进攻》,从此开始在全国范围内进行"反右"运动。

1958年,中共一改五年计划(1953—1957年)的发展战略,提出了"大跃进"的思想。周扬代表文艺界讲话,他强调:"为了巩固和发展社会主义制度,使社会主义的上层建筑能和经济基础相适应,在政治上、思想上进行一场社会主义革命,就是必要的和不可避免的。"这一时期,"反右"运动与"大跃进"相结合。"经过反右派的大辩论,我们大家,包括我自己在内,都受到了极深刻的教育。绝大多数的作家、艺术家更坚定地站到了社会主义方面。"无产阶级和资产阶级文艺思想的分歧"最突出、最集中地表现在对文艺和政治的关系的看法上"①。林默涵、邵荃麟在《为文学艺术大跃进扫清道路》② 一文中赞扬周扬的文章在阐述政治与艺术关系问题上是一个范例。1958年3月8日,中国作协书记处讨论《文学工作大跃进32条》,整个文学艺术界开始了"大跃进"。毛泽东在成都会议的讲话指出要搜集点民歌,他认为:"中国诗的出路,第一是民歌,第二是古典。在这个基础上,两者结合产生出新诗来,形式是民族的,内容应当是现实主义和浪漫主义的对立统一。太现实了,就不能写诗了。"③ 1958年4月14日,《人民日报》发表社论《大规模地收集全国民歌》,整个国家掀起了搜集民歌的高潮,各地群众艺术创作的激情高扬。1958年9月27日,中国文联主席团举行会议,要文艺工作者大力推动群众的创作运动和批评运动。《文艺报》第19期发表了《掀起文艺创作的高潮!建设共产主义的文艺》的社论。这一时期,"专业与业余之间的区别被搞得模糊不清。'作家'的数量由1957年的不到1000人增加到1958年的20多万。成千上万政治上忠诚的业余作者甚至成为

---

① 周扬:《文艺战线上的一场大辩论(根据1957年9月16日在中国作家协会党组扩大会议上的讲话整理、补充并和文艺界的一些同志交换了意见之后写成)》,《人民日报》1958年2月28日。
② 林默涵、邵荃麟:《为文学艺术大跃进扫清道路》,《文艺报》1958年第6期。
③ 陈晋:《文人毛泽东》,上海人民出版社1997年版,第448页。

作家协会的名流。"① 1959 年，国家领导人意识到"大跃进"中出现的问题，文学艺术界也开始冷静下来。1959 年 2 月，中共中央宣传部召开工作会议，陆定一、周扬就"大跃进"中文艺工作出现的问题和偏向作了重要讲话，文化部党组检查 1958 年的工作。1959 年 6—7 月，周扬、林默涵、钱俊瑞、邵荃麟、刘白羽、陈荒煤、何其芳、张光年等在北戴河开会讨论文艺工作的改进方案，开始了"文艺十条"的起草。文艺界没有像其他领域在 1959 年下半年至 1960 年进行第二次"大跃进"。"大跃进"渗透到各个领域，从生产、经济到文化、教育等，文学领域的"大跃进"如上文所述，从作家文学到民间文学都产出大量作品，尤其是后者，下文专列章节讨论。

三

1961—1962 年，整个政治形势又给知识分子营造了一个较为宽松的环境。1961 年 6 月 19 日，周恩来在"文艺工作座谈会和故事片创作会议"上作了重要讲话，讲话中阐述了艺术民主、解放思想等问题。② 1961 年 6 月 23 日，周扬也在"文艺工作座谈会和故事片创作会议"上讲话，批评了"大跃进"中某些电影的"概念化"问题，对"人性论"进行了新的解释。1961 年 6 月 1 日至 28 日，中宣部在北京新侨饭店召开全国文艺工作座谈会（又称"新侨会议"），讨论了《关于当前文学艺术工作的意见（草案）》（即《文艺十条》初稿）。经修改后，于同年 8 月 1 日印发各地征求意见。③ 1962 年 4 月，经过修改删定，最后定稿为"文艺八条"，这就是中共中央批转由文化部党组和全国文联党组共同提出的《关于当前文学艺术工作若干问题的意见（草案）》，其中"正确地认识政治

---

① ［美］费正清、［美］罗德里克·麦克法夸尔主编：《剑桥中华人民共和国史（1949—1965）》，王建朗等译，上海人民出版社 1990 年版，第 474 页。
② 周恩来：《在文艺工作座谈会和故事片创作会议上的讲话（一九六一年六月十九日）》，中共中央文献研究室编《建国以来重要文献选编》第 14 册，中央文献出版社 2011 年版，第 401—413 页。
③ 修正后，它的具体内容为：1. 正确地认识政治与文艺的关系。2. 鼓励题材与风格的更加多样化。3. 进一步提高创作的质量，普及文学艺术。4. 更好地继承民族文艺遗产和吸收外国文化。5. 加强艺术实践，保证创作时间。6. 加强文艺评论。7. 重视培养人才。8. 注意对创作的精神鼓励和物质奖励。9. 加强团结，调动一切积极因素。10. 改进领导方法和领导作风。

与文艺的关系"与"鼓励题材和风格的更加多样化",合并为"进一步贯彻百花齐放、百家争鸣的方针"。这个文件比较实事求是地总结了文艺工作的经验教训,制定了比较切合实际的措施,对于繁荣和发展文艺事业起了积极作用。

1961年8月23日至9月16日,中共中央工作会议在庐山举行,讨论了工业、粮食、贸易及教育等问题,并要求所有工业部门切实贯彻调整、巩固、充实、提高的方针。《光明日报》1961年9月3日,发表了陈毅一篇讲话,他指出知识分子的科学研究活动"就是表现社会主义政治的",不注意他们科研能力发展,仅仅关注政治教育,"我们的国家的科学文化就将要永远落后"。《文艺报》1961年第3期指出:"作家、艺术家完全可以按照自己的不同情况,自由地选择与处理他所擅长、他所喜爱的任何题材"。1962年1月11日至2月7日,中共中央在北京召开扩大的中央工作会议(即7000人大会),指出1962年是国民经济进行调整最关键的一年,全党必须踏踏实实地做好这方面的工作。毛泽东在大会上指出,知识分子不一定必须是革命的,"只要他们爱国,我们就要团结他们,并且要让他们好好工作。"① 1962年5月23日,文艺界举行了纪念毛泽东《讲话》发表20周年;《人民日报》发表社论《为最广大的人民群众服务——纪念毛泽东同志在延安文艺座谈会上的讲话》,文中人民的范围不止限于工农兵,同时力求使文学作品达到思想性和艺术性的高度结合;社论还强调:"我们既反对政治观点错误的艺术品,也反对只有正确的政治观点而没有艺术力量的所谓'标语口号式'的倾向。我们应该进行文艺问题上的两条战线斗争。"《红旗》和《文艺报》分别发表了《知识分子前进的道路》和《文艺队伍团结、锻炼与提高》的社论。

1962年8月,中共中央工作会议在北戴河召开。8月6日,毛泽东在大会讲话中提出了阶级、形势、矛盾三个问题。会议讨论了毛泽东的讲话,并以讲话为指导,准备八届十中全会的文件。1962年9月24—27日,中共第八届中央委员会第十次全会在北京召开。毛泽东主持了这次会议。

---

① 转引自〔美〕费正清、〔美〕罗德里克·麦克法夸尔主编《剑桥中华人民共和国史(1949—1965)》,王建朗等译,上海人民出版社1990年版,第437页。

会议对小说《刘志丹》进行了批判，认为有人发明了"利用小说进行反党活动"。20世纪60年代初期相对宽松的政策转变为对知识分子活动加强控制，特别是文学艺术领域，毛泽东号召进行思想领域里的阶级斗争。

1963年1月，柯庆施、张春桥、姚文元等在上海部分文艺工作者座谈会上提出"写十三年"的口号，认为只有写新中国成立后的十三年的社会才算是社会主义文艺。1963年3月，作协成立农村文艺读物委员会。1963年3月25日，《人民日报》发表社论《文化艺术工作者要更好地为农民服务》，并同时报道首都首批文艺工作者下乡参加社会主义教育工作的情况。1963年4月，中宣部在北京新侨饭店召开文艺工作会议。会议就"写十三年"这一问题进行了激烈的争辩，周扬、林默涵等认为这个口号是带有一定片面性的，张春桥则提出"写十三年十大好处"，为这个口号进行辩解。同时，全国文联在北京召开第三届全国委员会第二次扩大会议，4月19日，周恩来在这两个会议的联合报告会上作了《要做一个革命的文艺工作者》的报告，周扬作了《加强文艺战线，反对修正主义》的报告。会议还特别阐明阶级斗争与"双百"方针的关系。1963年8月16日，周恩来在文化部召开的音乐舞蹈座谈会上发表讲话，论述有关文艺工作的方针、阶级性、民族化、大众化、创作表现形式等问题。他提出，百花齐放、推陈出新、百家争鸣、厚今薄古，要成为我们文艺工作的座右铭，成为我们的方针。1963年8月29日至9月26日，文化部、剧协和北京市文化局召开首都"戏曲工作座谈会"，讨论进一步贯彻执行"百花齐放、推陈出新"的方针问题，也进一步批判"鬼戏"。1963年10月26日，中国科学院哲学社会科学学部委员会召开第四次扩大会议，周扬作了《哲学社会科学工作者的战斗任务》的讲话。1963年12月12日，毛泽东发出了针对文学艺术的批示。①

---

① "各种艺术形式——戏剧、曲艺、音乐、美术、舞蹈、电影、诗和文学等等，问题不少，人数很多，社会主义改造在许多部门中，至今收效甚微。许多部门至今还是'死人'统治着。不能低估电影、新诗、民歌、美术、小说的成绩，但其中的问题也不少。至于戏剧等部门，问题就更大了。社会经济基础已经改变了，为这个基础服务的上层建筑之一的艺术部门，至今还是大问题。这需要从调查研究着手，认真地抓起来。"在中共中央宣传部文艺处编印的关于上海举行故事会的材料上，毛泽东写了这一批示。当时没有公开发布。1966年《红旗》杂志第9期重新发表毛泽东《在延安文艺座谈会上的讲话》所加的按语《无产阶级文化大革命的指南针》中，首次正式公开毛泽东1963年和1964年的这两次批示。参见谢冕、洪子诚主编《中国当代文学史料选（1948—1975）》，北京大学出版社1995年版，第599页。

四

1964年至1965年，文化部和中国文联又开始了新的一轮整风运动。1964年1月3日，中共中央召集文艺座谈会，传达毛泽东关于文艺工作的批示。1964年6月27日，毛泽东发出了对文学艺术所作的第二个批示："这些协会和他们所掌握的刊物的大多数（据说有少数几个好的），十五年来，基本上（不是一切人）不执行党的政策，做官当老爷，不去接近工农兵，不去反映社会主义的革命和建设。最近几年，竟然跌到了修正主义的边缘。如不认真改造，势必在将来的某一天，要变成像匈牙利裴多菲俱乐部那样的团体。"① 1964年8月，《红旗》杂志第15期发表柯庆施1963年底在华东地区话剧观摩演出会上的讲话。他说戏剧界热衷于资产阶级、封建阶级的戏剧，对于反映社会主义现实生活和斗争的戏，则寥寥无几，深刻反映了戏剧界、文艺界存在着两条道路、两种方向的斗争。

在中共中央全国工作会议（1964年12月15日至1965年1月14日）、最高国务会议（1964年12月18日和12月30日）、三届全国人大一次会议（1964年12月21日至1965年1月4日），周恩来宣布调整国民经济的任务已经基本完成，整个国民经济已经全面好转。1965年1月14日，中共中央在全国工作会议后，发布《农村社会主义教育运动中目前提出的一些问题》（即"二十三条"）。之后，"四清"（指清政治、清思想、清组织、清经济）运动在全国城乡继续进行，一直延续到20世纪60年代中期才结束。1965年2月23日，周扬召集中国文联各协会和主要报刊负责人会议，布置贯彻"二十三条"，提出写批判文章要防止片面性和绝对化。1965年4月，一些主要报纸发表"二结合"（按：指革命现实主义与革命浪漫主义）的文艺创作的文章。1965年7月21日，毛泽东在给陈毅的信中提道："要作今诗，则要用形象思维方法，反映阶级斗争与生产斗争，古典绝不能要。但用白话写诗，几十年来，迄无成功。民歌中倒是有一些好的。

---

① 毛泽东在《关于全国文联和各协会整风情况的报告（草稿）》上的批示。这一批示的开头是："文艺界十五年来，基本上……"1967年5月23日，陈伯达在纪念《在延安文艺座谈会上的讲话》25周年大会报告引述这一批示时，"基本上"和"最近几年"下，都标有重点号（见1967年5月24日《人民日报》）。参见谢冕、洪子诚主编《中国当代文学史料选（1948—1975）》，北京大学出版社1995年版，第600页。

将来趋势，很可能从民歌中吸引养料和形式，发展成为一套吸引广大读者的新体诗歌。"① 这一段时间，文化界批判了杨献珍的"合二而一"论、邵荃麟的"写中间人物论"、冯定的"一切人有共同的本能"、欧阳山"没有阶级内容的爱"、周谷城"意识的'同一性'"等。这次整风运动，"与此前相比最重要的区别也许是，这次不是全体一致地……持否定态度，众口一词地对某一确定的路线表示拥护。这次有不同的观点，有的为受害者辩护，同正被强行贯彻的路线并不一致。攻击者们占据着主导地位，但和其他运动不同的是，辩护者、大事化小者并没有销声匿迹。"②

1966年1月1日，《人民日报》发表周扬1965年11月29日在全国青年业余文学创作积极分子大会上的讲话《高举毛泽东思想红旗，做又会劳动又会创作的文艺战士》。讲话概述了1949年以来文艺界围绕文艺路线的五次大辩论、大批判，提出要"大写社会主义，大写英雄人物"，"努力培养社会主义接班人"。1966年1月12日，《人民日报》头版报道《毛泽东思想推进农村文化革命》。报道称，华北区农村宣传、文化工作会议集中解决的一个主要问题是："要求各地开展意识形态领域中兴无灭资斗争，大破资本主义封建主义的旧思想旧文化，大立社会主义的新思想新文化。"1966年1月25日，《人民日报》头版发表总政治部主任肖华在全军政治工作会议上的报告摘要，题目是《高举毛泽东思想伟大红旗，坚决执行突出政治的五项原则》。1966年1月，各报元旦社论的主题词都是"活学活用毛泽东思想""突出政治"等；在意识形态领域则强调"兴无灭资""破旧立新"。1966年2月2日至20日，江青以林彪的名义在上海召集"部队文艺工作座谈会"，并炮制出一份《林彪同志委托江青同志召开的部队文艺工作座谈会纪要》（简称《纪要》），经毛泽东审阅修改后，由中共中央于1966年4月10日批发全党。1966年4月18日，《解放军报》在题为《高举毛泽东思想伟大红旗，积极参加社会主义文化大革命》的社论中，全面公布了《纪要》的观点和内容，号召批判"文艺黑线"。

---

① 《毛泽东给陈毅同志谈诗的一封信》，《诗刊》1978年1月号，第4页。
② ［美］费正清、［美］罗德里克·麦克法夸尔主编：《剑桥中华人民共和国史（1949—1965）》，王建朗等译，上海人民出版社1990年版，第475页。

1966年2月22日,《人民日报》头版发表《文艺工作者下乡下厂参加三大革命运动　在斗争洪炉中改造自己促进思想革命化》长篇报道,介绍全国28个省、市、自治区共有16万余名文艺工作者下到农村、厂矿、连队,参加三大革命运动,促进自身思想革命化。报道称:"这是解放以来规模最大、影响最深的一次社会主义文化大进军。"《人民日报》同时发表社论《文艺工作者,到农村去锻炼!》。1966年2月27日,《人民日报》在报道文艺工作者谈学习毛泽东著作的体会时,配发社论《用毛泽东思想武装起来,做无产阶级的革命文艺战士》。

　　1966年2月,以彭真为首的"文化革命五人小组"拟定《文化革命五人小组关于当前学术讨论的汇报提纲》(简称《二月提纲》),经在京政治局常委审阅,并报毛泽东批准,于2月12日以中共中央文件下达全党。4月,中央书记处会议和政治局常委扩大会议批判了《汇报提纲》和彭真的"反党罪行",并决定撤销这个提纲,成立"文化革命文件起草小组",另行起草一个"通知",决定撤销原"文化革命五人小组",重新组建文化革命小组。1966年5月16日,中共中央政治局扩大会议通过由毛泽东主持起草的《中国共产党中央委员会通知》(即"五一六"通知)。"五一六"通知提出了"文化大革命"的理论、路线、方针、政策,要求各级党委立即停止执行《二月提纲》,号召党、政、军、文各界向"资产阶级代表人物"猛烈开火,"夺取文化领域中的领导权"。

　　此外,需要提到的就是苏联对中国的影响。新中国刚成立时,实行"一边倒"的外交政策,外交的主要国家就是苏联。后来逐渐有了变化。1957年是中苏关系重新确定的一年。这一年毛泽东二次访问莫斯科,10月15日,中苏缔结了一项国防新技术协定。11月6日,又一个军事友好代表团访苏,直到11月29日才离开。与此同时,由郭沫若任团长,中国科学院的科学家组成的中国科学技术代表团也在苏联访问,与苏联同行会晤。12月11日,为期五年的中苏科技合作协定在莫斯科签订,同时签订的还有一份1958年中苏科技合作议定书。这样,尽管会晤中中苏关系有紧张的一面,但是从签订的协议上表明双方加强了联盟。1958年,赫鲁晓夫公开和私下批评中国的"大跃进",这引起了中国的反感,中国的外交政策中,批判东欧搞修正主义,特别是在南斯拉夫问题上,与赫鲁晓夫出现严重分歧。"从1958年起,我们就确立了自力更生为主、争取外援为辅的方针。"① 文学艺术界也做出相应反应。1958年5月，在中共八大二次会议上，毛泽东提出："无产阶级文学艺术应采用革命现实主义与革命浪漫主义相结合的创作方法。"1958年7月31日至8月6日，河北省召开文艺理论工作会议。周扬提出"建立中国自己的马克思主义的文艺理论和批评"。学术上开始纠正照搬苏联的模式。1960年6月，苏联停止了对中国的援助，撤走了全部专家。1965年3月，中共和苏共之间分歧和矛盾日益加深，在莫斯科会议（3月1日至3月5日）后，两党关系正式断绝。

第二节　民间文学批评体系的构拟与消解

20世纪80年代开始，史学领域"已经发生了有时不为人所意识到的从叙述史学到面向问题的史学的转变"。这一转变主要表现在：（1）历史的研究对象不再是时间，而成为与某个特定时期有关的某些问题。（2）由描述转向解释。"使他们所探索的对象概念化，把它们纳入一个意义网络，并因而使它们成为近乎同一的，至少使它们在一个特定的时间段中是可比的。"（3）根据问题构建历史资料。②

詹姆斯·鲁宾逊（James H. Robinson）在其1911年发表的《新史学》一书中专门将思想史列为新史学的一个重要方面，这样思想史跟社会史一样，指的是一种新型的史学。思想史研究可以遵循"观念史"研究，也可叫作知识论研究，其着眼于思想内在理论的逻辑延展（或内在的辩证法），使思想与社会的、政治的和经济的脉络脱节，认为思想在观念领域里能自我对待、传承或转换，具有自主自足性，卡尔·曼海姆（Karl Mannheim）认为观念史研究的特点是"思想的改变只能在思想的层次（内在的思想史）上被理解"，它妨碍了我们认识社会进程对思维领域渗透的具体情形，这样它因缺少现实的社会纬度而显得过于精英化。本书对思想史的探讨不是从这一层面展开，而是按照曼海姆所说："1. 每一种对问题的系统表述，都只

---

① 毛泽东：《在扩大的中央工作会议上的讲话》（1962年1月30日），引自施拉姆编《毛主席与人民谈话》，转引自［美］费正清、［美］罗德里克·麦克法夸尔主编《剑桥中华人民共和国史（1949—1965）》，王建朗等译，上海人民出版社1990年版，第484—485页。

② 史学理论丛书编辑部：《八十年代的西方史学》，中国社会科学出版社1987年版，第224页。

有通过以前实际存在的、把这样一种问题包含于其中的人类经验，才是可能的；2. 在对各种各样的材料进行选择的过程中，选择者总会涉及认识者所进行的意志活动；3. 就对问题的处理所遵循的方向而言，从活生生的经验之中产生出来的各种力量都具有重要意义。"① 也就是说思想是处于具体的历史情境和社会过程中的。在某种意义上，思想推动着历史，思想史研究是一种当下的活动，通过它"在某些关键时刻，那些暂时休眠的伟大传统会苏醒过来，帮助我们突破现实的困顿和狭隘"②。

鉴于问题史研究的优越性，在此不再沿用叙述史学的习惯，而是根据问题史的研究呈现1949—1966年民间文学发展的全貌。

新中国成立后，文艺界重视对文学的思想性与社会历史价值的探讨和研究。民间文学领域也加入这一行列，并在学术研究中突出其特殊性和优越性。民间文学相较于作家文学而言，其文本不是现成的、固定的，需要通过研究者搜集。因此这一时期民间文学的核心问题就是民间文学的搜集与整理，学界围绕其展开了讨论，并期冀在此基础上推进、建构社会主义多民族国家的民间文艺批评体系。

一苇述《中国故事》③出版后，各种评论接踵而至，不仅认为此著作是"真正具有现代性"④的中国故事集，而且将一苇视为"中国的卡尔维诺"；当然也有其他批评之声。⑤ "搜集""整理""改编"当下看似陌生的语汇，曾是1949—1966年民间文学的显性话语，是民间文学领域建立新的社会主义文艺批评的尝试，但是从20世纪80年代开始，这些话语在

---

① ［德］卡尔·曼海姆：《意识形态和乌托邦》，艾彦译，华夏出版社2001年版，第323页。
② 丁耘、陈新主编：《思想史研究》第1卷，广西师范大学出版社2005年版，发刊词第1页。
③ 一苇述：《中国故事》，中信出版集团2017年版。
④ 中国青年网·读书频道，http://book.youth.cn/zx/201701/t20170119_9049313.htm，2017-01-19/2017-06-28。
⑤ 在关于《中国故事》的讨论中，全面、集中的评述当属刘守华《关于民间故事的改写——为一苇〈中国故事〉作序》以及涂涂《中国故事的湮没与重生》。前者，可以说是一位从20世纪60年代走来的老一代学人对于民间文学领域长期以来"实证主义"研究的学术反思，"民间故事虽是集体创作和传承的口头文学，可是我们见到的故事文本，都是有口述人和记录整理人的……现在通行的做法是在故事末尾注明口述人、采录人，这是科学性的体现。你把原作进行适当加工写出来，我赞成用'整理编写'来标明……"参见一苇述《中国故事》，中信出版集团2017年版，第1—34、18页。

民俗学实证主义①研究语境中逐渐被遮蔽。

一

口头叙事和书面叙事的差别主要表现在形式上，其文学形式而言，口头叙事没有固定文本，"即便是最低程度地诉诸书写，它们所获得的固定性（fixity）也会超越真正口头创作的程式化语汇"②。因此从现代意义上的民间文学兴起之时，搜集资料就是民间文学研究的第一步。1918年2月1日，北京大学发布了《北京大学征集全国近世歌谣简章》，刘半农提出所搜集歌谣应是"有关一地方、一社会或一时代之人情风俗政教沿革""寓意深远有关格言""不涉淫亵，而自然成趣"等，这既是将民间文学文本"固定化"的第一步，也呈现了对民间文学赏鉴与批评的标准。胡适、董作宾阐述了民间文学的文学赏鉴意义，如胡适认为对于民间"风诗"，"用文学的眼光来选择一番"，使得它们"特别显出来，供大家的赏玩，供诗人的吟咏取材"③。董作宾则强调民间文艺与平民文化、民众心理的关系。④

《歌谣》周刊发刊词所强调的歌谣搜集⑤之学术与文艺的目的形成了

---

① 刘宗迪：《超越语境，回归文学——对民间文学研究中实证主义倾向的反思》，《民族艺术》2016年第2期，第125—132页。
② ［美］罗伯特·斯科尔斯、［美］詹姆斯·费伦、［美］罗伯特·凯洛格：《叙事的本质》，于雷译，南京大学出版社2015年版，第57页。
③ 胡适：《北京的平民文学》，《读书杂志》1922年10月1日，第2版。
④ "民间文艺，是平民文化的结晶品：我们要了解我们中国的民众心理，生活，语言，思想，习惯等等，不能不研究民间文艺；我们要欣赏活泼泼赤裸裸有生命的文学，不能不研究民间文艺；我们要改良社会，纠正民众的谬误的观念，指导民众以行为的标准，不能不研究民间文艺。"董作宾：《为"民间文艺"敬告读者》，《民间文艺》（创刊号），1927年11月1日，第4页。
⑤ 北京大学征集歌谣，其办法为"嘱托各官厅转嘱各县学校或教育团体代为搜集"，这一搜集既是中国采风思想之延续，也蕴藏了建立民间文学资料总藏的思想。1937年，胡适提议在全国范围内进行歌谣调查，希望同人在现有基础上，用二三十年时间"完成全国各省县的歌谣收集和调查"。这一学术承袭中，民间文学的搜集与取舍，其实也是构拟文学批评与评论系统的成果，正如周作人所说："反对用赏鉴眼光批评民歌的态度"，打破古典文学"僵化"的文艺价值观和批评体系。这一理念到延安时期得以进一步发展。延安时期解放区对于民间文学资料的搜集是中国民间文艺学史上的第二次浪潮，这一时期的主导思想与中国传统采风完全一致。《陕北民歌选·凡例》中详述了编选标准与目的。1949年中华人民共和国成立后，延安时期解放区的民间文学理念在全国范围内推广。民间文学编选搜集开始在全国各地域、各民族范围内展开，当然只是到了80年代民间故事、民间歌谣、民间谚语的搜集才全面实现。新时期民间文学的搜集以及理论成就与1949—1966年民间文学的"搜集整理"息息相关。参见毛巧晖《涵化与归化——论延安时期解放区的"民间文学"》，上海辞书出版社2006年版，第140—141页。

现代民间文学研究的文学与民俗的分野，但无论哪种目的，民间文学搜集都有"标准"，只是前者注重寻求民间文学存在状态之"真"，后者则倾向于"发现新诗"，所搜集文本都是"过滤"后的民间文艺。鉴于所讨论的问题，对于民俗学之民间文学搜集暂不加以阐述。20世纪初期民间文学伴随新文学运动兴起，20—30年代民间文学与"到民间去"、工人运动、左翼文学运动等紧密相连，40年代延安时期对民间文学的大力发掘与积极利用，其中都关涉民间文学的搜集。只是"搜集"的标准以及对其"文本"的审美评价不同。延安时期，李季在陕北三边一带搜集民间文学，并于1944年7月20日在《解放日报》发表《救命墙——三边民间传说》，这则传说主要讲述王老汉勤俭持家的智慧，经过李季整理转换成"固定文本"。文本没有提及讲述者，也未谈及搜集整理标准，但从《王贵与李香香》可以看出①，李季在文本整理中突出了"穷汉"等新的阶级划分标准和文艺标准。

1949—1966年的"搜集"不再仅仅限于网罗材料，它与"整理""改编"等成为民间文学话语系统的重要概念，也成为民间文学研究领域的基本问题。如果从本质主义的视角来看，民间文学具有永恒不变的一个本质——文学性，所有的研究都是要探寻它，大多学者将民间文学的搜集整理视为与社会历史情境和一般文学相关的问题，认为其无法触及和追寻民间文学的文学性本质②，但恰是在这非本质主义的探讨中，关注到"知识应用的情境性，认为知识不可能放之四海而皆准，不可能适用于所有的情境"③。因此爬梳民间文学搜集整理问题，就需要在当时的历史情境中展开，在情境中探寻问题背后学术思想的脉络。

二

与新文化运动相伴生的民间文艺研究，从思想上接纳了西方文化

---

① "民国十八年雨水少，/庄稼就像炭火烤……/瞎子摸黑路难上难，/穷汉就怕闹荒年……/掏完了苦菜上树梢，/遍地不见绿苗苗。/坟堆里挖骨磨面面，/娘煮儿肉当好饭。"李季：《王贵与李香香》，人民文学出版社1978年版，第22页。
② 笔者本人曾经也有这样的看法。
③ 桑新民：《建构主义的历史、哲学、文化与教育解读》，《全球教育展望》2005年第4期，第152页。

进化论①，在这一理念的统合下，在中国汉族（在某种意义上）取得了对少数民族文化的优势权以及主导权，无形中，少数民族地区和各方言区被视为"原始"的一方。在20世纪20年代民间歌谣搜集工作中，知识分子希望通过民众能接受的语言改造"民间"。只是从30年代瞿秋白开始，到40年代毛泽东的《讲话》，民间文艺背后的思想观念发生了转换，民间文艺被视为大众的文艺，民族形式问题的论争、大众语言问题的讨论，其目的都是希望民间文学能成为民众享用的文艺。1949年，文学进一步介入生活，以塑造社会主义新人、社会主义新中国为其目标，正如刘禾所说："文学介入生活，那时候文学的野心很大，目标不是成就大作家，而是创造新社会。怎样创造新社会？那就是要创造新人。"②资料搜集是民间文学研究的重要内容，关于资料搜集的讨论，首先接驳并回应了这一新的变化。本节主要通过钟敬文编纂、出版《民间文艺新论集（初编）》（以下简称《新论》）与刘魁立和董均伦、江源就民间文学搜集工作所展开的讨论这两个事件呈现民间文学领域构建新体系的努力，并希冀在此基础上构建社会主义新型文学。

（一）钟敬文《新论》的编纂与出版

《新论》编选的最初目的是教学参考，在"付印题记"中，编者明确提道："民间文学方面的参考材料还是感到相当缺乏，特别是理论方面。（过去出版的一些成本头的书，大都在观点方法上是陈旧的，不很适宜于现在同学们的研习。）"③可见，其目的就是在新的历史语境中用新的观点和理论培养民间文学研究者，"我们的民间文艺学运动，到底跟整个国家和人民一起走上新的道路了"④。《新论》除了"付印题记"与"校后记"外，共有八部分，每部分用星号间隔，有关口头文学意义、作家学者论民间文学等都集中选取了苏联和解放区的文章与个案，但是主题并不集

---

① 正如费边在《时间与他者：人类学如何制作其对象》中所说，民俗学、人类学往往将"他者"置于时间的另一端，并将这种时间进化转化为空间存在，研究者关注他们作为我们过去历史的影子以及史料意义。
② 刘禾：《突破中情局文化冷战封锁：一场被遗忘的亚非文学翻译运动》，http://weibo.com/5041898236/Fffrcewyv?type=comment#_rnd1502350477441，2017-08-02/2017-08-07。
③ 钟敬文：《民间文艺新论集（初编）》，中外出版社1950年版，第2页。
④ 钟敬文：《民间文艺新论集（初编）》，中外出版社1950年版，第12页。

中，这就如编者所说，最初只是油印为了授课，后来直接出版，编纂体系并不是非常完善，但是有一组文章却论题集中，这就是"关于民间文学搜集"，这一辑共有四篇文章：何其芳《从搜集到写定》、李束为《民间故事的搜集与整理》、王亚平《民间歌曲的收集与研究》、钟敬文《谈口头文学的搜集》。[①] 这四篇文章在新的文艺话语建构中，接驳了"新的人民的文学"话语，并且突出了搜集者对民间文学的选择与审美，即文学性与艺术性，而这一文学性与艺术性是为"教育"新人，即塑造新人服务的。这一思想与后来的民间文学搜集整理工作一脉相承。

（二）刘魁立与董均伦、江源就民间文学搜集工作所展开的讨论

1957年，刘魁立于本年度《民间文学》6月号发表《谈民间文学的

[①] 总体而言，这四篇与全书编纂的主旋律一致，主要以解放区的民间文学为主，最后附加了一篇编者本人的文章。前三篇的理论要点就是"付印题记"所述民间文学的新观点以及民间文学的新道路。他们共同点就是强调民间文学的文学性与艺术性，正如何其芳所说北大搜集的歌谣艺术性而言要比鲁艺所搜集歌谣略差，"这原因何在呢？我想，在于是否直接从老百姓去搜集"。李束为则提道：晋绥边区的"故事有它的积极的传播者和广大的听众。他们以自己创造的文学形式，来传达他们的心声"，"对于这种为广大群众所喜闻乐道的民间文学，采集起来，加以整理推广，不但能够配合工作发挥它的积极作用；而且对于文献工作者学习为广大劳动群众所喜爱的文学形式，也许是有益的……这些经过采集与整理出来的民间故事，（或说略加提高的故事），比起原来在群众中流传的未经整理的故事所起的影响大的多了。因为那些未经整理的故事是在一种自然状态中流传，想起什么故事就讲什么故事，并不一定根据当前工作与群众的目前思想情况加以选择，同时所讲的故事也不一定都是有教育意义的……忠实的记录，文艺工作者带头并发动广大区村干部去采集，这就是晋绥文艺工作者在采集民间故事中得到的一点经验。整理民间故事应以正确的观点加以分析，作为取舍或修改的根据"。他还提出必须"作一个忠实的记录员，讲故事的人怎样讲，就要怎样记。忠实的记录，就是为要保持民间故事的形象的、生动活泼的、精炼的语言。这种语言是被广大群众的唇舌千百遍的洗练过的语言，是群众语言的精华，是接近文学语言的语言。它能够生动的表现故事的内容。如果舍弃这种有生命的语言，而用知识分子的语言写出来的民间故事，已失去了民间故事的光彩，只剩了一个干巴巴的故事了。即使这个故事是有益的，是值得推广的，那也不大为群众所欢迎。此外，一个故事可以找几个人讲，都忠实的记录，作为整理研究时的参考"。王亚平提出了："我们在收集、研究时，必须本着'去其糟粕，取其精华'的精神，严格地加以审查，批判地接受。"钟敬文的文章则围绕"搜集工作的过去与今后""新的观点、立场""一些基本的了解""必备的知识和技能""工作的态度""应该注意的许多事情"六部分展开，文章更多是对搜集技巧和态度的论述，观念性的就是第二部分"新的观点、立场"，但由于对解放区民间文学没有直接感受，作者主要在总结学术史基础上进行了理论阐述，并未使用"新"话语，只是紧紧扣合新的解放区民间文学概念，指出："集团又可以做出许多在个人办不到的事情，好像共同解决材料上的某些疑难等。这对于搜集的工作很有利。我希望许多文工团的青年朋友能够联合起来试一试。"

搜集工作——记什么？如何记？如何编辑民间文学作品》，他根据在苏联的学习，认为："凡是民间文学作品一律需要记录"①。这主要针对董均伦、江源所说："在每一个庄里，都有几个善于说故事的人，即使你和他不太熟悉，他也能讲给你听。可是你得跟他说明你愿意听什么样的，或是自己先说给他听。要不的话，他会尽对你说那号中状元，考举人，清官断案，那一类封建迷信的故事。"② 董均伦、江源对此进行了回应："整理民间故事的目的，是给广大读者看的，应该有选择的自由，如果刘先生把什么样的故事都记下来研究，那是刘先生个人的事情，不能强制别人也这样做。"③ 在之后的两年，《民间文学》编辑部组织了相关问题的系列讨论，并将讨论结果结集成书。④

其实在这些争论中，其核心就是如何看待董均伦、江源的选择与批评的标准。董均伦、江源搜集民间文学的目的是：民间文学是社会主义中国文学/文化叙述的一部分，希冀其在民众中传播，从而成为塑造社会主义新人、新中国的重要方式。另外，我们可以看到董氏夫妇的选择标准与李束为一脉相承。因此，在当时的历史语境中，它与国家话语相契合，尚属于显性话语系统，只是后来对于他们的争议，学界一般归纳为目的的分野，类似于书面文学的研究与鉴赏的区别。⑤

---

① 自然学、人类学、民俗学爱好者协会民俗学分会民间文学委员会所制《民间文学作品搜集工作纲要》（俄文版），转引自刘魁立《谈民间文学搜集工作——记什么？如何记？如何编辑民间文学作品》，《民间文学》1957年6月号，第30页。

② 董均伦、江源：《搜集、整理民间故事的一点体会》，《民间文学》1955年第9期，第56—58页。

③ 董均伦、江源：《关于刘魁立先生的批评》，《民间文学》1957年第8期，第60—61页。

④ 朱宜初、陈玮君、巫瑞书、陶阳、张士杰、李星华等从事搜集和研究工作的人员，以及1959年云南省、广西壮族自治区参加搜集整理叙事长诗、民间故事、传说的部分研究者也都参与其中。参见《民间文学》编辑部《关于搜集整理工作的各种不同意见》，载《民间文学》1959年7月号，第3—6页。后来结集而成《民间文学搜集整理问题》第一集（上海文艺出版社1961年版）和《民间文学参考资料》第三辑（内部资料，1963年），主要探讨搜集过程中记录的问题与搜集成果的整理（含改编）问题。

⑤ "他们之间的不同也是显著的，其主要原因是研究的角度不同，当时研究主要有两个角度：科学研究和群众读物。"参见陈子艾《民间文学搜集工作四十年》，载钟敬文主编《中国民间文艺的新时代》，敦煌文艺出版社1991年版，第139页。

三

1949—1966年文学介入生活,民间文学与生活天然、紧密的关系,使得它迅速成为"现代民族国家构建以及新的文学话语的接驳场域与动力源"①,同时相应地也要求它生发出新的批评话语。在搜集整理问题探讨的背后,另一重要思想就是民间文学批评话语的构建。

(一)围绕当时中学课本中选用《牛郎织女》一文展开的争论

新中国成立后,《牛郎织女》成为戏曲改革的对象。② 以这一传说为主要内容的《天河配》,曾经在每年七夕都会演出,其内容重点突出牛郎、织女的性别冲突。戏曲改革中,要植入新的国家话语,出现过不同学人的争执,其争执中心就是彻底改变牛郎织女传说的情节链,还是在原有框架中加入反封建思想。③ 戏曲改革的同时,《牛郎织女》传说被选入初级中学课本《文学》第一册。这篇传说是由叶圣陶执笔改编。对这一民间传说的改编之争论,与戏曲改革的争端不同,不是改编者之间的争论,而是围绕此文本研究者之间的讨论。此次争论的焦点不是"改编",而是

---

① 毛巧晖:《现代民族国家话语与民间文学的理论自觉(1949—1966)》,《江汉论坛》2014年第9期,第114页。

② "旧有戏曲大部分取材于历史故事和民间传说;在民间传说中,包含有一部分优秀的神话,它们以丰富的想象和美丽的形象表现了人民对压迫者的反抗斗争与对于理想生活的追求。《白蛇传》《梁山伯与祝英台》《天河配》《孙悟空大闹天宫》等,就是这一类优秀的传说与神话,应当与提倡迷信的剧本区别开来,加以保存与珍视。对旧有戏曲中一切好的剧目均应作为民族传统剧目加以肯定,并继续发挥其中一切积极的因素。当然旧戏曲有许多地方颠倒或歪曲了历史的真实,侮辱了劳动人民,也就是侮辱了自己的民族,这些地方必须坚决地加以修改。"《重视戏曲改革工作》,《人民日报》1951年5月7日,第1版。

③ 争端两方分别以杨绍萱和艾青为代表。杨绍萱主张将牛郎织女传说的传统内容和形式完全抛弃,将其改造为"黄牛唱鲁迅的诗'横眉冷对千夫指,俯首甘为孺子牛';贯穿了和平鸽和鸥枭之争,用以影射国际关系,最后以'牛郎放牛在山坡,织女手巧能穿梭,织就天罗和地网,捉住鸥枭得平和'为结尾。"杨绍萱:《新天河配》,二十二院校编写组编《中国当代文学参阅作品选》第1册,福建人民出版社1983年版,第214—259页。艾青则主张传说的改造应保留原有传说的重要母题及角色体系,同时要树立劳动、爱情、反封建的主题思想,这样就需要将原有传说中的反映性别矛盾的主题剥离出来,确立反封建的主题。艾青:《谈〈牛郎织女〉》,《人民日报》1951年8月31日,第3版。相关论述可参见漆凌云《性别冲突与话语权力——论建国前后牛郎织女传说的嬗变》,《民俗研究》2014年第5期,第113页。

对于"改编本"艺术风格的争执。①

长期以来，研究 1949—1966 年文学的学者都提到了当时对于文艺标准思想性与艺术性的讨论，但是正如前文何其芳所言，"艺术性较高则尤为珍贵"，所以这一争论的焦点在于口头文本转换为书面文本（现在我们一般称为"写定本"）的艺术性问题。这一争论焦点在后来逐步消解在民间文学研究与鉴赏，或前文所述科学研究和群众读物两个不同研究路径之中。但至今我们也不能否认写定本作为文学对于民众生活的影响。1958 年新民歌运动中大量的民歌创作，当然其中良莠不齐，还有 60 年代兴起的新故事创作与讲述等，都在文学史上影响颇大，也恰是民间文学介入生活、塑造社会主义新人的呈现。

正如《叙事的本质》所述："当口头表演……进入一种准文学传统，真正的口头传统并不会受影响。然而，最终可能对其形成挑战的乃是从新建立的文本传统中所衍生出的伪'口头传统'"。② 作者在口头传统一词加了引号，恰说明了书面文本对于民众生活和民间文学的影响，也是我们日常所论的民间文学回流现象。所以，在 1949—1966 年民间文学领域试图构建一套适合于中国的文学话语批评体系，但是我们只能在时断时续的讨论中看到这一思想的火花。

---

① 李岳南肯定、赞赏整理编写的成功，刘守华则批评故事中对人物心理的细致入微的刻画，以及对幻想色彩的去除。刘守华认为这些不符合民间作品的艺术风格。可见《牛郎织女》的故事情节的改变以及"王母"这一破坏牛女婚姻的封建形象被双方认可。对于民间传说而言，本身并不是一成不变的，它在民众中传播，重点是要讲起来好听，写下来好看。这一改编在当时的历史语境中来看，适合留存与传播。这其中自然也包含了改编者、研究者的文学批评与审美选择，同时他们也试图建构民间文学批评的话语与价值体系，即"风格""艺术性""思想性"等。后来贾芝《谈各民族民间文学搜集整理问题》、毛星《从调查研究说起》对此进行了更加全面的阐述。他们关于调查研究的思想和观念影响了当时年轻的民间文学工作者，如孙剑冰、刘超、陶阳、杨亮才等。在笔者对李子贤进行访谈时，他说自己在 60 年代的调查很受孙剑冰启迪，当时李子贤尚在大学读书，可见当时他们的观念在学术领域的传播力。《谈民间文学的整理问题》《从调查研究说起》两篇文章主要论述了民间文学是一项重要的艺术工作，记录与文本呈现不同；呈现为文本，则要求其艺术性。在这一理论的导向中，民间文学批评话语虽然没有被凸显，但研究者都试图在提炼适用于民间文学批评的话语。

② ［美］罗伯特·斯科尔斯、［美］詹姆斯·费伦、［美］罗伯特·凯洛格：《叙事的本质》，于雷译，南京大学出版社 2015 年版，第 29 页。

(二) 民间文学搜集整理"十六字方针"的形成

1958年7月,全国民间文学工作者代表大会在北京召开,会上制定并通过了民间文学搜集整理工作的指导方针,即"全面收集、重点整理、大力推广、加强研究",简称"十六字方针"。它的提出主要针对新中国成立初期民间文学资料搜集及其研究工作。这一方针影响深远,同时也是对这一时期"搜集整理"问题的理论总结。① 总之,随着科学实证主义的全面推广,民间文学的研究与民众日常生活渐趋隔离,它逐渐变成学者、政府、民间艺人的文化资源或文化资本,与其拥有者——民众越来越远。正如本文开端所述一苇述《中国故事》的缘起与初衷。

第三节 新中国成立初期少数民族民间文学的发展

关于民间文学的发展中对少数民族民间文学的系统梳理较少。为了

---

① 新中国成立之初,通俗文艺和民间文学受到极大重视。20世纪50年代,"文学民间源头论"成为文艺领域的主流思想,这一时期新编纂的文学史都以它为方向指导。民间文学在中国文学史中的作用被夸大化,在此基础上派生出了"文学民间正统论""文学民间主流论"等。1949年10月15日,北京市大众文艺创作研究会成立,其主体精神继承了太行山根据地通俗文化研究会的理念与思想。1949年12月22日,通俗文艺组向周扬请示,拟设民间文艺研究会专事各种形式的民间文艺的搜集整理。1950年3月29日,中国民间文艺研究会成立。其成立之初就以采集全国一切新的和旧的民间文学作品为宗旨。在民研会的组织和倡导下,新中国成立初期的民间文学搜集全面展开。这一时期的民间文学搜集,承袭了20世纪40年代延安时期搜集民间文艺的政策与文化理念。对民间文学的搜集,与新中国文艺的建构紧密相连。1958年7月,民研会召开了全国民间文学工作者代表大会,大会对新中国成立后的民间文学工作进行了回顾与总结,同时就民间文学搜集与研究提出了指导性的工作方针,即"十六字方针"。曾经的争论至此尘埃落定,民间文学研究被区隔为以搜集科学资料为目的与文学普及为目的两部分,这也就是说在民间文学理论中将民间文学"鉴赏"及文学批评与科学研究相分割。这种分割不利于对民间文学整体性、系统性的研究。更为关键的一点在于,80年代以后,科学实证主义占了绝对优势,鉴赏或批评逐步淡出了民间文学,这本是民间文学很重要的组成部分,也是民间文学与民众及其日常生活紧密相连之处,同时也是生发民间文学自主话语的重要土壤。当然民间文学的批评也并非荡然无存,在研究者与民俗精英中依然有其痕迹:研究者对民间文学经典选本的编纂中反映了研究者的文本选择与审美标准,正如哪些通俗文化被选择,哪些被提升,都是批评家或者研究者具有自主性,同时也是他们的文艺批评运作以及权力话语的影响。另外就是民俗精英(或非物质文化遗产传承人)的自我文艺、理论规范,他们希望形成自我的文艺理论。但是学界越来越忽略它的存在,对其系统梳理极少。

突出这一部分，笔者将其单独列出，一来是为更全面呈现 1949—1966 年民间文学的发展概貌；二来则是新中国成立初期少数民族民间文学取得突飞猛进的发展，这与当时的政治语境和中国共产党的文艺政策直接相关。

一

从北京大学歌谣运动开始，少数民族的民歌、民间故事、传说就引起关注，只是主要集中于南方的民族。《歌谣》周刊上刊载了顾颉刚与胡怀琛阐释壮族民歌的文章。1926 年，钟敬文标点并注释了《粤风》，寄给厦门大学的顾颉刚，顾颉刚于 1927 年 4 月 3 日撰写了序言，随后为之联系在北京朴社出版。1927—1930 年，中山大学创办了《民俗》周刊，上面刊登了壮、瑶、苗、毛南①、彝等各族民歌。1930 年至 1937 年抗战前夕，浙、闽等省民俗学会或分会纷纷成立，会刊刊载了大量民间故事、传说和民歌，其中有一些是少数民族民间文学。顾颉刚、钟敬文、王鞠侯、容肇祖、乐嗣炳、叶德均、黄芝冈等先后发表关于《粤风》的文章，掀起了一次《粤风》研究的高潮。由此带动了对粤歌、客家歌及苗歌等少数民族民歌的研究，专门的研究文章日益增多，逐渐引起人们对少数民族民歌的关注。同期民族学、人类学相关调查逐步兴起。1930 年，凌纯声到赫哲族生活的地区进行实地考察，撰写了《松花江下游的赫哲族》②，该书当时被吴文藻评价为"中国民族学家所编著的第一部具有规模的民族志专刊"，书中有 19 篇赫哲族民间故事。20 世纪 20—40 年代，西南、东北的少数民族的民间文学已经被广泛关注，学人从文学、民俗学、人类学、民族学等不同视角对其进行研究，只是当时学界有关"少数民族"的概念尚不清晰。1903 年，梁启超引入"民族"（nation）一词，而"少数民族"一词较早出现于 1924 年的孙中山相关著述中。1924 年 1 月 23 日

---

① 当时文章对毛南族所用名称为毛男。
② 凌纯声采用民族学、比较语言学的方法，对"故事的翻译和记录；故事的分类和排列；赫哲族故事与邻族故事的比较；赫哲族故事中的中国文化；赫哲族故事中的本土色彩；那翁巴尔故事与约瑟故事；赫哲族故事中的赫哲语注音"等论题进行论证和分析。转引自汪立珍《20 世纪中国少数民族民间文学资料建设回顾》，《西北民族大学学报》（哲学社会科学版）2010 年第 4 期，第 93 页。

《中国国民党第一次全国代表大会宣言》、1924年1月至8月的《三民主义》都曾使用"少数民族"的概念。① 之后的南京国民政府基本继承了孙中山的民族主义思想，并在此基础上对边疆地区的民族政策有所发展，设立管理少数民族的中央机构——蒙藏委员会。确定民族平等、民族自治和少数民族参政的法律依据，开展民族地方建设等。但当时的少数民族重点指向蒙古族、藏族，同时混淆了民族政策与边疆政策。② 中国共产党早期民族政策基本照搬苏联和共产国际关于民族问题及其政策的基本模式。在1923年至1927年国民革命时期，中国共产党的民族政策在某种意义上争取与国民党一致，但并未放弃自己民族政策的主要观点，中共三大通过的《中国共产党党纲草案》，继续表述了中国共产党坚持马克思列宁主义民族自决权的主张。1927年国共分裂之后，中国共产党退到西南等少数民族地区，民族政策对于中共的存在与发展至关重要，这一时期中国共产党的很多重要文件中都体现了这一思想。中共六大通过的《中国共产党第六次全国代表大会关于民族问题的决议案》（1928年7月29日）③ 中可以看到，中国共产党除了对蒙、藏、回等人口较多的少数民族关注外，也开始注重国内其他民族如"苗""黎"等，并进一步强调民族问题对于中国革命的巨大意义。对中国共产党这一时期民族政策阐述最为全面系统的是1931年11月7日中华苏维埃第一次全国代表大会通过的《中华苏维埃共和国宪法大纲》。④ 从《中华苏维埃共和国宪法大纲》中可以看到20世纪30年代民族政策出现了激进化的倾向，最为突出的是将民族分立纳入民族自决的范围之内，其从本质意义上来说，只是一种与国民党统治进行斗争的策略性考虑。这一时期，特别是红军长征过程中，中国共产党进行了民族政策的实践，也对中国的民族问题有了更深刻的认识，为今后民族政策的制定与发展奠定了基础。

---

① 《孙中山全集》第9卷，中华书局1986年版，第115—197页。
② 参见严昌洪、李安辉、吴守彬《论民国时期的民族政策》，《兰州大学学报》（社会科学版）2012年第1期，第1—7页。
③ 中央档案馆编：《中共中央文件选集》第4卷，中共中央党校出版社1983年版，第388页。
④ 金炳镐：《民族纲领政策文献选编》，中央民族大学出版社2006年版，第89—90页。

政治话语的转变蕴含了民族与国家二元本位的理念。① 抗战胜利后，中国共产党倡导在民族地区建立民族自治，1947年4月27日内蒙古自治区的成立为里程碑。在这一历史进程中，中国共产党关注与尊重少数民族的历史与文化。

新中国文学的研究一般要从第一次文代会谈起。少数民族民间文学的研究亦如此。从延安时期开始，文学会议具有独特的理论切入价值和突出的方法论意义。新中国成立前夕召开的第一次文代会，以其全局性的整合、规范与指引功能，成为1949—1966年文学体制建构的行动纲领，对于民间文学也不例外。第一次文代会确立了延安文学的主导地位，民间文学积极参与新的文学格局的酝酿与建设。

二

1949年6月30日至7月19日，第一次文代会在北京召开。闭幕会由冯雪峰主持，郭沫若致闭幕词。中国文联正式成立，郭沫若为主席，茅盾、周扬为副主席，全国委员87人，候补委员26人，常委21人，常驻机构部门负责人15人，有沙可夫、丁玲、萧三、郑振铎、何其芳、叶浅予等。

第一次文代会有几个主题报告：周恩来《在中华全国文学艺术工作者代表大会上的政治报告》、郭沫若《为建设新中国的人民文艺而奋斗》、茅盾《在反动派压迫下斗争和发展的革命文艺》、周扬《新的人民的文艺》、萧三关于苏联文学界清算"世界主义"的专题报告、傅钟关于部队

---

① 1937年日本侵华战争全面爆发，造成了中国国内政治形势的剧变，在中华民族"亡国灭种"的紧要关头，中国共产党必须与国民党合作，同时也需要重新认识中国民族问题的本质，在此过程中，努力将马克思列宁主义的民族原理与中国的具体国情相结合。由此，中国共产党的民族政策也发生了根本的转变。一些字眼，如"反蒋"等被去掉，开始使用"中华民族"等词语，在民族自决观念的使用上具有越来越明显的策略性特征，同时重新审视民族自决权原则。刘少奇在《抗日游击战争中的若干基本问题》（1937年10月16日）一文中指出："日本帝国主义反用赞助各少数民族的独立自治去欺骗，这是很危险的"，"只有承认少数民族有独立自治之权——才能取得各少数民族诚意的与中国联合起来抗日。不承认民族的自治权，就不能有平等的联合。"到中共中央六届六中全会上，毛泽东《论新阶段》中讲道："允许蒙、回、藏、苗、瑶、夷、番各民族与汉族有平等权利，在共同对日原则之下，有自己管理自己事务之权，同时与汉族联合建立统一的国家。"参见王怀强《走向民族区域自治——1921—1949年中国共产党民族政策变迁历史新探》，《广西民族研究》2011年第1期，第37页。

文艺的报告等。参加第一次文代会的民间文学领域的代表是钟敬文。① 他在第一次文代会上的发言的时间是1949年7月11日，当时由洪深主持，发言人有曹禺、陈学昭、杨晦和他四位。

1950年至1951年不定期出版了《民间文艺集刊》三册。第一册是由中国民间文艺研究会编辑，新华书店发行。其内容包括三个方面：民研会成立大会上郭沫若、老舍的报告，民间文学的研究和讨论文章，民间歌谣、传说、故事、谚语选录。民研会的成立确定了民间文学在中国文学中的地位。郭沫若为理事长，老舍、钟敬文为副理事长，起初的业务范围包括了民间文学、民间音乐、民间舞蹈、民间戏剧、民间美术等一切艺术门类，实际上除民间文学外，其他艺术门类的研究，由后来成立的中国音乐家协会、中国舞蹈家协会、中国戏剧家协会、中国美术家协会负责。该期集刊的撰文者都是文艺界知名人士，如郭沫若、老舍、游国恩、俞平伯等。其中钟敬文的《口头文学：一宗重大的民族文化遗产》对民间文学进行了全面系统的评价，具有方法论意义：1. 强调民间文学的历史性；2. 口头文学的内容价值为反映社会真相、表现人民思想见解、艺术审美；3. 利用和发展口头文学。《民间文艺集刊》第二册，由中国民间文艺研究会编辑，人民文学出版社1951年5月出版，新华书店发行。大致内容涉及四个领域：1. 民间文学的理论探讨。有钟敬文《民间歌谣中的反美帝意识》、何其芳《关于梁山伯祝英台故事》等。另外值得注意的是还刊发

---

① 在抗战时期，民间文学研究有了新的转向。1940年夏，钟敬文与杨晦、黄药眠等到粤北战区考察，在调查与搜集资料的基础上，他完成了《抗日的民间老英雄》《到温泉去》等报告文学。1939—1940年，他写成了《民间艺术探究的新展开》，该文主要阐述了民间文学、艺术在战争中的宣传教育作用。抗战后期，他在中山大学任教期间，有机会读到《在延安文艺座谈会上的讲话》，从此逐步转向马克思主义，并努力运用马克思主义的观点思考民间文学与民间艺术问题。之后他主编了《方言文学》文集，并写作了《民间讽刺诗》《从民谣角度看〈王贵与李香香〉》等文章，在这些文章中，他运用马克思主义观点对民间讽刺诗进行阐释，从民谣的角度对李季的《王贵与李香香》进行了全面深入的解读。1949年5月，他应召参加第一次文代会，被选为文联全国候补委员及文学工作者协会常委。周恩来曾在其纪念册上题词："为建设人民文艺而努力"予以勉励。新中国成立后，钟敬文积极适应新的社会政治环境。他这一时期较为活跃，可以说在民间文学转型期他站在学术的前台。但是他的研究在民间文学领域并没有成为显性话语，相反在中国文联、民研会的领导下，在进一步推动鲁迅对"阶级"的论述和毛泽东《新民主主义论》及《讲话》进程中，民间文学领域逐步形成了以人民性、民族性为核心的话语体系。少数民族民间文学的研究围绕"民族性"与"人民性"展开。

了钟华《贵州苗族的民歌》、赵沨《云南的山歌》等与少数民族民间文学有关的研究。2. 民间文学的搜集，集中讨论搜集民歌等的方法。3. 朝鲜民间文学特辑，其应"抗美援朝"时代背景而生。4. 中国新旧民间文学作品选登。为了庆祝西藏的和平解放，《民间文艺集刊》第三册刊出了"藏族民间文艺特辑"，理论性文章主要发表了周扬的《继承民族文学艺术优良传统》一文。

《民间文艺集刊》的创刊具有开拓性意义。从出版的三册来看，比较注重民间文艺作品的艺术和学术价值，所刊作品大多遵循忠实记录的原则，而理论文章则采用新的观点、方法。

民研会成立后，创办了另一重要刊物——《民间文学》。它的《发刊词》[①]强调民间文学对于社会历史以及民众生活的记录。该杂志不仅推动了民间文学作品的搜集、推广和研究，而且对于作家文学学习与利用民间文学，起到了推波助澜的作用。为了深入贯彻中共中央提出的贯彻文艺为工农兵、人民大众服务的思想，全国的广大文艺工作者积极搜集民间文学作品。随着国家民族识别与民族社会历史调查的展开，文学领域非常重视对少数民族民间文学的搜集与采录，相继组成了到西北、西南少数民族边疆地区的八个调研小组。1956年8月，中国科学院文学研究所和民研会共同组成联合调查采风组到云南少数民族地区进行调查。[②]自1958年开始，随着"大跃进"运动及中共中央的号召，全国掀起了对新民歌的搜集，同时群众创作蓬勃发展，这些都推动并促进了全国范围内的民间文学工作。1958年4月14日，《人民日报》发表社论《大规模收集全国民歌》。同日，郭沫若发表《关于大规模收集民歌问题答本刊编辑部问》[③]等。同年，全国民间文学工作者代表大会上提出了"全面搜集、重点整理、大力推广、加强研究"的工作方针和"古今并重"的原则[④]，强调要将整理工作与个人创作、改编、再创作区别开来，并提出科学资料本与文学读物本的理念。

---

① 参见《发刊词》，《民间文学》（创刊号）1955年4月号。
② 王平凡、白鸿编：《毛星纪念文集》，学苑出版社2004年版，第92页。
③ 郭沫若：《关于大规模收集民歌问题答本刊编辑部问》，《民间文学》1958年5月号，第5—9页。
④ 《让万里山河开遍民间文艺之花》，《人民日报》1958年8月2日，第7版。

新中国成立初期，少数民族民间文学的发展与少数民族文学研究密切相关。新中国成立后，"编写一部包括各兄弟民族文学成果、文学经验、文学发展史，因而名实相符的中国文学史，是全国各族人民的共同需要和要求"①。

三

通过对少数民族民间文学研究的兴起以及新中国成立初期发展的概述与分析，可以看到，少数民族文学（含民间文学）的出现以及发展有着一定历史契机。很多学人因为新中国成立初期特殊的政治情境与文学所受的政治影响，对这一时期的文学创作及其研究颇有微词，但是通过对1949—1966年少数民族民间文学学术史的梳理，可以看出这段时期它本身的学术特性以及对当下民间文学、少数民族文学等不同学科的影响。少数民族民间文学的搜集是从20世纪头十年开始的，但鲜有对其进行系统研究。新中国成立后，文学思想经过第一次文代会逐步形成较为一致的方向，即工农兵方向，后来逐步凝聚于"人民文学"。

首先，文学领域注重民间文学的研究，少数民族文学中口传（民间）文学占据重要位置，因此逐步成为新中国成立后民间文学关注的重要部分。加之，新中国成立后，文学研究逐步体制化，民间文学纳入了国家管理体系——民研会，这实际上为少数民族民间文学的发掘与研究提供了重要而有利的条件。②

其次，少数民族文学的影响迅速扩大。由于传统文学史对于民间文学以及少数民族文学的忽略，少数民族文学在全国范围的知晓度及影响范围

---

① 毛星：《〈中国少数民族文学〉序》，《民间文学论坛》1982年第2期，第1—14页。1961年3月25日至4月2日，中国科学院文学研究所在北京召开了少数民族文学史编写工作座谈会。会议由何其芳、毛星、贾芝主持，制定了《中国各少数民族文学史和文学概论编写出版计划》《中国各少数民族文学作品、翻译、编选和出版计划》和《中国各少数民族文学资料汇编编辑计划》。虽然这项工作后来由于"文革"中断了，但是当时注重少数民族文学，并且认为文学史不能缺失少数民族这一板块的思路与学术理念在20世纪80年代进一步发展与深化。

② 例如在云南以毛星为组长的调查组，就对白族、纳西族等民族进行调查，并出版了白族、纳西族的民间故事。这就与新中国成立前的西南采风完全不同。学人出了一系列的调查成果，并且当时的调查理念以及学术原则都符合民间文学搜集与调查的基本要求。它对今后进一步的研究具有重要的帮助。当时相关资料出版后，也得到了世界其他国家如苏联、日本的关注与认可。

极其有限。但是随着民间文学的搜集,少数民族的民间文学作品在全国范围内影响迅速扩大。例如《阿诗玛》①与《刘三姐》,随着《阿诗玛》《刘三姐》文学读本的刊印、电影公映之后,少数民族民间文学在全国范围内传播。虽然当时文学作品的阶级性非常鲜明,文学读本、电影与民间叙事本身有着一定的差异,但"阿诗玛""刘三姐"变得家喻户晓。还有壮族《一幅壮锦》,侗族《秦娘美》等皆是如此。

最后,少数民族民间文学在搜集与整理中重视其社会历史价值。1949—1966年民间文学首次进入国家意识形态主流,国家话语不仅影响着少数民族民间文学的研究,它本身亦是研究的一部分,具有建构性意义。同时,开始于20世纪50年代的民族识别与各民族社会历史调查,也为少数民族民间文学搜集提供了极好的契机。在特定的历史情境中,各个民族的民间故事、传说、民歌等结集成册,很多成果都是首次面世,但搜集者为了适应国家话语要求以及当时的文艺学研究范式的影响,其选择标准都以社会历史价值为核心,这样一些民间文学就被遮蔽了,这对少数民族文学的全面研究以及建立完整的资料体系产生了一定的影响,也忽略了少数民族民间文学研究的丰富性与多样性。这对于我们今天的民间文学以及少数民族文学的研究依然具有一定警示意义。

---

① 彝族撒尼人的民间叙事长诗。1953年5月,云南省人民文工团深入路南县圭山区历时3个月,搜集到《阿诗玛》的异文20种。后由公刘、黄铁、刘知勇、刘绮等进行整理。

第 二 章

新中国形象塑造与民间文学学科重构

"如果较为概括地看待中国现代文学史，它实际上主要是由两个文学运动组成的。"① 一个就是"五四"新文学运动，它改变了中国古典文学的方向，使得中国文学适应时代变革中的"现代性"特征；另外一个就是中国左翼文学运动，它"改变了'五四'新文学的价值目标和思想选择，转向中国革命的具体实践"②。而1949—1966年的文学又与现代民族国家的实践紧密相连，开启了在文学领域重新塑造"社会主义新中国""社会主义人民"的旅程。对于文学作品，研究者关注的是影响文学的思潮，而不是作品本身。民间文学则处于了文学领域的前沿，对它的研究改变了20世纪初期兴起的歌谣运动的"两个目的"，成为塑造新的国家形象的重要平台。因此，首要就是从政治体制与意识形态领域重构民间文学。

第一节 "民族形式"论争与新中国民间文学话语的源起

民间文学在新中国成立后被纳入现代民族国家构建的进程，它与共和国文学紧密联系在一起，成为"人民文学"的核心与中坚，是文学接驳国家话语的重要场域。新中国成立初期（1949—1966）的民间文

---

① 程光炜：《文学想象与文学国家：中国当代文学研究（1949~1976）》，河南大学出版社2005年版，第1页。
② 程光炜：《文学想象与文学国家：中国当代文学研究（1949~1976）》，河南大学出版社2005年版，第1页。

学话语与学术地位发生了巨大变化，其根源学界一般都追溯到延安时期。延安时期，民间文学在革命斗争中功勋卓著，在梳理中国民间文学学术史时，有学者将何其芳、周文、吕骥、柯仲平等归纳为"延安学派"①。而对"延安学派"或者新中国民间文学话语的源起——"民族形式"论争论及较少，当然这一论题在中国现代文学史的论述中已较为充分。②

一

1939年，延安共产党的宣传部和文化界领导有意识地发起以"旧形式利用"为基础创造"民族形式"的文艺运动。这场文艺运动正式起源于毛泽东在中共中央六届六中全会上发表的《中国共产党在民族战争中的地位》③ 的报告，报告讨论的核心问题就是马克思主义在中国的具体化。报告在文艺界引起了关于文艺"民族形式"的讨论，内容涉及了文艺的民族形式、民间形式、大众化等问题，其背后隐含着对于"五四"新文化运动的重新审视以及"如何在语言和形式上具体理解地方、民族和世界的关系"等④。

"民族形式"命题来源于斯大林的"民族文化"理论，其核心就是"无产阶级的文化，并不取消民族的文化，而是以它为内容。反之，民族的文化，也不取消无产阶级的文化，而是以它为形式"⑤，即主张通过"民族形式"来推行和发展无产阶级的文化。早在文艺"民族形式"论争时，郑伯奇、郭沫若等对此即有论述⑥，并阐述了毛泽东"民族形式"是对苏联民族文艺政策的理解与发挥，这一思想与现代民族国家的构建直接

---

① 参见刘锡诚《20世纪中国民间文学学术史》，河南大学出版社2006年版。
② 如《汪晖自选集》，广西师范大学出版社1997年版；石凤珍：《文艺"民族形式"论争研究》，中华书局2007年版；袁盛勇：《民族—现代性："民族形式"论争中延安文学观念的现代性呈现》，《文艺理论研究》2005年第4期，第2—9页。
③ 这篇报告于1938年11月25日以《论新阶段》为题发表于延安《解放》周刊第57期。
④ 此观点参见《汪晖自选集》，广西师范大学出版社1997年版，第342页。
⑤ 斯大林：《论民族问题》，张仲实译，生活书店1939年版，第344页。
⑥ 徐迺翔：《文学的"民族形式"讨论资料》，广西人民出版社1986年版，第486—487页。

相关。① "中国文化应有自己的形式，这就是民族形式。民族的形式，新民主主义的内容——这就是我们今天的新文化"②。现代民族国家作为一种政治形式，作为社会化网络，更要依赖以法律、道德、伦理和信仰所构成的文化结构，在这个意义上，民族认同意味着对国家的认同。③ 而这一民族④的含义，重视的是其政治含义。现代民族国家的建构离不开"民族文化认同"，而新民主主义文化的提出、建构与新民主主义国家紧密相连，承载着新构建的现代民族国家的意识形态，它所蕴含的文化理念对新中国文艺产生了直接影响，尤其影响了民间文学的发展轨辙。

二

民间文学兴起于清末近代民族国家建设的洪流中，关注民间、民众成为当时的社会思潮，进步的知识分子作为时代的先锋，处于民族革命倡导者的位置，他们关注民间，向民众讲述自己的思想，鼓动民众革命。为了达到这一目的，他们用民间文学的形式进行创作，将其作为一种工具，向民众宣扬革命，希望得到民众的响应。因此，当时的学者虽然没有从学术意义上创建民间文学、关注民间，但是他们开启了中国民间文学学术研究的一个传统，即自上而下地审视、想象"民间"。

20 世纪初，民间文学在新文化运动的语境中诞生，其兴起的标志性

---

① "我们共产党人，多年以来，不但为中国的政治革命和经济革命而奋斗，而且为中国的文化革命而奋斗；一切这些的目的，在于建设一个中华民族的新社会和新国家。在这个新社会和新国家中，不但有新政治、新经济，而且有新文化。这就是说，我们不但要把一个政治上受压迫，一个经济上受剥削的中国，变为一个政治上自由和经济上繁荣的中国，而且要把一个被旧文化统治因而愚昧落后的中国，变为一个被新文化统治而文明先进的中国。一句话，我们要建立一个新中国。建立中华民族的新文化，这就是我们在文化领域中的目的。"毛泽东：《新民主主义论》，《毛泽东选集》（一卷本），人民出版社1966年版，第656页。
② 毛泽东：《新民主主义论》，《毛泽东选集》第2卷，人民出版社1991年版，第707页。
③ 徐迅：《民族主义》，中国社会科学出版社1998年版，第36—38页。
④ 安德森将民族看作"一种想象的政治共同体——并且，它是被想象为本质上有限的，同时也享有主权的共同体"。［美］本尼迪克特·安德森：《想象的共同体——民族主义的起源与散布》，吴叡人译，上海人民出版社2003年版，第5页。霍布斯鲍姆则认为："民族不但是特定时空下的产物，而且是一项相当晚近的发明。'民族'的建立跟当代基于特定领土而创生的主权国家是息息相关的。若我们不将领土主权国家'民族'或'民族性'放在一起讨论，所谓的'民族国家'将会变得毫无意义。"［英］埃里克·霍布斯鲍姆：《民族与民族主义》，李金梅译，上海人民出版社2000年版，第10页。

事件为 1918 年 2 月 1 日刘半农在《北京大学日刊》发表《北京大学征集全国近世歌谣简章》。但是，之前"民间文学"已经出现在梅光迪给胡适的信中，即"文学革命自当从'民间文学'（Folklore, Popular Poetry, Spoken Language）入手"①。从其诞生至 30 年代，学人对民间文学从不同视域进行了研究。"亚洲地区盛行民族主义和要求民主的情绪，威尔逊（Woodorw Wilson）的政治理想主义，诸如他所提倡的废止秘密外交、保障小国的政治独立以及民族自决等，对中国知识分子有着很大的吸引力"②。从学术史梳理中，可以看出学人关注的重点在于"民间""民众"。

首先，文学领域表现出了对"民间"的极大关注。1924 年创刊的《民众文艺周刊》③登载了关于民众文艺的理论文章以及各省的民间歌谣、民间故事等，但主要以农村为主。他们的理念与"到民间去"相似。《妇女杂志》1921 年第七卷第 1 号开始专门开辟了民间文学专栏，发表了胡愈之的《论民间文学》的经典之作，后来改刊基本上是按照该文的理念，认为民间文学的创作者是"民族全体"，登载各地的风俗以及民间歌谣、故事、谜语等，包括全国各地兼顾农村与城市，但更多关注妇女与儿童，只是该刊没有引起民俗学研究者的重视。继胡适"活的文学"和"死的文学"之后，徐嘉瑞在《中古文学概论》中，首次直接使用民间文学的名称，将中国文学划分为民间文学和正统文学两部分。④无论是何称谓，所指的民间都是平民阶层，也就是与贵族相对。

其次，从 1919 年开始，在中国掀起了一个青年学生以及知识分子纷纷走向农村的浪潮，其思想领袖是李大钊。他在《青年与农村》一文中指出，中国是一个农民占劳动阶级人口绝大多数的国家，农民的境遇就是

---

① 罗岗、陈春艳编：《梅光迪文录》，辽宁教育出版社 2001 年版，第 162 页。
② [美] 周策纵：《五四运动：现代中国的思想革命》，周子平等译，江苏人民出版社 1996 年版，第 10—11 页。
③ 《民众文艺周刊》是《京报》附出的文艺周刊。1924 年 12 月 9 日在北京创刊，1925 年 11 月出至第 47 期停刊，是《京报》的附刊之一，每星期二随《京报》发行，由项拙（亦愚）、胡也频（崇轩）、江震亚、陆士钰、姜有麟五人担任编辑。第 16 期起改名《民众文艺》，第 25 期起又改名《民众周刊》，第 31 期起再次改名为《民众》。参见韩瑞玲《鲁迅与〈民众文艺周刊〉》，载绍兴鲁迅纪念馆、绍兴市鲁迅研究中心编《绍兴鲁迅研究》，上海文艺出版社 2009 年版，第 191—192 页。
④ 徐嘉瑞：《中古文学概论》，亚东图书馆 1924 年版，第 1 页。

中国的境遇，唯有解放农民才能解放中国。① 这一号召首先在北京大学得到响应。北京大学的青年学生组织了"平民教育讲演团"，其宗旨就是"增进平民智识，唤起平民之自觉心"，② 很快这一活动逐渐变成了20世纪20年代中国知识分子的一个响亮的口号——"到民间去"③，即到农村去，强调的是农民的生活空间，这一理念还与中国的国情有着密切的关系。中国向来是一个农业大国，以农业为本业。很自然地会将"民"与农民等同起来，而且在当时的历史环境中，苦闷的中国知识分子在民间文化也可以说是农民文化中找到了民族意识和民族文化之根。

另外，"五四"时期在知识分子中间兴起了一种浪漫主义的观点。社会改革家陶行知、梁漱溟等，在思想上最关心的都是"变革农村"。作家将乡村作为梦想的寄托地，"至今田园思想充斥了全国青年的头脑中"。④ 贾植芳也提到了"我国现代文学传统历来重视农业文明，乡土文学是'五四'以后文学发展的主调……"⑤

最后，民间文学研究者则认为只有在农民身上保存了人的善良本性。正如顾颉刚所说："歌谣中最有趣味的当然是情歌。但这些歌这只在乡间发达，城市中人因为受了礼教的束缚，情爱变成了秘密的东西了"⑥，而且"歌谣大都是农民的文学，是农民生活的反映"⑦。这样民间文学研究者将抢救民间文化看成是一项刻不容缓的任务。

20世纪30年代文艺与阶级性的问题，转换为"民族形式"与"地方形式"的关系，现代"民族—国家"的建立就是中国各民族和各地共同构建并完成文化的同一性，而文学及其形式成为形成"民族"认同和进行"民族"动员的重要方式。⑧ 这一文学形式不是现成的，而是民间形

---

① 《李大钊选集》，人民文学出版社1962年版，第146—147页。
② 《李大钊选集》，人民文学出版社1962年版，第20页。
③ ［美］洪长泰：《到民间去：中国知识分子与民间文学，1918—1937》（新译本），董晓萍译，中国人民大学出版社2015年版，第206—213页。
④ 《鲁迅全集》（第七卷），人民文学出版社1981年版，第91页。
⑤ 沈建中：《世纪老人的话——贾植芳卷》，辽宁教育出版社2003年版，第215页。
⑥ 顾颉刚：《苏州的歌谣（为日本改造杂志作）》，《民俗》第11—12期，1928年6月13日，第12页。
⑦ 王显恩：《中国民间文艺》，上海广益书局1932年版，第61页。
⑧ 《汪晖自选集》，广西师范大学出版社1997年版，第343页。

式、地方形式、多数或少数民族形式等共同整合构建的"新形式"。所以20世纪初至30年代兴起的民间文学学术轨辙到40年代发生了改变。而新中国成立后民间文学话语与其一脉相承,其话语中心落在了"人民性""民族性"等。

三

新中国成立后,民间文学受到前所未有的重视。"民间文学源头论"是20世纪50—60年代中期文学史的基本理论,在一定时期内出现了"民间文学主流论""民间文学正宗论"的偏至。新中国成立初期,新的民族国家需要新的文学——人民文学,学人的眼光首先就落在了民间文学。蒋祖怡《中国人民文学史》就将"人民文学"等同为"民间文学"(第一章第二节已经论及,此处不再赘述)。1950年,钟敬文在纪念开国周年所作的《口头文学:一宗重大的民族文化遗产》中已经开始用这一名词,1953年北京师范大学民间文学课程改名为"人民口头创作"。民间文学研究者特别强调民间文学是人民的口头创作,突出它与"人民性"的契合,并努力诠释其内涵。克冰(连树声)《关于"人民口头创作"》的阐述最为详细。他将人民性表述为"人民口头创作跟广大劳动群众的生活和斗争是紧密而直接地结合着的,是它们的直接反映,是劳动人民的美丽的生活伴侣,是他们的有益的教科书和消除疲劳、增强健康精神的高尚娱乐品,是他们的锋利的斗争武器。所以人民口头创作表现着劳动人民的世界观,表现着:他们的道德面貌、劳动和斗争,他们的'憧憬和期望'(列宁语),他们的美学趣味和观点。总之,它以独特的艺术方式反映着劳动人民的外在和内在的生活。这就是人民口头创作的人民性。"[①] 他的思想一方面受到苏联的影响,另一方面也与国内文学艺术领域人民性探讨直接相关。在20世纪50—60年代,人民性是人文社会科学中的一个基础性概念。"我们说某某作品是富有人民性的,这应当是一个很高的评价"[②]。人民性成为文学作品艺术性的标准。民间文学领域特别强调民间文学作品的直接人民性,及其在人民性上的特殊优势。在具体的民间文学作品审美与

---

① 克冰(连树声):《关于"人民口头创作"》,《民间文学》1957年5月号,第15页。
② 记哲:《略谈文学的人民性问题》,《山东师范学院学报》1959年第3期,第56页。

批评中也经常使用人民性一词。但是它并没有内化为民间文学批评术语（见第一章第二节论述）。而在民间文学的搜集与整理中，搜集资料，从现代民间文学出现就成为其研究的一个主要步骤，但尚未正式成为民间文学的学术名词，也没有进入民间文学的研究领域。新中国成立后，"搜集整理"才正式进入民间文学的研究领域和学术范围，它最早出现在《中国民间文艺研究会章程》（以下简称《章程》）中。《章程》规定："本会宗旨，在搜集、整理和研究中国民间的文学、艺术，增进对人民的文学艺术遗产的尊重和了解，并吸取和发扬它的优秀部分，批判和抛弃它的落后部分，使有助于新民主主义文化的建设。"① 1956 年，全国人民代表大会民族事务委员会制定了"关于少数民族地区调查研究各民族社会历史情况的初步规划"，同年 8 月，相继组成了内蒙古、新疆、西藏、四川、云南、贵州、广东、广西八个少数民族调查小组，于是各地的调查工作开始走上了正轨。1956 年 8 月，中国科学院文学研究所和民研会共同组成联合调查采风组，由毛星带队，文学研究所有孙剑冰、青林，民研会有李星华、陶阳和刘超参加，到云南少数民族地区进行调查，他们调查的宗旨是"摸索总结调查采录口头文学的经验，方法是要到从来没有人去过调查采录的地方去，既不与人重复，又可调查采录些独特的作品和摸索些新经验"。②

在资料搜集中，民间文学领域注重各地市英雄的传说，这些传说都是"具有战斗性和反抗性的故事"，而且英雄大多出身于劳动人民。③《白族民歌集》④《纳西族的歌》⑤ 中搜集了大量阶级意识显著，反映民族压迫与阶级压迫，歌颂毛泽东的歌曲。可见，调查采录中以民间文学的"人民性"为指向，同时兼顾不同地域与民族的民间文学搜集，为新中国多民族民间文学的发展奠定了基础。

总之，不像大部分学人所认为的民间文学学术研究在新中国成立后，由于意识形态的变化而突然发生改变。新中国民间文学话语及其内

---

① 《中国民间文艺研究会章程》，《民间文艺集刊》1950 年第一集，第 104 页。
② 王平凡、白鸿编：《毛星纪念文集》，学苑出版社 2004 年版，第 92 页。
③ 李星华记录整理《白族民间故事传说集》，人民文学出版社 1959 年版，第 146—147 页。
④ 杨亮才、陶阳记录整理《白族民歌集》，人民文学出版社 1959 年版。
⑤ 刘超记录整理《纳西族的歌》，人民文学出版社 1959 年版。

涵的改辙或源起可以说与 20 世纪 30 年代左翼文学运动、"民族形式"论争一脉相承，这一时期的民间文学开始由关注"民众""民间"转向了与作家文学杂糅在一起的"劳动人民创作"，或可称为"民间文学的文艺学转型"，有关口头文学或者"口头性"话语的阐释，将在下节专门论述。

第二节　1949—1966 年民间文学的理论自觉

新中国成立后，延安时期关于民间文学的研究思想进一步推广和深化，正如《民间文艺集刊》第一册《编后记》所言："新的民间文艺学研究，今天正在开始。"① 民间文学被纳入构建"革命中国"② 的进程，在这方面文学的其他领域已有论述③，本文主要论述这一时期民间文学的特性及其发展。

一　民间文学成为文学接驳国家话语的场域

"思想、观念和命题不仅是某种语境的产物，它们也是历史变化或历史语境的构成性力量"④。新中国成立后，所有的社会人文科学都逐步处于政治文化的规约中。"政治文化是一个民族在特定时期流行的一套政治态度、信仰和感情。这个政治文化是本民族的历史和现在社会、经济、政治活动进程所形成。人们在过去的经历中形成的态度类型对未来的政治行为有着重要的强制作用。政治文化影响各个担任政治角色者的行为、他们的政治要求内容和对法律的反应。"⑤ 民间文学由于与大众的天然联系，在大众意识得以实现，并在体制上保障的语境中，它在新中国政治文化语

---

① 《编后记》，《民间文艺集刊》1950 年第 1 册，第 110 页。
② 相关论述，见蔡翔《革命/叙述：中国社会主义文学—文化想象》，北京大学出版社 2010 年版。
③ 刘大先：《革命中国和声与少数民族"人民"话语》，《中外文化与文论》第 23 辑，四川大学出版社 2013 年版，第 69—79 页。
④ 汪晖：《现代中国思想的兴起·前言》上卷，生活·读书·新知三联书店 2004 年版，第 2 页。
⑤ ［美］加布里埃尔·A. 阿尔蒙德、小 G. 宾厄姆·鲍威尔：《比较政治学：体系、过程和政策》，曹沛霖等译，上海译文出版社 1987 年版，第 26 页。

境中承担着特殊的角色与功能。

  民间文学具有特殊的生活性与功能性。民间文学不仅是一种文学现象，它还是民众生活本身，即由参与者的亲自经历而表现出来的真实生活①，但是作家文学则不同。从延安时期随着文学大众化的推行，对作家文学提出了新的要求，而作家也从这一层面积极响应。"在这里，我们强调地主张写作和生活统一的重要性……我们要求着一个作家同时就是一个工人，一个农夫或一个战士，在可能的范围内，我们希望文学和劳动再统一起来，融合起来。我们反对把写作看成特殊工作的倾向，它应该和一切生产部门结合起来叫生产决定着创作，叫创作润泽着生产，一个作家除开他会运用笔杆以外，他还应该运用步枪、手榴弹、锄头或木作的锯斧。"②中国共产党在解放区积极推行新的文学实验，注重文学的大众化，这与左翼文运动中对大众文学的理解不同，其重点在于"大众化"，而不是"化大众"。大众化的要求，需要建构革命文学，其最终愿景为重新建构现代民族国家的文学形式。

  从20世纪30年代开始，中国共产党就在毛泽东《新民主主义论》及《讲话》③的精神指引下，建构"新民主主义文学"。毛泽东指出："这种新民主主义的文化是大众的，因而即是民主的。它应为全民族中百分之九十以上的工农劳苦民众服务，并逐渐成为他们的文化。"④《讲话》中又强调：文艺为政治服务；文艺以"工农兵"为主体；文艺以马克思列宁的阶级斗争为理论导向。从李大钊在《青年与农村》中指出中国是一个农民占劳动阶级人口绝大多数的国家，农民的境遇就是中国的境遇，唯有解放农民才能解放中国⑤，到左翼作家联盟要求作家和文艺青年关心社会现实，接近劳苦大众，到民间去。农村、民间成为革命的主要关注点。毛泽东说"所谓民主主义的内容，在中国，基本上即

---

  ① ［英］维克多·特纳：《仪式过程：结构与反结构·序》，黄剑波、柳博赟译，中国人民大学出版社2006年版，第5页。
  ② 孙犁：《现实主义文学论》，胡采主编《中国解放区文学书系：文学运动·理论编》第2卷，重庆出版社1992年版，第1276页。
  ③ 毛泽东：《在延安文艺座谈会上的讲话》，《解放日报》1943年10月19日，第1、2、4版。文中所引《讲话》内容未标明出处者均出自于此，不再另做标注。
  ④ 毛泽东：《新民主主义论》，《毛泽东选集》第2卷，人民出版社1991年版，第708页。
  ⑤ 《李大钊选集》，人民文学出版社1959年版，第146—147页。

是农民斗争","农民,基本上是民主主义的,即是说,革命的"①,可见"新民主主义文学"是为工农兵尤其是为农民的文学。在这样的"新文学"观念中,解放区一方面进行"新民主主义文学"的建设,一方面热烈地开展"民间文学运动",以便"利用这种群众乐于接受的形式,去进行宣传教育",②将民间文学作为宣传、教育、团结群众的工具。在延安时期逐步形成与确立以群众为核心的话语,阐述了形式与内容、政治标准和艺术标准、普及和提高、歌颂光明与暴露黑暗等革命文学的基本思想和理念。民间文学是民众自我的文学表述,这一文学的特殊性,使得它逐步列于文学的前沿,接驳延安时期所形成的新的知识谱系与话语系统。

"什么是知识?自从有阶级的社会存在以来,世界上的知识只有两门,一门叫做生产斗争知识,一门叫做阶级斗争知识。自然科学、社会科学,就是这两门知识的结晶,哲学则是关于自然知识和社会知识的概括和总结。此外还有什么知识那?没有了。"③ 这是毛泽东"实践论"体系对于知识的重新表述,这一话语的转换,确立了"延安道路"的政治合法性问题。④ 从延安时期,毛泽东的一套新的话语逐步形成,这"决定性地影响到 1949 年后中国的政治、经济和思想文化的发展,其正面作用是在新中国建立后促成了民族独立国家地位的新确立,推动了人民大众对社

---

① 《毛泽东文艺论集》,中央文献出版社 2002 年版,第 259—260 页。
② 陕西省文学艺术工作者联合会编:《关于民间文学》,内部资料,1954 年,第 98—103 页。
③ 毛泽东:《整顿党的作风》,《毛泽东选集》第 3 卷,人民出版社 1991 年版,第 773—774 页。
④ "在这里,我可以说一说我自己感情变化的经验。我是个学生出身的人,在学校养成了一种学生习惯,在一大群肩不能挑手不能提的学生面前做一点劳动的事,比如自己挑行李吧,也觉得不像样子。那时,我觉得世界上干净的人只有知识分子,工人农民总是比较脏的。知识分子的衣服,别人的我可以穿,以为是干净的;工人农民的衣服,我就不愿意穿,以为是脏的。革命了,同工人农民和革命军的战士在一起了,我逐渐熟悉他们,他们也逐渐熟悉了我。这时,只是在这时,我才根本地改变了资产阶级学校所教给我的那种资产阶级的和小资产阶级的感情。这时,拿未曾改造的知识分子和工人农民比较,就觉得知识分子不干净了,最干净的还是工人农民,尽管他们手是黑的,脚上有牛屎,还是比资产阶级和小资产阶级知识分子都干净。这就叫做感情起了变化由一个阶级变到另一个阶级。我们知识分子出身的文艺工作者,要使自己的作品为群众所欢迎,就得把自己的思想感情来一个变化,来一番改造。"毛泽东:《在延安文艺座谈会上的讲话》,《毛泽东选集》第 3 卷,人民出版社 1991 年版,第 808 页。

主义新国家的政治认同等等。"①《讲话》基本形成了中国共产党在文学领域的话语体系。

随着中国共产党在全国范围内的胜利，其首要任务就是使全国迅速认可社会主义新中国，除了政治制度的推行，文学艺术是一个重要推手，民间文学运动在革命时期功勋卓著，新中国成立后它处于了文学的前沿，成为新中国构建以及新的文学话语接驳场域与动力源。

二 从"人民文学"到"人民口头创作"

民间文学领域在政治权力话语的运作中重新规约研究范畴与主要研究内容，构建了一系列新的研究机构，积极响应现代民族国家建构的历史语境；同时民间文学领域也逐步形成了深层运作的学术与理论自觉。

1949年7月新中国成立前夕，国统区和解放区的文艺工作者在北平（今北京）大会师，召开了第一次文代会。这次大会是延安文艺精神的一次宣扬与推广。周扬代表解放区作了《新的人民的文艺》的发言，指出"解放区的文艺是真正新的人民的文艺"②，在今后的文艺工作中必须坚持文艺为人民服务，首先是为工农兵服务的精神以及新文艺的方向，就是《讲话》所规定的"人民的"方向。他对于文学的核心理念表述的极为清晰，文学领域首先要树立与建构新的人民文学。延安时期的经验已经证明民间文艺在新话语体系中有其特殊性与优越性。什么是新的人民的文艺，民间文学与人民文艺的关系等成为讨论的重要话题。

1950年4月，上海北新书局率先出版了蒋祖怡的《中国人民文学史》一书。该书认为：中国社会有两种对立着的文学——"人民的文学"与正统的"廊庙文学"③；其中"人民文学"的特质为：口语的、集体创作的、勇于接受新东西、新鲜活泼而又粗俗浑朴，他这四性很显然来自郑振

---

① 高华：《革命年代》（第二版），广东人民出版社2012年版，第206页。
② 周扬：《新的人民的文艺》，《周扬文集》第1卷，人民文学出版社1984年版，第513页。
③ 蒋祖怡：《中国人民文学史》，北新书局1950年版，第4页。

铎的《中国俗文学史》中关于俗文学六个特征的概括。① 这样的阐释使得劳动人民的口语文学也就是民间文学列入中国文学的主流或正宗。赵景深认为应该"有一个'新的民间文学运动'",他重视"指导青年们写作民间文艺,所以特别注重民间文艺的内容和技巧(包括音韵)之谈论"②。可见他为了努力契合新的人民文艺的要求,不惜改变民间文学的基本宗旨。但是他们的言论迅速遭到了文学界的批评和声讨。1951年6月的《文艺报》上,发表了于彤评论赵景深《民间文艺概论》的文章,批评他对"由民间文学加工而成的作品的意义估计不足"③。8月,《学习》杂志发表了蔡仪的《评〈中国人民文学史〉》一文,他认为《中国人民文学史》一书的著者和作序者虽在书里引用了马克思、恩格斯、列宁的话,却不真正懂得马克思主义,因此,作者也不懂得什么才真正叫作"人民文学"。④ 从这个辩论的过程,可以看到新的民族国家建立后,文学领域的格局处于重构中。民间文学由于在革命时期的功勋使得其在新的格局构建中位置特殊。这时的民间文学思想沿承延安时期新民主主义的文化思想,社会主义新中国需要用新的意识形态改造和整理民间文学(最典型就是戏曲),引导大众的审美趣味,规范人们对历史、现实的想象方式,再造民众的社会生活秩序和伦理道德观念,从而塑造新时代的主体即人民。民间文学的学术发展处于政治权力的话语规约之中,"人民文学"是以社会主义新中国的文学建构为旨归,并未涉及民间文学的学术核心及其学理的合法性。

在国家的文学领导机构之设置与变动中也可看到这一情形。新中国成

---

① 郑振铎在《中国俗文学史》中指出俗文学的特征为:第一是"大众的";第二是"无名的集体的创作";第三是"口传的";第四是"新鲜的,但是粗鄙的";第五是"其想像力往往是很奔放的……但也有种种的坏处";第六是"勇于引进新的东西"。参见郑振铎《中国俗文学史》,长沙商务印书馆1938年版,第4—6页。
② 赵景深:《民间文艺概论》,北新书局1950年版,第3—4页。
③ 于彤:《评赵景深的〈民间文艺概论〉》,《文艺报》1951年第4期,第28页。
④ 蔡仪指出,蒋祖怡在书中总结的所谓人民文学的那四个特点,"既没有说到文学的思想内容,也没有表现出中国文学的优良传统的特色",只是表现了"一种极端庸俗的形式主义观点",是把一般所谓的"民间文学"当成了"人民文学"。由于这种形式主义的观点,所以连"杜甫这样的大诗人,在这本书中仅仅是偶然地提到了他的名字",这是"胡适的《白话文学史》一流的变种"。蔡仪强调人民文学并不等于民间文学。参见蔡仪《评〈中国人民文学史〉》,《学习》1951年第8期,第33页。

立之初，通俗文艺受到极大重视。1949年10月15日，北京市大众文艺创作研究会成立，其主体精神承继了太行山根据地的通俗文化研究会之理念与思想。赵树理在成立大会上指出："我们想组织起来这样一个会来发动大家创作，利用或改造旧形式，来表达一些新内容也好，完全创作大众需要的新作品也好，把这些作品打入天桥去，就可以深入到群众中去"，他也认为这是新中国的文艺界的主流，正如他本人所说："如果说还用文坛两个字的话，将来的文坛在这里！"① 1949年12月22日，通俗文艺组的贾芝等向周扬请示，拟设民间文艺研究会专事各种形式的民间文艺的搜集整理，1950年3月29日成立了中国民间文艺研究会，"已经有了中国文联，周扬同志又成立了中国民间文艺研究会，不是成立了第二文联了吗？"② 其背后隐含了文艺界以及领导阶层对于新中国文艺主体与内涵的理解，也彰显了他们对新的民族国家文艺样式的诠释。这些问题的核心与关键就是新的人民文学与民间文学的关系。无论是作家文学领域还是民间文学领域对此都极为关注，经过学人的讨论③，厘清了民间文学不能等同于人民文学，但是民间文学在新的社会主义国家的显赫位置不容置疑。民间文学在新的政治语境中构建新的学术话语，在一定意义上也影响着新的文学样式以及塑造着新时代的"人民"。民间文学顺应着政治权力话语的表述，但是其深层对于自身学科合理性的构建也在积极地推进。

新中国建立初期，民间文学除了延安时期的文学经验支撑，主要就是吸纳与引入苏联的文艺理论。"自一九四九年十月到一九五八年十二月止，我国翻译出版的苏联（包括旧俄）文学艺术作品3526种，占这个时期翻译出版的外国文学艺术作品总数的65.8%强（总印数82005000）册，占整个外国文学译本总印数74.4%强。值得指出的是，这里也有以我国某些少数民族文字出版的译本。"④ 民间文学亦如此。新中国建立之初就

---

① 贾芝：《我是草根学者》，《新文学史料》2007年第2期，第48页。
② 贾芝1949年12月22日的日记，参见毛巧晖《涵化与归化——论延安时期解放区的"民间文学"》，上海辞书出版社2006年版，第144页。
③ 参见毛巧晖《20世纪下半叶中国民间文艺学思想史论》，上海文化出版社2010年版，第61—64页。
④ 卞之琳、叶水夫、袁可嘉、陈燊：《十年来的外国文学翻译和研究工作》，《文学评论》1959年第5期，第47页。

翻译并引进了《苏联口头文学概论》①《苏联人民创作引论》②等大量相关著作与理论，大家普遍认为"苏联学术界是今天世界学术界的一座灯塔。它用炫目的强光照射着前进的学者们的航路"③。"马克思、恩格斯虽不是专门的民间文艺或民族学研究者，但他们在民间文学领域中的学识的渊博和见解的卓越与正确，实为任何专门从事研究的学者所歆羡。"④

民间文学领域根据苏联的口头文艺创作理论引入关键词与核心理念——"人民口头创作"⑤，民间文学逐步脱离人民文学宏观的"人民性"，伴随着自身的理论自觉，逐步将研究中心置于"口头性"。

三 民间文学"口头性"话语内涵及其嬗变

民间文学最显著的特征就是口头性。从20世纪初期，研究者就意识到它的这一特性。其在学术史上有不同的表述："口头文学""口语文学""口述的"等。新中国成立之初，"口头性"话语被"人民性"遮蔽。蒋祖怡的《中国人民文学史》一书是新中国最早对口头性内涵进行探讨的著作，上文已论及。在他的理解中，口头性相当于"口语的"，具体阐释为口头歌诵、口头流传；口语的语言特色是虽则较为粗俗，但刚健清新、丰富、深刻、生动。⑥也就是说，他侧重于将口头性理解为新的人民文学的语言特色。在他的阐释中，"口头性"的内涵被置换，其结果就是只会重视民间文学的口语特点，正如他自己所说："人民文学是一切文学的根，是比一切文学更巨大的河流，它是在口语的河床上奔流着的。"⑦ 这样只会重视民间文学对于文学创作的意义和作用，即"当前文学工作者

---

① [苏]克拉耶夫斯基：《苏联口头文学概论》，连树声译，东方书店1954年版。
② [苏]A. M. 阿丝塔霍娃等合编《苏联人民创作引论》，连树声译，东方书店1954年版。
③ [苏]克拉耶夫斯基：《苏联口头文学概论》，连树声译，东方书店1954年版，序言第5页。
④ 刘锡诚：《马克思、恩格斯与民间文学》，《草原》1963年第2期，第61—68页；又见《中国民间文学论文选（1949—1979）》，上海文艺出版社1980年版，第85页。
⑤ 钟敬文：《七十年学术经历纪程——〈钟敬文学术论著自选集〉自序》，《北京师范大学学报》（社会科学版）1993年第4期，第1—6页。克冰（连树声）：《关于人民口头创作》，《民间文学》1957年5月号，第13—20页。
⑥ 蒋祖怡：《中国人民文学史》，北新书局1950年版，第14页。
⑦ 蒋祖怡：《中国人民文学史》，北新书局1950年版，第20页。

的任务,便是通过了解群众生活语言来了解人民文学,来创造人民的文学,来从人民当中来发现他们一切进步的东西。新的社会现实已呈现在我们的眼前,文艺的方向已经有了肯定的指针。除此以外,文艺工作者没有第二条路。"① 可见他只是从创作的角度谈论口头性,其实质是想触及如何创作新的社会主义国家所需文学的路径,这就使得口头性变为"人民性"文学的一个注脚,其学术核心被遮蔽。从这一视域赵景深对口头性话语进行了较为深入的学术阐释。

赵景深对于民间文学做了自己的阐述,在理论上他主张广义的民间文学,但在论述民间文学性质的时候,其对象主要倾向于狭义的即口传的文学,他提到"从作品的流传来考察——一般人用纸笔来流传,可称为'笔述文学',民间文艺则是'口述文学'。但现在记录下来,也变成笔述的了。"② 可见他对口头性的界定主要是"口述",也就是非书面,但他并没有进行充分和全面的论述,也没有将其作为民间文学和作家文学的一个分野,而是认为随着记录的出现,民间文学也会转成"笔述文学"。他的主要目的是"为了人民大众对于民间文学是喜闻乐见的,我希望能有一个'新的民间文学运动'。我指的是民间故事、民歌、谚语这一类的文学"。这样他的重要倾向就是"指导青年们写作民间文艺,所以特别注重民间文艺的内容和技巧(包括音韵)之谈论"。③ 因此他虽然对口头性的探讨从语言的技巧和音韵上进行了深入论述,在客观上对民间文学口头性的学术研究有一定的推进,但由于出发点的不同,这方面的价值并没有被发现和承继。在对于民间文学语言这一问题上,周扬、郭沫若、老舍等都发表了自己的看法。周扬认为:解放区文艺作品的主要特色之一是它的语言做到了相当大众化的程度。语言是文艺作品的第一个要素,也是民族形式的第一个标志。④ 他只是强调民间文艺语言的大众化特性,也就是从民众接受的角度来谈民间文学语言的口头性。郭沫若认为"民歌就是一阵风,不知道它的作者是谁,忽然就像一阵风地刮了起来,又忽

---

① 蒋祖怡:《中国人民文学史》,北新书局1950年版,第224页。
② 赵景深:《民间文艺概论》,北新书局1950年版,第4页。
③ 赵景深:《民间文艺概论》,北新书局1950年版,第3页。
④ 周扬:《新的人民的文艺》,《周扬文集》第1卷,人民文学出版社1984年版,第518页。

然像一阵风地静止了，消失了。我们现在就要组织一批捕风的人，把正在刮着的风捕来保存，加以研究和传播。"① 可见他对民间文学口头性的理解就是它的语言的流动性、不固定性。老舍则认为："搜集民间文艺中的戏曲与歌谣，应注重录音。街头上卖的小唱本有很多不是真本，而且错字很多。我们应当花些钱去录音，把艺人或老百姓口中的活东西记录下来。"② 他特别强调老百姓的口头语言中蕴含着"活的东西"。他们都将口头性作为民间文学语言的特色，这样他们研究的重点自然会置于民间文学的搜集、整理。

朱自清的《中国歌谣》，尽管其雏形是1929—1931年他在清华大学的讲稿，但是1957年由作家出版社整理出版，不能不说代表了当时的观点。书中关于口头性的论述，旁征博引，从中国古代说起，一直到当时西方流行的理论。主要有：

《古谣谚·凡例》说："谣谚之兴，其始止发乎语言，未著于文字。其去取界限，总以初作之时，是否著于文字为断。"③ Louise Pound 在《诗的起源与叙事诗》（*Poetic Origins and The Ballad*，1921）里，提到了对民歌的判断，其中的一个条件："这些歌必得经过多年的口传而能留存。它们必须能不靠印本而存在。"④ 他的观点是：歌谣起于文字之先，全靠口耳相传，一代一代地保存着。它并无定形，可以自由地改变、适应；同时"口传相当于我们印刷的书"。⑤ 他还强调：对于口传的态度，会影响歌谣研究的科学性，指出音乐家和文学家都会根据自己的需求对它进行润色和改变。⑥ 因此，在他的理念中，口头性是民间文学的一个判断标准，认为它不仅是民间文学的一种流传方式，还是科学研究民间文学的出发点。他将口头性当作民间文学文学性的一个特质来对待，尽管他没有进行深入的探究。但在当时的历史情境中，他的观点不可能被承继和发展。

---

① 郭沫若：《我们研究民间文艺的目的——在本会成立大会上的讲话》，《民间文艺集刊》1950年第1集，第3页。
② 老舍：《老百姓的创造力是惊人的——在本会成立大会上的讲话》，《民间文艺集刊》1950年第1集，第10页。
③ 朱自清：《中国歌谣》，复旦大学出版社2004年版，第6页。
④ 朱自清：《中国歌谣》，复旦大学出版社2004年版，第202页。
⑤ 朱自清：《中国歌谣》，复旦大学出版社2004年版，第8—10页。
⑥ 朱自清：《中国歌谣》，复旦大学出版社2004年版，第59页。

1954年出版的《苏联口头文学概论》，是当时唯一以口头文学命名的一本专著，它也是当时专业学习的重要参考书。由于这本书只是"苏联中学八年级用的俄罗斯文学教科书中'口头文学概论'部分的翻译"，所以它对于口头文学的界定，主要从意义和所包含的内容来阐述，书中认为口头文学，"意义就是：人民创作，人民智慧"，内容包含"各种各样的故事、传说、勇士歌、童话、歌曲、谚语、俚语、谜语、歌谣"。①

中国的学术界开始将民间文学等同于口头文学，其在实践层面的体现就是"搜集整理"成为1949—1966年民间文学领域的基本学术话题②，相关研究在这一时期推动了民间文学理论研究与资料体系的完善与发展。

当然，由于特定历史条件的局限性，民间文学领域对于"口头性"的学术本质、学术机理缺乏深入探讨。但这并不能遮蔽或者忽略1949—1966年民间文学在政治权力话语影响下的理论自觉。

---

① ［苏］克拉耶夫斯基：《苏联口头文学概论》，连树声译，上海东方书店1954年版，第13—14页。

② 毛巧晖：《1949—1966年国家话语与少数民族民间文学资料搜集整理》，《广西民族师范学院学报》2012年第2期，第50—54页。

第 三 章

机构与刊物：民间文学重构的导引与规范

1949年7月召开的第一次文代会，既是文艺界大会师，同时也树立了解放区文艺在全国文艺领域的领导位置。新中国成立后，延安时期文艺与民众结合的新样式——通俗文艺受到极大重视。同时，所有的文艺工作纳入了政府工作体系，民间文艺研究领域成立全国性的领导机构民研会，组织全国各民族民间文艺的搜集、整理与研究。民研会成立后不久，1955年创办了《民间文学》杂志。《民间文学》既刊发各民族的民间文学作品，也发表民间文学领域的研究文章。在民研会与《民间文学》的导引下，20世纪50年代的民间文艺进入了新的文化实践的轨道。

第一节 民研会：新中国成立初期民间文艺重构的组织与导引

民研会是中国民间文艺工作者的群众性组织。作为民间文艺发展与研究的专门机构，"对整个民间文艺事业起着组织、计划和推动等巨大作用"[①]。

民研会1950年3月29日成立于北京，它是全国各民族民间文艺工作者自愿结合的群众性文艺学术团体，也是第一次文代会后成立的第一个协会。民研会总部一直设在北京，各省、市、自治区设有分会（除台湾省

---

① 钟敬文：《新中国学术史上富有意义的一页——纪念中国民间文艺家协会创立40周年》，《群言》1990年第8期，第37页。

外),其 1987 年 5 月更名为"中国民间文艺家协会"(简称中国民协)。该组织首任主席郭沫若,周扬、钟敬文、冯元蔚、冯骥才为历任主席,现任主席潘鲁生。中国民协成立以后,在中国民间文学、艺术、文化的搜集、调查、整理、出版、研究,协调和促进各民族、各地方的民间文学活动等方面起到了积极作用。本节重点从其成立以及对于民间文学研究工作导引两部分进行阐述。

一 民研会的成立

对于民研会的成立与发展,钟敬文、贾芝等都撰写过相关回忆文章。钟敬文在 1989 年《民间文学》第 11 期刊发了《悼念周扬同志》一文,文中提及了"建立一个专门搞民间文艺工作的机构,虽然是我个人的夙愿(解放前我在广州、杭州等地都参与创办了这类学术活动机构),但是,这时具有这种愿望的人却不只限于我一个。例如在延安曾经帮助过说书艺人韩起祥的诗人林山同志,就是很热心的一人(可惜因为工作关系,在次年这个机构成立时,他已经不在北京了)"。贾芝在《民间文学》1990 年第 4 期撰写了《民间文学在春天中萌发》,文中提到了民研会筹备与成立的历史。后来,贾芝于 2007 年第 2 期《新文学史料》刊发的《我是草根学者》中,进一步翔实地叙述了他参与民研会筹划的历史。1949 年 5 月,贾芝跟随柯仲平率领的西北代表团回到北平(今北京);同年 7 月,他参加了第一次文代会;同年 10 月,他到文化部编审处工作,并负责通俗文艺组。他还参加了老舍和赵树理创办的《说说唱唱》刊物的工作。他向赵树理汇报通俗文艺工作计划时,赵树理提道:"这是我们自己这么说哩,如果说还用文坛两个字的话,将来的文坛在这里!"[①] 从这一叙述中,可以看到新中国成立后,文坛的变化,正如 1963 年出版的《十年来的新中国文学》将新中国文学总结为四个"崭新":"崭新的文学""崭新的理论""崭新的道路""崭新的创造"。[②] 赵树理所述正是在新的国家,"崭新"文学实践的开端。正如钟敬文所言,成立民间文艺研究机构的愿望应是当时文艺界,尤其是通俗文艺与民间文艺工作者的共同愿

[①] 贾芝:《我是草根学者》,《新文学史料》2007 年第 2 期,第 48 页。
[②] 中国科学院文学研究所编:《十年来的新中国文学》,作家出版社 1963 年版,第 16 页。

望。根据贾芝在日记中的记述,"1949 年 12 月 22 日,向文化部副部长周扬同志请示,工作方向大体明确了,任务是编审全国说唱演义一类的模范性的文艺作品以及各种形式的民间文艺,同时拟专设一民间文艺研究会专事后者的搜集整理"。在周扬的支持下,民研会筹备工作迅速展开。1950 年年初,民研会成立大会在筹备中时,"周扬同志突然来到编审处,蒋天佐和我都在。他随便地一歪身坐在我们的办公桌上跷着腿闲谈起来。他说到要我到未来的民研会工作,要我向《良友》的赵家璧学习……""赵家璧只有一个皮包就编出一套丛书,只要组稿就可以了"。从会议具体的日常筹备,周扬的点滴细节,给我们呈现了民研会筹备、成立之初的情形。蒋天佐在其中做了大量工作,他没有相关的回忆记述,我们无法查证。但同样参与大量工作的孙剑冰有一些相关回忆。2002 年,孙剑冰撰写了《回忆演乐胡同 74 号》,"我是 1950 年国庆前到达文化部艺术局编审处的。它是文学出版社的前身。编审处的主要负责人是曹靖华(处长)与蒋天佐;曹先生不来上班,蒋天佐还有老同志王淑明与贾芝(支部书记)都算负责人……当时,民研会的实际负责人是贾芝。"[①]

从后世而言,民研会成立的历史情境以及它在新中国民间文艺研究中所起的作用与意义更为重要。之所以罗列如此多史料,其意在论述民研会成立的契机与文艺界的"新"变化。民研会成立后,通过了《中国民间文艺研究会章程》(以下简称《章程》)和《征集民间文艺资料办法》两个文件,会议以自由提名方式推选理事 47 名。郭沫若被选为理事长,周扬、老舍、钟敬文为副理事长;贾芝任秘书组组长;在第一次理事会上除了相关人员的选举与确定,还决定出版"民间文学丛书",并确定了丛书的选题。

二 民研会与民间文学研究

民研会成立之时,所通过的《章程》与《征集民间文艺资料办法》都专门阐明了对于民间文艺资料的搜集。

民研会成立的宗旨是"搜集、整理和研究中国民间文学、艺术,增

[①] 中国民间文艺家协会编:《真情呼唤 共铸辉煌——庆贺贾芝百岁文集》,中国文联出版社 2016 年版,第 293 页。

进对人民的文学艺术遗产的尊重和了解,吸取和发扬它的优秀部分,批判和抛弃它的落后部分,使其有助于新民主主义文化的建设"①。

从成立至今,民研会一直致力于组织全国民间文艺的研究活动,开展有益于中国各族民间文化发展的搜集与整理工作。民研会成立,建立了一个新的机构,这在中国历史上史无前例,而且它她的成立意味着中国文学局面的变革。尽管从20世纪初期民间文学研究就开始兴起,但自民研会成立起,才正式确定了民间文学在中国文学格局中的地位。民间文学与"人民政府""人民政权"息息相关。最初在"民研会"成立之时,吕骥也向周扬申请成立音乐研究会,后被纳入民研会。起初民研会的活动范围包括了民间文学、民间音乐、民间舞蹈、民间戏剧、民间美术等一切艺术门类,实际上除民间文学外,其他艺术门类的研究,由后来成立的中国音乐家协会、中国舞蹈家协会、中国戏剧家协会、中国美术家协会负责。当时承继了解放区"民间文艺"的理念,强调文艺对于民众生活的意义,重视创作民众喜欢与欣赏的文艺,比如当时的新秧歌、说书等文艺活动。这种文化氛围从20世纪30年代陕甘宁边区就已形成。

陕甘宁边区出现了一个民间文化的浪潮,延安到处洋溢着"民间"的气息,"无论文艺评论家还是文学史家,都不应该忽视这段历史,也不能离开民间文艺而谈革命文艺的发展和产生"②。从有关延安时期的文献中可以窥见一斑,无论是生活在延安还是到过此地的中外人士都留下了记载。

1937年,丁玲任西北战地服务团的主任,她到毛主席处请示工作,毛主席说:"宣传要大众化,新瓶新酒也好,旧瓶新酒也好,都应该短小精悍适合战争环境,为老百姓所喜欢。要向群众、向友军宣传我党的抗日主张,宣传抗日救国的十大纲领,扩大我们党和军队的政治影响。"丁玲在团里传达了这些讲话。西北战地服务团出发前赶排了一些话剧、歌剧、大鼓、相声;还把秧歌改成《打倒日本生平舞》,搬上舞台。③ "文协"

---

① 《中国民间文艺研究会章程》,《民间文艺集刊》1950年第1集,第104页。
② 贾芝主编:《延安文艺丛书·民间文艺卷》,湖南文艺出版社1988年版,前言第1页。
③ 朱鸿召编选:《众说纷纭话延安》,广东人民出版社2001年版,第248页。

下面有民众剧团、西北文工团、边区群众报等单位。① 那时柯仲平、马健翎领导的民众剧团，一直在农村演出，几乎走遍了陕北的山山坳坳，用秦腔、用陕北的民歌小调、用眉户（米胡）曲调创造了不少好节目。如最早的《查路条》《十二把镰刀》等，都表现了中国共产党领导下的陕北人民的新生活。这些节目在舞台上演，没有舞台的地方就在广场演，深为陕北人民喜爱。② 对于这种氛围，来自国统区以及国外的参观者、访问者也都留下了深刻的印象。

国统区前往延安的参观者留下的记载有："使我（按指：黄炎培）最欣赏最美的是一出《兄妹开荒》的秧歌剧，表演得特别绵密而生动。据说表演的不是北方人，而方言、音调和姿态，十足道道地地反映北方农村，这真是'向老百姓学习'了。我是读过王大化关于演出《兄妹开荒》经过的报告的。他说要表现出边区人民活跃而愉快的民主自由生活，要表现出他们对生产的热情。事后，我怀疑这位主角就是王大化，可惜当时没有问。"③ 由于边区和大后方的隔膜，思想文化的交换陷于中断，就延安看来，简直是在闭关状态中，许多延安人都向我们申诉书籍杂志进口困难，这使得他们的认识不得不局限于边区以内所能供给的资料，延安缺乏"学院气"。延安的作家总算不少，"据我（按指：赵超构）所知，其中有几位作家的文艺修养是可以在任何讲坛上立足的，可是在我们和他们的文艺性交谈中，他们都深自掩藏，决不提到外国某作家或某一派的文艺理论。他们所谈的，只是毛泽东先生在文艺座谈会上所谈的一番话"。有一位作家说："我们觉得，动不动就捎出外国名字来吓人，是可耻的。"④ "鲁迅艺术学院校长对我们⑤说，他们的努力基于以下三个原则：第一，把艺术和当前的抗战联系起来；第二，他们的目的在于普及，即尽可能使老百姓明白；第三，他们正在学习用老的形式赋予全新

---

① 朱鸿召编选：《众说纷纭话延安》，广东人民出版社2001年版，第253页。
② 至今只要碰见陕北来的老同志，谈到民众剧团时，都非常怀念柯仲平、马健翎和这个剧团的好演员李卜同志等……在会上演出的节目什么都有，当然不好的节目除外，而且谁有天才、谁有兴趣，都可自由上台表演，不受约束，不遭干扰。武将军边章武登台唱过苏三起解，文小姐丁玲唱过昆曲，上海青年们唱过"卖梨膏糖"和"莲花落"。
③ 黄炎培：《延安归来》，《民国丛书》第五编，第79册，上海书店1996年影印本，第386页。
④ 赵超构：《延安一月》，《民国丛书》第五编，第79册，上海书店1996年影印本，第402页。
⑤ 指江文汉、梁小初和费无生（George Fitch）三人组成的团体。

内容和技巧。"①

外国的拜访者和支援者则如是描述。奥托·布劳恩（Otto Braun）记述了边区在文化方面也做了许多事情："部分依照红军的传统、部分依照当地居民的传统，人们成立并增加了许多宣传队、歌舞队、业余戏剧队等等，他们多半还保持着古典的演出形式，也有一部分戏剧、歌舞和诗歌充实了新的内容。深深地留在我的记忆中的是一次新年联欢会，人们舞着龙灯列队游行，各个村子竞相表演。"② 彼得·弗拉基米洛夫认为："人民观看旧戏演出，很可能感到锣鼓声震耳欲聋。但是慢慢的你就会从中听出来一种旋律，同柔软的身体动作与面部表情紧密联系着的旋律。演出时，人们在场子里走来走去，说说笑笑，我怎么也习惯不了……他们（按指：中国共产党）开始慢慢地把文化理解为少量的必读的历史小说和业余创作的带政治内容的剧本，以及同样是粗糙地重复政治口号的简单诗歌……"③ 尼姆·威尔斯（Nym Wales）则看到："中国人最喜欢戏剧，现在仍然如此。从一开始起，戏剧就成为共产党革命不可缺少的一个组成部分。戏剧不仅是宣传的工具，而且是一种通过娱乐争取民众的有效办法。共产党人到了一个新的村庄，先演戏，后演讲，再做组织群众的工作。甚至连年纪轻轻的中国儿童，都是天生的演员，没有一点儿羞涩或怯场的表情。所有的中国人，似乎也都喜欢在公共场合讲话，一点儿也不感到难为情。演讲、开会、唱歌、看戏——这些仍然是当今中国的主要娱乐活动。"④

当时的民间文学非常繁荣，正如贾芝所述："从民间文艺的发掘和继承人民文化遗产来说，当年在革命文艺运动中最受注意的首先是民歌；二是新秧歌的产生和演出；三是改造说书……"⑤

---

① 江文汉：《参拜延安圣地》，载朱鸿召编选《众说纷纭话延安》，广东人民出版社2001年版，第336页。
② 奥托·布劳恩即李德。引文内容见［德］奥托·布劳恩《中国纪事》，李逵六等译，东方出版社2004年版，第423页。
③ ［苏］彼得·弗拉基米洛夫：《延安日记》，吕文镜等译，东方出版社2004年版，第223—236页。
④ ［美］尼姆·威尔斯：《延安四个月》，见朱鸿召编选《众说纷纭话延安》，广东人民出版社2001年版，第482—483页。
⑤ 贾芝主编：《延安文艺丛书·民间文艺卷》，湖南文艺出版社1988年版，前言第12页。

只是新中国成立后,随着学术研究的进一步专门化以及学科分类的发展,"艺术"部分渐趋从中剥离,为各个专门研究会("协会")负责。民研会成立之前,民间文艺的相关研究已经集中刊出,《光明日报》从 1950 年 3 月 1 日开办了"民间文艺"专栏,到同年 9 月 20 日停止,共 27 期,所发文章主要阐释民间文学具有的特殊思想性与社会历史价值。① 此外,游国恩的《论〈孔雀东南飞〉的思想性及其他》②、李岳南《论〈白蛇传〉神话及其反抗性》《民歌的战斗性》《控诉封建婚姻的民歌》《从〈诗三百篇〉中看农奴和妇女生活之一斑》等文章也都从不同侧面和角度论述了民间文学在文学上的特殊意义。③ 这为民研会《章程》的草拟以及《征集民间文艺资料办法》提供了一定的学术支持。

民研会成立后,首先主办了《民间文艺集刊》。该刊 1950 年至 1951 年不定期出版了三册,1951 年 9 月停刊。它是新中国第一个民间文艺刊物,所刊文章兼顾民间文学理论与民间文学作品。

第 1 册 1950 年出版,由新华书店印刷发行。其目录为:

《我们研究民间文学的目的(讲话)》　　郭沫若
《老百姓的创造力是惊人的(讲话)》　　老　舍
《口头文学:一宗重大的民族文化遗产》钟敬文
《谈蒙古民歌》　　　　　　　　　　　　安　波
《论民间美术的风格》　　　　　　　　　胡　蛮
《论〈孔雀东南飞〉的思想性及其他》　　游国恩
《民间的词》　　　　　　　　　　　　　俞平伯
《民间艺术中的梁山伯和祝英台》　　　　王亚平
《老苏区的民歌》　　　　　　　　　　　贾　芝
《谈谚语》　　　　　　　　　　　　　　李敷仁

---

① 参见毛巧晖《20 世纪下半叶中国民间文艺学思想史论》,上海文化出版社 2010 年版,第 22—23 页。
② 游国恩:《论〈孔雀东南飞〉的思想性及其他》,《民间文艺集刊》1950 年第 1 册,第 34—38 页。
③ 参见李岳南《民间戏曲歌谣散论》,上海出版公司 1954 年版。

《普希金与民间文艺》　　　　　　H. 布洛茨基著　高俊千译
《谈谈采录少数民族音乐（通信）》　　马　可
《关于广东的民间文艺（通信）》　　　李松涛

歌谣选录
《民歌选》（贾芝辑）
《陕北土地革命时期的民歌》（严辰辑）

传说、民间故事钞
《毛主席改造二流子》（辛景月记）《朱总司令来了》（戈枫记）
《关于红军的传说》（吴群　岑风记）《李闯王的传说》（夏秋冬记）
《金马驹和火龙衣》（马烽记）《见鸡而捉》（发掘记）《挖金子》（发掘记）
《北京谚语录》

专载
一、本会成立经过纪要　二、本会理事会及各组负责人名单
三、本会章程　四、本会征集资料办法　五、本会年度预定出版丛书目录　六、本会收到资料目录
剪纸　陈志农
剪纸艺术家陈志农先生　　　徐悲鸿
编后记

从上述目录内容可看出所刊载的民间文学作品以土地革命时期的民歌、传说、故事为主，理论部分则是围绕中国民间文艺研究会成立以及新中国民间文艺的特性展开。在第 1 册封三登载了《稿约》，第一条就是"本刊欢迎有关民间文学艺术的研究、译述和记录（资料）等文字"。封底上半部分是"苏联文学名著的改写本、改编本"（《铁流》《钢铁是怎样炼成的》《保尔·柯察金》《日日夜夜》《一个生产竞赛的故事》）的名录，下栏则是苏联文学作品《学校》《草原的太阳》《少年日记》《在一个居民点里》《只不过是爱情》的名录。这一则说明苏联文学作品当时的影响，另一层面则反映了民间文艺当时新的学术定位。

第 2 册 1951 年 5 月 15 日出版，当时中国正处于"抗美援朝战争"时

期。其目录如下：

《民间歌谣中的反美帝意识》	钟敬文
《关于梁山伯祝英台故事》	何其芳
《马头琴及其他》	马　可
《寒亭的年画》	程砚秋　杜颖陶
《越剧的生长和变革》	钟　琴
《贵州苗族的民歌》	钟　华
《云南的山歌》	赵　沨
《我采集蒙古民歌的经过和收获》	许直
《收集民歌的一点体会》	孙绍
《唱新闻》	全一毛
《凤阳的大花鼓》	皖北文艺干校
《关于民间文艺的通信（二篇）》	亚马　锡金
《鲁迅和民间文艺（未完）》	邱朝曙　陈毓罴辑
《苏联民间文学理论的一般问题》	［苏联］开也夫著　刘辽逸译

朝鲜民间文艺选辑

朝鲜的传说和民间故事

《人鬼的故事》（阿启改写）《爱穷苦的女人》（流金改写）《国王的耳朵》（马超群、李启烈译）《没后帮的鞋》（库切梁温科记　周彤译）

《大同江水为什么是绿的》（库切梁温科记　周春辉译）《兔子的眼珠》《猴子的裁判》《三兄弟》（以上三篇秋帆译）

《朝鲜童谣、民歌选》（十四首）　式　钧　林凯译

《朝鲜谚语录》　陈秋帆译

新的传说

《毛主席万岁》（康濯记）《金日成将军的故事》（公陶记）《我们的战友》（徐放周原记　沛之改写）《许县长的故事》（邵子南原记　李方立改写）《雪枫堤》（陈雨门记）

旧传说、民间故事钞

《太平军的故事》（陈锡洛记）《洋人盗金牛》（邱影记）《朱元

璋的故事》（阿启记）《赤水河的传说》（向人红记）《雨样的天老爷》（董均伦记）《谁的本事大》（宛延记）

《歌谣选》（十三首）　　　　　明沛之
《谚语选》　　　　　　　　　　贾　原
剪纸（二幅）　　　　　　　　　古元辑
少数民族舞蹈照片（六幅）　　　插　页
本会收到资料目录
编后记

从目录可知这期作品以朝鲜民间文艺为主；理论文章则突出了民间文艺的政治意识与国家意识。

第3册以西藏的和平解放为主题，刊发了"藏族民间文艺特辑"与民间文艺理论文章。其目录如下：

《继承民族文学艺术的优良传统》　周　扬
藏族民间文艺特辑
《藏族歌谣选》（二十七首）
《藏族故事选》（汪今觉译　任家麟改写）
《兔杀狮》（胡仲持译）
《白鸟王子》（远生编译）
《藏族谚语录》陈秋帆　胡仲持译
《西康藏民的音乐生活》　乔谷
《歌谣选》（一三〇首）
《江西革命山歌》
《从口头文学看武训与人民的距离》　钟敬文
《歌谣——劳动人民教育的武器》　严　辰
《在宣传工作中的广西山歌》　万　农
民间故事、传说钞
《进劳动大学》　柯蓝记
《朱总司令和营长》　若冰采录　阿启改写

地主和佣工、佃户的故事

《拆楼》（李新奎记）《何年何月再见"面"》（于老汉讲 马龙文记）

《扑凉风》（王守华记）《饿死鬼》（陈锡洛记）《几个条件》（梅花笑记）

《虎的故事》（薄宗孟记）

《换女婿》（董均伦记）

《三个女婿》（王敬东 孙凤礼记）

《大刮地皮》（任彦芳 苑纪玖记）

《苏联民间文学的一般问题》[苏联] 开也夫 刘辽逸译

《鲁迅和民间文艺（续）》 邱朝曙 陈毓罴辑

《苗家的跳舞与音乐》 波 浪

《皖北的花鼓舞》 李逸生

《介绍十七首"对花"》 郭乃安

《关于民间文艺的通信（二篇）》 钟 华

民歌征集工作简报

《纤夫、猎野牛敦煌壁画（二幅）》 史苇湘 段文杰临摹

舞蹈照片（三幅） 插页

《对花（西北民间歌曲十七首）》 袁维训收集

本会收到的资料目录

编后记

封二则是"文艺建设丛书出版六种"（《跨到新的时代来》《为了幸福的明天》《欧行散记》《活人塘》《平原烈火》《仅仅是开始》）。从目录到封面、封底、插页都可以看到民研会以及当时民间文艺兼顾文学、艺术的大视野。

整体而言，《民间文艺集刊》其主要内容包括民间文艺研究和讨论的文章，民间歌谣、传说、故事、谚语选录，中国民间文艺研究会成立时郭沫若、老舍等的报告。集刊的撰文者都是文艺界知名人士：郭沫若、周扬、老舍、钟敬文、游国恩、俞平伯……其中钟敬文的《口头文学：一

宗重大的民族文化遗产》①《民间歌谣中的反美帝意识》②，何其芳《关于梁山伯祝英台故事》③，周扬《继承民族文学艺术的优良传统》④ 等对民间文学的内涵与价值进行重新定位，重点剖析其深刻的思想内涵与民族文化价值。这些导引了新中国成立后民间文学研究的方向。《民间文艺集刊》所刊发的民间文学作品具有较强的时效性，理论文章则突出民间文艺的新特性，对新中国建立初期民间文艺的研究工作具有一定的引领意义。这在当时已有相关评论，据孙剑冰回忆，当时学者对集刊反映很不错。"第二期出版以后，赵树理同志对研究会的人说：'那十三首歌谣，篇篇都值得背。'艾青对我说：'游国恩的文章（《论〈孔雀东南飞〉的思想性及其他》，载第一期）写得蛮好！'"⑤

1955 年，《民间文学》创刊，《民间文学》从创刊号到 1966 年"文化大革命"爆发停刊，共出版 108 期，它与民间文学的"文艺学"转型、多民族民间文学格局的建构以及这一时期民间文学人民性特性的形成有着直接关系，第二节详述"《民间文学》与民间文学的重构"，在此不再赘述。⑥

直至"文化大革命"爆发，民研会日常工作停止。在此之前，民研会主办刊物、编辑丛书，另外则是配合新的多民族国家建设，与中国科学院文学研究所联合在少数民族地区进行实地调研。

1956 年，全国人民代表大会民族事务委员会制定了"关于少数民族地区调查研究各民族社会历史情况的初步规划"，同年 8 月，相继组成了内蒙古、新疆、西藏、四川、云南、贵州、广东、广西八个少数民族调查

---

① 钟敬文：《口头文学：一宗重大的民族文化遗产》，《民间文艺集刊》1950 年第 1 册，第 11—22 页。
② 钟敬文：《民间歌谣中的反美帝意识》，《民间文艺集刊》1951 年第 2 册，第 7—13 页。
③ 何其芳：《关于梁山伯祝英台故事》，《民间文艺集刊》1951 年第 2 册，第 14—21 页。
④ 周扬：《继承民族文学艺术的优良传统》，《民间文艺集刊》1951 年第 3 册，第 2—12 页。
⑤ 孙剑冰：《回忆演乐胡同 74 号》，中国民间文艺家协会编：《真情呼唤　共铸辉煌——庆贺贾芝百岁文集》，中国文联出版社 2016 年版，第 294 页。
⑥ 此外，从 1951 年开始，民研会主编出版"民间文学丛书"，第一批出版了《中国出了个毛泽东》《陕北民歌选》《爬山歌选》《东蒙民歌选》《阿诗玛》等。1955 年《民间文学》杂志创刊。1958 年，民研会参与并组织全国新民歌搜集运动。同年，召开了全国民间文学工作者大会，修改研究会的宗旨为"促进中国社会主义和共产主义新文化的发展"。从 1959 年开始陆续编辑出版"中国各地歌谣集""中国各地民间故事集"和"中国民间叙事诗"丛书。

小组，于是各地的调查工作开始走上了正轨。1956年8月，中国科学院文学研究所和民研会共同组成联合调查采风组，由毛星带队，文学研究所有孙剑冰、青林，民研会有李星华、陶阳和刘超参加。调查采风组到云南少数民族地区进行调查，他们调查的宗旨是："摸索总结调查采录口头文学的经验，方法是要到从来没有人去过调查采录的地方去，既不与人重复，又可调查采录些独特的作品和摸索些新经验"①。毛星主要研究领域是马克思主义文艺学，民间文学研究是他文艺学的一部分，因此他认为：

> 我们所说的"民间文学"和高尔基所讲的基本意思相同，指的是：为劳动人民自己创作并在劳动人民中流传的口头文学。
>
> 民间文学是民间文艺的一个部分。对民间文学进行科学研究，需要与民间的其他文艺形式联系起来。
>
> 口头文学与书面文学同时并存，在同一时代里，它们都受到当时的政治、经济和文化的影响，反映当时共同的社会风习，反映当时影响各个阶级的历史和社会生活。但由于劳动人民是生产者，是历史的创造者，因而不论政治上或者艺术上都是最富于生命力的。
>
> 这样的文学（民间文学——笔者按），在思想内容上，语言、形式上，以及所构成的艺术之美上……都有自己的特点。②

在资料搜集中，他们注重民间文学的思想性与社会历史价值，这与当时文艺学主流吻合，也与在国家意识形态导引中形成的民间文学话语一致。采录工作中，毛星注重总结采录口头文学的经验；在民间传说故事搜集中，重视英雄的传说，他认为这些传说都是"具有战斗性和反抗性的故事"，而且英雄大多出身于劳动人民。③《白族民歌集》④《纳西族的歌》⑤中搜集了大量阶级意识显著，反映民族压迫与阶级压迫，歌颂毛泽东的民间歌谣。另外，他们还注意到民间故事、传说、民歌与各民族风俗

---

① 王平凡、白鸿编：《毛星纪念文集》，学苑出版社2004年版，第92页。
② 毛星：《民间文学及其发展谫论》，《民间文学论坛》1984年第1期，第6—12页。
③ 李星华记录整理：《白族民间故事传说集》，人民文学出版社1959年版，第146—147页。
④ 杨亮才、陶阳记录整理：《白族民歌集》，人民文学出版社1959年版。
⑤ 刘超记录整理：《纳西族的歌》，人民文学出版社1959年版。

习惯的关系，重视民歌与演唱者生活的关系等。

此次调查采录工作成果显著，每篇故事、传说、民歌都标注了采录地点、讲述人，对涉及的方言土语、地名都进行了注释。李星华记录整理的白族民间故事、传说影响极大，特别是该书出版时，毛星《关于白族的几点情况（代序）》以及著者本人在书后附加的《关于白族的民间故事传说》，这两篇文章在当时历史情境中，全方位地呈现了调查者采录整理的思路。毛星以文献资料与口头资料为基础，对白族的历史、文化、风俗习惯、宗教信仰及白族与汉族的关系等进行了论述。他注重文献与调查资料结合，这在当时的研究中可谓"开风气之先"[1]。李星华提到在云南调查的具体时间以及采录过程，特别强调："多记同一故事的不同讲法，不仅对故事会有全面的了解，便于研究和整理，同时也可以看出群众是怎样依照自己的生活经验和看法来修改一个故事；也可以了解到民间文学跟群众的生活是怎样密切地结合在一起。"[2] 本次调查采录在全国民族调查的情境中展开，同时契合民间文学的基本原则与理念，并在中国少数民族民间文学调查史上具有标志性意义。

同一时期，《民间文学》发表了白族、纳西族民歌、民间故事等作品。《民间文学》从创刊几乎每期都有少数民族民间文学作品，具体的数量与比例见本章第二节表3-1，此处不再重复。从创刊号开始，《民间文学》刊载出《一幅僮锦（广西僮族民间故事）》[3]，后又改编为剧本，获得了全国电影优秀剧本奖。据该剧本拍摄的影片获1965年卡罗兹·发利第十二届国际电影节荣誉奖，影响颇大。其他诸如阿凡提故事、巴拉根仓故事、苗族古歌、梅葛、娥并与桑洛等都是这一时期被搜集，并在《民间文学》中发表。当时所发表的文章，还涉及了蒙古族、藏族、维吾尔族、彝族、瑶族、羌族、白族、纳西族、傣族、赫哲族等。可以说，这一时期《民间文学》搜集了大量阶级意识鲜明，反映民族压迫与阶级压迫，歌颂中国共产党的歌谣、民间故事、传说等。但另一方面搜集者也关注民

---

① 刘锡诚：《对中国文学史模式的颠覆——纪念毛星先生》，《民族文学研究》2004年第4期，第35页。
② 李星华记录整理：《白族民间故事传说集》，人民文学出版社1959年版，第163页。
③ 萧甘牛：《一幅僮锦》，《民间文学》1955年4月号，第31—35页。

间故事、传说、民歌与各民族风俗习惯的关系,重视民歌与演唱者生活及生存情境的关系等。因此,《民间文学》不仅刊发民间故事,而且登载民歌、谚语等;除民间文学作品外,也很注重民间文学的研究,具有很强的学术性。所以该刊在文学界、艺术界以及国外的民间文学与中国文学研究领域,都有较大影响。日本的君岛久子、加藤千代等都一致认为《民间文学》刊物是世界上少有的民间文学专门刊物,其水平较高、有重要的学术价值。加藤千代编了一本《民间文学》分类目录,是日本中国民艺之会编印的,目前保存在北京大学图书馆"民间文化阅览室"。

总之,民研会在这一时期工作关涉民间文艺刊物,而刊物主导着民间文学的学术转型以及新的人民文学的建构;同时也关涉民间文学调查这一奠定民间文学资料体系建设的研究工作。

三 民研会与民间文学工作者

1918 年,北京大学开始了歌谣搜集运动,这也成为中国现代民间文学兴起之端。1918 年 2 月 1 日,校长蔡元培在《北大日刊》发布校长启事,同时又刊登了《北京大学征集全国近世歌谣简章》,"据《北大日刊》记载,简章发出的 3 个月内便收到校内外来稿 80 余起,歌谣 1100 余首"[①]。之后就是中国民间文学学术史经常提及的"歌谣研究会"成立,后这一研究会隶属于"北京大学研究所国学门",并于 1922 年 12 月 17 日起刊印《歌谣》周刊,后其两度停刊,截至 1937 年 6 月 27 日共出版 53 期。除了《歌谣》周刊发表歌谣作品,歌谣研究会成员顾颉刚、董作宾、刘半农、刘经庵、朱自清等出版了相关歌谣研究著作。从搜集方式而言,主要是书面征集,参与这一征集活动的以知识阶层为主,他们很少深入民众中去采录。这与其初起之时的旨趣一致。当时的歌谣搜集与西方社会不同,并不是因工业社会或现代机器化生产迅速发展,人们对乡村产生一种浪漫情怀与美好想象。当时对于知识人而言,更多是期冀通过新的文艺形式启蒙社会,启蒙民众。到 20 世纪三四十年代,延安时期解放区对民间文艺的搜集中,知识分子开始走向民间,深入了解民众生活。延安时期的

---

① 曹成竹:《"民歌"与"歌谣"之间的词语政治——对北大"歌谣运动"的细节思考》,《民族艺术》2012 年第 1 期,第 82 页。

文艺经验成为新中国民间文艺发展的重要基石。

新中国成立后,民研会及其所主办刊物《民间文艺集刊》《民间文学》等都发出过征集民间文艺资料的办法(上文已有详述)。这可以说与北京大学的征集方式一脉相承,同时开始吸纳解放区的民间文艺搜集与研究经验。正如周扬《在中国民间文艺研究会成立大会上的开幕词》中所说:

> 在五四时期,曾有些爱好民间文艺的文艺工作者出版过不少各类的关于歌谣方面的刊物。在我们解放区也曾有过地方戏的研究,如今天优秀的歌剧作品,都是研究民间文艺的成果。但我们觉得最出色的民间艺术还没有发掘出来。今后通过对民间文艺的采集、整理、分析、批判,研究为新中国新文化创作出更优秀的更丰富的民间文艺作品来。
> 不仅让对民间文艺有素养的文艺工作者来参加,还让那些只爱好民间文艺并非文艺工作者来参加。我们的民间文艺专家和广大的民间文艺采集者紧密结合。①

早在1939年,周扬撰写了《对旧形式利用在文学上的一个看法》,此文刊发于《中国文化》"创刊号"(1940年2月15日),后来收入《周扬文集》第一卷。此文写好后,周扬送请毛泽东审阅,毛泽东于当年11月7日回复②,并对文章提出了修改意见,此回复信件直到2002年才公开发表。在回复信件中,毛泽东强调:"就经济因素说,农村比都市为旧,就政治因素说,就反过来了,就文化说亦然……所以不必说农村社会都是老中国。在当前,新中国恰恰只剩下了农村。"③ 由此可知,周扬对于民间文艺(延安时期他更多用"旧形式"等话语)的思想与理念来自解放区以及毛泽东文艺思想。民研会成立后,沿承这一理念,他重视民间

---

① 周扬:《在中国民间文艺研究会成立大会上的开幕词》,《周扬文集》第2卷,人民文学出版社1985年版,第78页。引文中的着重号为笔者所加。
② 此事件经过,参见刘锡诚《双重的文学——民间文学+作家文学》,百花洲文艺出版社2016年版,第54页。
③ 龚育之:《首次发表的毛泽东致周扬的一封信》,《学习时报》2002年6月10日。

文艺爱好者，后来这些民间文艺爱好者中很多人转化为重要的民间文艺搜集者。而这些搜集者很多都是从民研会当时的招募兴起，特别是在一些少数民族中有一批参与民间文艺搜集的人，后来这些人中一部分成为著名作家，如彝族作家李乔。李乔在《民间文学》1955年6月号发表了《云南各少数民族的民间文学》。民研会从成立之时就注重民间文艺工作者与搜集者，民研会的会员由民间文学工作者、爱好者、研究者构成。这也是民研会区别于其他研究团体之处。1958年，民研会主办"民歌座谈会"，在《民歌座谈会发言记录》（油印本）中发言人有郭沫若、郑振铎、臧克家、老舍、赵树理、顾颉刚、阳翰生、林山、江桦、贾芝等文艺界人士与民间文艺研究者，此外还有一位特殊人员，即湖北红安宣传部长童杰。他主要向大家介绍了湖北省红安县用诗歌发动群众劳动，用诗歌作为口号向民众宣传等，具体资料及相关论述见第四章。而在《民歌作者谈民歌创作》中，将民间艺人与学者并举，他们也被纳入文艺研究者群体。这正如作家

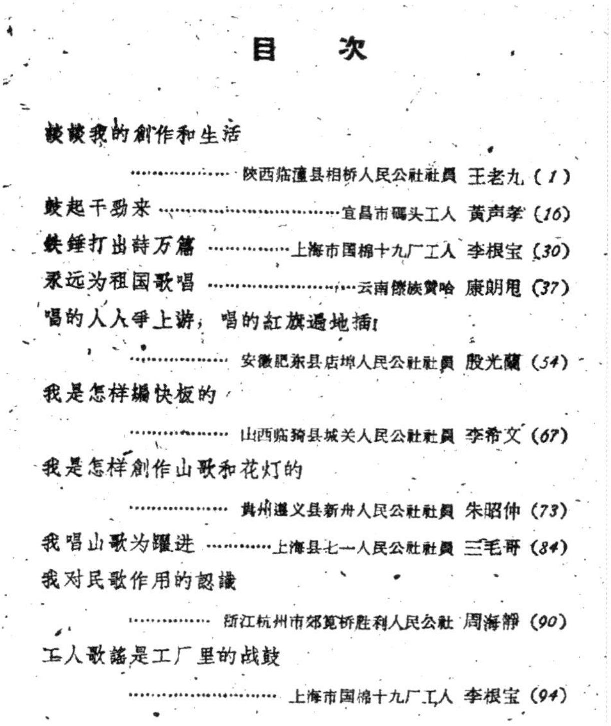

图3-1 《民歌作者谈民歌创作》目录一

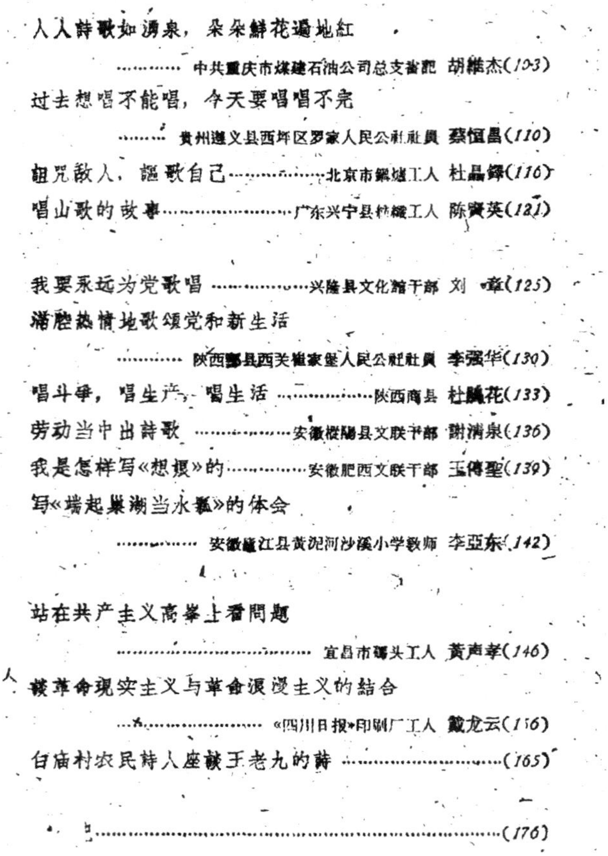

```
人人詩歌如湧泉，朵朵鮮花遍地紅
  ……中共重慶市煤建石油公司總支書記 胡維杰（103）
過去想唱不能唱，今天要唱唱不完
  ……貴州遵義縣西坪區羅家人民公社社員 蔡恆昌（110）
祖兄敵人，謳歌自己……北京市鍛鐵工人 杜晶輝（116）
唱山歌的故事……廣東興寧縣柴機工人 陳寶英（121）
我要永遠為黨歌唱……興隆縣文化館干部 劉 □（125）
滿腔熱情地歌頌黨和新生活
  ……陝西鄠縣西關猫家堡人民公社社員 李强華（130）
唱斗爭，唱生產，唱生活……陝西商縣 杜鳳花（133）
勞動當中出詩歌……安徽樅陽縣文聯干部 謝清泉（136）
我是怎樣寫《想媽》的……安徽肥西文聯干部 王傳聖（139）
寫《端起巢湖當水甕》的體會
  ……安徽廬江縣黃泥河沙溪小學教師 李亞東（142）
站在共產主義高峯上看問題
  ……宜昌市碼頭工人 黃聲孝（146）
談革命現實主義與革命浪漫主義的結合
  ……《四川日報》印刷廠工人 戴龍云（156）
白廟村農民特人座談王老九的詩…………（165）
………………………………………（176）
```

图 3-2 《民歌作者谈民歌创作》目录二

与批评家共处一堂。这一学术思想在当下亦被进一步发扬，2015 年习近平总书记在文艺工作座谈会上讲话中，提道："优秀文艺作品反映着一个国家、一个民族的文化创造能力和水平……优秀作品并不拘于一格、不形于一态、不定于一尊，既要有阳春白雪、也要有下里巴人，既要顶天立地、也要铺天盖地。"①

总之，新中国成立后第一个成立的民间团体——民研会，无论在刊物创办如《民间文艺集刊》《民间文学》等，以及新时期的《民间文学论

---

① 习近平：《在文艺座谈会上的讲话》，《人民日报》2015 年 10 月 15 日，第 2 版。

坛》(后改称《民间文化论坛》)等,在民间文学理论与学术组织工作中产生巨大意义。同时,它作为学术组织,对于学者、民间文艺爱好者和搜集者以及作家的培养等方面都产生了积极意义,在中国民间文学学术史、思想史上产生了深远的影响。

第二节 《民间文学》与民间文学的重构

自延安时期开始,文学会议就具有了独特的理论价值和突出的方法论意义。新中国成立前夕召开的第一次文代会,以其全局性的整合、规范与指引功能,成为1949—1966年文学体制建构的行动纲领,对于民间文学也不例外。第一次文代会确立了延安文学的主导地位,民间文学积极参与新的文学格局的酝酿与建设。

一 民间文学的"文艺学"转型

1949年6月30日至7月19日,在北平(今北京)召开了第一次文代会,民间文学领域的参加者是钟敬文。1949年5月,钟敬文应召到北平,他被选为文联全国候补委员及文学工作者协会常委。周恩来曾在其纪念册上题词:"为建设人民文艺而努力 敬文先生 周恩来"予以勉励。钟敬文在第一次文代会做了《我们欢欣鼓舞》的发言。同年,他在《文艺报》刊发《请多多地注意民间文艺》一文。这一时期积极适应新的时代语境。他遵循《讲话》精神,呼吁重视民间文艺,重点强调了:"在整个难得的机会中,我要向诸位代表提出一个热诚的请求,请大家多多地注意民间文艺(用毛泽东先生的话说,就是'萌芽状态的文艺')!"他认为民众的"生活和心理也没有像压迫阶级所常有的那种空虚、荒唐和颓废。大体上它倒是比较正常,比较合理的。就因为这样,在文艺上反映出来的生活现象和思想感情趣味等,也往往显得真实,显得充沛和健康,不是一般文人创作能够相比。"在此文中,钟敬文一改从前学术研究的思路,特别提出了关于民间文艺的思想性和社会历史价值的问题。"对于民间文艺上许多重要的问题,我们还不能够说大家都已经有了很深刻和正确的认识。好像神话、传说中所具有的那些浪漫想像,对于它的性质和价值,我们多少人深深地体会过M·高尔基氏的卓见呢?又好像对于一般民间作品那种'单纯'、'简约'的艺术力量或民间笑话所特具的那种强烈的战斗性等,有多少人真正充分理解呢?再好像真正劳动人民(大多数是农民)的创作跟小资产阶级的或流氓的智识份[分]子的创作(都市间流行的某些小调、说书、曲本和通俗小说等),在性质和意义上的差别,曾经有多少人注意到呢?"① 他认为今后民间文学要在这些问题上深入研究,并取得进一步的成就。

1955年4月,民研会主编的《民间文学》创刊。该刊物不仅刊登民间文学作品,同时发表民间文学的理论文章,成为民间文学的主要学术阵地,其导向并呈现了民间文学研究的学术格局与学术动态。

《民间文学》的《发刊词》② 以学术团体和官方的语气全面而充分地论述了民间文学的价值与意义,即它的思想性和社会历史价值,而民俗学的研究虽有所提及,但已经被置于无足轻重的位置,或许只是为了兼顾国统区不同的学术见解而已。在这一思想的导引下,搜集与整理民间文学成为新中国成立初期民间文学的核心。

1950年,民研会成立后,开始采集全国一切新的和旧的民间文学作品,具体搜集的原则是:

1. 应记明资料来源,地点,流传时期,及流传情况等。
2. 如系口头传授的唱词或故事等,应记明唱者的姓名、籍贯、经历、讲唱的环境等。
3. 某一作品应尽量搜集完整;仅有片断者,应加以声明。
4. 切勿删改,要保持原样。
5. 资料中的方言土语及地方性的风俗习惯等,须加以注释。

---

① 以上引文出自钟敬文《请多多地注意民间文艺》,《文艺报》1949年第13期。另不改动原文字词,正确的字写在〔 〕中。

② "过去人民所创造和传承的许多口头创作,是我们今天了解以往的社会历史,特别是人民自己的历史的最真实、最丰饶的文件。……在这种作品中,记录了民族的历史性的重大事件,记录了广大人民的日常生活和斗争,记录了统治阶级的专横残酷和生活上的荒淫无耻,……作为古代社会的信史,特别是人民生活和思想的信史,人民自己创作和保留的无数文学作品,正是最珍贵的文献。……我们今天要比较确切地知道我国远古时代的制度、文化和人民生活,就不能不重视那些被保存在古代记录上或残留在现在口头上的神话、传说和谣谚等。"《发刊词》,《民间文学》1955年4月号,第5—6页。

6. 美术品最好是寄原作，唯摄影图片或精确的复制品亦可。

7. 搜集整理时，倘有何种重大困难，个人难于解决者，可向本会提出，本会当在可能范围内尽力帮助解决。①

从具体内容看，搜集的规范只是宏观上的导向，在民间文学领域，更多把资料搜集当作获取民间文学研究文本的一种方式，并且成为中国民间文学界学人工作的重要的一部分。

1958年，因党中央的号召、生产"大跃进"的激发而掀起新民歌运动，蓬勃发展的群众创作促进了民间文学工作的迅猛发展。1958年4月14日，《人民日报》发表社论《大规模地收集全国民歌》②。同日，"中国民间文艺研究会'民间文学'编辑部访问了郭沫若"，他发表了自己对民间文学的价值、作用及搜集、整理等问题的看法。他认为：对民间文学"研究文学的人可以着眼其文学价值方面；研究科学的人可以着眼其科学价值方面。可以各有所主，没有一个秦始皇可以使它定于一尊"；"从科学研究来看，必须有忠实的原始材料"；"忠实的原始记录是工作的基础"；"但是从文学观点上来说，加工也很重要"；"两者可以并行不悖"。③

1958年，全国民间文学工作者大会上提出了"全面搜集、重点整理、大力推广、加强研究"的工作方针（简称"十六字方针"）④ 和"古今并重"的原则，强调要将整理工作和属于个人创作的改编与再创作区别开来，并提出科学资料本与文学读物本，以适应不同读者的不同需要。全国性的采风运动迅速展开，彝族史诗、叙事诗《勒俄特依》《玛木特依》《妈妈的女儿》等被采录，之后编成《大凉山彝族长诗选》《大凉山彝族故事选》；壮族《刘三姐》《百鸟衣》等经过搜集整理也在《民间文学》

---

① 《征集民间文艺资料办法》，《民间文艺集刊》1950年第1册，第105页。
② 《大规模地收集全国民歌》，《人民日报》1958年4月14日，第1版。
③ 《关于大规模收集民歌问题：郭沫若答"民间文学"编辑部问》，《人民日报》1958年4月21日，第7版。
④ 《让万里山河开遍民间文艺之花》，《人民日报》1958年8月2日，第7版。对于"十六字方针"，笔者在访谈刘超（2006年8月14日）、李子贤（2016年11月4日）时他们都提到这一方针对当时民间文学的影响。

等刊物发表；《中国民间故事选》（第一、二集），其中第一集收录30个民族121则故事，第二集收录31个民族125则故事。"十六字方针"没有直接运用西方民俗学调查的术语"田野作业"，20世纪80年代中期学人对其开始质疑，认为它有诸多不科学之处，田野作业才是科学术语，这是一种不尊重历史事实的批判。最初的调查有很多不成熟之处，但它的学术价值难以抹杀。正如日本学人所述：他们"采集整理的方法和技术虽然还有不足之处，但是中国各民族的民间故事如此大量而广泛地加以采录，这在中国历史上还是第一次。尽管这一工作进行得还有些杂乱，但是这标志着把各民族所创造的神话、传说、民间故事这一个有机的民间口传文学世界，作为一个活生生的整体，而不是零敲碎打地加以把握的一个开端"①。在资料搜集中，他们注重民间文学的思想性与社会历史价值，努力契合马克思主义文艺学的主流，在国家主流意识形态导引中形成了新的马克思主义民间文学话语体系。

全国大规模的搜集与整理，使得各民族的民间故事、传说、民歌、神话等通过《民间文学》等刊物首次面世。《民间文学》不仅推动了民间文学作品的搜集、推广和研究，而且对于文学家、艺术家继承中国古代文人传统起到了一定的推动作用。

1955年至1966年的《民间文学》中刊登了大量民间歌谣、谚语、童话等民间文学作品，学人努力将口头资料转为文献（或文学）文本，在这一过程中，出现了资料搜集与理论研究的分离。它的弊端是明显的，正如韦勒克所言"这种将'研究'和'鉴赏'分割开来的两分法，对于既是'文学性'的，又是'系统性'的真正文学研究来说，是毫无助益的"②。民间文学主要围绕作品鉴赏、作品的思想性与社会历史价值展开。《民间文学》中理论文章每期均有一篇，但主要是苏联的民间文学理论。在新中国成立之初，苏联民间文学理论对我国产生了深刻影响。"我们当时的确是诚心诚意地把苏联的民间文学理论作为马克思列宁主义的民间文

---

① 中国民间文艺研究会研究部编：《民间文学参考资料》第8辑，内部资料，1963年，第6页。
② ［美］勒内·韦勒克、［美］奥斯汀·沃伦：《文学理论》，刘象愚等译，江苏教育出版社2005年版，第4页。

艺学来学习的。"① 同时对于中国民间文学来说，引进苏联民间文学理论也有自身能够顺利接受的内在原因，"中国的民间文学工作，作为中国人民的革命事业的一个部分，一方面有自己的传统和特点，同时也是直接在苏联的文学艺术和民间文学工作的经验的影响下成长发展起来的。"②《民间文学》刊登过苏联民间文学理论文章40余篇，其中A. A. 开也夫③、B. R. 普罗普④、高尔基⑤等发表的文章影响较大。他们的论述包括了民间文学的类型、艺术价值、民间文学与作家文学的关系等重要的理论问题，当然主要是斯大林时期的民间文学研究观点。⑥ 苏联民间文学理论构建了中国民间文学领域新的"文艺学话语"，成为当时民间文学研究的主流话语。⑦

总之，1949—1966年，国家在文艺方面重视劳动人民的口头创作，民间文学进入国家意识形态主流，学人适应当时的历史语境，在马克思主义思想的指导下，依照一般文艺学模式展开了民间文学理论体系的构建。

二 多民族民间文学格局的形成

自1918年兴起的歌谣运动开始，少数民族的民歌、谣谚、民间故事就被关注，但其重心是南方民族。《歌谣》周刊刊载过有关壮族民歌的文

---

① 参见连树声《借鉴苏联民间文学理论的历史回顾与思考》，北京师范大学民俗典籍文字研究中心编：《民俗典籍文字研究》第1辑，商务印书馆2003年版，第254页。
② 《编后记》，《民间文学》1957年11月号，第100页。
③ ［苏］A. A. 开也夫：《马克思、列宁主义经典著作家论人民创作》，连树声译，《民间文学》1955年4月号，第55—66页；［苏］A. A. 开也夫：《十月革命前俄罗斯工人口头创作》，连树声译，《民间文学》1956年4月号，第87—99页。
④ ［苏］B. R. 普罗普：《英雄叙事诗研究中的一些方法论问题》，王智量译，《民间文学》1956年1月号，第91—99页；《民间文学》1956年2月号，第93—99页。
⑤ ［苏］高尔基：《谈故事》，孟昌译，《民间文学》1956年5月号，第55—63页。
⑥ 黎敏：《新中国头十年苏联民间文学理论的引入》，《西北民族研究》2006年第2期，第160—168、190页。
⑦ 正如钟敬文所述："建国以后，在这方面，我们也介绍了苏联学界的著作，一直到苏联片面毁约之前，他们这方面的言论对我们的理论工作无疑产生了一定的影响。而影响较大的，还是那些被介绍过来的一般的文学原理、文艺学导论的著作。因为我们学界专门搞民间文艺学的人比较少，更多的是一般爱好文艺、从事这样那样文艺工作的同志。而那些外来的文艺学导论一类的书，以及深受这类著作影响的中国著作，是流通很广的。" 见钟敬文《谈框子》，《新的驿程》，中国民间文艺出版社1987年版，第264—265页。

章,《民俗》亦发表过壮、瑶、毛男、彝等民族的民歌,并且掀起了研究《粤风》的高潮。20世纪30年代,学者从民族学的视野对赫哲等东北、西南的少数民族进行研究,成果显著。① 1903年,梁启超引入瑞士—德国政治理论家、法学家J. K. 布伦奇利的"民族"(nation)一词②;"少数民族"一词较早出现在孙中山的著作中。对"民族"一词的出现及发展脉络的梳理论述较多③,在此不再详述。中共六大通过的《中国共产党第六次全国代表大会关于民族问题的决议案(1928年7月29日)》中进一步强调少数民族对于革命的重要性,并提议将民族问题列入第七次大会的议事日程,加入党纲。④ 中国共产党不仅关注蒙、藏、回等人口较多的少数民族,同时,也开始关注国内其他人口较少的民族,如黎族等,并认识到民族问题对中国革命的重大意义。1931年11月7日,中华苏维埃第一次全国代表大会通过的《中华苏维埃共和国宪法大纲》对中国共产党此时的民族政策做了最为系统的阐述。⑤ 在中共中央六届六中全会上,毛泽东《论新阶段》中第一次讲到各民族权利平等、设置少数民族自己管理的委员会、尊重少数民族的风俗习惯与宗教文化。⑥ 抗日战争胜利后,中国共产党倡导在民族地区建立民族自治。在抗日战争和解放战争时期,中国共产党一直就很尊重少数民族的风俗习惯和宗教信仰。

　　第一次文代会后,延安时期解放区的文艺思想逐步处于核心,秧歌舞、秧歌剧被主流文学领域关注,民间文学特殊的思想性与社会历史价值被张扬。新中国成立后,借鉴苏联的民族理论,中国共产党积极推进从20世纪40年代就已确立的民族自治政策,在政治与文学等因素的共同建

---

① 参见汪立珍《20世纪中国少数民族民间文学资料建设回顾》,《西北民族大学学报》(哲学社会科学版)2010年第4期,第98—102页。

② 参见民族编辑委员会编《中国大百科全书:民族卷》,中国大百科全书出版社1986年版,第302页。

③ 对"民族"的梳理,郝时远、王建民、周建新等都从"民族"一词的含义、翻译、引入进行过论述;少数民族文学领域则有梁庭望《20世纪的中国少数民族文学研究》,《中南民族大学学报》(人文社会科学版)2001年第1期,第96—103页;等等。

④ 中央档案馆:《中共中央文件选集》第4卷,中共中央党校出版社1983年版,第388页。

⑤ 金炳镐:《民族纲领政策文献选编》,中央民族大学出版社2006年版,第89—90页。

⑥ 参见中共中央统战部编《民族问题文献汇编》,中共中央党校出版社1991年版,第595页。

构中，少数民族的民间文学获得发展的良好契机。为了庆祝西藏的和平解放，《民间文艺集刊》第三集刊出了"藏族民间文艺特辑"，其中选录了藏族著名的故事《茶和盐的故事》和优秀民歌27首，同时刊登了周扬《继承民族文学艺术的优良传统》一文。这是在学术期刊中第一次较为集中地出现少数民族民间文学作品以及理论研究。1956年，全国人民代表大会民族事务委员会制定了"关于少数民族地区调查研究各民族社会历史情况的初步规划"；同年8月，组成了内蒙古、新疆、西藏、四川、云南、贵州、广东、广西八个少数民族调查小组，各地的调查工作开始走上了正轨。

新中国文学的研究一般要从第一次文代会谈起。少数民族民间文学的研究亦如此。新中国成立前夕召开的第一次文代会，以其全局性的整合、规范与指引功能，成为1949—1966年文学体制建构的行动纲领，对于民间文学也不例外。第一次文代会确立了延安文学的主导地位，民间文学积极参与新的文学格局的酝酿与建设。

第一次文代会于1949年6月30日至7月19日召开。7月19日闭幕会，由冯雪峰主持，郭沫若致闭幕词。中国文联正式成立，郭沫若为主席，茅盾、周扬为副主席，全国委员87人，候补委员26人，常委21人；常驻机构部门负责人15人，有沙可夫、丁玲、萧三、郑振铎、何其芳、叶浅予等。

第一次文代会有几个主题报告：周恩来《在中华全国文学艺术工作者代表大会上的政治报告》，郭沫若关于文艺工作的总报告，茅盾关于国统区的文艺的报告，周扬关于解放区文艺的报告，傅钟关于部队文艺的报告。前文亦提到，民间文学领域是钟敬文为代表。在抗战时期，钟敬文的民间文学研究有了新的转向。1950年3月29日，民研会成立，建立了一个新的机构，这在中国历史上史无前例。钟敬文作为民间文学代表，积极与新的历史语境相适应。他这一时期较为活跃。可以说在民间文学转型期他站在学术的前台。但是他的研究在当时的民间文学领域并没有成为显性话语，相反民间文学研究，在中国文联、民研会的领导下，在进一步推动鲁迅对"阶级"的论述和毛泽东《新民主主义论》及《讲话》中，逐步形成了人民性与民族性为核心的话语体系。少数民族民间文学的研究围绕"民族性"与"人民性"展开。

第一节中已经提到 1950 年至 1951 年不定期出版的《民间文艺集刊》已经关注到藏族、朝鲜族等少数民族的故事、歌谣、谚语、传说等。

1955 年 4 月《民间文学》创刊，从新中国成立后，少数民族的民间文学作品搜集与整理开始被纳入民间文学的思想体系。搜集与整理，在 1949—1966 年民间文学领域，成为一个核心话语。如上文所言，1950 年民研会成立后，开始采集全国一切新的和旧的民间文学作品，努力将口头资料转为文献文本，在这个过程中，出现了资料搜集与理论研究的分离。在当时的历史情境中，民研会制定的《征集民间文艺资料办法》中有关搜集资料的规定，符合基本的学术规范，在实地搜集资料过程中，特别就少数民族民间文学资料的搜集而言，研究者根据具体情况对其作出不同的阐释与演化。具体前文已有论述，不再重复。

1961 年 3 月 25 日至 4 月 2 日，中国科学院文学研究所在北京召开少数民族文学史编写工作座谈会。会议由何其芳、毛星、贾芝主持，制定了《中国各少数民族文学史和文学概论编写出版计划》《中国各少数民族文学作品、翻译、编选和出版计划》和《中国各少数民族文学资料汇编编辑计划》。这次会议在中国文学史上具有里程碑意义。新中国成立以后，"编写一部包括各兄弟民族文学成果、文学经验、文学发展史，因而名实相符的中国文学史，是全国各族人民的共同需要和要求"。1961 年 4 月，成立了整理和研究调查报告的中央机关——中国科学院民族研究所，召开了全国各少数民族社会历史调查组工作会议。调查研究后刊印出的资料有数十种之多。这些对于"调查产生民间故事的环境"提供了丰富的资料。①

总之，1949—1966 年国家在文艺方面重视劳动人民的口头创作，民间文艺进入国家意识形态主流，纳入文艺学的研究模式与轨道，学人在特定的历史情境中，突出民间文艺的思想性与社会历史价值，而少数民族民间文艺具有典型意义（1955—1966 年《民间文学》刊发的少数民族民间文学作品、理论及其所占比例见表 3—1，《民间文学》具体目录见附录二）。

---

① 中国民间文艺研究会研究部编：《民间文学参考资料》第 8 辑，内部资料，1963 年，第 7 页。

表 3—1　　　少数民族民间文学作品以及理论文章比例表

《民间文学》期刊号	每期总篇数	少数民族文学所占篇数	少数民族文学所占比率
1955 年 4 月号	10	3	30%
1955 年 5 月号	15	4	27%
1955 年 6 月号	25	10	40%
1955 年 7 月号	17	10	59%
1955 年 8 月号	14	4	29%
1955 年 9 月号	19	0	0%
1955 年 10 月号	18	12	67%
1955 年 11 月号	13	0	0%
1955 年 12 月号	12	2	17%
1956 年 1 月号	18	7	39%
1956 年 2 月号	14	6	43%
1956 年 3 月号	16	2	12.5%
1956 年 4 月号	23	1	4.3%
1956 年 5 月号	25	3	12%
1956 年 6 月号	23	11	48%
1956 年 7 月号	17	7	41%
1956 年 8 月号	11	5	45%
1956 年 9 月号	17	7	41%
1956 年 10 月号	18	4	22%
1956 年 11 月号	24	16	67%
1956 年 12 月号	24	16	67%
1957 年 1 月号	27	16	59%
1957 年 2 月号	27	7	26%
1957 年 3 月号	23	13	57%
1957 年 4 月号	25	10	40%
1957 年 5 月号	30	9	30%
1957 年 6 月号	21	2	9.5%
1957 年 7 月号	23	9	39%
1957 年 8 月号	24	7	29%
1957 年 9 月号	18	8	44%
1957 年 10 月号	20	12	60%

续表

《民间文学》期刊号	每期总篇数	少数民族文学所占篇数	少数民族文学所占比率
1957年11月号	23	14	61%
1957年12月号	17	4	24%
1958年1月号	15	8	53%
1958年2月号	23	2	8.7%
1958年3月号	19	10	53%
1958年4月号	24	0	0%
1958年5月号	26	1	3.8%
1958年6月号	22	5	22.7%
1958年7、8月合刊	26	1	3.8%
1958年9月号	23	4	17.4%
1958年10月号	19	1	5.3%
1958年11月号	20	2	10%
1958年12月号	18	7	39%
1959年1月号	21	0	0%
1959年2月号	22	4	18%
1959年3月号	29	3	10%
1959年4月号	26	1	3.8%
1959年5月号	34	14	41%
1959年6月号	21	0	0%
1959年7月号	18	6	33.3%
1959年8月号	27	1	3.7%
1959年9月号	26	1	3.8%
1959年10月号	26	18	69%
1959年11月号	18	8	44%
1959年12月号	22	7	32%
1960年1月号	19	3	15.8%
1960年2月号	25	2	8%
1960年3月号	28	2	7.1%
1960年4月号	32	0	0%
1960年5月号	22	2	9.1%
1960年6月号	23	0	0%

续表

《民间文学》期刊号	每期总篇数	少数民族文学所占篇数	少数民族文学所占比率
1960年7月号	27	0	0%
1960年8、9月合刊	21	2	9.5%
1960年10月号	27	19	70%
1960年11月号	27	9	33%
1960年12月号	18	1	5.6%
1961年1月号	30	12	40%
1961年2月号	23	9	39%
1961年3月号	22	3	14%
1961年4月号	24	10	42%
1961年5月号	17	6	35%
1961年6月号	28	4	14%
1961年7月号	22	6	27%
1961年8月号	24	1	4.2%
1961年9月号	24	15	62.5%
1961年10月号	21	10	48%
1961年11月号	24	12	50%
1961年12月号	24	21	87.5%
1962年第1期	28	13	46%
1962年第2期	30	7	23%
1962年第3期	35	4	11%
1962年第4期	25	11	44%
1962年第5期	21	6	28.6%
1962年第6期	25	7	28%
1963年第1期	23	3	13%
1963年第2期	16	2	12.5%
1963年第3期	24	6	25%
1963年第4期	16	6	37.5%
1963年第5期	26	6	23%
1963年第6期	22	8	36%
1964年第1期	27	3	11%
1964年第2期	33	4	12%

续表

《民间文学》期刊号	每期总篇数	少数民族文学所占篇数	少数民族文学所占比率
1964 年第 3 期	43	11	26%
1964 年第 4 期	35	12	34%
1964 年第 5 期	27	3	11%
1964 年第 6 期	45	19	42%
1965 年第 1 期	34	9	26%
1965 年第 2 期	43	8	19%
1965 年第 3 期	40	10	25%
1965 年第 4 期	22	6	27%
1965 年第 5 期	36	20	56%
1965 年第 6 期	35	16	46%
1966 年第 1 期	28	11	39%
1966 年第 2 期	29	3	10%
1966 年第 3 期	32	4	12.5%

再加上1953年启动的全国范围内民族识别与各民族历史调查为少数民族民间文艺搜集提供了契机。这一时期，各个民族的民间故事、传说、民歌等集结成册，大量成果都是首次面世，这些为丰富中国文学作出了巨大贡献，同时，对民间文学资料体系的建立有重大意义。另外，我们也可以看出，新中国成立后民间文学不再沿袭20世纪20—40年代的学术道路，逐步从民俗学、人类学领域剥离，转向文艺学的学术体系，同时在少数民族识别与社会历史调查的情境中，逐步构建了社会主义多民族民间文学的研究格局。

三 "人民性"话语体系的构建

1940年，毛泽东发表《新民主主义论》，他指出"五四"知识分子的文学革命是资产阶级的文学革命。① 1942年，在《讲话》中，毛泽东

---

① 无产阶级占人口百分之九十以上，现在要建设以共产党为领导的、以马克思主义为精神宗旨的无产阶级的文学，即"新民主主义文学"。参见《毛泽东选集》（一卷本），人民出版社1964年版，第659—669页。

进一步规定了文艺为广大人民服务、文艺服从于政治、文艺批评中政治标准放在第一位。周扬对《讲话》做了进一步阐释，他指出："毛泽东同志《在延安文艺座谈会上的讲话》最正确、最深刻、最完全地从根本上解决了文艺为群众与如何为群众的问题。"① 第一次文代会上，周扬代表解放区作了《新的人民的文艺》的发言，在发言中他指出："解放区的文艺是真正新的人民的文艺"②，在今后的文艺工作中必须坚持文艺为人民服务、首先是为工农兵服务的精神以及新文艺的方向，也就是《讲话》所规定的"人民的"方向。延安的文学精神扩展到全国文艺界，"人民性"成为文学艺术批评的基础概念。民间文艺本身是劳动人民的创作，钟敬文在《请多多地注意民间文艺》中也强调了民间文艺对于劳动人民的意义与价值。可见，民间文艺由于创作者、流传者与作家文艺的不同，契合了马克思主义文艺学"人民文艺"之要求，人民性逐步成为这一时期民间文学研究领域的显性与核心话语。

"民间文学源头论"是20世纪50—60年代中期文学史的基本理论，在一定时期内出现了"民间文学主流论""民间文学正宗论"的偏至。新中国成立初期，民间文学研究者也努力探析作为文学艺术共性的"人民性"。民间文学研究者特别强调民间文学是人民的口头创作，突出它与人民性的契合，并努力诠释其内涵。1955—1963年，《民间文学》杂志就这一问题刊发过苏联的人民口头创作理论与当时学界的相关研究，其中以克冰（连树声）《关于人民口头创作》对"人民性"的阐述较为详细，前文对其已有引述，不再复述。连树声的思想一方面受到苏联的影响③，另一方面也与当时国内文学艺术领域人民性探讨直接相关。

人民性在20世纪50—60年代是人文社会科学中的一个基础性概念。"我们说某某作品是富有人民性的，这应当是一个很高的评价。"④ 人民性

---

① 周扬：《马克思主义与文艺·序言》，《周扬文集》第1卷，人民文学出版社1984年版，第455页。
② 周扬：《新的人民的文艺》，《周扬文集》第1卷，人民文学出版社1984年版，第513页。
③ 具体参见连树声《借鉴苏联民间文学理论的历史回顾与思考》，载北京师范大学民俗典籍文字研究中心编《民俗典籍文字》第1辑，商务印书馆2003年版，第253—262页。
④ 记哲：《略谈文学的人民性问题》，《山东师范学院学报》1959年第3期。

成为文学作品艺术性的标准。民间文学领域特别强调民间文学作品的直接人民性，及其在人民性上的特殊优势，在具体的民间文学作品审美与批评中也经常使用"人民性"一词。1950年，钟敬文在纪念开国周年所作的《口头文学：一宗重大的民族文化遗产》中已经开始使用这一名词，1953年北京师范大学民间文学课程改名为"人民口头创作"，匡扶在《民间文学概论》[①]中对民间文学的人民性用专章进行了阐释，其思路是：从文学的人民性延伸出民间文学的人民性，并指出民间文学的研究如何认识和发掘作品人民性的路径。对这一基本问题的探讨与研究使得民间文学更强调与"人民性"联系密切的"集体性"与"口头性"。民间文学的研究围绕"集体性""口头性"拓展的结果就是对民间文学的另外两个基本特质——"传承性"与"变异性"的忽略。

总之，从《民间文学》刊发的理论文章与主要作品可以看出，民间文学领域以人民性为核心话语，民间文学理论在这一时期完成了与马克思主义文艺学理论的对接与话语移植。当然，那一时期的理论研究中有一些名词、概念、理论术语的简单移植现象，这一定程度上造成了民间文学研究理论的简单化与作家文学化；同时也形成了民间文学基本问题、基本理论与基本话语和研究对象之间的偏差、错位。

---

① 匡扶：《民间文学概论》，甘肃人民出版社1957年版。

第四章

民间文学重构的多文类呈现

1949—1966 年，民间故事、歌谣、民间传说、谚语等依照书面文学划分的散文体、韵文体的不同文类的搜集与研究工作得到全面发展。另一方面，民间文学成为新的国家话语形塑的一个重要场域，基于民间文学改编的戏曲、电影文学蓬勃发展。壮族的《刘三姐》《一幅僮锦》、彝族的《阿诗玛》、傣族的《召树屯》、侗族的《秦娘美》等兴盛一时。此外，民间文学的作品与研究进入各个领域，除了民间文学的专门性研究刊物《民间文学》，新中国成立初期，《光明日报》《诗刊》等党政机关报以及主流文学刊物都大量刊载民间文学作品及研究文章。因此，可以说，1949—1966 年，民间文学不仅各个文类都得到发展，而且研究辐射范围全面拓展。本章主要围绕这一时期童话的多向度重构、新民歌运动中民歌的跨界域发展与影响、刘三姐传说的创编、少数民族神话在民族国家与文化遗产共构语境中的建构与拓展等进行论述。

第一节　新中国成立初期（1949—1966）童话的多向度重构

"童话"一词在中国古籍文献中较少出现，目前看到这一词在古籍出现就是元刻本《大元至元辨伪录》中载："童话有云：十七换头至是联美"[①]，此处童话意为"童谣"之意，"十七换头"根据元曲里联套时换用词牌数的说法，其附会全真教"十七个道士"改头换面、落发为僧的

---

① 释祥迈：《大元至元辨伪录》，国家图书馆出版社 2003 年版，第 46 页。

事件。现代学术意义上的"童话"① 是外来词汇。

一

中文出版物上第一次使用"童话"一词，应是1908年孙毓修为商务印书馆编辑的"童话"丛书，他在《东方杂志》刊发了《童话序》一文，在文中他认为："儿童之爱听故事，自天性而然。诚知言哉！欧美人之研究此事者，知理想过高、卷帙过繁之说部书，不尽合儿童之程度也。……与欧美诸国之所流行者，成童话若干集，集分若干编。意欲假此以为群学之先导，后生之良友，不仅小道，可观而已。书中所述。以寓言、述事、科学三类颇多。"② 他关注童话对于儿童的教育意义，其创办的《童话》杂志，并不区分神话、传说、故事等，即使科技故事，只要是讲给儿童的，他就将其纳入"童话"之列。《童话》杂志在20世纪头10年至20年代影响极大，从其所撰写的序言以及编撰思想可以看出：他将童话纳入当时欧美建构的世界知识秩序，与当时社会的"现代性""民族性"诉求紧密相连。

20世纪20年代，随着对于现代启蒙以及人的个性之重视，学界也掀起了何为"童话"以及童话概念的讨论，主要参与者有周作人、赵景深、张梓生等。周作人在1922年与赵景深通信讨论童话时曾说："童话这个名称，据我知道，是从日本来。中国唐朝的《诺皋记》里虽然记录着很好的童话，却没有什么特别的名称。十八世纪中日本小说家山东京传在《骨董集》里才用童话这两个字，曲亭马琴在《燕石杂志》及《玄同放言》中又发表许多童话的考证，于是这名词可说已完全确定了。"③ 后来周作人在《神话与传说》一文专门论及了童话的概念，他指出"童话（Maerchen = Fairy tale）的性质是文学的，与上边三种（笔者按，指神话、传说、故事）之别方面转入文学者不同，但这不过是它们原来性质上的

---

① 本书对于"童话"的论述，不加以详细区分文人童话与民间童话，而只是从总体上论述1949—1966年童话的特性。

② 孙毓修：《童话序》，《东方杂志》第五卷第12期，光绪三十四年（1908）12月25日，第178—179页。此段标点参照了王泉根编著《民国儿童文学文论辑评》（上），希望出版社2016年版，第16—17页。

③ 周作人：《通信：童话讨论三》，《晨报副刊》1922年3月29日，第3版。

区别，至于其中的成分别无什么大差，在我们现在拿来鉴赏，又原是一样的文艺作品，分不出轻重来了。"① 后来周作人亦对此进行了阐述，他认为："天然童话亦称民族童话，其他则有人为童话，亦言艺术童话也。天然童话者，自然而成，具种人之特色，人为童话则由文人著作，具有个人之特色，适于年长之儿童，故各国多有之。"② 从周作人的论述，我们知道童话故事在我国古已有之，"在对中国近代的若干文献资料进行了涉猎与勘察之后，我发现了一个令人惊异的世界——晚清时期的儿童文学如同繁星璀璨的夜空，呈现了一片绚烂多彩的景象"③。可见从晚清童话故事已经开始兴盛，只是"童话"一词出现在 20 世纪初。鲁迅"十来年前，叶绍均先生的《稻草人》是给中国的童话开了一条自己创作的路的"④ 一语，故很多学人认为中国儿童文学始于《稻草人》，这恰恰说明了另外一个问题，即童话与儿童文学区隔与归属问题，抑或童话到底属于民间文学还是文人创作？童话与民间文学的其他文类相较而言，它的归属界限不明晰，恰好是文人与"民众"、作家文学与民间文学共同拥有的文本。童话和儿童文学被引入中国，其背后是西方知识体系以及现代儿童观的引入。即使在西方，童话的发展也与"儿童的发现"⑤ 息息相关。

从晚清到民国时期，除《一千零一夜》《格林童话》、安徒生童话以及日本相关童话文本的翻译引入外，林兰女士搜集整理的《民间童话集》则是民间童话编撰本土化的首次实践；叶圣陶、郑振铎、丰子恺等童话创作亦是纷纷兴起；从学理上周作人、赵景深等进行了概念阐释、内涵辨析等；此外孙毓修主办的《童话》、郑振铎创办的《儿童世界》等杂志引起了社会广泛关注。到新中国时期无论是民间童话，还是文人创作之童话都在社会上形成了一定影响，这是 50 年代童话"黄金时代"出现的必要条件。

20 世纪 30 年代开始，文学领域掀起了有关"民族形式"的论争，

---

① 周作人：《自己的园地》，北新书局 1927 年版，第 25 页。
② 周作人：《周作人民俗学论集》，上海文艺出版社 1999 年版，第 12 页。
③ 胡从经：《晚清儿童文学钩沉》，少年儿童出版社 1982 年版，第 2 页。
④ 鲁迅：《〈表〉译者的话》，《鲁迅全集》第 10 卷，人民文学出版社 2005 年版，第 437 页。
⑤ 根据菲利普·阿利埃斯所述，从 14 世纪开始，"在新的'圣母圣迹'民间故事中，儿童形象变得越来越多"，他将这一时期视为开始"发现儿童"。参见［法］菲利普·阿利埃斯《儿童的世纪：旧制度下的儿童和家庭生活》，沈坚、朱晓罕译，北京大学出版社 2013 年版，第 14 页。

"中国作风与中国气派"成为延安解放区文人阐释的核心,柯仲平、陈伯达分别从"民族"与"地方"进行了论述,他们在秉承《讲话》重视"萌芽状态文艺"思想的基础上,将"民族"与"地域"置于同一层面,将"文艺与阶级性"的问题转换为文学的"民族形式与地方形式"①;而文学也成为"民族认同和进行民族动员"的重要方式②。新中国成立后,这一理念成为新中国文学话语建构的依据。20世纪头十年,民间文学开始兴起,它与民族复兴及现代性话语相伴相生,尤其从40年代解放区大规模搜集"萌芽状态的文艺"开始,它成为中国共产党文艺实践的重要场域。"新中国成立后,民间文学处于了新型意识形态的前列,其地位得到前所未有的重视。"③少数民族文学也是现代中国转型之现代文学的重要组成部分,同时为讨论"'西方'、'资料'、'中国'、'汉族'文类和形式提供了一种方法和维度"④。新中国成立后,"民间文学"和"少数民族文学"在新的社会主义文学体系中除了获得话语身份,并进一步成为构成社会主义文学话语的重要部分。童话之跨越"民间"与"文人"两个领域的独特性,以及各民族兼有的共性,使得它在新中国成立初期社会主义文学话语的构建中拓展了新的发展空间。

简言之,童话既有鲜明的"民间性",同时又兼容"文人创作";新中国重视少数民族文学,致力于构建中华多民族文学话语,而在少数民族文学中,口头文学又是其文学传统的重要组成部分,尤其各民族童话更是丰富多彩。新中国成立初期(1949—1966),在"民间"与"多民族"文学话语的构建中,童话得以迅速发展,但是它的"重构"色彩亦很明显。

二

新中国成立初期,童话成为教育儿童,塑造社会主义新人和新"儿童"的重要方式。童话从其出现之时,对于儿童的教育意义就受到了关

---

① 宗珏:《文艺之民族形式问题的展开》,《大公报·文艺副刊》1939年12月12日,第8版。
② 参见汪晖《汪晖自选集》,广西师范大学出版社1997年版,第343页。
③ 毛巧晖:《"民族形式"论争与新中国民间文学话语的源起》,《沈阳师范大学学报》(社会科学版)2014年第4期,第28页。
④ 刘大先:《现代中国与少数民族文学》,中国社会科学出版社2013年版,第27页。

注。1898年,梁启超翻译了凡尔纳的《十五小豪杰》,这一翻译体现了梁启超对"少年新国民"的期待,将其视为开发"智趣智识"之手段。① 童话概念引入中国之时,就与"智识""德性"的教育联系在一起。从孙毓修主办的《童话》杂志到周作人、赵景深对于童话概念的阐释,都关注到了童话的教育功能。赵景深在《研究童话的途径》一文中写到:"倘若我们留意数年来我国在书报上新发表的童话,便能看出他们各有各的特色,并且是各走各的途径,分析起来,约有三个方面,可以将它们定为三个名称:一、民间的童话 Folk Tales,二、教育的童话 Home Tales,三、文学的童话 Literary Tales"②。周作人和赵景深都特别强调"教育的童话",但是此教育只是童话的一个范围,而且他们所指的更多是童话之"文学教育"意义,而不仅仅是道德教育。到了20世纪50年代,教育从注重童话的功能转化为对其价值的重视,即教育价值(亦称为"伦理价值")。"价值"是"对主客体相互关系的一种主体性描述,它代表着客体主体化过程的性质和程度"③。价值论关注的是"存在对于人意义如何?"这一转换从外在层面而言,主要是受到苏联童话与儿童文学思想的影响。"十月革命后诞生的苏联文学,在许多方面都较为独特的……历来为人们普遍关注。"④ 19世纪末至20世纪40年代,童话以及儿童文学的影响主要来自欧美等西方世界,当然有一部分是间接由日语翻译而来。当时欧美领域更为将童话、儿童文学视为人类童年时期的文学样式,后文会专门论述,在此不再赘言。但是苏联对于童话,正如别加克、格罗莫夫在《论童话片》中所言:"自古以来,童话样式就与儿童的兴趣发生联系"⑤。而

---

① 参见刘先飞《少年新国民:论梁启超的儿童观》,《学术探索》2011年第12期,第102—106页。文中提到梁启超阐述翻译这部小说的缘起为:"各国莫不有了这本十五小豪杰的译本。只是东洋有一老大帝国,从来还没有把他那书译出来。后来到新民丛报发刊,社主见这本书可以开发本国学生的志趣智识,因此也就把它从头译出。"见披发生《十五小豪杰》,《新民丛报》第24号,光绪二十八年(1902)12月25日,第63页。此段引文,标点为笔者所加。

② 赵景深《研究童话的途径》一文最初刊于《文学》第108期(1941年2月11日),第2版收入《童话论集》(开明书店1927年版)。

③ 李德顺:《价值论》,中国人民大学出版社2013年版,第53页。

④ 刘鸿武、苏洁:《论苏联文学的泛政治化发展倾向》,《俄罗斯文艺》1996年第3期,第35页。

⑤ [苏] Б. 别加克、[苏] Ю. 格罗莫夫:《论童话片》,周传基译,《世界电影》1955年第12期,第54页。

凯洛夫《关于苏维埃儿童文学问题——俄罗斯联邦教育科学院和教育部联席会议上的发言》提到："儿童文学的任务正如同教育学的任务一样，就是给孩子以帮助。"① 由此可知，教育成为童话（含儿童文学）的重要价值，既是国家塑造社会主义"新儿童"的重要方式，也是儿童伦理观形成的重要路径。

> 最艰巨和最重大的，也许是我们那些为少年读者写作的人的工作。在我们的时代，这项工作的责任大大提高了，因为现代的少年读者将在共产主义的新社会里过他们成年人的生活。这种情况使现代少年儿童文学和存在于我们今天以前的那种少年儿童文学大为不同。
>
> 通过文学帮助青年一代理解我们所服务的雄伟事业，人类的杰出才华所希望和幻想的公正的、不平凡的、神奇的事业，使自己的心理、自己的伦理道德、自己的日常行动服从这项建设新社会的伟大事业。②

苏联关注童话与儿童文学特殊的教育功能，极大影响了新中国成立初期各民族童话搜集与文人童话创作。1955年9月16日，《人民日报》第1版发表了《大量创作、出版、发行少年儿童读物》的社论，强调"优良的少年儿童读物是向少年儿童进行共产主义教育的有力工具"。1955年10月24日，《人民日报》第2版再次发表新华社讯《在北京的作家们积极为少年儿童创作》一文，"到二十一日为止，中国作家协会收到了沙汀、周立波、赵树理、张天翼、严文井、康濯、秦兆阳、马烽、谢冰心等四十七位作家创作儿童文学作品的计划。他们准备创作诗歌、小说、戏剧、童话、科学童话和幻想故事……儿童文学作家陈伯吹完成了童话'一只想飞的猫'和小说'毛主席派来的人'的初稿。儿童文学作家管桦今年已写了'木什塔克山的传说'等二十二篇童话。"20世纪30年代开始童话

---

① ［苏］凯洛夫、杜伯洛维娜：《关于苏维埃儿童文学问题——俄罗斯联邦教育科学院和教育部联席会议上的发言》，培林译，《人民教育》1952年第2期，第34页。
② 张高泽：《为了共产主义的新人——俄罗斯作家协会召开联合理事会讨论少年儿童文学的情况》，《世界文学》1961年第1期，第111页。

创作的陈伯吹在新中国成立后,在新的历史语境中对童话的教育价值也发表了自己的看法,他认为童话不归属于教育学,但是"它要担负起教育的任务,贯彻党所决定的、指示的教育方针,经常地密切配合国家教育机关和学校、家庭对这基础阶段的教育所提出来的要求——培养社会主义新人"①。这一时期文人创作的童话,根据苏联童话与儿童文学思想的指导,再加上文艺理论思潮的导引,文人在创作中突出了童话的教育价值。葛翠琳的《野葡萄》源自民间童话《白鹅女》。《野葡萄》文字优美,同时也在表述中突出了婶娘的狠毒与白鹅女对于孤寡老人及穷苦民众的牵挂,她放弃山神的邀请,执意回到家乡,帮助穷人治好眼疾。老舍儿童剧《宝船》和《青蛙骑手》则是根据汉藏民间故事创作,丰富了故事中的情感线索,沿袭民间故事惩恶扬善主题的同时,又将"皇帝"刻画为反面角色,献宝也变成了"宝物被骗"等。《神笔马良》借用了"得宝型"故事,但又突出了主人公马良的主动性,将"意外得宝"变为了"有准备的获得宝贝"。在这一思想的引领下,1949—1966年出现了童话的一个新题材,即普及科学知识的"科学童话",如李伯钊打算创作"关于五年计划的小故事。科学家高士其也要在一年内写一本科学童话诗或科学故事"②。

民间童话也与文人童话一样,在保持原有故事线索与情感的基础上,进一步突出了社会主义新中国的伦理观。刘肖芜搜集整理的维吾尔族童话《英雄艾里·库尔班》,突出了艾里·库尔班的聪明伶俐、勤劳勇敢、立场鲜明等个性。"别人拿斧头劈不动的柴,他用手掰下就掰开了。可就是不能让他出门,一出门就惹祸。因为他看不惯人的行为,人有时欺软怕硬,打女人,打孩子,这些事可都不能让他看见;一看见就要管,一管还非依着他不可。"③ 童话突出了库尔班对于国王以及恶魔的斗争与反抗。杨柳、杜皋翰搜集整理的羌族童话《一碗水》则凸显了阳雀为给开火地的乡亲带水,被土官打伤、伤害,后来他智斗龙王,终于为羌族找回了水。阳雀在回答山神的要求时,他提道"我只爱羌族勤劳朴实的姑娘。

---

① 陈伯吹:《儿童文学简论》,长江文艺出版社1959年版,第23页。
② 新华社讯:《在北京的作家们积极为儿童创作》,《人民日报》1955年10月24日,第2版。
③ 贾芝:《中国新文艺大系(1949—1966):民间文学集》下卷,中国文联出版公司1991年版,第286页。

我永远要和寨上的穷人在一起,这个条件办不到"①。彝族童话《阿果斗智》② 在延续机智人物故事的基础上,丰富了穷人与富人(娃子和黑彝)的阶级对立。其他如保安族《三邻舍》、朝鲜族《千两黄金买了个老人》等童话亦在邻里团结、爱老敬老等民间故事主题基础上,丰富和突出了地主或头人对穷人的压榨以及穷人的阶级立场等。

这些童话文本中有大量的人物对话与书面语言中的描述性词汇,同时大量文本中都有"地主与农民""压迫者与被压迫者"等对立阶层的形象,其"民间性"遭到质疑,但根据麦克斯·吕蒂的推测,童话最初可能源于个人的创作,后在众人的参与中共同完成与塑造。③ 而且故事活动本身就是一个在交流中保存并不断发展的"开放性的结构系统",故事文本的形成,本身也是故事活动的一部分,故事活动具有超越时空的特性,同时又可分为"自然发生"与"组织发生"两种方式。④ 1949—1966 年的童话文本可视为"组织发生"之文本。这些"组织发生"的文本可看出教育价值论的意义,即通过童话将新的社会主义伦理价值扩散到全国各地域、各民族,加速"社会主义新儿童"的塑造。

三

新中国成立初期除了从教育价值(伦理价值)层面(向度)对童话文本及"本文"⑤的重构,这一时期童话的理论话语也进行了重构。⑥ 晚

---

① 贾芝:《中国新文艺大系(1949—1966):民间文学集》下卷,中国文联出版公司 1991 年版,第 324 页。

② 冯元蔚、方赫整理,加拉俄助惹讲述《阿果斗智》,《民间文学》1962 年第 4 期,第 122—128 页。

③ 吕蒂推测:"童话的最初源头是来自于个人,但这并不构成对童话界定的本质性要素。真正构成要素的是,众人都参与:讲述人、有才华的诗人、传承者、有要求的听众等共同参与童话的塑造。"见魏李萍、户晓辉等《〈麦克斯·吕蒂的童话现象学〉问答、评议与讨论》,《民族艺术》2014 年第 4 期,第 19 页。

④ 参见张琼洁《当代民间故事活动的价值发生研究》,《民族文学研究》2018 年第 1 期,第 40—47 页。

⑤ 按照刘俐俐的论述,故事本文就是指"口头故事或者书面故事的话语系统"。见刘俐俐《人类学大视野中的故事变异与永恒问题——基于张爱玲与俄国作家尼古拉·列斯科夫的比较》,《文艺理论研究》2014 年第 1 期,第 165—174 页。

⑥ 参见黎亮《童话理论百年:现代个体觉醒与文学价值重估》,《中国社会科学报》2015 年 6 月 5 日,第 B01 版。

清仁人志士已经较为关注童话的翻译与创作,但是最初对于童话,学者并未有准确界定,只是将其视为"儿童的故事","寓言、述事、科学"皆涵括其中。鲁迅翻译了一些俄国的童话,如《表》《俄罗斯的童话》,他认为童话是国民生活相的描述,蕴含了方言土话的历史,即强调童话是相对于作家或"文言"的另一种生活相与历史表述。但是他这一将童话视为民族生活与历史书写之思想在当时并未引起学界共鸣。童话的理论话语建构主要以周作人、赵景深为中心。

1922年,周作人、赵景深在《晨报》副刊对童话概念进行了讨论,周作人对于童话的界定,主要是民俗学意义的阐释,他认为童话所表述的世界就是"上古,野蛮,文明国的乡民与儿童社会"[①],"神话者元人之宗教世说者其历史。而童话则其文学也"[②]。他的文化观借鉴了西方的文化进化论,将童话视为"野蛮""远古""乡民"之文学样式,从民俗学视野对童话的阐释遵循了西方所建立的"秩序观"。张梓生与赵景深也讨论童话之内涵,明确表明其概念界定的人类学立场。[③] 总之,从20世纪初至40年代,童话的话语表述是民俗学和文化人类学理论视域的阐释,它与"野蛮""原始"等之间画等号,野蛮人、原始人就像人类的童年时期,他们的文学就是"人类童年的文学"。

新中国成立后,西方文化秩序论被抛弃,"文化的他者"的思想发生了改变,但作为"新的社会主义国家",其对文学艺术样式也有了新的规划。在新的文学话语体系中,民间文艺不仅获得一席之地,并且成为"新的文学话语的接驳场域与动力源"。"人民的文学""人民口头创作""口头文学"等理论话语的变迁恰是民间文学纳入文学体系的过程。在这一学术语境中,童话以及民间故事也渐趋脱离了人类学、民俗学视域的意义阐释。

1954年9月16日《人民日报》第1版发表《大量创作、出版、发行

---

① 赵景深主编:《童话评论》,新文化书社1924年版,第68—69页。
② 周作人:《童话略论》,《教育部编纂处月刊》第1卷第8册,1913年9月,附录第2页。
③ 赵景深与张梓生在讨论中,张梓生谈到童话的界定,他说:"我所说的童话定义,是人类学研究上的定义。其中只能包括儿童及和儿童智识程度相等的野蛮人乡下人所说的含有娱乐性质的故事,不能包括一切。"见赵景深、张梓生《儿童文学的讨论》,《妇女杂志》第8卷第1号,1922年1月1日,第132页。

少年儿童读物》社论后,各大报刊与文学读物都开始关注童话(儿童文学),将其列为国家文学创作与研究的重要内容。《读书月报》1955年第2期重新刊发了《人民日报》社论,并紧接其后发布了"给孩子们更多的好书"专栏,叶圣陶、严文井、高士其、谢冰心、陈伯吹、秦兆阳等参与讨论,他们共同探讨的核心就是"推陈出新",创作适应新中国儿童的作品。创作中关注点除了前一部分提到的"教育价值"外,就是对儿童文学艺术特性的探讨。无论作家还是评论家,都关注到了儿童读物艺术表现的特殊性,在众人的讨论中,"幻想"逐渐凝铸为"核心话语"。

20世纪初至40年代,童话的"原始性"与"童心"等为其艺术性之根本。50年代初期,外在受到苏联童话观以及儿童文学思想的影响,内在则是国家新的文艺体制之建构,童话面临理论话语的转向。1954年9月底,钟敬文在中国作家协会儿童文学组做了《略谈民间故事》的报告,在这一报告中,他在新的语境中,结合苏联口头文学理论对民间故事进行了阐释与分类,其中"幻想"成为分类的标准。"苏联的口头文学研究家,大都从内容出发,把它分做两大类:(一)幻想占绝对优势的;(二)幻想的因素较少的"[①],童话(文中称为"魔法故事")就属于前者。陈伯吹认为:"如果也把童话看作一种精神的'物质构造',那么童话也可能有一个'核',这个'核'就是幻想。"[②] 在创作中,作家对童话的"幻想"也进行了阐释,严文井在《中国的未来在要求我们》一文中,专门提及对童话创作中"幻想"的看法,他虽然从批判的角度谈论,但从中亦可见到当时"幻想"话语对于童话的意义。他认为:"有一种错误的看法,认为少年儿童文学作品可以容许许多的幻想成份存在,因为从事少年儿童文学,特别是童话的写作,就无需乎去体验生活。"[③] 50年代是童话创作的黄金时期,幻想性这一艺术特性得到各民族作家及民间文学研究、搜集者的普遍认可,逐渐成为童话的"核心话语"。如袁丁整理的维吾尔族童话《太子爱赫山》中"会飞的毯子""大鹏鸟""魔王",刁孝忠、刁世德整理,童玮翻译的傣族童话《双头凤》中"双头凤凰"等以

---

① 钟敬文:《钟敬文民俗学论集》,上海文艺出版社1998年版,第129页。
② 陈伯吹:《儿童文学简论》,长江文艺出版社1957年版,第163页。
③ 严文井:《中国的未来在要求我们》,《读书月报》1955年第2期,第14页。

及张天翼创作的《神秘的宝葫芦》中"宝葫芦"的魔法等。但是随着60年代童话研究及其创作的消沉,"幻想"的艺术特色也开始受到责难,当然这一批评更多是非学理化的,但其实当时也给这一话语辨析提供了学术发展的空间,只是随着"文革"开始,这一反思被中断。到了80年代,"幻想性"依然是童话研究的重要话题,但是这种单一维度的建构与阐释忽略了童话中所蕴含的文化、仪式内涵以及"地方性知识"。另一方面这种阐释标准也将童话简单化与单一化,走向极端后,就是童话的艺术性渐趋降低。

总之,1949—1966年童话经历了新中国成立后的黄金时期,"从整个童话领域看,50年代童话注意不同体裁、不同风格的童话并存和竞争,大致做到童话创作自身的生态平衡。"① 只是到60年代中期开始消沉。对于这一时期童话的教育价值以及它在"政治与传统"之间的重构亦有学者关注,但是对其理论建构过程以及童话在中国文学史、民间故事学术史上的独特意义反思者甚少;对其在特殊的历史语境中所形成的讲述"中国故事"之经验总结与阐释者更是鲜见。希冀在今后学术史、思想史的研究中,学者能从民间故事价值论、文学性特质等层面对其予以阐释。

第二节　跨界域:1958年新民歌运动的"大众化"之路

民俗学的兴起,缘于20世纪初期北京大学的歌谣运动,对此论述者甚众。② 因一场谈话而起的征集运动,成为很多学者论述的重要资料。③

---

① 吴其南:《中国童话史》,河北少年儿童出版社1992年版,第253页。
② 参见洪长泰（Chang-tai Hung）《到民间去:中国知识分子与民间文学,1918—1937（新译本）》,董晓萍译,中国人民大学出版社2015年版,第9页;赵世瑜:《眼光向下的革命——中国现代民俗学思想史论（1918~1937）》,北京师范大学出版社1999年版,第69页;陈泳超:《中国民间文学研究的现代轨辙》,北京大学出版社2005年版,第23、144页;刘锡诚:《20世纪中国民间文学学术史》,河南大学出版社2006年版,第78、97页;徐新建:《民歌与国学——民国早期"歌谣运动"的回顾与思考》,巴蜀书社2006年版,第18页。
③ "这已是九年以前的事了。那天,正是大雪之后,我与尹默在北河沿闲走着,我忽然说:'歌谣中也有很好的文章。我们何妨征集一下呢?'尹默说:'你这个意思很好。你去拟个办法,我们请蔡先生用北大的名义征集就是了。'第二天我将章程拟好,蔡先生看了一看,随即就批交文牍处印刷五千份,分寄各省官厅学校。中国征集歌谣的事业,就此开场了。"见刘复《海外民歌序》,《语丝》第127期,1927年4月16日,第123—124页。

从歌谣征集运动开始，歌谣与文艺的关系就是关注点之一，《歌谣》周刊《发刊词》强调：歌谣运动的目的有二，其一就是"文艺的"。20 世纪 20—30 年代，中国共产党在农村发动民众时借用了民间歌谣，40 年代《讲话》则发出了重视"萌芽状态文艺""工农兵文艺"的宣言。新中国成立后，解放区的文艺理念在全国推广，民间文艺成为现代民族国家文学建构的重要场域。1958 年，新民歌运动的兴起即在此学术史脉络中形成。

1958 年新民歌运动，又被称为"大跃进民歌运动"或"文艺大跃进运动"。1958 年 3 月，毛泽东在成都会议上提出搜集民歌①；在随后的汉口会议上他又提出了：

> 各省搞民歌，下次开会各省至少要交一百首。大中小学生，发动他们写，每人发三张纸，没有任务，军队也要写，从士兵中搜集。②

在毛泽东的倡议下，各地积极响应，纷纷发动与组织民众写诗、作画。但是这场运动并没有持续很久，到 1959 年二三月间郑州会议上，毛泽东就表达了对"诗歌卫星"的不满。很快这场轰动一时的"全党办文艺，全民办文艺"③的运动仓促落幕。

对于这场自上而下，席卷全国的文艺运动，当今的文学界无法想象，尤其是诗歌边缘化的今天。从"大跃进"运动期间，研究者就已关注新民歌，

---

① "印了一些诗，尽是些老古董（指毛泽东在成都亲自编选的一本唐宋人写的有关四川的一些诗词和一本明朝人写的有关四川的一些诗——引者论）。搞点民歌好不好？请各位同志负个责，回去搜集一点民歌。各个阶层都有许多民歌，搞几个试点，每人发三、五张纸，写写民歌。劳动人民不能写的，找人代写。限期十天搜集，会搜集到大批民歌的，下次开会印一批出来。中国诗的出路，第一是民歌，第二是古典。在这个基础上产生出新诗来。形式是民族的，内容应当是现实主义与浪漫主义的对立统一。太现实了，就不能写诗了。现在的新诗还不能成形，没有人读，我反正不读新诗，除非给一百块大洋。这个工作，北京大学做了很多。我们来搞，可能找到几百万成千万首的民歌。看民歌不用费很多的脑力，比看李白、杜甫的诗舒服些。"转引自陈晋《文人毛泽东》，上海人民出版社 1997 年版，第 448 页。在《建国以来毛泽东文稿》第七册《在成都会议上的讲话提纲》里有"收集民歌"一条，条目下的注释与以上引文大致相同。

② 转引自陈晋《文人毛泽东》，上海人民出版社 1997 年版，第 450 页。

③ 《掀起文艺创作的高潮！建设共产主义的文艺（社论）》，《文艺报》1958 年第 19 期，第 12 页。

对其进行了评论与研究。由于当时尚未进入历史的眼光，研究只能是即时性的，政治式的评价与歌颂。随着历史的车轮，这场运动烟消云散之后，文学史领域对其评价经历了两个时期：（一）二十世纪八九十年代，占据主流的声音是："质量低劣的，粗制滥造"，"违背人民的意愿，应该否定"。[①]"'大跃进'政策下的盲目乐观精神，与真正的民间精神很少有联系"[②]。（二）进入21世纪，伴随着对1949—1966年文学的重新思考，对于这一历史事件更多开始了理性反思，重视它在文学史进程中的意义，从文艺战略[③]、现代性建构[④]等视域将其回复到具体历史语境，阐述它的复杂性。

相比于文学领域的研究与反思，后来这一运动在民间文学学术史中则研究较少。目前所见研究主要有：高有鹏、孟芳《20世纪中国文学发展中的民间文化思潮》[⑤]、刘锡诚《新中国民间文学理论研究与学科建设：1949～1966》[⑥]、黄永林《20世纪中国文学对民间语言价值的发现与运用》[⑦]、毛巧晖《20世纪下半叶中国民间文艺学思想史论》[⑧] 等。民间文学领域当时的参与程度，与当下的学术史、思想史研究，差距悬殊。其重要原因可能与民间文学领域的研究者观念有着直接关系。他们与主流文学史研究者观点相仿，即这次新民歌运动"民间"缺席，尤其是最后的结局，使得民粹主义走向极致，掀起了文化领域的大震动，研究者更多将其视为政治情境的一部分。

一 数字中国：民间文学的大繁荣

"要问中国人民在一九五八年究竟唱了多少歌，写了多少诗，恐怕谁

---

① 陈刚等编：《中国当代文学史稿》，人民文学出版社1980年版，第86页。
② 陈思和主编：《中国当代文学史教程》，复旦大学出版社1999年版，第126页。
③ 李新宇：《1958："文艺大跃进"的战略》，《文艺理论研究》2000年第5期，第86—92页。
④ 鲍焕然：《新民歌运动：激进现代性的文化表征》，《武汉大学学报》（人文科学版）2007年第5期，第671—675页。
⑤ 高有鹏、孟芳：《20世纪中国文学发展中的民间文化思潮》，《河南大学学报》（社会科学版）2000年第4期，第60—66页。
⑥ 刘锡诚：《新中国民间文学理论研究与学科建设：1949～1966》，《广西民族学院学报》（哲学社会科学版）2003年第1期，第73—79页。
⑦ 黄永林：《20世纪中国文学对民间语言价值的发现与运用》，《广西师范学院学报》（哲学社会科学版）2004年第2期，第61—67页。
⑧ 上海文化出版社2010年版，其修订版由学苑出版社2018年出版。

也回答不出。"① 以湖北省红安县为例,"一九五八年的上半年,红安县委对本县的民歌作过一次摸底工作,得出的结论是'摸不清',县摸不清区,区摸不清乡,乡摸不清社,连社也摸不清一个二十几户人家的生产队。"② 1958 年,中国变成了"数字时代"。"我们这时代你用什么韵脚也表达不出来!……这是用数字写诗的时代,是用比例尺写诗的时代。"③ 全国出现了"千人唱、万人和"的局面,参加者达上亿人,从十几岁的孩子到六七十岁的老人都加入其中。民歌进入了很多领域,从表达意见的大字报、意见簿到人民代表大会和各种大会,它成为一种普遍的表达方式。在这一年,"说唱体"成为惹人注目的新文体。

正如郭沫若所说:"现在全国都在进行采风工作,每个县都有几千首乃至上万首,全国有一千多个县,那个数字是不得了的,恐怕要用亿为单位来计算,何况它还不断地在产生。所以全国究竟有多少民歌,实在很难估计。"④ 天鹰在《一九五八年中国民歌运动》中也提到,内蒙古在半个多月时间里,"全区搜集了民歌三百十三万多首,加上前一时期已搜集到的民歌六十多万首,共计搜集民歌三百七十九万多首"⑤,其中包括蒙古族、汉族、回族、满族、达斡尔族、鄂温克族、鄂伦春族、朝鲜族等各民族的作品。此外,各地还提出了搜集的目标。⑥

大量的民歌,来源于多样的民歌创作活动形式。在各级党委的组织

---

① 天鹰:《一九五八年中国民歌运动》,上海文艺出版社 1959 年版,第 9 页。
② 天鹰:《一九五八年中国民歌运动》,上海文艺出版社 1959 年版,第 9 页。
③ 芷汀:《数字的诗》,《人民文学》1958 年第 4 期,第 9 页。
④ 《民歌座谈会发言记录》,内部资料,第 2 页,贾芝藏。
⑤ 天鹰:《一九五八年中国民歌运动》,上海文艺出版社 1959 年版,第 29 页。
⑥ 呼和浩特市决定在 3 年到 5 年内要生产 50 万吨钢,收集 50 万首民歌,把收集民歌和生产钢并列在一起。内蒙古全区要在 5 年内收集 1000 万首民歌,当时下面的旗(县)的负责人认为 1000 万的指标还嫌保守。安徽省肥东县,在 1958 年上半年,全县共创作民歌 51 万首,特别是巢县司集乡,从生产"大跃进"以来,已经创作了 12 万首民歌,还计划到年底再创作 60 万首。南京市 50 天中即产生各种群众创作 130 万余篇,常熟一县就有 43 万篇。据河南省统计,他们 96 县,共计有创作组 30571,创作量是几百万上千万首。仅许昌一个专区,光有组织的业余作者就是 57000 多人,"大跃进"以来,已创作了作品 316 万件;登封君召区,仅两个月的时间创作出 17 万件作品。河北省委曾发起 1000 万首的民歌收集计划,结果被保定地区包了。山西省提出一年要产生 30 万个"李有才",30 万个"郭兰英"。"村村要有李有才,社社要有王老九,县县要有郭沫若"。参见《东风得意诗万篇——中国民间文学工作者大会发言集锦》,《文艺报》1958 年第 15 期,第 24—26 页。

下，全民进入了民歌创作的时代，具体而言，通过以下几种形式：（1）开辟诗歌创作园地，如陕西长安县，县有诗亭，乡有诗宫，社有诗廊、诗台，家家户户门口有诗碑。这一方式给民众提供了创作的平台，正如当下的自媒体，"改写了生产、流通和消费共同构筑的文学场域"①，民歌创作成为民众日常表达的主要方式。他们在劳动中，对田里劳作有意见的就直接提出批评，"我的身体本不小，内有杂草比我好，又不扯来又不薅，叫我产量怎能高？"② 田头山歌木牌和田头竹筏到处皆是。（2）丰富多彩的民歌创作活动。多种样式的活动有赛诗会、民歌演唱会、联唱会、诗歌展览会、战擂台、诗街会等，其中赛诗会最有影响，它是民间诗歌比赛的移植与延续。比如在甘肃的莲花山花儿会，广西的歌墟、云南诗歌会等，但是相比于传统歌会，新的诗歌比赛表现出有组织，内容新颖，与当时的社会生活较为契合等新特性。"赶诗街，诗兴浓，万首诗歌写不穷；社会主义大迈进，引吭高歌义气雄。"全国各地的诗歌展览会，更是在各级政府组织下新诗歌的一次大汇演与大比拼。（3）组织活动。各地成立诗歌创作小组，据1958年7月统计，全国有5000多个山歌社。四川省到6月份为止，全省已组织起22000多个文艺创作组。安徽省巢县司集乡全乡有267个生产小队，就有267个诗歌创作小组。③

在这一运动过程中，民间文学研究机构积极组织与参与。民研会是当时全国性的民间文学研究的组织与领导机构。从它成立就参与到民间文学刊物《民间文艺集刊》《民间文学》等编辑与出版、民间文学搜集等工作。前文已做专论，此处不再赘述。1958年，它更是积极参与到新民歌的搜集与研究工作。1958年4月14日，《人民日报》发表《大规模搜集民歌》的社论，当天，《民间文学》编辑部就此问题与郭沫若对话，这篇采访刊发于4月21日《人民日报》。1958年4月26日，中国文联、中国作家协会、民研会召开了民歌座谈会，会议由中宣部副部长周扬主持，邀

---

① 潘桂林：《自媒体对文学场和新诗走向的深度影响》，《西南大学学报》（社会科学版）2016年第4期，第138页。

② 天鹰：《一九五八年中国民歌运动》，上海文艺出版社1959年版，第28页。本节所引民歌，不加特别注明者均出自此书，不再单独另注。

③ 谢保杰：《1958年新民歌运动的历史描述》，《中国现代文学研究丛刊》2005年第1期，第24—45页；天鹰：《一九五八年中国民歌运动》，上海文艺出版社1959年版，第30页。

请了郭沫若、郑振铎、臧克家、老舍、赵树理、顾颉刚、阳翰生等首都文艺界人士，还有民研会林山、江橹、贾芝等参加，此外还有一位特殊人员——湖北省红安县宣传部长童杰。从他们的参会发言可以看到，首都文艺界人士更多是积极响应民歌搜集运动，民研会的人员则注重民歌搜集与选编的工作，而童杰则向与会代表介绍了红安搜集民歌的经验以及"写口号用诗歌，田间鼓动用诗歌，向群众宣传也用诗歌"[①]。从此次座谈会的人员、角色等可以看出，这是文艺界响应国家号召的"采风大动员"。其中民研会起到一定的引领作用。

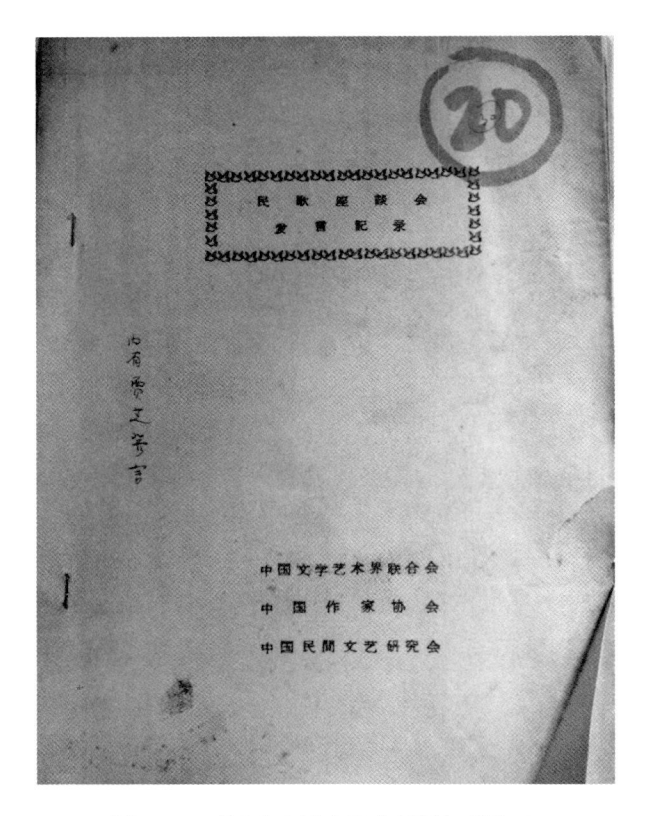

图4-1 《民歌座谈会发言记录》油印本

---

① 《民歌座谈会发言记录》，内部资料，第4页，贾芝藏。

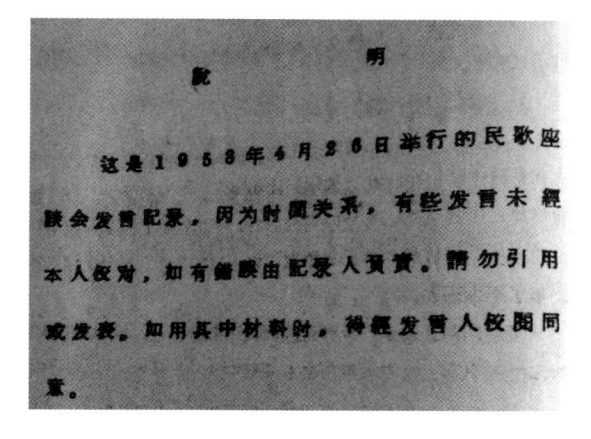

图 4-2 《民歌座谈会发言记录》资料说明

1958 年 7 月,民研会主持召开了中国民间文学工作者第二次代表大会,并召集不同地域不同民族的民歌手与民间诗人谈民歌创作,于 1959 年编辑出版了《民歌作者谈民歌创作》① 等。当时的研究论著较多,如《论新民歌》②《向民歌学习》③《大规模地收集全国民歌》④《一九五八年中国民歌运动》⑤ 等,中国民间文艺研究会参与编撰的民歌集更是数不胜数,目前北京师范大学图书馆、北京大学图书馆、中国国家图书馆以及孔夫子旧书网目录中,少数民族新民歌出版共计 9 种 61 册,各省市出版的民歌集 306 册,不同领域出版的民歌集 84 册,不同主题的民歌集 36 册,大学、出版社和不同团体编选民歌集 23 册,共计 510 册。同一时期的研究著作 11 册(含一册日本学者的著作)。⑥ 具体著作名称与出版信息见附录四。

当然,这与当时的统计数字相比还是极少数。除了《红旗歌谣》,全国选印出来的民歌集还有《民歌一百首》《工矿大跃进民歌选》《农村大

---

① 中国民间文艺研究会研究部编:《民歌作者谈民歌创作》,作家出版社 1960 年版。
② 上海文艺出版社编:《论新民歌》,上海文艺出版社 1959 年版。
③ 中国民间文艺研究会编:《向民歌学习》,作家出版社 1958 年版。
④ 中国民间文艺研究会编:《大规模地收集全国民歌》,作家出版社 1958 年版。
⑤ 天鹰:《一九五八年中国民歌运动》,上海文艺出版社 1959 年版。
⑥ 本文数字参照王芳芳《1958:新民歌运动》一文第 19—21 页的表格,略有改动与增删。见王芳芳《1958:新民歌运动》,北京师范大学,硕士学位论文,2005 年,第 18—21 页。

跃进民歌选》《部队跃进民歌选》等,仅全国各省市一级以上铅印出版的民歌单行本,就有近 800 种之多,印数达数千万册以上。①

二 大众化:身份转换与政治认同

民间文学的兴起,对民众的关注,与晚清的民间思潮息息相关;俗文学、民众的口头文学形式被推崇则缘起于它们历史上一直被赋予教化的意义,如《三娘教子》《二十四孝歌》等,即"凡乐人扮做杂剧戏文……其神仙道扮及义夫节妇孝子顺孙劝人为善者,不在禁限"②。在对民间文艺压抑的古代,凡是具有教化意义的也会被提倡。但从 19 世纪、20 世纪之交,它们与民族国家的兴起交织在一起,道德教化重心转移到政治说教。梁启超认为:"在昔欧洲各国变革之始,其魁儒硕学,仁人志士,往往以其身所经历,及胸中所怀政治之议论,一寄之于小说。于是彼中缀学之子,黉塾之暇,手之口之,下而兵丁,而市侩,而农氓,而工匠,而车夫马卒,而妇女,而童孺,靡不口之手之。往往每一书出,而全国议论为之一变。"③他还"硬将其说为欧洲经验"④。当时知识界除了仰慕西方的船坚炮利,还对西方的"德先生""赛先生"趋之若鹜,故将其视为欧洲经验具有更强的说服力。知识人更多是想借此"化大众",即"你不是大众的文艺,你也不是为大众的文艺,你是教导大众的文艺!……大众文艺的标语应该是无产文艺的通俗化。通俗到不成文艺都可以"⑤。他们更多是"眼光向下"。但是到了 40 年代,中国共产党领导的解放区提出了文艺的新形式,即"萌芽状态的文艺""工农兵的文艺"等⑥,提倡知识分子到民间搜集民间文艺,并以此为新的创作形式,如轰动一时的《王贵与李

---

① 参见王芳芳《1958:新民歌运动》,北京师范大学,硕士学位论文,2005 年,第 19—21 页;江波:《"大跃进"时期的"新民歌运动"》,《党史纵览》2007 年第 5 期,第 37—41 页。
② 《大明律讲解》卷二十六,王利器辑录:《元明清三代禁毁小说戏曲史料》第 2 编,上海古籍出版社 1981 年版,第 11 页。
③ 梁启超:《译印政治小说序》,《饮冰室合集》卷一,中华书局 1941 年版,第 34 页。
④ 赵毅衡:《礼教下延之后:中国文化批判诸问题》,上海文艺出版社 2001 年版,第 52 页。
⑤ 郭沫若:《新兴大众文艺的认识》,《大众文艺》第 2 卷第 3 期,1930 年 3 月 1 日,第 4—5 页。
⑥ 毛泽东:《在延安文艺座谈会上的讲话》,《解放日报》1943 年 10 月 19 日,第 1 版、第 2 版、第 4 版。

香香》、新秧歌运动等。文学的民间形式，从 20 世纪初期兴起的"歌谣运动"就已开始，经过三四十年代的推动，到新中国成立后尤其是新民歌运动时期，可以说登峰造极。

1958 年，民歌带动了诗风的改变。"对我国的诗歌创作来说，1958 年乃是划时代的一年。"① 除了李季、阮章竞等 40 年代就开始民歌形式的创作，田间等著名诗人创作了："爬上一岭又一山，山峰连绵望不断。火山血海悬崖徒，前进一步满身汗。"开创了新诗史的郭沫若创作了："工农联盟基础固，领导正确政权专。殖民锁链已摧毁，封建死灰不复燃。"民歌对于诗风的影响，论者较多，称得上那一时期诗歌的集大成与精华结集者莫过于《红旗歌谣》。"历史将证明，新民歌对新诗发展会产生越来越大的影响"，并将其关系比拟为楚辞与国风、建安文学与两汉乐府、唐诗与六朝歌谣、元杂剧与五代以来词曲、明清小说与两宋以来的词曲等，对于重建新的文学格局有极大信心。当然历史发展表明其以失败告终。正如后来赵毅衡所说："新民歌是一种写特定政治 - 文化目的而制造的俗文学，它是一柄双刃剑，一方面扫除了口头文学，另一方面整肃了上层文学。它用一种破坏性的方式排除了中国传统文化中一直存在的上层/下层——书面/口头之对立，而这种对立恰是中国文化立足之基础。"② 笔者并不同意书面/口头文学的对立，但是两者都是中国文学的组成部分，它们的文学性与审美性有着差异，刻意地整合会使两者都受到损害。

在以民歌创作为引领的大众化运动中，"民间艺人"与"作家"的阈限被打破。新中国成立后，在全新的政治语境中，工农群众的角色与身份发生了巨大变化。1949 年 9 月 21 日，毛泽东在中国人民政治协商会议第一届全体会议上宣告："随着经济建设高潮的到来，不可避免地将要出现一个文化建设的高潮。"但是作为文化建设主力的工农群众，他们的文盲

---

① "到处成了诗海。中国成了诗的国家。工农兵自己写的诗大放光芒。出现了无数诗歌的厂矿车间；到处是万诗乡和百万首诗的地区；许多兵营成了万首诗的兵营。几乎每一个县，从县委书记到群众，全都动手写诗；全都举办民歌展览会。到处赛诗，以致全省通过无线电广播来赛诗。各地出版的油印和铅印的诗集、诗选和诗歌刊物，不可计数。诗写在街头上，刻在石碑上，贴在车间、工地和高炉上。诗传单在全国飞舞。"徐迟：《一九五八年诗选序》，《诗刊》1959 年第 4 期，第 94 页。

② 赵毅衡：《礼教下延之后：中国文化批判诸问题》，上海文艺出版社 2001 年版，第 58 页。

率很高，尤其是农村，可能要达到95%。为了应对这一状况，新中国成立初期在全国范围发动了"识字运动"。1950年9月20日，在北京召开了第一次全国工农教育工作会议，会议把工农群众的教育纳入国家教育的主体，强调："工农教育是巩固和发展人民民主专政、建立强大的国防军和强大的经济力量的必要条件；没有工农文化教育的普及和提高，也就没有文化建设的高潮。""工农教育在目前的基本任务是开展识字运动，逐步减少文盲。"40年代的秧歌剧《夫妻识字》唱遍大江南北。① 工农教育的推广意义重大，特别是它影响了社会主义中国文化内容的推广与文艺普及的发展。对于民众而言，更容易接纳以民歌、民间故事等形式传播的知识，当然这些民间文艺的内容因为新的社会环境与意识形态变化，其叙事情节、主题也发生了一定的改变。因此新中国成立初期的识字运动与新民歌运动相辅相成，互为表里。识字运动使得工农群众掌握文化知识，为新民歌运动提供了前提与基础，同时，它也进一步推动了新民歌运动的发展。另外，随着工农大众进一步掌握文化知识，在民众中打破了对于"文字"的神秘感。在中国很多地域都曾经存在过对"文字"的崇拜与信仰，并且现在依然留存，如对"囍""福"等吉祥文字的崇拜，还有就是对写有文字的纸张不能随意处置等。随着掌握了书写技能，工农大众迅速按照国家的布置，进入了新中国"文化建设"的队伍。这一过程与当下接受现代教育的艺人不同，他们脱离了"民间艺人"，被冠以"农民诗人"的称号。"到新社会，我的快板一篇接一篇发表，人都尊敬我，称我'农民诗人'。'农民诗人'这四个字不简单，这是共产党给我带来的光荣。""1951年，党又叫我参加西北文代会，到西安开会。"② 这在文学领域超越了"作家"与"艺人"之间的阈限，

---

① "黑格隆咚天上出呀出星星，黑板上写字放呀么放光明。什么字放光明？学习二字我认得清，认的清，认的清。要把道理说分明，庄稼人为什么要识字，不识字不知道大事情。旧社会咱不识字，糊里糊涂受人欺，如今咱们翻了身，受苦人变成了当家的人，睁眼的瞎子怎能行，哎咳哎咳咿哟学习那文化最呀当紧呀么嗯哎哟。"马可编：《夫妻识字》，中国戏剧出版社1957年版，第6—7页。

② 中国民间文艺研究会研究部编：《民歌作者谈民歌创作》，作家出版社1960年版，第7—8页。

而且将民间艺人视为社会主义"文艺战线上的先锋"①。这一突破使得民间艺人超越原有"界限",成为"作家"一员,他们不仅是创作者,还是文艺鉴赏者。这就使得彼此之间的"区隔"被打破,民间艺人与作家共同抒写新的政治生活与劳动生活,作家文学和民间文学的"目标受众"②都发生了转换。

新民歌运动中特别需要提到的还有一点就是民歌与画作的结合。"河北徐水人民公社的谢坊营,那是一个一百多户人家的村庄,也是以诗画满墙出名的,我虽没有像通讯作者那样的作过统计工作,也没有数过究竟有多少诗画,但是说它'诗画满墙',是千真万确的","诗画上墙不仅在出名的诗乡如此,也是一九五八年中国农村中相当普遍的现象。"③ 与民歌对新诗的影响相比,新民歌运动中民歌对绘画、音乐等其他艺术样式的影响则更为成功。当时,天鹰就认为:"新民歌这一阵强大、刚健之风,不仅使诗歌平添了许多春色,也影响了文学艺术的其他样式,特别明显的是对绘画的影响,群众的诗歌创作运动蓬勃发展的结果,带动了群众的壁画运动。"④ 1958 年 8 月,江苏邳县的壁画入京展览,引起较大范围的轰动,而且也在较大范围内掀起了一个高潮。时至今日,江苏邳县的农民画依然兴盛,与此有着直接关系。就是在今天,口头传统中文字与图像的结合也受到学人的关注,正如朝戈金所说,随着数字技术的发展,自我录音和录像的文本、"写史诗"文本、"其他传统方式承载的史诗叙事或叙事片段,如东巴的象形经卷、彝族的神图(有手绘经卷和木版两种)、藏族的格萨尔石刻和唐卡、苗族服装上的绣饰(史诗母题:蝴蝶歌、枫树歌等)、畲族的祖图等等,这些都可谓有诗画合璧的传承方式,同样应该纳入学术研究考察的范围中来。"⑤

因此,在新民歌引领的大众化运动中,民歌与新诗的跨界交融,使得

---

① 中国民间文艺研究会研究部编:《民歌作者谈民歌创作》"编后记",作家出版社 1960 年版,第 177 页。
② [美]里拉·阿布-卢赫德:《国家戏剧:埃及的电视政治》,张建红、郭建斌译,商务印书馆 2016 年版,第 22 页。
③ 天鹰:《一九五八年中国民歌运动》,上海文艺出版社 1959 年版,第 10 页。
④ 天鹰:《一九五八年中国民歌运动》,上海文艺出版社 1959 年版,第 291 页。
⑤ 朝戈金:《"回到声音"的口头诗学:以口传史诗的文本研究为起点》,《西北民族研究》2014 年第 2 期,第 13 页。

民间文学承载者的身份发生了转换,"民间艺人"逐步转化为"农民诗人","民间文学"与"作家文学"的区隔被打破,他们的"目标受众"完全一致,内容亦相同,都是对"社会主义新中国"的抒写。民间文学进入主流的跨界域,使得民间文学的价值与功能都发生了变化,其对民间文学的发展的影响既有正向的,也有负向的;但是民歌与绘画的交融,对后世形成了积极的影响,从1958年的壁画运动,到当下的农民画繁荣,就是很好的证明。

三 交融与变异:民间文学价值与功能

1958年新民歌运动中,民歌与新诗边界的消解,不同于学科越界。学科越界主要强调的是:"打破了现代性范式下的学科划分的固有界域。这一时期的特有现象是学科的越界、扩容、交错与重组。"①20世纪末21世纪初,文学发生了巨大的变化。可以说整个文学领域的情形与20世纪文学以本体划分为基点的研究状况完全不同。1972年,德勒兹和瓜塔里在哲学领域提出了"去界域"的概念②,迅速影响了整个知识界。③

本文论及的"越界",主要指的是,在1958年新民歌运动中,民歌表达方式与表达功能的越界。这次打破"民间"与"作家"界域的方式,虽然为民间文学带来了短暂的繁荣,但民间文学的价值与功能发生

---

① 金元浦:《越界的冲动:"去区隔"与"去界域"》,金元浦的博客,http://blog.sina.com.cn/s/blog_485ce4140102v9t1.html,2014-11-14/2016-10-09。

② 去界域,英文为de-territorialization,又被译为解域,最初用于法国现象学理论,指的是在当代资本主义文化中人类主体性的流动和离散。See Gilles Deleuze and Félix Guattari, *Anti-Oedipus: Capitalism and Schizophrenia*, translated by Robert Hurley, Mark Seem, Helen R. Lane, Viking Penguin, 1977. 该书法文原版出版于1972年。参见金元浦《越界的冲动:"去区隔"与"去界域"》,金元浦的博客,http://blog.sina.com.cn/s/blog_485ce4140102v9t1.html,2014-11-14/2016-10-09。

③ 这一概念比过去流行的"跨界"(across boundaries)走得更远,强调边界的消失。在知识领域,"去界域"呼吁打破学科间的区分和界限,各种跨学科的新研究领域,比如女权主义研究、文化研究、城市问题研究、人类学研究等后现代的热点出现。在支持文化转向的学者,尤其是其中更为极端的理论家看来,自然科学、人文科学、社会科学、艺术与文学、文化与生活、作品与理论、想象与现实之间,都已经不再存在不可逾越的界限。这种思潮迅速进入传统的人文艺术领域,使得各个学科都呈现出多样化的态势。参见金元浦《论文学艺术的边界的移动》,《文学,走向文化的变革》,河北大学出版社2013年版,第65页。

了变异。前者已经提及，它的价值之———教化被提升到国家层面，即政策传达与意识形态表述，这与作家文学彼此交融、互为表里。王老九在谈到自己的创作时说："我就随时随地利用它歌颂党和毛主席，宣传党的政策，配合各种政治运动。……我每写一个东西，首先想到党的伟大，人民的力量。"① 江苏省群众性的民歌运动，"在'党委挂帅、人人动手'下，已经普遍开花了。……每个乡都在编民歌，扫盲识字课本，也是本乡农民自己创作的民歌。"② 虽然民歌一直延续下来的重要因素之一是其教化价值，在某些时段，官府高压，民歌依然有生存的空间，其缘由就是对民众伦理道德的教化意义。但是在新民歌运动时期，民间与官方相互交织，应由作家文学表达的主流价值观，民间在自我完成、自我实现。

尽管凡是涉及民间文学的教材中都会提到民间文学的价值与功能，但是在很多民间文学研究与阐释中，往往将价值与功能混同。高丙中在《中国人的生活世界——民俗学的路径》中指出，我们今天所说的宽泛意义上的民间文学其实应该冠名为"民间口头创作"，它包括了民间文学，还包括社会心理，所以它能起到文化的复杂功能，而不仅是文学的功能；同时既然是民间文学，就应该具有文学的基本规定性。③ 高丙中在著作中强调了民间文学文化功能的多样性。民间文学除了具备与作家文学一样的审美功能外，就是它的实用功能。"民间文学从产生到现在一直以来以实用为主，民间文学常常用作日常生活中的自我表达，或进行礼俗教化活动。"④ 在新民歌运动中，民间文学的表达功能发生变异。

民间文学从产生之日起，它就有民众表达与交流思想情感和认识看法的功能。《诗经》载"心之忧矣，我歌且谣"；1937 年 6 月 26 日，《歌

---

① 中国民间文艺研究会研究部编：《民歌作者谈民歌创作》，作家出版社 1960 年版，第 8—9 页。
② 路工：《拜民歌为师》，载中国民间文艺研究会研究部编《向民歌学习》，作家出版社 1958 年版，第 27 页。
③ 参见高丙中《中国人的生活世界——民俗学的路径》，北京大学出版社 2010 年版，第 142—156 页。
④ 徐赣丽：《再论民间文学的价值和功能——与作家文学相比较》，《民间文化论坛》2013 年第 2 期，第 15 页。

谣》周刊也刊载了《表达民意的歌谣》。可见，自古至今大家都认可歌谣是民众思想情感与认知的表达。但是在新民歌运动中，民歌主要是对国家话语的反映与应对。如"什么藤结什么瓜，什么树开什么花；什么时代唱什么歌，什么阶级说什么话。"①"咦，不是火焰山，原来是全民把钢铁炼。"在描述这一时期的文学作品中也记载了相关歌谣，如"正月初三春打头，青川溪水哗哗地流。冯明给咱分田地，好日子呀才开了头。青砖瓦屋青石砌，手攀着梯子上高楼。感谢三营工作队，一心一意我跟党走。"②这是改自当地的一首情歌。原初情歌的叙事与意境都被置换。"阶级""炼钢铁""分田地"等都是国家话语的转换。民众日常生活与情感的表达，还成为其参与公共生活的方式。当然也不是说所有新民歌都不具有历史价值，而是说因为民歌的表达功能被异化，民歌不仅是民众情感交流的形式，而且它还成为政府开会、政策宣传的形式。这样，民歌的表达功能被泛化，走向了极端。但是在新民歌运动中，少数民族民歌就不像很多汉族地区的民歌那样，功能异化、价值改变、"民间"缺席。比如，傣族赞哈康朗甩在谈民歌创作时，他就提到傣族民众在生产劳动之余，"总喜欢围着赞哈听他们婉转动听的歌声，和那些傣族文学作品里的优美故事。"③民歌在傣族生活中承担着情感表达功能，同时也是历史知识传递与文化记忆的方式，因此，在新民歌运动中，傣族也根据历史的变迁和社会情境的变化，编了新的民歌，这些民歌与傣族传统民歌一样，其兼具表达功能和实用功能。"解放后，尤其是一九五八年以来，云南文艺工作者和全文艺界一道，在毛主席党中央的倡导指示下，开展了收集民歌，发掘整理少数民族民间文学的工作，各少数民族中长期被埋没的文学明珠，相继被发掘整理出来，开始大放光采。就是在一九五八年，云南文艺工作者大规模地收集整理民族民间文学作品的时候，我们响应党的号召，遵照毛主席批判地继承民族文化遗产，取其精华，弃其糟粕，'古为今用'、'推陈出新'的指示精神，翻译整理了《松帕敏和嘎西娜》，先是在《边疆文艺》上发

---

① 中共上海市委宣传部编：《上海民歌选》，上海新文艺出版社、上海文化出版社1958年版，第1页。
② 叶广芩：《青木川》，北京出版集团公司、北京十月文艺出版社2015年版，第191页。
③ 中国民间文艺研究会研究部编：《民歌作者谈民歌创作》，作家出版社1960年版，第38页。

表，后由云南人民出版社出版。"① 因此，对于这次新民歌运动的分析，不能进行简单的同质化批评与反思，要注意到它内部的差异性以及民间文学价值与功能的特殊性。

总之，1958 年从民歌领域开始的大众化运动，不再是知识分子到民间去，而是要消融于"民间"，"民间艺人"与"作家"界限被打破，民间艺人与作家共同成为"社会主义文艺"新军。同时，民歌与新诗的阈限亦被突破。这一年诗歌界"出现了普遍繁荣的、盛况空前的图景"。这是诗人徐迟在新民歌运动第二年编选的《一九五八年诗选》"序言"中所说。接着，他以饱满的热情描绘了这一运动的"盛况空前的图景"。随着历史的车轮，这一"盛况"烟消云散，而从"五四"新文化运动就开始探索的，民歌对于新诗的意义②，既走到了巅峰，也开始滑向反面。正如有学者推测，如果没有这次极致的运动，"歌谣形式进入新诗并非完全不可能"③。从歌谣运动兴起之时的"文艺的"目的，到后来顾颉刚搜集《吴歌甲集》等，及其指导的研究生李素英所撰写的硕士学位论文都体现了歌谣研究的这一旨趣。李素英在《中国近世歌谣研究》中提出了歌谣是"介于旧诗词与新体诗之间的一种执中的诗体"④，她强调要打破对歌谣这种"民间"文学的成见，变这个文艺的私生子为文艺的嫡子，就必须花费"滴血工夫，看看歌谣里诗的成份如何"。之后，《讲话》对包括民间歌谣在内的民间文艺的重视，新诗掀起了向民歌学习的风气，如田间的《赶车传》等。这一思想可以说是在新民歌运动时期达到了巅峰，但之后诗坛迅速转向，诗歌与民歌似乎越走越远。

当然任何历史都不能假设，但是值得我们反思的是，在 18 世纪至 19 世纪，德国对于民间故事的搜集，最终在 19 世纪诞生了"Kunstmärchen"（艺术童话），而我们新诗与民歌之间却越走越远。

---

① 陈贵培翻译、李鉴尧整理：《松帕敏和嘎西娜》，云南人民出版社 1978 年版，第 73—74 页。
② 《发刊词》，《歌谣》周刊，1922 年 12 月 17 日。
③ 赵毅衡：《礼教下延之后：中国文化批判诸问题》，上海文艺出版社 2001 年版，第 59 页。
④ 参见李素英《中国近世歌谣研究》，燕京大学，硕士学位论文，1936 年。

第三节　创编与重塑：20世纪60年代刘三姐（妹）传说之考察

刘三姐（妹）传说是"我国南部著名传说之一"①，广泛流传在我国西南一带，特别是壮族聚居区。在故事流传地也有将该人物称为刘三姑、刘三娘、刘娘、刘仙娘、刘三婆、刘三、刘仙、刘王、刘山（三）妹、农梅花。② 这个传说记录于明朝，但在五代两宋时期已经开始流布，其影响力有较强的地域性。直到20世纪五六十年代彩调、歌舞剧以及电影《刘三姐》的推出，刘三姐轰动全国，成为家喻户晓的人物，其影响绵延至今，刘三姐现在依然是广西的文化名片。歌仙刘三姐成为勤劳美丽、勇敢机智、疾恶如仇的壮族女性，经过了新的历史语境的改造与重构，彩调剧、歌舞剧和电影等多种艺术形式对其主题与内容进行了重塑，将其构建成"新的人民文学"的典范之一。

一

传说以民众的口头传播为主，记录者对其加工整理成文本，这对于传说的保存和传承具有重要意义。对于古代民间故事传说的考察，更多需要从既存文本进行分析。刘三姐（妹）的传说记载最早始自五代后梁乾化五年（915），至新中国成立已有千余年历史。不同时期文本与语境差异极大，在清以前以单一文本形式存在，从清代开始进入了戏曲表演，民国随着现代民俗学的兴起，刘三姐（妹）传说除了传说文本、戏剧，还进入了民国时期歌谣学及其相关的大众文学研究。

刘三姐（妹）的传说流传地以两广一带为主。两广一带是《礼记·王制》中所述"南方曰蛮，雕题交趾，有不火食者矣"③。战国以前，《周礼·职方氏》中最早出现"七闽"名称，之后《汉书》《说文解字》

---

① 钟敬文：《刘三姐乃歌圩风俗之"女儿"》，载钟敬文著，巴莫曲布嫫、康丽编《谣俗蠡测》，上海文艺出版社2001年版。
② 覃桂清：《刘三姐纵横》，广西民族出版社1992年版，第21—22页。
③ 李学勤：《礼记正义》，北京大学出版社1999年版，第398页。

等均有相关记载,被称为"百越之地",亦称为"百粤""诸越",属于正统史书中出现较早、频率甚高的少数民族。正如王明珂所说,中原王朝自汉代以来对于这一带就采取"迁移其民,设置郡县,推行中国式的礼仪教化,设学校推广经学,以及创造、提供华夏的历史记忆,让当地人能找到华夏祖源"①。因此正统史书对于百越之地的记载主要是对于"南越"(广东一带)、或称"西瓯"(广西一带)、或称"骆越"(越南北部和广西南部一带)奇异物种的记载,而较少强调其"野蛮",更多书写的是将"地方"纳入"中央",倡导民族文化精神的历史传承,即"研究乡邦文化,发扬民族精神"②。目前所知与刘三姐相关的较早的记载是作为"景物"出现,即"三妹山"③,而到明代其传说记载就较为完备:

> 歌仙名三妹,其父汉刘晨之苗裔,流寓贵州水南村[按:贵港市(贵县)在唐、宋、元代历称贵州,西山属县域水南里]。生三女,长大,皆善歌,早适有家,而歌不传。少女三妹,生于唐中宗神龙五年已酉(按:中宗神龙仅三年,已酉为景龙三年,即公元709年,路工对此有疑。民国二十三年之《贵县志》载三妹生于中宗神龙元年,即公元705年,较为准确),甫七岁即好笔墨,聪明敏捷,时呼之"女神童"。年十二,通经史,善为歌。父老奇之,试之顷刻立就。十五艳姿初成,歌名益盛。
>
> 十七,有邕州白鹤少年张伟望者,美丰容,读书解音律,造门来访。言谈举止,皆合节,乡人敬之。筑台西山之侧,令两人为三日歌。④

其内容强调刘三妹的禀赋与通晓"经史","指物为歌""明艳动

---

① 王明珂:《华夏边缘:历史的记忆与族群认同》,社会科学文献出版社2006年版,第202页。
② 程美宝:《地域文化与国家认同:晚清以来"广东文化"观的形成》,生活·读书·新知三联书店2006年版,第2页。
③ 王象之:《舆地纪胜》卷九十八,江苏古籍出版社1991年影印本。
④ 孙芳桂:《歌仙刘三妹传》,转引自覃桂清《刘三姐纵横》"附录",广西民族出版社1992年版,第261页。

人"，有礼有节对歌三日，并无异俗记载。而到清代屈大均《广东新语》记载中即有了"七日夜歌声不绝，俱化为石，土人因祀之于阳春锦石岩"，"三妹今称歌仙，凡作歌者，毋论齐民与俍瑶壮人山子等类，歌成必先供一本，祝者藏之，求歌者就而录焉，不得携出。"① 在记载中，刘三妹也是纳入"女语"，与广东其他杰出女性列入一卷。不论其诗歌禀赋还是被称为"歌仙"，她都是古代中国女性体系的一员。至清代，刘三妹传说首次进入戏曲表演，蒋士铨《雪中人》第十三出中描述：

> 小仙刘三妹，新兴人也。生于唐时，年方十二，淹通经史，妙解音律，游戏得道，往来溪峒间，与诸蛮操土音，作歌唱和；后来得遇白鹤秀才，遂为夫妇，成仙而去。今诸蛮跳月成亲，祀我二人为歌仙。你看秀才乘鹤来也。②

从"景物"到"饱读诗书""美丽动人""对歌"，再到"化石""祭祀""成仙"等，不仅是中原王朝的官员文人对这一处于帝国辖内的边缘区域"相异"之景物风俗的记载，更是岭南作为一个地方文化区域纳入中央王朝的过程。

所以，刘三姐（妹）传说的记载或表述正是两广或岭南纳入华夏文化系统的过程，其记录或叙事视角则是记录者"代为圣人立言""化风变俗"，推广中原王朝的社会秩序及文化伦理。而作为民众口头流传的文本刘三姐（妹）传说以及其享用者或者传承者并未参与其中。

而这一表述到晚清民国时期，伴随现代民族国家的建构，传统文化秩序被打破，民间文学/文化成为国语文学或新诗改革的资源和范本。20世纪20—40年代，"刘三姐"进入了多文类表述。1929年，欧阳予倩编创歌剧《刘三妹（四幕歌剧）》③，突出了家族对女性的压迫、苗地女王异俗等，这扣合了当时的文化语境。30年代广东海陆丰民间流传的正字戏

---

① 屈大均：《广东新语》第8卷，中华书局1985年版，第261页。
② 蒋士铨：《雪中人》，周妙中点校《蒋士铨戏曲集》，中华书局1993年版，第329页。
③ 欧阳予倩：《刘三妹（四幕歌剧）》，《戏剧》1929年第4期，第191—211页；予倩（欧阳予倩）：《刘三妹（续）》，《戏剧》1929年第5期，第1—16页。

《刘三姐》①，演唱的主要内容是：三妹打虎救秀才、定亲和完婚等。另外从20世纪前十年开始在民众文化所掀起的热潮中，刘三姐被重新搜集与整理，《歌谣》《民间文艺》《文学周报》《民俗》周刊等发表十数篇文章②，涉及刘三姐与粤歌、粤风以及地理区域分布、族属性别等。虽然一改记录者叙事的方式，民众口头流传的文本处于了叙事的前台，然而"'口头文学'似是指原来形态的口头语言艺术表演，但很多时候又是指这种表演的书面记录转写。转写不可能'完全忠实'。口头言语与文字有多大差别，口头语言艺术与'口头文学'就有多大差别"③。转写中，貌似民众的口头叙事就蕴含了转写者"移风易俗"、改革落后之意。

不过无论明清，还是到民国时期，刘三姐的影响主要局限于两广一带或者通过文本流传于文人官员之中，正如蒋士铨可以将其写入昆曲《雪中人》，民国虽然传统文学秩序被打破，刘三姐为戏剧、歌谣、传说等不同文类共享，但是其影响依然局限于两广之地，依然是知识人对于岭南文化的想象、叙事与阐释，其传承者与享有者并未参与其中，也没有掀起大范围影响。如果没有20世纪60年代的《刘三姐》，其知名度以及当下的文化影响可能都无从谈起。

二

晚清至民国，中国社会急剧变迁，文人学者应对此变革，在文学领域掀起了白话文运动，其中有本土与西方、民众与精英、学术与文艺、传统与现代交织对立，但是新中国成立后，这一切汇聚于新中国自延安时期开始践行的文学和文化秩序。"第一次文代会的召开，目的是为了调和矛盾，整合利益，规划未来，建立社会主义文学新秩序。"④ 在这一新秩序中，"民间通俗文艺开始全面取代市民通俗文艺，并全面占有它的新式媒

---

① 参见邓凡平《刘三姐剧本集》，广西民族出版社1996年版，第359页。
② 参见梁昭《表述"刘三姐"：壮族歌仙传说的变迁与建构》，民族出版社2014年版，第71—87页。
③ 赵毅衡：《村里的郭沫若——读〈红旗歌谣〉》，《今天》1992年第2期，第190—200页。
④ 王本朝：《第一次文代会与中国当代文学的发生》，《广东社会科学》2008年第4期，第155页。

体,如广播,电影,电视,报纸,文艺刊物等。50年代至60年代之间,由官方主持的民间文艺,成为大陆惟一的通俗文艺。"① 民间文艺成为"官方主持"的文学,被推广到整个文学领域,这从1955年人民教育出版社初级中学《文学》课本可见一斑,在第一册中其前四课分别为:《民歌四首》,包含《口唱山歌手插秧》《泥瓦匠》《一个巧皮匠》《永远跟着毛泽东》;《孟姜女》;《牛郎织女》;《民歌和民间故事(文学常识之一)》。② 可见,民间文学已深入中学的文学教育中。此外地方戏、相声、快板、民歌等纷纷登上《人民文学》。总之,从学校教材到官方权威文艺刊物,民间文学文本都被纳入新的文学体系。《刘三姐》重构、推广与流行正是处于这一历史语境之中,同时,它的创编与推广也反映了民间文学、通俗文艺、作家文学交融共享文本,在互构与变迁中共同熔铸新的"人民的文学"。

  《刘三姐》的创编,缘于彩调剧。根据"柳州市《刘三姐》创作组"的回忆:1958年冬,为了参加广西壮族自治区"向国庆十周年献礼"的会演,柳州市召开了筹备会演剧目的座谈会。座谈会邀请地方长者,"请他们出谋献策,介绍柳州特有的地方掌故、民间传说和历史人物故事。……他们兴致勃勃地讲述了洛满秀才蓝生翠抗税反满、红船艺人李文茂柳州称王、侬智高大败杨广;张翀弹劾严嵩;歌仙刘三姐;柳宗元及刘古香、陆阿狗等传说故事。"经过讨论,最后从中择定了三个题材的剧目。③ 当时对《刘三姐》并无特殊青睐。1959年3月,在柳州的文艺汇演中,还有宜山的桂剧《刘三姐》,但是大会评委认为:"该剧思想性艺术性逊于彩调剧《刘三姐》",另外两个剧种"主题各异,而且有文野之分"④。彩调剧《刘三姐》一改"搭桥戏"的方式,采用了大家排、大家改、大家导的方式,可见其推行了1952年文化部实施的戏曲导演制,"戏

---

① 刘禾:《语际书写——现代思想史写作批判纲要》,生活·读书·新知三联书店1999年版,第160页。
② 方成智:《艰难的规整——新中国十七年(1949—1966)中小学教科书的研究》,湖南师范大学出版社2013年版,第133页。
③ 柳州市《刘三姐》创作组:《彩调剧〈刘三姐〉创作始末》,载邓凡平选编《刘三姐评论集》,广西民族出版社1996年版,第482页。
④ 柳州市《刘三姐》创作组:《彩调剧〈刘三姐〉创作始末》,载邓凡平选编《刘三姐评论集》,广西民族出版社1996年版,第483页。

曲剧团应建立导演制度,以保证其表演艺术上和音乐上的逐步的改进和提高。"① 该剧由文化馆干部曾昭文执笔,剧中矛盾冲突以莫怀仁与刘三姐为主线。而桂剧《刘三姐》则是以刘三姐哥哥与刘三姐之间的冲突矛盾推动情节,同时剧中还有大量动物传说,而且其基本遵循的还是"搭桥戏"的原则,艺人先排戏再记录形成剧本。前者与历史语境契合,符合时代需求。新中国成立后,在文学与文化领域进一步落实和推进统一的多民族国家制度,国家发起了对各民族民间文学资料的搜集与整理,其过程就如周扬所说:"今后通过对中国民间文艺的搜集、整理、分析、批判、研究,为新中国新文化创作出更优秀的更丰富的民间文艺作品来。"② 他指出解放区的优秀歌剧作品就是研究民间文艺的成果。彩调剧《刘三姐》汇报演出后,专家与群众意见截然不同,当时的戏剧专家认为"大量运用民歌曲调使《刘三姐》山歌不山歌,彩调不彩调,风格不统一","刘三姐是智慧的化身,不是斗争的女性"等。这一分歧正是刘三姐形象在传说到剧本乃至今后电影形象的重构与变迁。民间传说中的刘三姐(妹),即使在古代文本的记录中,突出的都是其智慧的形象。刘三姐(妹)传说的记载中,突出其"通经史,善为歌",这也是她被称为中国的萨福之由。传说"被讲述者和听众认为它是真实的,但它们不被当作发生于久远之前的事情,其中的世界与今天的很接近"③。刘三姐是两广民众生活中的一员,她生活于两广民族的歌俗以及歌仙信仰等语境中。语境本身"是一个最根本的框架,帮助我们确定什么是在传统意义上被认可的意义。亦即,在那样一种社会背景下,从根本上说来,语境或许一直是使某人想要交流表达成为可能的那种根本的框架"④。如果脱离语境的框架,那刘三姐形象无法留存。但是其他艺术形式的创编中则将刘三姐从

---

① 《文化部关于整顿和加强全国剧团工作的指示》。转引自余从、王安葵《中国当代戏曲史》,学苑出版社 2005 年版,第 131 页。
② 周扬:《中国民间文艺研究会成立大会开幕词》,《周扬文集》第 2 卷,人民文学出版社 1985 年版,第 10 页。
③ [美] 阿兰·邓迪斯编:《西方神话学读本》,朝戈金等译,广西师范大学出版社 2006 年版,第 11 页。
④ Skinner, "Meaning and Understanding in the History of Ideas," *History and Theory*, p.49. 转引自 [美] 伊万·斯特伦斯基《二十世纪的四种神话理论——卡西尔、伊利亚德、列维—斯特劳斯与马林诺夫斯基》,李创同、张经纬译,生活·读书·新知三联书店 2012 年版,第 15 页。

这一语境中剥离出来，演化为疾恶如仇，具有阶级斗争意识的壮族女性形象，她与当时国内其他文学样式中的女性形象除了民族身份不同，其余皆同，莫怀仁将民间传唱的歌书当作民众的"四书五经"，刘三姐则变成"血海深仇硬要报，剥你皮来抽你筋！"①而产生刘三姐的语境则被抽离，或者边缘、简单化，如刘三姐"等到中秋歌节夜，那时和你唱三天"②，"年年歌节山歌会，有心结交不用媒"③。这些可以理解刘三姐的话语没有充分展开，只有两广的观众可以明白这一风俗，当时蔡仪的评论文章中已指出："我们从作品本身来看，可以发现有些情节似乎是矛盾的；或者说，有些关系似乎交代不清楚。……如莫海仁叫媒婆到刘三姐那里去说亲，而刘三姐提出：'按我们僮家的规矩，要想结亲就对歌'"④，这些话语需要语境的阐释，但是传说文本的语境被抽离了。

另外则是彩调剧的崛起。这与1949年至1966年戏曲改革直接相关。元代的胡祗遹曾经指出："（杂剧——引者注）上则朝廷君臣，政治之得失，下则闾里市井，父子、兄弟、夫妇、朋友之厚薄，以至医药、卜筮、释道、商贾之人情物理殊方，异域风俗语言之不同，无一物不得其情，不穷其态。"⑤可见，戏曲的功能已超出审美艺术的范畴。有研究者认为，"地方戏曲演戏作为农村公共生活的文化仪典……可能是农村生活中规模最大、范围最广的社群公共生活方式"，在由地方戏曲构建的村落公共空间内，"因具有为大家所认同的习惯、风俗、价值观和行为规范而发展着连带关系"，⑥从而有助于村落社会保持自己的文化主体性。这说明包括地方戏在内的中国传统戏曲作为民间生活和民俗文化的"镜像"，能够促

---

① 《刘三姐》（第三方案），载邓凡平选编《刘三姐剧本集》，广西民族出版社1996年版，第99页。
② 《刘三姐》（第一方案），载邓凡平选编《刘三姐剧本集》，广西民族出版社1996年版，第3页。
③ 《刘三姐》（第三方案），载邓凡平选编《刘三姐剧本集》，广西民族出版社1996年版，第48页。
④ 蔡仪：《论刘三姐》，《文学评论》1960年第5期，第17页。
⑤ 胡祗遹：《赠宋氏序》，载俞为民等主编《历代曲话汇编：新编中国古典戏曲论著集成》（唐宋元编），合肥：黄山书社2006年版，第217页。
⑥ 白勇华：《地方戏曲演出与村落公共空间的建构》，《戏曲研究》第73辑，文化艺术出版社2007年版，第118—119页。

成民众对于生活知识、经验的认知以及文化身份"自我性"的认同,从生活实体与文化主体两个方面为民间社会的稳定和延续提供了保障。自晚清开始,仁人志士着眼于文艺对于社会的功效,力倡文艺要发挥教化与宣传作用,其目的为唤醒民众,振兴与改造国家。20世纪初,梁启超等人认为"以曲本为巨擘",因为"曲本之诗"有四长,"优于他体之诗"①。戏曲"可感动全社会,虽聋得见,虽盲可闻"②,其功用超出了经史和诗文,"实为六教之大本"③。由此可见,戏曲在传播与接受方面有着独特的优势。当时戏曲改良从完善演剧组织、构建剧场、改造优人到戏曲创作和舞台艺术等方面着手。④ 受到西方舞台艺术的影响,即在欧化大潮中,20世纪二三十年代出现了话剧与戏曲的形式问题之论争。后来,在中国共产党领导的解放区,尤其是延安,兴起了戏曲改革,即重视思想性、题材内容具有现实针对性以及集体创作等,这一改革及其主导思想在1949—1966年进一步推广与深化。

新中国成立以后,戏曲有了新的使命与功能,它继续发挥上传下达的功效,尤其是传播新的意识形态,戏曲成为传播新的民族国家话语以及社会主义意识形态的重要载体。⑤《讲话》之后,民歌、秧歌、花鼓、地方戏、新编历史剧等民间文艺形式渐趋受到作家重视,知识分子与民间艺人相结合,掀起了具有全国影响的新秧歌运动、新说书运动等。新中国成立后,戏曲创作与表演沿袭延安时期的文艺政策,戏曲内容与表演者都要适应新的社会语境,同时现代民族国家话语也改造了戏曲本身,在全国范围内掀起戏曲改革。

戏曲改革是一个"有步骤、有意识的国家意识形态实践过程"⑥。早

---

① 阿英编:《晚清文学丛钞》(小说戏曲研究卷),中华书局1960年版,第312页。
② 阿英编:《晚清文学丛钞》(小说戏曲研究卷),中华书局1960年版,第55页。
③ 康有为:《康有为全集》第三集,上海古籍出版社1992年版,第1013页。
④ 杨惠玲、赵春宁:《民族主义、实用主义和"欧化主义"——晚清戏曲改良理论的三个关键词》,《中国戏曲学院学报》2010年第3期,第21—25页。
⑤ 正如潘光旦所言:"一些民众所有的一些历史知识,以及此种知识所维持着的一些民族意识,是全部从说书先生、从大鼓师、从游方的戏剧班子得来的,而戏班子的贡献尤其来得大。"潘光旦:《中国伶人血缘之研究》,上海书店1941年版,第10页。
⑥ 张莉:《红色神话演绎之路——17年(1949—1966)戏曲改革研究》,浙江大学,博士学位论文,2009年,第8页。

在 1948 年 11 月 23 日,《人民日报》社论《有计划有步骤地进行旧剧改革工作》就提出全面进行戏曲改革的立场、态度和方针。新中国成立后,戏曲改进局、戏曲改进委员会、戏曲研究院等相关执行机构相继成立,"最终形成了一个从中央到地方,从政府到民间的门类齐全的完整的组织系统"①。1951 年 5 月 5 日,周恩来签发了《关于戏曲改革工作的指示》,首次以中央政府的名义对戏曲进行了意识形态的命名和赋予意义——"人民戏曲是以民主精神与爱国精神教育广大人民的重要武器",强调"目前戏曲改革工作应以主要力量审定流行最广的旧有剧目","地方戏尤其是民间小戏……应特别加以重视。今后各地戏曲改进工作应以对当地群众影响最大的剧种为主要改革与发展对象。"② 梅兰芳就戏曲改革撰写了《戏曲大发展的十年》,文中将戏曲种类分为"古老的剧种""年轻的剧种""小戏"三大类,其中"小戏"的蓬勃发展是新中国成立初期的一大特色,各地重视对"民间小戏的搜集、记录、刊行"。彩调作为广西的地方小戏,选择这一形式创作《刘三姐》不失为符合当时历史语境的一种选择。搜集小戏是因为"民间小戏自由活泼,可以创造更符合当代意识形态的题材"③,其目的正如搜集民间文学资料也是创作出更好的民间文艺作品。《刘三姐》中大量运用山歌,这与 1958 年新民歌运动有直接关系。1958 年 4 月,毛泽东提出全面搜集民歌,各级党组织逐级下发"立即组织搜集民歌"的通知,各地都成立了采风组织和编选机构。从《刘三姐》开始创作,到几次修改,都进行了山歌的搜集与采录,"晚上,开座谈会,歌手三三俩俩,嬉笑而来,……我和曾(曾昭文——笔者按)分头记录歌曲和歌词,有《妹歌》、《哀腔山歌》等 8 首。"④ 运用山歌这也不失为结合当时历史情境的一种文学样式的改革,而且彩调中本也有民歌小调,只不过它不是主体。

刘三姐的形象从"智慧"转向了"斗争",以及大量运用山歌,其艺

---

① 高义龙、李晓主编:《中国戏曲现代戏史》,上海文化出版社 1999 年版,第 128 页。
② 周恩来:《关于戏曲改革工作的指示》,《人民音乐》1951 年第 4 期。
③ 周扬:《改革和发展民族戏曲艺术——一九五二年十一月十四日在第一届全国戏曲观摩大会上的总结报告》,《周扬文集》第 2 卷,人民文学出版社 1990 年版,第 165 页。
④ 舒铁民:《附录〈广西之行〉——日记摘抄(1959 年 9 月—1960 年 4 月)》,载邓凡平选编《刘三姐剧本集》,广西民族出版社 1996 年版,第 501 页。

术形象的改变与艺术表达形式的变迁得到了有延安鲁艺背景的张庚与贺敬之的认可与赞扬。在观看汇报演出后,张庚说:"这个戏地方色彩和民族特点都非常浓郁,内容新,形式美,整理一下可以拿到北京去";贺敬之接着说:"这个戏很好,就是这样拿到北京去,就足以迷住北京观众",他还以创作《白毛女》的经验谈道:"你们要依靠党的领导关怀,向民间学习,进一步挖掘主题的社会意义,一定可以改好这个戏。"①《白毛女》的成功恰是周扬所讲的范例。这也说明彩调剧《刘三姐》顺应了国家新的文学构建的需求,这也使其成为新歌剧"发展过程中的第二个里程碑"②。而专业人士的指责以及文化局副局长郭铭的不支持③,正反映了文学领域对于民间文学的搜集与民间文学资源使用的不同观点,以及政府体制中不同层级或者说地方与中央以及不同民族区域对于文学功用的不同态度;同时也是新的人民文艺建构过程中,民间文艺、通俗文艺以及精英文学界限的变动,它们之间共同熔铸新的人民文艺,即革命通俗文艺,而专业人士则用传统文学认知来看待或处理"刘三姐"形象及其彩调剧的样式。

三

汇报演出后,广西成立了《刘三姐》创作组,组织力量下去采风,把最好的山歌,优美的民歌曲调收集起来,用到《刘三姐》里去。创作小组成员到阳朔、桂林、宜山等地采风,并搜集刘三姐诗文、山歌、传说等资料。创作组从民歌手中采集到大量当地流行的脍炙人口的民歌,如"现在人家也会唱,还是刘三姊妹传"以及民国初期的禁歌等,后来它以"对歌""禁歌"情节出现在《刘三姐》剧本中,"刘三姐形象更美,立意更高了"④,创作组学习写山歌,努力做到鱼目混珠,他们更多是把搜

---

① 柳州市《刘三姐》创作组:《彩调剧〈刘三姐〉创作始末》,载邓凡平选编《刘三姐剧本集》,广西民族出版社1996年版,第484页。
② 蔡仪:《论刘三姐》,《文学评论》1960年第5期,第18页。
③ 参见柳州市《刘三姐》创作组《彩调剧〈刘三姐〉创作始末》,载邓凡平选编《刘三姐剧本集》,广西民族出版社1996年版,第484—489页。
④ 柳州市《刘三姐》创作组:《彩调剧〈刘三姐〉创作始末》,载邓凡平选编《刘三姐剧本集》,广西民族出版社1996年版,第489页。

集来的民歌挪移或者拼接使用；曾昭文在回忆中提及：《刘三姐》的创作中运用了大量之前搜集的民歌，其中民歌的创作极其类似于李季的《王贵与李香香》中对信天游的运用。尽管所创作的有些山歌生硬、简单，如刘三姐与三秀才的问答歌，后来多被诟病，但刘三姐山歌的影响至今犹存。在此基础上完成的《刘三姐》第三方案，在广西壮族自治区的汇演中大获全胜，"《刘三姐》这出戏的创作和演出，变成了规模宏伟的群众运动"，据相关报道，"全区已经有一千二百零九个文艺单位共五万八千多人演出了包括十一个剧种的'刘三姐'，观众达一千二百万人次，占广西人口的60%。在演出单位中，业余性质的占92%。百色、柳州两个专区平均每一百人、两百人中就有一个参加过'刘三姐'的演出。"① 《广西日报》和《柳州日报》全文登载剧本，后由广西人民出版社出版，其先后发行27万余册。广西壮族自治区党委成立了改编小组，于1960年6月完成了民间歌舞剧《刘三姐》，并在彩调剧的基础上改编了电影《刘三姐》，刘三姐传说辐射进入戏曲、歌舞剧、电影等多种艺术形式，尤其是歌舞剧和电影将"刘三姐"进一步推向全国，它的艺术形式和传播空间发生了转换。不同艺术形式与编创展示了民间文学资源在文化资本转化中意识形态的选择与取向。

  刘三姐（妹）传说的两广地域空间转换为广西壮族生活的区域，审美主体则从自在的民众变为经过意识形态改造或整合的"工农兵"以及市民、知识分子等。民间传说中的情节也被进一步编创，《刘三姐》作为国庆献礼剧目，"因为我们觉得，除了要反映现实生活斗争和发掘整理优秀传统外，把有高度人民性的和有着浓厚地方色彩的民间传说发掘出来，也是符合这一方针精神的。"② 根据吉登斯的说法，时间与空间在无产阶级文化体系中具有特殊的象征意义，"统一时间是控制空间的基础"③。所以，作为国庆献礼，《刘三姐》剧目的情节必然纳入新的文化意识形态，刘三姐兄妹矛盾和刘三姐与教书先生的仇恨就不能纳入情节体系，而只有

---

① 柳州市《刘三姐》创作组：《彩调剧〈刘三姐〉创作始末》，载邓凡平选编《刘三姐剧本集》，广西民族出版社1996年版，第522页。
② 柳州市《刘三姐》创作组：《彩调剧〈刘三姐〉创作始末》，载邓凡平选编《刘三姐剧本集》，广西民族出版社1996年版，第421页。
③ ［英］安东尼·吉登斯：《现代性的后果》，田禾译，译林出版社2000年版，第16页。

歌颂劳动人民憎与恨的情节可以反映全国的政治情形，阶级仇恨是全国认同与审美的共同点，其作为主要情节和矛盾冲突必然被各种文艺形式所采纳，而成仙则被编撰为鲤鱼升仙，采用当时革命浪漫主义以及喜剧结局方式，避免成为神怪剧。"神话剧"或"神怪剧"在当时戏剧改革运动中是个新的课题，要求将戏曲中大量的神仙鬼怪去除，如当时要求将《白蛇传》《天仙配》等变为人情戏。所以，刘三姐（妹）成仙的传说在此被理想化或做了符合时代要求的处理。

歌舞剧和电影《刘三姐》推出后，何其芳、贾芝、蔡仪、陶阳、鲁煤等从民歌、民间传说、戏剧、文学、影视等领域在《诗刊》《文学评论》《剧本》等发表评论与研究文章，并召开《刘三姐》座谈会等，不同学人从民间文学、戏曲艺术、文艺理论等视域对这一文学成果进行了评析，他们在评论中将其视为"新的人民文艺"的成果。

"刘三姐"从民间传说，发展到彩调、歌舞剧、电影等多媒体、多种艺术形式展示与呈现，这一过程恰是民间文艺、通俗文艺、作家文艺交融发展的过程。20世纪初期，平民文学、民众文化被学界重视，知识阶层希冀从中寻找改变士大夫文学（或称为"死文学"）的因素，民众的通俗文艺成为焦点，"凡是历代文学之新花样子，全是从老百姓中来的，假使没有老百姓在随时随地的创造文学上的新花样，早已变成'化石'了"①。胡适从文学起源的角度，站在自由主义的立场上，高度评价和肯定了平民文学对中国文学史的发展演进的推动作用，突出平民是中国"伟大的文学作品"的主要创作主体，这一思想从语言到文本冲击了中国的文学认知与制度。之后，顾颉刚、杨荫深等从文化和文学分层的角度撰文著书，推动并深化了胡适等提倡的白话文学观念。民众文学与文化，包括民间文艺与通俗文艺，处于了重要位置。由于社会政治的动荡不安，文学也处于变动与重组中，新中国成立后，统一的多民族国家以宪法的形式确立，现代民族国家的构建与发展呈现在政治、经济、文化教育等层面。文学领域则是要逐步确立并完成多民族统一国家的"人民的文学"，在这一"共同

---

① 见于胡适《中国文学史的一个看法》，此文系1932年12月22日，胡适在北京培英女中的演讲。其原载于1932年12月23日北平《晨报》，后收入《胡适文集》第12卷，北京大学出版社1998年版，第39页。

体"中各种文学力量均被纳入文学体制,并逐步清除"非无产阶级"的文学。这一时期文学的功效极为突出,它是构建现代民族国家的场域,同时也极大地干预民众生活。由于延安时期解放区的文学经验,民间文学成为新的人民文学的基础,但是此处的民间文学已经改变了它的口头传统性质,而转换成书写样式的文学之一。而书写是社会形塑(shaping)的结果。它注重社会形塑书写的多元途径,强调要在具体的语境中探究社会权力与书写的关系,尤其关注现代国家建构、教育体制、认识论等因素对书写的影响。① 另外,也在一定程度上借鉴和使用了民间文艺对民众生活的干预及其功能,就如当下文学所思考的"民众的文学如何在人民自己的生活中获得真正的认可和实现"②。

因此,新中国的文学以民间文艺为基点,打破了传统文学视域和壁垒,"民间歌手和知识分子诗人之间的界限将会逐渐消泯"③,"有些文章,看来不符合任何文学体裁的'规格',但是却有着结实的生活内容和强烈的感人力量,我们未尝不可以把它看成是最有力的文学作品"④,民间文学、通俗文艺、作家文学被熔铸于"人民文学"之中,无论过去还是当下,如果只将其视为民间、通俗或者精英文学某一领域的成果来看,则难免有缺失。

第四节　民族国家与文化遗产的共构
——1949—1966 年中国少数民族神话研究

关于少数民族神话传说的搜集整理,在 19 世纪、20 世纪之交已经开始。1896 年,英国传教士克拉克(Samuel R. Clarke)在贵阳、黔东南黄平苗人潘秀山的协助下记录了苗族民间故事《洪水滔天》《兄妹结婚》《开天辟地》等,他以及当时的西方学人如斯坦因、阿列克谢耶夫等均运

---

① James Collins, Richard K. Blot, *Literacy and literacies: Texts, Power, and Identity*, Cambridge:Cambridge University Press, 2003. 另可见巴莫曲布嫫《口头传统·书写文化·电子传媒——兼谈文化多样性讨论中的民俗学视界》,《广西民族研究》2004 年第 2 期,第 29—36 页。
② 刘大先:《当代文学如何自处》,《雨花》2015 年第 3 期,第 25 页。
③ 周扬:《新民歌开拓了诗歌的新道路》,《周扬文集》第 3 卷,人民文学出版社 1990 年版,第 12 页。
④ 《编者的话》,《人民文学》1952 年 2 月号,第 1 页。

用西方人类学理论与方法探索中国文化。

一

20世纪初，蒋观云、夏曾佑等做专文论述神话，鲁迅发出"夫神话之作，本于古民，睹天物之奇觚，则逞神思而施以人化，想出古异，俶诡可观，虽信之失当，而嘲之则大惑也"① 之论，这些昭示了现代学术意义上的神话学之诞生。之后，国内学人开始大肆介绍和引入西方神话学理论，同时国内形成的"古史辨"派就古史与神话进行了大讨论以及帝系神话研究、神话的文学研究等纷纷兴起，掀起了第一次神话研究的高潮。它与20世纪头十年兴起的歌谣运动一样，都处于民族主义思潮的大语境中。19世纪中叶起，中国社会发生巨变，政治上经历了洋务运动、戊戌变法、辛亥革命，这一系列的政治变革与中国社会内在因素密切相关，如柯文所述："19世纪、20世纪的中国历史有一种从18世纪和更早时期发展过来的内在的结构和趋向"②。同时，西方列强敲开了中国的大门，在西方武力攻击下，中国清政府签订了一系列不平等条约，出卖国家的主权和领土，西方的经济势力紧随而来，从沿海到内地建立了西方的资本主义工业。军事、经济上的失败，使得中国人意识到了中华民族的危机。在这种内外力量的交合作用下，中国社会进入了近代化、现代化进程。

19世纪末20世纪初，西方各门学科通过翻译涌入中国，进化论、无政府主义、实证主义、经验自然主义等都被引进。思想文化界的内外交合的变革，其目的都与民族主义紧密联系，都是救亡图存，实际就是要改造民族性和国民性，逐步建立现代意义上的民族国家。而民族国家的观念，本身便是对更狭窄的地方、团体情感的超越。③

---

① 鲁迅：《破恶声论》，《鲁迅全集》第8卷，人民文学出版社2005年版，第32页。
② [美]柯文：《在中国发现历史——中国中心观在美国的兴起》，林同奇译，中华书局1989年版，第173页。
③ 埃里克·霍布斯鲍姆（Eric Hobsbawm）指出，"民族是和人类社群由小到大的演化历史相叠合，从家庭到部落到地区到民族，以至未来的大一统世界。如同迪金森（G. Lowes Dickinson）所言，'在艺术与科学的照耀下，民族之间的种族差异和壁垒，必然会日渐消融瓦解'"。迪金森所言正是"五四"新文学所信奉的精神理想，也可以说是神话学、歌谣学等民间文艺学兴起的思想语境与历史起点。参见[英]埃里克·霍布斯鲍姆《民族与民族主义》，李金梅译，上海人民出版社2000年版，第40—41页。

从神话学兴起之时，少数民族神话就被注意到，只是当时焦点在各民族认同。顾颉刚在《古史辨自序》中，曾竭力主张要打破华夏民族自古一元和华夏地理铁板一块的传统偏见。① 至 20 世纪 40 年代，由于抗日战争爆发，大学和学者纷纷向抗日大后方——大西南迁移，这使得学者们开始进入少数民族聚居或杂居的地区，南方诸少数民族的活态神话吸引了大批学者，他们纷纷运用西方人类学、民族学的方法开始了对这些活态神话的考察与研究，涌现了闻一多、郑德坤、卫聚贤、常任侠、陈梦家、吴泽霖、马长寿、郑师许、徐旭生、朱芳圃、孙作云、程憬、丁山等大批知名学者。

这一时期备受关注的学人甚多，神话学研究与民族学、人类学相关调查交叉渗透，并行发展。例如：凌纯声撰写了《松花江下游的赫哲族》，"在《伏羲考》中，闻一多一口气引用 25 条洪水神话传说资料，其中 20 条是苗、瑶、彝等民族民间文学作品。文后附表列出了苗、瑶、侗、彝、傈僳、高山、壮（侬）等众多民族 49 个作品。"② 凌纯声、芮逸夫在湘西调查搜集到 23 则神话、12 则传说、15 个寓言、11 个趣事（故事）、44 首歌谣等。③ 此外，李方桂《龙州土语》用国际音标记录了 16 段壮族民间故事及民歌，逐字注音，又译为汉文和英文，开创了用壮族民间文学研究语言之先河；1935 年，他还在广西搜集了天保（今德保一带）壮族民歌，后对其进行分析，发表了论文《天保土歌——附音系》。总而言之，20 世纪头十年至 40 年代，从文学、民俗学、人类学、民族学等视域开启了对西南、东北的少数民族神话、传说、故事、方言等的搜集与研究历程，只是当时学界尚未明确或冠以"少数民族"的概念。但是这些研究，尤其是少数民族地区神话的研究，为当时的学人提供了一个新的研究范畴，同时大大丰富了他们的研究材料，在对各民族神话研究的基础上，他们进一步论证了中国各民族文化的一体性和连续性。新中国成立后，这一思想内化到民族识别工作中，大量的神话资料独立成册或者被重新搜集、

---

① 顾颉刚：《古史辨自序》，中华书局 2006 年版，第 22—30 页。
② 梁庭望：《20 世纪的中国少数民族文学研究》，载白薇、傅承洲主编《不惑集》，民族出版社 2004 年版，第 306 页。
③ 凌纯声、芮逸夫：《湘西苗族调查报告》，商务印书馆 1947 年版。

编撰，成为各族文学、历史资料的来源。

除了在东北、西南地区搜集和研究少数民族神话，从 20 世纪 30 年代末开始，民间文艺在解放区逐步与革命文艺相结合，开启了神话学研究的另外一个学派或者理论方向。1939 年初，延安文艺界开始了长达一年多关于文艺民族化、大众化的讨论，其直接影响到国统区的革命文艺工作者。不管是延安还是国统区，对于文艺大众化的争鸣，中心都是如何正确对待民间文艺、如何将革命文艺与民间文艺相结合。此后，民间文艺作为艺术作品的革命功能，受到前所未有的重视。1942 年 5 月 23 日，毛泽东在延安文艺座谈会发表的"结论"部分的讲话，在中国文学思想史和学术史上具有极其重要的意义，在中国现代民间文学思想史、学术史中也具有里程碑的意义。从那一时期开始，民间文学研究开始成为一个独立的系统。

新中国成立后，延安时期关于民间文学的研究思想进一步推广和深化，正如《民间文艺集刊·编后记》所言："新的民间文艺学研究，今天正在开始。"[①] 民间文学和民族文学被纳入构建"革命中国"[②] 的进程，成为新的"共同体"文学建构的一类。神话作为民间文学的重要部分，自然备受关注。

二

民间文学既然作为新中国文学的构成部分，那就毋庸置疑要从第一次文代会谈起。从延安时期开始，文学会议具有独特的理论切入价值和突出的方法论意义。新中国成立前夕召开的中华全国文学艺术工作者代表大会，以其全局性的整合、规范与指引功能，成为 1949—1966 年文学体制建构的行动纲领，对于民间文学也不例外。第一次文代会确立了延安文学的主导地位，民间文学积极参与新的文学格局的酝酿与建设。

第一次文代会 1949 年 6 月 30 日至 7 月 19 日在北平（今北京）召开，钟敬文作为民间文学领域的代表参与了此次会议，他呼吁重视民间文艺，在《文艺报》发表了《请多多地注意民间文艺》一文。在文章中，钟敬

---

① 《编后记》，《民间文艺集刊》1950 年第 1 册，第 110 页。
② 蔡翔：《革命/叙述：中国社会主义文学—文化想象》，北京大学出版社 2010 年版。

文一改从前学术研究的思路,特别提出了关于民间文艺的思想性和社会历史价值的问题。

1950年3月29日,中国民间文艺研究会成立,首次从官方确定了民间文学在中国文学中的位置,起初它的活动范围包括了民间文学、民间音乐、民间舞蹈、民间戏剧、民间美术等一切艺术门类。后来,随着中国音乐家协会、中国舞蹈家协会、中国戏剧家协会、中国美术家协会的成立,相关艺术门类的管理也从民研会分割出去了。《光明日报》从1950年3月1日开办了"民间文艺"专栏,到同年9月20日停止,共出版27期。[①] 其中涉及神话的文章以李岳南《论〈白蛇传〉神话及其反抗性》[②] 等影响较大。

1950—1951年不定期出了《民间文艺集刊》三册。其主要内容包括民间文艺研究和讨论的文章,除了神话外,还涉及民间歌谣、传说、故事、谚语选录。集刊的撰文者都是文艺界主流话语的代言人,如郭沫若、周扬、老舍、钟敬文、游国恩、俞平伯……其中,钟敬文的《口头文学:一宗重大的民族文化遗产》[③]《民间歌谣中的反美帝意识》[④]、何其芳的《关于梁山伯祝英台故事》[⑤]、周扬的《继承民族文学艺术的优良传统》[⑥] 等,对民间文学的内涵与价值进行重新定位,重点剖析其有利于新的民族国家形象构建的思想内涵与功能。这些导引与奠定了新中国成立后民间文学的研究基础,当然也包含神话研究。

1949—1966年,国内发表与出版有关少数民族神话的论文与书籍130余篇(部)[⑦],其内容大致可以分为四类:一为少数民族文学史或民族史志的编撰。主要配合20世纪50年代启动的少数民族识别工作,如《云南

---

① 毛巧晖:《20世纪下半叶中国民间文艺学思想史论》,上海文化出版社2010年版,第22—23页。
② 李岳南:《民间戏曲歌谣散论》,上海出版公司1954年版。
③ 钟敬文:《口头文学:一宗重大的民族文化遗产》,《民间文艺集刊》1950年第1册,第11—22页。
④ 钟敬文:《民间歌谣中的反美帝意识》,《民间文艺集刊》1950年第2册,第7—13页。
⑤ 何其芳:《关于梁山伯祝英台故事》,《民间文艺集刊》1950年第2册,第14—21页。
⑥ 周扬:《继承民族文学艺术的优良传统》,《民间文艺集刊》1951年第3册,第2—12页。
⑦ 根据贺学君、蔡大成、樱井龙彦编《中日学者中国神话研究论著目录总汇》(中国社会科学出版社2012年版)所收目录统计。

各族古代史略》《苗族的文学》《藏语文学史简编》等,在这些著作中涉及各民族口头流传或者文献记载的神话,像"抟土开天辟地""抟土造人"等,它们成为少数民族文学史编撰与古代史撰写的重要资料来源,同时还有一部分学人对口头流传的神话进行整理,撰写成文学作品,所以它也成为新的民族国家文学实验的重要场域。二为少数民族民间文学的搜集,其中关涉较多的是创世与英雄神话,而且在当时也产生深刻影响。如《关于〈布伯〉的整理》《评壮族民间叙事诗〈布伯〉及其整理》《丰富多彩的少数民族民间文学》等,其核心内容也是叙述世界的创造者们(天神、巨人和半人半神式的英雄)开天辟地、创造人类及自然万物的英雄业绩,同时把这些开辟之神作为文化英雄和本民族的始祖加以歌颂。虽然其中大量的神话故事经过了整理,突出了神话的思想性,但在文本中也较好保存了口传神话。三为民族学视野的研究,《畲民图腾文化的研究》《盘瓠传说与瑶畲的图腾制度》等,这一类研究主要集中于台湾地区,其重点运用民族学的理念审视民族起源神话。四为神话本体的研究,这部分主要有论文 22 篇[1],其中涉及西南少数民族洪水神话、人祖神话、战争神话、动物神话等母题与类型,当然此处所述本体研究主要是以文学为旨归,重视其作为文学作品的思想性与社会价值,即适应新的民族国家建设语境与社会主义多民族文学共构的要求。为了更好地呈现当时少数民族神话[2]的研究,此处以《民间文学》杂志为例,全面清晰地呈现当时神话研究在具体学术语境中的位置以及研究旨归。

1955 年 4 月《民间文学》创刊,创刊号刊载出《一幅僮锦》(广西僮族民间故事)[3],后又改编为剧本,获得了全国电影优秀剧本奖,据该剧本拍摄的影片获得 1965 年卡罗兹·发利第十二届国际电影节荣誉奖,影响颇大。在同一时期《民间文学》发表了白族和纳西族神话、传说、民间故事等作品。《民间文学》从创刊几乎每期都有少数民族民间文学作

---

[1] 该数字主要依据贺学君、蔡大成、樱井龙彦编《中日学者中国神话研究论著目录总汇》所收目录统计。

[2] 由于当时并未特别强调民间文学中神话、传说、民间故事的体裁区别,而且对于大量的民间文学作品而言,也很难说它是神话还是传说、民间故事,因此此处的神话取其广义。

[3] 萧甘牛:《一幅僮锦》(广西僮族民间故事),《民间文学》1955 年 4 月号,第 31—35 页。

品，具体的数量与比例参见表4—1。

表4—1　1955—1966年《民间文学》中少数民族民间文学作品及其研究比例表

《民间文学》期刊号	总篇数	少数民族叙事作品所占篇数	占比（%）
1955年4—12月号	143	45	31
1956年1—12月号	230	85	37
1957年1—12月号	278	111	40
1958年1—12月号	209	41	20
1959年1—12月号	290	63	22
1960年1—12月号	269	41	15
1961年1—12月号	283	109	40
1962年1—6月号	164	48	29
1963年1—6月号	127	31	24
1964年1—6月号	210	3	25
1965年1—6月号	210	69	33
1966年1—3月号	89	18	20

其他诸如阿凡提故事、巴拉根仓故事、苗族古歌及《梅葛》《娥并与桑洛》等都是这一时期搜集到的，并在《民间文学》上发表。当时《民间文学》所发表的文章涉及蒙古族、藏族、维吾尔族、彝族、瑶族、壮族、羌族、白族、纳西族、傣族、赫哲族等民族。可以说，这一时期《民间文学》搜集了大量阶级意识显著，反映民族压迫与阶级压迫，歌颂中国共产党的少数民族民间文学作品及相关研究的文章。但另一方面也较为关注少数民族神话等民间叙事作品与各民族风俗习惯的关系，如《试论苗族的洪水神话》，重视神话与民族历史、民众生活及民众生存环境的关系。[①] 另外值得提出的一篇是《云南各少数民族的民间文学》，文章主要论述了云南各少数民族的神话、传说：

---

① 吕薇芬：《试论苗族的洪水神话》，《民间文学》1966年1月号，第121—133页。

在一千多年前有比较高的文化,他们的文艺也有较高的发展,但在解放前,大多只有关于神话传说的口头诗歌(有文字的,除保留在口头上的以外,也一部分已有本族文字记载)。

他们的生活是和诗歌分不开的,劳动时要唱歌,恋爱时要唱歌,结婚时要唱歌,节日或盛会上要唱歌。往往一个歌唱家就是一个创作家,一个创作家也就是一个歌唱家……

解放后,民族压迫随着反对派的消减而削减了,共产党和人民政府不仅大力赞助各民族发展政治经济,也大力帮助各民族发展文化。这工作可分三个阶段:

第一阶段,自一九四九年底起到一九五三年止。这段时期有少数汉族文艺工作者到民族地区去宣传政策,向少数民族学习了一些歌舞,并表演了一些汉族歌舞,曾起到一定的交流作用;但对帮助发展少数民族文艺的方针不明确。

第二阶段,自一九五三年到一九五四年。这段时期在省文化局和省文联领导下曾派了两百多人的文工团队员,到民族区去表演和搜集民族文艺。"阿诗玛"便是这期的一个重要收获。

第三个阶段自一九五五年三月云南文联成立民族文艺研究委员会起,便有计划有步骤的搜集整理民族文艺。团结专业及业余的民族文艺工作者来搞这一工作。

预料今后将会继续出现像"阿诗玛"一类的东西,以丰富我们伟大祖国多民族的文艺宝库。①

可见,李乔对于云南少数民族神话、传说等的论述,摒弃了1949年以前的民俗学、人类学视角。少数民族文艺由于其特殊性,特别是没有文字的民族,他们的民族文艺主要就是口头流传的神话、传说、民间故事等,因此搜集口头文学的主要目的是构建和发展民族文艺,并在此基础上逐步确立和丰富中国多民族文艺的宝库。而李乔本人后来也成为彝族著名的作家,其创作的《欢笑的金沙江》获得好评。这一时期少数民族神话(口头文学)的研究,主要就是为了在文学上呈现"革命

---

① 李乔:《云南各少数民族的民间文学》,《民间文学》1955年6月号,第49、55—56页。

中国"这一"共同体",通过文学的路径将新的民族国家的理念输送到各个民族的民众。

此外,新中国成立后民间文学资料的搜集也推动了当时少数民族神话的研究。1950年开始采集全国一切新的和旧的民间文学作品。钟敬文《口头文学:一宗重大的民族文化遗产》① 等对民间文学的内涵与价值进行重新定位,重点剖析神话、传说、民间故事等民间文学作品作为民族文化遗产与优良传统的重要价值与意义。为了庆祝西藏的和平解放,《民间文艺集刊》刊出了"藏族民间文艺特辑"②,同时刊登了周扬《继承民族文学艺术的优良传统》③ 一文。这是在学术期刊中第一次较为集中地出现少数民族民间文学作品以及理论研究。1956年,全国人民代表大会民族事务委员会制定了"关于少数民族地区调查研究各民族社会历史情况的初步规划",同年8月,相继组成了内蒙古、新疆、西藏、四川、云南、贵州、广东、广西八个少数民族调查小组,于是各地的调查工作开始走上了正轨。

民研会积极参与少数民族文学的调查与资料搜集。1956年8月,毛星、孙剑冰、青林、李星华、陶阳和刘超到云南少数民族地区进行调查,他们调查的宗旨是"摸索总结调查采录口头文学的经验,方法是要到从来没有人去过调查采录的地方去,既不与人重复,又可调查采录些独特的作品和摸索些新经验"④。1958年,全国掀起了采风热潮,其中,少数民族的神话等民间叙事作品的搜集也迅速展开。在中国民研会的组织下,搜集和整理了彝族的《勒俄特依》《玛木特依》《妈妈的女儿》等,苗族的《美丽的仰阿莎》等,壮族的《刘三姐》《百鸟衣》等。在当时的语境中,神话等同于广义的民间故事,其研究的基本问题与民间文学相同,即民间文学作品的思想性与社会历史价值。当时民间文学作品的集大成

---

① 钟敬文:《口头文学:一宗重大的民族文化遗产》,《民间文艺集刊》1950年第1册,第11—22页。
② 见《民间文艺集刊》1951年第3册,第13—35页。
③ 周扬:《继承民族文学艺术优良传统》,《民间文艺集刊》1951年第3册,第2—12页。
④ 王平凡、白鸿编:《毛星纪念文集》,学苑出版社2004年版,第92页。

《中国民间故事选》①，日本学者对其评价为："采集整理的方法和技术虽然还有不足之处，但是中国各民族的民间故事如此大量而广泛地加以采录，这在中国历史上还是第一次。尽管这一工作进行得还有些杂乱，但是这标志着把各民族所创造的神话、传说、民间故事这一个有机的民间口传文学世界，作为一个活生生的整体，而不是零敲碎打地加以把握的一个开端。"② 由此可知，这一时期少数民族神话搜集与研究取得了丰硕成果；另外，它作为民族文化遗产的重要意义和价值，在构建新的社会主义民族文学以及探寻和保存各民族文化遗产中的重要性亦被关注。这一研究与新中国成立后的历史语境及少数民族政治文化政策紧密相关。

三

新中国成立后，中国共产党积极推进从 20 世纪 40 年代就已确立的民族自治政策，在政治与文学等因素的共同建构中，推动与迅速发展了民间文学与少数民族文学。通过前一部分的论述，可知 1949—1966 年少数民族的神话研究也是在此语境中发展与成长起来的。在此有必要简单回顾与总结一下 20 世纪初开始提倡的"民族"概念。据考证，"民族"（nation）一词最早由梁启超引入，而"少数民族"一词则较早出现于孙中山的相关著述。而"民族自治政策"明确提出则是在中共中央六届六中全会。毛泽东在《论新阶段》中讲道："允许蒙古、回、藏、苗、瑶、夷、番各民族与汉族有平等权利，在共同对日原则之下，有自己管理自己事物之权，同时与汉族联合建立统一的国家。"③

1949 年以后，中国共产党在解放区推行的政治话语与文艺政策开始逐步推行到全国，政治话语的转变蕴含了民族与国家二元本位的理念。④通过建构共同的记忆、语言和文化，民族与国家希望实现无缝结合，国家

---

① 《中国民间故事选》共分两集，第一集中收入 30 个民族 121 篇作品，第二集中收入 31 个民族 125 篇作品。
② 中国民间文艺研究会研究部编：《民间文学的搜集与整理问题讨论》，《民间文学参考资料》第 8 辑，内部资料，1963 年，第 6 页。
③ 中共中央统战部编：《民族问题文献汇编》，中共中央党校出版社 1991 年版，第 595 页。
④ 毛泽东：《论新阶段》，中央档案馆编：《中共中央文件选集（一九三六—一九八三）》第 11 册，中共中央党校出版社 1991 年版，第 619 页。

即民族，民族即国家。① 随着中国共产党在全国范围内的胜利，其首要任务就是使得全国范围内迅速认可新的现代民族国家，民间文学和民族文学有助于新的记忆、语言和文化的建构，这既是1949—1966年少数民族神话研究的语境，也是其得以迅速发展的契机。

《民间文学》"发刊词"恰切地论述了这一思想：

> 中国是一个多民族的国家。汉族和各兄弟民族的人民，过去在艰苦的条件下，创造了民族赖以生存的物质财富，同时也创造了各种精神财富。他们创造了自己的艺术，自己的伦理观念，创造了自己的哲学和科学。人民口头创作，就是各族人民创造的文化的一部分。这种精神文化，在过去长时期中的遭遇是很不幸的。它经常受着本族或异族的统治阶级的鄙视，甚且还遭到严厉的摧残。
>
> 又如历史上那些对本族或异族统治者进行斗争的人民领袖——明末的李自成、太平天国时期的李秀成，以及清朝湘西苗族暴动领袖吴八月等，他们在过去那些为地主、富商阶级服务的文士笔下，是逆贼，是匪魁，是"罪不容诛"的凶犯。但是，在人民自己的文献里，在他们的传说和歌谣中，这些人物却是具有无限神勇的英雄，是为人民除害并受尽人民敬爱的战士。②

《发刊词》深入地阐述了人民口头创作鲜明的阶级性和思想性，指出：民间文学对丰富人民的精神生活有着极其重要的意义和价值，这正是1949—1966年少数民族神话搜集与研究的指导思想与核心理念，神话研

---

① 德国历史学家弗里德里希·梅尼克（Friedrich Meinecke）认为民族的两种形式——文化共同体（种族和语言统一体）和国家共同体（国家公民的整体概念），往往是不能进行严格清楚的区分的。共同的语言、文学和宗教固然创造并共同维系了一种文化民族，然而更多的情况是，国家共同体及其政治影响力即便不是根本动力，也是促使一种共同语言与共同文学产生的主要因素。文化民族同时也可以是国家民族。正如他所说："我们恰好进入一个新的伟大民族——它既是国家民族也是文化民族的主要发展时期"。参见［德］弗里德里希·梅尼克《世界主义与民族国家》，孟钟捷译，上海三联书店2007年版，第74页。

② 《发刊词》，《民间文学》1955年第4期，第4、6页。

究成为建构新的民族国家的文学的路径之一。① 神话被纳入到新的社会主义文学及其实践的进程中，它成为阐述或呈现新的人民文学的重要路径之一。所以对这一时期神话研究不能从当下仪式、信仰等多视野综合研究的标准去考量，它在当时承担了特殊的历史使命，具有特殊的历史价值。

1949—1966年少数民族神话研究的另外一个层面，就是将其视为民族文化遗产的一部分。就像21世纪初兴起的非物质文化遗产保护一样，在新中国成立初期，面对大量丰富的少数民族神话，他们将其视为活态的文化资源，各民族文化的精华。对于无文字民族而言，神话更是其珍贵的史料。1950年，钟敬文提出口头文学是珍贵的民族文化财产，可以说这是一篇文化遗产保护的开风气之作，同时也说明当时已经意识到口头文学保护的迫切性，尤其是在西南、西北、东南、东北一些少数民族中流传的神话，它本身还是社会制度史、文化发展史的佐证。

> 它不但是过去广大人民生活上不可缺少的因素，同时还是形成各族文化的重要部分。一个民族的优秀的人民文化，就是那个民族的文化精华。
>
> 我们今天要去比较确切地知道我国远古时代的制度、文化和人民生活，就不能不重视那些被保存在古代记录上或残留在现在口头上的神话、传说和谣谚等。现在流行在我国西南许多兄弟民族间的兄妹结婚神话，不但对于那些民族荒古时期的婚姻生活史投射了一道光明，同时对于全人类原始社会史的阐明，也供给了一种珍贵的史料。②

总之，1949—1966年少数民族神话的研究，可以说既是新中国社会

---

① "旧有戏曲大部分取材于历史故事和民间传说；在民间传说中，包含有一部分优秀的神话，它们以丰富的想象和美丽的形象表现了人民对压迫者的反抗斗争与对于理想生活的追求。《白蛇传》《梁山伯与祝英台》《天河配》《孙悟空大闹天宫》等，就是这一类优秀的传说与神话，应当与提倡迷信的剧本区别开来，加以保存与珍视。对旧有戏曲中一切好的剧目均应作为民族传统剧目加以肯定，并继续发挥其中一切积极的因素。当然旧戏曲有许多地方颠倒或歪曲了历史的真实，侮辱了劳动人民，也就是侮辱了自己的民族，这些地方必须坚决地加以修改。"社论《重视戏曲改革工作》，《人民日报》1951年5月7日，第1版。

② 《创刊词》，《民间文学》1955年4月号，第4、6页。

主义多民族文学实验的重要场域,也是民族文化遗产保护的重要对象。所以,这一时期少数民族神话的研究是现代民族国家与民族文化遗产共构的产物,对其学术史、思想史的梳理与阐释需要回复到这一历史语境之中。

第 五 章

政治与文艺之间:学人考察与学术反思

第一节　周扬的民间文学思想

新中国成立后,民间文艺学领域一个突出的群体就是解放区①学者,他们在《讲话》的影响下,形成了对民间文艺新的见解。《讲话》的核心思想就是文艺与群众的关系,即文艺从群众来,必须到群众中去,这一思想成为文艺(包含民间文艺)研究的指导和核心。解放区的学人纷纷以新的思想关注和介入民间文艺,掀起了中国民间文学学术史上的又一个高潮。

一

解放区学者对民间文学的研究,主要围绕《讲话》中"为人民大众的文艺"展开,具体而言,分为以下两个方面:

(一) 对于人民的语言,特别是工农兵语言的重视。

首先就是重视对民间文艺的收集和整理,主要是学习它们的话语,在研究中强调民间文艺的语言特色,希望其能为新的人民文艺的创作提供可借鉴之新形式,解放区文艺工作者已经进行过具体的实践,成功的范例有李季、赵树理等,特别需要提出的是后来成为新中国民间文学领域的主要人物之一的贾芝。当时,贾芝运用劳动人民语言创作,先后在《文艺战线》《诗刊》《中国文化》《解放日报》等刊物和报纸发表诗歌多首;这

---

①　"解放区"指的是"中国共产党领导的建立了人民政权的革命根据地"。参见贾芝主编《中国解放区文学书系·民间文学编》,重庆出版社1992年版,序言第1页。

成为"建国以后我所以参加了民间文学工作以至坚持至今的最初起点"①。20世纪50年代,民间文艺领域研究者重视和强调民众的创作,将其作为学习创作的基础。1950年3月,成立了管理新中国民间文艺工作的中国民间文艺研究会,在成立大会上周扬在讲话中进一步强调:

> 今后通过对中国民间文艺的采集、整理、分析、批判、研究,为新中国新文化创作出更优秀的更丰富的民间文艺作品来。
> 不仅让对民间文艺有素养的文艺工作者来参加,还让那些只爱好民间文艺并非文艺工作者来参加。我们的民间文艺专家要和广大的民间文艺采集者紧密结合。②

这种思想当然对民间文学具有重要意义,古今中外也有先例,在特定的历史情境中其意义和价值更不可低估。③

其次,"民间"具体化为人民,特别是工农兵。所谓"民间",顾名思义即"民之间",表达的似乎是一种空间概念,但又不同于哲学意义上的自然空间,它只是一种文化空间,表达的是文化地域概念。英国社会学家安东尼·吉登斯(Anthony Giddens)曾说:"时间和空间是社会生活'环境'(environment)。这一观点在某些方面帮助加强了学科的划分。因而时间可能受到历史学家们的极大关注,空间可能受到地理学家们的关注,而社会科学的其他部分则极大地忽略了这些方面。我认为时间和空间对于社会科学是极为基本的问题。"④ 的确如此,到20世纪"民间"成为学术界一个重要的名词。"民间"这一文化空间是无法脱离它的构成基础"民"的,而"民"是一个历史的概念。不同历史时期"民"的成分不

---

① 贾芝:《播谷集》,人民文学出版社1994年版,第53页。
② 周扬:《中国民间文艺研究会成立大会开幕词》,《周扬文集》第2卷,人民文学出版社1985年版,第10页。
③ 但将其推至民间文学研究的核心问题就违背了学术自身发展的规律和历程,在这一思想的指导下,民间文学只能作为作家文艺的附属或者原始阶段,独立性和学术界限不明晰,它的研究只能是作家文艺学的移植和延续,这成为中国民间文学研究的一个痼疾,影响一直持续到当前。
④ [英]安东尼·吉登斯:《社会理论与现代社会学》,文军、赵勇译,社会科学文献出版社2003年版,第155页。

同导致"民间"的非稳固性或者说流动性。①

（二）强调民间文艺的政治性和艺术性。

《讲话》提出："文艺批评有两个标准，一个是政治标准，一个是艺术标准。"解放区的学者在这一思想的指导下从事文艺研究，民间文艺也不例外。何其芳以这两个标准作为民歌编选的尺度，他在《陕北民歌选·凡例》中明确指出："我们选择的标准是要求在思想性和艺术性上或多或少有一些可取之处。因此，从一千余首陕北民歌中，我们只选了这样一册。"②

钟敬文在第一次文代会期间发表了《请多多地注意民间文艺》一文，他谈道："在整个难得的机会中，我要向诸位代表提出一个热诚的请求，请求大家多多地注意民间文艺（用毛泽东先生的话说，就是'萌芽状态的文艺'）!"他认为民众的"生活和心理也没有像压迫阶级所常有的那种空虚、荒唐和颓废。大体上它倒是比较正常，比较合理的。就因为这样，在文艺上反映出来的生活现象和思想感情趣味等，也往往显得真实，显得充沛和健康，不是一般文人创作能够相比。"在这篇文章中，钟敬文一改从前学术研究的思路，特别提出了关于民间文艺的思想性和社会历史价值的问题。"对于民间文艺上许多重要的问题，我们还不能说大家都已经有了很深刻和正确的认识。好像神话、传说中所具有的那些浪漫想象，对于它的性质和价值，我们多少深深地体会过 M.高尔基氏的卓见呢？又好像对于一般民间作品那种'单纯'、'简约'的艺术力量或民间笑话所特具的那种强烈的战斗性等，有多少人真正充分理解呢？再好像真正劳动人民（大多数是农民）的创作跟小资产阶级的或流氓的知识分子的创作（都市间流行的某些小调、说书、曲本和通俗小说等），在性质和意义上的差别，曾经有多少人注意到呢？"③ 他认为：

---

① 从《讲话》开始，民间成为工农兵为主体的人民，这一理念会影响到民间文艺的研究，但它并不是民间文学自相关的问题；就民间文艺本身而言，由于过于沉湎于"民间"的研究，而忽略了对"文艺"的强调，直到 20 世纪末，民间文艺领域的学者仍然纠缠于"民间"的界定。由于 20 世纪 80 年代以后对工农兵文艺的批评，民间文艺领域自然也进行了对工农兵民间文艺的反省，然而它只是作家文学的一个注脚，补充和促进了作家文学的研究。

② 何其芳、张松如选辑:《陕北民歌选·凡例》，新文艺出版社 1951 年版，第 1 页。

③ 钟敬文:《请多多地注意民间文艺》，《文艺报》1949 年第 13 期，第 3 页。

今后民间文学要在这些问题上深入研究，并取得进一步的成就。《光明日报》从1950年3月1日开办了"民间文艺"专栏，到同年9月20日，共出27期，其中涉及民间文艺思想性和艺术性的文章主要有《劳动人民的智慧》《领袖到我们村里来了——民间故事新型》《歌谣与政治》《民间文艺的思想性——拿〈李闯王的故事〉做例子》等，论述了民间文艺作为一种文学形式，它突出的思想性。游国恩的《论〈孔雀东南飞〉的思想性及其他》[1]，李岳南《论〈白蛇传〉神话及其反抗性》《民歌的战斗性》《控诉封建婚姻的民歌》《从〈诗三百篇〉中看农奴和妇女生活之一斑》[2] 等文章，也都从不同侧面和角度论述了民间文学作为文学作品高度的思想性和重要的社会历史价值。在特定的历史情境中，政治性与艺术性成为民间文学的核心问题。而这一问题的研究对民间文艺本身进行了一次裁剪，只有思想性符合要求的才能归属到研究对象；同时又促使采集者对原始民间文学材料的艺术加工。《牛郎织女》被选入中学课本时，对人物的心理活动进行了细致入微的刻画，并将幻想色彩去除；《义和团的故事》为代表的农民起义军故事和传说为了突出阶级性，文学创作的色彩浓厚；《梁山伯与祝英台》则改变结尾，增加了祝英台与封建家庭的斗争和决裂等。[3]

新中国成立后，在新的政治体制中，逐步推广和确立新的民间文学思想，解放区的学者处于主流。他们的学术思想更多地与政治思想联系在一起，其中最具代表性的就是周扬。

二

走向民间和面向大众具有世界性和历史性的大背景。在近代以来，从

---

[1] 游国恩：《论〈孔雀东南飞〉的思想性及其他》，《民间文艺集刊》1950年第1册，第34—38页。

[2] 参见李岳南《民间戏曲歌谣散论》，上海出版公司1954年版。

[3] 对于涉及文学本身的研究则一直处于《讲话》和苏联口号式理论的直接引用，没有具体深入，这或许与当时的研究者为不同领域学者有关系。所以，尽管他们都对新中国民间文学的出现和发展做出了贡献，但深入研究者极其少，这一情形与20世纪初期民俗学的研究有着惊人的相似，再加上当时的民间文艺研究更多的是作为一种政治思想，而不是学术本身，对于民间文艺的重视与否显示了文艺研究与解放区文艺，特别是新体制的融合程度。这些直接导致了新中国初期对民间文艺的整理和改编的思想，而且它的影响直到当下依然存在。

欧洲到亚洲的历次社会革命中,大众与民间问题占有举足轻重的位置。①在中国,新文学运动开始之际,走向民间和大众化问题就被提出。伴随着新文学运动出现了民间文学运动,但当时的知识人"提倡'平民文学'是为了启蒙,而不是为了俯就"。②他们运用欧化的语言来表现民间和大众的生存状态。③文艺界在30年代初期掀起了大众化问题的讨论,周扬就是在这一时期登上文坛,并积极参与了讨论。这一讨论持续到延安文艺座谈会召开。1942年,毛泽东发表《讲话》,确立了工农兵服务方向,广大人民得到了尊重,文学上的民间化问题和大众化问题得到彻底解决。周扬作为文艺工作的领导者,参与了全部的讨论;尤其在新中国成立之后,由于他在文艺界的领导地位,这一时期民间文艺的发展与他的倡导关系密切。周扬本人长期关注民间形式和文学大众化理论,也进行了较为全面和科学的论述,本书主要关注前者。作为一名文艺理论家,周扬通过探讨具体的文艺问题来完成民间文艺建设的任务。

(一)强调对民间文学形式和功能的利用。

周扬对民间文学的关注是从大众化④入手的。"文学大众化首先就是要创造大众看得懂的作品。在这里,'文字'就成了先决问题。'之乎也者'的文言,'五四式'的白话,都不是劳苦大众所看得懂的,因为前者是封建的残骸,后者是民族资产阶级的专利。"⑤民众喜闻乐见的民间形式如小调、唱本、说书等,成为可资利用的形式,"对于从事语言艺术的文艺工作者,要与群众打成一片,首先要学习群众的语言。"⑥他在第一次文代会上所作的关于解放区文艺运动的主题报告中强调:"解放区文艺

---

① 马克思主义的无产阶级革命学说充分认识到了民间的意义,所以"大众化"道路就成了无产阶级革命的一个普遍方向。
② 陈平原:《"通俗小说"在中国》,《假如没有"文学史"……》,生活·读书·新知三联书店2011年版,第246页。
③ 在新文学的第二个十年,进步的文学知识分子认识到,要动员和组织民众参与革命,必须使用民众自己的语言,用他们所熟悉的文艺形式来表达启蒙思想。尤其是在30年代,政治革命的发展迫切需要广大民众的参与,大众问题成为各种文学势力讨论的焦点。
④ 利用民间的形式,走大众化的道路,是许多激进的文艺工作者动员群众、参与社会革命的一种最重要的方式。
⑤ 周扬:《关于文学大众化》,《周扬文集》第1卷,人民文学出版社1984年版,第26页。
⑥ 周扬:《〈马克思主义与文艺〉序言》,《周扬文集》第1卷,人民文学出版社1984年版,第463页。

作品的重要特色之一是它的语言做到了相当大众化的程度。"① 它能迅速地组织和鼓动大众，同时也可以提高大众的教育和文化水准。当然他对民间形式利用的同时，并没有完全反对新文学。

除了强调利用民间形式，周扬还论述了对民间文学功能的利用，即作家文学模仿和达到民间文学的作用。他从《关于文学大众化》开始就指出："文学大众化不仅是要创造为大众所理解所爱好的作品，而且，最要紧的，是要在大众中发展新的作家。关于这个，工农通信运动是当前的迫切的任务。……工农通信员的活动是和重大的政治的任务相联系的。这些任务不一定带着文学的性质，但是普罗列塔利亚特的创造力，经过工农通信这个练习时期之后，是会达到文学的领域的。"② 新中国成立后，民间文学领域对这一工作非常重视，特别是负责中国民间文艺研究会日常事务工作的贾芝，他"坚持对工农来信每信必复的原则"③。可见，周扬意识到只有民间文艺可以将政治运动全面推行到民众中。他在《关于政策与艺术》一文中指出："艺术无论什么时候都必须是生活之真实的描写。离开形象就没有艺术。一切公式主义都是要不得的。文艺工作者对于政策决不能只是一种概念上的甚至条文式的了解，他们必须熟悉人民的实际生活情况，政策本身就是从实际生活出发，并给实际生活以决定影响的；必须熟悉各种不同阶层、不同性格的人们对于这些政策的种种心理反应，懂得政策的成功在哪里，执行中的困难、缺点又在哪里，文艺工作者本人最好就是这些政策之实际执行者。这样，政策思想才会通过他的亲身经验而具体化，丰富化，变成有血有肉的东西。"④

民间文艺更重要的是文学背后的那种隐形权力，周扬从文艺理论家的眼光意识到这一独特之处；他强调作家文学要起到民间文学的功能。新中国成立后，作家文学逐步向民间文学的功能迈进。从 20 世纪 80 年代开始，作家文学要摆脱政治掌控，回复到文学自身，但是民间文学的道路则不能完全模仿与跟随。

（二）强调民间文学内容的人民性。

"追求人民性是文学走向民间和大众化的最初动因，也是二十世纪中

---

① 周扬：《新的人民的文艺》，《周扬文集》第 1 卷，人民文学出版社 1984 年版，第 518 页。
② 周扬：《关于文学大众化》，《周扬文集》第 1 卷，人民文学出版社 1984 年版，第 29 页。
③ 2006 年 8 月 13 日访谈贾芝先生时，他谈到当时对于读者来信的处理情况。
④ 周扬：《关于政策与艺术》，《周扬文集》第 1 卷，人民文学出版社 1984 年版，第 477 页。

国文学最重要的主题。"① 周扬认为艺术形式与思想内容并重,强调民间文学内容的人民性。"任何艺术形式,只要它能够反映人民大众的现实生活和斗争与历史的革命内容的,都应该让其存在,促其发展。艺术上各种形式的同时并存,或互相交替,决定于社会条件,群众的需要;最后的判断者是群众,是历史。我们的任务,只是将各种艺术形式引用到一个共同正确的方向,而同时使之互相配合,各尽其长。"② 当然,他强调民间文学(文化)的人民性是为现实服务的,即"过去地主阶级、资产阶级的作家,特别是他们中间的优秀的部分,也学过老百姓的语言,但是他们都是从他们的立场来学的。语言是表达一定思想的,因此他们的学习就不能彻底,他们不会在根本上接受群众的思想,他们甚至只是拿群众的语言来作他们作品的装饰。我们学习群众的语言,却正是为了学习群众对于事物的看法,文艺工作者并且在文艺中来表现这种看法。学习群众的情感,也是如此。"③

但是,周扬也从艺术的角度,对民间戏剧中存在的优秀的,并非完全符合人民性要求之剧目,给予高度的赞扬。"这方面(引者注:恋爱主题的旧秧歌剧)产生了非常优美的文学,我看过一篇旧秧歌剧,叫做《杨二舍化缘》,那里面对于爱情的描写的细腻和大胆,简直可以与莎士比亚的《罗密欧与朱丽叶》媲美,使人不得不惊叹于中国民间艺术的伟大和丰富。"④ 另外从科学的和尊重历史的角度出发,对那些反人民的糟粕性的民间文学周扬也有所注意。⑤

---

① 周景雷:《走向民间与面向大众——关于周扬文艺思想中民间与大众化问题的解释》,《文艺理论与批评》2002 年第 6 期,第 93 页。
② 周扬:《表现新的群众的时代——看了春节秧歌以后》,《周扬文集》第 1 卷,人民文学出版社 1984 年版,第 444 页。
③ 周扬:《表现新的群众的时代——看了春节秧歌以后》,《周扬文集》第 1 卷,人民文学出版社 1984 年版,第 449 页。
④ 周扬:《表现新的群众的时代——看了春节秧歌以后》,《周扬文集》第 1 卷,人民文学出版社 1984 年版,第 441 页。
⑤ 他并不主张对那些过时的堕落的民间文艺资源实行简单的抛弃,而是将之作为一种历史上曾经存在过的形态予以留存。他说:"所有民间戏剧的原本要留一份,最好印几份,如果没有纸,土纸印也好,把民歌、民间剧本,凡是你们地方上的都印,保留原始面貌。既然流传下来了,无妨印它五百份留在苏州图书馆,全国各省送它一份,北京送几十份,让大家都知道。"这是 1958 年周扬在苏州的一次讲话。很显然保留的目的要么是研究之用,要么是文化的积累。由此可以看出周扬在文化问题上的历史感和前瞻性。当然,我们也要用发展的眼光来理解周扬的观点。参见周扬《继承遗产,发展社会主义文化》,《周扬文集》第 3 卷,人民文学出版社 1984 年版,第 21 页。

(三) 强调尊重历史的原则。

毛泽东在《新民主主义论》中说:"中国现时的新政治新经济是从古代的旧政治旧经济发展而来的,中国现时的新文化也是从古代的旧文化发展而来,因此,我们必须尊重自己的历史,决不能割断历史。"① 周扬继承了这一观点并有所发展。他在很多场合对这一观点进行了阐发。

1950 年,在中国民间文艺研究会成立大会开幕词中,他认为"成立民间文艺研究会是为了接受中国过去的民间文艺遗产"②。他的这一思想成为新中国初期民间文艺研究的指导思想,也是解放区民间文艺思想的承继和发展,50 年代民间文艺的研究除了注重民间文学的文学意义,非常重视民间文学的搜集与整理,并且成为那一时期民间文学研究的突出成就之一。周扬认为轻视民族文学艺术传统,轻视民间形式,轻视群众的爱好和趣味,是失掉民族自信心的一种表现。但在对待历史问题上,不能为了照顾群众的情绪而歪曲了历史。③ 在 1958 年开展的新民歌运动中,他虽然鼓励和积极提倡新民歌的搜集、整理,指出"今天的民歌,是新的农民、工人、士兵的作品,它们已经不完全是口头创作,有的作者是很有文化的,因此新民歌不但在内容上,而且在风格上也与旧民歌有所不同了,它们保持了民歌的格调,同时又更多地承继了我国古典诗歌的优良传统,吸取了新诗的长处。……民间歌手和知识分子诗人之间的界限将会逐渐消泯。……我们的文学艺术需要一个大革新、大解放,在党和毛泽东同志的领导下来实现这个大革新、大解放,现在正是时候了。"但他还强调:"中国不但是一个具有丰富革命传统的国家,而且是一个具有长期灿烂文

---

① 毛泽东:《新民主主义论》,《毛泽东选集》(一卷本),人民出版社 1966 年版,第 701 页。

② 周扬:《中国民间文艺研究会成立大会开幕词》,《周扬文集》第 2 卷,人民文学出版社 1984 年版,第 10 页。

③ "无论表现现代的或历史的生活,艺术的最高原则是真实。历史的真实不容许歪曲、掩盖或粉饰。反历史主义者……他们以为为了主观的宣传革命的目的,可以不顾历史的客观真实而任意杜撰和捏造历史"。"历史上的英雄人物是应当加以歌颂的。但历史上的任何英雄都不能不受他们所处的时代的条件的一定限制……而反历史主义者却总是尽量想把古代英雄人物描写成和现代的英雄人物一样;他们甚至把历史上并不是什么英雄的人物也都描写成英雄了。"周扬:《改革和发展民族戏曲艺术——一九五二年十一月十四日第一届全国戏曲观摩大会上的总结报告》,《周扬文集》第 2 卷,人民文学出版社 1984 年版,第 177 页。

化传统的国家,这种文化传统的精华有许多还保留在人民中间。因此,除了大力搜集革命民歌外,还必须有计划地继续搜集和整理旧时代传下的民歌及一切民间文学艺术和民间戏曲。这是我们建设社会主义新文化的一个十分重要的任务。各少数民族的民间文学艺术的宝藏是特别丰富的,应当积极地加以挖掘和整理。长篇叙事诗《阿诗玛》《阿细人之歌》等作品已经进入了世界的文库。"[1] 在新民歌运动中,周扬的这一思想具有历史进步性,由于他当时在文艺界的地位,民间文学的搜集整理以及研究事业受到了他的影响,这也使得那一时期民间文学研究,特别是少数民族文学研究具有了一定的科学意义。在谈到写历史剧的问题时,他说:"历史剧、历史小说有虚构的人物,但主要人物是真的……不要把那个时代不可能发生的事情写进去,那是反历史主义。"[2]

周扬重视民间文学是为他的政治追求服务的,这不仅表现在周扬一个人身上,而且也是那个过去的革命时代的特征。他们对民间文学和文学大众化的追求,说到底是追求人民主权,并将文学视为呈现社会主义的重要场域,希翼构建新中国人民的文艺,但也不能因此忽视他们在民间文学领域的学术思想与观点,特别是要将其回复到具体的历史情境中分析与思考。

第二节　延安民间文艺思想的延续
——何其芳的民间文学研究

在20世纪的文学领域和学术界,何其芳是位重要人物,对于他的文学作品与文学批评研究者众多。大多学人的研究中,都忽视了他在民间文学领域的成果。民间文学研究是他文学理论的组成部分,梳理他在这一领域的成果有利于全面了解他的文学理论体系,同时也有助于厘清民间文学与延安文学的关系。何其芳对民间文学的研究大都在20世纪下半叶,特

---

[1] 周扬:《新民歌开拓了诗歌的新道路》,《周扬文集》第3卷,人民文学出版社1984年版,第11—12页。

[2] 周扬:《谈历史剧的创作问题》,《周扬文集》第3卷,第172—173页。考虑到当时中国的政治语境,周扬的这些阐述是相当深刻的。我们常常强调历史是人民创造的,那么尊重历史也就是尊重了创造历史的人民。反历史主义所带来的问题不仅失去了历史的真实感,而且失去了对民众的正确认识。

别是50—70年代其对民间文学学术史、思想史上的研究有着重要意义。

一 何其芳与民间文学

何其芳对于民间文学的研究开始于他作为文学批评家和活动家的40年代。在文艺界掀起的"民族形式"论争中，何其芳主张"要以采取进步的欧洲文学形式为主"。① 1942年以后，他的思想发生了变化。"在1942年春天以后，我就没有再写诗了。有许多比写诗更重要的事情要去做，而其中最主要的是从一些具体问题与具体工作去学习理论，检讨与改造自己……而在一切事情之中，有一个最紧急的事情则是思想上武装自己。"②

何其芳学习了大量的政治和文化理论，开始运用新的理念和思想对文学进行批评与研究。这一时期正是他从事民间文学的开端。1938年夏，何其芳到达延安，他执教于鲁迅艺术学院（成立于1938年4月10日，1940年改名为鲁迅艺术文学院，以下简称鲁艺），开始了在延安的工作。当时延安提倡搜集和研究民间文艺，陕甘宁边区文化协会、鲁艺都参与其中。鲁艺除了音乐系及中国民间音乐研究会，文学系和文艺运动资料室（1945年2月成立）也搜集和研究民间文艺，后两个部门都由何其芳负责。在鲁艺，他和张松如共同开设了民间文学课程，他讲授民歌部分。文艺运动资料室把收集到的陕北民间文学材料加以整理，编为选集。"由于民歌材料最多，就先从民歌着手。……我一边整理陕北民歌，一边找了一些地方的民歌集子和登载民歌的刊物来同时研究。"③ 他负责《陕北民歌选》的歌词写定、编选、注释，并于1945年出版。新中国成立后，该书重版时他写了《论民歌》一文作为序。

《关于现实主义》一书是何其芳20世纪40年代文学批评的论文集，其中关涉民间文学的有《杂记三则》《关于艺术群众化问题》《略论当前的文艺问题》《谈民间文学》《从搜集到写定》等。他的这些文章写于

---

① 何其芳：《论文学上的民族形式》，《文艺战线》第1卷第5期，1939年11月16日，第11页。
② 何其芳：《〈夜歌〉（初版）后记》，载蓝棣之主编《何其芳诗全编》，浙江文艺出版社1995年版，第546页。
③ 何其芳、张松如选辑：《陕北民歌选·重印琐记》，新文艺出版社1951年版，第337页。

《讲话》之后，除《杂记三则》外都写于1944年和1945年他赴重庆做革命文艺统一战线工作时期，当时他被赋予了毛泽东《讲话》的宣传权力。

新中国成立后，何其芳是权威的文艺理论家，在他的文艺理论体系中，民间文学占有一席之地。他在论述民间文艺与新文艺的关系、新诗与民间文学形式、现代格律诗、文学史、民间文学与作家文学合流等问题时都阐述了他对于民间文艺的见解与思考。相关的文章主要有《随笔四篇》（1950年）、《话说新诗》（1950年）、《关于梁山伯祝英台故事》（1951年）、《关于现代格律诗》（1954年）、《关于新诗的百花齐放问题》（1958年）、《关于诗歌形式问题的争论》（1959年）、《再谈诗歌形式问题》（1959年）、《文学史讨论中的几个问题》（1960年）、《优美的歌剧〈刘三姐〉》（1960年）、《〈工人歌谣选〉序》（1961年）、《诗歌欣赏》（1962年）等。

1959年4月15日，毛泽东在第十六次最高国务会议上通报当前的形势和党的大政方针时说道："我看要奋斗下去，什么威胁我们都不怕。"他还讲起古代小说里不怕鬼的故事。同年5月6日，毛泽东、周恩来、陈毅在中南海紫光阁接见11个国家的访华代表团和这些国家的驻华使节，他们要借此机会向国际上表明中国对西藏叛乱及随之陡然紧张的中印关系的态度。毛泽东提到把不怕鬼的故事、小说编辑成册，后来这项工作由何其芳具体负责。《不怕鬼的故事》编辑完成后，何其芳在毛泽东的指示下写了近万字的序言，这个序言写作是何其芳与毛泽东交往中的一个重要事件。① 《不怕鬼的故事》出版后成为当时党内干部整风的阅读书籍。

何其芳在民间文学研究中特别关注少数民族文学。1956年2月27日，中国作家协会副主席老舍在中国作家协会第二次理事会会议（扩大）上，作了《关于兄弟民族文学工作的报告》，第一次系统、全面地阐述了少数民族文学问题。1958年7月17日，中共中央宣传部召开座谈会，确定编写少数民族文学史或文学概况。参加全国民间文学工作者大会的各省、市、自治区的部分代表出席了会议。1958年，在编写《少数民族简

---

① 参见武在平《不怕鬼的故事——毛泽东与何其芳的交往》，《党史纵横》1994年第6期，第12—14页。

史》《少数民族简志》《民族自治地方概况》等丛书过程中，有三十多个民族的文艺工作者参加了调研与资料收集工作。后来由民族委员会编印了一本《1958年少数民族调查资料汇编》。1961年3月25日，在北京召开了少数民族文学史讨论会，北京、新疆、云南、贵州、黑龙江等各省、市、自治区的七十多位学者出席会议，会上何其芳做了题为《少数民族文学史编写中的问题》的发言。

他从事民间文学的研究开始于延安时期，之后他从宏观的视域延续着在这一领域的探讨。本书主要从民间文学的"艺术性"和"社会性"、民间文学的整理和改编、民间文学和新文学的关系三个方面论述。

二 何其芳民间文学研究中的"艺术性"和"社会性"

何其芳在到延安之前对于民间文学并未涉猎。在"整风"运动中，他竭力地使自己转变。"整风"以后，他猛然醒悟，"才知道自己原来像那种外国神话里半人半马的怪物，虽说参加了无产阶级的队伍，还有一半或一多半是小资产阶级。"①

在思想改造的过程中，何其芳开始关注和深入研究民间文学。在鲁艺文学系教授民间文学课程时，他开始对搜集来的民歌进行研究。他对于民歌的关注，不能不说跟他自身对诗的特殊爱好有着直接关系。何其芳对自己创作上的优长之处非常清楚。早在《我和散文》中谈到《还乡杂记》的写作，他就说过："真要描写那一角土地的各方面不是我的能力所能达到。我只是抄写过去的记忆。"② 他所擅长的是用诗记录、抒写自己的思想情感变化历程。他对于诗的天赋和悟性，铸造了他在民间文学领域的经典之作《陕北民歌选》。在此书中，渗透了他对于民间文学的理解和主要思想。他在《陕北民歌选·凡例》中首先明确：

---

① 何其芳：《改造自己，改造艺术》，载蓝棣之主编《何其芳全集》（2），河北人民出版社2000年版，第350页。只有在这个时候，何其芳才意识到深埋在自己灵魂中的双重性，他本以为找到了位置。如用"整风"精神衡量，过去的他其实根本没有资格称为一名"真正的共产党员"，充其量不过是一个"小资产阶级"个人主义者，一个仍飘在半空中的无所皈依的鬼魂。为了彻底皈依，为了进化为真正的党的人，他下定决心，努力改造。按照"整风"要求，他对自己的思想行为进行了彻底清算、政治思想改造和革命纯化。

② 何其芳：《我和散文》，载蓝棣之主编《何其芳全集》（1），河北人民出版社2000年版，第245页。

我们编辑这个选集，不是单纯为了提供一些民俗学和民间文学的研究资料，而是希望它同时可以作为一种文艺性质的读物。我们选择的标准是要求在思想性和艺术性上都或多或少有一些可取之处。

这条与何其芳作为代序的《论民歌》相呼应。该文虽然是新中国成立后出版的《陕北民歌选》的序言，但是它的"主要观点却都是在延安时研究的结果"。① 在这篇序言中，他对于民歌的分析主要从社会价值和艺术性两个层面进行。他强调民间文学的主题和题材，并且运用阶级和社会制度理论分析民歌。"过去的妇女和过去的民歌作者都不容易看出这样一个最后的真理，封建的婚姻制度正是封建的社会制度的必然产物。""对于这些情歌，我们必须把它们和过去的婚姻制度，和过去的社会制度，和在那些制度下的妇女的痛苦联系起来看，然后才能充分理解它们的意义的"。② 同一时期，他在《关于现实主义》一文中提到："那位同志说，今天这大半个旧中国所要反对的文艺上的主要倾向是'非政治倾向'。然而我们并不能把他的意思引申为他只要政治倾向而不要文艺性，尤其不能把政治倾向理解为'加上一些哲学表白和社会学名词'。此处的'非政治倾向'，指'人民群众的政治'。"③

从对照分析中，可以看到某些共性。何其芳正是运用延安时期文学批评的话语体系对民间文学进行分析，这种思想在后来他的民间文学学术研究中可以说是一脉相承。同时，他从艺术层面对民间文学的语言、"真性"、"形象性"进行了精辟的论述。④ 无论新旧，许多抒情的民歌都有这样一个共同的艺术上的优点，它们常常能够一下子打进我们的心坎里去。这真是如有一首民歌所说的，"山歌无本句句真"。一切优美的文

---

① 何其芳、张松如选辑：《陕北民歌选》，新文艺出版社1951年版，第338页。
② 参见何其芳、张松如选辑《陕北民歌选》，新文艺出版社1951年版，第13—20页。
③ 何其芳：《关于现实主义》，《何其芳文集》第4卷，人民文学出版社1982年版，第96页。
④ 他指出："民歌，不仅是文学，而且是音乐。音乐的语言并不像一般的语言那样确定，或者说那样含义狭窄。而一首民歌，据说又可以用不同的情感去歌唱。那么，可以在不同的情形之下唱相同的歌，也可以在相同的情形之下唱不同的歌，正是自然而且合理。"参见何其芳、张松如选辑《陕北民歌选》，新文艺出版社1951年版，第25页。

学艺术作品都应该具有这样的优点。这就是王国维所说的"不隔","民歌的形象常常是生动的,新鲜的,表现劳动人民自己的生活的。"①由于对于诗歌的感悟,使得他意识到民间文学,特别是民歌艺术性中的显著优点。

他除了从文学的角度对民间文学进行探讨,还强调民间文学的学术价值。在《陕北民歌选·凡例》中,他特别提到:

> 对于每首民歌的写定,我们采用了这样的方法:以一种较完整的采录稿为主,并参照其它采录稿加以校正或注明;但有时几种采录稿都是零碎断片,则不得已,只是斟酌合编。特别应当说明的,"信天游"除前述第三辑第二类之外,其它绝大多数原来都是各自独立,没有连续性的;我们为了阅读方便,大致按内容加以分类和排列。又,有些民歌中的衬字衬语,凡夹在句中,读起来不方便者,在正文中都从略。
>
> 除"信天游"大多遍及陕甘宁边区各地,且原采录稿上也多未记有采录地点,以致我们无法注明之外,其余每首民歌后面,都注明了采录地点。有些民歌的出处及作者,能够调查到的也注了一部份[分]。全部民歌中的人名地名及语汇,也尽可能加了一些注释。在这方面,鲁迅文艺学院戏剧音乐系、文学系及延安中学的许多陕北同志给了我们很大的帮助。但我们觉得这一工作做得还很不够,特别是关于土地革命的史实,注释得很不充分。
>
> 材料来源主要是中国民间音乐研究会的同志们几年来所采录的歌词,鲁艺文学系和其它文艺团体的同志们也供给了我们一部份[分]。其中也有很少一部份[分]是我们直接由农民口中采录的。这些材料部分地曾先后经过张松如、葛洛、厂民、鲁藜、天蓝、舒群等同志的初步整理。全部歌词的最后写定、选择、编辑以及注释的工作则由何其芳负责,张松如、程钧昌、毛星、雷汀、韩书田参加。附录中的曲调是请鲁艺戏剧音乐系的李焕之、张鲁、马可、刘炽等同志

---

① 参见何其芳、张松如选辑《陕北民歌选》,新文艺出版社1951年版,第25、34页。

写的。在这里一并记下他们的辛劳。①

这些说明非常翔实地讲述了民歌的搜集采录办法,特别提到民歌最后的编辑写定的过程。何其芳还注重对于新民歌的搜集,这与新中国成立后新民歌运动的主题思想基本吻合。"这种新的民歌,至今为止还是在陕北地区搜集得较多。这是由于在土地革命中创造的陕北解放区一直保持在人民的手里,这种新的民歌便于流传,发展,并曾经由一些音乐工作者和文学工作者做了较多的搜集工作的缘故。这是一些很可宝贵的作品和材料。"② 后来,这些新民歌成为我们了解土地革命战争的珍贵史料。

三 何其芳对民间文学的整理与改编之思考

何其芳在民间文学研究中,对于整理和改编的区分非常清晰。

> 我认为整理民间文学作品和利用民间文学的题材来写作是两回事情,不能混同。整理民间文学作品应该努力保存它的本来面目,绝不可根据我们的主观臆测来妄加修改。虽然口头文学并不是很固定的,各地流传常有改变,但那种口头修改总是仍然保持民间文学的面貌和特点,而我们根据主观臆测或甚至狭隘观点来任意改动,却一定会有损于它们的本来面目,对于后来的研究者是很不利的。因为现在有的同志有些分不清楚整理和改作的区别,我就在这里说明一下我的看法和作法。③

这使得他能清晰地认识到民间文学和作家文学在文学发展中各自的作用。20 世纪 60 年代,文学领域出现了关于"民间文学主流论"的讨论,在这场讨论中何其芳坚持:文学艺术起源于劳动人民,但中国文学史上文人的作品不能忽略,反对单纯按照作者的成分来划分主流和非主流,认为

---

① 何其芳、张松如选辑:《陕北民歌选·凡例》,新文艺出版社 1951 年版,第 3 页。
② 何其芳、张松如选辑:《陕北民歌选》,新文艺出版社 1951 年版,第 29 页。
③ 何其芳、张松如选辑:《陕北民歌选》,新文艺出版社 1951 年版,第 339—340 页。

"优秀的民间文学和进步的作家文学都是主流和正宗"。① 这是他针对当时历史情境无奈的调和论,但也反映了他能客观地对待民间文学在中国文学的位置。

这一思想影响了何其芳对民间的理解。从现代民间文学出现,学者就对它的创作主体——民间进行着思考与界定,这一思考到 20 世纪末依然在进行。何其芳认为民间文学是产生和流传在人民中间的文学,人民这个概念在不同的国家和各个国家的不同历史时期,有着不同的内容,既然人民的概念有历史的变化,民间文学的概念必然就受到影响,特别是民间的内涵。"在奴隶社会、封建社会、资本主义社会,人民都是指统治阶级以外的被剥削被压迫的阶级和阶层。劳动人民是人民的主要部分。但在我国的封建社会里,一般的市民是应该算作人民的,人民和劳动人民是两个范围大小不同的概念……"② 所以劳动人民不能代替人民。20 世纪 50 年代,民间文学领域受到苏联的影响,认为"苏联学者们所谓口头文学(或译作民间文学),一般是指劳动人民自己创作和传播的语言艺术。……有了这样明确的界线,我们就无须再像过去那样,把许多虽然流传在民间而本质上却不属于广大人民的东西算作口头文学或人民创作了。今后为着使大家对它的观念更清晰起见,干脆地废去那些界限广泛而意义模糊的'民间文艺'一类的旧名称,采取'人民口头创作'或'人民创作'的新术语是有好处的。"③ 新中国成立后,高等学校中文系陆续开设了"人民口头创作"课程,但这一名称大多用于高校专业或课程名称,学术界仍然通用"民间文学",但是"民间文学是劳动人民的口头创作"这一思想的影响一直延续到 20 世纪 90 年代初。④ 何其芳对民间的思考在当时没有得到民间文学领域的响应,同样也没有被后世的研究者及早发现。对民间的界定影响着民间文学研究对象和范围,进而影响民间文学学术研究本身,

---

① 何其芳:《文学史讨论中的几个问题》,载蓝棣之主编《何其芳全集》(5),河北人民出版社 2000 年版,第 202 页。
② 何其芳:《文学史讨论中的几个问题》,载蓝棣之主编《何其芳全集》(5),河北人民出版社 2000 年版,第 207 页。
③ 见钟敬文为 Л. Д. 克拉耶夫斯基著,连树声译《苏联口头文学概论》(东方出版社 1954 年版)所作的序,第 6—7 页。
④ 参见钟敬文主编《民间文学概论》,上海文艺出版社 1980 年版,第 1 页;乌丙安:《民间文学概论》,春风文艺出版社 1980 年版,第 2 页。

对何其芳民间界定的漠然,造成了民间文学学术发展不必要的滞缓。

在何其芳的学术研究中,一直坚持民间文学的范围、界限。20世纪50年代,民间文学领域兴起作家文学与民间文学合流论,貌似突出民间文学的地位、扩大民间文学的研究范围,实际上消解了民间文学。何其芳在这一问题上提出了自己的科学见解,认为劳动人民的诗歌创作与民间文学不同,反对将其归属于民间文学,坚守了民间文学的学术边界。至今这个问题依然困扰着民间文学的研究,何其芳在民间文学领域的一些见解对当今的研究者仍具有参考意义。

四 何其芳关于民间文学和新文学关系的思考

从1938年开始,延安文艺界逐步展开了关于"民族形式"的论争,这场论争的意识形态背景比较明显。[①] 对于延安文艺界而言,民族形式是一种新的建构,从内容到形式都需要一个新的整合。在对民族形式建构的理解中,何其芳充分肯定了"五四"以来的新文学传统,他从进化论角度全面肯定了新诗的进步性。[②] 同时他也认可"五四"新文学中"民间"一脉或"传统"一脉。但是他关于"民间"的理解与《讲话》有很大差异。何其芳在旧形式利用的限度问题上与周扬持相同看法。[③] 何其芳希望文学界继续为着"小市民阶层的知识分子"而写的"更高级的东西",即更高级的艺术。[④] 周扬也认为:"不为大众所理解的作品"也有"存在的

---

① 傅学敏:《"民族形式"论争的名与实》,《江西社会科学》2008年第11期,第98—100页。

② 他认为,新诗采用的自由诗形式是比古体诗进步得多的形式,是"全世界的诗目前所达到的最高级的形式",中国新诗"在形式上的进步"很是迅速,它已"足够表现现代人的复杂的,深沉的思想、情感"。正因如此,他认为创造"民族形式"的基础"无疑地只能放在新文学上面","只能是新文学向前发展的方向,而不是重新建立新文学"。他认为"五四"以来的新文学都是"旧文学的正当的发展",是与旧文学有着"血统关系的承继者"。参见何其芳《论文学上的民族形式》,《文艺战线》第1卷第5期,1939年11月16日,第10—12页。

③ 他主张"民族形式"的创造"仍然主要地应该吸收"欧洲文学的养分,原因在于它比中国旧文学和民间文学"进步",而且它"尤其是在表现手法方面,不但无损而且有益于把更中国化,更民族化的文学内容表现得更好"。可见他认为在"民族形式"的建构中,旧形式(民间形式——引者按)只是一个必经环节,是属于新文艺的资源,而不是新文艺本身。参见何其芳《论文学上的民族形式》,《文艺战线》第1卷第5期,1939年11月16日,第10—12页。

④ 参见何其芳《论文学上的民族形式》,《文艺战线》第1卷第5期,1939年11月16日,第10—12页。

权利","这文艺所拥有的知识分子的读者虽在全国人口中只占着少数，但是他们在社会上和抗战中却起着极大的作用"。① 他们实际认为抗战时期的文学可以分为大众化、通俗化的创作和高级的新文学，前者主要用于宣传，后者则追求艺术性。在这种理念指引下，何其芳注重的是民间文学的工具性，而对它的艺术性则不认可。

何其芳的这一思想在延安时期有了改变，后来他关于新文学与民间文学关系的基本观点发生了较大变化。

何其芳认同毛泽东提出的：民间文学是劳动人民生活和思想的历史，孕育于人民的生活、群众的艺术，是"一切文化艺术的取之不尽、用之不竭的唯一的源泉"。② 首先，他从内容上阐述了民间文艺对新文艺的影响。他认为过去"搞文艺的人常常只能抓住一些次要或者比较细小的东西，反而看不见那些根本的或者巨大的东西。对于一个作品，……不知道首先应该考虑的是它的政治意义和当时当地的广大群众的要求"③。他强调民间文学为新文学提供了材料，新文学从内容上要借鉴民间文学。其次，他认为新文学在形式上借鉴和利用了民间文学。他在《关于艺术群众化问题》中指出：艺术要群众化，就要向群众学习，对于群众的艺术形式，"只要它对于群众尚未过时，我们就要利用，改造，提高，让它成为为人民大众服务的东西。"④ 但他又不把利用民间文学形式作为创作新文艺的唯一途径。最后，他着重论述了新诗对民间文学形式的运用。他在1953年至1956年作诗论6篇，其中一个主题就是现代诗歌的形式。他在1950年第一次谈新诗的时候，关于新诗的形式问题，就提到："在中国旧诗的传统和'五四'以来的新诗的传统之外，还有一个民间韵文的传统。……对于今天的农民群众和其他文化落后的群众，这是一些很可利用的形式。如果写得好，也就是诗。"⑤ 但

---

① 周扬：《我们的态度》，《文艺战线》第一卷创刊号，1939年2月16日，第3页。
② 毛泽东：《在延安文艺座谈会上的讲话》，商务印书馆1972年版，第40页。
③ 何其芳：《随笔四篇》，载蓝棣之主编《何其芳全集》（3），河北人民出版社2000年版，第35—36页。
④ 何其芳：《关于艺术群众化问题》，载蓝棣之主编《何其芳全集》（2），河北人民出版社2000年版，第366页。
⑤ 何其芳：《话说新诗》，载蓝棣之主编《何其芳全集》（3），河北人民出版社2000年版，第76页。

他还指出,"未必就可以用它来统一新诗的形式"。① 在《关于现代格律诗》一文中,他专门论述了应该创作"和现代口语的规律相适应"的新诗,民间形式的诗歌"可以继续作为群众自己表现他们的思想感情和为了一定的目的向群众作宣传的工具"。在现代格律诗还没有很成熟的时候,"在文化水平不高的群众中间,民歌体和其他民间形式完全可能是比这种格律诗更容易被接受的"。② 但它们不能代替新的格律诗。

中国民间文学的兴起与新文学运动有着直接渊源,最早从事民间文学研究的也大多是在文学上颇有成就之辈,这就注定了现代民间文学研究的文学性倾向。1922年创刊的《歌谣》周刊明确提出,搜集歌谣的目的有两个,其中之一就是"文艺的",具体阐释为:

> 由文艺批评的眼光加以选择,编成一部国民心声的选集。意大利的卫太尔曾说,"根据在这些歌谣之上,根据在人民的真感情之上,一种新的'民族的诗'也许能产生出来。"所以这个工作不仅是在表彰现在隐藏着的光辉,还在引起当来的民族的诗的发展。③

也就是说民间歌谣反映了国民的生活和思想,通过编辑歌谣可以编一部国民的生活史,而且从中可以产生一种新的民族的诗。何其芳对民间文学文艺性的研究是这一思想的延续,但内涵有了一定的变化。他编选民歌的标准遵循《讲话》的文艺批评原则,将国民心声置换为"思想性"和"艺术性",同时指出民间文学形式只是新文学可利用的旧形式之一,但不是唯一的形式,并且这一形式只是运用于民众的诗歌创作以及作为向民众宣传的工具,而没有强调它的民族性意义,其中有对民间文学客观的见解,但不难看出他将毛泽东的文艺思想移植到民间文学领域的痕迹。

虽然何其芳关于民间文学研究的文章并不多,但对于民间文学发展及其思想史影响深远。他民间文学思想产生的基点是延安文艺传统,是他对

---

① 何其芳:《关于新诗的百花齐放问题》,载蓝棣之主编《何其芳全集》(5),河北人民出版社2000年版,第74页。
② 何其芳:《关于现代格律诗》,载蓝棣之主编《何其芳全集》(4),河北人民出版社2000年版,第298页。
③ 《发刊词》,《歌谣》周刊第一号,1922年12月17日,第1页。

作家文学理论批评的延伸。文学赖以发展的动力和构成其本质的决定性要素，并非存在于文学的审美本身，而是取决于新的意识形态的形成。延安文艺思想的注入，改变了中国民间文学。1949—1966年是中国民间文学学术史上一个重要阶段，它直接影响着当今民间文学的发展和走向，同时也是形成当今中国民间文学特质的基点，是中国民间文学的一个显著特色。

第三节　钟敬文的民间文艺"新"论

钟敬文多次提出，他的学术发展有三个高峰期，第一个是杭州时期，第二个是中山大学执教时期，第三个就是"文革"后的二十年。学者对钟敬文思想的研究也多集中于这三个时期，而对新中国成立后至"文革"前的一段时期鲜有述及；但是钟敬文自己没有忽略它。在《七十年学术经历纪程——〈钟敬文学术论著自选集〉自序》中，他认为这段时期"对于推动我国整个民间文艺学科的建设与发展，却有着重大关系。何况它对我个人的学术思想和所从事的事业也同样是很有作用的"[①]。在他的学术历程中，这一段一般被视为特殊时期，甚至割裂了与他整个学术思想的关系，这不符合历史事实以及学术思想发展本身的规律。这一时期，钟敬文的民间文学方面的论著34篇[②]（见附表三），主要集中于1950—1956年，在他的研究历程中成果并不算少，在当时更是首屈一指。其成果就内容而言，可以分为三类：（1）倡导和介绍民间文学；（2）总结性和时代性的文章；（3）具体民间文学体裁的研究。由于其写作言词和形式上的历史性和情境，使得研究者割裂了它的历史沿袭，将其视为另类，笔者用"新"来概括。

一

在新中国成立之前，钟敬文从事民间文学研究已经比较成熟，并具有

[①] 钟敬文：《七十年学术经历纪程——〈钟敬文学术论著自选集〉自序》，载包莹编《钟敬文集》，广东人民出版社2018年版，第442页。

[②] 对于钟敬文在1949—1966年刊发论文、著作的统计中，为了呈现这一时期钟敬文的学术发表与成果，凡是单篇单独发表过的文章，后虽收入相关论著，但还是进行单独罗列。

一定的学科意识。① 在学人的研究中，强调钟敬文的整体学科意识。其实在钟敬文之前其他学者也有相关论述，而且用民间文学命名的论著不在少数，笔者以为钟敬文认为自己所提出的论题的独特性主要在于超越了纯文学视野。在《民间文艺学底建设》（下文简称《建设》）一文中，他关于民间文艺学的名词和理论建构都是参照文艺学，但是他目的就是论述其不同于作家文艺学，强调民间文学是一种文化事象，指出它虽然也是"文艺"的一种，然而作家文艺学的研究不能囊括它。尽管当时学术界已有学者用人类学派的理论研究神话、民间故事等，但是将其推广到整个学科领域还是首次，这种思想与他在日本的学习休戚相关，他的研究理念深受日本学界的影响。学术立意和学术实践之间往往有着差距，在这篇文章中的表现尤其突出。在他的具体论述中，仍然挪用了学术界关于民间文学的基本研究，如民间文学的特点、产生、发展变化、机能等。当然不能从今天的研究出发要求他，正如他本人所言："它有点像小孩子穿着开裆裤、托着两条鼻涕时照的相。"② 他对民间文艺的多角度研究，在1930年代初步形成，后来基本上贯穿他的整个学艺生涯，并且他认为这是根据学科本身的特点和要求形成的③，也就是他认为民间文艺是一种特殊的文艺。对于《建设》所强调的民间文学的多角度研究，杨利慧相关论述已经提到。笔者认为《建设》凸显了钟敬文多角度研究民间文艺的思想，同时也是他民间文艺为特殊文艺思想的一个体现。钟敬文以作家文艺为参照，模拟

---

① 钟敬文从20世纪20年代开始就进入民间文学领域，最初主要采集、记录民间歌谣等，同时开始理论探索，他用文学的眼光进行思考和评论；之后他迎来了学术生命中的高潮，特别是到日本留学后，他开始接受日本以及欧洲民间文学的学术思想，视野逐步开阔；尤其是受到西村真次的影响，接受了人类学和传播学派的理念后，他对民间文学的研究突破了纯文学的视角；就在这一时期，他意识到民间文学研究的独特性，写作了他学术生涯中重要的篇章《民间文艺学底建设》（载《艺风》第四卷第1期，1936年1月1日，下文简称《建设》）。这篇文章的写作时期为钟敬文在日本留学期间，也就是他的学养迅速扩展和充实的一个时期，尽管杭州时期从有组织的活动方面说，钟敬文实际已经身居国内民间文艺学的倡导者地位（《民间文艺学及其历史·自序》提到"杭州中国民俗学会，一时成了中国这方面新的学术中心"），具有了"青年领导者的身份"。但是他这篇文章在当时的影响却不能过于夸大。对这篇文章细读的学者非常多，笔者从自己的视角对其重新阅读。钟敬文在这篇文章中特别强调一点，将民间文艺"作为一个对象，而创设一种独立的系统的科学之前从没有过"。

② 钟敬文：《钟敬文学术论著自选集》，首都师范大学出版社1994年版，第422—423页。

③ 钟敬文、董晓萍：《钟敬文学述》，浙江人民出版社2000年版，第119页。

了一套民间文艺学的体系和框架。对于钟敬文在新中国初期的民间文学研究,学者关注的只是他受到主流思潮影响后,学术论著所发生的变化,而对于变化的具体表现、内核思想及其对新中国民间文艺学的形成所产生的影响并没有深入研究。

二

《讲话》对中国民间文学的发展有着重大意义和影响,在民间文学思想史上具有里程碑的意义。《讲话》的主要思想就是民间文学属于文学艺术,它是创造民族的、大众的文艺作品的基础,强调文学艺术作品既要符合政治标准又要符合艺术标准。就如何其芳在《陕北民歌选·凡例》中所述:"我们编辑这个选集,不是单纯为了提供一些民俗学和民间文学的研究资料,而是希望它同时可以作为一种文艺性质的读物。我们选择的标准是要求在思想性和艺术性上或多或少有一些可取之处。因此,从一千余首陕北民歌中,我们只选了这样一册。"① 新中国成立后,这一思想推广到全国。

1949 年,钟敬文作为国统区代表应邀参加第一次文代会的筹备会,参与了新体制内文学艺术建设工作,对于新中国成立后的研究历程,他自己进行了精练的概括。② 从他的自述中,可以看到新中国成立初期,特别是 1950—1958 年,他逐步适应主流文艺思想,并且成为其中一员。对于民间文学领域而言,他更是主要的学术领军人物,这样他只有将自身原有的民间文学思想与新的要求结合;当时的主要表现就是与《讲话》和苏联的民间文学理论一致,这样他要逐渐找到两者之间的契合点。这一时期,他的学术论述不少,但是纲领性和总结性的文章居多,这两类文章主要是提出学术意向和建议。笔者以他这一时期较重要的两篇文章,即《关心民间文艺的朋友们集合起来》和《口头文学:一宗重大的民族文化遗产》(下文简称《口头文学》)与一本编著《民间文艺新论集》为例进行分析。

在《关心民间文艺的朋友们集合起来》一文中,钟敬文呼吁重视和研究民间文学中所表现的生活现象和思想感情趣味,并将其与高尔基的民

---

① 何其芳、张松如选辑:《陕北民歌选》,新文艺出版社 1951 年版,第 1 页。
② 参见钟敬文《七十年学术经历纪程——〈钟敬文学术论著自选集〉自序》,载包莹编《钟敬文集》,广东人民出版社 2018 年版,第 436—445 页。

间文学理论相结合，提到对民间文学"单纯""简约"的艺术力量以及强烈的战斗性的理解（第一节中已经提到）。这篇文章最早发表于《光明日报》"文代会"特刊，可见其一定程度上代表着新中国文艺的方向，文中钟敬文提出的民间文学的基本问题与他20世纪30年代撰写的《建设》一文中所言可以说完全不同。在《建设》一文中，他认为民间文学的基本问题是"关于民间文学一般的特点、起源、发展以及功能等重要方面的叙述和说明"[①]。对于民间文学基本问题认知的变化展现了他"新"的民间文学思想。在《关心民间文艺的朋友们集合起来》一文中，他强调作为文学，民间文艺有其优越于小资产阶级、流氓知识分子文学的一面，那就是高度的思想性和艺术性，这就扣合了当时的主流话语和理论。但他并没有停于简单、笼统的论述，而是具体指出神话、传说等想象的特质反社会价值等，这是他这篇文章中的一个闪光点。钟敬文关注民间文艺的特殊性质和机能，这一点反应了他"民间文艺为特殊文艺"的思想内核，也就是无论多角度研究还是文艺学的研究，他更关注的是民间文艺的特殊性，正因为这一点民间文学才有学科独立的意义，因此，他的笔触伸及研究对象，对其进行内部研究。这一思想贯穿他的整个学术生涯，但这一时期，他并未有意识区分民间文学与作家文学的边界，而更多的是以作家文学为标准来看前者，实际上还是他20世纪30年代民间文艺学思想的延续。正是如此，他才能迅速与主流思想契合。但触及对象本身的思考是新中国成立后，他在自身民间文艺思想基础上研究的一个推进，然而这个思想的火花并没有扩大和延续。就他本人来说，也仅仅是提出而已，并未进行学术实践，在具体民间文艺研究中，倾向于其思想的表象和主流思潮，笼统地论述民间文学的思想性和艺术性，当然这也与当时的历史情境相关。由于他当时在学术界的位置，不能不说其影响还是非常深远和重大的，令人遗憾的是研究者并没有关注他的思想内核，对于他本人而言也是一闪而过，因此，倒是当他潜藏在主流思潮背后的60年代中后期反而写出了对于民间文学具有理论建构意义的文章。

《口头文学》在他的学术自述中专门提到，将其作为纲领性的文章，同时也是那一时期少数保留了"文化"一词的文章。文中提到："在这里

---

① 钟敬文：《钟敬文学术论著自选集》，首都师范大学出版社1994年版，第9页。

详细地来检讨口头文学的一切特点和优点是不可能的。我们只要指出它内容和形式上一些比较基本的优点，而这些优点是跟我们今天所要求的思想和艺术密切关联的，这就足够了。"他特别指出："民间文学的思想性和艺术性跟伟大的作家的作品一样"，同时认为："有价值的人民的文化财产，不但是新文艺、新教养的一种凭借和基础，有许多本身就应该成为我们新文艺、新文化的构成部分。"① 他的论述旨在说明民间文艺在思想性和艺术性上与主流思想一致，可以在新体制内成为一个独立的研究领域，而不是区分它与作家文艺相比，思想性和艺术性表现的特殊之处；同时不自觉地流露了多角度研究的意向。由于新时期他特别强调民间文学研究的多角度，所以在回顾中他非常重视《口头文学》的这一意义，但这一观点在当时的学术领域属于隐性话语；倒是前者对于当时而言真正起到了纲领性的作用，特别是重点提到的民间文艺思想性和艺术性上的独特优越性，进一步强化了研究领域的这一转向，但就学术意义而言，倒没有《关心民间文艺的朋友们集合起来》一文影响更深刻。

钟敬文编写的《民间文艺新论集》全书正文分为六个部分②，这一文集编选的最初目的是为了教学参考，在"付印题记"中，编者明确提到："民间文学方面的参考材料还是感到相当缺乏，特别是理论方面。（过去出版的一些成本头的书，大都在观点方法上是陈旧的，不很适宜于现在同学们的研习。）"③ 可见，其目的就是在新的历史语境中用新的观点和理论培养民间文艺研究者，"我们的民间文艺学运动，到底跟整个国家和人民一起走上新的道路了"④。《民间文艺新论集》包括"付印题记"与"校

---

① 钟敬文：《口头文学：一宗重大的民族文化遗产》，《民间文艺集刊》1950 年第 1 册，第 11—22 页。

② 第一部分，泛论一般民间文艺的性质、意义或价值；第二部分专论民歌、民间故事等口头文学的具体种类；第三部分前三篇是研究伟大的革命家、诗人、作家等和民间文艺的关系，末一篇是现在一位新诗人学习民间文艺（民歌）的自白；第四部分，介绍某种民间文艺（号子、道情），附了一篇关于老解放区的著名民间艺人的记述；第五部分，述说关于民间文艺采集、整理、研究的意见、方法和经验；第六部分则是一些民间文艺集子的序文。参见钟敬文编《民间文艺新论集》"校后记"，中外出版社 1950 年版，第 228 页。

③ 钟敬文编：《民间文艺新论集》，中外出版社 1950 年版，付印题记第 2 页。

④ 钟敬文：《对于民间文艺一些基本的认识》，载钟敬文编《民间文艺新论集》，中外出版社 1950 年版，第 19 页。

后记",共有八部分,正文每部分用星号间隔。书中有关口头文学意义、作家学者论民间文学等都集中选取了苏联和解放区的文章与个案,但是主题并不集中,这就如编者所说,最初只是油印为了授课,后来直接出版,编纂体系并不是非常完善,但是有一组文章却论题集中,这就是"关于民间文学搜集"。这一辑共有四篇文章,即:何其芳《从搜集到写定》、李束为《民间故事的搜集与整理》、王亚平《民间歌曲的收集与研究》、钟敬文《谈谈口头文学的搜集》。总体而言,这四篇与全书编纂的主旋律一致,主要以解放区的民间文艺为主,最后附加了一篇编者本人的文章。前三篇的理论要点就是"付印题记"所述民间文艺的新观点以及民间文艺的新道路。它们的共同点就是强调民间文艺的文学性与艺术性,正如何其芳所说:北大搜集的歌谣艺术性而言要比鲁艺所搜集歌谣略差[1],"这原因何在呢?我想,在于是否直接从老百姓去搜集"。[2] 李束为则提道:晋绥边区的"故事有它的积极的传播者和广大的听众。他们以自己创造的文学形式,来传达他们的心声","对于这种为广大群众所喜闻乐道的民间文学,采集起来,加以整理推广,不但能够配合工作发挥它的积极作用;而且对于文献工作者学习为广大劳动群众所喜爱的文学形式,也许是有益的……这些经过采集与整理出来的民间故事,(或说略加提高的故事),比起原来在群众中流传的未经整理的故事所起的影响大的多了。因为那些未经整理的故事是在一种自然状态中流传,想起什么故事就讲甚么故事,并不一定根据当前工作与群众的目前思想情况加以选择,同时所讲的故事也不一定都是有教育意义的……忠实的记录,文艺工作者带头并发动广大区村干部去采集,这就是晋绥文艺工作者在采集民间故事中得到的一点经验。整理民间故事应以正确的观点加以分析,作为取舍或修改的根据。"他还提出:必须"作一个忠实的记录员,讲故事的人怎样讲,就要

---

[1] 正如何其芳所说:"民谣儿歌居多。真正艺术性高的民歌还是较少。对于研究老百姓的生活,思想,民谣儿歌当然也是有用处。但要新文艺去从民间文学吸取优点,则艺术性较高的民间作品尤可珍贵","延安鲁艺所搜集的民歌,我觉得在这点上是似乎超过北京大学当时的成绩的。"参见何其芳《从搜集到写定》,载钟敬文编《民间文艺新论集》,中外出版社1950年版,第175—176页。

[2] 何其芳:《从搜集到写定》,载钟敬文编《民间文艺新论集》,中外出版社1950年版,第175—176页。

怎样记。忠实的记录,就是为要保持民间故事的形象的、生动活泼的、精练的语言。这种语言是被广大群众的唇舌千百遍的洗练过的语言,是群众语言的精华,是接近文学语言的语言。它能够生动的表现故事的内容。如果舍弃这种有生命的语言,而用知识分子的语言写出来的民间故事,已失去了民间故事的光彩,只剩了一个干巴巴的故事了。即使这个故事是有益的,是值得推广的,那也不大为群众所欢迎。此外,一个故事可以找几个人讲,都忠实的记录,作为整理研究时的参考。"① 王亚平提出:"我们在收集、研究时,必须本着'去其糟粕,取其精华'的精神,严格地加以审查,批判地接受。"② 钟敬文的文章则围绕"搜集工作的过去与今后""新的观点、立场""一些基本的了解""必备的知识和技能""工作的态度""应该注意的许多事情"六部分展开,文章更多是搜集技巧和态度的教诲,观念性的就是第二部分"新的观点、立场",但由于对解放区民间文艺没有直接感受,作者主要在总结学术史基础上进行了理论论述,并未进行特别明确的话语阐释。但也是紧紧扣合新的解放区民间文艺话语,"集团又可以做出许多在个人办不到的事情,好像共同解决材料上的某些疑难等。这对于搜集的工作很有利的。我希望许多文工团的青年朋友能够联合起来试一试"。③ 总之,这四篇文章在新的文艺话语建构中,接驳了"人民文学"话语,并且突出了搜集者民间文学的选择与审美,即文学性与艺术性,而这一文学性与艺术性是为"教育"新人、塑造新人服务的。这一思想与后来的民间文艺搜集整理工作一脉相承。

另外,《民间文艺新论集》是新中国第一本概论性质的著作,从其名称到作者"付印题记"的说明,强调的都是立场、观点、方法的变化,也就是与新中国主流思潮的契合。从"付印题记"中可以看到一个显在的论点,口头文学"虽然内容和形式一般地比较原始,但和劳动人民的

---

① 李束为:《民间故事的搜集整理》,载钟敬文编《民间文艺新论集》,中外出版社1950年版,第179—183页。
② 王亚平:《民间歌曲的收集与研究》,载钟敬文编《民间文艺新论集》,中外出版社1950年版,第185—186页。
③ 钟敬文:《谈谈口头文学的搜集》,载钟敬文编《民间文艺新论集》,中外出版社1950年版,第200页。

生活、情思的关联却更加贴切,因此在思想和艺术上也往往有更高的价值"①。但从整体的编纂体系和作者的预想,可以明确看到钟敬文的学科理念,尽管他自谦没有"明确的学术分类",但是他关于民间文艺的性质、特征、体裁、研究方法等的编排设计以及他对二编、三编的设想,完全可以看出是《建设》一文中学科思想内核的延续,当然多角度研究由于不合时宜,很自然地消失了,所谓的"新",只是外在表象的变化,但遗憾的是当时和现在的学人更多关注的都是其"新",而忽略了它的内核,以及《民间文艺新论集》在学术史上的意义。

三

1949—1966 年,钟敬文民间文学研究中出现最多的就是民间文艺的思想性和艺术性,可以说这正是他民间文艺之"新"的外在表现,同时也是与主流话语一致的地方,即努力契合新体制对于民间文学的预想和设计。由于受到学术论著外在表述和措辞的影响,大家忽视了他的内核思想,似乎这一段对他而言是一个全新的改变。经过上述分析,可以看出多角度到单一文艺学视野的研究只是一个外在表现,他的思想内核——特殊文艺学并没有消失,这也是他能够与主流思想迅速结合,同时对新体制内民间文学的学科独立起到推波助澜的作用。他本人在学术反思中提到,"我过去(1935 年)虽然创用了'民间文艺学'这个学科术语,并对它的对象、特点和研究方法作了简要论述,但是对它与作家书面文学的疆界,概念始终比较模糊,这种概念比较明确地出现,是近年来学界解放思想大浪潮影响的结果。"② 可见他还是客观地看到了自身学术发展历程中的局限性。因此,他后来一再强调"文艺学,在逻辑结构上,当有两个不同层次,即'一般文艺学'(它是概括了作家文学、通俗文学和民间文学的理论体系。现在我们通常所谓'文艺学',其实,主要是专业作家文艺学)和所属支学层次。所谓支学层次,应该包括专业作家文艺学、通俗作家文艺学和民间文艺学。这些各有自己的大体范围和特点,作为一种支学,是彼此相对地分立的。而在一定程度上,它们彼此又是相互联系和

---

① 钟敬文编:《民间文艺新论集》,中外出版社 1950 年版,付印题记第 8 页。
② 参见杨哲编《钟敬文生平·思想及著作》,河北教育出版社 1991 年版,第 736 页。

相互渗透的。但是，不能因为后者情形的存在，就把前者的相对疆界给铲除了。"① 之后的研究者在承袭他的学术思想时，具体的历史情境被屏蔽了，更多关注的是他学术思想的外在表现，而对思想内核并没有涉及，这也成为长期以来民间文学研究的一个主导思想。因此，到20世纪80—90年代，在文化大潮的影响下，民间文艺研究者飘摇于不同的学科之间，迷失了自己的学科和研究方向。当前学者呼吁研究"范式"的转变②，才意识到回到研究对象本身——即特殊文艺的重要意义，而不是突出民间文艺的多角度研究，但在20世纪下半叶漫长的半个世纪中，民间文艺的研究一直处于文艺学视野和多角度研究的争执之中，本身的研究则处于停滞和徘徊状态。

总之，新中国成立初期是中国民间文学史上的一个转折期。在这一时期，学者受到新体制主流思想的影响，逐步走向统一，实现了在新的政治体制中文艺学领域内学科的独立，但是由于学科基础和专业素养的影响，他们的内在取向在统一的表面下有着较大的差异，同时他们的思想彼此勾连，形成一个整体，影响着20世纪下半叶中国民间文艺学的发展和走向。

第四节　学术组织和学术创新
　　　　——贾芝与民间文学

贾芝从1950年开始任中国民间文艺研究会的秘书组组长，负责民研会日常工作，开始了在民间文学这块土地上长达五十余年的辛勤耕耘，本节主要论述他1949—1966年的民间文学研究。

一　由象征派诗人转向民间——受《讲话》精神的影响

贾芝从中学时期就热心于诗歌创作。大学期间是他诗歌创作的活跃时期。他与台湾已故著名诗人覃子豪、朱锡侯、周麟、沈毅组成了"泉社"诗社。1935年，贾芝以"泉社"的名义出版了《水磨集》，该诗集中许多篇章象征意味较浓。他还参加了以北大学生为主组织的学生诗社，在朱

---

① 钟敬文著，董晓萍整理：《钟敬文学述》，浙江人民出版社2000年版，第116页。
② 刘宗迪：《从书面范式到口头范式：论民间文艺学的范式转换与学科独立》，《民族文学研究》2004年第2期，第57—64页。

光潜的指导下进行创作,并在朱光潜主编的《文学杂志》和戴望舒主编的《新诗》上发表诗作。这样一个文学青年后来一直从事民间文学研究,影响他选择的因素诸多,但决定性的则是《讲话》。

1938年,贾芝从西北联合大学毕业后到了延安。在延安,他作为知识分子加入到革命队伍。他所受的教育,使他初到延安时关注的是上层文化,这从他1942年的读书计划(1942年计划:1.写诗。2.读名著。3.读外国文。夜间读诗;下午读名著;上午读法文、翻译;晚饭写读俄文)可知。但是,他在延安的生活又让他不得不反思自己的创作,他在日记中写道:"我觉着我们诗体所能包括的主题太狭小了,有许多的主题等我们写呢。……我的精神用在诗上。"(1942年1月10日)"我正走在不能确定的路上,我应该写许多的主题,但是我还没有开出属于我自己的某一个境地,这使我很苦恼。"(1942年3月2日)可见,他当时仍主要是创作诗歌,而且意识到了创作与生活的脱离。这就从主观上为他转向民间奠定了基础。客观上则是从20世纪初至30年代知识界关注"民间"氛围的影响。他是那一时代成长起来的知识分子,脱离不了那一时代的社会环境。笔者访谈贾芝时,他提到了在北京上学时北京大学征集歌谣的事情。但贾芝转向民间最直接的推动力是《讲话》。他在日记中写道:"今天的作品,一定要以工农兵的生活为内容,以工农兵为读者,离开了这一关,没有更宽阔的路。我是曾经在诗的道路上摸索到这点的,但是我还未明确地肯定过,我还没有在写作上走出自己的路来。我写得太少。正确是从错误中来的,想一下出来就是不错的,没有这事,而我竟如此想了。以后一定要多写,研究生活,去熟悉我所不熟悉的生活,改变我这人和诗。"(1942年7月31日)之后,他改变了自己的方向。

人只有是历史的才是现实的,我们不能脱离当时历史条件谈论贾芝的研究。当时的民间文学,是"民间"概念在抗日根据地政权中体制化之后的文学表现。正如洪长泰(Chang-tai Hung)所说,"按照《讲话》的精神,共产党首次把利用民间文艺的策略与党建理论结合起来,提出了放弃模仿外来形式、继承民族形式的观点,对文化政策做了较大的调整。"①在民间文学中,出现了中国共产党、知识分子和农民三层关系,知识分子

---

① 转引自董晓萍《田野民俗志》,北京师范大学出版社2003年版,第148页。

在党的引导下透视和反映民众生活，与"五四"时期民间文学注重社会价值与学术价值不同，这一时期的民间文学更注重的是政治价值。因此，在这一时期进入民间文学研究领域的贾芝，也是处于这三种关系的互动之中。他遵循《讲话》"我们的艺术是为工农兵的，为工农兵而创作，为工农兵所利用"的精神，运用劳动人民语言创作，先后在《文艺战线》《诗刊》《中国文化》《解放日报》等刊物和报纸发表诗歌多首。以《拦牛》（通过描写李有福拦牛的劳动场景，抒发了对拦牛这一普通的农村劳动的赞美之情，表达了他对劳动的热爱）和《抗日骑兵队》（歌颂了蒙古族英勇的骑兵队，赞美了蒙古族人民抗日的英勇精神）为代表，运用民众熟悉的民间文学形式宣传党的政策。另外，他积极参与到下乡采风中，体验工厂生活；并参加到盛极一时的秧歌运动；他当时唯一的理想和决心"就是到群众中去，从事文学创作……"。他用陕北方言以及信天游的形式创作了《人民的心意到火线——劳军鞋》等，他在诗作中主要歌颂了陕北妇女以苦为乐，为抗日做贡献的精神。

他的初衷是宣传中国共产党的文化政策，解放区的文艺思想，但也不排除他对民间文学的兴趣。他感动于民众文学的精彩与真实，用民间文学形式进行创作。在那个特殊时期，他的作品可以归属到民间文学领域，因为在延安时期的民间文学有自身的特征。对于贾芝本人而言，从此他走上了研究民间文学的道路，正如他所言：这一时期是"建国以后我所以参加了民间文学工作以至坚持至今的最初起点"①。

二 贾芝对民间文学的组织和领导——对《讲话》精神的承继

新中国成立后，延安时期政治化的民间理念推广到全国。民间文学受到了历史上从未有过的礼遇，成立了中国民间文艺研究会。周扬在中国民间文艺研究会成立大会开幕词中提出："成立民间文艺研究会是为了接受中国过去的民间文艺遗产。""在我们解放区也曾有过地方戏剧的研究，如今天优秀的歌剧作品，都是研究民间文艺的成果"。② 郭沫若认为"民

---

① 贾芝：《播谷集》，人民文学出版社1994年版，第53页。
② 周扬：《中国民间文艺研究会成立大会开幕词》，《周扬文集》第2卷，人民文学出版社1985年版，第10页。

间文艺给历史家提供了最正确的社会史料。""我们不仅要收集、保存、研究和学习民间文艺,而且要给以改进和加工,使之发展成新民主主义的新文艺。"① 这给民间文学提供了一个发展的契机,同时《讲话》精神导引着民间文学前进。

贾芝的民间文学研究及基本思想离不开这一历史情境。他的工作包括管理和研究两个方面。

(一) 努力建设和保存民间文学研究机构,积极组织全国民间文学研究。

首先,贾芝为民研会的成立和存在而奔走呼吁。

1949年12月22日,周扬指示今后的"工作任务是编审全国说唱演义一类的模范性的文艺作品以及各种形式的民间文艺,同时拟专设一民间文艺研究会,专门从事后者底搜集整理"。② 这就是成立民研会的最初设想。1950年3月,第一次文代会后成立的第一个协会就是民研会。民研会推选郭沫若为理事长,老舍、钟敬文为副理事长,下设民间文学组、民间美术组、民间音乐组、民间戏剧组、编辑出版组,贾芝任秘书组组长,负责民研会日常工作。贾芝到人民文学出版社工作后,将民研会带到该社,冯雪峰对此有意见,他主张取消民研会。后来经过贾芝四处奔波才保住了民研会。1951年冬,周总理批示限他一个礼拜内携家属前往布拉格,到世界保卫和平委员会工作。但当时民研会正处在生死存亡的危难关头,他到文化部去找沈雁冰和周扬两位部长,说明情况后,沈雁冰说:"你走了自然就搞不了民研会了!"他随即放弃出国。这说明了贾芝对于民间文学研究组织的重视,同时体现了他坚持民间文学学科独立性的思想和主张。尤其是,他主持编辑了新中国成立后最早的兼学术与普及功能的刊物《民间文学》。他当时虽然是《民间文学》杂志的常务编辑委员之一,但是日常工作都由他做,"编后记"也大多由他撰写(据他的访谈和日记)。1955年《民间文学》创刊号的"稿约",对来稿的要求如下:

  1. 我国各族人民的民间文学作品(包括歌谣、传说、故事、神

---

① 郭沫若:《我们研究民间文学的目的——在本会成立大会上的讲话》,《民间文艺集刊》1950年第1册,第9页。
② 《贾芝日记》,1949年12月22日。金茂年收藏。

话、童话、语言、地方戏脚本、平话、弹词、鼓词、快板、谚语、谜语等)。

2. 关于民间文学作品的研究和评论,关于搜集、整理和改编工作的经验介绍及讨论,各地民间文学状况的报道,民间文学书刊评论,关于民间文学的教学问题讨论,苏联及其他兄弟国家民间文学的理论的译文。

3. 以民间文学形式写的优秀创作,对各省市文艺刊物的通俗创作的评论。

从"稿约"的具体要求,我们可以领会到刊物的办刊宗旨。为了《民间文学》的编辑,他放弃了1961年访苏的机会。1966—1976年间,他仍念念不忘《民间文学》。① 如果没有对民间文学研究的学术理念和信念,那么他就不会千方百计地维持这一刊物。新中国成立后到"文革"前,该杂志为民间文学研究提供了研究的阵地和讨论的平台。

另外,他注意与各地民研会分会保持密切联系。20世纪60年代,他对各地民间文学资料的搜集极为关注,也与各地的民间文学研究者保持密切联系。

(二) 贾芝的学术研究兼顾了民间文学的宏观理论和微观分析。

首先,贾芝在民间文学分类、对象和搜集整理的理论上提出了自己独到的见解。20世纪50年代,学术界对民间文学的研究范围以及分类进行了探讨。这一时期,在众多的观点中,贾芝对民间文学做了比较恰切的分类,他认为:民间文学"大致包括群众口头创作、民间曲艺和民间戏曲三大类。而群众口头创作里又有民歌、民谣、快板、史诗、长篇叙事诗、民间故事、传说、神话、童话、寓言、笑话、谚语、

---

① "20世纪60年代末,中国文联大院里帖满了大字报,那时贾芝还戴着'走资派'、'反动权威'等帽子。但他满不在乎。他在扫大院的时候,看到《民间文学》编辑部的留参稿丢的满地都是,他一篇一篇地拾起来看,心疼的不得了。我看到了说:'什么时候了,你还弄这个。'他狠狠地瞪了我一眼,不说什么。但从他的眼神中仿佛看到:'你们是吃这碗饭的,连你们这些人都这样,真让我失望。'"参见杨亮才《民间文学之子》,《西北民族研究》2003年第3期,第30页。

俗语等；在民间曲艺和民间戏曲方面，曲种、剧种名目繁多，不下数百种。"① 他虽然没有谈到如何对大类进一步分类，而且遗漏了谜语。但是，在当时从大的方面厘清了民间文学的分类，对民间文学理论的发展起到了一定的推动作用。之后张紫晨的《民间文学知识讲话》大致是按照他的提法，进一步具体化。

贾芝反对民间文学研究范围无限度扩大，其主要针对当时民间文学与作家文学合流、民间文学与群众创作等同的观点。他认为后者的"精义"是：从阶级熄灭论得出民间文学熄灭论。② 他强调民间文学要有自己特定的研究范围。这对于我们当今民间文学的研究仍具有现实意义。我们都很清楚，如果一个学科没有自己清晰的研究对象或研究范围，就算不上是一门独立的学科，无限制地扩大自己的研究范围和领域的结果就是该学科的消亡。

在民歌的搜集、整理方面，贾芝于1958年新民歌运动中，提出"注意新民歌搜集"的观点。也就是说，他认为不能仅仅将传统民歌视为民间文学，而对新出现的民歌视而不见，这个虽说有政治的即时性，但是这一思想，目前仍是可取的。我们往往将当下流传的民间文学排除出研究和搜集范畴，更关注古代（史书记载的）或传统的故事、神话、民歌等民间文艺样式。他在《采风掘宝，繁荣社会主义民族新文化——1958年7月9日在全国民间文学工作者大会上的报告》一文中，论述了民间文化的搜集问题，提到了搜集、整理的方法。这为当时民间文学的实地调查和民间文学资料的搜集在理论上提供了一定的指导。1961年，他又在《文学评论》（1961年第4期）发表《谈各民族民间文学搜集整理问题》一文。文中提到了做好民间文学搜集整理工作的几个基本问题即全面搜集、忠实记录、慎重整理、调查的科学方法。当时，他的这些思考与研究方法在全国民间文学资料普查中起到了理论指导的作用，至今仍对我们的民间文学资料搜集具有参考价值。他还强调搜集整理与再创作的区别。1962年，他在答复安徽蒙城县文联民间文学研究小组的信中再次强调了民间文

---

① 参见谭达先《中国民间文学概论》，商务印书馆香港分馆1980年版，第11页。
② 参见贾芝《社会主义时期民间文学的范围界限和工作任务问题》，《民间文学》1960年12月号，第19—20页。

学搜集整理工作的原则,强调了民间文学搜集整理与利用民间文学进行创作之间的区别。这就在学术上明晰了民间文学的研究范围,划清了民间文学与民间创作的界限。

其次,贾芝注重民间文学的社会价值。从 1957 年开始,他就提出了民间文学要为人民服务。[①] 1963 年,他论述了民间文学在农村社会主义教育中的意义和作用,并阐述了民间文学的价值。这些文章都具有政治时效性[②];对民间文学社会价值的强调,是对《讲话》精神的继承。文艺要为政治服务,而民间文学由于与民众特殊的关系,它的社会价值尤为重要,所以如何利用民间文学为民众和社会服务是民间文学研究的一个重要方面。不管承认与否,民间文学本身就具有政治性。所以直到现在,对民间文学政治性的研究仍然是一个重要,而且不可回避的课题。但是到目前我们这一研究并没有真正开展。

再次,大力提倡少数民族文学,特别是少数民族民间文学的研究。贾芝是中国社会科学院少数民族文学研究所(2002 年更名为中国社会科学院民族文学研究所)第一任所长,曾主编中国各少数民族文学史和文学概况,为少数民族文学的研究奠定了基础。中国的民间文学是多民族的民间文学,这一思想一直是民间文学研究者的共识。早在 20 世纪 30 年代,就有民俗学和民族学者对我国少数民族进行调查和研究。新中国成立后,贾芝为少数民族的民间文学在我国民间文学体系中争得了一席之地。《民间文学》杂志自创刊开始,"稿约"第一条就提到"我国各族人民的民间文学作品",可见当时就注意到了少数民族的民间文学搜集整理与研究。这样从《民间文学》创刊直到"文革"时期被迫停刊,每期都刊载大量的少数民族民间文学作品和研究成果。1956 年,他写了一篇《关于阿凡提的故事》,当时阿凡提的故事刚被采录出来。他的论文论述了阿凡提的人物性格特征,以及对阿凡提敢于同皇上、巴依(地主)进行斗争的反抗精神的赞颂。对这一维吾尔族的机智人物的妙语连珠更是高度赞扬。1964 年,他对新中国成立后少数民族口头文学工作进行了述评,指出了

---

① 贾芝:《民间文学论集》,作家出版社 1963 年版,第 53—66 页。
② 贾芝:《发扬民间文学的教育和战斗作用——谈民间文学为农村社会主义教育服务问题》,《民间文学》1963 年 6 月号,第 5—19 页。

当时的少数民族口头文学研究对各民族的意义；他指出，要充分发挥各个少数民族口头文学在中华文学中的价值，强调研究少数民族的口头文学是中国文学研究不可缺少的一部分。

另外，贾芝的研究触角还深入到了民歌、新曲艺、传说、民间故事等具体的研究领域。他的研究主要是针对当时政治和社会需要。民歌研究主要集中在对苏区民歌和《红旗歌谣》的研究。在苏区民歌研究中，他提到"编出一部老苏区的民歌来，是很有意义的。这可以使我们在这些朴素动人的民歌里读到革命斗争的最生动的记录，同时又有机会，学习群众如何在自己的诗歌里表现他们的新的生活、思想和情感。这份珍贵的文学财产，实实应该好好收集和保存起来"①。在民间传说的研究中，他坚持传说的民族性、时代性的差异，坚持要按照民间传说本身的特质研究民间传说，而不能将阶级的观点强加在传说之上。在唯阶级论时期，这是难能可贵的。在民间故事研究中，他强调民间故事在劳动人民生活中的娱乐作用和教育作用，同时，他认为民间故事反映了不同时代劳动人民生活和精神世界的各个侧面。②凡涉及贾芝民间文学历程研究的学者，过于强调他研究的时代性，这样就会有意无意地忽略了他在民间文学研究中的学术思考。从以上对他在1949—1966年民间文学研究进行的分析中，我们看到了对于他的学术思想要拨开当时政治性字眼的迷雾，才能透视他科学的民间文学观。他的研究紧紧围绕《讲话》精神，使民间文学尽力发挥自己在新中国的作用以及更好地为工农兵服务，这符合当时情境的需要，同时也具有科学性与学术性。

总之，从对周扬、何其芳、钟敬文、贾芝等这一时期有代表性的学者之学术思想分析的过程中，我们可以清晰地看到：1958—1966年在新的政治体制内取得学科独立的民间文学，与那一时期的任何学科一样，受到政治思想的影响。它的基本问题与时代融为一体，但在自身学术发展的轨道上也取得了一定的成就；同时，它奠定了20世纪下半叶中国民间文学的学术基础。当下中国民间文学的学术史回顾中不应该忽略它，特别在学习与借鉴西方民间文学研究的理论中，必须对学科自身历史发展有清醒

---

① 贾芝：《民间文学论集》，作家出版社1963年版，第222页。
② 贾芝：《民间文学论集》，作家出版社1963年版，第362页。

认识。

　　笔者在翻阅贾芝20世纪50年代的日记时，每每看到他回复各地民间文学工作者、爱好者信件的记录，不免激起如下思考：他没有提到田野作业，也没有引用笔者学习中熟悉和推崇的本位研究，难道这就是毛泽东所提的"到民间去"？当然，对这种搜集资料的方法确实需要进行学术反思，它的利弊之处也应该科学阐释。就贾芝本人的学术研究而言，从当下田野作业的思路考察，他对民间文学所产生的环境有一定忽略，在记录中基本遵循作家文学的思路，但这些需要结合当时民间文学的搜集、整理及中国传统的采风思想进行梳理与反思。另外，"与民众互动"也应该是民间文学的一个层面，它能使得研究者在具体研究中真正根植民间，因此贾芝看了大量评论自己的文章，他认为最喜欢和最恰当的就是"民间文学之子"，从中可以看到他对自己与民间文学以及民众关系的定位，这也是他植根民间思想的展现。

　　贾芝遵循《讲话》精神，围绕"取之于民、还之于民"开展自己的学术与活动，具体表现在人民的诗学与根植民间两个方面。他对于民间文学更注重的是它与作家文学之文学的共性，在他的研究中，重点不是析分这两种文学，而是要为民间文学在文学领域争得一席之地，让民众的文学为民众服务。因此，他的研究更多呈现出的是一种活动，正如他自称"草根学者"，认为自己所做的工作是"学者与民众的对接、书斋与田野的对接、民族与世界的对接"①。不可否认，这种理念同时也给他的研究造成了一定的局限性。在20世纪80年代学界出现文化热潮时，他关注过，对民间文学的多视角研究也持肯定的态度，但是"取之于民、还之于民"的思想则没有动摇过。

---

① 贾芝：《我是草根学者》，《新文学史料》2007年第2期，第47—53页。

结　　语

　　民间文学这一概念不是中国固有的，但对于民间文化的重视在中国则是有悠久历史传统的。先秦时期，正统的上层文化体系还没有形成，无所谓民间文化、上层文化，它们之间彼此交融在一起，所以孔子提出了"礼失求诸野"；删定《诗》三百篇，将风、雅、颂置于同一层面；并且穿朝服观看傩戏。到汉代，整个社会"独尊儒术"，上层文化形成体系，"统治阶级的文化就是社会的统治文化"（马克思语），民间文化处于了社会的边缘。在汉代以后的中国历史发展中，民间文化出现了三个高峰期，即两宋、晚明以及清朝中后期。两宋时期政治控制松弛、城市经济迅速发展、人身依附关系松动，这些都为民间文化的繁荣提供了必要的条件。宋代的讲史、说浑话、戏曲歌舞极为繁荣。明代则是政治上黑暗，但是思想控制相对松弛，而且教育水平提高，特别是在东南沿海一带出现了资本主义的萌芽，这些导致了思想界的变革，学术界形成抨击"伪道学"、肯定"私欲"、张扬自由个性的局面；文学上则重新审视民间文艺，在其中发现了与新思想相合的理念，这样就有大量的文人开始宣传、搜集和加工民间文艺，其中最具有代表性的就是冯梦龙；他出版了民歌、民间故事、谜语和笑话，认为"今虽季世，而但有假诗文，无假山歌"，"若夫借男女之真情，发名教之伪药"；[①] 在文人学者的宣传下，整个社会掀起了一股民间文化热潮，限于篇幅在这儿就不详述了。到了清朝中后期，中国处于社会的转型期，同样出现了一个民间文化的热潮，但是它与历史上其他时

---

① 冯梦龙：《叙山歌》，据顾颉刚校点《山歌》传经堂本，转引自中国音乐学院中国音乐研究所编《中国古代乐论选择》，内部资料，1961年，第338页。

期有着显著的差别；清代在中国文化史中占有很灿烂的一页，因此谈论20世纪中国的思想和学术，很多人喜欢"从晚清说起"，① 民间文学的研究也可以追溯到晚清时期。钟敬文在《建立中国民俗学学派刍议》中提道："其实，严格地讲，中国的科学的民俗学，应该从晚清算起。"② 晚清时期是科学民俗学形成的酝酿时期。刘锡诚也明确提出："中国现代民俗学的滥觞，实际上确比'五四'新文化运动更早，应在晚清末年。"③

中国民俗学从民间文学开始起步，正如钟敬文指出的中国引进民俗学是"从文学切入"④，日本民俗学家直江广治强调"中国民俗学的诞生是和文艺紧紧相连的"⑤。这一特征与世界民俗学学科的兴起和发展相吻合，德国和法国的民俗学研究也是从口承文艺发展起来的，民俗学和文艺建立了深刻的联系。这种倾向表现之一就是"民俗学范畴内，逐渐出现以民间文学搜集和研究为主的趋向"⑥。

从学科体系归属上，民间文学在不同国家情形不同。德国民俗学"被视为广义上的民间诗学"；俄国则指"民间文学或口头文学"；英国民俗学"关心的是民俗的社会功能，即使研究民间口头创作也只对其中的古代遗留物感兴趣"；法国介于两大传统之间。⑦ 晚清时期，西方新思想的输入主要是转道日本，中国"民俗学"一词直接译自日语。日本民俗学来自西方，但是它的一些理论却是日本学者在自己实践中形成的，具有自己的特色，它从社会学切入，包含口承文艺部分。中国现代民俗学的形成和发展受英国人类学派民俗学影响最大，当时翻译的理论著作中班恩（Charlotte Burne）的《民俗学问题格》⑧、柯克士（Marian Cox）的《民俗学浅说》⑨、

---

① 陈平原主编：《中国文学研究现代化进程二编·前言》，北京大学出版社2002年版，第4页。
② 钟敬文：《建立中国民俗学学派刍议》，《民族艺术》1999年第1期，第62页。
③ 刘锡诚：《民俗百年话题》，《民俗研究》2000年第1期，第6页。
④ 钟敬文：《从事民俗学研究的反思与体会》，《北京师范大学学报》（社会科学版）1998年第6期，第12页。
⑤ ［日］直江广治：《中国民俗学·序》，林怀卿译，台湾世一书局1970年版。
⑥ 陈勤建：《20世纪中日民俗学学术倾向及前瞻》，《民俗研究》2001年第1期，第10页。
⑦ 钟敬文主编：《民俗学概论》，上海文艺出版社1998年版，第426、441、429页。
⑧ 杨成志译：《民俗学问题格》，原为英国班恩《民俗学手册》中的两个附录的选译，1928年6月由中山大学民俗学会出版。
⑨ ［英］柯克士：《民俗学浅说》，郑振铎译，商务印书馆1934年版。

瑞爱德（Arthur Robertson Wright）的《现代英吉利谣俗及谣俗学》[①]最为有名，还有美国学者詹姆逊（R. D. Jameson）在清华大学任教时的演讲[②]；弗雷泽（James Frazer）、安德鲁·朗（Andrew Lang）等英国人类学派代表人物对周作人、江绍原、茅盾等的巨大影响更是学术史常识。这样从20世纪初至新中国成立时，学界在学科指称中运用"民俗学"一词已非常普遍，它与folklore对译，与英国的民俗学思想一致，不等同于民间诗学；而民间文学的称谓混乱，学术空间也相对狭小。20世纪90年代，学科规划中又将民间文学变为民俗学之下的三级学科，上述学人的论述也是将民间文学视为民俗学的一部分。所以在下文叙述中，现代民间文学形成和发展的初期，基本上直接使用民俗学指称。

民俗学特殊的研究对象，使得它与社会思潮密切联系在一起。正如丹·本-阿莫斯（Dan Ben-Amos）所说："他（按指——吉乌塞普·科奇亚拉，《欧洲民俗学史》的作者）把民俗学的观念和内容当作欧洲思想史的内在部分"[③]。由此可见民俗学与思想史、思潮的内在关系。赵世瑜强调，"不仅把民俗学视为一门学科，而将其当作一种思想、一种社会思潮"[④]。民间文学与民俗学一样，与社会思潮紧密联系。

在中国内部文化思想演变的同时，西方的思想伴随西方国家对中国的侵入以及中国学者的"放眼看世界"逐渐进入中国。19世纪末20世纪初，西方各门学科通过翻译涌入中国，进化论、无政府主义、实证主义、经验自然主义等都被引进。思想文化界内外交合的变革，其目的都与民族主义紧密联系，核心主题就是民族的生存和兴盛。在这个历史语境中，出现了一个共同的声音，那就是民间。

清朝后期，知识人在引进西方近代文化时，表现出了对"民""民间"的关注，其除受西方民族主义思潮影响外，还有内源性的因素。知

[①] "谣俗学"对译folklore。江绍原在该书中说："谣俗学通称'民俗学'，从日译也。"[英]瑞爱德：《现代英吉利谣俗及谣俗学》，江绍原编译，中华书局1932年版，第3页。
[②] 《中国民俗学三讲》，1932年影印本。
[③] 参见赵世瑜《眼光向下的革命——中国现代民俗学思想史论（1918～1937）》，北京师范大学出版社1999年版，第4页。
[④] 参见赵世瑜《眼光向下的革命——中国现代民俗学思想史论（1918～1937）》，北京师范大学出版社1999年版，第14页。

识人在引进和接纳西方"民""民间"理念的过程中受到中国传统的"民本"思想和"采诗"的影响与规范;他们在政治思想上表现出了平民意识,文学上则开始重视、推崇"白话文学""平民文学"。

在清末政治思想的变革中,关注民间成了一种思潮,在这种政治思潮的影响下,文学领域也发生了巨大变化。最显著地表现在对于文学语言的态度上,即主张用俗语著作,提倡具有通俗性的文学种类,如小说、戏剧;公开提出了文学为政治和社会服务的主张(当时"政治小说"流行,并且产生了很多这类作品),特别是对于民间文学的关注,是当时学术界活动的一个重要方面,仿作民谣、俗歌,成为当时的一股巨流,并且将书面文学的起源追溯到口头文学(特别是口头诗歌)。这种观念是近代才有的,这是在进化论影响下形成的文学进化观。清末很多知识人处于这一漩涡中,从改良派到革命派,都意识到了民间的重要性。

清代只是现代意义上民俗学酝酿时期,但是由于中国对于民间文学关注的历史传统,以及当时特殊的历史境遇,知识人卷入到现代民族国家建设的洪流中,关注民间、民众成为当时的社会思潮,而这恰好符合民俗学的研究对象和主体。因此,进步的知识分子都从非学术意义上关注着民间。他们是时代的先锋,处于民族革命倡导者的位置;他们关注民间,向民众讲述自己的思想,鼓动民众革命。为了达到这一目的,他们用民众喜闻乐见的文学样式创作,向民众宣扬革命。因此,当时的知识人虽然没有从学术意义上创建民俗学,但是显而易见,他们都在非学术的意义上为民俗学的创建做出了自己的贡献,这符合当时的历史语境,同时奠定了民间文艺学的根基。

1918年2月1日,《北京大学日刊》上发布了刘半农拟订的《北京大学征集全国近世歌谣简章》(简称《简章》),后来这一事件成为中国民俗学产生的标志。民俗学诞生以后,各个领域的知识分子都积极加入,但缺乏专业人士,出现了"热闹有余而专业性则显不足"的状况。① 这就形成

---

① 赵卫邦 "Modern Chinese Folklore Investigation"(《中国近代民俗学研究概况》)一文中提道:"主要缺点是,那些民俗学研究工作的创始者们没有一个人充分熟悉民俗学这门科学的性质、理论和方法……"原载辅仁大学 Folklore Studies(《民俗学志》)1942年第1卷和1943年第2卷。此文翻译参照了赵世瑜《眼光向下的革命——中国现代民俗学思想史论(1918~1937)》(北京师范大学出版社1999年版,第149页)与赵卫邦著,王雅宏、岳永逸译《中国近代民俗学研究概况》[《贵州民族大学学报》(哲学社会科学版)]。

了作为运动的民间文学之兴盛，但学术的推进则显苍白。在西化大潮中，民俗学理论零碎、片断地被引进，学者根据自己的兴趣点进行着中国式的阐释和转化，这种局面一直持续到20世纪30年代。最初参与民俗学运动的学人，都有着深厚的国学传统，再加上民俗学伴随着新文学运动诞生，在他们接受和发展民俗学中，自然而然落足于民间文学。由于对"民间"理解的不同，这一时期出现了名词的混乱，有"民间文学""民俗文学""民众文学""平民文学"等。研究方法上则是在传统考据学的基础上吸纳了西方的实证主义，资料搜集成为基本问题。1930年代随着一批留学欧美的专业人士的回国，他们对人类学、民俗学理论进行了系统介绍，但他们的研究是以人类学为研究旨归，民俗学只是作为他们的资料系统进行储备，所以这一时期民俗学学术上并没有大的提高，当然不能否认局部研究方法的更新和理论的提升。20世纪头10年至30年代，中国学界并不关注民俗学与民间文学的关系。胡愈之《论民间文学》与1933年编纂、出版于上海的《辞源》都是将民间文学与folklore对译，学科名称更多使用民俗学。1937年，抗日战争全面爆发，中国分为国统区、解放区和沦陷区。解放区的民间文学是在毛泽东的《新民主主义论》和《讲话》思想的指导下发展，逐步显现出与之前和其他两个区域民俗学研究的差异。解放区的民间文学研究被纳入文学轨道，在理论研究方面，注重探析它作为文艺的特质及其对中国共产党的领导与革命战争的作用和意义；在解放区，利用陕北丰富的民间文艺资料进行改编和再创作，掀起了新秧歌运动、新说书运动与文人进行民间文艺（或称通俗文艺）创作的浪潮，这些为宣传中国共产党的政策、方针，唤起民众的民族情感起到了巨大的作用。新中国成立后，解放区的民间文学思想推广到全国，对民间文学进行了重构；作为学科的民间文学诞生，其完成了从"作为运动"的民间文学向"新"民间文学的转向。1950年代中期至1966年，民间文学沿着文艺学模式推进，基本上跟随作家文艺学的轨迹，没有凸显自己的学科特质，这成为新时期，特别是90年代对民间文学进行反思的焦点。但在纠偏的过程中，民间文学又走向了另一个极端，那就是对历史的忽视，完全忽略了从延安时期开始的民间文学研究的学术历程。1980年代开始了新的一次西学引入高潮，文化学、民俗学理论再次大规模进入学人视野，而学术史的梳理则相对滞后，这样民间文学研究，特别是民俗学、民间文学本土化过程中出现了很多症结,最突出的就是民间文学的文学特质,这成为困扰中国民间文学的瓶颈问题。通过前面的论述,我们就以下问题进行总结性梳理。

一 资料的搜集与整理的发展历程

中国民俗学以征集歌谣为开端,表面上看,和时势与学人的嗜好有直接关系,但从历史看,恐怕有更深远的根源。[①] 晚清民间思潮的兴起,除了吸纳西方思想以外,中国传统的民本思想成为重要的根基。民本思想的外在表现就是到民间的求诗传统。古之圣人害怕上下之情不通,而用"诗"通之。黄帝立名台之议,尧有衢室之问,舜有告善之旌,禹立谏鼓而备讯;春秋时,晋文公听舆人之诵。《诗经》被列于六经,《左传》师旷引夏诗曰"遒人以木铎徇于路,官师相规,工之艺事以谏。"《礼》曰:"命太师陈诗,以观民风",郑康成曰:"陈诸国之诗,将以知其缺失。"《汉书·食货志》:"孟春之月,群居者将散,行人振木铎徇于路以采诗,献之大师,比齐音律,以闻于天子。"[②]《风俗通义》曰:"周、秦常以岁八月遣輶轩之使,求异代方言,还奏籍之,藏于秘室。"[③]《管子·大匡篇》:"凡庶人欲通,乡吏不通,七日,囚。"[④]《公羊》宣公十五年传注:"从十月尽正月止,男女有所怨恨,相从而歌;饥者歌其食,劳者歌其

[①] 理查德·多尔逊(Richard M. Dorson,1916—1981)在为德国民俗学家沃尔夫·爱伯哈德(Wolfram Eberhard)缩编英文版《中国民间故事类型》(芝加哥大学出版社1965年版)作的序中指出了中国现代民俗学的历史渊源。他说,令人惊异和难以置信的是,这些搜集和利用民间歌谣、故事的活动,看起来是如此现代的一门科学研究,然而它却几乎完全重现了孔教时代的理论和方法。孔夫子就曾从3000首民歌和颂辞之中精选了300首,编成了《诗经》。高度集权的汉王朝,于公元前3世纪建立封建体制之后,设置了乐府机构,来保存和整理现世歌谣。这类歌谣不同于庆典音乐,而是在大众节庆中演唱的。同时,朝廷还任命官员,采录和收集市井中流传的传说逸闻。皇帝和朝臣们会认真分析这些材料,以此来判断民心及其统治效果。乐府机构编集的歌谣,很快就会被宫廷诗人所模仿,而民间故事则为文言小说作家的创作提供了源泉。因此,可以说,20世纪民俗学的研究机构、大宗资料记录以及田野考察活动,关注大众歌谣和故事的社会与艺术价值,是继承了长期延续的中国传统。参见安德明《多尔逊对现代中国民俗学史的论述》,《北京师范大学学报》(社会科学版)1996年第6期,第66—71页。

[②] 班固:《汉书》卷二四,太白文艺出版社2006年版,第116页。

[③] 应劭:《风俗通义序》,载应劭撰,吴树平校释《风俗通义校释》,天津人民出版社1980年版,第2页。

[④] 刘绩补注,姜涛校点:《管子补注》卷七,凤凰出版社2016年版,第137页。

事。男年六十，女年五十无子者，官衣食之，使之民间求诗"①。晚清学人重新提起和审视中国古代采风制度。王韬《弢园文录外编》中专门列出了重民三篇，提出了"中国欲谋富强，固不必别求他术也。能通上下之情"②。冯桂芬在《校邠庐抗议》中谈到了解民情的重要，专列篇章《复陈诗议》，提倡恢复古之陈诗制度，强调"诗者，民风升降之龟鉴，政治张弛之本原也"③。这种传统使得中国的民俗学和民间文学能迅速接纳实地调查的研究方法，资料的搜集与整理成为一直伴随着中国民间文学研究的核心问题。

从 1918 年北京大学发起的征集全国近世歌谣开始，学人就注重口头文学的搜集。他们都比较重视将口头文学转换为文献资料，最高成就当推顾颉刚对孟姜女故事和董作宾对歌谣的比较研究，至今它们仍是民间文学界的高峰，也是当前学人研究的主要范式。我们可以说，在口头资料转换为文本的研究中，中国有着自己独特的研究方法，这种方法可以与西方的理论对接与媲美。20 世纪八九十年代，在引进西方的民间文学理论或研究方法之时，研究者大多忽略了中国自身的民间文学传统，同时也不关注中国民间文学学术史中不同时期民间文学的基本问题、基本话语的梳理，这就造成了每次理论的引入都是一次全新的输入，而没有学术史上的理论对话，也没有中外传统的比较，这样就对西方理论的使用效度缺乏思考。

延安时期解放区对于民间文学资料的搜集是中国民间文学史上的第二次浪潮，这一时期的主导思想与中国传统采风完全一致。《陕北民歌选·凡例》中提到编选的目的，"我们编辑这个选集，不是单纯为了提供一些民俗学和民间文学的研究资料，而是希望它同时可以作为一种文艺性质的读物。我们选择的标准是要求在思想性和艺术性上或多或少有一些可取之处。因此，从一千余首陕北民歌中，我们只选了这样一册。"④《陕北民歌选》的成绩不可磨灭。它开创了研究者直接向民众搜集民间文学文本的先河。鲁迅艺术学院师生深入工农大众，和工农打成一片，可以说这一时期为"客

---

① 转引自吕思勉《白话本国史》（上），吉林出版集团股份有限公司 2017 年版，第 140 页。
② 王韬：《弢园文录外编》，上海书店 2002 年版，第 56 页。
③ 冯桂芬：《校邠庐抗议》，上海书店 2002 年版，第 34 页。
④ 何其芳、张松如选辑：《陕北民歌选·凡例》，新文艺出版社 1952 年版。

位"调查积累了丰富的经验。《陕北民歌选·凡例》说明了书中所选民歌的写定过程,尽量标明民歌采录地,并对文本中的文言俗语进行了详细的注释。尤其是民歌采录中音乐研究者的参与,给所搜集的民歌附上乐谱,在民歌领域实行多学科参与、多学科合作的研究,这样的方法在目前的民歌研究领域仍需提倡,因为当前民歌研究大多是歌词(文本)与音乐相分离。另外,延安时期解放区的研究者反对仅仅对民歌文本的单纯分析,强调研究"演唱中的民歌",这一理念可以说与西方的表演理论有异曲同工之妙,但遗憾的是它没有被后来的民间文学研究者承继下来。新中国成立后,进一步推动了民间文学的搜集工作,1958年新民歌运动可谓达到顶峰。关于这一时期民间文学的搜集、整理、改编在前文已经论述,它是特殊情境中的产物,对于它的成绩与弊端应该在历史长河中予以客观审视。当时日本学者就指出,"采集整理的方法和技术虽然还有不足之处,但是中国各民族的民间故事如此大量而广泛地加以采录,这在中国历史上还是第一次。尽管这一工作进行得还有些杂乱,但是这标志着把各民族所创造的神话、传说、民间故事这一个有机的民间口传文学世界,作为一个活生生的整体,而不是零敲碎打地加以把握的一个开端。"① 多尔逊也认为,"不应该把共产党对民俗的这种运用,看作只是制造或'整理'的宣传工具而不屑一顾,其实西方的民俗学家也曾声称他们可以对故事进行美化。"② 20世纪80年代,文化部、国家民委、民研会联合启动了《中国民间故事集成》《中国民间歌谣集成》《中国民间谚语集成》三套集成的工作,由中央政府出资,以行政指令下达省、市、县,各级部门抽调人员,组成专门机构展开资料搜集工作。对于它的得失评说众多,一个突出现象就是到世纪末,它的成果没有得到利用,相反倒是国外的学人高度重视。大陆学人,特别是民俗学派对其批评甚众,他们对三套集成的资料搜集工作较多质疑。学人此思想是反对学术对政治依附的延续,但是他们似乎忽略了歌谣运动的开端,北京大学的介入正式拉开了现代民间文学的帷幕,而周作人自己的资料征集

---

① 中国民间文艺研究会研究部编:《民间文学参考资料》第8辑,内部资料,1963年,第6页。

② 安德明:《多尔逊对现代中国民俗学史的论述》,《北京师范大学学报》(社会科学版)1996年第6期,第70页。

则以失败告终；中国历史传统以及民间文学与政治关系的特殊性使得它与作家文学有着显著不同，因此三套集成的成就与作用在民间文学思想史上应该得到它应有的认可与位置；当然它的不足也是明显的，但它本身是对中国传统民间文学思想的延续，与西方民俗学思想有着显著差异，这一点在不同时期都存在，只是有时候处于潜在的发展脉络而已。

中国民间文学在资料搜集的方法上对于西方民俗学思想的自主性非常明显。它延续了中国的求诗传统，形成了中国化的资料搜集办法。这种方法存在弊病，有需要改进的地方，但并不意味着需要全方位引入西方人类学与民俗学田野作业，这从80—90年代田野作业发展可以略见一斑。21世纪初学人呼吁重新审视"田野调查"，仅仅是对新时期以来田野作业高扬的反省，尚未完全意识到中国民间文学在搜集与整理中思想的自主推进，相反，西方学者倒是意识到了。

二 文学性阐释之变化

文学研究成为独立的社会活动之后，人们提出了文学特殊性和文学的问题。"关于文学性的定义，成了20世纪文学批评界和理论界的世纪课题，也成为世纪难题之一。"① 至今中外学界也没有给出令人满意的定义。民间文学作为文学的一部分，它的文学性②亦是众说纷纭。③

---

① ［加］马克·昂热诺等主编：《问题与观点：20世纪文学理论综论·序》，史忠义、田庆生译，百花文艺出版社2000年版，第1页。

② 民间文学的第一性是文学性，它与作家文学或（书面文学）共同分享着文学的本质，但因研究对象与研究方法不同，它的文学性表现与后者有显著差异，即特殊文学性，这正是民间文学的学科特质。通过对1949—1966年民间文学的研究，可以看到这一时期文学与国家话语交融过程中，民间文学理论建构之独特性，这一特性并不能用意识形态一言以蔽之，其复杂性以及在政治与文学交融中，民间文学的独特价值与功能得以彰显。但这一独特性在新时期、90年代学术反思中被视为"资料搜集"，不具有科学性，民间文学作品文学化显著，"故事改写"被简单否定，等等。进入21世纪后，伴随着对1949—1966年间文学的重新思考，对于这一时期的民间文学以及相关文学事件更多开始了理性反思，重视它在文学史进程中的意义，从文艺战略、现代性建构等视域将其回复到具体历史语境，阐述它的复杂性。同时我们也看到随着"大文学观"的推广，尤其是近年来随着非物质文化遗产保护的兴起，民间文学发展迅速，人们逐渐改变了过去"知识精英文学话语"的"一元性"文学之理解。但也还要进一步推动文学领域的研究者逐渐改变单一视角对文学本质的解析，实现文学的"多元共生"性，当然这也不是一蹴而就的事情。

③ 在此没必要对其进行定义的罗列和辨析，重要的是不同学者和不同时期对于民间文学文学性的阐释背后之思想表达和演述。

1942年7月,语文学家罗常培在昆明广播电台发表《中国文学的新陈代谢》的演讲。在演讲中,他总结新文学运动时提到:"一个(按指:胡适)是要建立一种活的文学,一个(按指:周作人)是要建立一种人的文学。前一个理论是文学工具的革新,后一个理论是文学内容的革新。中国新文学运动的一切理论,可以包括在这两个中心思想的里头。"① 胡适和周作人对于新文学文学性的阐释是包括民间文学在内的。② 延安时期选择了"民间文学"的称谓,重视它的思想性,最后直接演化出了"人民的文学",即用人民性来阐释民间文学的文学性。

在福柯看来,"一个语词只有进入特定话语的范畴才能获得意义,也才有被人说出的权力。否则,便要被贬入沉寂。特定的话语背后,总体现着某一时期的群体共识,一定的'认知的意愿'"③。熟悉中国当代文艺学学术史的人都知道,20世纪50—70年代延续了40年代以来的延安传统,战时的文艺思想和建设现代民族国家的需求是当代文艺学研究的主导思想;文艺学处于政治文化的规约中,没有在学科的知识层面充分地发展,也没有被当作一个专门性的知识范畴。民间文学同样如此,它的三个发展高峰期都与承担特定的社会责任直接相关。

新中国成立后,政治文化对文学的要求使得民间文学作为文学的特殊性与优越性得以彰显。民间文学逐步纳入政府体系,学人的思想逐步走向统一,20年代就介入民间文学研究的钟敬文等的学术转向,构建"新"的民间文艺学理论;周扬作为文艺界领导人更是高屋建瓴地在中国民间文艺研究会成立之时对它的未来发展进行了政策性的导向。就民间文学思想发展而言,人民性的提出是对民间文学的文学性阐释的一个推进。民间文学虽然在新的政治体制中的文学领域获得了一席之地,但是追随和模仿作家文艺学的痕迹非常明显。周扬"人民的文艺之思想"、何其芳关于民间

---

① 罗常培:《中国文学的新陈代谢》,后收录于其《中国人与中国文》,参见司马长风《中国新文学史》,香港昭明出版社1975年版,第116页。
② 参见毛巧晖《20世纪下半叶中国民间文艺学思想史论》(修订版),学苑出版社2018年版,第215—216页。
③ 张廷琛:《拨开性的历史迷雾——译序》,载[法]米歇尔·福柯《性史》,张廷琛、林莉、范千红等译,上海科学技术文献出版社1989年版,第4—5页。福柯在这里揭示的是,一个人的认识是否要接受,是否被视为"真理",有赖于他的认识是否符合群体的共识。而政治文化就是这一"群体共识"的一部分。

文学文艺的研究以及贾芝的民间文学观，更多的是关注民间文学与作家文学的共性，遵循延安时期民间文艺是文学之基本思想；学术领域对于民间文学的范围、民间文学是否为文学之主流、民间文学的搜集与整理以及民间文学的人民性等基本问题的讨论与解决方式基本上处于移植作家文艺学的状态，这就造成研究理论与问题之间的偏差，从而使得民间文学在这一时期的发展中更多地呈现出意识形态色彩，以至于很多学人在新世纪民间文学的反思中对其持否定态度。

附　　录

附录1　1949年至1966年民间文学学术年表[①]

1949年

7月2日—19日　"中华全国文学艺术工作者代表大会"（简称第一次文代会）在北平（今北京）召开，来自解放区的革命文艺工作者和在国统区坚持战斗的进步作家会师了。

7月28日　《文艺报》第13期上发表钟敬文《请多多地注意民间文艺》。

8月　上海《文汇报》以"可不可以写小资产阶级"（即小资产阶级可否作文艺作品的主角问题）为题展开讨论。[②]

9月25日　中国文联机关报《文艺报》正式创刊。

10月1日　中华人民共和国宣告成立。

10月25日　《人民文学》创刊。

1950年

2月　天津《文艺学习》创刊号发表了阿垅的《论倾向性》，引起了文艺界关于文艺与政治关系问题的讨论。

3月29日　在东四头条文化部的小礼堂召开了中国民间文艺研究会

[①]　本年表主要罗列1949—1966年民间文学发展中的主要事件及与之相关的社会文化事件。

[②]　本列表的一些事件罗列，参考了陆南先《师承与探索：俄苏文学与中国十七年文学》"附录二"，华中师范大学出版社2011年版；中国民间文艺家协会编：《中国民间文艺家协会70年发展史》"大事记"，学苑出版社2020年版。下文引用的相关资料不再一一标注。

（简称民研会）成立大会，文艺界在京的许多同志都参加了。大会由周扬主持，郭沫若、茅盾、老舍、郑振铎相继讲话，郭沫若的讲话题为《我们研究民间文学的目的》。大会通过了《中国民间文艺研究会章程》和《征集民间文艺资料办法》，由大家自由提名的方式推选出 47 名理事。郭沫若任理事长，周扬、老舍、钟敬文为副理事长。

3 月　《光明日报》开辟"民间文艺"专栏，每周一期，发表民间文艺作品和研究的文章。

4 月 9 日　《人民日报》刊发了郭沫若《在中国民间文艺研究会成立大会上的讲话》。

9 月 20 日　教育部和全国总工会联合召开了第一次全国教育工作会议。时任教育部部长的马叙伦在开幕词中开宗明义，表示工农教育应该以识字教育为主。

11 月　中国民间文艺研究会创办的不定期刊物《民间文艺集刊》第一册出版，该刊由新华书店出版发行。

12 月 14 日　教育部颁布《关于开展农民业余教育的指示》，指出："有计划有步骤地开展农民业余教育，提高农民的文化水平，是当前我国文化建设的重大任务之一"。

1951 年

3 月　中国民间文艺研究会主编的"民间文学丛书"陆续出版。首先出版了何其芳、张松如选辑的《陕北民歌选》（新文艺出版社），其次出版了中国民间文艺研究会编的歌谣集《中国出了个毛泽东》（人民文学出版社）。

5 月 15 日　《民间文艺集刊》第二册出版。

7 月 2 日　苏联《真理报》专论《反对文学中的思想上的歪曲》，批判乌克兰诗人普罗科菲耶夫，后又以"编辑部"的名义发表了《关于普罗科菲耶夫诗中的错误》（1951 年 7 月 25 日）。乌克兰共产党中央委员会还以此作出了《提高创作中组织工作的思想水平》的决议，表示完全接受《真理报》的批评，还做了自我检讨。

8 月 8 日　《人民日报》发表了周扬《反人民、反历史的思想和反现实主义的艺术电影〈武训传〉批判》。

9月1日　《民间文艺集刊》第三册出版。

9月20日—28日　教育部召开第一次全国民族教育会议，讨论制定新中国民族教育方针。会议提出要以培养少数民族干部为主要任务，同时加强少数民族地区的小学教育和成人业余教育。

9月29日　北京师范大学中文系主编《文艺集刊》第一册出版。

10月12日　《文艺报》发表社论《学习毛泽东思想，为贯彻文艺的工农兵方向而奋斗》。

10月20日　全国文联举行第八次会议，通过两项决议：一、在北京文艺界举行整风学习；二、调整全国性的文艺刊物。此后全国各地文艺界开始了整风学习。历时半年多的整风学习，指定《实践论》《在延安文艺座谈会上的讲话》《应当重视电影〈武训传〉的讨论》《反对自由主义》和斯大林给杰米扬·别德内依的信、苏共意识形态负责人日丹诺夫等的论著作为基本文件。

12月28日　教育部颁布《关于冬学转为常年农民业余学校的指示》。

1952年

3月5日　中国文联组织各地作家深入部队、工厂、农村，中国民研会派人参加。

5月10日　《文艺报》（第9期至第16期）开展了"关于塑造新英雄任务问题的讨论"。

5月23日　《人民日报》发表社论《继续为毛泽东同志所提出的文艺方向而斗争——纪念毛泽东同志的"在延安文艺座谈会上的讲话"发表十周年》，社论指出要展开两条路线的斗争：一方面反对文艺脱离政治倾向；另一方面反对以概念化、公式化来代替文艺和政治正确结合的倾向。

5月24日　我国开展第一次扫盲运动

11月15日　中央人民政府委员会第十九次会议通过决议，成立了以楚图南为主任委员的中央扫除文盲工作委员会，并要求各省、地、县都要成立相应机构。第一次扫盲运动全面铺开。

12月　周扬在苏联杂志《旗帜》（1952年12月号）发表《社会主义现实主义——中国文学前进的道路》。该文于1953年1月11日由《人民日报》全文转载。

1953 年

1月10日 《文艺报》（第1期）发表社论《克服文艺的落后现象，高度地反映伟大的现实》。

4月 全国文协（1953年10月改组为中国作协）创作委员会组织作家、批评家和文艺工作的组织者与领导者40余人，在京召开研讨会和学习社会主义现实主义理论，会上指定马克思、恩格斯、列宁、斯大林、毛泽东等关于文艺问题的22种著作为必读书目。

5月 云南省委宣传部组织了近200人到云南的民族聚居区和农村，对各民族的民间文学艺术进行搜集。

"民间文学丛书"中光未然整理的《阿细人的歌》（人民文学出版社）和韩燕如编《爬山歌选》（人民文学出版社）相继出版。

8月7日 《人民文学》（7—8期合刊）"编后记"中提到："更自由和更深刻地反映我们这个时代丰富多彩的生活。首先提倡作品主题的广阔性和文学题材、体裁和风格的多样性，鼓励各种不同的文学风格在读者中的自由竞赛。"

9月23日—10月6日 中国文学艺术工作者第二次代表大会（即第二次文代会）在北京怀仁堂开幕。郭沫若致开幕词，周扬作《为创造更多的优秀的文学艺术作品而奋斗》的报告。周扬指出："关于社会主义现实主义，苏联的理论家写了很多文章，数也数不清，但最权威的还是日丹诺夫在1934年第一次对于社会主义现实主义的解释，也是最正确的。"会议通过了文联和各协会章程，中华全国文学艺术界联合会易名为中国文学艺术界联合会，"文协"改名为"中国作家协会"（简称中国作协）。10月6日会议闭幕，茅盾致闭幕词。

9月24日 中共中央批复教育部党组、高等教育部党组、扫盲工作委员会党组三个工作报告；提出要使全国文教工作在中央统一方针领导下，逐步纳入国家建设计划的轨道。

1954 年

1月 中国民间文艺研究会搜集整理的《毛泽东的故事和传说》由工人出版社出版。

3月1日　《光明日报》学术专刊"文学遗产"创刊，其最初是周刊。

4月27日　中国作协主办的刊物《文艺学习》创刊。

7月15日　《人民日报》发表社论《提高文艺干部的政治修养和艺术修养》。

7月17日　中国作协主席团召开第七次扩大会议，讨论并通过了文艺工作者学习政治理论和古典文学遗产的参考书目。该书目刊登于《文艺学习》第5期。

7月22日　胡风向中共中央提出有关文艺问题的"意见书"《关于解放以来的文艺实践情况的报告》。

7月　中国作协主席团第七次扩大会议通过，决定在大区撤销后，各大区的作协一律改为原来所在地的城市的分会。暂定在上海、武汉、沈阳、重庆、西安、广州六个城市设立分会。

7月　《民间文艺选辑》第1集出版，至1956年，共出版12集。

9月20日　第一届全国人大一次会议通过《中华人民共和国宪法》。

10月31日—12月8日　中国文联和中国作协主席团召开了八次扩大联席会议，就《红楼梦》研究中的"资产阶级唯心论倾向"和《文艺报》的错误等展开讨论，并检查《文艺报》的工作。胡风于11月7日、11月11日两次在会上发言。12月8日，会议作出《关于〈文艺报〉的决议》，改组了《文艺报》编委会。周扬作了《我们必须战斗》的发言。

12月　云南人民文工团圭山工作组搜集，黄铁、杨知勇、刘绮、公刘整理的撒尼人（当时用了撒尼族）叙事诗《阿诗玛》在《人民文学》发表，继由中国青年出版社出版，后收入中国民间文艺研究会主编的"民间文学丛书"，于1955年3月由人民文学出版社出版。

12月2日　中国科学院和中国作协主席团举行联席会议，对批判胡适唯心论思想作了部署。批判内容涉及胡适的政治思想、哲学思想、历史观、文学思想、哲学史观、文学史观等。郭沫若、茅盾、潘梓年、邓拓、胡绳、老舍、邵荃麟、尹达为"胡适思想批判讨论工作委员会"成员，郭沫若为主任。会议参加者近百人。到1955年3月，共召开会议21次。

1955 年

1月 《人民日报》《光明日报》等开始刊登批判胡风的文章。《文艺报》1955年第1期起连载路翎《为什么会有这样的批评》。

2月5日 中国作协主席团举行第十三次扩大会议,决定展开对胡风文艺思想的批判。胡风的"意见书"的第二、四部分作为《文艺报》第1、2期合刊的附录发表。

3月 民研会作为团体会员之一加入中国文联。

3月21—31日 中共中央召开中国共产党全国代表会议。通过发展国民经济的第一个五年计划草案的决议。

4月1日 郭沫若在《人民日报》发表《反社会主义的胡风纲领》一文。

4月23日 《民间文学》创刊。钟敬文、贾芝、陶钝任常务编委,阿英、王亚平、毛星、孙剑冰、汪曾祺为编委会成员。《民间文学》在新中国成立初期是发表民间文学作品及其研究文章的全国性刊物。

10月1日 内蒙古自治区举行第一届民族民间音乐、舞蹈、戏剧演出观摩大会,《民间文学》委派陶阳参加观摩约20天。会上蒙古族民间艺人毛依罕创作的《铁牤牛》获文学创作一等奖。

12月16日 中共中央发布《关于知识分子问题的指示草案》。在这份草案中,中共中央关于制定十二年科学发展远景规划做出了一些原则性指示。1955年年底,中共中央、国务院为拟订全国哲学社会科学远景规划,决定由中宣部、哲学社会科学部以及其他机构共同负责。为此,中宣部成立了制订发展哲学和社会科学十二年计划九人小组。12月27日,九人小组召开第一次会议,决定全国哲学社会科学规划按学科和问题另设11个小组进行,由各小组分别提出各学科的发展计划、包括的项目以及培养研究人才等。①

本年度出版的与民间文艺有关的作品:黄铁、杨知勇、刘绮、公刘整

---

① 《研究制订发展哲学和社会科学十二年计划九人小组第一次会议纪要》,1955年12月8日。转引自储著武《新中国"十七年"历史学研究的规划》,载杨凤城主编《中共历史与理论研究》第7辑,社会科学文献出版社2018年版,第27—28页。

理的《阿诗玛》、李季《玉门诗抄》、邵燕祥《到远方去》、韦其麟《百鸟衣》等。

1956 年

1月　据《戏剧报》1月号载，上海69个民间职业剧团改为国营剧团和民办公助剧团。北京26个职业剧团改为民办公助剧团。天津15个民间职业剧团和9个小型曲艺组织，全部改为国营。

1月14日—20日　中共中央召开知识分子问题会议。周恩来作《关于知识分子问题》的报告。

2月　《文艺报》第3期转载苏联《共产党人》杂志专论《关于文学艺术的典型问题》，并从第8期起对典型问题进行讨论。

2月27日—3月6日　中国作家协会第二次理事会扩大会议在北京举行。周扬作了《建设社会主义文学的任务》的报告。茅盾作了《培养新生力量，扩大文学队伍》的报告。会议通过了《中国作家协会1956—1967年工作纲要》，并决定成立书记处。

3月15日　全国扫盲协会成立，陈毅担任会长。扫盲协会的任务是：广泛地动员和组织知识分子、社会人士和一切识字的人参加扫盲工作，动员组织不识字的人接受教育，协助机关、集团、工矿企业、农业消费合作社、手工业合作社、城市街道办等开展识字教育工作；协助人民政府进行识字教育的业务指点和师资培训工作，协助人民政府和集团评选与奖励对扫除文盲工作有明显成绩的单位及个人等。

3月29日　中共中央、国务院发布《关于扫除文盲的决定》，明确指出："扫盲教育必须同国家社会主义工业化和农业合作化运动相结合，扫盲课本的编写与扫盲教学必须联系农业合作化运动实践与群众生活实践。"

4月23日　中国民间文艺研究会制定1956—1967年"十二年远景规划"。

5月　学术界开启美学问题的大讨论。《人民日报》《文艺报》《光明日报》《新建设》《学术月刊》《文汇报》等发表了相关讨论文章。

5月17日　浙江省昆剧团进京演出《十五贯》，受到毛泽东、周恩来等的赞扬。

5月26日　陆定一在中南海怀仁堂作《百花齐放，百家争鸣》的报告。

6月1日—15日　文化部召开第一次全国戏曲剧目会议，提出"破除清规戒律，扩大和丰富传统戏曲上演剧目"。

8月24日　毛泽东在怀仁堂与部分音乐工作者进行了座谈。

9月1日　为了探索和总结民间文学调查采录的经验，中国科学院文学研究所与中国民间文艺研究会组成了云南民间文学采录组，由毛星带队，于此日出发。调查组成员有孙剑冰、青林、李星华、刘超、陶阳。他们调查历时近五个月。调查的成果有：《白族民间故事传说集》（李星华记录整理）、《纳西族的歌》（刘超记录整理）、《白族民歌集》（杨亮才、陶阳记录整理），这三本书均由人民出版社1959年出版。

8月　《民间文学》1956年8月号发表社论《民间文学需要百花齐放、百家争鸣》

8月9日　中国作协昆明分会组织了三个调查组，分赴云南红河、大理、思茅、丽江等地，对傣、白、彝、纳西、哈尼等族的文学状况进行调查。

9月15日　中国共产党第八次代表大会开幕。刘少奇在《中国共产党中央委员会向第八次全国代表大会的政治报告》中认为："改变生产资料私有制为社会主义公有制这个极其复杂和困难的历史任务，现在在我国已经基本完成了。我国社会主义和资本主义谁战胜谁的问题，现在已经解决了。"

9月27日　中国共产党第八次全国代表大会《关于政治报告的决议》提出繁荣科学和艺术必须坚持"百花齐放，百家争鸣"的方针。

10月2日　《人民日报》发表《重视民间艺人》的社论。

10月　杨成志、潘光旦、吴文藻等一起草拟了《中国民俗学十二年远景规划》送交国务院。

11月20—25日　云南省民族民间工作会议在昆明召开。会议强调："摆在目前的一个急迫的任务，乃是抢救各民族的民间文化遗产。"

11月21日—12月1日　中国作协在京召开文学期刊编辑工作会议，讨论如何贯彻"双百方针"的问题。

12月　周勃《论现实主义及其在社会主义时代的发展》(《长江文艺》第12期)、张光年《社会主义现实主义存在着、发展着》(《文艺报》第24期)等文章发表,之后《文艺报》等报刊展开关于社会主义现实主义问题的讨论。

12月　中国作协主席团举行会议。改选了书记处。茅盾任第一书记,老舍、邵荃麟、刘白羽、曹禺等任书记。

1957年

1月　中国民间文艺研究会从演乐胡同74号小院,迁至王府大街64号新落成的中国文联办公大楼,民研会的人事和经费关系,也随之由中国科学院文学研究所全部转到了中国文联。

1月7日　《人民日报》发表陈其通、陈亚丁、马寒冰、鲁勒的《我们对目前文艺工作的几点意见》。

1月25日　中国作协主办的《诗刊》创刊。创刊号发表毛泽东致诗刊的信和毛泽东诗词18首。

2月27日　毛泽东在最高国务会议第十一次(扩大)会议上作《关于正确处理人民内部矛盾的问题》的报告,提出:"我们的教育方针,应该使受教育者在德育、智育、体育几方面都得到发展,成为有社会主义觉悟的有文化的劳动者"。

3月　中国科学院文学研究所编辑的《文学研究》(季刊)创刊。该刊1959年改名为《文学评论》,并改为双月刊。

3月12日　毛泽东在全国宣传工作会议上发表讲话,讲话中指出:没有知识分子,我们的事情就不能做好,所以我们要好好地团结他们。知识分子也是劳动者。

3月26日　民研会召开贯彻"百花齐放,百家争鸣"方针会议,于道泉、吴晓铃、郑振铎、罗致平、容肇祖、常任侠、常惠、黄芝冈、杨成志、贾芝等二十多人参加会议,会议由钟敬文主持。

4月　《文艺报》改为周刊,出版1957年的第1号。

4月　苏联科学院高尔基世界文学研究所举行世界文学的现实主义的讨论会。

4月9日　《文汇报》发表《就"百花齐放、百家争鸣"问题　周扬同志答文汇报记者问》。4月11日《人民日报》转载。

4月10日　《人民日报》发表社论《继续放手,贯彻"百花齐放、百家争鸣"的方针》。

4月27日　中共中央发布《关于整风运动的指示》。

5月　《民间文学》5月号"编后记"提出要展开对"民间文学范围界限"和"搜集整理的方法问题"的讨论。

5月　据《文艺报》第7号的资料,截至5月底,全国的文艺刊物有83种,每月印数约40万册。中国作协会员708人,分会(共设12个分会)会员923人。印数最多的文学书籍有：《保卫延安》83万册,《三千里江山》40万册,《女共产党员》47万册,《可爱的中国》178万册,《把一切献给党》408万册,《毛泽东的故事和传说》112万册,《高玉宝》72万册,《刘胡兰》76万册,《青年英雄的故事》60万册,《红楼梦》23万册,《三国演义》38万册,《钢铁是怎样炼成的》100万册,《绞刑架下的报告》60万册,《拖拉机站站长和总农艺师》124万册,《卓娅和舒拉的故事》134万册,《海鸥》83万册,《牛虻》70万册,《我们切身的事业》54万册。

5月15日　毛泽东的《事情正在起变化》一文作为党内文件在一定范围传达。

钱谷融的《论"文学是人学"》发表于《文艺月报》第5期。其文指出："在今天,对于高尔基把文学叫做'人学'的意见,是有特别加以强调的必要。"

5月下旬至6月上旬　中国作家协会党组织和中国作家协会所属各刊物、各单位召开整风会议。

5月24日　中国民间文艺研究会举行学术报告会,苏联专家科尔尊做了题为《论口头文学在书面文学形成与发展中的作用》。

6月　全国开始反"右派"斗争。从1957年夏至1958年春,在各级教育行政机关和各级学校中,一批干部、教师职工和大学生被错划为"右派"分子。1980年,中共中央为被错划为"右派"的同志平反。

6月6日　中国作家协会党组扩大会召开第一次会议。从7月25日的第4次会议开始,展开对丁玲、陈企霞、冯雪峰"反党集团"的揭发批判。9月16日,在首都剧场召开总结大会,由中国作家协会党组书记邵荃麟作总结，陆定一、周扬讲话。

6月8日　《人民日报》发表社论《这是为什么》。同日，毛泽东起草了党内指示《组织力量反击右派分子的猖狂进攻》。

7月1日　《人民日报》发表由毛泽东撰写的社论《文汇报的资产阶级方向应当批判》。

8月　上海文化出版社编辑出版《民间文学集刊》。第5期后改由上海文艺出版社出版，至1960年，共出版10集。

9月16日　中国作家协会党组扩大会议举行第25次会议，周扬作了题为《文艺战线上的一场大辩论》的总结发言，并于次年正式发表于2月28日的《人民日报》和1958年《文艺报》第5期。

11月3日　《文艺报》（1957年第30期）刊载"伟大的十月社会主义革命40周年纪念专号（一）"。

11月7日　毛泽东同邓小平、彭德怀、乌兰夫、陆定一、杨尚昆、胡乔木等在莫斯科大学会见我国在莫斯科的留学生、实习生。

1958年

1月　《文艺报》《人民文学》编辑部改组。

2月25日　中国民间文艺研究会召开"民间文学跃进"座谈会，顾颉刚、俞平伯、汪静之、赵树理、毛星、贾芝、林山、汪曾祺等参加了会议。赵树理等提出："作家要向民间文学学习"。

2月28日　《人民日报》发表周扬《文艺战线上的一场大辩论》。文章是根据1957年9月16日在中国作家协会党组扩大会议上的讲话整理、补充并和文艺界的一些同志交换了意见之后写成。《文艺报》第4期同时刊载。

3月　《民间文学》3月号起开始刊发"大跃进"民歌（从各地编选的民歌集中选载）。

3月8日　中国作家协会书记处讨论《文学工作大跃进32条》。3月13日起《人民日报》《文艺报》等纷纷发表文学"大跃进"的报道。

3月22日　毛泽东在成都会议讲话中提出要搜集点民歌，他认为："中国诗的出路，第一条民歌，第二条古典，在这个基础上产生出新诗来，形式是民族的，内容应是现实主义和浪漫主义的对立统一。太现实了就不能写诗了。"

4月14日 《人民日报》发表《大规模地收集全国民歌》的社论。4月21日,《人民日报》发表《关于大规模收集民歌问题 郭沫若答"民间文学"编辑部问》,中国文联、中国作协、民研会开始大量收集、整理、发表"大跃进"民歌。不久,全国掀起"新民歌运动"。

4月26日 首都文艺界召开新民歌座谈会,动员文艺工作者到各地采风。

5月 在中国共产党第八次全国代表大会第二次会议上,毛泽东提出:"无产阶级文学艺术应采用革命现实主义与革命浪漫主义相结合的创作方法。"

6月1日 《红旗》杂志创刊,创刊号发表了毛泽东《介绍一个合作社》、周扬《新民歌开拓了诗歌的新道路》、柯庆施《劳动人民一定要做文化的主人》等。

6月11日 《文艺报》社论《插红旗,放百花》提道:"现在尽管文艺战线的红旗是牢牢地掌握在无产阶级手里,但是文学艺术的大大小小的各个阵地,谁战胜谁的问题并没有得到完全解决。"

7月9日—17日 全国民间文学工作者大会在北京召开。会上制定了"全面搜集、重点整理、大力推广、加强研究"的工作方针(简称"十六字方针")。郭沫若当选中国民间文艺研究会主席,周扬、老舍、郑振铎为副主席,林山任秘书长。会议期间,毛泽东接见了全国民间文学工作者大会全体代表,陈毅副总理到会讲话。7月17日,中共中央宣传部召集出席全国民间文学工作者代表大会的部分代表座谈,讨论少数民族文学史的编写问题。同日,"民间文学展览会"在北京图书馆展览厅开幕。

7月31日—8月6日 河北省召开文艺理论工作会议。周扬提出"建立中国自己的马克思主义的文艺理论和批评"。

8月 全国各大报刊发表讨论革命现实主义和革命浪漫主义相结合创作方法的文章。这一讨论延续到1959年。

8月2日 《人民日报》发表社论《加强民间文艺工作》。

8月9日 文化部发出《关于组织人员参加少数民族民间文学调查的通知》,并印发《少数民族民间文学调查提纲》。

8月15日 中共中央宣传部将《关于少数民族文学史编写工作座谈

纪要》转发全国。

9月19日　中共中央、国务院发布《关于教育工作的指示》，全国展开"教育大革命"。

9月26日　《文艺报》第18期发表华夫《文艺放出卫星来》的文章。

9月27日　中国文联主席团举行会议，要求文艺工作者大力推动群众的创作运动和批评运动。《文艺报》第19期发表《掀起文艺创作的高潮！建设共产主义的文艺》的社论。

10月1日　中国民间文艺研究会编印《民间文艺通讯》第1期。1960年6月20日，出版第13期后停印。1962年恢复编印。

10月18日　郑振铎逝世（1898年生）

10月　河北省民间文艺研究会成立。

12月9日　中宣部转发中国民间文艺研究会所拟编选"中国歌谣丛书""中国民间故事丛书"的计划给各省、市、自治区党委宣传部。

12月　人民文学出版社出版《毛泽东论文学和艺术》。

人民文学出版社出版了北京师范大学中文系55级学生集体编写的《中国民间文学史》，贾芝、孙剑冰编选的《中国民间故事选》第一集。

"大跃进"中，群众的创造力和智慧比以往任何时期都更大程度地被理想化了。刚刚被扫盲的工人、农民被誉为科学家、哲学家、诗人。因为他们具有"无产阶级"觉悟，所以他们几乎无所不能。文学为"大跃进"服务可以作为在其他知识界和创作领域中所发生的事情的例证。专业与业余之间的区别被搞得模糊不清。"作家"的数量由1957年的不到1000人增加到1958年的20余万人。成千上万的业余作者成为著名作家。

1959 年

1月　吉林省民间文艺研究会、四川省民间文艺研究会成立，贵州省民间文学工作委员会成立，山西省民间文学研究会筹委会成立。

2月　中共中央宣传部召开工作会议，陆定一、周扬就"大跃进"中文艺工作的问题和偏向，作了重要讲话。文化部党组检查1958年的工作。

2月22日　中国民间文艺研究会、中国作家协会联合召开民间文学座谈会。参加会议的有新疆、内蒙古、青海、云南、贵州、广西、宁夏、黑龙江等省、自治区的代表。会议由老舍主持,讨论"三选一史"(三选即歌谣选、故事选、谚语选,一史即文学史)问题。

3月23日　中共中央宣传部转发中国民间文艺研究会和人民文学出版社《关于国庆献礼民间文学编选和出版问题的意见》给各省、市、自治区党委宣传部。

4月　黑龙江省民间文学工作组成立。

5月　苏联召开第三次全苏作家代表大会,宣告从1957年开始的苏联文艺界的"反修斗争"从此结束。以茅盾为团长的中国作家代表团前往苏联参加全苏作家代表大会。茅盾在祝词中提到从1949年起,苏联文学作品在中国印行了81965000册。中国文联主席郭沫若发去贺电,祝贺大会召开。

5月3日　周恩来邀请部分文艺工作者举行座谈会,作了《关于文化艺术工作者两条腿走路的问题》的讲话。

4月至5月　中国民间文艺研究会组织本会研究人员,由路工带队到江苏白茆公社及上海国棉十九厂进行了一个月的调研,主要搜集新民歌。调研结束后,路工、张紫晨、周正良、钟兆锦编写了《白茆公社新民歌调查》,该书由上海文艺出版社于1960年5月出版。

5月30日　中国民间文艺研究会、中国曲艺家协会、北京大学、北京师范大学联合举行《中国民间文学史》编辑出版讨论会。讨论会上的发言在《光明日报》"文学遗产"专刊陆续发表。

6月至7月　周扬、林默涵、钱俊瑞、邵荃麟、刘白羽、陈荒煤、何其芳、张光年等在北戴河开会讨论文艺工作的改进方案,开始了"文艺十条"的起草。

8月至9月　中国民间文艺研究会与北京市文联联合组织北京大学、北京师范大学学生,分赴东城、西城及郊区调查采录民间文学。

9月　《红旗》杂志社出版郭沫若、周扬编的《红旗歌谣》。

9月至12月　《文艺报》两次刊文介绍苏联有关社会主义现实主义的艺术性问题的论争。

12月18日　中国民间文艺研究会在北京召开"《格萨尔》工作座谈会",讨论和部署《格萨尔》的抢救和搜集问题。会议由老舍主持,贾芝、林山、程秀山等参会并作了发言。

1960 年

1 月　《梅葛》《阿细的先基》《娥并与桑洛》《葫芦信》等少数民族叙事长诗出版。

1 月 11 日　《文艺报》第 1 期转载《河北日报》发表的李何林《十年来文学理论和批评上的一个小问题》一文，并加了批评性的按语。同期发表社论《用毛泽东思想武装起来，为争取文艺的更大丰收而奋斗》，并发表了林默涵的《更高地举起毛泽东文艺思想的旗帜》。

1 月 26 日　《文艺报》《文学评论》等报刊，开始批判巴人、钱谷融、蒋孔阳的"人道主义""人性论"。同时《戏剧报》开辟"关于正确反映人民内部矛盾问题"和"关于'推陈出新'问题"讨论专栏，批判《洞箫横吹》（海默编剧）和张庚的探讨戏曲遗产中"人民性""忠孝节义"等问题的文章。

3 月 2 日　《文艺报》《文学评论》编辑部召开纪念左联成立 30 周年座谈会。《文艺报》发表《继承和发扬中国左翼作家联盟战斗传统》。

4 月　《文艺报》第 8 期发表钱俊瑞《坚持文学的党性原则，彻底批判现代修正主义》。

4 月　江苏省民间文学研究会成立。

5 月　《文艺报》第 9 期以大量篇幅辑录了《马克思主义经典作家论资产阶级人道主义》和《高尔基、鲁迅论人道主义和人性论》，两篇均加了"编者按"。

5 月　青海省民间文学研究会成立、辽宁民间文艺研究会成立。

6 月　苏联停止了对中国的援助。

6 月 1 日—11 日　全国文教群英会在北京举行。

6 月 14 日　中国民间文艺研究会邀请出席全国文教群英会的民间诗人、歌手在颐和园举行座谈。郭沫若、周扬、阳翰笙、贾芝、林山等参加。郭沫若、王老九、李永鸣等即兴赋诗。

7 月 22 日—8 月 13 日　第三次文代会在北京召开。会议的主题是"高举毛泽东思想伟大红旗，反对现代修正主义"。周扬作《我国社会主义文学艺术的道路》的报告。大会选出了文联和各协会的领导机构。

7月30日—8月4日　中国民间文艺研究会召开理事会（扩大），林山在会上做了《高举毛泽东文艺思想红旗，把民间文学工作推向新的高峰》的报告，贾芝做了《社会主义建设时期民间文学范围界限和工作任务问题》的报告。田间、赵树理、魏建功、徐家瑞、姜彬就社会主义时期民间文学范围界限问题做了发言。会上通过《全国民间文学三年规划》和修改后的《中国民间文艺研究会章程》。郭沫若继续当选为主席，周扬、老舍为副主席，林山任秘书长。

11月　周扬主持召开历史剧座谈会，号召历史学家编写历史题材的戏，并请吴晗负责编"中国历史剧拟目"。

12月22日　《文汇报》发表紫农《民间文学范围、界限问题的论争》。

1961年

1月　在中宣部领导下，文化部、中国剧协等共同组织两个调查组，对中国京剧院和中国青年艺术研究院执行"双百"方针、知识分子政策，对艺术规律的看法以及领导作风等问题进行调查，为中宣部召开文艺工作座谈会作准备。

中国科学院哲学社会科学学部举行第三次扩大会议，讨论如何在发展哲学社会科学上进一步贯彻"双百"方针。

2月5日　《人民日报》发表何其芳为《不怕鬼的故事》一书所作的序言。

3月25日—4月2日　中国科学院文学所在北京召开了少数民族文学史编写工作座谈会。有关省区和单位出席了会议。会议由何其芳、贾芝主持。徐平羽在会上做了《加强民族文学工作的报告》，贾芝做了《谈各民族民间文学搜集整理问题》的报告。会议制订了三个计划：《中国各少数民族文学史和文学概况编写出版计划》《中国各少数民族文学作品整理、翻译、编选和出版计划》和《中国各少数民族文学资料汇编编辑计划》。4月1日，周扬到会做了重要讲话。

3月26日　《文艺报》第3期发表由张光年执笔的《题材问题》专论。

4月　高等学校文科教材编选计划会议在北京召开。陆定一、周扬作了报告。

4月8日　《文艺报》编辑部召开"批判地继承古代文艺理论遗产"座谈会。

4月28日　《人民日报》发表《关于少数民族文学史写作的讨论》。

6月1日—28日　中宣部在新桥饭店召开全国文艺工作座谈会（又称"新桥会议"），讨论《关于当前文学艺术工作的意见（草案）》（即《文艺十条》初稿）。《文艺十条》经修改后，于8月1日印发各地征求意见。

6月19日　周恩来在"文艺工作座谈会和故事片创作会议"上作了重要讲话，阐述艺术民主、解放思想等问题。

6月23日　周扬在故事片创作会议中作了讲话，批评"大跃进"中某些电影的"概念化"问题，对"人性论"作了新的解释。

7月1日　经中宣部批准，中国民间文艺研究会成立领导小组，由贾芝、林山、刘超、吉星组成。刘超代理秘书长。

8月23日—9月16日　中共中央工作会议在庐山举行，讨论了工业、粮食、贸易及教育等问题，并要求所有工业部门切实贯彻"调整、巩固、充实、提高"的方针。

8月31日　繁星（廖沫沙）的《有鬼无害论》在《北京晚报》发表。

9月　《民间文学》从1961年9月号起，开展"如何评价民间文学作品问题"的讨论。

10月17日—31日　周恩来率领中共代表团参加苏共二十二大，因不满苏共批评阿尔巴尼亚劳动党和批判斯大林提前回国。中苏两国在意识形态上的分歧越加明显。《文艺报》不再公开报道苏共二十二大的情况。《世界文学》（《译文》的前身）编辑部在仅供内部参考的读物《世界文学参考资料》（1962年1—2期）中翻译了苏联作协理事会第三次扩大会议的部分发言及关于"全民的党性""新人的道德""人道主义"的讨论文章。

11月3日　中共中央发出《关于农村人民公社当前政策问题的紧急指示信》。

1962 年

1月20日 经中宣部批准,《民间文学》编委会进行了调整。新的编委会由阿英、贾芝、顾颉刚、林山、陶钝、毛星、刘超、孙剑冰、路工、傅懋勋、杨成志组成。阿英兼任主编,贾芝任副主编。

1月26日—2月6日 中共中央在北京召开扩大中央工作会议(7000人大会),指出1962年是国民经济进行调整最关键的一年,全党必须踏踏实实地做好这方面的工作。

2月 周扬、林默涵、陈荒煤、张光年、叶以群等二十余人在新桥饭店召开纪念《在延安文艺座谈会上的讲话》发表20周年的预备工作会议。

2月17日 周恩来在中南海紫光阁对在京的话剧、歌剧、儿童剧作家讲话,讲话分为六个部分:破除迷信、解放思想,党如何领导戏剧电影工作,关于时代精神,关于典型人物问题,关于写人民内部矛盾,生活真实、历史真实与艺术真实问题。①

3月3日—26日 文化部、中国剧协在广州召开全国话剧、歌剧创作座谈会(即"广州会议"),参加座谈会的剧作家、导演、戏剧理论家和工作者共一百六十多人,周恩来和陈毅专程赴会,并作了关于知识分子问题和戏剧创作的重要讲话。会议贯彻了《文艺八条》②的精神,热烈讨论戏剧创作方面的问题,并重新评价曾受批判的《洞箫横吹》《同甘共苦》等话剧。会后,《人民日报》和其他重要刊物进行了报道并发表了座谈会上的部分发言者的文章。

3月27日—4月16日 第二届全国人民代表大会第二次会议在北京举行。周恩来在《政府工作报告》中再次肯定知识分子是劳动人民知识分子,不应把他们看成资产阶级知识分子。

4月17日 首都文艺界举行唐代诗人杜甫诞辰1050周年纪念会,

---

① 《共和国日记》编委会编:《共和国日记(1962)》,河南人民出版社2019年版,第98页。

② 1962年4月30日,中共中央批转了文化部党组和中国文联党组共同提出的《关于当前文学艺术工作若干问题的意见(草案)》(简称《文艺八条》)在全国施行。《文艺八条》是在1961年8月11日印发各地征求意见的《文艺十条》的基础上修改而成。

《人民日报》《文艺报》等发表冯至、蔡和森等的纪念专文。

4月　《文艺八条》定稿，由中宣部经文化部党组、文联党组下发全国各地文化艺术单位贯彻执行。

5月23日　纪念毛泽东《在延安文艺座谈会上的讲话》发表20周年，《人民日报》发表社论《为最广大的人民群众服务——纪念毛泽东同志〈在延安文艺座谈会上的讲话〉发表二十周年》。《红旗》和《文艺报》分别发表了《知识分子前进的道路》和《文艺队伍团结、锻炼与提高》的社论。

6月　广西民间文学研究会成立。

7月　中共中央工作会议召开。毛泽东在大会讲话上提出了阶级、形势、矛盾三个问题，接着会议讨论了毛泽东的讲话，并以讲话为指导，准备中国共产党第八届十中全会的文件。

8月　北戴河会议召开。8月初，关于农村题材的短篇小说创作会议在大连召开。在此期间，邓小平曾召集过一次中央书记处会议，审查有关农村单干的情况。正是在这次会议上，他提出了"不管白猫黑猫，抓住老鼠就是好猫"。

毛泽东在北戴河会议的发言特别强调无产阶级意识形态的必要性。

9月24日　中国共产党第八届中央委员会第十次全体会议在北京召开。毛泽东主持了这次会议。会议批判了小说《刘志丹》，认为有人发明了"利用小说进行反党活动"。

12月15日　中国民间文艺研究会举办《歌谣》周刊创刊40周年纪念座谈会。顾颉刚、钟敬文、魏建功、容肇祖、杨成志、陶钝、毛星、刘超、孙剑冰等参加座谈会。会议由贾芝主持。

12月17日　《民间文学》编辑部召开座谈会，邀请顾颉刚、魏建功、钟敬文、俞平伯、游国恩、常任侠等在北京的民间文学专家，讨论纪念毛泽东《在延安文艺座谈会上的讲话》发表20周年和《歌谣》周刊创刊40周年问题。

为纪念《歌谣》周刊创刊40周年，《民间文学》组织发表了纪念北京大学《歌谣》周刊创刊四十周年的文章，如魏建功《〈歌谣〉四十年》（第1、2期），顾颉刚《我在民间文艺的园地里（在中国民间文艺研究会一次学术讲座会上的报告）》（第3期），杨成志《我国民俗学概况（在中国民间文艺研究会学术讲座会上的报告)》(第 5 期),顾颉刚《我和歌谣》(第 6 期),常惠《回忆〈歌谣〉周刊》(第 6 期),容肇祖《忆〈歌谣〉和〈民俗〉》(第 6 期),周启明(周作人)《一点回忆》(第 6 期)等。

《民间文学》1962 年第 5 期发表柯尔柯孜族史诗《玛纳斯》(第四部中的一节)

人民文学出版社出版贾芝、孙剑冰编的《中国民间故事选》第 2 集。

上海文艺出版社出版何其芳、张松如编选的《陕北民歌选》,中国民间文艺研究会编的《民间文学搜集整理问题》第 1 集。

1963 年

1 月 1 日　柯庆施、张春桥、姚文元等在上海部分文艺工作者座谈会上提出"写十三年"的口号,认为只有写新中国成立后十三年的社会生活的作品才是社会主义文艺。

1 月 6 日　《文汇报》报道了柯庆施的讲话。

1 月 30 日　中国民间文艺研究会召开会议,由湘西采风组汇报在湘西的调查采录情况。

2 月　应中国民间文艺研究会邀请,河北乐亭皮影戏入京演出。

2 月 6 日　周恩来出席文艺界的元宵联欢会,阐述"百花齐放、推陈出新"等问题,并要求艺术家加强与人民群众的关系,要过好"五关"。

2 月 7 日　《人民日报》发表《雷锋日记摘抄》和该报记者写的《毛主席的好战士——雷锋》。

3 月　中国作家协会成立农村文艺读物委员会。《人民日报》3 月 25 日报道这一决定时,发表社论《文化艺术工作者要更好地为农村服务》,社论中提到首都首批文艺工作者下乡参加社会主义教育工作的情况。

3 月 5 日　《人民日报》第一版发表毛泽东题词《向雷锋同志学习》,同时刊登周恩来和董必武等的题词与诗文。

3 月 12 日　经中宣部批准,由贾芝担任中国民间文艺研究会秘书长。

4 月　中国文联在北京召开第三届全国委员会第二次扩大会议。周恩来发表《要作一个革命的文艺工作者》的讲话,周扬作了《加强文艺战线,反对修正主义》的报告。会议还特别阐明阶级斗争与"双百"方针的关系。

5月　中国民间文艺研究会广东分会筹委会成立。

5月6日　梁碧辉《"有鬼无害"论》在《文汇报》上发表，戏剧界开始全面批判"鬼戏"。

7月　湖南省少数民族民间文学工作委员会成立。

8月16日　周恩来在音乐舞蹈座谈会上发表讲话，论述有关文艺工作的方针、阶级性、民族化、创作形式等问题。

8月29日—9月26日　文化部、中国剧协和北京市文化局召开首都"戏曲工作座谈会"，讨论进一步贯彻执行"百花齐放、推陈出新"的方针，也进一步讨论对"鬼戏"的批判。

10月26日　中国科学院哲学社会科学学部委员会召开第四次扩大会议，周扬作了《哲学社会科学工作者的战斗任务》的讲话。

11月23日　董作宾逝世（1895年生）。

董作宾，原名作仁，字彦堂、雁堂，号平庐，还曾称莛堂，河南南阳人。1915年至1919年先后在县立师范讲习所、开封河南育才馆学习。1921年冬，他前往北京，不久做了北京大学旁听生。1923年，为北京大学研究所国学门研究生，参与《歌谣》周刊的编辑工作，还先后参加了北大考古学会、风俗调查会、方言调查会。1925年，他前往福建，任福建协和大学国文系教授。1926年，在开封任中州大学文学院讲师，并兼任其他学校的国文教员。1927年暑假，任北京大学研究所国学门干事，后任广州中山大学副教授、《民间文艺》主编。1928年，中央研究院历史语言研究所（简称史语所）筹备处在广州成立，他被聘为通信员；不久史语所成立，他为编辑员。1928年年底，他主持了第一次的殷墟发掘工作，1932年，被史语所改聘为专任研究员。1937年"七七"事变后，他随史语所先后迁往长沙、桂林、昆明和四川。1949年，随中央研究院迁往台湾省台北市后，被聘为台湾大学文学院教授，后转为新成立的考古人类学教授；1950年，他创办《大陆杂志》，任"中研院"历史语言研究所所长。1952年，被授予美国东方学会荣誉会员。1955年8月至1958年秋，被聘为香港大学东方文化研究所研究员，并先后任香港大学荣誉史学教授、崇基书院历史学教授、新亚书院甲骨钟鼎文兼职教授、珠海学院上古史教授等职。1958年，任台湾大学考古人类学系教授、甲骨文研究客座教授。1960年，他被聘为英国马来西亚大学校外考试委员。著有《城子崖》(与李济等合作)、《甲骨年表》《周公测景台调查报告》(与刘敦桢等合作)、《殷历谱》(4册)、《殷墟文字甲编》《甲骨年历总谱》《平庐文存》《甲骨学六十年》《看见她》,后他的作品基本收录于《董作宾先生全集》(12册)。①

12月 毛泽东在中宣部文艺处编印的一份上海举行故事会的材料上,作了对文学艺术的第一个批示。他指出很多艺术部门,尤其是戏剧,问题不少,要认真抓社会主义艺术。

上海文艺出版社创办《故事会》,至1965年,共出版20辑。1974年,改名《革命故事会》。1979年改为双月刊,仍名《故事会》。

上海少儿出版社出版赵景深、车锡伦、何志康编选的《古代儿歌资料》。

吉林民间文艺研究会创办《吉林民间文学丛刊》,至1966年,共出8期,1978年复刊。1979年改为季刊。1982年改为《吉林民间文学》(双月刊)。1983年7月改名《民间故事》。

12月25日 华东地区话剧观摩演出会在上海举行。柯庆施在会上再次强调文艺作品要"写十三年"。

1964 年

1月 中国民间文艺研究会派采编人员去陕西、安徽和上海调查新故事、革命故事。

1月3日 中共中央召集文艺座谈会,传达毛泽东关于文艺工作的批示。

1月24日 中国民间文艺研究会召开会议听取新疆文联关于《玛纳斯》的汇报。同时决定成立《玛纳斯》工作领导小组,由中国民间文艺研究会秘书长贾芝、新疆文联党组书记刘肖芜、克孜勒苏柯尔克孜自治州州委副书记塔依尔组成。下设调查采风组,由陶阳、刘发俊任组长。

2月1日 《人民日报》发表社论《全国都要学习解放军》。

6月5日—7月31日 全国京剧现代戏观摩演出大会在北京举行。演

---

① 民间文学领域较少对董作宾的学术成就进行全面介绍,所以本书根据相关资料进行了节录。

出了《红灯记》《红色娘子军》《智取威虎山》等剧目。江青在座谈会上发表了《谈京剧革命》的讲话。《红旗》《人民日报》分别发表《文化战线上的一个大革命》和《把文艺战线的社会主义革命进行到底》的社论。

6月22日 中国民间文艺研究会《玛纳斯》调查采录组赴新疆克孜勒苏柯尔克孜自治州进行调查采录，为时两年。

6月27日 毛泽东在《中央宣传部关于全国文联和所属各协会整风情况报告》的草稿上，作了关于文学艺术的第二个批示，"这些协会和他们所掌握的刊物"，"最近几年，竟然跌到了修正主义的边缘。"这个批示于7月11日作为中央正式文件下发。

7月30日 《人民日报》发表文章，批判电影《北国江南》。《电影艺术》（第4期）批判《早春二月》和《北国江南》。

8月 《红旗》第15期发表柯庆施1963年年底在华东地区话剧观摩演出会上的讲话。《戏剧报》第8期转载此文。文章说戏剧界热衷于资产阶级、封建阶级的戏剧，对于反映社会主义现实生活和斗争的戏，则寥寥无几，这深刻反映了戏剧界、文艺界存在着两条道路、两种方向的斗争。《红旗》同期也发表了批评周谷城的文章。

9月 为庆祝中华人民共和国成立15周年，大型音乐舞蹈史诗《东方红》在北京演出。

《文艺报》（第7、8期合刊）以《文艺报》编辑部名义发表《"写中间人物"是资产阶级的文学主张》和《关于"写中间人物"的材料》。

11月26日—12月28日 全国少数民族群众业余艺术观摩演出大会在北京举行。会议期间，11月27日毛泽东接见了参会代表。12月6日，中国民间文艺研究会邀请部分民间歌手举行座谈会。歌手们即兴演唱，后编成《新民歌》《新曲艺》专辑出版。

12月 举行中共中央全国工作会议（12月15日—1月14日）、最高国务会议（12月18日及12月30日）。周恩来宣布调整国民经济的任务已经基本完成。

12月14日 《文学评论》（第6期）发表批判周谷城"时代精神汇合论"的文章。

1965 年

1 月　苏联《真理报》发表社论，提出在文学领域反对"两个极端"，既要反对摸黑，又要反对粉饰生活。

1 月 14 日　中共中央印发《农村社会主义教育运动中目前提出的一些问题》（简称"二十三条"）。之后，"四清"运动在全国城乡继续进行，直到 1966 年。

2 月 18 日　《北京日报》刊发繁星（廖沫沙）的文章《我的〈有鬼无害论〉是错误的》。

2 月 23 日　周扬召集各协会主要报刊负责人会议，布置贯彻"二十三条"，提出写批判文章要防止片面性和绝对化。

中共和苏共之间分歧和矛盾日益加深，在莫斯科会议（3 月 1 日—5 日）后，两党正式断绝关系。

4 月　一些主要报纸发表"两结合"（即革命现实主义和革命浪漫主义相结合）的文艺创作的文章。

11 月 10 日　由姚文元署名的《评新编历史剧〈海瑞罢官〉》在《文汇报》上发表。文章从政治上全面否定该剧及其作者吴晗。

11 月 15 日—18 日　11 月 15 日，中国民间文艺研究会邀请部分出席全国青年业余文学创作积极分子大会的故事员、民间诗人、歌手进行座谈，交流编、讲、唱的经验；11 月 18 日，邀请出席大会的西藏歌手进行座谈。

11 月 29 日—12 月 17 日　中国作协与共青团中央联合召开了全国业余文学创作积极分子大会。周扬作了题为《高举毛泽东思想红旗，做又会劳动又会创作的文艺战士》的报告。

从本年度开始，所有俄苏文学作品均从中国公开出版物中消失。

1966 年

2 月 2 日—20 日　江青邀请部分部队作家，举行部队文艺工作问题座谈会，写成《林彪同志委托江青同志召开的部队文艺工作座谈会纪要》（简称《部队文艺工作座谈会纪要》）。4 月 10 日，中共中央批准，《部队文艺工作座谈会纪要》作为中央党内文件发表。1967 年 5 月 29 日，《部队文艺工作座谈会纪要》全文发表于《人民日报》。

3月　中国共产党拒绝参加苏共二十三大，中苏在各方面的关系正式中断。"社会主义现实主义"这一标志中苏关系密切的口号也就无人提起。

3月　60年代最后一部，也是1966年唯一的一部苏联文学作品——卡扎凯维奇的《蓝色笔记本》（附《仇敌》，南生译）由作家出版社内部出版。

4月　《文艺报》发表了李方红《"写中间人物"论反映了哪个阶级的政治要求》。

5月16日　中共中央发出《关于无产阶级文化大革命的通知》（即"五·一六通知"）。

6月　中国民间文艺研会停止工作。

7月1日　《红旗》杂志重新发表毛泽东《在延安文艺座谈会上的讲话》，并加编者按，提出所谓"文艺黑线"并点名批判周扬。

7月　除《解放军文艺》外，全国文艺刊物陆续停刊。《民间文学》出第107期后停刊。

8月1日—12日　中共中央八届十一次全体会议在北京举行，通过了《关于无产阶级文化大革命的决定》（即十六条）。这次会议，是"文化大革命"全面爆发的标志。

8月24日　老舍逝世（1899年生）。

附录2　《民间文学》（1955—1966）目录索引[①]

1955年4月号（创刊号）　总第1期
发刊词（4）
爬山歌两辑（内蒙古）　韩燕如搜集（9）
一颗真心为人民（三〇首）
手把棹杆脚蹬船　三九首

---

① 为了显示原目录状况，为学界提供资料，本目录按照原刊录入，除错别字与印刷错误，其他不做修订。

民间童话三篇（内蒙古） 孙剑冰（12）

老骚胡

门墩墩，门掛掛，锅刷刷

蛇郎

略述六个村的搜集工作 孙剑冰（24）

一幅僮锦（广西僮族民间故事） 萧甘牛（31）

陕西民歌选（十六首） 高泽等搜集（36）

陕南的茅山歌 高泽（43）

三换春联（山东快书） 王澍 章明 赵兴堡（47）

马克思、列宁主义经典著作家论人民创作 А·А·开也夫作 连树声译（55）

介绍全国群众业余音乐舞蹈观摩演出会农村部分中的文学作品 江山（67）

封面设计 辛之（封面）

1955年 5月号 总第2期

彝族传说故事三篇

阿龙寻父 朱叶整理、曾芪修改（4）

英雄什加尔的故事 邓友梅（10）

宝扁担 普英（14）

瑶族传说故事三篇

牛角·射月亮·金芦笙 萧甘牛（16）

书帽三段

老母猪 王荆亭口述 刘大海搜集（23）

铜钱记 马玉兰口述 刘大海搜集（23）

关公戴帽子 甘犁（25）

批判胡风错误的人民口头创作观 钟敬文（28）

反动的英美民间文艺理论 苏联 П·塞母良诺娃著 余荪译（39）

四川民歌选（二一首） 纪别等搜集（50）

云南情歌二〇首 马兴荣等搜集（53）

三件宝器 董均伦 江源（56）

评书"杨家将"的整理　郗潭封（65）
有关"阿诗玛"的新材料　公刘（68）
谜语选（15）　谚语选（22）
编后记（70）

1955 年 6 月号　总第 3 期
彻底揭露和清算胡风反革命集团的罪行
坚决镇压反革命分子胡风　东乡族　剑虹（4）
胡风——一只穿着衣服的狼　布依族　王伟（5）
必须依法惩办反革命分子胡风　纳西族　和即仁（6）
不能再让胡风继续欺骗　僮族　韦其麟（8）
把胡风的狼尾巴从鸡笼里扯出来　苗族　今旦（9）
加倍提高警惕　柯尔克孜族　阿满·伊马萧夫（10）
胡风——伪装的恶狼　维吾尔族　哈米提（10）
我要求依法制裁胡风　蒙古族　超克图纳仁（10）
坚决同胡风反革命集团斗争到底　满族　连阔如（11）
追究胡风，制裁胡风　贾芝（12）
提高警惕，坚决清除胡风分子　陶钝（14）
我们胜利了　王尊三（15）

歌唱毛主席
短歌十五首（藏族、傣族、回族、拉祜族、苗族、阿细族、爱尼族）①　　周良沛等搜集（17）
"正火"（侬族）　侬博搜集（23）
藏族寓言、故事　萧崇素（26）
葫豆雀和凤凰蛋（26）
葫个东西的活路（28）
山兔与商人（28）
被惩罚的乌鸦（29）
青蛙骑手（32）

---

① 目录原文出现的民族，很多与当下的有出入。

藏族民歌（十一首）　周良沛、李斌等搜集（41）

阿细人唱互助合作　张祖渠搜集（45）

傣族民歌两首　蓝晨、龚棉搜集（47）

云南各少数民族的民间文学　李乔（49）

谚语八则（56）

俄罗斯民间文艺学中的资产阶级诸学派和对这些学派的斗争　Ю·Н·西道洛娃作　余荪译（57）

编后记（46）

1955年7月号　总第4期

提高警惕，肃清一切暗藏的反革命分子　编辑部（4）

英雄沙迪尔的歌　王韬译（8）

歌（维吾尔族）　徐焱　文义译（10）

新疆民歌（九首）　麓枫搜集（12）

纳斯尔丁·阿凡提的故事　李元枚选译（14）

维吾尔民间故事集

一刻石榴树的国王（列阳插图）　新疆省文联搜集整理①（18）

三件宝贝（白汝强插图）　新疆省文联搜集整理（22）

金鱼（列阳插图）　伊不拉引·艾白不拉讲　张周整理（25）

一个女人的爱情（薛俊一插图）　斯马衣·尧勒达西讲　新疆省文联搜集整理（38）

木马（列阳插图）　达吾提·欧络格来伊讲　新疆省文联搜集整理（38）

连升三级（单口相声）　刘宝瑞原词　孙玉奎整理（45）

试谈"花儿"　剑虹（49）

花儿三十首　剑虹搜集（56）

高尔基论民间文学　苏联 Ю·Н·西道洛娃作　大石译（59）

读长诗"百鸟衣"　陶阳（65）

维吾尔　谚语（11）　曲艺消息（48）

编后记（70）

---

① 原文为"新疆省"。

民间文学　1955 年 8 月号　总第 5 期
写在这一组作品前面　编辑部（4）
画皮　清·蒲松龄作　柏相译（4）
老秋胡　东流（8）
放鸭姑娘（贵州苗族故事）　唐春芳（10）
兔子判官（藏族民间寓言）　益希卓玛　益希朋错记译（13）
狼和猪　周书文（14）
狐狸偷蜜　丁一改写（14）
打黄狼（河北鼓词）　路工整理（15）
谚语　筱叙　周锡年　王让　王士先搜集（20）
贵州苗族的民歌　唐春芳（21）
苗族民歌　林河等搜集（40）
蝴蝶歌　仰星搜集整理（42）
最后的请求（牌子曲）　杜澎（50）
民间创作（译自《苏联大百科全书》二十九卷）　蔡时济译　曹葆华校（57）
画页：画皮（6）
编后记（69）

1955 年 9 月号　总第 6 期
东郭先生的笑话　贾芝（4）
东郭先生　集思（9）
海防歌谣（五首）　古塞（14）
浙江渔家情歌（六首）　朱秋枫搜集（15）
舟山渔歌　群明（18）
民间故事八篇
七兄弟（刘继卣插图）　董均伦　江源（25）
骡马店里的故事（刘继卣插图）　罗武应（28）
梦二先生　熊塞声（29）
龙王爷　王绶青（32）

巧媳妇　葛翠琳（33）
赶乌鸦　柳绍先（36）
"那是一定哩！"　陈玉龙讲　孙润田　周嵩生整理（37）
爱作诗的长工　葛翠琳（39）
孙行者智盗紫金铃（《说唱西游记》中的一回）　罗扬　沈彭年整理（41）
介绍"说唱西游记"　陶钝（50）
安徽情歌（二〇首）　晨光等搜集（52）
搜集、整理民间故事的一点体会　董均伦　江源（56）
民间创作（续完）　沈笠　蔡时济译　曹葆华校（59）
编后记（70）

1955年10月号　总第7期
略谈民间故事　钟敬文（4）
西藏寓言四则（刘继卣插图）　王沂暖译（10）
"咕咚"（10）
猫头鹰和乌鸦（12）
兔子报仇（13）
狐狸为王（14）
彝族故事三篇　陈士林搜集　石在整理（16）
金末子（16）
妖婆（17）
碰不得的地方（18）
僮族故事四篇　侬易天（20）
石匠（20）
小白兔的故事（21）
老三与土司（25）
有本领的水牛（30）
有名无实的猎手（纳西族故事）　和即仁（32）
葫芦娃（童话）董均伦　江源（36）
儿歌五十二首　筱芹等搜集（41）

谜语选　王兆斌等搜集（53）
苏联艺术童话的任务　д·纳吉希金作　余绳孙译　刘辽逸校（59）
扉页剪纸　徐飞鸿
编后记　（69）

1955 年 11 月号　总第 8 期
铁牤牛　毛依罕作　漠南译（4）
走西口（二人台）　内蒙古群众艺术学校创作班集体整理（10）
内蒙古民间艺术是丰富多彩的　陶阳（16）
民间故事三篇
王老汉砍柴（刘继卣插图）　赵北辰搜集（20）
隐身草（林锴插图）　萨华记录　向壁改写（21）
嘴会转（刘继卣插图）　华仁搜集（23）
略谈地方戏中的讽刺剧　戴不凡（28）
借靴（鼓词）　鹤侣氏原词　陶钝整理（37）
借罗衣（倒七戏）　安徽省倒七戏剧团　皖西倒七戏剧团集体整理（42）
广西民歌一九首　施显椿等搜集（54）
湖南民歌二四首　汤炳正等搜集（56）
劳动是传统魔法故事中社会理想的基础　л. н. 普什卡辽夫作　蔡时济等译（59）
编后记（70）

1955 年 12 月号　总第 9 期
逃婚调（傈僳族长歌）　徐琳　木玉璋　曾芪整理（4）
关于"逃婚调"　徐琳　木玉璋（25）
傈僳族的文艺生活　傈僳族　木玉璋（25）
民间故事四篇
找姑鸟　董均伦　江源（29）
死不瞑目　夏德政（32）
书兽子（刘继卣插图）　王绶青搜集（33）
千里蹦（刘继卣插图）　耐思搜集（36）

浙江农民新歌　朱秋枫搜集（38）

新房子（相声）　王文奇（40）

谈民间故事里的狐狸（问题讨论）王晦（47）

劳动是传统魔法故事中社会理想的基础（续完）　л. н. 普什卡辽夫作、蔡时济等译（51）

编后记（70）

1956年1月号　总第10期

"中国农村的社会主义高潮"序言　毛泽东（3）

农业合作化的歌谣（6）

全家通（鼓词）　陶钝（25）

石榴　李松福（30）

二小分家　岳修武（33）

兄弟分家　铁夫等搜集　北辉整理（38）

小鸡报仇　李仄（43）

给老婆婆看门　岳修武（45）

八兄弟　黄湘林（45）

纳斯尔丁·阿凡提的故事（27则）　刘继卣插图　李元枚等译（50）

纳斯尔丁·阿凡提的故事（维吾尔族故事）　王玉胡搜集（60）

古加纳斯尔的故事（哈萨克族故事）　常世杰等译（68）

关于阿凡提的故事　贾芝（70）

畲族故事三篇

公鸡　唐梓桑、周世培整理（76）

卖炭　蓝多多等讲、周世培等整理（80）

石牛　蓝花讲、唐梓桑整理（81）

景颇族故事三篇

南娣·蝙蝠·有勇无谋的狮子　恩昆·诺等搜集　张彦翼整理（85）

英雄叙事诗研究中的一些方法论问题　В·Я·普罗普著　王智量译（91）

封面设计（梁之）

编后记（100）

1956年2月号　总第11期
光荣的历史任务和我们对于农村俱乐部的希望　编辑部（3）
苗族新"游方"歌　王车、阿余搜集（8）
地方传说四篇
秃尾巴老李（一）（黑龙江的传说）　刘雅文搜集（13）
秃尾巴老李（二）（天津传说）　刘宗翰搜集（16）
天鹅山（广东梅县传说）　陈天生整理（18）
邛海（四川西昌传说）　一波　孟平搜集　北辉整理（21）
纳西族民歌二首
虢美达、公鸡啼　路人搜集（25）
雕龙记（云南剑川民家族传说）　欧小牧整理　张光宇插图（28）
藏族民间文学
藏族民歌选（81首）　邓珠娜姆等搜集（38）
（1）毛主席的恩情比太阳还暖
（2）咱们到天空中去跳舞
四川藏族民间故事（四篇）　萧崇素整理（79）
三个根加的故事（刘继卣插图）
骗亲的货郎（刘继卣插图）
聪明的女儿
山妖的宫寨
拉冶和鲁木措　（藏族传说）　才让措口述　栋柱三确记译（75）
塔满兹和塔尔查来鲁（藏族传说）萧崇素整理（79）
积极地发掘和整理少数民族的民间文学　杨正旺（90）
英雄叙事诗研究中的一些方法论问题　Я·B.普罗普著　王智量译（93）
编后记（100）
封面设计　梁之

1956年3月号　总第12期
关于兄弟民族文学工作的报告　老舍（3）
红色勇士谷诺干（蒙古民间故事诗）　胡尔查译　刘继卣插图（19）

凤凰和金豆子　邢伯夫记录　王叔晖插图（33）

义务故事二篇

三兄弟牵金牛·老婆子和石臼子　丁歌记录　任率英插图（37）

布依族童话两篇　覃大鹏记录（41）

妇女生活歌谣选（43）

农民和地主的故事六篇

长工张老十　何中奇记录（64）

长工王元白的故事　王健鹰记录（66）

土地神"显灵"　倪捷记录（67）

籴谷　龙晚成记录（70）

分庄稼　鲁杰记录（71）

捞黄豆　瑞麟记录（73）

扒马褂（相声）　侯宝林等整理（74）

瞎话鬼（故事）　平原记录（85）

三十年代的苏联人民口头创作　克鲁普扬斯卡雅等著　连树声　崔立滨译（87）

中国曲艺研究会征集短篇曲艺作品评选结果（18）

封面设计　梁之

编后记（100）

1956年4月号　总第13期

鲁班故事十一篇

赵州桥（刘继卣插图）　平水等搜集　曾芪整理（3）

借龙宫（刘继卣插图）　夏炀记录（6）

蝈蝈笼子（刘继卣插图）　徐德表等记录　丛秀荃整理（7）

锅大家伙　恨钟等记录　曾芪整理（10）

兜头敲他两下　阮启成搜集（11）

木楔　张桐文搜集（11）

门　林黄搜集（12）

锯子　唐佐乾搜集（13）

磨脐的故事　沈维海搜集（14）

鲁班的母亲和老婆　马志远搜集（15）

淌汗　阮启成搜集（16）

民间故事中的鲁班　路工（17）

煤矿工人的歌谣　陶阳等搜集整理（21）

京西矿区工人生活和他们的歌　佟屏亚（26）

农业合作化的歌谣（32）

橄榄湖（刘继卣插图）　丁歌等记录　李韵整理（41）

两只眼　陆叔如记录（46）

不要把幻想和现实混淆起来　毛星（51）

过路的少年漫"花儿"　朱仲禄整理（60）

情歌　黄凯平等搜集（61）

纳西族的民歌　和志武（70）

湖南长工歌　易铁山等搜集（83）

十月革命前俄罗斯工人口头创作　A. A. 开也夫作　连树声译（87）

封面设计　梁之

编后记（100）

1956 年 5 月号　总第 14 期

儿歌选　艾芹、刘国华、岱嵇、晓凯等搜集（3）

动物故事 13 篇

牛眼睛和鹅眼睛（寸松插图）　费昭宇搜集（16）

水牛和黄牛（墨浪插图）　郑福璋搜集（17）

兔子的尾巴（刘继卣插图）　尹均生搜集（18）

老虎和穿山甲　蒙通顺搜集（19）

公鸡要角（钟灵插图）　李长林搜集（20）

狐狸、猴子、兔子、马（张贻来插图）　张世荣记录　林卉改写（22）

鸟和鱼的争论　李道勇搜集（24）

老雕借粮（王叔晖插图）　刘士圣搜集（25）

猫狗结仇（王角插图）　申泮远　曹尧德　李进祥搜集　李森整理（27）

老虎和水牛　马国华搜集（31）

老虎拜师傅　苏家栋　张进义搜集　李斌整理（33）

马是怎样给人骑的　秋红搜集（34）

小伙子和牛和羊和虎和狼　李大全搜集（36）

少数民族传说故事3篇

鲍鱼（傈僳族故事）（任生插图）　霜锋、木玉璋记译（37）

九隆王（傣族民间传说）　曹格译（46）

勇敢的阿达（哈萨克族故事）　心灵搜集　罗岗整理（48）

谈故事　高尔基作　孟昌译（55）

试谈"儿歌"　刘超（64）

可喜的收获　沈彭年（72）

王三打鸟（桂林调子）　广西省文化局彩调训练班整理（75）

打秋千（二人台）　席子杰等修改（87）

懒汉和鸡蛋（荷叶）　张继楼（95）

谜语选　段俊如、李烈等搜集（96）

封面设计　梁之（封面）

编后记（100）

1956年6月号　总第15期

歌唱共产党，歌唱毛主席　李刚夫、康拉等搜集（3）

工人的故事4篇

山鹰和乌鸦　杰谊、文相搜集（7）

穷人鞋　野伦搜集（11）

炉姑　朱靖宇搜集（14）

哑姑　宋也搜集（17）

蒙古族故事7篇

山的儿子　胡尔查　甘珠尔扎布记译（21）

纯金般的爱情　扎拉嘎胡记译（27）

报仇棒　扎拉嘎胡记译（30）

猎人海力布（刘继卣插图）　甘珠尔扎布记译（32）

"额布根敖拉"（肖林插图）　甘珠尔扎布记译（35）

巴狗和小猫　甘珠尔扎布记译（42）

"扎勒"　赛吉拉夫记译（46）

镇压魔鬼的故事（蒙古族民歌） 胡尔查记译（48）

达呼尔族民歌2首

薄坤绰 吉雅译（52）

农夫遥 吉雅译（54）

水和树的格言选译（藏族格言诗） 孔唐旦准作 庄晶 傅家璋译（58）

一丝灯光（鼓词） 程厚印（65）

改日再说（相声） 段继棠（68）

补衣裙（岳阳地花鼓） 湖南省第二届戏曲观摩会演演出本（72）

湖南的地花鼓 刘斐章（76）

海陆丰农民起义前后的歌谣 刘贻谋（79）

东江农民的战斗山歌 马奔（91）

党为争取哈萨克斯坦苏维埃民间诗歌的形成和发展而斗争 З·阿赫买托夫作 洪禾译（94）

封面设计 梁之

编后记（100）

1956年7月号 总第16期

歌唱人民解放军 李刚夫 郑岳 燕萍等搜集（3）

纳西族传说2篇

人类迁徙记（李寸松插图） 和志武翻译整理（9）

崇仁抛鼎寻不死药 和即仁翻译整理（27）

藏族民歌 李刚夫 胡银章等搜集（33）

故事4篇

三根金头发（刘继卣插图） 王中立搜集（43）

高亮赶水（徐燕荪插图） 林炳华搜集（53）

刘公山（佟坡插图） 章梦白记 李森整理（55）

灯影峡的猎人（墨浪插图） 田海燕搜集（67）

姊妹歌（苗族长歌）吴德堃选译（71）

"老干尖子"（钟灵插图） 柴文生搜集（79）

我们是怎样开展山歌活动的 蒋光任（81）

新疆民歌　石夫、王德贤搜集（84）
傣族民歌　井琦搜集（86）
苗族情歌　李方军、田湘搜集（87）
问题讨论
关于阿凡提的傻行为　袁忠岳（89）
对阿凡提女人分析的意见　张镒三（91）
别林斯基论民间文学　И·М·科列斯尼兹卡娅作　余绳孙译　刘辽逸校（93）
封面设计　梁之
编后记（100）

1956 年 8 月号　总第 17 期

民间文学需要百花齐放、百家争鸣（社论）（3）
山东长白山区的传说 5 篇（刘继卣插图）　李晴波搜集整理（9）
农民起义军首领王薄的传说
禹王爷担了九十担石头，变成了九节长白山
苇花照山开，牵不出金牛来
姑娘花好看，怕人不下来
长白山仙女扎裙子，庄稼地里撒银子
彝族民歌　张先痴搜集（20）
彝族民歌选辑　邓友梅搜集（23）
青年猎人鸟能（蒙古族故事·钟灵插图）　郝苏民译（33）
水母娘娘　张可经记录（36）
必须认真对待民间文学资料的编选工作　索夫（38）
修行人和老鼠的纠纷（藏族故事·佟坡插图）　王尧译（41）
舟山渔民传说 2 篇（刘禾插图）　杨元其等记录（55）
穿龙裤的菩萨
米鱼洋
关于苗族古歌　马学良　邰昌厚　今旦（58）
金银歌　马学良　邰昌厚　今旦记译（63）
封面设计　梁之

编后记（100）

1956年9月号　总第18期①

英雄艾里·库尔班（维吾尔族故事·刘继卣插图）新疆维吾尔自治区文联搜集整理（3）

台湾民歌　止戈、洪泵固等搜集（27）

各地民歌选辑（31）

满族故事5篇

金竹寺（任率英插图）亨新搜集　青林整理（37）

翠儿和莲儿（墨浪插图）李砚芳　王英搜集（42）

大糖人　李砚芳　王英搜集（46）

野鹅岭　赵恒信　管文和搜集（50）

三颗宝果　曾层　佟畤搜集（54）

水珠（傣族传说　陈永镇插图）扬肇炎记录　李斌整理（57）

三近视（单口相声）张寿臣口述　何迟整理（65）

动物故事　谜语

山羊和骆驼　张彦搜集（72）

牛和蚕　严国灿搜集（73）

牛大王和猪将军　戴茂棣搜集（74）

老灰狼和蜜蜂　白云搜集（75）

谜语选（76）

庄稼话（农彦选）

谚语·俗语（"苏联大百科全书"选译）彭在义译（97）

"边疆文艺"展开对"望夫云"的讨论　文（99）

封面设计　梁之

编后记（100）

1956年10月号　总第19期

彭湃的故事（七则）　钟贻谋搜集（3）

---

① 原刊将这一期总期数错标为总第17期，在录入时笔者进行了修订。

到农村去（4）

"发癫"（6）

和农民一条命（7）

农会的旗和印（7）

判案（8）

"贫人党"（9）

农民戴起了大竹笠（10）

鲁迅与歌谣　周退寿（12）

鲁迅对于民间文学的一些基本看法　汪曾祺（15）

内蒙古民歌（28首）　戈非、其木德、赛尚阿等译（21）

内蒙古汉族故事2篇

天心桥一簇花（王叔晖插图）　孙剑冰重述（33）

有个讨吃的，有个鞭杆子　孙剑冰重述（43）

姑娘出嫁歌（彝族民歌）　傅懋勣译（52）

"我睡着也比你清楚"（金克浚插图）　刘耀德搜集（55）

扯萝葡菜（湖南花鼓戏）　何保、范正明整理（57）

补皮鞋（江西采茶戏）　舒羽整理（70）

鲁迅与民间文学（年表）　黄沙初稿　路工重订（87）

鲁迅手抄歌谣及手绘无常象（插页）

封面设计　梁之

编后记（100）

1956年11月号　总第20期

云南少数民族传说故事12篇

"阿四到了山顶上"（傈僳族·刘禾插图）　祝发清译、徐嘉瑞整理（7）

绿斑鸠的故事（傈僳族·刘禾插图）　祝发清、徐嘉瑞译（8）

大姐和三姐（傈僳族）　木荣先、和育善搜集（13）

娥萍与萨罗（佧佤族）　高吉昌搜集（20）

奥斑与山路（佧佤族）　江瑜搜集（22）

老虎（佧佤族）　江瑜搜集（23）

昆明是谁造成的？（撒尼族）　公刘搜集（25）
为什么鸡叫太阳就出来（哈尼族）　李乔搜集（27）
刀代的宝剑（傣族）　李乔搜集（29）
一颗萝葡大的谷子（傣族）　李乔、李岚整理（33）
象和麻雀（景颇族·黄永玉插图）　恩昆腊搜集（36）
猫和豹子（景颇族）　恩昆腊搜集（37）
倒休（西河大鼓）　王尊三整理（38）
慎重地对待民间故事的整理编写工作　刘守华（49）
不要搞乱儿歌的范围　申文凯（53）
札尔干、巴拉根仓、阿以代和登巴叔叔
聪明的札尔干（四川藏族）　萧崇素整理（56）
巴拉根仓故事三篇（蒙古族）
摔锅·智慧囊·斗阎王　陈清漳搜集（65）
阿以代和木天王（纳西族）　李镜仁搜集（70）
"'老是海'水干，哪个拿鱼——快"（73）
"呱拉啪，木家败"（74）
上楼下楼（75）
登巴叔叔（藏族）　王安康搜集（76）
山神判决·土司学狗叫·栽头发·背石头·找麻烦的国王·分鱼
情歌选　稚明　胡紫岩等搜集（80）
鲁迅先生与民间文艺的精华和糟粕　赵景深（95）
封面设计　梁之
编后记（100）

1956年12月号　总第21期

侗族情歌二辑
贵州黎平侗族情歌　王车、杨国仁搜集（3）
广西三江侗族情歌　杨保愿搜集（14）
佧佤族的山歌和舞歌　小瑜搜集（17）
云南镇康民歌辑　小瑜搜集（19）
山民的幻想和痛苦　公刘整理（22）

苗族民间文学小集

造反的故事（湘西苗族故事）

菜耙耙　汤炜整理（25）

突围记　汤炜整理（26）

草鞋计　汤炜整理（28）

守寨记　汤炜整理（29）

七星山　汤炜整理（32）

神兵记　汤炜整理（35）

田螺相公（湘西苗族·黄永厚木刻）　汤炜整理（37）

哈氏三兄弟（四川苗族故事）　赵景深整理（42）

苗族游方　庐鸿沐（45）

大苗山情歌　萧甘牛搜集（52）

出门无六月　胡乙炘搜集（66）

拾蛋　戴冰焰搜集（67）

猴七是第一个出师的徒弟（佟坡插图）　刘耀德搜集（68）

彝族洪水故事二篇

彝族洪水故事（黎朗插图）　陈士林整理（70）

阿霹刹、洪水和人的祖先（撒尼族）　公刘整理（76）

大凉山彝族民歌　新容、朱叶搜集（78）

搓圆　陈慎言（83）

三看亲（广西彩调）　向虹整理（85）

封面设计　黎之

编后记（100）

1957年1月号　总第22期

山的故事（浙江民间故事·4篇）

海螺山

牛头山

担山

云骨　李韩林搜集（3）

浙江歌谣选　海野搜集（11）

台湾高山族阿眉故事 2 篇
人生蛋　何陈记译（15）
螺蛳变人　何陈记译（19）
"俄罗斯民间故事"序　A·托尔斯泰（23）
读"慎重地对待民间故事的整理编写工作"后的几点商榷　李岳南（25）
藏族民间文学特辑
四川藏族故事 4 篇
藏王的求婚使者（刘继卣插图）　萧崇素整理（30）
土司和穷术师（墨浪插图）　萧崇素整理（35）
金瓶和猴子（刘继卣插图）　萧崇素整理（40）
奴隶与龙女（墨浪插图）　萧崇素整理（43）
金色的大鹏　王安康整理（56）
一双牛角　程途整理（60）
渔夫的故事　程途整理（62）
姑娘和青年　陈拓记译（64）

藏族寓言 8 篇
鹭鹚和小鱼　何平整理（67）
驴子和老虎　何平整理（68）
一只不自量的狐狸　何平整理（69）
狮子和狼　陈拓记译（71）
爱争吵的小猫　陈拓记译（72）
豹子和驴子　曾炳衡整理（74）
公鸡和母鸡　曾炳衡整理（75）
卖檀香木的人　悦西卓玛等译（76）
四川藏族民歌　李建中搜集（77）
滇西藏族民歌　禾雨等搜集（78）
青海藏族民歌　赵占奎等搜集（82）
藏族民歌　李刚夫等搜集（94）
台湾儿歌　　　　施载
西藏谚语俗语选　王尧译
封面设计　　　　林代

编后记

1957 年 2 月号　总第 23 期

短论

雨打风吹"花"不红　兰州大学中文系民间文学小组（3）

保护和抢救民族民间文学艺术遗产　陶阳（4）

花儿选　马寂搜集（6）

维吾尔族民间故事三篇

哈结尔姑娘　李提甫、陈桂兰译（11）

会飞的马驹　李提甫、杨桂译（17）

桑树的荫影　李提甫、陈桂兰译（21）

维吾尔族歌谣　王德贤、李经纬译（23）

维吾尔族情歌　郝关中、张周译（26）

维吾尔族谚语

笑话

"请大老爷公断"　聂俊搜集（29）

太师爷问路　峰峰搜集（30）

短篇鼓词三段

大姑娘拴鸡·贪财姑娘·小两口拜年　张海泷搜集（32）

懒姑娘（外一首）田德成　李文兴搜集（36）

谜语辑　吴孝南等搜集（37）

试谈谜语的特点及其表现手法　吴超（39）

哭嫁（仪式歌）　黄忠汉搜集（47）

谜语·笑话·仪式歌（苏联大百科全书选译）刘锡诚译（50）

沂蒙山区的故事 4 篇

鲤鱼精　董均伦、江源整理（52）

石头人　董均伦、江源整理（58）

镜里媳妇　董均伦、江源整理（67）

红泉的故事　董均伦、江源整理（74）

山花（沂蒙山区的故事后记）　董均伦、江源（81）

傈僳族民歌二首

求婚调　徐家瑞搜集（84）

夜深人静的时候　周忠枢搜集（86）

云南省民族民间文学工作会议报导　陶阳（91）

上海市郊区民歌会演的经验　赵景深（96）

读者意见综述（98）

封面设计　梁之

编后记（100）

1957年3月号　总第24期

短论：不要把特色"整"掉　张文（3）

哭长城（河北民间曲艺）洒家整理（5）

打樱桃（二人台）　神木县人民剧团整理（15）

西湖传说四篇

金牛湖（佟坡插图）　菲木整理（20）

臭秦桧（佟坡插图）　菲木整理（22）

八卦田（佟坡插图）　菲木整理（24）

杏婵姑娘（佟坡插图）　杨琳美整理（26）

土族情歌

青海贵德土族情歌　徐英国搜集（34）

湖南永顺土族情歌　牧笛搜集（36）

傣族情歌　尊达搜集（38）

羌族民歌三首　艾丝搜集（41）

鄂伦春族民歌二首　王敏搜集（42）

僮族故事、传说

达稼、达伦（黎朗插图）　徐宏搜集（44）

黑三妹（黎朗插图）李世范搜集（53）

男女山　陆维良搜集（58）

"阿午"　陆维良搜集（60）

藏歌——"谐"浅论　王尧（63）

谈目前藏族民歌翻译整理中的几个问题　庄晶（72）

藏族民歌里的流浪歌　王伟（78）

革命歌谣　杨子江、陈东林搜集（80）

扬州歌谣　黄佩搜集（88）

等郎妹（客家民歌）　李林搜集（97）

封面设计　梁之

编后记（100）

1957年4月号　总第25期

蒙古族民间故事

蒙古族动物故事九篇

小白马的故事（黄永玉木刻插图）　白歌乐、胡尔查译（3）

九只狼　白歌乐、胡尔查译（7）

骄傲的天鹅（杨澧木刻插图）白歌乐译（10）

山羊和绵羊　仁钦　胡尔查译（12）

猫和老鼠（马玉明木刻插图）　仁钦、胡尔查译（14）

机智的兔子　白歌乐译（15）

狮子和老鼠　仁钦、胡尔查译（17）

狼和羊羔　仁钦　胡尔查译（18）

癞蛤蟆和猴子　胡尔查译（19）

一个穷喇嘛的故事　清格尔泰、陈清漳整理（21）

第二届全国民间音乐舞蹈会演特辑

绚烂的花圃　记者（26）

民歌选（32）

谈谈这次会演中的两首四川民歌　嘉玉（63）

听歌杂记　朱余（65）

杨淑美和她的山歌　徐国琼（68）

"夏雨"的作者魏淇园　尹翠明（71）

车仂灯（江西余江民间歌舞）　李耀、童祥水等整理（74）

睄妹子（赣南民间歌舞）　赣南采茶剧团集体整理（77）

破四门（云南花灯）吴星翔等整理（82）

耍女婿（天津时调）高峰整理（90）

鲤鱼灯　张公（93）

"红军灯"简介　温雯（95）

摸鱼　晨子（97）

百花齐放中的一朵奇葩——藏戏　王尧（98）

封面设计　梁之

编后记（100）

1957年5月号　总第26期

继续放手，贯彻"百花齐放、百家争鸣"的方针　转载"人民日报"社论（3）

"百花齐放、百家争鸣"在民间文学园地中

泛论民间文艺研究和"百家争鸣"　黄芝冈（7）

民间文学也要"争鸣"　紫晨（10）

关于"人民口头创作"　克冰（13）

苗族民间故事

苗族的"加"（四篇）

狗为什么咬"你多"、老蛇为什么咬青蛙、水獭为什么咬鱼、柿子树和松树（张道一插图）　谢馨藻整理（21）

哥昂和老虎（苗族故事）　谢馨藻整理（25）

"咕咕呀，咕咕"（苗族传说）　聂百华整理（30）

房子的故事（贵州水家族故事·张光宇插图）　徐扬译（31）

小鸡报仇（凉山彝族故事）　慕理译（33）

螺蛳和兔子（傣族民间故事·俞沪生木刻）　林木整理（36）

拉萨藏族民间故事三篇

杜鹃和鸽子、老鹰和公鸡、兔子和猴子（张道一插图）

吴光旭整理（38）

猴子和骆驼（俞沪生木刻插图）　春野搜集（44）

山鹩和斑鸠　欧阳豪记（47）

狗和鹿　谷定烁搜集（48）

吃醉酒的麻雀　晨花搜集（49）

臭虫和虼蚤　晨花搜集（50）

蝙蝠的故事　吴宗耀整理（51）

北京儿歌（53）

河北儿歌（55）

河南儿歌（60）

山东儿歌（71）

贵州侗族儿歌（78）

关于评价儿歌的尺度　马驰（80）

谈客家儿歌中的游戏歌　杨永泉（83）

小圆房（安徽花鼓灯小场）　王考千整理（86）

对周良沛同志整理的"游悲"的意见　周汝诚（90）

记民间文学在京专家座谈会　记者（93）

封面设计　梁之

编后记（100）

1957 年 6 月号　总第 27 期

孟姜女的故事　李清泉记（3）

天牛郎配夫妻　孙剑冰重述（9）

傣族民间传说三篇　林木搜集（18）

娥萍与蓬木洛（墨浪插图）

泼水节（王角插图）

角为什么弯？（王角插图）

旧日民间文艺必须抢救　顾颉刚（25）

谈民间文学搜集工作　刘魁立（29）

必须勇敢跃进一步　陈玮君（39）

关于云南的"邓川调"　陶阳（43）

邓川调　邓川民间歌手毛宗仪唱　李星华、陶阳记录整理（49）

洱源山歌　杨亮才搜集整理（57）

大理山歌　杨秉礼搜集整理（59）

白族情歌　绿野、少峰、沈保清搜集（62）

童养媳（云南凤庆山歌）　徐国琼记录整理（69）

试谈民间文学的范围　杨荫深（78）

从"明清民歌选"的编选标准谈到民间文学的范围问题　王习顺（80）

浙江民间故事三篇
蟑螂灶壁鸡,一对好夫妻　李韩林、高金铸整理（86）
培红菜　李韩林、高金铸整理（88）
仙姑洞　李韩林整理（90）
云南谜语　李星华搜集（93）
关于民间谜语的几个问题　乌丙安（94）
中国民间文艺研究会举行第一次学术报告会（消息）　超（97）
封面设计　梁之
编后记（100）

1957年7月号　总第28期
坚决击退右派分子们的进攻　贾芝（3）
辽宁民谣　宋瑞麟搜集（5）
海南岛黎族传说故事
人类的起源（佟坡木刻插图）云博生搜集（10）
一个聪明人（佟坡木刻插图）云博生搜集（13）
大黎头变蛤蟆　许和达搜集（18）
青青和红红　许和达搜集（20）
宝筒　王越整理（22）
故事（苏联大百科全书选译）刘锡诚译（28）
藏族谚语　明之搜集（31）
青海藏族谚语　许英国搜集（34）
蒙古族谚语　胡尔查、郝苏民搜集（37）
试论谚语的性质与作用　王骧（42）
必须从原则上划清"民间文学"的范围　朱泽吉（51）
关于"民间文学"、"人民口头文学"的概念及其范围界限　锡金（58）
我对于民间文学的几点看法　黄芝冈（61）
山东传说二篇　小武搜集　陈文整理（67）
泰山、蒙山和沂山
为什么刮西北风就冷？
老悭鬼的故事　朱宇鹏搜集（69）

诸暨民间故事二则　赵宁宇搜集（74）
两个儿子不如一箱石子
桑条从小搦
关于整理民间故事的一些意见　巫瑞书（78）
整理本应忠实于口头材料　思苏（84）
当前民间文学工作中的问题（座谈会记录）　记者（88）
民间文学工作简报三则（96）
封面设计　梁文
编后记（100）

1957 年 8 月号　总第 29 期
反右派斗争和民间文学——柯仲平同志应邀到中国民间文艺研究会讲话　吴超（3）
民间文学和政治斗争、群众生活——人民代表李敷仁同志在中国民间文艺研究会讲话　苌弘（10）
第二次国革命内战争时期老根据地歌谣辑（13）
陶克陶（蒙古民间叙事诗）　塞西、陈清漳整理（27）
月亮的故事
太阳和月亮的故事（傣族故事）　波鸿杰搜集（32）
太阳和月亮（贵州水家族故事·张光宇插图）　徐扬搜集（34）
捡元宝（浙江畲族故事·俞沪生木刻插图）　唐梓桑、周世培搜集（36）
救月亮（广西僮族故事·俞沪生木刻插图）　韦秋同整理（40）
扁扁老　平凡搜集（44）
八月十五开天门（俞沪生木刻插图）　黄希志搜集（48）
月亮里的树　张如海搜集（51）
桂叶　秦武搜集（52）
也来谈谈民间文学的范围　汪玢玲（54）
关于刘魁立先生的批评　董均伦、江源（60）
青海花儿选辑（65）
土族"阿伊姐"　许英国搜集（70）
土族逃婚调　许英国搜集（72）

战斗着的妇女　袁同兴（76）

进士—草驴　李根生搜集（80）

老爷吃桐果　余钦莼搜集（82）

刘二做工　陈元初搜集（84）

怎样搜集、整理？（来稿综述）　编辑部（91）

反对抄袭　编辑部（99）

封面设计　梁之

编后记（100）

1957 年 9 月号　总第 30 期

为保卫社会主义文艺路线而斗争（人民日报社论）（3）

抗议冯雪峰对待民间文学的贵族老爷态度　林山、贾芝等 12 人（8）

反右派群众诗歌选辑（12）

张打鹌鹑李钓鱼（李寸松插图）　孙剑冰重述（21）

春旺和九仙姑（王叔晖插图）　健鹏整理（30）

宝船（金克浚插图）姜慕晨搜集（39）

湖南民歌　刘一仓、湘夫等搜集（46）

湖南土族情歌　金庸搜集（54）

湖南城步苗族自治县民歌　陈先来、吴本豪搜集（55）

湘西苗族情歌　梁远兴、吴乘桥搜集（59）

湖南瑶族民歌　周迪纯搜集（60）

湖南侗族情歌　储祥林搜集（61）

畲族传说二篇

天眼重开（俞沪生木刻插图）　唐梓桑、周世培整理（64）

畲族祖宗的传说　冬日整理（77）

红河区民间文学调查报告　昆明作协红河民间文学调查小组（85）

三江侗族民间文学调查报告　广西省文联民族文学调查组（92）

苏联著名口头文艺学家 В·И·齐切罗夫病逝（98）

封面设计　林代

编后记（100）

1957 年 10 月号　总第 31 期

必须坚持为人民服务的方向　贾芝（3）

民间文学能不要党的文艺方针吗？　紫晨（11）

新歌谣（14）

聪明的希热图汗（蒙古民间叙事诗）胡尔查译（16）

小鹿（蒙古民歌）胡尔查译（43）

公主的头纱（维吾尔民间故事·俞沪生插图）郑伯涛记（48）

湘西苗族民间故事 5 篇　谢馨藻整理

跌耐辣（王角插图）（53）

老猎人和皇帝（金克浚、孙慕龄插图）（61）

恶毒的后母（66）

傻子（陈永镇插图）（69）

蚂蚁和喜鹊（70）

染常（广西大苗山八大苗歌之一）　萧甘牛、覃桂清整理（71）

跳厂的来历（黔南苗族根古歌）　冉启庸整理（76）

一对仙鹤飞上天（黔南苗族根古歌）　冉启庸整理（79）

根古的郎（黔南苗族民间叙事诗）　冉启庸整理（81）

介绍川北农村的"立歌堂"　湛卢（85）

立歌堂　湛卢搜集（86）

以严肃的态度对待民间文学的整理　兰州大学中文系二年级民间文学小组（91）

"谈民间文学搜集工作"读后　丁雅、李林（95）

封面设计　林代

编后记（100）

1957 年 11 月号　总第 32 期

认真深入学习苏联先进经验　为发展我国民间文学事业而奋斗！
编辑部（3）

苏维埃民间文艺学 ［苏］ э·B·波米兰才娃作　刘锡诚译（8）

我国人民热爱苏联民间文学读物——民间文学界热情地学习苏联先进

科学经验（17）

欢迎亚美尼亚民族史诗——"沙逊的大卫" 紫晨（19）

苏联出版我国优秀民间文学作品（22）

阿姆里色（大小凉山彝族古哀歌）朱叶整理（23）

傣族民间文学专辑

诏三路与南亚斑（傣族民间故事·王角插图） 魏其祥整理（41）

难夕河（傣族民间传说） 曹格整理（54）

画神多兰嘎（傣族传说·黎朗插图） 陈贵培整理（58）

鸡毛阿暧（傣族民间传说） 武济搜集（61）

克鬼草（傣族传说·黎朗插图） 陈贵培整理（68）

多嘎达兄弟（傣族故事·俞沪生插图） 陈贵培整理（71）

菩萨说话（傣族民间故事） 埃冈整理（76）

双头凤（傣族民间故事·俞沪生插图） 童玮译（80）

鸡屎"宝贝"（傣族民间故事） 童玮译（83）

聪明的小兔（傣族民间故事） 囊宏光整理（85）

傣族情歌 陈贵培、刘绮、王松翻译整理

玉腊呵（88）

求婚之歌（90）

乌鸦恋凤凰（95）

读者来信：责问冯雪峰、丁玲 王尧（97）

介绍"民族团结"月刊（98）

上海文化出版社编印"民间文学集刊"（99）

民间文学工作简报二则

编后记（100）

1957年12月号　总第33期

批判钟敬文

民间文学的两条道路的斗争 林山（3）

打垮右派分子钟敬文对民间文学的进攻 记者（9）

活教材 孙剑冰（14）

钟敬文对于青年的毒害 陈子艾 谭雪莲（16）

六弟兄（延边朝鲜族故事） 吉云整理 朱武景译（20）

延边朝鲜族俗谈 吉云辑（25）

延边地区（朝鲜族）的民间文学工作是如何开展起来的 杨香保 张帆（26）

杨柳青年画的故事三篇 马逸仙 王树村搜集整理（30）

"贺新年"吃饺子·阴雨瓶·小黑驴

灶王爷的传说两篇

灶王爷 张士杰搜集（42）

灶王的来历 吴子信搜集（44）

谜语选（50）

巴山情歌 老沉 董晓铎等搜集（54）

河北省民间传说故事六篇 张士杰搜集（59）

腊八粥（廖印堂插图）·烧画（廖印堂插图）·逆水行船·金沙滩·通天塔·无梁寺

傣族情歌（续） 陈贵培 刘倚 王松整理翻译（82）

恋歌·怀疑·我只再唱这一回·树宽

谈傣族情歌 陈贵培（96）

生根在民间的"曲艺"（99）

编后记（100）

封面设计 王树村

1958年1月号 总第34期

新年告读者 编辑部（3）

再论民间文学工作的两条道路 贾芝（7）

钟敬文要的是什么权和什么样的尊重？ 毛星（15）

纳西族的短歌 刘超搜集（19）

丽江散记 刘超（32）

滇西传说故事六篇 李星华搜集整理

茈碧湖的传说（白木插图）（43）

浪穹龙王的传说（白木插图）（46）

小黄龙和大黑龙（俞沪生锌刻插图）（59）

荨麻与艾蒿（俞右凡木刻插图）（59）
两老友（张钦祖木刻插图）（65）
中虚壶（余右凡木刻插图）（72）
创世纪（白族打歌） 杨亮才、陶阳记录整理（81）
关于白族的长诗"打歌" 陶阳、杨亮才（92）
听取意见，改进工作 卓（99）
封面设计、说明 王树村
编后记（100）

1958年2月号 总第35期
钟敬文是个什么样的专家？ 江橹（3）
石沟的过去和现在 胡滨萍搜集（14）
蒙山新民谣 刘金厚记录（15）
好活的日子在后头（17）
"黄河水"前记 王亚平（20）
黄河水（黄河上的歌谣） 王亚平收集（22）
广西僮族民间文学
民间传说故事
妈勒带子访太阳（黎郎插图） 布英整理（26）
犁耙牛（黎郎插图） 萧丁三整理（29）
勇敢的阿刀 农秀琛搜集（35）
小甘罗 夏底、韦家礼搜集（41）
贵莲和苦莲 蓝焕英搜集（45）
银子该给她 阿模记译（47）
斑鸠和果子狸 侬易天整理（50）
僮族情歌 侬易天整理（53）
人参的故事
人参精（余右凡木刻插图） 张士杰搜集（58）
人参姑娘（白木插图） 谷浪整理（64）
王小挖人参（墨浪插图） 沈洪臣搜集（70）
红兜肚小孩 吴尤搜集（75）

黄毛老头（张钦祖、余右凡木刻插图） 吴尤搜集（78）
棒棰雀的故事（英若识插图） 关山搜集（84）
民间文艺学（苏联大百科全书选译）Б·И·契切罗夫著 刘锡诚译（89）
谚语
读者意见综述（95）
封面设计 王树村
封面说明 王树村
编后记（100）

1958年3月号　总第36期

打好基础，立争跃进——北京民间文学工作者座谈跃进问题 记者（3）
民间文学事业也要来个"大跃进" 江樯（6）
中国共产党青海省委员会关于继承发扬本省各民族民间文化艺术遗产的指示（转载）（10）
大家动手，及时捕风（短论）编辑部（13）
"大跃进"的歌谣（15）
怀来新歌 下放干部 田夫搜集（19）
僮族民歌选（22）
大革命时期广东惠、潮、梅的妇女新歌谣 倩红搜集（29）
四川少数民族民间传说故事
四川少数民族民间文学漫步 萧崇素（35）
四川藏族传说故事
青稞种籽的来历 帕金搜集整理（41）
姐弟俩（任率英插图） 庆泉、双耀搜集整理（51）
牧羊工（沙更思插图） 庆泉、双耀搜集整理（78）
四川彝族传说
创造万物的巨人尼支呷洛 蒋汉章翻译 李仲舒整理（82）
四川羌族传说故事
干海子（陈企衡插图） 蓝寿清搜集整理（87）
一朵花（陈企衡插图） 戴北辰搜集整理（92）

兔子弟弟（陈企衡插图）　戴北辰搜集整理（96）
青海省大力整理民间文学遗产（14）
人大代表、民间文艺研究会理事李敷仁病逝（21）
编后记（100）

1958 年 4 月号　总第 37 期
短论：厚今薄古，赶紧研究现代民间文学　林山（3）
上海工人跃进歌谣选辑（5）
社会主义春天的凯歌　路工（14）
麻城县生产歌谣（20）
宣传工作群众化的特色　秦川（23）
新歌谣讨论
必须改变一下眼光　王亚平（30）
重视新歌，一同跃进（通信）　韩燕如（32）
从民间文学来看汉语规范化　曹伯韩（33）
短评
一幅雄劲隽永的写意画　铁肩（37）
读"青稞种籽的来历"　前流（38）
新儿歌（40）
谜语（42）
义和团的传说故事　张士杰搜集
红缨大刀（43）
安次县为什么是土城？（47）
张头和李头（51）
托塔李天王（56）
铁金刚（66）
宗老路（74）
小黄牛（77）
渔童　（81）
关于义和团传说故事（通信）　顾颉刚（87）
仇恨・轻蔑・自豪　汪曾祺（88）

记录民间文学的技术　В·Ю·克鲁宾斯卡娅　В·М·希捷里尼可夫（93）

民间文学消息

妈勒带子访太阳（封面木刻）　黄永玉

小小水车长又长（封三）

编后记（99）

1958年5月号　总第38期

大规模地收集全国民歌　（人民日报社论）（3）

郭沫若同志关于大规模收集民歌问题答本刊编辑部问　（5）

新民歌开创一代诗风（首都文艺界民歌座谈会报道）（10）

工矿大跃进歌谣（12）

农村大跃进歌谣（19）

开封新民歌（23）

矿山新歌谣　苗培时辑录（30）

南山新歌谣（陕西）陈力搜集（31）

江苏新民歌　晓晨搜集（33）

陕南红色山歌二首　中共汉中地委宣传部搜集（36）

粤东的革命歌谣　侯枫搜集（39）

白洋淀渔歌　码力搜集（44）

张家口的民谣　洪眉搜集（50）

吊屈原（湘阴民歌）　徐伯青搜集（52）

新歌谣讨论

全国唱起来了！　袁水拍（53）

丰富多彩的表现手法　沙鸥（55）

搜集民歌的新局面　贾芝（58）

群众的歌声和队伍　朱寨（63）

红安县是怎样用民歌来进行政治鼓动工作的？
中共红安县委宣传部长　童杰（67）

寓言五篇（张士杰搜集）

绣花枕头和落花生（顾朴插图）（72）

大雁（王乐天插图）（74）

巧嘴的小燕（蓝建安插图）（76）

猫（陈奇峰插图）（78）

马是怎样没有犄角的（李寸松插图）（80）

宝刀（维吾尔族民间故事）袁丁整理（83）

民间文学消息（三则）

封面木刻　乐峰

编后记（100）

1958年6月号　总第39期

新民歌如同海起潮　柯仲平（3）

十三陵水库歌谣　铁肩辑（7）

十三陵水库的歌谣　常任侠（13）

江西革命歌谣　江橹辑（16）

甘肃新花儿（31）

广西僮族大跃进民歌（43）

湖南侗族新民歌　和高收集（49）

三岔河水库（贵州布依族）　李佐祥收集（51）

伊犁哈萨克族新民歌　捕风收集（53）

大理白族新歌谣　张鸿逵收集（55）

应该帮助工人弟兄更好地掌握民歌的武器！　江橹（56）

个旧锡矿工人歌谣（59）

林县歌谣辑录（62）

向路永修学习　林县文化馆　张生一（66）

关于"路永修快板抄"　曾著（69）

路永修快板抄　张生一收集（71）

跃进的战鼓，劳动的诗篇　中共许昌地委宣传部工作组（75）

治山谣（禹县）（78）

常熟新歌谣（84）

拜民歌为师　路工（92）

全党全民收集民歌（各地情况综述）紫辰（96）

农村壁画（封面）古元
李三宝（浙江民歌）（封三）
民间文学消息（三则）
编后记（100）

1958年7、8月号合刊　总第40期
世界人民同声吼（13首）（3）
加强民间文艺工作（人民日报社论）（7）
全国民间文学工作者大会特辑
共产主义文学艺术的萌芽　刘芝明（10）
采风掘宝，繁荣社会主义民族新文化　贾芝（15）
献词　爬杰、王老九、李济胜、刘文玉、余道光（32）
大跃进中的部队诗歌活动　部队代表　魏传统（34）
破资产阶级的治学方法　立社会主义的立场、观点和方法　中央代表　郑振铎（42）
云南民族民间文学发展的轮廓　云南省代表　徐嘉瑞（45）
湖北的新民歌和采风工作　湖北省代表　张云骧、马希良、贺大群（56）
安徽的新民歌创作活动　安徽省代表　钱丹辉（72）
新民歌给我的启发　四川省代表　李亚群（83）
铁锤打出诗万篇　上海市代表　上海国棉19厂工人　李根宝（88）
提高写作质量，为社会主义服务　陕西省代表　农民诗人　王老九（92）
永远为祖国歌唱　云南省代表傣族赞哈　康朗甩（94）
唱的人人争上游，唱的红旗遍地插　安徽省代表　农民女歌手　殷光兰（103）
搜集整理民间故事的几点体会　山东省代表　董均伦（109）
战士诗歌（64首）（113）
少数民族大跃进歌谣选（蒙古族、回族、藏族、维吾尔族、苗族、彝族、僮族、布依族、哈萨克族、侗族、白族、傣族、佤族、哈尼族、瑶族、黎族、东乡族、土族、傈僳族、拉祜族、景颇族、羌族、撒拉族、保安族、裕固族、毛难族、仫佬族、土家族、畲族、赫哲族、崩龙族等31个民族）（127）

义和团的故事（六篇）张士杰收集（164）

老大造反（任率英插图）（164）

童子（沙更世插图）（168）

大盐水和二盐水（173）

蚌螺号（任率英插图）（177）

秀阁（墨浪插图）（184）

红缨扎枪（194）

登场（封面剪纸）杨文辉

全国民间文学工作者大会活动（照片四页）

山西昔阳县的民歌活动（照片）（封二）

搬起石头砸鸡蛋（歌曲）王老九词 孙慎曲（封三）

编后记（200）

1958 年 9 月号　总第 41 期

文艺界十团体坚决拥护周总理声明（3）

美国鬼子滚出去（新歌谣）（4）

人民领袖下乡来（新歌谣）（6）

钢产翻一番（新歌谣）（10）

歌唱人民公社（新歌谣）（12）

谢坊新歌谣抄（新歌谣）（15）

在第一届全国曲艺会演大会上的讲话 刘芝明（18）

翻江倒海（天津时调） 集体创作 纪希、高天执笔（21）

李逵夺鱼 刘元久口述 朱伟、蚌专曲目组整理（22）

曲艺会演给我的启发 紫晨（26）

新故事

修禹庙 孙星光搜集（30）

手杖龙 向人红搜集（33）

新儿歌（38）

"上海民歌选"序 柯庆施（43）

新歌谣讨论

谈谈快板诗在宣传鼓动工作中的作用 张朴、段荃法（44）

崇高的共产主义风格　天鹰（49）

侗族情歌（湖南）　子英、艳云搜集（53）

侗族风习与情歌　蔚钢（70）

读马克思搜集的民歌　安旗（75）

两棵奇树　奠邑搜集（80）

花裙子的故事（景颇族载瓦民间故事）　勒干搜集（84）

喀斯波勒勒（马尔康藏族民间故事）　帕金搜集（87）

丰收（农村壁画）（封面）

日子越更甜（歌曲）（封三）

消息四则

第一届全国曲艺会演图片（封二）

编后记（100）

1958年10月号　总第42期

"革命民歌集"序言　萧三（3）

钢铁红旗空中飘（新歌谣）（13）

铁水奔流似长江（新歌谣）（15）

战士歌谣（17）

新儿歌（21）

义和团的故事　张士杰搜集（27）

洪大海

刘黑塔

洗大王家务

摩星界（瑶族民歌）　陈德铭搜集（55）

哭婚调（仪式歌）　魏其祥、李家有搜集（58）

川西边区嫁女歌（仪式歌）　蜀娟搜集（62）

骏马赞（好来宝）　琶杰作，莫南、敦若布译（66）

玉门油矿民歌　刘永争、李笑萍搜集（72）

旧社会里矿工苦（民歌）（73）

白海和蚌姑娘　萧功俊搜集（76）

鱼姑娘　姆哈嬷口述，新客整理（82）

湖北省高等院校批判资产阶级文艺思想　马希良、张云骧、贺大群（88）

把红旗插上民间文学教学阵地　明之（90）

欢迎新兵的涌现　前流（93）

吉林省民间文学工作在大跃进　记者（94）

千万只笔大竞赛　工农文坛当主帅　吴超（97）

敦煌新壁画（封面）

农村诗画（封二）

歌曲：我是个农民武装（封三）

编后记（100）

1958年11月号　总第43期

争取文学艺术的更大跃进——人民日报社论（1）

中苏友谊万古长青（7）

革命歌谣　马奔、长林、刘勇等搜集（10）

几首农民革命歌谣（21）

战士座谈民间文学（22）

我们的悼念（28）

郑振铎同志的简历（29）

义和团的故事　张士杰搜集（31）

义和团战落垡

打聂鬼子

董大帅兵败廊坊镇

王三发横财

梁三霸团

白母鸡

我的体会和认识　张士杰（65）

民间歌手诵诗篇　吉林省桦甸油田页岩矿　陈易（72）

青海花儿　回族马金莲等唱、徐国琼搜集（77）

蒙古族谚语　芒·牧林、陶·漠南译（79）

侗族民歌二首　王化民搜集（83）

矿工歌谣　屈殿奎、王自成搜集（88）

汞矿歌谣　黄汉扶搜集（90）

工农谈创作

一棵共产主义的幼芽——记湖北省应城县红旗人民公社"七香"创作组　（91）

把家乡变为歌山诗海　农民　张庆和（93）

我是怎样写民歌的　工人　黄声孝（95）

一次深刻的教训　农民　习久兰（97）

鱼跃龙门　（封面）

图片四张　（封二）

土炉高产放卫星（歌曲）　（封三）

后记　（100）

1958年12月号　总第44期

志愿军战士歌谣（3）

内蒙古百万民歌展览歌唱运动月特辑

内蒙古民歌（9）

毛主席的主意好

千里雷声万里闪

人民公社鲜花开

命令河水上山头

铁水奔流放红光

东风压在西风上

锁住太阳留住哥

内蒙古百万民歌展览歌唱运动月　内蒙古自治区文化局局长　布赫（26）

内蒙人民齐欢唱　潜流（29）

内蒙古民间故事（墨浪插图）

腊梅花与索胡尔孛　陈清漳、清格尔泰记录整理（32）

不死山　塞野记（36）

虎王衣　塞野记（40）

老虎　孙剑冰记（45）

五指山的歌声（47）

阿日阿妞　朱叶搜集（52）

关于"阿日阿妞"　朱叶（61）

把民族民间文学推向一个新的阶段　袁勃（63）

云南省大大进行搜集工作　怡之（67）

义和团的故事　张士杰搜集

大师兄闹衙门（王叔晖插图）（69）

马六刀劈二毛子（80）

义和团故事的有关资料　张士杰（91）

大家都来搜集民间故事　方之（97）

四川省文联研究搜集和编选民间故事　方赫（99）

猪羊肥大赛黄牛（封面）　黄永玉

编后记（100）

1959年1月号　总第45期

从新民歌看革命的现实主义和革命的浪漫主义的结合　郭沫若（3）

江西老革命根据地传说故事（李桦插图）

香菇客、飞蛾扑火、登仙桥、白军白手回、火烧白匪军、两斤盐

章广忠、刘复庭搜集（7）

把少数民族文化革命推向更高阶段（西南区少数民族文化工作会议报道）（21）

福建前线战士歌谣　路工、锡诚辑（23）

最前线的诗歌阵地　路工（29）

福建前线的一支诗化部队　王曾（33）

义和团故事

砍马二爷（王叔晖插图）　张士杰搜集（34）

义和团故事　笔谈

人民群众的自我写照　朱寨（42）

几篇义和团故事中的妇女形象　张帆（47）

战士座谈义和团故事（50）

有关太平天国的年画故事　王树村搜集（55）

马负水（55）

英雄会（58）

全国齐唱跃进歌（各省新民歌）（62）

歌手介招

介绍孟良的一首民歌　王炜（83）

诗人兴会更无前　王濯非、冯代松（85）

洋芋王（墨浪插图）新克搜集（90）

母猪坡　牛安民搜集（93）

蔷薇和阿康　赵潮水搜集（95）

雁来红　娄旭搜集（97）

敬老院老人写诗篇　黄永玉（封面）

编后记（100）

1959年2月号　总第46期

·河北民间文学特辑·

河北省民间文学的蕴藏、发掘、整理出版情况及今后工作的意见　李盘文（3）

河北歌谣

大跃进歌谣（6）

胡家四代联诗（15）

劳动人民——新时代的歌手　袁平（18）

附录：九沟十人峪（21）

歌手介绍

红色歌手——王永川　张诚（23）

河北故事

棒槌山上的老桑树（墨浪插图）袁耐梅搜集（25）

香椿树的皮为什么是裂的（墨浪插图）　林魁搜集（32）

白菜花（黄胄插图）　郭鸿嘉搜集（34）

义和团故事　张士杰搜集（38）

大刀吓坏了张财主（王叔晖插图）（38）

展大旗吓死了常举人（王叔晖插图）（46）

义和团故事　笔谈

读了义和团故事之后　顾颉刚（49）
为义和团故事所感　任桂林（54）
读义和团故事随感　咸敏（55）
采风掘宝、继承传统、推陈出新（记四川、广西、贵州、云南四省民族文学工作座谈会）　岳军（58）
关于搜集民族民间文学和编写民族文学史的工作　云南省民族民间文学大理调查队（64）
珠郎和娘梅（侗戏）　贵州省从江县龙图乡俱乐部整理（76）
虎王、牛王为什么被狐狸吃掉的（傣族故事）　朱德普搜集（89）
绿豆雀和象（傣族故事）　朱德普搜集（90）
少数民族歌谣　中央民族学院语文系汉语教研室辑（92）
书评
批判五毒俱全的"维吾尔民间谚语和谜语"
维吾尔族　居乃德（98）
四川省民间文艺研究会正式成立
四川出了双太阳　黄永玉（封面）
饮马图（河北蔚县剪纸）慈旭、周永明（封二）
编后记（100）

1959年3月号　总第47期

"革命歌谣选"代序（3）
"革命歌篇选"编完以后（4）
老革命根据地歌谣（5）
读"革命歌谣选"的"代序"和"编完以后"　刘锡诚（12）
老根据地的革命传说故事
红军帽（刘继卣插图）　邬朝祝搜集（14）
红旗的故事（刘继卣插图）　韦秋同搜集（18）
清水潭　章广忠搜集（21）
河南新歌谣（池星插图）　黄楹联搜集（24）
歌手介绍
农民诗人郭富　笑予（26）

快板诗人李济胜　紫晨（29）

太平天国的传说　袁飞搜集（31）

地主告状（任率英插图）（31）

雪天卖菜（任率英插图）（33）

迎恩桥（任率英插图）（34）

一条马绳（35）

太平军没有走（任率英插图）（36）

太平天国的歌谣（38）

太平天国革命的火花　路工（45）

从一首太平军墙头诗谈起　刘岚山（53）

上海民歌收集工作中的一些体会　上海民歌编委会（56）

工人歌谣是工厂里的战鼓　工人　李根宝（59）

穷江格（藏族故事）　黄林搜集（63）

饿是什么味儿（藏族故事）　陈家琲搜集（66）

血汗衫（白族大本曲）　白族　杨亮才译（69）

义和团的歌谣　刘崇丰搜集（83）

义和团故事笔谈

伟大人民的伟大历史和创作　吕振羽（86）

读"义和团的故事"　赵景深（91）

人民创作的珍宝　蔚钢（97）

农谚　凡子搜集（55）

民间文学消息（四则）

歌声唤醒红太阳　周令钊（封面）

养猪（剪纸）吴昌和、陈金（封二）

编后记（100）

1959年4月号　总第48期

矿工传说故事

山丹丹花（陈奇峰、李良插图）　王学慧搜集（3）

山歌大王　杨启堂搜集（8）

打打就会好啦（陈奇峰插图）　杨启堂搜集（12）

工人歌谣
长辛店铁路工人歌谣（16）
门头沟煤矿工人歌谣　北京大学中文系58级辑（20）
抚顺煤矿工人歌谣　洪禹　万江搜集（23）
开滦煤矿工人歌谣（24）
北京纺织工人歌谣（27）
汉沽盐场工人歌谣（28）
几首传统工人歌谣读后　长正（30）
鲁班的传说
鲁班学艺（刘继卣插图）　琐辰搜集（33）
桌子的故事（刘继卣插图）　李明潮搜集（40）
木人上天 王来振搜集（46）
义和团故事笔谈
为义和团恢复名誉　陈白尘（47）
幻想与现实　刘守华（54）
藏族民歌（59）
关于新民歌的一些问题和意见　林山
我们是怎样创作民歌的
满腔热情地歌颂党和新生活　农民　李强华（74）
唱斗争、唱生产、唱生活　农民　杜鹃花（75）
劳动当中出诗歌　谢清泉（77）
我是怎样写《想娘》的　王传圣（78）
跃进歌声永不落（80）
四川省大力搜集民间故事
重视民间故事的搜集整理工作　余辅之（94）
人人动手搜集民间故事（报道）（97）
大力搜集民间故事（《森林报》社论）（98）
达县地委要求各县搜集民间故事（报道）（99）
民间文学消息（四则）
搭瓜架　陈若菊（封面）
诗情画意：社里高粱长得大（木刻）马鹏（封二）

编后记（100）

1959 年 5 月号　总第 49 期
汉族民间寓言
机智的山羊（钟灵插图）　王仲山搜集（3）
鸡和狐狸（钟灵插图）　王仲山搜集（4）
狮子（钟灵插图）　王仲山搜集（5）
猴子的经验（钟灵插图）　廖义佳搜集（6）
狼和羊　王仲山搜集（7）
小花燕和雄鹅（钟灵插图）　王仲山搜集（8）
雏燕与野猫　王仲山搜集（9）
木头与蛀虫　王仲山搜集（9）
乌鸦和燕子（王角插图）　王仲山搜集（9）
山羊的教训　王仲山搜集（10）
猴子和桃（王角插图）　王仲山搜集（10）
狼和象　王仲山搜集（11）

新疆维吾尔族动物故事
　　勇敢的山羊（刘岘插图）　哈生木穆沙也夫　张泽灵整理（12）
　　聪明的青娃（刘岘图）　铭芳译（20）
　　山鸡和乌鸦　靳尚始译（21）

内蒙古动物故事
　　喜鹊蛋和鹌鹑的尾巴（王角插图）　芒·牧林译（24）
　　骑红牤牛的老灰狼（王角插图）　芒·牧林译（27）

四川凉山彝族动物故事
愚蠢的老虎（刘岘插图）　吴诚等搜集　刘平整理（31）
勇敢的蟋蟀　吴诚等搜集　刘平整理（37）
儿歌（古元等插图）　侯天杰搜集（40）
谜语（46）
儿歌散论　金恩晖、奉滨（47）
也谈儿歌的范围和评价儿歌的尺度　蔚钢（52）
西藏民歌　单超整理（57）

藏族故事
乌龟和猴子（刘岘插图）　陈拓记译（66）
智慧的兔子（刘岘插图）　陈拓记译（68）
公主和铁匠（马常利插图）　德钦卓嘎整理（70）
美女的心事（马常利插图）　德钦卓嘎整理（75）
西藏民间文学漫谈　单超（80）
西藏人民的愿望　陶建基（83）
新民歌创作中的几个问题　巫瑞书、屈育德、陈子艾（91）
我对新民歌的看法　李昌松（97）
西藏谚语（39）
上北京（儿歌）张光宇画（封面）
小公鸡（甘肃儿歌）古元画（封二）
编后记（100）

1959年6月号　总第50期

革命领袖的传说
西瓜籽（力群插图）章广忠搜集（3）
单枪匹马会陈黑　黄鹤逸搜集（5）
山东传说故事
七色宝花　董均伦　江源记（8）
神笛　董均伦　江源记（17）
太平天国的传说
太平军不杀好人（任率英插图）　郭存孝搜集（25）
死狗退敌（任率英插图）　郭存孝搜集（26）
太平旗（任率英插图）　郭存孝搜集（27）
太平军在汉西门外（任率英插图）　郭存孝搜集（28）
东北传说故事
王红挖参（赵瑞椿插图）　于济源搜集（30）
金镜（张凭插图）　崔革人搜集（34）
财迷头（赵瑞椿插图）　张会庚搜集（37）
屈原的传说（蒋兆和插图）　徐伯青搜集（41）

"独醒亭"、"九子不葬父，一女打金头"、"十二疑冢"、"罗裙负土葬爷坟"、"金鸡的故事"、"粽子和龙船"、"阴龙船"、"一卷离骚山鬼哭"、"招魂"

反帝斗争的传说故事

尿壶阵　萧庆生搜集（51）

木葫芦的故事（华君武插图）　莫剑搜集（53）

织锦的传说故事

锦上添花　傅为金　华士明搜集整理（55）

癞子染丝　傅为金　华士明搜集整理（57）

吉林省搜集民间故事的情况和经验　吉林省民间文学工作委员会办公室（61）

搜集民间故事的几点体会　李星华（67）

劳工记　江西萍矿安源革命历史资料整理小组整理（71）

附：关于整理"劳工记"的几点说明（98）

西瓜籽　力群木刻（封面）

藏族人民支援解放军　吴作人画（封二）

编后记（100）

1959年7月号　总第51期

关于搜集整理问题讨论

关于搜集整理工作的各种不同意见　本刊编辑部（3）

谈谈民间故事的记录、整理及其他　刘波（7）

民间故事的搜集、整理和研究　蔚钢（14）

谈革命传说故事的搜集整理（读者来信）　袁宝玉　沙夕（19）

甘肃民歌（21）

新疆维吾尔族民歌　齐鸣整理（23）

新疆维吾尔族民间故事

太子爱赫山　袁丁整理（25）

轻·吐米日英雄　塔里木　柯培林整理（33）

妙极了（墨浪插图）　靳尚怡译（38）

铜锅（墨浪插图）　靳尚怡译（40）

娥并与桑洛（傣族民间叙事诗　墨浪插图）　云南省民族民间文学德宏调查队搜集翻译整理（44）

一部优美生动的叙事持　袁勃（82）

丰富多采的傣族民间文学　白木（84）

仗义山上（刘岘木刻插图）　管延钦搜集（86）

母鸡老奶奶和黄鼠狼大嫂嫂（刘岘木刻插图）　管延钦搜集（89）

苏联召开民间文学工作者会议　刘锡诚译述（91）

罗马尼亚布加勒斯特民间艺术研究所的搜集工作　李元庆译（97）

民间文学消息（一则）

我愿（维吾尔族情歌，歌见81面）钟灵画（封面）

一片茶叶一片心（诗情画意）叶彩萍剪纸（封二）

编后记（100）

1959年8月号　总第52期

·江苏民间文学特辑·

大跃进以来江苏民间文学工作概况　周华（3）

经常、全面、系统　夏阳（8）

故事·童话

报晓鸡（刘岘木刻插图）　歌晨搜集整理（12）

簑衣　兆洛、禹生、晋杰搜集（15）

拳头打铁嘴吹风　紫晨搜集整理（16）

蛇和喜鹊攀亲（刘岘木刻插图）　正良搜集整理（18）

蚯蚓和虾子　崇辉搜集整理（19）

胡萝卜、山芋、高粱、棒头和黄豆　正良搜集整理（20）

施耐庵的传说

著书赠女　丁正华搜集（22）

不事二主　丁正华搜集（23）

防海潮　丁正华搜集（24）

两个鸡头一壶酒　丁正华搜集（25）

太平天国的传说

套头饼（墨浪插图） 村立搜集整理（26）

红头蜂 张炳文、杨长辉搜集整理（28）

"红头军"和"白头军" 杨茂华搜集整理（29）

太平井（墨浪插图） 朱兴胜、何享才、夏清和搜集整理（31）

抗日时期的传说故事

智取高邮（宛英毅木刻插图） 朱兴胜、华士明搜集整理（34）

"八枝机枪" 杨福堃搜集（36）

江苏歌谣

传统歌谣（35）

太平天国的歌谣（42）

革命歌谣（43）

建国以来的歌谣（53）

读《太平天国歌谣》散记 石林（58）

布伯（僮族民间叙事诗） 莎红、蓝鸿恩、剑熏、覃惠、李晋搜集整理（61）

关于《布伯》的整理 僮族蓝鸿恩、莎红（83）

关于搜集整理问题讨论

也谈民间文学的搜集整理 星火（88）

漫谈记录、整理及"再创作"问题 陶阳（89）

民间文学消息（二则）

对唱 古元画（封面）

牧鹅（广东揭阳剪纸） 陈胜、林毓章（封二）

扁担挑福挑不动（江苏民歌） 张军行、方正明改编（封三）

编后记（100）

1959年9月号 总第53期

·庆祝建国十周年特大号·

十年颂歌 贾芝（3）

《红旗歌谣》编者的话 郭沫若 周扬（18）

新民歌创作的规律 天鹰（20）

颂歌（44）

毛泽东同志的传说故事

两篮鸡蛋（王德威插图） 凌峰搜集整理（48）

一件棉袄 凌峰搜集整理（50）

刘少奇同志的传说故事

一卷票子（顾炳鑫插图） 尹建中搜集整理（52）

观星象 尹建中搜集整理（54）

朱德同志的传说故事

朱总司令尝百草 碎石等搜集（55）

理发（阿老插图） 文荠彦搜集整理（56）

人民公社无限好（59）

川北老根据地的革命传说故事

旗帜的故事 方赫整理（61）

青莲潭（程十发插图） 林皋翰整理（63）

捻军的传说故事

二老渊（刘继卣插图） 谭继安搜集整理（66）

老乐拒捕（刘继卣插图） 谭继安搜集整理（72）

牛丙砸盐店 母连甫搜集整理（77）

鲁王与小黄马（刘继卣插图） 李东山搜集整理（83）

赎物还主（程十发插图） 缪文渭搜集整理（88）

关于捻军的歌谣（92）

北京的传说故事

天安门前的华表 李岳南等搜集整理（95）

金鱼池和龙须沟 李明等搜集整理（96）

北京城是怎样修起来的 路工等搜集整理（100）

梅葛（彝族民间史诗）云南省民族民间文学楚雄调查队搜集翻译整理（105）

《梅葛》简介 长山（113）

丰富多采的少数民族民间文学 杨亮才（115）

陕北秧歌 古元画（封面）

庆祝国庆（剪纸）李丽笙（封二）

毛主席领导出圣人（歌曲） 王老九词 梁文达曲（封三）

心心朝向共产党（四川民歌）张光宇画（封四）

编后记（120）

民间文学　1959 年 10 月号　总第 54 期

鼓足干劲，继续跃进，全面地深入地开展民间文学工作——记民间文学跃进座谈会　紫晨（3）

在新民歌运动面前——驳吴雁《创作，需要才能》　路工（10）

诅咒敌人，讴歌自己　北京市锅炉工人　杜晶铎（16）

《红旗歌谣》问世的重大意义　陶阳（19）

革命领袖和作家论群众创作（23）

少数民族民间文学特辑

少数民族歌谣

各族人民手拉手（35）

苗族情歌（43）

维吾尔族情歌（46）

少数民族民间故事

　扎弩扎别（拉祜族·李运甫插图）　李晓村、王松搜集整理（48）

　彩虹（崩龙族·程十发插图）　徐嘉瑞搜集整理（54）

　夹艺昭昭（土家族·胡朴荣插图）　胡朴荣记录翻译（57）

　百日红（朝鲜族·王弘力插图）　吉云整理、何鸣雁翻译（60）

　妹田（布依族·宋吟可插图）　冯彪搜集整理（64）

　群蜂斗野猪（达斡尔族·钟灵插图）　多文林搜集整理（68）

　狐狸和大雁（乌兹别克族·钟灵插图）　马俊民译（70）

　皇帝和傻子（柯尔克孜族·王弘力插图）　胡振华搜集整理（71）

　财迷精（锡伯族）　安家富、郭丽丽搜集整理（74）

　口袋山（回族）　采玲搜集整理（78）

　吹牛的猎人（赫哲族）　王冠俥搜集整理（79）

　姑妈妈（满族）　关英洲搜集整理（81）

　伦吉善和阿依吉伦（鄂伦春族·王弘力插图）　巴图宝音搜集整理（84）

　小飞马（哈尼族·袁运甫插图）　昆明师范学院文史系 55 年级整理（89）

青蛙花（羌族·钱月华插图）　戴北辰搜集整理（91）

狐狸姑娘（鄂温克族）　隋书金搜集整理（94）

两朵别具色香的藏花——读藏族民间故事《穷江格》和《饿是什么味儿》　顾思（96）

歌唱美丽的侗家（贵河从江即景）　袁运甫画（封面）

八宝保丰收（湖北沔阳剪纸）　陈由明画　熊正国刻（封二）

编后记（100）

1959 年 11 月号　总第 55 期

万众欢腾齐跃进（3）

藏族新民歌　李天泉等翻译整理（8）

新民歌的光辉成就　路工（15）

白茆新民歌的发展情况　周正良（25）

促进新民歌运动　叶萌（32）

《1959 上海民歌选》前言（34）

今年花胜去年红——读《1959 上海民歌选》　天鹰（35）

更多更好地翻译少数民族民间文学　马学良（43）

少数民族民间故事

天上怎样有的月蚀（佤族·袁运甫插图）　王敬骝搜集整理（47）

黑马张三哥（土族·袁运甫、钱月华插图）　王电、许可权、李桂兰、王汉搜集整理（54）

白羽飞衣（东乡族·黄胄插图）　赵燕翼搜集整理（60）

三个姑娘（哈萨克族）　艾田搜集整理（65）

狐狸和树鼠子（鄂伦春族）　郭其柱搜集整理（68）

阿诺谷（彝族酒礼歌）　彝族　居举朗斓整理（70）

关于搜集整理问题讨论

试谈少数民族民间文学的搜集工作　朱宜初（81）

也谈民间文学的记录、整理　王殿（91）

关于《布伯》的搜集、整理问题　忆策（99）

花篮　夏同光画（封面）

牧羊（剪纸）　许健（封二）

拴住太阳好干活（四川平昌民歌）　（封三）
编后记（100）

1959年12月号　总第56期

万里东风传喜报（新民歌）（3）
从民歌的创作看群众的才能　李岳南（7）
生动的语言，清新的意境——《红旗歌谣》读后偶记　宋志先（12）
认真学习，繁荣创作——记北京市文联《红旗歌谣》座谈会　紫晨（16）
·地方戏、评话·
拴娃娃（山东两夹弦）　吴斌　黄云芝　秋潮整理（19）
挑菜（二人台）　张家口市歌剧团整理（25）
景阳岗打虎（扬州评话《武松》第一回的一节）　王少堂口述　扬州评话研究小组整理（32）
谈扬州评话老艺人王少堂　张青萍（55）
巴拉根仓的故事（蒙古族民间故事）　塞西　陈清漳搜集整理（62）
"金貂"尾巴（62）
宝驴（刘岘木刻插图）（64）
打猎立功（68）
登巴叔叔的故事（藏族民间故事）　罗生搜集整理（71）
登巴叔叔和小王子（71）
登巴叔叔和财主（马常利插图）（74）
徐文长的故事　徐诏整理（78）
当面骂县太爷（叶浅予插图）（78）
整老财（叶浅予插图）（79）
宁夏回族自治区新歌谣（82）
苦聪人的歌　彭文元记录整理（84）
关于搜集整理问题讨论
从"聊斋汉子"说起　董均伦　江源（85）
我对搜集整理的看法　张士杰（90）
读者来信摘要（95）
谜语（99）

水库好（年画）施帮华作　黎朗设计（封面）
读报（农村新窗花）林曦明作（封二）
总路线光芒万丈（江苏宜兴民歌）邵杏芬领唱　张军行、方正明改编（封三）
恭贺新禧（贺年片）（封底）
编后记（100）

1960 年 1 月号　总第 57 期
迎春赛诗开门红（新民歌）（3）
欢呼新民歌创作新高潮的来临　刘超（7）
《红旗歌谣》的光辉成就——锡诚、紫晨、陶阳集体讨论　陶阳执笔（10）
谈新情歌　刘鹏（20）
捻军的传说故事
闹粮（黄钧插图）　谭继安搜集整理（29）
撵绵羊（黄钧插图）　牛家琨搜集整理（33）
胡椒大王（吴光宇插图）　刘士光搜集整理（39）
神海蚬（黄钧插图）　杨杰、宿振业搜集整理（45）
大小银鬃（吴光宇插图）　刘士光搜集整理（49）
捻军歌谣　李韬搜集（52）
民间讽刺故事、笑话
天塌下来的时候　张士杰搜集整理（56）
猫不会吃鱼（米谷插图）　张士杰搜集整理（57）
巧媳妇做衣裳（米谷插图）　张士杰搜集整理（58）
阿娇与金丹（苗族民间叙事诗）　贵州省文联民间文学工作组搜集整理（69）
喜读云南出版的四部民间叙事诗　白木（81）
青海省大力搜集著名史诗《格萨尔王传》　长山（84）
民间文学研究工作的新收获——读《1958 年中国民歌运动》　紫晨（86）
新民歌创作盛况　安民、铁肩（91）

农谚　彭俊祥辑（98）

泥娃娃（民间玩具）　黎朗设计（封面）

养猪好（剪纸）　施学贤作（封二）

编后记（100）

1960 年 2 月号　总第 58 期

五年计划两年完成（新民歌）（3）

毛主席著作像明灯（新民歌）（4）

★学习毛泽东文艺思想　建立无产阶级世界观★

毛泽东思想光芒万丈　黄声孝（6）

在毛泽东文艺思想的照耀下　刘章（9）

三面红旗万万岁（新民歌）　（11）

养猪好（新民歌）　（18）

妇女巧手绣江山（新民歌）　（19）

近代革命运动中的妇女传说故事

蔡小姐（任率英插图）　牛家琨搜集整理（24）

李三娘（任率英、刘福芳插图）　母连甫搜集整理（27）

大战长直沟（潘洁兹插图）　王文彬、胡家乐、洪学文、闵林搜集整理（33）

大脚婆李婶子（刘俊民、陆阳春插图）　章广忠搜集整理（39）

桂花酒（刘俊民插图）　章广忠搜集整理（42）

光彩夺目的战斗妇女形象　巴里（44）

从几首妇女歌谣谈起　燕岩（48）

捻军的传说故事

龚得起手（任率英插图）　牛家琨搜集整理（51）

杀张胜、张可（杨永青插图）　牛家琨搜集整理（56）

打高公（黄钧插图）　牛家琨搜集整理（64）

进一步广泛深入地搜集义和团故事　长山（69）

萨里哈与萨曼（哈萨克族民间叙事诗）　山林、世杰整理（72）

广西僮族自治区民间文学情况和今后规划（消息）（91）

吉林省民间文学普查队出发了（消息）（92）

民间笑话
一不动二不吃、"出来怕狗咬它哩！"（华君武插图） 腾云搜集整理（93）
关于搜集整理问题讨论
谈民间故事的搜集整理——蒙城县文联民间故事搜集小组（95）
我的体会 谭继安（98）
布老虎（民间玩具） 黎朗设计（封面）
女民兵（山东剪纸） （封二）
俺老汉也唱个跃进歌（淄川民歌） （封三）
编后记（100）

1960年3月号　总第59期
中苏友谊万古长青（新民歌5首）（3）
毛主席著作是智慧泉（新民歌6首）（5）
学习毛泽东文艺思想　建立无产阶级世界观
搜集整理民间故事也必须学习毛泽东思想 张士杰（7）
千军万马闹春耕（新民歌9首）（11）
渠水冲开丰产门（新民歌4首）（13）
积肥就是积白米（新民歌8首）（15）
哥唱新曲妹来和（新情歌7首）（17）
记上海赛诗会 《萌芽》诗歌组（19）
万人齐唱跃进歌——喜读《上海赛诗会诗选》 张玺（22）
白庙村农民诗人座谈会创作与才能（25）
北京的传说故事
洋鬼子骗地（吴耘插图） 唐天然搜集整理（36）
龙睛金鱼（刘岘插图） 路工搜集整理（37）
定陵的传说 宏兴搜集整理（38）
明朝玉师陆子冈 安民等搜集整理（39）
二郎爷担山赶太阳（钟灵插图） 田奂芳搜集整理（41）
老松树（钟灵插图） 唐天然搜集整理（42）
藏族新民歌（28首）（45）

在不幸的擦瓦绒（藏族民间叙事诗） 龙智溥记录，龙智溥、周季文翻译整理（51）

捻军的传说故事

任柱在捻（任率英、刘福芳插图） 白岩搜集整理（59）

活捉邓千里（任率英插图） 白岩搜集整理（63）

救"冰"来了 白岩搜集整理（66）

杀僧王（任率英插图） 白岩搜集整理（68）

鲁王智取潍县（任率英、黄忠敏插图） 白岩搜集整理（71）

闹渡（云南花灯戏） 杨明、黎方整理（76）

盘三哥开山（萧淑芳插图） 王美新搜集整理（84）

娘仔桥（萧淑芳插图） 王美新搜集整理（87）

编写《中国民间文学史》的一些体会 北京师范大学中文系 1955 级《中国民间文学史》研究小组（89）

丰富多彩的《中国各地歌谣集》 陈建瑜（94）

狮子（民间玩具） 黎朗设计（封面）

新窗花（中国人民解放军第二届美术作品展览会展品） 北京部队张志诚作（封二）

滴水调、绣荷包（云南花灯戏《闹渡》选曲） （封三）

1960 年 4 月号 总第 60 期 纪念伟大列宁诞辰九十周年

新的太阳（苏联东干族民歌） 马昌仪译（3）

列宁第一个把我们当作人（苏联阿瓦尔族民歌） 马昌仪译（4）

列宁的正义（别洛露西亚民间故事） 曹靖华译（5）

列宁快醒了（俄罗斯民间故事） 曹靖华译（8）

列宁论民间文学（辑录）（11）

★学习毛泽东文艺思想 建立无产阶级世界观★

学习毛泽东思想，争取民间文学更大的跃进 路工（14）

毛泽东思想指导我们创作丰收 张庆和（18）

纪念"五一"国际劳动节

毛泽东思想是罗盘（工人歌谣 11 首）（22）

革新花朵满园开（工人歌谣 11 首）（24）

跃进人唱跃进歌（工人歌谣 11 首）（26）

景德镇瓷窑工人的传说故事（28）

龙凤瓷床（张孝友插图）　章广忠搜集整理（28）

混天麻子火烧洋行（郑药如插图）　章广忠搜集整理（31）

瓷工英雄刘方（张孝友插图）　石践搜集整理（33）

北京工人学习《红旗歌谣》

清新的语言优美的意境　高文真（39）

我们爱读《红旗歌谣》　高长福、吴开太（41）

《红旗歌谣》对我们的鼓舞　韩忆萍（43）

什么阶级说什么话　王术（48）

北京工人歌谣（11 首）（51）

上海赛诗会工人歌谣（13 首）（53）

"汽车城"里赛花灯（长春工人歌谣 5 首）（55）

紧锣密鼓加劲敲　上海达丰印染二厂创作组（56）

个旧锡矿工人的传说故事（63）

铁匠和老板（张孝友、陈惠冠插图）　杨启堂搜集整理（63）

老板的福从哪里来　杨启堂搜集整理（68）

为群众创作的大发展扫清道路　陶建基（72）

保卫群众创作　陶阳、杨亮才（84）

附：旭升的"群众创作有极大局限性"（90）

斥"白开水诗"论　陈建瑜、铁肩（91）

一锅饭菜满街香（新民歌 7 首）（95）

凌文明烈士歌谣选（97）

摇头张口狮（民间玩具）　（封面）

春到田间（北京剪纸）　张淑贤作（封二）

工人步子迈得大（歌曲）　蔡之湘词　马可曲（封三）

编后记（100）

1960 年 5 月号　总第 61 期

城市公社万万岁（新民歌 9 首）（1）

技术革新一片红（新民歌 12 首）（5）

《毛竹扁担抽春笋》赞　路工（7）

★学习毛泽东文艺思想，建立无产阶级世界观★

白庙村农民诗人座谈

学习毛泽东文艺思想的收获（10）

河北寓言、动物故事（刘岘木刻插图）　张士杰搜集整理（18）

牛和驴·鸭子·兔子·蛤蟆为什么只看见后边·蛤蟆的眼珠是怎么鼓出来的

广西寓言

大鹏与龙虾　黄显华搜集整理（30）

蜜蜂的腰为什么这样细（钟灵插图）　方大伦搜集整理（31）

蒙古族寓言、童话　道布译（32）

　　空心树·老虎和松鼠（钟灵插图）·神鸟

藏族寓言（黄永玉插图）　萧崇素搜集整理（37）

　　狮与犀牛·锦鸡、兔、猴、象吃果园·金锭、银锭、氆氇、藏靴和粮食的争执

新儿歌（10首）（蒋兆和插图）（43）

红色儿歌

长白山儿歌（6首）（47）

太行山儿歌（6首）　伊克昭搜集整理（49）

陕西儿歌（4首）　西安师院中文系搜集整理（50）

民间故事在儿童中　安伟邦（51）

赫章新民歌（47）　中共赫章县委会搜集（58）

幸福生活开金华　苏凤（61）

鲁班的传说（陈惠冠插图）　甄茂枢搜集整理（65）

"小鲁班"·"石了不起"受窘·没有量（良）心·"丁一千"·正定大佛寺·祈年殿的故事·"盐（檐）短了"

中国劳动人民智慧的化身　王一奇（78）

"野草"与"花"　国棉一厂　高文真（81）

群众创作不容否定　门头沟煤矿　张大千（82）

·关于搜集整理问题讨论

再谈民间文学搜集工作　刘魁立（83）

火烧袁楼（捻军的传说故事） 刘士光搜集整理（94）

小花猫（民间玩具） 黎朗设计（封面）

我们热爱和平（剪纸） 姚鹤海作（封二）

喂得猪儿肥油油（陕北民歌） 张秋生词、樊祖荫编曲（封三）

让菜儿喝个饱（剪纸） 王文作（封底）

1960年6月号　总第62期

文教群英唱新歌（全国文教群英大会歌谣12首）（3）

心中太阳升（学习毛主席著作歌谣14首）（6）

★学习毛泽东文艺思想　建立无产阶级世界观★

在毛泽东思想的光辉照耀下——南京晨光机器厂文学创作组座谈学习毛泽东文艺思想的体会（9）

毛泽东的思想是万能的太阳　蒙古族　琶杰（14）

毛泽东文艺思想的红旗，指引我不断前进　战士　刘太平（17）

反对侵略，保卫和平（新歌谣7首）（20）

红旗飘上珠穆朗玛峰（歌谣与传说）（23）

彭湃的传说　刘克宽搜集整理（24）

剪娘伞·丘太爷点火烧身（24）

方志敏的传说　章广忠搜集整理（29）

"周老师"·雨伞的故事（29）

红军故事　贵阳师院中文系57级革命故事写作组整理（34）

全国职工文艺会演特辑

全国职工文艺会演作品选

永远跟着毛主席共产党（7首）（40）

三面红旗万万岁（12首）（45）

新人新事唱不赢（14首）（55）

职工业余文艺活动的新发展（人民日报社论）（65）

全国职工文艺会演速写（4首）　戴林（55）

方腊的传说故事（陈惠冠插图）　杭州大学中文系56级方腊故事整理组整理（68）

宝刀·分粮·平顶山·智取青溪·洪肥猫的下场（68）

上海小刀会的传说

小刀会智破上海城(任率英插图) 陈佐辉搜集整理(80)

群英图(陈惠冠插图) 盛森、张怀久搜集整理(83)

工人业余创作活动的春天——上海市工人业余创作座谈会记录(90)

斥"群众创作有极大局限性"论——上海达丰第二印染厂创作组座谈群众创作(96)

泥人(民间玩具) 郑裕鹤作、黎朗设计(封面)

打老虎(剪纸) 申沛农作(封二)

一心想会毛主席(海南民歌)——全国职工文艺会演广东代表团演出(封三)

"挑花送给毛主席"(剪纸) 浙江温州关山关五作(封底)

1960 年 7 月号 总第 63 期

陆定一同志代表中共中央和国务院在全国文教群英大会上的祝词(3)

★反对美帝侵略 坚决解放台湾 保卫世界和平★

万炮怒发轰瘟神(中国人民反对美帝斗争歌谣 18 首)(8)

日本人民反美斗争歌谣(2 首)(14)

朝鲜歌谣(2 首)(16)

英雄赛诗斥美帝——记志愿军复员军人赛诗会 禹堂(18)

怒挥文艺戈 痛击美国狼——记北京汽车制造厂反美侵略赛诗会(21)

早期的中国反美民歌 冰心(22)

黑旗军的传说 农秀琛搜集整理(24)

"死鬼变活人"(24)

刘二智取敌峦(林恺插图)(26)

冯子材大闹谅山(林恺插图)(27)

朝阳人民反帝斗争的故事 许光时 宋志峰搜集整理(31)

铧子沟大炮显神威(任率英插图)(31)

邓云祥负伤不下火线(33)

提督和会首的谈判(米谷插图)(34)

全国文教群英大会特辑

文教群英聚北京 诗如江海流不尽(歌谣 26 首)(37)

群英欢聚颐和园，诗歌种子撒满天——记出席全国文教群英会的工农兵诗人、歌手联欢会　本刊记者采访　潜明兹执笔（45）
诗人之村——西安灞桥区红星人民公社白庙村诗歌创作介绍（49）
生产大跃进　文化插翅飞　唐健军（56）
党号召什么我就歌唱什么　孟三（68）
歌颂伟大的党　伟大的时代　李希文（68）
工人出身的业余作者曲学山同志（73）
旧社会的奴婢　新社会的歌手——广东省罗定县农民歌手伍凤英（78）
我是怎样开展农村文化娱乐活动的　王珍英（81）
我是怎样学写诗的　傅芝兰（83）
我是怎样编快板的　金玉廷（87）

战士歌谣（45首）（91）
封面设计　李绵璐　陈仲芳（封面）
群英会照片　（封二）
痛斥美帝野心狼（歌曲）　（封三）

1960年8、9月合刊　总第64期
陆定一同志代表中共中央和国务院在全国文学艺术工作者第三次代表大会上的祝词（3）
全国文学艺术工作者第三次代表大会向党中央和毛主席致敬电（10）
＊
朵朵葵花朝太阳　各族人民心向党（颂歌）（12）
＊
高举毛泽东文艺思想红旗　把民间文学工作推向新的高峰——在中国民间文艺研究会扩大理事会上的报告　林山（19）
我们对民族民间文学的搜集、翻译、整理和研究工作的一些体会　徐嘉瑞（39）
新形势对民间文艺提出的问题　姜彬（46）
关于发动群众搜集和创编新民间故事问题　杨文元（60）
在毛泽东文艺旗帜下高歌猛进　路工（67）

政治挂帅发动群众全面搜集整理捻军故事　夏曙光（85）
把党所领导的新的民间文艺工作搞好　魏建功（92）
追着太阳上北京　祝福领袖毛泽东　（歌谣）（95）
在党的培养下不断成长　黄声孝（104）
在党的阳光下歌唱　康朗甩（111）
山歌唱得漫海洋　姜秀珍（121）
树雄心　立大志　举红旗　攀高峰——记中国民间文艺研究会扩大事理会　吴超（125）
刘三姐（歌剧·第五场：《对歌》）　广西僮族自治区《刘三姐》会演大会改编（129）
《刘三姐》创作中的几个问题　师群（140）
方腊的传说故事　杭州大学中文系56级方腊故事组整理（149）
花宝石的故事（两种）、方腊巧计退敌兵、百骑山、无底洞
搜集整理方腊故事的体会　杭州大学方腊故事整理组（162）
张献忠的传说　李宗荣、方赫等搜集整理（167）
艾狗、攻保宁、烈马坪、白马庙、撒金石、罗锅山、神箭射府衙、八棵柏树
捻军的传说故事　牛家琨　刘士光搜集整理（179）
父子开店、红孩军、正阳突围
主席走遍全国（国画）　李琦画（插页）
封面设计　常沙娜（封面）
文化革命红花开（歌曲）　史掌元词曲（封三）
又是丰收年（剪纸）　沈晓铃作（封底）

1960年10月号　总第65期

欢呼《毛泽东选集》第四卷出版
毛泽东思想是中国人民大革命胜利的旗帜（《人民日报》社论）（3）
毛主席著作万宝库（学习毛主席著作歌谣4组）（9）
读了毛选方向明（6首）（9）
敌人听了心胆惊（3首）（10）
学了毛选方法变（5首）（10）

跃进种子幸福根（8 首）（11）

毛主席的传说故事　乐真搜集整理（13）

分地牌（13）

办喜事（14）

一盏小马灯（16）

☆贵州苗族民间文学特辑☆

贵州苗族民间文学简介　贵州省民间文学工作组（18）

苗族靠的是共产党（贵州苗族新民歌 18 首）（23）

洪水滔天歌（贵州苗族民间古歌）（26）

关于《洪水滔天歌》　贵州省民间文学工作组（41）

　　季节歌（贵州苗族民间长歌）　　（43）

　　逃婚歌（贵州苗族民间长歌）　　（54）

　　苗族情歌（10 首）　　　　　　（60）

反江山的故事（苗族民间故事）　　（64）

　　反江山和老虎　　　　　　　　（64）

　　反江山和员外（袁运甫插图）　　（67）

　　反江山和守备老爷（袁运甫插图）（69）

嘎百福歌（苗族民间说唱文学）（74）

　　藏榜侬（陈惠冠插图）（74）

　　娥久（陈惠冠插图）　（77）

　　阿榜（陈惠冠插图）　81）

关于《嘎百福歌》　贵州省民间文学工作组（84）

苗族传统故事（87）

果罗润（87）

仙女的故事（陈惠冠插图）（90）

贵州《民间文学资料》介绍　潜明兹（90）

编者的话（73）

封面设计　邱陵（封面）

照片　秦淑兰等摄　（封二）

1960年11月号　总第66期

惊天动地一部书（欢呼《毛选》第四卷出版歌谣11首）（3）

毛主席的传说故事

毛委员挑米　乐真搜集整理（6）

一碗白米饭　尹华珍搜集整理（7）

毛主席牵来的金牛　田文搜集整理（8）

鱼眼睛亮了　田文搜集整理（11）

大力支援农业第一线（歌谣10首）（14）

艰苦奋斗，勤俭建国（歌谣13首）（17）

☆纪念义和团运动六十周年☆

论历史的真实性　吴晗（20）

中国人民反帝斗争的光辉记录　李俊虎（28）

义和团反帝斗争的光辉记录　白丁（35）

☆广西僮族民间文学特辑☆

广西僮族民间文学概况　广西僮族文学史编辑室（44）

广西僮族民歌（52）

颂歌（10首）·大跃进歌谣（8首）·革命歌谣（14首）·太平天国歌谣（16首）·情歌（8首）

僮族民歌的形式特点　广西僮族文学史编辑室（65）

韦拔群的故事（70）

拔群变龙·渔翁救拔群

抗法斗争的故事（73）

巧战骑兵队·大摆坛罐阵

太平天国的传说

大战乌兰泰（王叔晖插图）　广西师范学院中文系搜集整理（75）

翼王做寿（邓二龙插图）　蔡恒义搜集整理（76）

岩顶脚印的传说（墨浪插图）　广西师范学院中文系搜集整理（79）

特康射太阳（僮族古歌）（81）

读《特康射太阳》　秋天（84）

僮族传统故事

太阳、月亮和星星　游显华搜集整理（87）

金色的种子（墨浪插图）　莫如鲲搜集整理（88）

红水河的故事（王叔晖插图）　吴凡搜集整理（93）

辣椒四　李乘强记录（95）

财主和家奴　李作应搜集整理（96）

僮族人民的歌节——歌圩　一知（98）

编者的话（100）

封面设计　李绵璐（封面）

照片　新华社稿（封二）

盘歌（广西民歌）（封三）

1960年12月号　总第67期

社会主义建设时期民间文学的范围界限和工作任务问题　贾芝（3）

艰苦奋斗闹革命（26）

第一、二次国内革命战争时期歌谣（14首）

抗日战争时期歌谣（13首）

发愤图强建祖国（歌谣11首）（32）

发扬革命传统，争取更大光荣　刘超（35）

地方风物的传说

酒瓮石（夏同光插图）　刘于搜集整理（42）

羊姑石（夏同光插图）　黄鱼禾搜集整理（45）

马鞍山　万天和搜集整理（47）

黯澹滩的来历（墨浪插图）　林善铭搜集整理（49）

地方民间戏曲

亲家婆顶嘴（山东五音戏）　山东省淄博市五音戏剧团整理（50）

拐磨子　（山东五音戏）　山东省淄博市五音戏剧团整理（67）

笑话四则

丁刀子（77）

捉虱子　颜光祖搜集整理（77）

我看你怎样吃（78）

水井里摸蜂窝　云南大学中文系1956级学生搜集整理（78）

谚语一束（97）

谜语一束（80）

跋山涉水（贵州苗族迁徙史诗）　贵州省民间文学工作组整理（82）

编者的话（31）

苗族民间图案　李绵璐设计（封面）

迎新年（剪纸）（封二）

毛主席真伟大（歌曲）　永丰屯人民公社老头合唱团编曲（封三）

1961年1月号　总第70期[①]

党的政策落到心窝（新民歌10首）（3）

杭州·西湖的传说故事

西湖是一颗明珠　路平搜集整理（6）

仙女的镜子　叶建生　陆加搜集　王祖年整理（9）

寻太阳　东晓搜集　柳浪整理（10）

一线天　蔡涉　王竞搜集　小红整理（16）

石人岭　高平搜集整理（20）

六和填江　高频搜集，红涛整理（22）

钱王射潮　陈玮君搜集整理（24）

维吾尔族人民跨上了飞马（维吾尔族新民歌9首）　石杰　党牛　警亚选译（27）

一夜东风花千里（青海花儿8首）　中共青海省委民歌办公室辑（29）

彝族新民歌（5首）　方赫　上元　新克搜集整理（31）

蜂儿寻住地（彝族小叙事歌）　芦占雄整理（34）

纪念太平天国起义一百一十周年

太平天国的传说（11篇　顾炳鑫　墨浪插图）陈群　赵健吾　章广忠等搜集整理（37）

太平天国歌谣（6首）区农乐　吴洪波搜集（60）

缅甸民间谚语（61）

[①] 之前有两次是合期，此处总第70期是将合期中刊物单独计算了，故1961年1月号为总第70期。

柬埔寨民间谚语（61）
少数民族故事
白石郎赵神牛（瑶族·宇高插图）（62）
白马宝（水族·川康插图） 蒙炳华 德寮搜集整理（65）
鹦哥（侗族·秦元魁插图） 周惠超搜集整理（67）
布谷鸟和金色雀（侗族） 华谋搜集整理（70）
竹鸡（维族·刘岘木刻插图） 马鸿坤译（72）
樵官老爹（僮族） 方大伦搜集整理（74）
社公放牛（僮族） 梁福田搜集整理（76）
鹬神 王嵩搜集整理（96）
农谚（81）
节日习俗故事
扁食的故事 习正有搜集整理（82）
迎龙 屈伸搜集整理（85）
笑话
送礼（88）
译文
德国的民间故事书 恩格斯著 曹葆华 孟复生译（89）
民间文学消息（4则）（99）

1961年2月号　第71期目录
毛主席领我们上天堂（西藏新民歌17首）（3）
藏族故事
种籽的起源（米谷插图） 萧崇素搜集整理（7）
铁盐锤老人（董洪元插图） 萧崇素搜集整理（18）
德布根藏的求婚（墨浪插图） 萧崇素搜集整理（30）
非洲民间谚语（46）
评论
谈一九六〇年上海新民歌（4篇）任克华 陈光瓒 沈国梁 王森（47）
幸福的花儿开遍西藏 吴超（52）
一篇优美的风物传说 张帆（55）

一首寻求美好生活的诗篇　潜明兹（58）
少数民族讽刺故事
聂局桑布和国王利东（藏族·米谷插图）　王尧译（62）
哲蚌喇嘛（藏族）　王尧译（64）
巴吐、地主和章恩（锡伯族）　涛子搜集整理（66）
贪心章恩的下场（锡伯族）　涛子搜集整理（67）
爷觉力唐歌（贵州苗族民间长歌）　贵州省民间文学工作组整理（68）
农谚（80）
地方风物的传说
金船渡　李治林搜集整理（81）
狮子山和娘娘庙　卓祥汉搜集整理（86）
牛首山　王存信搜集整理（86）
鸡鸣山和蜈蚣山　王存信搜集整（91）
"红山"的故事　范枫搜集整理（92）
笑话
"吗咖"老爷　屈文源搜集（96）
地主和老鹰　吕运行搜集（97）
民间文学消息（3则）（99）

1961年3月号　总第72期

《大跃进工人歌谣选》序　何其芳（3）
开展白庙村诗歌创作的体会　西安市灞桥区文化馆（11）
柯尔克孜族民歌（19首）（17）
介绍柯尔克孜族民间诗歌　胡振华（30）
吉林人参故事
芍药花根　姜述宝　乔恩荣搜集　乔恩荣整理（36）
小龙参　赵琴轩　刘尚智整理（39）
活命参　郭卫凡　赵文瀚整理（42）
忘干哥　赵文瀚整理（44）
小牛倌　高维垣　赵德珍搜集整理（47）
好心的小徒弟　倪翠兰搜集整理（50）

贪心的老头子　倪翠兰　于庆林搜集整理（54）

谈人参故事　吉林大学中文系56级　都幸福（57）

越南民歌（2首）（67）

捻军的传说故事

火烧苗营　张汉搜集整理（68）

韩老玉做官　牛家琨搜集整理（72）

打金岛　刘士光搜集整理（77）

捻军歌谣（18首）（83）

勤俭持家的故事

一粒豆子　靳腊梅搜集整理（87）

豆腐席　郑富生搜集整理（88）

阿当寻火种（回族民间故事）　贵州省民间文学工作组整理（90）

农谚（94）

读者来信（3篇）（97）

1961年4月号　总第73期

从调查研究说起　毛星（3）

花儿十首　雪犁等搜集（13）

黎族传说故事

吹天箫（董洪元插图）　周启天讲述（15）

红蘑菇和白蘑菇　王名题讲述（17）

仙人湖　黄远廷讲述（19）

椰子壳（董洪元插图）　黎蔚林讲述（28）

诺实和玉丹（墨浪插图）　王新芹讲述（30）

傣族叙事长诗

朗鲸布　云南大学中文系1956级学生搜集整理（35）

汉族传统故事

禹王治水的传说　郑孝时搜集整理（59）

二郎担山的故事　红叶搜集整理（63）

铁锁救太阳　曹吉林搜集整理（64）

施勇成亲　湘江搜集整理（70）

七仙女下凡　李书田整理（82）

侗族民歌

迎春歌　金彦华搜集整理（85）

织锦歌　金彦华搜集整理（87）

逃嫁歌二首　杨保愿搜集（88）

寓言

鹧鸪和秧鸡（傣族）　俸朝臣搜集整理（91）

老鼠和猫（山东）　侯得田搜集整理（92）

白头翁（四川）　李长林搜集整理（92）

人和神的故事

"天不怕"和土地爷　林臣丰搜集整理（94）

神仙和木匠　李松福搜集整理（95）

穷神和财神　朱均搜集整理（96）

谜语　（98）

民间文学消息（3则）　（99）

1961年5月号　总第74期

加强民族文化工作——记文化部副部长徐平羽同志在少数民族文学史讨论会上的讲话　本刊编辑部（3）

少数民族人民口头创作中的语言问题——在少数民族文学史讨论会上的发言　袁家骅（5）

关于记录和翻译少数民族民间文学的几点意见——在少数民族文学史讨论会上的发言　傅懋勣（12）

少数民族文学史讨论会旁听记　本刊记者（24）

鲁班的传说故事

老君和鲁班（蒋兆和插图）　甄茂枢搜集整理（30）

伙计跟谁　甄茂枢搜集整理（32）

黑线、白线、红线　甄茂枢搜集整理（33）

水平仪的来由　甄茂枢搜集整理（34）

三尺棒、五尺棒　甄茂枢搜集整理（35）

棚匠的针为什么是弯的　甄茂枢搜集整理（36）

柱顶石（叶浅予插图） 甄茂枢搜集整理（37）
傣族叙事长诗
彩虹 傣族歌手波玉温作 景洪县办公室 陈贵培译（40）
朗鲸布（续完）云南大学中文系1956级学生搜集整理（65）
喜读长诗《彩虹》 袁勃（86）
新的意境，新的风格——评1960年上海民歌选本《稻花钢水谱新歌》 刘金（91）
谜语 管延钦 松涛等搜集（97）
民间文学消息（3则）（99）

1961年6月号 总第75期

颂歌向着北京唱（藏族民歌15首） 商文健整理（3）
千万声山歌表心肠（陕北信天游44首） 朱序忠搜集（7）
动物故事 王敬骝搜集整理（15）
老虎和地鼠（刘岘插图） 王敬骝搜集整理（10）
老虎和萤火虫 蒙胜升搜集整理（12）
鹌鹑和尖嘴老鼠 王敬骝搜集整理（13）
尖嘴老鼠和啄木鸟 王敬骝搜集整理（15）
狐狸和兔子（刘岘插图） 宝音贺希格整理（18）
黄鼠狼偷鸡 王敬骝搜集整理（20）
臭雕是怎么弄的一身臭的（刘岘插图）王敬骝搜集整理（22）
儿歌（申沛农剪纸）王登科等搜集（27）
对歌 华东师大中文系1957级记录（31）
童话
聪明勇敢的七妹（刘继卣插图）谢馨藻搜集整理（32）
玖保和老虎 谢馨藻搜集整理（36）
一寸法师（随笔） 冰心（40）
谈动物故事的意义 思镜（43）
贵州苗族古歌
造天地万物歌 杨芝唱 贵州省民间文学工作组整理（48）
杨亚射日月歌 王正方 朱天力唱 贵州省民间文学工作组整理（52）

吉林打猎故事

曹大汉　于济源搜集整理（58）

张三打狼　于济源搜集整理（64）

广东渔民故事

合浦珠还（刘岘插图）　杨颂仁搜集整理（69）

鲤鱼姑娘　英洪　沈少雄搜集整理（75）

英阿六　黄求程　魏照涛搜集整理（77）

笑话四则　刘仲海　高德春搜集整理（80）

谚语　（82）

高尔基与民间文学（译文）［苏联］尼·皮克萨诺夫作　刘锡诚译（84）

民间文学消息（3则）　（96）

外国民间文学消息（4则）（98）

1961年7月号　总第76期

颂歌　歌手王老九等（3）

毛泽东的传说故事

杨柳落泥生根　张泽民搜集整理（11）

珍贵的种子　叶翔搜集整理（12）

比鱼翅海参更味　张泽民搜集整理（14）

串家　过兴然　严克光搜集整理（14）

棉衣和木炭（蒋兆和插图）　张泽民搜集整理（15）

勤劳是金斧（阿老插图）　刘国梁　丘振文搜集整理（17）

空轿子　刘国梁　丘振文搜集整理（18）

伟大的革命风格——读毛泽东的革命故事和传说　贾芝（21）

革命烈士是怎样运用民歌进行战斗的　萧三（32）

红军的传说故事

骑黑马的人（阿老插图）　曾宪眉搜集整理（41）

王从龙参军（阿老插图）　王鹤逸搜集整理（43）

贺总指挥不怕炮弹　王光　林立　英聪搜集整理（47）

马蹄井　魏绪文搜集整理（48）

一根皮带（蒋兆和插图）　魏绪文搜集整理（49）

革命歌谣（53）

歌手评介

略谈王老九诗的语言——读《王老九诗选》　林兴仁（65）

傣族歌手康朗甩　陈贵培（73）

放牛娃成了诗人——谈农民诗人张庆和的诗　李洛川（81）

土家族歌手——宋老妈妈　洪军（88）

书评

读《大巴山红军传说》　任大卫（91）

中州人民灿烂的诗篇——《河南红色歌谣》赞　金边（96）

1961 年 8 月号　总第 77 期

镇江人民抗英斗争故事

鬼子画圈山（墨浪插图）　康新民　周正良搜集整理（3）

林则徐"赔款"　周正良　康新民搜集整理（6）

"豆浆炮油炸鬼"（华君武插图）　康新民搜集整理（7）

困英国兵舰（王重义插图）　周正良搜集整理（10）

"退鬼"（王叔晖插图）　赵慈凤搜集整理（11）

背巡捕（沙更世插图）　华士明搜集整理（14）

狐狸大仙闹事　康新民搜集整理（18）

折自来水亭　何聿民搜集整理（20）

抗英歌谣　赵慈凤　华士明搜集整理（23）

捻与捻军笔记　吴晗（26）

搜集整理捻军故事和歌谣的几点经验　安徽省阜阳专区捻军资料调查研究领导小组（38）

捻军故事

傅成古与张衡　顾振远搜集整理（47）

温鸭途粮（任率英插图）　亳县捻军故事歌谣小组搜集整理（50）

智打穆和尚　刘士光搜集整理（56）

歪嘴子炮　亳县捻军故事歌谣小组搜集整理（59）

捻军歌谣　亳县捻军故事歌谣小组搜集整理（61）

太平天国故事

金田起义　杨焕典搜集整理（67）
蔡村江之战　杨焕典搜集整理（69）
洗马滩　姚行筠搜集整理（72）
太平天国歌谣　李歌等搜集整理（74）
陕甘宁革命根据地歌谣　路笛　朱序忠搜集整理（76）
青海花儿　左可国选辑（80）
丰富多彩的青海民歌　歌行（83）
民间文学书简（杭州市文联与蒙城县文联的通信）（95）

1961年9月号　总第78期
关于如何评价民间文学作品问题
关于《娥并与桑洛》的讨论
《娥并与桑洛》讨论综述　孙殊青（3）
《娥并与桑洛》存在的问题　汪志凯（6）
谈《娥并与桑洛》中的三个主要人物　汪法文（8）
对于桑洛性格描写的一点意见　吴佩剑（10）
我对《娥并与桑洛》的不同看法　庄文中（13）
少数民族故事
奥塔娜（董洪元插图）　刘文琴搜集整理（16）
国王和穷人　李丹桂搜集整理（21）
阿夏与葛妮（董洪元插图）　罗兴邦搜集整理（23）
贵州苗族古歌
高杜占地奥和烈底昂采少　杨芝唱　贵州省民间文学工作组整理（29）
居诗老　杨芝等唱　贵州省民间文学工作组整理（34）
呼伦贝尔民歌　呼伦贝尔盟民族歌舞团翻译整理（39）
呼伦贝尔散记　顾颉刚（41）
反帝斗争故事
火烧天主堂（墨浪插图）　苏方桂搜集整理（46）
藏族民歌十二首　顿珠扎西演唱　王尧等采录（60）
介绍顿珠扎西的歌唱　孙剑冰（65）
打花拍（儿歌四首）　叶又新搜集整理（77）

笑话
"俭朴"夫妻　朱守良搜集整理（80）
两个媳妇　朱守良搜集整理（80）
空城计　黎邦农搜集整理（81）
恩格斯论德国民间传说中的英雄龙鳞胜和　江绍原（83）
谚语　凡子等搜集（93）
民间文学史话
鲁迅与歌谣二三事　常惠（94）
民间文学书简
论《哭嫁歌》所想到的　周宏发（97）
民间文学消息（四则）（99）

1961年10月号　总第79期

颂歌
颂歌献给共产党（好力宝）　毛依罕（3）
生活越过越美好（白河藏族民歌）　商文健搜集整理（15）
鲁班的传说故事
王好胜改名　康新民　蒋旭搜集整理（19）
创世界（陈惠冠插图）　华士明搜集整理（21）
鲁班师娘的故事（陈惠冠插图）　周正良搜集整理（27）
杜文秀的故事
杜文秀起反　白族　杨亮才　段寿桃搜集整理（30）
筑台拜帅　白族　杨亮才　段寿桃搜集整理（34）
谚语
农谚（38）
维吾尔族谚语　赵国栋辑译（42）
略论中国谚语　王毅（44）
漫谈农谚的语言特点和表现手法　王梦熊（59）
科学的小诗，哲理的小诗——我对谚语的认识　齐翼（62）
沿着大路走（彝族民歌）　彝族代俄沟兔汝搜集（65）
汉族故事

李老君斗太岁（墨浪插图） 华士明搜集整理（67）
龙棚的传说（沙更士插图） 赵勤轩 王博搜集整理（70）
民间文学随笔
民歌《月儿弯弯照九州》的古今演变 谭全基（76）
关于如何评价民间文学作品问题
就《娥并与桑洛》谈如何评价民间文学遗产的问题 朱泽吉（81）
我看《娥并与桑洛》 赵景深（87）
如何评价《娥并与桑洛》 曹廷伟（91）
谈娥并与桑洛的爱情基础 塞福（97）
对《娥并与桑洛》的几点意见 贾勋（99）

1961年11月号　总第80期

镇江人们抗英斗争故事
查洋船（陈惠冠插图） 赵慈风搜集整理（3）
金茶壶 赵慈风搜集整理（4）
血战焦山（陈惠冠插图） 康新民 陆朝宏搜集整理（6）
汤圆巷的故事 洪树芳 王崇辉搜集整理（8）
烧饭和尚 赵慈风搜集整理（10）
杀的洋鬼子不敢来（抗英歌谣） 田德清等记录整理（12）
搜集抗英斗争故事的一些体会 镇江市文联（15）
我是怎样搜集《退鬼》故事的 赵慈风（19）
百年前一首藐视帝国主义的民歌 王骧（21）
鱼水相会（纳西族长歌） 云南民族民间文学丽江调查队搜集 徐嘉瑞 和鸿春整理（24）
关于相会调 徐嘉瑞 和鸿春（37）
维吾尔族故事
三个太子和三个公主（陈惠冠插图） 袁丁搜集整理（41）
依斯堪的尔皇帝的故事 袁丁搜集整理（48）
三个买僧 袁丁搜集整理（52）
撒拉族故事
受苦十八年 青海民族学院中文科搜集整理（54）

阿古拉姐姐　韩萍整理（56）
少数民族歌谣
逃婚歌（傣族）　杨千成等搜集整理（60）
勒脚歌（僮族）　黄德旭翻译整理（64）
谚语
非洲谚语　居元龙辑译（66）
气象谚语　凡子搜集（67）
苏联各民族史诗研究中的一些问题　［苏联］弗·依·契切罗夫著　周广源译（68）
关于如何评价民间文学作品问题
从《娥并与桑洛》的讨论谈起　刘岚山（85）
也谈《娥并与桑洛》　春阳　碧粒（88）
谈谈《娥并与桑洛》的整理　朱宜初（95）
民间文学书简（99）

1961年12月号　总第81期

民间故事的魅力——《中国民间故事选》二集序言　贾芝（3）
听蒙古族歌手哈扎布歌唱　叶圣陶（21）
草原放歌　端木蕻良（23）
蒙古族沙格德尔的故事
王爷带着脑袋回来了　（28）
一堆臭肉衣帽架　（31）
茶煮到时候自然会开锅　（33）
我可不受你们的骗　（34）
我要踏一踏那不可脚踏的烈火　（37）
狗崽子们不要这样抖威风　（38）
蚊蝇经不住一场暴风雪　（41）
我就是有名气的诗人　（43）
达斡尔族故事
哈吧公主（李斛插图）　奥登挂　呼思乐翻译整理（47）
金背银胸的孩子（王叔晖插图）　呼思乐　赵永铣　乌兰巴图整理（52）

杀蟒盖　钢苏和整理（56）

读英雄史诗《智勇的王子希热图》　梁一儒（60）

介绍沙格德尔及其故事　托门（66）

少数民族歌谣

蝴蝶双双飞舞（僮族）　莎红翻译整理（69）

小莺落在溪涧边（佧佤族）　王敬骝　李道勇翻译整理（70）

冒少对唱（傣族）　杨天禄记录　吴国柱　李必雨整理（71）

民间戏曲

小二姐做梦（河南豫剧）　曹金瑞口述　周则生整理（76）

关于如何评价民间文学作品问题

我对《娥井与桑洛》整理工作的几点意见　傣族　刀成兴（85）

从傣族的社会生活看《娥井与桑洛》　吕光天（88）

谈《娥井与桑洛》的评价问题　李岳南（91）

民间文字消息（100）

1962 年第 1 期　总第 82 期

肯尼迪和他的野蛮法律　贾芝（3）

重逢调（傈僳族长歌）　周忠枢翻译整理（8）

阿朗故事（李鸿印　贾森林插图）　德宏傣族民间文学调查队搜集　杨澍整理（38）

关于傣族的"阿朗故事"　杨澍（51）

爱尔兰歌谣集序言札记　弗·恩格斯（53）

研究被压迫民族民间文学的珍贵文献——读恩格斯《爱尔兰歌谣集序言札记》　马昌仪（56）

告刚（苗族民歌）　（苗族）潘光华翻译　张忍整理（62）

东乡族情歌　柯杨搜集（64）

畲族情歌　陈金生搜集（65）

广东民歌　广东五华县文化馆搜集（66）

药王爷看病　张士杰搜集整理（69）

炸油鬼　张士杰搜集整理（71）

长工老江的故事（吴冠中插图）　史俊池搜集整理（74）

唐伯虎画画的故事（二则）　徐桂林等搜集整理（79）

李太白跳月　张子淳等搜集整理（81）

刘彦和论民间文学——学习《文心雕龙》札记　洛汀（82）

《歌谣》四十年（上）　魏建功（89）

东园漫笔　游国恩（92）

瑶歌的社会历史体现　杨成志（96）

彝族谚语　代俄兔汝搜集翻译（102）

土族谚语　席永信搜集（103）

景颇族谚语　勒云搜集（104）

赶脚（河北丝弦戏）　刘艳芳整理（105）

非洲蜘蛛故事（三则）　刘锡诚译（115）

谈非洲的蜘蛛故事　刘锡诚（121）

关于如何评价民间文学作品问题

对《娥并与桑洛》整理工作的一些看法　刘廷珊　傅光宇　马永福等（125）

《娥并与桑洛》的艺术特色　晓雪（136）

民间文学消息（三则）（149）

1962年第2期　总第83期

题词　郭沫若（插页）

论民间文学的社会地位和作用　贾芝（3）

诗人谈向民歌学习

向生活学习，向民歌学习　柯仲平（29）

民歌与诗风　萧三（33）

路　田间（38）

新诗如何在民歌和古典诗歌的基础上发展　魏巍（46）

向民歌学习　张志民（51）

关于民间文学研究中的几个问题　杨荫深（60）

《歌谣》四十年（下）　魏建功（67）

深入群众　张士杰（71）

毛主席的传说（三篇）　乐真、叶蓬搜集整理（24）

革命歌谣　裴斐等搜集（55）

红军的故事（两篇）　魏绪文搜集整理（57）

格瓦桑布（蒙古族民间叙事诗）　陈清漳　塞西整理（76）

矿工老吴的故事（四篇）　九孩搜集整理（87）

朝阳矿工歌谣　宋瑞麟搜集（92）

张角的传说（两篇·沙更世插图）　刘艺亭搜集整理（97）

杨么的传说（两篇·墨浪插图）　杨永国搜集　陈力等整理（103）

太平天国的传说（两篇）　李歌搜集整理（108）

关于郑成功的歌谣　李乡浏搜集（113）

辽西农民起义歌谣　宋瑞麟搜集（115）

江苏云锦传说（三篇·夏同光　陆鸿年插图）　华士明　孙齐民　徐桂林等搜集整理（118）

江苏宜兴陶瓷传说（两篇·任率英插图）　张炳文搜集整理（126）

蒙古族民间祝词（三首）　安柯钦夫翻译整理（130）

藏族谐系民歌　王尧搜集整理（135）

略谈西藏民歌中的谐系民歌　王尧（140）

藏族谚语　张庆有搜集翻译（144）

柯尔克孜族谚语　胡振华搜集翻译（145）

谜语　马用之搜集（146）

郑板桥的传说（两篇）　岱松搜集整理（147）

编后记（150）

1962年第3期　总第84期

十唱红军　裴斐搜集（3）

送红军　裴斐搜集（5）

笔尖生花诗浪翻　王老九（8）

生活、语言、创作　毛依罕（10）

学习断想　赵景深（16）

现代革命故事（四篇·沙更世插图）　碎石等搜集整理（18）

我在民间文艺的园地里　顾颉刚（26）

漫谈其美阿珠的《第一朵花儿开放了》　孙剑冰（37）

蒙古族民间歌手毛依罕的诗　托门（44）
琶杰的诗歌艺术　陶阳（53）
简谈东北抗日歌谣　高兰（60）
动物故事·童话·寓言（九篇）
推磨（李丽笙插图）　管延钦搜集整理（65）
没有心的小泥人　管延钦搜集整理（67）
鹭鹭叫黑老鸦做媒　惠新民　周正良搜集整理（69）
猫抓笤帚　华士明　赵慈风　康新民搜集整理（70）
狗撵兔子　赵慈风　康新民　华士明搜集整理（70）
狗追麂子　郭思九　周天纵搜集整理（71）
老虎为什么怕猫头鹰　郭思九　周天纵搜集整理（72）
虎哥哥和猫弟弟（贾森林插图）　治发搜集整理（73）
兔儿和羊羔（刘岘插图）　关雎　王殿整理（75）
大象的故事（好力宝）　毛依罕（77）
儿歌（缪印堂插图）　李文德等搜集（80）
跳蚤歌　郑经超搜集（84）
吠鸟迭古（彝族民间诗体故事·周令剑插图）　萧崇素搜集整理（87）
关于彝族口头文学中的"诗体故事"　萧崇素（99）
东园漫笔（二）游国恩（103）
《粤风续九》即《粤风》辩　谭正璧（107）
《粤风续九》与《粤风》　马里千（113）
藏族民歌　王尧　卓如等记译（116）
大生三厂工人歌谣　中共南通市大生三厂委员会搜集（121）
关于大生三厂工人歌谣　穆烜（125）
镇江人民抗英斗争故事（两篇·毕克官插图）　赵慈风搜集整理（128）
谈动物故事的艺术特点　刘守华（133）
介绍《中国动物故事集》王仿（138）
乔尔治·爱列兹·阿里亚（阿尔巴尼亚民间叙事诗）戈宝权　王尔庆合译（143）
笑话（两篇）　黄震等搜集整理
朝鲜谚语　居元龙译

日本谚语　居元龙译
民间文学消息（三则）

1962 年第 4 期　总第 85 期
关于民间文学的搜集和整理问题
整理捻军故事《逮不住的贾老汪》的体会（附录材料五篇）　母连甫（3）
义和团故事的搜集与整理　蔚刚（14）
《格萨尔》的搜集　青海省民间文学研究会（26）
谈少数民族民间文学的翻译问题　马学良（32）
民间文学书简（40）
颂歌　曹敦等搜集（48）
辽宁革命歌谣　宋瑞麟搜集（50）
高原上的曙光——为《在延安文艺座谈会上的讲话》发表二十周年而作　天鹰（53）
游悲（纳西族民间长诗）　谢德风整理（70）
船工的故事（吴静波插图）　孟祥照　王曙光　顾维铭搜集整理（97）
剑川木匠故事（白族）
木马浸水一分三　郭思九　李缵绪　周天纵搜集整理（101）
"二七一两三"　周天纵　段寿桃搜集整理（103）
师父带徒弟（任梦龙插图）段寿桃　周天纵搜集整理（104）
蒙古族赞词　安柯钦夫　胡尔查翻译（102）
蒙古族婚礼歌　夏映月搜集整理（111）
吉林打围故事
神枪（任率英插图）　于济源搜集整理（113）
赵初把打熊　于济源搜集整理（118）
彝族民间故事
阿果斗智　冯元蔚　方赫整理（122）
雁姑娘（黎朗插图）　萧崇素搜集整理（129）
火把节　李乔搜集整理（134）
老包借猫　张士杰搜集整理（136）

僮族情歌　黄勇刹翻译（140）
朱自清的《中国歌谣》　林兴仁（141）
在老歌手波玉温家作客　陈贵培（145）
民间文学消息（三则）（149）
外国谚语

1962 年第 5 期　总第 86 期

玛纳斯（柯尔克孜族·姚治华插图）　玉素甫·玛玛依演唱　新疆《玛纳斯》工作组搜集翻译整理（3）
英雄史诗《玛纳斯》　胡振华（38）
朝鲜族民歌　何鸣雁等翻译整理（43）
朝鲜族民间故事　吉云等搜集整理（48）
关于民间文学的搜集和整理问题
云锦故事《金边牡丹》的记录和整理　华士明（54）
读译成汉文的蒙古族民歌　井岩盾（66）
汉族故事
川草儿　谢承华搜集整理（73）
三姐妹和后父（墨浪插图）　谢承华搜集整理（78）
张老贵打鱼（米谷插图）　王中年搜集整理（85）
高山族颂祖歌　洪永固搜集整理（90）
土族家曲　何福礼　王殿搜集整理（92）
我国民俗学运动情况——在中国民间文艺研究会学术讲座会上的报告　杨成志（93）
少数民族故事
谷神（水族）　魏绪文搜集整理（106）
画眉鸟（水族·袁运甫插图）　魏绪文搜集整理（109）
一块金砖（维吾尔族）　刘宗智翻译（113）
比力气（达斡尔族）　道布翻译（115）
红水沟（土族）　王殿搜集整理（117）
双双金鸟（东乡族）　刘瑞搜集整理（120）
揭面纱歌（哈萨克族·李克瑜插图）　常世杰　赛比哈孜翻译（123）

关于如何评价民间文学作品问题
《娥并与桑洛》整理的几个问题　余仁澍
从原始资料出发，再谈《娥并与桑洛》的整理　朱宜初（137）
谜语　王春保搜集整理（89）
民间文学消息（4 则）

1962 年第 6 期　总第 87 期

蒙古族故事（4 篇）　仁钦道尔吉　祁连休搜集整理（3）
维吾尔族故事（5 篇）　阿卜都拉买合逊记录　井亚翻译（22）
闹房（山东吕剧）　山东济南市吕剧团集体讨论　于廷臣　牟家明执笔整理（26）
红巾军歌谣（19 首）李东山搜集（44）
陈化成歌谣（3 首）李乡浏搜集（50）
聪明的朱腊波提（傣族说唱故事）　傣族　刀新华选译（51）
生起我们的篝火（鄂伦春民歌）　马力搜集（61）
蒙古族情歌（2 首）　夏映月搜集整理（63）
东边外歌谣（5 首）　齐兆麟搜集（65）
把它们通通扔进海洋（古巴民歌）（67）
《中国近代反帝反封建历史歌谣选》前言　程英（68）
"花儿"源流初探　王浩　黄荣恩（75）
傈僳族的民间诗歌　周忠枢（83）
读《刘彦和论民间文学》　宜友（100）
唐代的说话与变文　路工（106）
太湖渔歌（4 首）　袁飞搜集整理（112）
黑龙港河的故事（墨浪插图）　李泽有搜集整理（114）
讽刺故事（3 篇·华君武插图）　杨治发等搜集整理（120）
《歌谣》发刊四十周年纪念　魏建功（124）
我和歌谣　顾颉刚（130）
回忆《歌谣》周刊　常惠（135）
忆《歌谣》和《民俗》　容肇祖（139）
一点回忆　周启明（143）

戏曲谚语（148）

民间文学消息（4 则）

1963 年第 1 期　总第 88 期

规划·搜集·整理·翻译　刘超（5）

新民歌（17 首）　安静　木丽春等搜集（21）

抗联传说故事（4 篇·墨浪插图）　琐辰等搜集（26）

高密抗德故事（2 篇·李寸松插图）　林晓搜集（35）

镇江抗英故事（3 篇·李寸松插图）　赵慈风　康新民等搜集（42）

明代抗倭传说故事（2 篇·陈惠冠插图）　顾洪奎　吴仁杰等搜集（47）

豫东捻军歌谣（7 首）　陈云峰等搜集（52）

甲午战争歌谣（2 首）　于耐寒搜集（55）

年节的传说（3 篇）　华士明等搜集（56）

三拉房（二夹弦）（61）

讽刺故事（3 篇·华君武插图）　谢承华等搜集（73）

动物故事（3 篇·钟灵　柳维和插图）　艾荫惠等搜集（77）

瑶族香哩歌　莫义明搜集（82）

仪式歌　朱叶搜集（85）

找酒药（撒尼人民间叙事诗）　曹祥雄整理（87）

傣族谜语　吴德铭　雷婉研搜集（98）

优美生动、丰富多彩——广西歌墟散记　王波云（99）

壮丽、奇幻、神妙——读《云南各族民间故事选》的联想　阎纲（104）

关于阿凡提和阿凡提的故事　戈宝权（109）

霍加·纳斯列丁的笑话（20 则）　戈宝权译（123）

古巴民间诗人布埃勃拉　王仲年（132）

关于民间文学的搜集和整理问题

漫谈义和团故事的搜集整理与创作　张士杰（136）

民间文学消息（3 则）

1963 年第 2 期　总第 89 期

工矿歌谣（27 首）　宋瑞麟等搜集（5）

鲁班的传说故事（3篇·陈慧冠　墨浪插图）　佟畤　曾层等搜集（10）
江苏丝织工人传说（2篇·蒋兆和插图）　华士明等搜集（21）
民间文学中巧匠的典型——关于鲁班传说的札记　许钰（26）
大力推广优秀民间文学作品　刘超（38）
新民歌（17首）　王海等作　毋志文搜集（43）
杨家将的故事（吴光宇插图）　慕容舸　钟伟今搜集（48）
孟姜女的传说　紫晨搜集（51）
白蛇的传说　袁飞整理（58）
梁祝的故事　刘燕鸿　王美新搜集（60）
捻军的传说故事（4篇·董洪元插图）　母连甫等搜集（63）
青海故事（2篇）　谢承华搜集（72）
对包袱（河南豫剧）（79）
古歌（布依族·2首）　汛河搜集（89）
赶表歌（布依族）　天桥　杨璞搜集（93）
动物故事（4篇）　李继彤等搜集（97）
谈《文学小组纲要草案》　高尔基作　刘锡诚译（101）
外国民间故事（2篇）　志良　静言等译（105）
外国谚语　张立宝辑（108）
芬兰史诗《英雄国》简介　巴里（109）
《雪精》的故事——一个古佚民间神话故事的探索　谭正璧（111）
看了乐亭皮影戏以后　钟敬文（117）
关于民间文学的搜集和整理问题
是整理，还是创作？——谈《游悲》的整理　李缵绪（124）
我的认识　缪文渭（132）
漫谈义和团故事的搜集整理与创作（续完）　张士杰（136）

1963 年第 3 期　总第 90 期
纳西族的动物故事（5篇·刘岘插图）　刘钊搜集（5）
佤佤族的动物故事（5篇）　冯寿轩　王有明等搜集（15）
红色歌谣（12首）　杨治发　张义忠等搜集（18）
论民间文学　高尔基作　刘锡诚译（21）

加强民间文学作品评介工作　刘超（28）

读《中国民间故事选》札记　朱泽吉（35）

读《找姑鸟》　王雪明（46）

一点启示　闻山（51）

单纯与烦乱——从《巧媳妇》到《画中人》　陶阳（54）

人参故事（4篇·刘凌沧插图）　孙英　钟琪等搜集（59）

风物传说（3篇·墨浪　黄胄插图）　霍文廷　管文华等搜集（78）

打桑园（河北定县秧歌）　毛兆晃整理（88）

我的故乡（鄂尔多斯民歌）　晓星搜集（103）

僮族十八行情歌　游华显　农冠品翻译整理（105）

僮族十二行情歌　黄承辉　苏长仙搜集（109）

彝族情歌　阿厚布娄唱　尼珑阿龙译（112）

劳动人民的心声——号子　缪政（114）

丽江"江边调"　禾雨（117）

孟姜女名称的来源　顾颉刚　姜又安（120）

唐伯虎的传说　欧阳网锁搜集（125）

郑板桥的传说（2篇）　刘思志搜集（127）

藏族谚语　蔚桦搜集（130）

关于民间文学的搜集和整理问题

必须跃进　陈玮君（131）

各地民间文学资料巡礼　王一奇（145）

1963年第4期　总第91期

革命传说故事（5篇·吴静波　娄世棠插图）　郭鹏等搜集（5）

江格尔传（袁运甫插图）——蒙古族史诗《江格尔》的一章　多济　奥其译（21）

《江格尔传》简介　多济（73）

新民间故事　中岛健藏（79）

斗志昂扬唱新歌——记黔东南苗族侗族自治州民间艺人座谈会　叶辛（81）

一首解释谷物种子来源的歌　孙剑冰（88）

爬山歌随笔　韩燕如（92）

传说与历史　吴超（93）

生活、激情与抒情诗——读《我的么表妹》和《妈妈的女儿》　蔚钢（102）

长白山上的奇花异果——读《长白山人参故事》　王一奇（109）

傣族的习俗歌　朱宜初（113）

革命歌谣（119）

长工和地主的故事（4篇）　袁飞等搜集（121）

秃尾巴老李的故事（3篇）　孙连金搜集（128）

西藏藏族故事（3篇·黎朗插图）　拓荒等搜集（138）

创世的传说（瑶族）　黄书光　谢学明搜集（145）

1963年第5期　总第92期

新民歌（17首）　石怀川　郭南等翻译搜集（5）

生产措施千万条、干部带头第一条——简介颂扬干部参加劳动的新民歌　萧三（10）

华佗的传说故事（7篇·蒋兆和插图）　缪文渭等搜集（19）

包公的传说故事（3篇）　黎邦农搜集（35）

苏东坡的传说　刘艺亭搜集（39）

唐伯虎的传说　欧阳网锁搜集（42）

吵嫁（安徽梨簧戏）　张智整理（44）

阿凡提究竟是个什么样的人物——《纳斯尔丁阿凡提的故事》读后　于雷（61）

英雄形象和浪漫主义手法——《蒙古族民间故事集》读后　石泉（67）

元代的民间谜语　陈毓罴（71）

漫谈近年来发表的外国谚语　皮作玖　高歌（75）

生产劳动歌　（布依族·夏同光插图）　汎河搜集（78）

酒歌（贵州苗族·黄永玉插图）　唐春芳搜集（81）

逃到远方做夫妻（僮族长诗）　田兴开翻译　公浦　良振整理（86）

纳西族女歌手和顺莲　木丽春（96）

爬山歌随笔　韩燕如（103）
苗族青年的"坐妹"　秦仁（106）
破除迷信的故事（2篇·钟灵插图）　林师渠等搜集（109）
五大莲池的传说故事（4篇·刘继卣　刘凌沧插图）　孙连金等搜集（113）
雁荡山的传说故事（2篇）　徐保土搜集（128）
要口还（回族故事）　袁丁搜集（130）
柞蚕的故事（2篇）　佟畴　曾层搜集（134）
外国民间故事
捧空盆的孩子（朝鲜）　雷成德译（137）
为什么非洲人把白种人叫做"包围者"？（非洲）　沙灵娜译（139）
外国谚语　阎树声译（141）
关于民间文学的搜集和整理问题
对《朗鲸布》的整理的意见　光犄（142）

1963 年第 6 期　总第 93 期
发扬民间文学战斗和教育的作用——谈民间文学为农村社会主义教育服务问题　贾芝（5）
新民歌（9首）　新克等搜集整理（20）
鞋匠和皇帝（维吾尔族故事·任率英插图）　刘发俊翻译整理（23）
毛拉则丁的故事（维吾尔族故事·6篇）　刘发俊翻译整理（28）
贤惠姑娘（柯尔克孜族·刘继卣插图）　葛世钦翻译整理（31）
鹰笛（塔吉克族）　艾田搜集（35）
挡羊娃与牡丹花（东乡族·王叔晖插图）　柯杨搜集（38）
仁钦·梅尔庚（蒙古族长诗·钟灵插图）　胡尔查译（41）
藏族故事（5篇·夏同光　柳维和插图）　王彰明等搜集（73）
鄂伦春民歌（14首）　关守中　暴侠等搜集（85）
篝火晚会上的歌唱　陶阳（91）
蒲松龄的传说（4篇）　钟伟卿等搜集（96）
颜回拾金不昧　李家宽搜集（102）
子路和颜回　王荷清　钟琪搜集（105）

日本民谣（8首）　（110）

发掘·继承·创造——日本蕨座民族歌舞团演出观后　紫晨（114）

对黑暗王国的控诉——读傈僳族长诗《重逢调》　蔚钢（119）

谈《仰阿莎》的拟人化手法　吕薇芬（126）

在莲花山花儿会上　柯杨（131）

苏联民歌（2首）（138）

关于民间文学的搜集和整理问题

关于《游悲》的整理——兼答李缵绪同志　谢德风（140）

1964年第1期

新春告读者　编辑部（5）

毛主席的《十六字令三首》与民谣　程仲棠（12）

安徽新民歌　龙冬花等唱（15）

安徽贵池罗城赛歌会　紫晨　吴超（17）

闽西农民歌手的对歌会　蔡清河（20）

白庙村"忆苦思甜"赛歌会侧记　灞汶（25）

红色山歌手——良妹　卓连（26）

群众喜爱的《生产鼓动报》　甘棠惠　吕济民（31）

报纸利用传统歌谣进行思想教育评述　牟钟秀（34）

粮食的故事（现代革命传说故事·李寸松插图）　郭鹏搜集（37）

牛燕坨（甲午民间传说·沙更世插图）　宋一平搜集（46）

黑旗军的传说（2篇·李寸松插图）　侬易天整理（50）

捻军的传说故事（2篇）　苏新犁整理（55）

铁牛传（第一部·王绪阳插图）　霍满生（62）

《铁牛传》写作前后　霍满生（89）

《铁牛传》第一部简评　井岩盾（93）

民间美术介绍　李寸松（102）

白蛇的传说故事（2篇·钟灵插图）　袁飞等整理（103）

从传说到创作——《石牌坊的传说》写作经过　马萧萧（108）

河北民歌（6首）　河北省民间文学研究会供稿（116）

听河北省民歌汇报演出　潜明兹（119）

裕固族民歌（3首）　伊丹才让搜集（124）

藏族婚礼敬酒曲（4首）　丹正搜集（125）

朝鲜族故事（4篇·郁青　刘思插图）　金寿雄　关文修搜集（127）

十八相送（河南曲剧）　高琨整理（139）

民间文学消息（5则）（92　148）

编后记（150）

封面设计　李贤

扉页、目录设计、文末花　余秉楠　郁青

1964年第2期　总第95期

毛主席思想象太阳（战士歌谣15首）　雷锋　廖初江等（5）

大唱社会主义之歌　本刊评论员（8）

湖南江华瑶族自治县赛歌会新民歌选（19首）　瑶族歌手李德艺等唱（12）

我们是怎样举办赛歌会的　江华瑶族自治县人民委员会（15）

江华听歌记　北海（20）

湘西采风杂记（2则）　陶建基（27）

新民间传说故事

田聋子的大镰把　张士杰搜集整理（33）

王本回头　激流整理（36）

一副对联　张士杰搜集整理（38）

杨司令分土豆（郁青插图）　汶采整理（39）

老曹吹箫（郁青插图）　焦占福　高丽青整理（41）

投奔抗联　康庄搜集整理（44）

上海郊区故事会蓬勃开展（报道）　中青（47）

吉林省召开"革命故事讲演会"（报道）　吉林省民间文艺研究会（49）

山歌唱到北京城（叙事歌·孙宪中　徐捷插图）　农民女歌手姜秀珍（51）

评功摆好学先进　歌颂英雄赛新诗——记镇江林业机械场金工车间赛诗会　康新民　马国柱　陈秀林（66）

忆苦思甜歌谣（5首）　胡海琪等搜集（69）

东边外歌谣（7 首） 齐兆麟搜集整理（71）
读《东边外歌谣》 关文修（73）
北京之鹰（民间美术介绍） 李寸松（80）
三个大力士（达斡尔族民间故事·夏同光插图） 乌兰巴图搜集（81）
白鸟儿谷（藏族民间故事） 王彰明搜集整理（89）
张青巧遇孙二娘（水浒人物传说·钟灵插图） 王良瑛搜集整理（93）
鲤鱼山的传说（钟灵插图） 王腾芳搜集整理（98）
海潮为什么哗啦哗啦响（渔民传说） 马汉民搜集整理（103）
《王贵与李香香》和信天游 刘守华（107）
评《民间文学散论》 巴里（114）
关于一首民歌的整理 朱寨（119）
当代罗马尼亚民间文艺 （罗马尼亚）米哈依·波普著 陈澄莱译（124）
挡磨（安徽泗州戏） 向红整理（133）
城市里的赛歌会（广西桂林来信） 紫晨（146）
民间文学消息（5 则）（148）
编后记（150）
春耕（封面剪纸） 滕凤谦
燕子送花（扉页） 余秉楠
尾花 韩林

1964 年第 3 期 总第 96 期

十不忘（僮族勒脚歌） 僮族歌手陈国贤唱 黄勇刹翻译整理（5）
长工和地主的故事 （12）
盖西天求饶 （12）
炮打伍老换 （13）
就这么打 （15）
有初一没十五 （16）
一袋烟的工夫 （17）
磨刀（华君武插图）（18）
扬场（华君武插图）（19）

(以上七篇由吉林师范大学中文系白城采风队供稿)

烧炕有灯头那么大就行了　甄茂枢整理（21）
雇工鸟（瑶族）　黄书光　唐志瑞搜集（21）
"吴二绝后"的故事　玑璇搜集（22）
比宝　袁飞搜集（25）
牧童山歌（12首）　李志秀口述　向红整理（28）
新四军的传说（31）
新四军是铜头铁脚　张庆荪等搜集（31）
县长断案　周正良搜集（34）
"百灵鸟"　苏新犁搜集（36）
贺安徽农民女歌手姜秀珍　河北束鹿农民诗歌朗诵会　田间（39）
漫谈民间流传的古代神话　袁珂（41）
民间流传的古代神话　陈钧整理（49）
伏羲兄妹制人烟（49）
伏羲，伏羲，教人打鱼（51）
害不死的大舜（54）
谈谈游戏儿歌　于澄之（60）
新儿歌（5首）　汛河等搜集（68）
佤族动物故事　李道勇搜集（70）
火的故事（70）
蚂蚱的尾巴为什么是齐楚楚的？（刘岘插图）（70）
燕子为什么住在檐下（71）
松鼠的嘴为什么是尖凸凸的？（72）
熊脸为什么疙里疙瘩的？（刘岘插图）（73）
昭莽俭和高帕施（苗族民间叙事诗·潘絜兹插图）　陆新风搜集　陆新风　曹祥熊整理（76）
关于《昭莽俭和高帕施》　曹祥熊（104）
喜看新"喜花"（民间美术介绍）　李寸松（109）
重视歌谣的注释说明　段宝林（110）
从忆苦思甜看旧社会民歌　星火（112）
漫谈长工和地主的故事　仿初（118）
从"天不怕，地不怕"说起　李先觉（125）

渔船的祖师　赵慈风搜集（129）
出嫁歌（苗族）　潘光德唱　潘光华　江波搜集（131）
在阿诗玛的故乡　（彝族）若拂曦（138）
《阿诗玛》在日本　紫晨（142）
革命故事遍地开花（综合报道）　树新（148）
编后记（150）
学"毛选"（封面剪纸）　滕凤谦
苦练硬功夫（封面剪纸）　滕凤谦
尾花　刘岘

1964 年第 4 期　总第 97 期
学习毛主席著作民歌联唱　马光琳等唱（5）
U－2 飞机完了蛋　佚名（7）
特华之歌（僮族十八行勒脚歌）　广西僮族文学史编辑室搜集　农冠品整理（8）
长工歌
苦长工　朱云　王昌华搜集（16）
十二月喋苦　廖云白整理（17）
十二月长工歌　扬烈搜集（19）
长工叹苦　张孝菊唱　郑学海　柯登银搜集（21）
丹徒新民歌（7 首）　江苏丹徒县文化馆搜集（24）
新民间传说故事
瞌睡的故事（刘迅插图）　黎邦农搜集（27）
瞎子阿炳的故事（米谷插图）　袁飞搜集（29）
"刘大仙"下神　张华荣搜集（32）
达斡尔族故事
姐弟俩（钟灵插图）　乌兰巴图搜集（34）
阿尔塔尼莫日根　乌兰巴图搜集（51）
松树姑娘　恩和巴图搜集　思乐翻译整理（56）
达斡尔族民歌（7 首）　晓星等搜集（64）
达斡尔族的民间歌曲　晓星（70）

民间玩具"猴子骑羊"（民间美术介绍） 李寸松（78）

略论近代反对帝国主义的传说 许钰（79）

民间故事中的幻想和艺术魅力 蔚钢（92）

《特华之歌》和《万卡》 铁肩（97）

农村群众文化生活中的一场阵地争夺战——山东邹平县肖镇村民间文艺活动调查访问记 里林（100）

蒙古族民间艺人绰旺的诗歌（好来宝8首） 道尔吉搜集 巴达拉呼芒·牧林译（107）

艺人绰旺的诗歌和"好来宝" 额尔敦·陶克陶著 芒·牧林·巴达拉呼译（118）

非洲谚语 孔鸿浩辑译（123）

朝鲜族故事

鸽子为什么咕咕喈喈的叫？（缪印堂插图）（125）

豆子兄弟（126）

任性的小小蝲蛄（缪印堂插图）（127）

苍蝇和蜜（129）

（以上四篇由马名超 徐枫 刘魁立搜集 姜信极译）

白蘑菇 金寿雄 关文修搜集（130）

傣族故事 陈贵培译 王寿春整理（135）

鱼网的来历（135）

箭毒木的传说（柳维和插图）（138）

新屋落成歌（傣族习俗歌） 云南民族民间文学调查队搜集 朱宜初整理（141）

么卯都和格乌娥榜翠（苗族叙事诗） 陶自改唱 杨汉先搜集 韩绍纲译 燕宝整理（146）

民间文学消息（4则）

编后记

练兵（封面剪纸） 王玉清

"不爱红装爱武装"（封底剪纸） 岳文义

扉页画 余秉楠

1964 年第 5 期　总第 98 期

各民族人民歌颂共产党歌颂毛主席（23 首）（5）

学习毛主席著作歌谣（10 首）（13）

"毛主席著作是灯塔"——部队学习毛主席著作歌谣选读后　臧克家（15）

红军的传说故事

小保母子（瑶族·郁青插图）　陈德铭搜集（18）

红绒衣（郁青插图）　谭喜亮搜集（21）

抗联传说故事

匣子的故事　张万春整理（25）

铁勺把　李振洲整理（27）

"火神娘娘"　甄殿义等搜集（29）

野苏子　于济源搜集（31）

杨运的故事　苏方桂搜集（33）

活龙王（33）

真假杨运（36）

我就是杨运（阿老插图）（39）

"雪里滚"的故事（阿老插图）（43）

毛泽东文艺思想是金钥匙——镇江的民间文学搜集工作是怎样搞起来的　郭维庚等（50）

十五年来的广西民间文学工作　蓝鸿恩等（57）

绚丽多彩的百花园——建国十五年来民间文学作品巡礼　集成（64）

飞跃的"鱼"（民间美术介绍）　李寸松（79）

少数民族谚语　潘光华等搜集（80）

哈梅（苗族民间叙事诗·潘絜兹插图）广西民间文学研究会搜集　侬易天整理（82）

盖新房（新故事·陈惠冠插图）　白榕（117）

老少勤务员（新故事）　虞茂德（120）

希望发表更多更好的新民间传说故事（读者来信）（122）

丹徒县新民歌活动一瞥　宋垒（126）

传统民间故事
耕牛望月图　张文德等搜集（135）
半块鞋底金（李寸松插图）　刘兴等搜集（139）
两个水桶　复生搜集（143）
人参故事
憨哥得水参　马忠林等搜集（145）
棒槌老人　宋连昌搜集（147）
编后记（150）
各族人民大团结（封面剪纸）　谢志成
欢庆国庆（封面剪纸）　王玉清
国庆之夜放礼花（扉页剪纸）　余秉楠
民间剪纸　申沛农

1964 年第 6 期　总第 99 期
全国少数民族群众业余艺术观摩演出会特辑
陆定一副总理在全国少数民族群众业余艺术观摩演出会开幕式上的讲话（5）
代表讲话
决心当好红色宣传员　内蒙古自治区　都力玛（11）
各族人民离不开共产党　新疆维吾尔自治区　帕克塔也克（13）
唱起红歌跟党走　广西僮族自治区　韦秀民（14）
守卫在农村文艺阵地上　宁夏回族自治区　张明兴　禹先梅（16）
用文艺武器向阶级敌人作斗争　西藏　扎西卓玛（18）
山歌声讨美国狼（民歌五首）　潘爱莲等（20）
全国少数民族群众业余艺术观摩演出会
新民歌（五十三个民族一三一首）（22）
鲜花竞放载史册——在全国少数民族群众业余艺术观摩演出会歌手座谈会上的发言　魏传统（80）
歌手赞　魏传统（84）
让新民歌唱得更响——记全国少数民族群众业余艺术观摩演出会歌手座谈会　本刊记者（85）

握紧印把子　高唱革命歌　（斗巴族）错姆（68）

为社会主义歌唱一辈子　（藏族）　吴有伦（98）

好得很（藏族小演唱）　西藏代表团集体创作（103）

选代表　（藏族车加）　西藏代表团集体创作（105）

新循化（撒拉族民间说唱）　青海代表团整理（108）

新风赞（僮族唱师）　（僮族）笑弦　晓风　激流（110）

幸福的歌儿唱不完（回族数花）　宁夏回族自治区农村文化工作队（112）

牧马英雄（蒙古族好来宝・董辰生插图）　内蒙古代表团集体创作（114）

阿苏巴底　（彝族说唱・李克瑜插图）　四川省代表团（117）

翻身农奴唱家史（藏族折尕）　青海　扎朋措（120）

去尼尔基的路上（达斡尔族小演唱・洪炉插图）（达斡尔族）吴占高等作（122）

五指山上抓飞贼（表演唱）　广东　梁定鼎（125）

《丰收前夕》（民间美术介绍）　李寸松（127）

"老保管"（新故事）　李清恩（128）

镇江人民反帝斗争的传说（131）

李化龙（任率英插图）　郭寿铭等搜集整理（131）

烧洋船　赵金水等搜集整理（138）

长工和地主的故事（135）

一分精神一分财　玑璇整理（135）

烧借据（潘絜兹插图）　王腾芳搜集整理（137）

落汤鸡　王腾芳搜集整理（138）

三难长工（潘絜兹插图）　王腾芳搜集整理（141）

踏车的故事　丁庆官搜集整理（144）

想红军　潜山县文化馆搜集（146）

外国谚语　居元龙等辑译（148）

编后记（150）

贺新年（剪纸、封面）　谢志诚

照片（封二、封三）　钱嗣杰　范永祺等摄影

1965 年第 1 期　总第 100 期

和毛主席在一起（颂歌十八首）（5）

发扬会劳动又会做文艺工作的革命精神（《人民日报》社论）（13）

丰硕的成果　宝贵的启示（短论）本刊编辑部（18）

藏族新民歌（三十三首）（21）

各族新民歌的大繁荣大发展——欢呼全国少数民族群众业余艺术观摩演出会新民歌的成就　本刊评论员（27）

难为迎亲伯（小演唱）　林国雄　徐常波（42）

发展社会主义新畲歌　福建　宁泛（46）

批判地继承　大胆地创新——谈谈四川凉山彝族说唱《阿苏巴底》的创作　四川　张克新（53）

我又操起了马尾胡　（藏族）扎朋措（58）

我是怎样把歌儿唱起来的　（羌族）陈维金保（62）

新民间故事

燉猪头的故事（段伟君插图）　马维芳整理（65）

安师傅的故事　刘家举整理（68）

勤嫂开茶店　苏方桂搜集整理（79）

摸大鞋（郁青插图）　孙为人搜集整理（73）

掩护游击队　袁震搜集整理（76）

半截手榴弹（78）

拖死周矮子（钟灵插图）　贵州省民间文学工作组供稿（79）

盐井　贵州省民间文学工作组供稿（83）

红石碑　钟德茂搜集整理（84）

俩老汉看比武（表演唱）　济南部队某部业余演出队　刘士德（86）

"铁脚板"大战火龙山（渔鼓小演唱）　成都部队　萧悦文（89）

新琵琶记——在三江侗族自治县听新歌　莎红（91）

一首"村歌"的风波　康新民（94）

镇江人民抗英斗争故事　赵慈风搜集整理（96）

破蓑衣（任率英插图）（96）

炮轰洋鬼子（102）

热锅旗手（义和团传说故事·任率英插图）　李景山整理（106）

沙格德尔的故事　（蒙古族）塔·武力更整理（110）

机智讽刺故事　（藏族）李黎搜集整理（114）

摔跤（王乐天插图）（114）

鞭打国王（117）

枣核儿　刘思志搜集整理（119）

密洛陀（瑶族创世古歌）　广西僮族自治区民间文学研究会搜集莎红整理（121）

编后记（144）

毛主席和我们心连心（封面年画）韩敏

封面设计　徐让

扉页设计　黎郎

送肥（封底剪纸）谢志诚

1965年第2期　总第101期

支援越南反对美帝新民歌

中越人民心一条（6首）　北京中越友好人民公社　郭汉文等（5）

巨轮碾碎美国佬（2首）　上海轮船公司　豆功亚等（7）

仇恨的子弹压满堂（7首）　铁道兵某部　周纲等（8）

越南反美民歌（3首）　李翔译（11）

工农兵谈少数民族新民歌

一本有意义的好书　空军某部战士业余演唱组（12）

向少数民族新民歌学习　北京　李学鳌（18）

各族劳动人民的心声　广西瑶族　潘爱莲（22）

少数民族新民歌（11首）（25）

杨运的传说　许帮搜集整理（30）

杨区长大闹熊岳城（30）

智取九寨（34）

我喜爱杨运的故事　佘增桦（40）

战士业余演出队演出节目选

首都巡逻兵（对口词）公安部队某部　马占峰　李永和（42）

补鞋小唱（柳琴书） 五好战士 傅定恩（45）
自己动手（数来宝） 南京部队 娄秉森（47）
送猪记（数来宝） 战士 杨先贵（52）
鲁班的传说故事
杵臼成碾 佟畴搜集整理（57）
鲁班一夜修仨桥 清溪搜集整理（58）
鲁班和张半（缪印堂插图） 平申生搜集整理（62）
一张桌子 佟畴搜集整理（65）
找直线 佟畴搜集整理（67）
裁缝师傅的故事 初学搜集整理（68）
飞了！（缪印堂插图） 刘绍安搜集整理（69）
蒯鲁班的故事（刘伯舒插图） 金煦 朱洪等搜集整理（71）
鲁班故事在工人中 甄茂枢（76）
苏州丝织业传说故事（2首） 杨彦衡搜集整理（79）
向贫农下中农学唱民歌《长工苦》的体会 陈应时（82）
贫农谈民歌《长工苦》 顾文章 顾顺福（88）
半耕半读学制好（民歌6首·郁青插图） 民牛等搜集（90）
革命歌声世代传——记东兰县巴学公社的山歌宣传活动
（僮族）覃绍宽（92）
草原上的赛歌会——新疆伊犁哈萨克自治州阿肯会侧记 张运隆（98）
楼场 张斌搜集整理（104）
船工吴辣子的故事 沈继明搜集整理（106）
马头洲 黄书光搜集整理（109）
鼓皮 林普搜集整理（112）
纳西族民歌（11首） 孙剑冰 木丽春搜集整理（115）
蜗牛和黄牛（民间童话） 王腾芳搜集整理（123）
娥扎和召觉诗那（苗族叙事诗·李寸松插图） 韩绍纲翻译 燕宝整理
（126）
谜语（134）
越南民间文学的价值、政治作用和它在文艺中的地位 ［越南］武玉
璠作 李翔译（135）

越南谚语　麻先干辑译（142）

国外民间文学消息（2则）（143）

民间文学消息（3则）

编后记（144）

曙光初照（封面剪纸）　傅作仁

会计员（封底剪纸）　谢志诚

1965年第3期　总第102期

越南必胜　美帝必败

越南南方人民抗美故事

祖国的好孩子（5）

细腰蜂咬死美国侵略者（7）

安敉的射击器（8）

越南反美民歌（5首）　李翔译（9）

战士反美歌声

向南方（民歌）　北京部队　王石祥（11）

戳穿纸老虎（对口词）　战士　刘金云　韩松林（12）

战士的誓言（对口词）　武汉部队　罗时松（13）

老爷兵打自家人　陈贻贤编　上海县文化馆整理（15）

新故事

种田状元（金湄　李天心插图）　徐道生　陈文彩（18）

卖马记（钟为插图）　李云鹏（26）

半面石磨（黎朗插图）　周昭鸿（31）

一条麻袋的故事（段伟君插图）　王魁五（34）

桥的故事（王角插图）　庆春　李甫（36）

幸福桥　徐林祥　周天华（38）

新故事赞　岱楠（45）

一个故事的产生　徐道生　陈文彩（50）

湖南民间歌舞团演出民歌选（15首）（54）

嫁令阔（鄂伦春民歌3首）　韩福德　韩福祥搜集（59）

更好地发挥山歌的战斗作用

山歌也要革命化　湖北《恩施报》编辑部（61）

大唱革命新山歌　土家族民间诗人　田诗学（69）

我编新歌为革命　李桥大队党支部书记　戴歧山（71）

唱山歌也有阶级斗争　鹤峰县　杨尚成（73）

巩固地占领山歌阵地　建始县文化馆（75）

革命山歌唱起来（新民歌17首）　田诗学等（77）

新儿歌（9首）　张秋生等（80）

动物故事

小白兔和狮子　张训　孙考搜集整理（83）

老虎和螃蟹（侗族）　侬易天　华谋搜集整理（85）

叫哇鸟和狐狸（僮族）　雷殷发　曲辰人搜集整理（87）

耳包（赫哲族·夏同光插图）　刘魁立　马名超整理（88）

公鸡和鸭（僮族·郁青插图）　革凡搜集　农冠品整理（90）

燕子和蜗牛（僮族·夏同光插图）　革凡搜集　朝伟整理（91）

喜鹊老师（瑶族）　凌霭民搜集整理（92）

老虎和野猫（瑶族·黄永玉插图）　黄书光搜集整理（93）

梅花鹿、八哥和狼　刘祥久搜集整理（95）

略论动物故事　林一百（97）

怎么谈不拢（赣南采茶戏）《怎么谈不拢》创作组编（105）

介绍采茶戏　继武（119）

一个"善心"的老太婆（民间童话）　李泽有搜集整理（122）

荞麦的传说　蔚家麟搜集整理（130）

九十灵（蒙古族民间叙事诗·刘伯舒插图）　查干巴拉口述　刘双勤整理（131）

不让飞贼落地（封面木刻）　宋克君

向北方报捷（封底木刻）　李少言

1965年第4期　总第103期

民间诗人援越抗美歌谣（12首·吴耘　缪印堂插图）　刘章等（5）

越南南方人民抗美故事

"捉活的"（10）

陷入泥坑 （11）

激动人心的战歌——读越南抗美民歌　继武（13）

长劳动人民志气　灭地主阶级威风

长工斗地主的故事　钟琪　牛家琨等搜集整理（17）

二楞打头·讲话·改规矩·"等凉快了再干不迟"·"无例不可兴"·支日头·"何老狠挨整"·"胎里坏"和"专治坏"·"刮风拣石头，下雨垒坝沟"·油和牛·晒银元·尝"饥饿"·份子礼（华君武插图）

贫下中农座谈长工斗地主的故事　辽宁金县大魏公社后石大队四队（41）

长工地主故事的教育作用和艺术价值　冯贵民（47）

漫谈吉林长工和地主的故事　吉敏彦（54）

唱红军（20首·阿老插图）　贵州省民间文学工作组搜集整理（58）

新故事

李支书一家的故事（郁青插图）　黎邦农搜集整理（68）

姑嫂一对红　许赵根　奚家湘（81）

安长老智斗笑面狼（华君武插图）　裴挺搜集（84）

"我就是干这个的"　王凤凯（88）

川江号子革命化　黎中一　杨仲文（91）

广西僮族歌墟调查　潘依笋（96）

怎样看待这样的传统故事　张帆（104）

《内蒙古农谚选》序　王汉城（109）

农为本（内蒙古谚语）（113）

维吾尔族寓言诗（5首·刘岘插图）　井亚翻译整理（119）

锣鼓草（民歌14首）　刘祥福　陈心锦等搜集（123）

土族逃婚歌（任率英插图）　席永信搜集（126）

何东与何西（布依族民间长诗）　汛河整理（131）

水利建设者（封面雕塑）　龙德辉

民兵（封底雕塑）　王朝闻

1965年第5期　总第104期

·纪念伟大抗日战争胜利二十周年特辑·

抗日歌谣（41首）（5）

抗日儿歌（9首）（杨永青插图）（17）

抗日故事（7篇）（21）

割苇子的都有一把镰刀（缪印堂插图）　刘艺亭搜集（21）

田区长引敌就歼　飞念整理（25）

活捉山本　苏方桂整理（30）

摆渡口　袁震搜集（36）

《前进报》大闹博罗城（郁青插图）　苏方桂整理（38）

老凹除奸　刘艺亭搜集（40）

小英雄智破狼狗圈（缪印堂插图）　吴开晋搜集（41）

人民战争的颂歌——读抗日战争时期的歌谣　吴超　蔚钢　刘锡诚（45）

鼓舞人民教育人民的武器——读东北抗日联军故事　吴开晋（53）

抗日战争时期国统区的政治讽刺歌谣　谭达先（58）

人民战争中的新英雄们——《第一支军号》和《女八路夺枪》评介　贾芝（63）

·热烈祝贺西藏自治区成立·

西藏藏族新民歌（26首）　周艳炀等搜集翻译（74）

四川藏族新民歌（10首）　叶簇等搜集（80）

云南藏族新民歌（2首）　刘位循搜集（83）

西藏抗英故事（5篇）　单超搜集（85）

英国兵喂了鱼（沙更世插图）（85）

卖奶（85）

"泥佛活啦"（89）

一群"羊"（90）

牧羊姑娘杀鬼子（沙更世插图）（92）

西藏藏族传统故事（4篇）（94）

找太阳　栾之火搜集（94）

织女和国王　燕心翻译整理（97）

宗拉卡的传说　卢荣昌搜集（99）

江波和谷巴　何良俊搜集（101）

献竹笔及其他——读藏族民歌札记两则　周今笺（104）

不屈的西藏人民——读西藏人民抗英歌谣　裴效维（112）
新疆新民歌（28首）赵世杰等翻译整理（117）
新疆故事（3篇）（126）
送药（哈萨克族）　星火译（126）
柯楚逊的故事（柯尔克孜族）　张世荣译（129）
阿格依夏（哈萨克族）　张世荣译（134）
维族人民喜爱的"麦西莱普"　刘发俊（138）
打岗楼（封面木刻）　彦涵
誓死保卫祖国（封底剪纸）　申沛农

1965年第6期　总第105期
放开喉咙唱新歌　贵州遵义青山坡生产队社员　刘成义（5）
我心中有很多歌儿要唱　西藏部队某部卫生员　尼玛（17）
占领阵地唱新"花儿"　甘肃省临洮靳家泉生产队社员　靳尚明（23）
在斗争中学会了讲革命故事　河北秦皇岛安子寺生产队社员　赵国强（31）
生动的语言来自火热的斗争生活　湖北宜昌搬运工人　黄声孝（37）
红军故事（6篇）　贵州省民间文学工作组搜集（40）
两驮子弹（任率英插图）（40）
周国清三次传锣（44）
床铺的故事（47）
红军吹口琴（董辰生插图）（50）
小红军（52）
鸡蛋变牛（郁青插图）（55）
抗日故事（5篇·黄钧插图）（57）
杨运的故事（4篇·陈惠冠插图）　许帮整理（67）
神枪镇恶魔（67）
智战顽敌（71）
计中计（75）
风雪斗杀场（80）
西藏藏族民歌（29首）　刘锡诚　里林搜集（86）

西藏门巴族民歌（24首）　里林　刘锡诚搜集（95）
西藏动物故事（5篇）（100）
乌鸦和羊肚子　涂菁华整理（100）
小蟋蟀和大鹏鸟（刘岘插图）　化亿翻译整理（101）
爱虚荣的乌鸦（郁青插图）　陈践践翻译整理（103）
小白兔和老虎（郁青插图）　阿沛才旺搜集（104）
聪明的老黄兔（刘岘插图）　胡金安搜集　徐官珠整理（106）
阿古登巴的故事（6篇·西藏藏族）（109）
牧牛人不再缴奶牛税了　陈拓搜集（109）
九克税　单超　吴光旭整理（110）
升天的秘密（缪印堂插图）　单超　吴光旭搜集（111）
阿古登巴的宝物　陈拓搜集（113）
耳环　董森整理（115）
借青稞　董森整理（116）
试论阿古登巴的故事　祁连休（119）
想象力的翅膀——读蒙古族史诗《智勇的王子喜热图》札记　刘锡诚（136）
念毛主席的书（封面彩塑）　兆兴作　李兰英摄
大庆人（封底彩塑）　张铭作　李兰英摄

1966年第1期　总第106期

用毛泽东思想武装起来　做好民间文学工作　本刊评论员　（4）
大学毛主席著作，深入工农兵，做革命的民间文学工作者
为革命讲故事，为革命唱山歌——记一次故事员和歌手座谈会　本刊记者　向欣（9）
在党的抚育下成长　湖北农民歌手　习久兰（16）
做党的红色宣传员　新疆哈萨克族阿肯　夏依合　（23）
毛主席著作给我指明了方向　河北秦皇岛市故事员　刘惠娟　（29）
学习毛主席著作，搞好搜集工作——抗英故事《破蓑衣》搜集记录　赵慈凤（34）
山歌唱到北京城（七首）　陈有才　李向春　刘不朽　习久兰　吴万

利　艾合买提　边巴扎西　（40）

我见到了毛主席　新疆哈萨克族阿肯　夏依合　（45）

河北省秦皇岛市新故事

老树红花（马琮插图）　海港区文化馆　刘惠娟（50）

两只船（王经声插图）　海滨公社河东寨大队　陈维滨（55）

夺牛记（赵志芳插图）　黄土坎公社卸粮口大队　张春英　孙素琴（61）

铁门栓　马坊公社东李庄生产队　刘玉桥　李宝和（68）

彩英换装　铁庄公社康庄生产队　韩慧伦（74）

新疆新民歌（二二首）　张森棠等翻译（78）

黑萨的歌（三首）　常世杰　赛比哈孜译（86）

哈萨克族的民间诗歌（民间文学知识）　何路（87）

戚继光平倭故事（二篇）　杨镇钦整理（92）

林则徐拖死洋鬼子　程仁太搜集（95）

破除迷信的故事

金虎治巫婆（布依族·任率英插图）　汛河搜集（97）

老魔公（布依族）　汛河搜集（101）

泥菩萨打架　吉农搜集（102）

巧女故事

聪明的媳妇（柯尔克孜族·任率英插图）　张森棠搜集（103）

阿莉（布依族）　汛河搜集（110）

西藏藏族寓言（四篇·郁青插图）　黎田搜集（115）

门巴人的砍刀和背篓（西藏民俗介绍）　江曲（120）

学术研究

试论苗族的洪水神话　吕薇芬（121）

一组有毒的神话　杨振汉（134）

我对一些民间故事的看法　李天生（141）

彭真同志在全国青年业余文学创作积极分子大会上做报告（封二照片）　刘庆瑞摄

周扬同志在全国青年业余文学创作积极分子大会上做报告（封二照片）　邓历耕摄

收租院（封面雕塑）　中国美术家协会四川分会

封面设计　曹辛之

1966 年第 2 期　总第 107 期

人民战争胜利万岁

致越南兄弟　哈萨克族阿肯　巴伊居玛（4）

五大洲的码头工人联合起来　码头工人　黄声孝（6）

中越人民一条心（一三首）　徐国琼等搜集（7）

紧握手中枪（一四首·缪印堂插图）　（9）

抗日故事（七篇·阿老　郁青插图）　卫志夫等搜集（14）

人民是真正的铜墙铁壁——赞抗日故事　石真（39）

油花怒放献给党——大庆工人歌谣（二一首·邵宇插图）　魏名等（44）

开滦煤矿工人歌谣（二一首）　杨亮才搜集（50）

大学毛主席著作　深入工农兵做革命的民间文学工作者

听毛主席的话　为革命而创作　山西昔阳县农民歌手　史掌元（54）

毛主席思想是我创作的灵魂　山西昔阳县农民歌手　李济胜（59）

到群众中去　到实际斗争中去　孙连金（63）

我们是怎样重评乐府民歌《陌上桑》的　河北大学学生　郑桂富（65）

兴革命山歌之风　为三大革命服务——福建龙岩县红坊公社山歌活动
　钟震东（68）

革命山歌代代传——福建上杭县才溪公社山歌活动　刘国梁（76）

闽西山歌（七首）（83）

运河水的故事　李泽有搜集（85）

黑衣青年　腾云搜集（92）

甲午战争传说

闯云石　宋一平　滕玉珍搜集　　　　（97）

姜二打"狼"　毕云高　尹焕章搜集　（99）

苑铁匠　丁明祥搜集（102）

越南谚语　（105）

青海土族新民歌（一五首）　徐国琼　杨亮才搜集（106）

甘肃花儿（一一首）　雪梨　汪玉良搜集（110）

青海土族民歌漫谈（民间文学知识）　土族　李友楼（112）

昔阳花灯今昔　黄欣（117）
学术研究
《害不死的大舜》是一篇什么"神话"？——兼谈对古代神话的研究和整理　战白（119）
论海瑞的历史传说　叶春生　李绪鉴（125）
谈谈有关海瑞的几则民谣　王骧（133）
重读英雄史诗《智勇的王子喜热图》——批判地继承民间文学遗产杂感　梁一儒（136）
"人民，我是你的儿子"（封面）　董辰生
封面设计　曹辛之
封二封三照片　关山　袁家骅　敏钟杰等摄

1966年第3期　总第108期

评"三家村"——《燕山夜话》《三家村札记》的反动本质　姚文元（4）
高举毛泽东思想伟大红旗　积极参加社会主义文化大革命　《解放军报》社论（28）
千万不要忘记阶级斗争　《解放军报》社论（39）
高举毛泽东思想伟大红旗　彻底捣毁"三家村"黑店
彻底捣毁"三家村"反党反社会主义黑店　本刊编辑部（45）
我们是毛主席教导的新型农民　坚决要把"三家村"黑店彻底捣毁　大寨大队党支部书记　陈永贵（47）
恩人是共产党，救星是毛主席　公安部队副指导员　王明太（51）
捍卫社会主义的大好江山　顺义县曾庄大队贫协委员　王森（53）
彻底铲除毒草　广西瑶族女社员　莫秀华（54）
打退邓拓反党集团的进攻　贵州龙里县苗族　陈永元（55）
捣毁"三家村"，保卫天安门　公安部队战士　魏占林（56）
邓拓说的是奴隶主的话　凉山彝族女歌手　黑勒幺妹（57）
我们要掌好阶级印　秦皇岛市故事员　陈维宾　赵正华（59）
不许资本主义复辟　顺义县曾庄大队妇女队长　王贺芝（60）
坚决和邓拓反党集团斗争到底　秦皇岛市故事员　周维生（61）

不获全胜，决不收兵　石钢工人　张景和（63）
挖出反党反社会主义分子黑心　山西大寨大队贫协主任　贾进财（63）
不许"三家村"腐蚀青年　顺义县文化馆　陈邦远　王恩桥（64）
工农兵新民歌一百首（康德休等剪纸）　（66）
群众口头文学的新时代　本刊评论员（90）
歌颂伟大的毛泽东思想——读学习毛主席著作的歌谣札记　邓牛顿（93）
新故事
　　左手镰刀（郁青插图）　浙江　周永年（101）
　　"牛眼睛"（赵志方插图）　江西景德镇市文化馆（106）
　　大家来谈新故事（评论十篇）　高进贤等（116）
　　在抗旱前线开展故事会活动　陕西师范学院中文系（137）
广西民间文学特辑
　　三大革命运动中的新民歌——几个县的新民歌调查报告
广西民间文学研究会（141）
　　广西新歌台（一六首）　莫义明等（146）
　　耕耘姐妹（新故事）　陈敦德（150）
　　揭狼皮（新故事）　罗廷坤（152）
　　红军歌谣（一五首）　覃绍宽等搜集（156）
红军传说故事
　　龙坪火灾　杨铜玉讲述　崖远培搜集（159）
　　潘老五的大肥猪（翁文忠插图）　苗族　乔朝新整理（162）
　　红军谷（邓二龙插图）　蒋德泰搜集（165）
向阳花开（封面剪纸）　傅作仁
封面设计　曹辛之
封二照片　苏俊慧　程明贵摄

附录3 钟敬文1949年至1966年的主要论著

序号	文章或论著（教材讲义）	刊载期刊或出版社	出版时间（未发表著作为写作时间）
1	《方言文学运动的新阶段》	《方言文学》第一辑，香港新民主出版社	1949年5月
2	《诗和歌谣》	《关于创作》（文艺丛刊）	1949年
3	《略谈民间讽刺诗》	《光明日报》	1949年12月11日
4	《关心民间文艺的朋友们集合起来（附作者附记）》	《光明日报》（文代会特刊）	1949年7月11日
5	《请多多地注意民间文艺》	《文艺报》第13期	1949年7月28日
6	《读了〈半湾镰刀〉等以后》	《华北文艺》第6期	1949年
7	《〈翻身民歌〉论》	《新中华》第12卷第23期	1949年
8	《民谣的现实主义》	《大众诗歌》2卷2期	1950年
9	《表现被压迫阶级意识的民间故事》	《大众诗歌》第2卷第5期	1950年
10	《关于民间文艺的一些基本认识》	《光明日报》	1950年3月1日
11	《纪念伟大的历史节日》	《光明日报》	1950年5月4日
12	《一年来的新民间文艺学活动》	《胜利的一周年》（纪念文集）	1950年
13	《文人诗、民谣与劳动人民的生活》	（未刊稿）	1950年
14	《"民间文艺新论集"付印题记（附编者按）》	《光明日报》	1950年8月20日
15	《民间文艺新论集》	中外出版社	1950年
16	《口头文学——一宗重大的民族文化遗产》	北京师范大学出版社	1951年
17	《〈现代歌谣〉引言》	《人民文学》第2期	1951年
18	《民间文艺学上的新收获》	《新建设》第1期	1951年
19	《努力学习劳动人民的语言》	《语文学习》第8期	1951年
20	《民间歌谣中的反美帝意识》	《民间文艺集刊》第二册	1951年
21	《歌谣中的醒觉意识》	北京师范大学出版社	1952年
22	《学习人民的语言及口头创作》	《语文学习》第22期	1952年
23	《进一步挖掘和发扬人民固有的艺术创造——庆祝第一届全国民间音乐舞蹈会演大会》	《光明日报》	1953年4月7日

续表

序号	文章或论著（教材讲义）	刊载期刊或出版社	出版时间（未发表著作为写作时间）
24	《歌谣与妇女的婚姻问题》	未刊稿	1953 年 3 月 11 日
24	《学习苏联先进的口头文学理论》序	《新建设》第 1 期	1954 年
26	《略谈民间故事》	《民间文学》10 月号	1955 年
27	《回答新形势的要求（发言）》	《中国作家协会第二次理事会会议（扩大）报告、发言集》	1956 年
28	《海涅与人民口头创作（讲词）》	未刊稿	1956 年
29	《高等学校应该设置"人民口头创作"课》	《新建设》第 7 期	1957 年
30	《人民口头创作在民众生活中的位置和作用》	未刊稿	1957 年至 1958 年间
31	《传说的历史性》	未刊稿	1958 年
32	《看了乐亭皮影戏以后》	《民间文学》2 月号	1962 年
33	《民间文学》（香港版）	讲义	1948—1952 年
34	《人民口头创作》	讲义	1952—1964 年

附录 4　1958 年新民歌运动歌谣集存目

表 1　　　　　少数民族新民歌出版状况（共计 61 册）

民族（数量）	书名	出版社	编选者	出版年份
藏族（3）	《四川藏族新民歌选》（二集）	四川民族出版社	四川民族出版社	1959—1960
	《四川藏族新民歌选》	四川民族出版社	四川民族出版社	1958
布依族（2）	《鲜花向阳朵朵红：布依族新民歌》	贵州人民出版社	汛河	1959
	《布依族情歌新民歌合集》	中国作家协会贵阳分会筹委会	中国作家协会贵阳分会筹委会	
苗族（1）	《苗族新民歌》	中国作家协会贵阳分会筹委会	中国作家协会贵阳分会筹委会	1959

续表

民族（数量）	书名	出版社	编选者	出版年份
侗族（1）	《侗族新民歌、情歌》	中国作家协会贵阳分会筹委会	中国作家协会贵阳分会筹委会	1959
壮族（53）	《大跃进壮歌》（共52册）	广西民族出版社	广西民歌编选委员会	1958
	《壮族大跃进民歌选集》	广西民族出版社	广西民族出版社	1959
白族（1）	《沧洱歌声震云霄：大理白族自治州大跃进民歌集》	云南人民出版社	大理日报社	1959

表2　　各省市出版的民歌集（共计304册）

地域（数目）	书名
吉林（32）	《党比太阳还光亮》《总路线是红太阳》《众人力量冲破天》《抡起铁锤快如风》《天堂也在人间造》《露水哪有汗珠多》《劳动人民有智慧》《众人力量冲破天》《铁水遍地流》《高山低头河让路》《新立城要比十三陵》《绿水笑着上山坡》《一怒掏干太平洋》《双肩挑干三江水》《人民战士意志坚》《手中紧握冲锋枪》《新农村里新气象》《唱我家乡变了样》《丰收小曲村村唱》《中国人个个有学问》《小喜鹊叫喳喳》《红旗漫卷旱海》《辉南歌谣》《辽源歌谣》《临江歌谣》《盘石歌谣》《农安歌谣》《安广歌谣》《台湾一定要解放》《延边歌谣》《海龙歌谣》《美英滚出中东去》
辽宁（26）	《蒲河水弯又弯》《千山万岭换新装》《钢铁开花：凌源新民歌》《兰河湾里幸福长》《开天辟地靠双手》《苏水龙山变乐园》《英雄花开靠东风》《英雄创业美名扬》《英雄不怕万重山》《一棵果树万朵花》《漫山遍野鲜花开》《凌河两岸起歌声》《辽河两岸好风光》《辽北一片米粮川》《唱歌要唱跃进歌》《总路线放红光》《劳动歌声满山岗》《春季到来遍地青》《水坝弯弯十里长》《十里火龙闹天地》《建设美丽的煤铁城》《跃进歌声像海潮》《人民公社歌声多》《不靠老天靠自家》《共产主义万年青》《搬来泰山筑长城》
黑龙江（8）	《跃进歌声》《红花开放万里香》《歌唱大跃进》（共六集）

续表

地域（数目）	书名
河北（15）	《河北新民歌》（二集）、《满城新民歌》、《新民歌大跃进》（九集）、《大跃进民歌选》（三辑）
陕西（1）	《陕西新民歌三百首》
上海（9）	《上海新民歌创作选集》（第一集）、《战鼓咚咚再跃进》《上海新民歌》（六集）、《稻花钢水谱新歌：一九六〇年上海民歌选本》
内蒙古（3）	《咱们农民爱唱歌：内蒙古新民歌》（三集）
新疆（2）	《新疆民歌三首》《新疆大跃进歌谣选》
甘肃（2）	《甘肃新民歌选》（第一集）、《万马奔腾大跃进：甘肃民歌》
河南（22）	《人民公社就是家》《大跃进之歌》（四集）、《遂平县人民大跃进战歌》（三本）、《大跃进诗歌选》（四本）、《河南大跃进民歌选》（八本）、《河南大跃进歌谣》《宁江颂——大跃进民歌》
山西（2）	《粮棉堆成太行山：山西新民歌选》《大跃进民歌选》
山东（3）	《大跃进中的诗篇》（三集）
江苏（21）	《大跃进歌唱选》《1958：江苏新民歌》《跃进花更红》《江苏新民歌：1959》《人民公社好处唱不完》《歌颂河网化》《农业中学颂》《无锡新民歌：我乘东风飞上天》《无锡新民歌：钢铁战歌》《无锡新民歌：诗歌万篇庆公社》《大跃进战歌》（八册）、《江苏大跃进民歌集》（两集）、《梅李大跃进歌谣》
安徽（14）	《唱得长江水倒流：安徽新民歌》《安徽民歌：歌唱新农村》《大跃进民歌：安徽民歌选》《安徽民歌：歌唱大跃进》（三集）、《大跃进民歌》（八册）
湖北（14）	《湖北新民歌选》《湖北民歌选集》（十一册）、《大跃进诗歌选》（第一集）、《武汉新民歌选》
湖南（3）	《跃进山歌忙洞庭》《大跃进歌谣》（二集）
广东（6）	《广东民歌选：歌唱农业大跃进》《乡村日日添新装：广东民歌选》《生产大跃进之歌》《百花齐放太平乡：大跃进民歌》《佛山大跃进民歌选》《山城钢花》
青海（13）	《青海湖水闪银光：青海新民歌选》《大跃进歌谣选》（十二集）

续表

地域（数目）	书名
浙江（44）	《新昌民歌》《革新花开兰塘乡：浙江民歌选》《海盐大跃进诗歌选》《宁海大跃进诗歌选》《浦江大跃进诗歌选》《磐安大跃进诗歌选》《孝丰大跃进歌声》《奉化大跃进民歌选》《萧山大跃进歌谣选》《诸暨大跃进歌谣选》《临海大跃进歌谣选》《衢县大跃进歌谣选》《龙游大跃进歌谣选》《兰溪大跃进歌谣选》《汤溪大跃进歌谣选》《建德大跃进歌谣选》《淳安大跃进歌谣选》《桐庐大跃进歌谣选》《余杭大跃进歌谣选》《青田大跃进歌谣选》《遂昌大跃进歌谣选》《新登大跃进诗歌选》《平湖大跃进诗歌选》《寿昌大跃进诗歌选》《嵊泗大跃进诗歌选》《永康大跃进诗歌选》《歌唱安吉大跃进》《慈溪大跃进诗歌选》《盘安大跃进诗歌选》《缙云大跃进诗歌选》《德清大跃进诗歌选》《海宁大跃进诗歌选》《台州大跃进诗歌选》《桐乡大跃进诗歌选》《武康大跃进诗歌选》《长兴大跃进诗歌选》《吴兴大跃进诗歌选》《平阳大跃进诗歌选》《浙江大跃进民歌选》《丽水大跃进诗歌选》《崇德大跃进诗歌选》（二集）、《绍兴大跃进诗歌选集》（二集）
北京（2）	《北京新民歌选》《民歌新唱》
贵州（2）	《黔南新民歌》（第一集）、《贵州山歌选》
广西（41）	《朵朵葵花向日开：桂东南新民歌选》《梧州大跃进山歌》《农村大跃进山歌》（二十四本）、《柳州大跃进山歌》（十五本）
四川（1）	《四川新民歌歌曲选》
江西（3）	《新民歌》《大跃进歌选》（二本）
云南（15）	《墨江各民族大跃进诗歌选》《大跃进山歌》（十二辑）、《云南各民族大跃进民歌选》（二集）

表3　　　　　　　　　　高校编选民歌集（共计4册）

民歌集名称	编选者
《新民歌选集》（一、二）	西北大学中文系
《中国新民歌选：汉英对照》（一、二）	南开大学外文系
《新民歌赞》	南京大学中文系
《荔枝满山一片红：华南新民歌选》	暨南大学中文系
《要在凡间建天宫》	中国人民大学新闻系采访组

表4　　出版社、杂志社、各团体编选民歌集（共计17册）①

民歌集名称	编选者
《贵州大跃进民歌选》	贵州人民出版社
《新民歌百首》（三集）	《诗刊》编辑部
《新民歌三百首》	《诗刊》编辑部
《大家来唱新民歌》（三集）	上海文艺出版社
《要吃鱼虾下海洋》	作家出版社
《新民歌选集》	《歌曲》编辑部
《歌唱大跃进》（二集）	黑龙江人民出版社
《全国少数民族群众业余艺术观摩演出民歌选》	全国少数民族群众业余艺术观摩演出会
《社会主义快快来》	作家出版社
《山水献宝》	作家出版社
《红旗插在人心里》	作家出版社
《河南新民歌》	"奔流"文学月刊社编辑部

表5　　其他领域编选的民歌集（共计84册）

领域（数量）	书名
农业（65）	《千方百计来积肥》《农业纲要明又明》《保卫上海握紧枪》《山水献宝》《日夜守在山顶上》《三月麦子满坝黄》《山区人民唱山歌》《我们自己当龙王》《四十条纲要放光芒》《人民公社一枝花》《如今瑶山大不同》《金黄稻浪接九宵》《农民个个成专家》《打开山区金银窝》《歌唱水利大跃进》《水利大跃进赞歌》《大跃进战歌》《工农就是活神仙：大跃进民歌》《金黄稻浪接九宵》《生产大跃进歌谣》（八本）、《歌唱农村大跃进》（十本）、《农村大跃进民歌选》（二集）、《农村大跃进山歌》（八本）、《大跃进山歌》（十三集）、《歌唱水利大跃进》（四集）、《歌唱农业大跃进》
工业（15）	《分秒争炼万吨钢》《技术革新大革命》《上海工人大跃进歌谣》《工厂办起满天星》《钢水红似火》《千锤百炼红又专》《整个车间一团红》《滔滔钢水日夜流》《钢铁工人之歌》《东北工矿大跃进歌谣》《工矿大跃进歌谣》（五册）
林业（1）	《歌唱绿化大跃进》
军队（3）	《部队生活日日新》《总路线，进兵营》《解放大军缚苍龙》

---

① 表4统计中未将少数民族民歌选计入内。

表6　　　　　　　　　特殊主题的民歌集（共计36册）

主题（数量）	民歌集名称
大跃进（25）①	《赶上八面大红旗》《一天等于二十年》《文化革命大高潮》《总路线像红太阳》《泰山之土谁敢动》《保卫大跃进歌谣选》《海员歌唱大跃进》《跃进号角响四方：大跃进民歌》《小专家：大跃进儿歌集》《大跃进渔歌》《要把荒山变宝山：大跃进民歌》《众口歌声动乾坤：大跃进民歌》《幸福歌声到处扬：大跃进民歌》《大跃进短歌》《大跃进民歌：三百首》《万岁·万岁·大跃进》《跃进歌声送上天》《红旗插在人心里》《跃进新民歌》《打开文化百宝箱》《歌唱技术革命》《大跃进战歌》《一人能守半边天》《侨乡大跃进民歌选集》（二集）
民族团结（1）	《兄弟团结是一家》
反帝（6）	《反美浪潮万丈高》《社会主义快快来》《加油增产打美蒋》《万箭瞄准美国狼》《打垮美英野心狼》《不准侵略黎巴嫩》
颂歌（4）	《步步跟着毛主席》《东方巨龙腾空起》《共产党光辉万年红》《毛主席像红太阳》

表7　　　　　　　　　　　研究著作（共计10册）

书名	著者	出版社	出版年份
《谈大跃进民歌》	徐善平、陈诒、孙森烈	上海文艺出版社	1958
《学习新民歌》	沙鸥	北京出版社	1959
《新民歌杂谈》	河南人民出版社	河南人民出版社	1959
《论新民歌》	上海文艺出版社	上海文艺出版社	1958
《谈谈新民歌》	刘家鸣	高等教育出版社	1959
《一九五八年中国民歌运动》	天鹰	上海文艺出版社	1959
《大规模地收集全国民歌》	中国民间文艺研究会	作家出版社	1958
《民歌作者谈民歌创作》	中国民间文艺研究会研究部	作家出版社	1960
《新民歌的语言艺术》	胡奇光	上海教育出版社	1961
《白茆公社新民歌调查》	路工、张紫晨、周正良、钟兆锦	上海文艺出版社	1960

---

① 此处就是为了突出大跃进主题，所以只罗列了歌谣中演述大跃进内容的文本。

附录5　学人访谈与访谈资料整理

从2013年国家社会科学基金青年项目"国家话语与民间文学的理论建构（1949—1966）"立项开始，就想着能对参与1949—1966年间学术活动的学人进行访谈，而且认为这一访谈应该容易进行。或许从事民间文学、民俗学的原因，经常进行田野调查，总觉得老先生们各个精神矍铄。只是没想到，在课题进展过程中，访谈并不尽如人意。2016年9月，到云南昆明参加中国少数民族文学年会，请云南省社会科学院民族文学研究所刘镜净博士约20世纪五六十年代参加云南省和全国民俗学调查的李缵绪先生，在约定与联系的过程中，同年12月31日传来了老先生去世的消息。在2015年约南宁师范大学林安宁与我的同事李斯颖博士，烦请他们帮忙联系广西的过伟先生，但得知过先生在医院，难以与他人进行交流。2016年9月，通过河南大学梅东伟博士联系，得以到开封河南大学附属医院见到了中原神话研究的张振犁先生，他因突然摔倒，无法交流。倒是上述各位先生相关访谈也有，因此在相关的研究中，只能引用他人访谈或者自述材料，而无法进行针对性的访谈。还有一类学者，则是记忆尚好，但"伤痕记忆"深刻。2016年12月，在前往内蒙古呼和浩特进行学术交流时，拜访了胡尔查先生，他思路清晰，记忆力较好，只是在访谈中，他会不自觉地转向自己的人生苦难。另外一类学者，则是我在博士学位论文期间和博士后研究报告撰写中访谈过的学人，如贾芝、杨亮才、吴超、王平凡等，在本次课题撰写中继续使用，因为他们中大部分年岁已高或者在此过程中离开人世，当然其中也加入一些近年的后续补充资料。本次课题中访谈了诸多学人，如中国社会科学院民族文学研究所郎樱研究员、中国民间文艺家协会贺嘉先生等。限于精力，没能一一罗列所访谈的学者，大部分的访谈资料都是在撰写中直接使用。在此向接受我访谈的前辈学者致谢。

（一）学者访谈文章

1. 走过历史的足迹——浙江民间文艺家朱秋枫先生

新中国成立后，国家重视新的人民文艺的建设。民间文艺由于与大众的天然联系，在大众意识得以实现、并在体制上得到保障的语境中，它在新中国政治文化语境中承担特殊的角色与功能。在国家的号召下，文艺界一大批人士积极投身于民间文艺工作，这也成为新中国民间文艺研究的一道风景线，后人褒贬不一。但是无论如何，他们作为一个历史存在留存于时间长河。参与其中的学者有大众皆知的文艺大家郭沫若、周扬、何其芳、老舍等，但更多的则是各地文艺爱好者，他们积极参与民间文艺的搜集、整理工作，在历史的车轮中，很多人只是昙花一现或者浅尝辄止，但有些则从此走上了民间文艺研究之旅，浙江民间歌谣研究者朱秋枫先生即是其中一位。

我从博士后期间，就开始关注20世纪50年代至70年代的民间文艺研究，面对当时纷繁复杂的学术状况，总是心存"投机"，希望寻找一个梳理问题的便捷管道，不愿触及大批的学者与诸多的头绪，于是在出站报告中通过"问题史"的方法梳理了复杂的学术发展史，使其条理化，条理的另一侧面也意味着"扁平化"，将所有学术事件都纳入自己预想的索道。2013年"国家话语与民间文学的理论建构（1949—1966）"课题获得国家社科基金的资助，其中就涉及1949—1966年这一段时期民间文学的搜集与整理，这样访谈那一时期学术亲历者成为必不可少。由于参加过这一学术实践的学者，大多年事已高，为了顺利推进课题，我开始多方联系相关研究者，在杭州师范大学袁瑾博士的帮助下，我得以在国庆长假期间前往拜访朱秋枫先生。他的学术经历和研究历程在20世纪50年代至70年代民间文艺研究者中较为典型。

朱秋枫，1929年生人，他的家乡是浙江诸暨三都朱家村（现诸暨市陶朱街道）。20世纪50年代初，他开始在绍兴文工团工作，主要担任舞美和文艺创作。他从小跟随祖母长大，深受祖母的影响。他的祖母经常给他讲因果报应的故事，教他唱大量绍兴儿歌，如《燕子燕》；他在诸暨县立简易师范读书期间，校长编辑了大量诸暨地方志书，让学生学习；此外鲁迅先生对民间文艺的态度影响了他的一生。再加上当时浙江省文化局规定，地区文工团有向民间文艺学习的任务，他随团在绍兴地区巡回演出中，结合自身的兴趣结识了大量民间歌手和民间曲艺表演者。当时歌手和艺人唱的主要是革命山歌和各种小调。1952年，他在余姚、嵊县、新昌交界的四明山一带采录到一组"四明山歌谣"，其中一首《四明山》被收入《浙江歌谣选集》（浙江人民出版社1953年版），当时被多种刊物和著作转引，后被收录于中国民间文艺研究会编、上海文艺出版社1978年出版的《中国歌谣选》（第一集）。另外一首《子弟兵》，是民间曲艺艺人用越剧老调唱的《北撤小调》中的一段，有点《十送红军》的韵味，可以说是"四明山区的《十送红军》"。之外，他当时对浦阳江流域的歌谣也进行过采录，并编选了一组"浦阳江歌谣"。1956年，上海文化出版社、浙江人民出版社分别出版了他的《浙江民间歌谣散辑》《怎样编写越剧唱词》。他响应党和国家的号召，积极深入农村和厂矿，从1952年秋开始在新登县永何乡永桥村蹲点劳动，他凭借自己熟悉乡音和懂得乐谱的优势，采录了《大长工》《小长工》《朱三刘二姐》等民间歌谣，同时还搜集了《富春江三天师》《罗隐出世》等传说。在民间歌谣与传说的采录过程中，他还关注到浙江少数民族畲族的民间文艺，他搜集整理了《畲族歌谣》三册（未刊本），保存了畲族歌谣的大量原始资料。他根据畲族老人演唱，自己创编了《畲族盘歌》，后来大量的畲族民间歌谣借鉴了他的《畲族盘歌》内容。借鉴民间文艺进行创作，从20世纪20年代中国共产党发动民众革命就已开始，到五六十年代较为流行，这也是时代留在他身上的印记，只是他的这一创编，后来在畲族民间被民众传唱，这是值得关注的民间文艺回流现象。

民间歌谣的搜集开启了他的民间文艺研究之旅，在搜集过程中，他意识到调查、采录、选择发表或出版，是保护民间文艺的重要手段。在搜集中，优秀的民间文艺作品感动了他，同时也引发了他对民间文艺的兴趣，为他走向研究之途奠定了基础。他从20世纪80年代开始，笔耕不辍，出版了《浙江歌谣源流史》《西施传说》等著作。此外，特别值得提到的是他对资料的保存意识和保存能力。在朱先生接受访谈过程中，当我问及50年代浙江民间歌谣搜集状况时，他都会从容地走到书架前，拿出当时的报纸、书籍、文章摘抄等资料。数字化迅猛发展，我们保存资料有了更为便利的手段，电子文档和图片成为主要储存方式，移动硬盘和网盘变成主要储存空间。但是他和夫人则用传统的方式，完好保存了五六十年代至今的浙江歌谣资料，尤其是大量的浙江地方报纸与刊物，为后人研究提供了丰富的资料。从他个人介绍自己的研究历程以及翻阅他的著作，从中能深深感受到他对民间文艺的热爱与赤诚之心，这一精神感召着后世学人。

（原文刊发于《中国社会科学报》2015年10月24日。本书收入时对一些表述进行了修订。）

2. 学术思考与历史使命——神话学家李子贤先生访谈

从"民俗学论坛"微信公众号获悉，李子贤先生于2016年11月2日受邀到北京师范大学文学院进行讲座，讲座题目是《神话王国的发现——我与西南少数民族活形态神话邂逅55年》，这与我正在完成的国家社会科学基金项目直接相关。在课题申请之时，专门设置了"学者访谈"，当时以为这部分是课题最容易完成的内容，一来从硕士期间就开始了实地调查，经过十余年的实践，可以说是积累了一定的调查经验；二来学界了解"1949年至1966年民间文学"的前辈不在少数，且先生们一向提携后学。但在课题的实际完成中，这部分的难度远远超过预期。首先就是错误地估计了这段学术史参与者的人数及年龄，以至于没有及时进行这一工作，好多学者失之交臂。在懊恼与遗憾之余，开始密切关注相关学者与他们的活动，李子贤先生也在我的访谈人之列。2016年9月，到云南昆明参加会议，特意想访谈先生，但一直未取得联系。当看到先生在北京的讲座时，迅速与讲座主办方杨利慧老师联系，想请她推荐我拜访并访谈李先生。在杨老师的帮助下，我虽然因出外调查没能聆听李先生讲座，但得以在11月10日对他进行了访谈。在近四小时的访谈中，他讲述了自己半个多世纪从事神话研究的学术历程以及他对于中国民间文学学术史的思考。虽然在很多文章与报道中都看到过对他西南少数民族神话研究以及"活态神话"理论的阐释，但是当面交流依然感触颇深，尤其是他对二十世纪五六十年代云南少数民族民间文学学术史的阐述，让那段沉寂的历史瞬间鲜活起来，也让我进一步了解了作为参与者、亲历者，他回看这段历史时的感受与思考。

李先生进行民间文学研究的开端有点"无心插柳"，他在高中阶段倾心于电影研究，当时阅读了能找到的所有关于电影的书籍，但是在他考大学的时候，蒙自专区与红河哈尼族彝族自治州合并了，他就属于了少数民族地区的考生，被云南大学中国少数民族语言文学系录取。最初他在大学期间依然延续了对于电影的喜好，大量阅读图书馆中关于电影的理论书籍，但是1962年的民间文学调查与搜集使他彻底爱上了这一领域。1962年2月至7月，他参加了云南省民间文学调查队，并担任"云南省小凉山彝族民间文学调查队"副队长。在讲述自己人生中第一次实地调查时，虽然时隔55年，但他依然清晰地记得到了丽江，当时地委副书记接待了他们；从昆明到丽江、从丽江到宁蒗、从宁蒗到泸沽湖的距离、时间，以及途中趣闻。他们本着"同吃、同住、同劳动"的原则，主要依赖小学老师与基层干部，尤其是前者的翻译，帮助他们顺利完成了这次调查。在说到当时调查中以洋芋、玉米、荞粑粑为食的"三吹三打"时，李先生手势与动作，让人仿若置身现场；再则就是这次调查在他面前"展现了一个全新的世界"。当他听到当地人演述《妈妈的女儿》时，虽然课堂上老师讲过，但是"第一次身临其境，由于他们去了，演述者的亲戚都聚集而来，我记得当时二十多个人聚集在一起，讲述者讲着天地开亲，支格阿鲁……听者声泪俱下"，他从未想到民间文学会有如此大的魅力。尽管在书本上学习过《山海经》《天问》，但在民间听到"活脱脱"的神话讲述，他还是极其震撼，与课堂上的"神话文本"不同，老百姓所讲述的神话是"生活化"的，"上下未形，何由考之？冥昭瞢暗，谁能极之？冯翼惟象，何以识之？明明暗暗，惟时何为？"跃然浮现在眼前，幻化为现实的生活场景，"泸沽湖一带的老百姓在生活中都能讲，而且讲的大家都爱听"。虽然他当时还不知道活形态神话，但这一实践过程为其今后学术发展奠定了坚实基础。另外就是极为感叹彝族的民间谚语，其内容丰富、富有哲理，是民众知识与民间智慧的集中体现。

在访谈中，李先生一再强调"考察、思考任何问题，不能离开特定的历史环境"。他讲述了二十世纪四五十年代云南民间文学的发展，从云南大学的西南文化研究室，周恩来到云南视察，指示成立云南大学民族史、少数民族语言文学专业一直到1958年云南的新民歌运动。在他的娓娓讲述中，让我看到了老一辈学人强烈的历史责任感、学术反思与学术超越。他着重讲述了1958年的新民歌运动。对于这一文学史事件，虽然从新世纪初开始，学人就开始了新的探索与思考，但是在文学史尤其是民间文学学术史中，对其多样性的研究依然寥寥无几。李先生认为，在云南，

1958年的采风运动,"基本是正确的,应当说还是一个非常重要的历史事件"。大家讨论最多与诟病最多的就是这一时期的"颂歌",但是"很多颂歌确实是发自民间,反映了当时的精神状态",并不像当下大家所言。他信口说出了当时流行的两首颂歌,"老头对老头,挖泥喊加油,引来老鹰停翅飞,乐得柳树直点头"。"小撅头,二斤半,一挖挖到水晶殿,龙王见了就打颤。就作揖,就许愿:'浇水浇水我照办'。"不能否认当时有浮夸的成分,但是这次采风活动的成绩与贡献不能抹杀,可以说,在这次调查中"云南省各民族重要的民间文学都浮出了水面"。

另外,对民间文学搜集整理的工作原则"忠实记录、慎重整理"和"十六字方针"("全面搜集、重点整理、大力推广、加强研究")发表了自己的看法。他认为"十六字方针"大体是没有问题的,即使放到现在也不能说错。对于经常被驳斥的民间文学整理问题,他认为"哪个民族的民间文学没有经过整理?对于有脱漏的情节,就是要努力想办法找人问,然后再补充,并且有些是少数民族古语,情节遗失很正常"。他在讲述中还专门提到当时出版的《阿细的先基》《阿诗玛》《召树屯》等,语言优美,他随口吟诵了"哥哥犁地朝前走,妹妹撒粪播种紧跟上,泥土翻两旁,好像野鸭拍翅膀。"这一时期云南的民间文学影响广泛,尤其是《阿诗玛》对云南民间文学的推动功不可没。同时他还关注到当下民间文学搜集整理学术史中"搜集者""记录者""翻译者"的问题。他在说到《召树屯》时,特别提到了陈贵培的翻译之功。在自己当时学术发展以及知识汲取中,他突出了当下被学术史淡忘的学者孙剑冰学术思想对自己的启迪。这既反映了老一代学人的学术敏感,这些话题都是当下民间文学学术史研究的薄弱环节;同时也彰显了他们实事求是的学术态度与学术品格。

此外,他强调了自己这一代学人的成长经历、学术责任与历史使命感。他说自己在大学期间就听"三个傣族歌手唱北京"波玉温、康朗英、康朗甩的报告,深切感受到将各民族丰富多彩的民间文学公之于世的责任,"要为少数民族做事,深刻在脑子里","使长期被淹没、长期被看不起的少数民族文学登上大雅之堂"视为毕生的追求。他一直不忘初心,希冀通过学人的努力将其发掘出来,"变成文本,变成书,推出去……让更多国人知道这些东西"。

（原文刊发于《中国社会科学报》2017年9月18日。收入本书时对个别表述进行了修订。）

（二）学人访谈录音资料誊写①

1. 梁庭望先生访谈日志与访谈录音誊写

2013年6月课题立项后，多次见到梁庭望教授，并于2014年和2016年登门拜访。第一次拜访主要聊了本课题相关的一些内容，梁教授在访谈中多次提供相关参阅资料。第二次拜访则是在2016年4月28日，在长达90分钟的时间里，梁教授围绕他自己求学经历，以及在中央民族大学留校后的少数民族文学搜集、教学工作展开。具体笔者将此次访谈的录音誊写附于下文。

访谈时间：2016年4月28日

访谈地点：梁庭望教授家（中央民族大学家属院小区）

访谈人：毛巧晖（以下简称"毛"）

协助访谈人：李斯颖（中国社会科学院民族文学研究所副研究员，以下简称"李"）

被访谈人：梁庭望（以下简称"梁"）

毛：我看到您最早刊发于《文艺报》的《关于文艺问题的我见》。在五六十年代，您还发表过其他文章吗？

梁：等下我给你个材料。

毛：好呀好呀，太好了。

梁：当时访问（中央调查团——笔者注）对我们是有影响，因为高中生呢，原来我们在老家，听了很多的传统故事、民歌，并没有注意，那么突然有人来访问，就这个事搞座谈，就觉得这个里面有点文章。后来考民族大学，这个有点影响。

毛：哦，因为我当时还在想，您怎么就考民族大学，而且是考民族语文系？

梁：对，那个时候一般学生都考理工。

毛：对对对，那时人们还是觉得有技术更重要。

---

① 本部分为学者访谈录音资料的整理，除个别口头词语、表达重复外，不做修订。

梁：那时候有一句话"学好数理化，走遍天下都不怕"。所以当时我考民族大学的时候，很多学生都觉得很奇怪。

毛：哦，当时民族大学在全国的影响并不是很大吧？

梁：不大，影响不大。另外呢，当时我的数理化挺好的，结果人家说数理化挺好，为什么你不考呢？但我有点小的主意，一个是有点意识了，在民族方面有点意识了。另外我想来北京。哈哈哈。

毛：当时为什么想来北京啊？因为我觉得南方人不是很愿意来北京啊？

梁：是，一般不愿意，但是还是比较向往首都嘛。虽然刚建国。

毛：是吧，就不像现在人们对首都的概念。

梁：对对，不一样。

毛：不一样，是吧？

梁：那时候，一提首都，是非常神圣的。

毛：对对对，我觉得最主要是神圣的。

梁：对，神圣的，所以跑来了。

毛：因为现在的南方人，他们愿意在广州，愿意在上海，很少愿意来北京的。

梁：对对。

毛：因为我觉得，当时这种宣传又不发达，您能知道，肯定和您的中学有关系。

梁：和中学有关系。

毛：您应该是在广西最好的中学了吧？

梁：对呀，我们的老师三分之一是海归。这个中学很特别的。

毛：哇，那很厉害的。

梁：中学哪有那么多海归，大学都没有那么多。连教地理的老师，都是剑桥大学毕业的。

毛：哦，那广西的精英都在那儿了。

梁：对，是一个精英的高中。

毛：那是国民党办起来的？

梁：国民党省立高中。

毛：省立高中？就是全省最好的高中了。

梁：到现在有一百多年了。

毛：它现在叫什么名字呢？

梁：叫武鸣高中。

毛：哦。

梁：武鸣现在是南宁市一个区，叫武鸣区了，原来叫武鸣县。原来，那个县城离南宁市有四十公里。现在就连上了。

毛：现在就很近了。

梁：嗯嗯。

毛：怪不得，我觉得就和当时的教育有很大的关系，和您自己当时中学受的教育。

梁：对对，受的影响。因为受影响，后来给《文艺报》写了一封信。那个时候，这封信当时是批胡风的风潮中。但是我们当时是没有对胡风说什么话，因为我们不懂。但是呢，当时说胡风是反对共产党的，这一点我们就不同意了。不能反共产党，从这个角度写了一封信，后来《文艺报》登了我这封信的摘要，没有全部刊发。这是我第一次在报纸上发表文章。

毛：那是很激动，《文艺报》在全国影响很大，您当时又那么年轻。

梁：那时候确实，《文艺报》很厉害！

毛：《文艺报》就相当于刊发新中国认可的文艺作品，当时在全国有引领意义。

梁：后来1957年到了北京以后，1958年到1959年，我们搞田野调查。

毛：1958年、1959年田野调查？

梁：1959年搞的，因为当时我们学校有一个规定，我们的本科学生必须有半年以上的田野调查。

毛：当时就有这个规定啊？

梁：有这个规定啊！我是班长嘛，我就跟着我们班的同学一起到民间搞调查。调查的大部分材料都是民间文学。因为语言调查，我们要用文学的材料，它里面得有语言，很多词汇都有。

毛：当时您是去做少数民族语言调查？

梁：但实际上调查的是民间文学。

毛：哦，实际上内容是民间文学？

梁：嗯，内容上是民间文学，通过民间文学来了解用词的情况。

毛：当时带队的老师是谁呀？

梁：当时是韦星朗。

毛：他是哪个民族呢？

梁：是壮族。

毛：也是壮族。

梁：姓韦，星星的星，明朗的朗。总带队是他，但是到了地方后，我们就分为两个小组。两个组，有一组就是韦老师带的，另外一个组就是我带的。我是班长，所以我带另一个组，完全独立。我们前后走了十几个县，一共八个月吧。

毛：八个月是吧？其实当时做田野调查时间还是很长的。

梁：确实很长。

毛：不像我们想的，不像现在有的很短暂。

梁：不不，而且都很艰苦的。

毛：对，当时调查条件也不好。

梁：不能住旅馆，没有钱。那怎么办呢？我们自己背个蚊帐，一个很薄的一个薄被子，都自己背。然后到哪个地方呢，借一个学校。白天学生上课，晚上我们借一个教室，打地铺睡觉，没住过宾馆，从来没住宾馆，那个时候就这个样子。

毛：哎哟，那当时确实是很辛苦。

梁：对！然后呢，到乡下去找老农民，找他们采录民歌、采录民间故事。

毛：比较可惜的是，这批资料可能都不在了，是吗？

梁：这些资料不在了。

毛：这批资料在的话就太珍贵了。

梁：当时用的都是国际音标。

毛：当时很规范。

梁：嗯，很规范的。因为有的是用新的壮文，拉丁壮文来记，有的是用国际音标。因为有的时候，有些地方听不太清楚，记不太清楚，汉语注音拼不出来，用汉语拼音拼写也不是很规范，我们就用国际音标。那个材料非常宝贵。后来我们专业开的课程，那一段材料就奠定了基础。八个月调研，后来毕了业，我留校。留校后我教壮族文学。教壮族文学没材料，那怎么教呢？当时，整个壮族都还没有多少材料，找不着。所以1963年到1964年，差不多有一年的时间，我又到广西乡下去做了一年的调查。这次记录了很多材料。

毛：哦，用了一年时间。

梁：对。

毛：您去的广西哪儿呢？

梁：广西好几个县，柳州地区、南宁地区，还有百色地区，还有个地方叫河池地区。就这四个地区里面转。收集了不少材料。没有这个材料后来就没法工作了。

毛：您后来写的广西民族文学史的和壮族文学史，就用您自己调查的材料？

梁：用，特别是后来有一个比较有名的《传扬歌》，这是一个讲伦理道德的长歌，那个歌就是1963年在乡下得到的。当时我抄下来了。1966—1976年散失了，我后来也没找回原本。

毛：这就太珍贵了，那一时期很多材料都丢失了。

梁：那个时候我们很多部门不懂这些东西，他们一看以为是封建迷信的东西，一筐一筐都烧了，包括师公的经书。壮族师公的经书不是讲神讲鬼的，全部是民间文学。比如举个例子。有三兄弟变神，为什么说变成神呢？这三兄弟呢就很穷，很穷的时候呢，他们有时候就是开荒，开荒放火烧山，结果那个火湮了，飘到天上去了。天上的玉帝一看到这火湮了，就知道三兄弟很穷，后来就给当地弹那个银子，说你们太穷了。结果三兄弟太贪婪，谁都想独得，你害我，我害你，最后三个人全死了。全死以后，这个金银就变成石头，后来呢，这三个人呢，死了以后呢，在阴间反悔了，就说我们后悔了，不应该互相害，兄弟之间应该情同手足，不能互相害。因为他们后悔了，所以后来把他们敬为神。凡是兄弟，有什么矛盾，要敬一敬他们，可以缓和矛盾，师公经就是这样的。

毛：这个很有趣。

梁：是呀！都是这样的故事，都是讲一个人的一生他遇到什么问题，后来他处理得比较好了，被人家尊敬为神，都是这样。它没有说一般的经文，所以现在呢，七八年前，我开始在广西做一个大的项目，就是师公经书译注。这个经书我们搜集了很多，从里面挑了三百八十多本，其中有一本，是用南方的纱纸①，纱纸和宣纸差不多的。用纱纸来抄，一本一本。但每一本里面他有好几部诗，不是一部，加起来一共有八百多部。八百多部，现在我已经校对完了，我出版出来大概有这么长（做了手势）。

毛：光这个校对工作，您也是很辛苦。

梁：用了好几年，它是这样，它的原文，得保存原文，我们搞的原文是手刻本，一字不改，完全是原文。就是认为有些地方抄错了，也不能改，可以在注解里面讲这个字可能是什么字，但是不能改。这个在等下我给你讲的时候，讲一个教训。五六十年代时期的一个教训，"乱改""乱加""乱减"。然后呢，下边一行是国际音标。第三行是新的壮文，就是拉丁壮文。第四行就是对译，一个壮字对一个汉文。第五行是意译，因为对译有时候你还不懂的，意译把意思弄出来。你比如说在壮语里边有一个词，翻译成汉语简单地翻译就是"下梯子"。"下梯子"翻译成汉语真正意思是"出嫁"。因为出嫁的人一般住在二楼，就需要有一个梯子，"嫁出去"要下梯子，所以把出嫁叫作"下梯子"。如果光有对译，没有意译，别人不懂。

毛：所以他们现在就说这个对译，要求科学对译，我觉得必须得有意译，如果没有意译，像您刚才说的这个，根本不懂。

毛：五六十年代，您调查的时候，您发现过这种师公的书吗？

梁：发现过。

毛：但是您没有专门……

梁：当时不敢。

毛：还是担心它是迷信？当时您已经看到了。

梁：看到了。不仅看到了，因为在解放前，我们在小的时候，师公做道场啊，师公们念经的时候，一大本，早知道。

---

① 纱纸的原料是壮族地区特产的纱木树皮。这种纱木是生长于石山石缝中的一种灌木，高3米左右。其树皮柔软坚韧，表皮有一层茸毛，去其表皮后，内层是乳白色，经石灰浸泡后捶打成浆状，可制成洁白柔软的纱纸，质类宣纸，故可代宣纸。古壮字古籍都是用纱纸抄写的。参见中国民族图书馆编《中国少数民族文字古籍版本研究》，民族出版社2018年版，第114页。

毛：你们小的时候就经历过。

梁：经历过。壮族有一个特点，就是他有一个叫师公教，师公教在人去世以后必须做一个晚上到三个晚上的道场。然后念经，我说的那些经文，从头到尾按它的仪式，全部仪式，念这种经。把这个经念完了。

毛：是不是现在说的麽经？

梁：麽经是另一个教，麽教。

李：对于壮族史诗的韵律研究，您如何看？

梁：韵律研究，挺好。

李：对，因为它从古越人歌开始都是那个压脚韵嘛！

梁：但是它还不是最典型的，还没有完全典型。它有一部分的压脚韵，有一部分不是的。说明当时这个韵律是在形成的过程当中，到了师公教以后，就全部都是规范的韵律。

毛：师公教你好像没写过。

李：师公教没有，那块涉及的少。

梁：在小李（李斯颖）的老家，师公教非常风行。

李：对对对，下一步我就转去做师公教好了。

梁：师公教可以赚钱，哈哈。

毛：比麽教要兴盛是吗？

梁：比麽教兴盛多了。

毛：那是不是在原先壮族中间，最主要的就是师公教呢？

梁：不是，它是分地区。红水河的中段、中上段和右江是麽教；红水河的中下段，南宁地区、柳州地区、河池的东部都是师公教。它是不同地点。

李：梁老师原来采用过师公教的那个经文。

毛：刚才我们就在说那个经文，梁老师都已经注译了好几年那个了。

梁：广西的宗教有四大块，不一样的。一块是麽教，就是西部地区；然后中部地区是师公教；南部地区是佛教；东南部地区是道教；它是四大块。

毛：那就是相当于按照地区分的。

梁：对，按照地区分的。

毛：是这个样子的。那您在五六十年代调查的时候，这些东西看到了，但是您也不敢记录，也不敢把经文留下。

梁：当时不敢记录。

毛：当时调查是什么标准呢？让你们出去调研的时候，有没有什么标准？

梁：我们当时去调研，要的主要有两个东西。第一个是民歌，第二个就是民间故事、传说故事，也包括神话，戏剧当时都没有涉及。因为戏剧里面古的东西比较多，有时候有些东西不让演。

毛：当时戏曲改革，很多也是和这个有关系。

梁：师公的经书是一堆一堆的，后来烧掉很多。

毛：那就是五六十年代存在的更丰富一些。

梁：我1963—1964年在农村转了一年，转了一年回来写了一篇文章，结果是挨批。那个文章就是写铜鼓上的青蛙立雕。但里面有一段话呢是和郭沫若的不太一样。郭沫若说壮族的铜鼓是下水道的盖子，我不同意这个看法。所以我的文章里就写我不同意郭沫若的这一意见。结果刊物不仅不用，回了一封信把我批了一通，说年轻人怎么那么狂，敢动那么大人物。我这个文章被压到箱底，后来不敢写文章了。我这个文章压到箱底，压到1981年才修改，1982年发表到广西的学术论坛。这个文章现在成为壮族研究图腾的代表作。

梁：郭沫若到广西去参观，回来以后，别人访问他，他把文章登在《光明日报》上，《光明日报》上他的文章倒是有意思。铜鼓上的青蛙立雕有可能是图腾，后来又否定了，也可能不是。然后说，这个铜鼓是下水道的盖子，没什么用。这么讲，我觉得有点不大对头。所以，我文章里就说，我不同意郭老先生的意见。

毛：当时您投向哪儿了呢？

梁：当时我投向个什么刊物，现在叫什么刊物，也是民间文学的一个刊物。

毛：不是投给《民间文学》吗？

梁：好像是。

毛：应该是吧，那时候基本这类的还是投给《民间文学》。

毛：当时就是注重教书育人，不注重写文章。

梁：所以当时八九年，我是经常学习发表在校刊上的文章，我们学校那个时候已经有校刊了,那些文章都是歌颂型的。

毛:对对对,那时候这类文章较多。但要能把1963—1964年那一年调查的东西整理出来就好了。

梁:是,也不容易着呢。1963年,我到广西去做调查的时候,遇到的难题可多了。

毛:遇到什么难题了?

梁:其中有一个是黄勇刹的嘹歌里面唱的一段。这个当时已经翻译出来,登在报纸上,影响很大。所以1963年,我去的时候,我跟黄勇刹要原稿,我说你把那个原稿给我,我拿去教书,因为我们壮语言这个专业要教的。结果他不给,坚决不给!为什么坚决不给呢?因为1961年电影《刘三姐》公开上映了,这个电影,黄勇刹跟着电影,跟乔羽一起。他们俩合作了8年,所有的,那么漂亮的词绝大部分都是他弄得。乔羽不懂得民间文学。但是乔羽可以出主意,比如这首比较好,那首比较好,评论是他的本领。当时这个歌,因为黄勇刹到乡下去调查,弄了《刘三姐》的歌,弄了《思凡》的歌,从那里面挑出来,挑出来以后呢,让乔羽评价合适不合适。

毛:那相当于是乔选择的?

梁:对,所以这个电影呢,按理说它应该有个注解,说这个电影要根据,比如说根据柳州有个彩调团,这个团里面的人进行了创作改编演唱,应该有这么一句,结果没有。也没有提到黄勇刹,作者光是乔羽。这个告到现在都没完。

毛:对呀,我看现在《刘三姐》那个资料里也没提黄勇刹,就提的是那个彩调团。他可能伤心了,所以您去了,他也不给了。

梁:伤心了,为这个事不给,说你们北京来的人不可信。后来,这个事告到卢迪那个地方去,后来卢迪说,年轻人嘛,要教书,你还是给他吧。我给他做一个保证:"这个书、这个资料,我只拿来教书,绝对不翻译、发表。"我向他保证,后来我做得到,我不做这个事情。后来拿它教书。

毛:当时卢迪是广西自治区文化厅的厅长。我看到他的资料挺多的。

梁:后来为这个事,告到他这个地方去了。

毛:当时下边可能会经常遇到这种问题吧?

梁：经常遇到，到乡下有时候不给你。

毛：您是壮族，他也不给？

梁：不给。因为当时搜集民间文学，已经形成一个风潮。大家知道里面有宝贝，既然有宝贝，不能随便给你。

毛：就是说大家当时已经意识到这是一笔很重要的财富？

梁：因为，当时建国才几个月。1949年新中国成立，到了1950年的四五月份，就建立民间文艺家协会（指中国民间文艺研究会），那很快了。

毛：对对对，时间很短，是最早成立的一个协会。

梁：对呀，一成立以后就开始搜集民间文学了。一搜集民间文学，比较有脑子的就知道里面有东西，所以不能随便给。我到乡下去挺艰难的。有时候找一些老人要做调查，你得给他挑水呀、给他打柴、给他服务一个星期，然后慢慢地给你透露一点资料。

毛：那我们还是有误解呀，我们还觉得五六十年代容易调查。

梁：不容易调查。

李：是不是他们也害怕？

梁：也有害怕，特别是师公，非常害怕。

毛：师公可能就害怕，他们这是特殊职业。1958年，新民歌运动的时候，广西民歌的调查肯定是非常丰富吧？

梁：当时是由民间文艺家协会，当时由他们调查。

毛：当时不是新民歌运动？广西的民歌又这么丰富。

梁：当时调查呢，一共有三个系统参与。一个系统呢是文学系统，是民间文艺家协会，当时黄勇刹、蓝鸿恩他们弄的。

毛：他们是广西民间文艺家协会的。

梁：对对对，是文学界这个领域里面的。第二个是新闻媒介，新闻就是当时的广播电台，广西人民广播电台，还有报纸都登一些民间的诗歌，还有登了民间故事。他们有自己的一个搜集的系统。第三个系统是高校的系统，现在叫广西师范大学，由他们来弄。广西民族大学，当时叫广西民族学院反而没怎么参加。

毛：当时可能是和国家的这种分配任务是有关系的。

梁：当时它的领导呀，可能有点民族意识不浓，到现在也不浓。广西民族大学的民族意识，说是搞民族，但是对民族的研究意识呀，这个不如广西师范大学。

毛：这还真是，就包括现在民间文学这块，广西师范大学做得不错。

梁：广西民族大学现在研究的人也不多。

毛：对，现在他们引进了陈金文。

梁：但是比广西大学要稍微好一点，广西大学更差。我刚回来，帮他们建立一个民间文化的研究中心。

毛：这好奇怪，因为一般来说是民大，一个地方少数民族民间文学主要还是民大承担。

梁：广西有一个问题，广西没有把民族当作一回事。

毛：可能壮族人数也比较多。

梁：人也多，在广西它显不出来。服装也没有了，除了讲话有点口音以外，别的没有什么东西。

毛：会讲壮语的现在还是挺多的啊？

梁：会讲壮语的一千五百万。

毛：那是挺多的。

梁：一千五百万里面大概有两百多万已经不懂了，全部讲汉语了，就城里面的。然后这一千五百万里面也有几百万大概是双语。然后有八九百万，基本上汉语是不懂的。

毛：那还真是很多呢！

梁：很多，但是广西都没有重视。我们之前呼吁过，广西电视台应该有壮语频道，到现在没有落实。

毛：新中国成立之后，广西是很活跃的一个省份。

梁：所以最近呢，我在广西听到一些很不好的说法，他说中央电视台极少关注我们广西。

毛：我感觉在五十年代，广西很活跃，它的受关注程度，还有它的文艺，在全国都影响很大。

梁：嗯嗯。另外，桂系军阀时代，广西在全国也是有名的。蒋介石吃不了他，后来不得不让李宗仁当副总统、代总统。抗日战争中三次大战，就是三次打赢日本的胜仗，三次里面有两次是广西人打的，就是桂系打的。一个台儿庄，一个昆仑关。

毛：对，这个确实是，桂系军队确实很厉害。

梁：后来别的军队打的长沙、武汉，那垮得一塌糊涂。

毛：就是没有想到。因为觉得南方人吗，大家都觉得北方人是骁勇善战，没想到南方人也是很厉害的。桂系军队很厉害。

梁：后来台儿庄的时候，美国人来访问，说这个地方打得很厉害，来访问。看到广西人冬天的时候都光着脚，都没东西呀！但是他的兵能吃苦，而且能跑能跳，他们是山里出来的。另外，打仗，他们动脑子。他不是拼体力，是动脑子的。

毛：嗯，是智力和体力双赢的一个部队。

毛：我还发现五六十年代，广西在机关报上——《人民日报》《光明日报》，还有当时民协办的刊物上，广西的资料是很多的。广西非常活跃，和八十年代以后完全不一样。

梁：广西当时是两个轰动，一个是刚才我们讲的搜集材料。搜集来了以后呢，就要用，怎么用呢？它的几种用法。一种是翻译，当时已经开始有人翻译了。第二种是改编，比如说民歌，给它进行改编，或者翻译出来，那时候叫作整理。另外一种，用这种材料来改编、创作，比如韦其麟的《百鸟衣》，当时在全国轰动一时。因为当时很少，这么一个大的长诗，而且当时都被译成外文，包括俄文、英文都译出去了。

毛：它在国际上影响都很大。

梁：都很大的，因为1955年、1956年，新中国刚成立，没有几年，就用这些材料，这是一种。到了60年代，1959年、1960年开始创作《刘三姐》，1961年曾经搞过整个广西的《刘三姐》的汇演，就各个地方都来表演，轰动一时。

毛：对，我从李斯颖那借的资料，就是关于《刘三姐》的资料，当时可是排了不少《刘三姐》的戏呀！各个地方，然后再选出来参加全国的会演。

梁：当时它是两种，一种它弄电影了，另一种是歌舞剧。歌舞剧大概在全国巡演了整整一年。然后进了中南海。能进中南海，毛泽东都来看了，当时能进中南海的戏是极少极少的。

毛：而且你看，《诗刊》这种主流的刊物都办了座谈会。

梁：我1957年来的时候，到北京的小胡同和街道上，随时都可以听到《刘三姐》的歌声。

毛：那时候的影响可真是轰动一时。

梁：当时轰动的不光是《刘三姐》，还有好几个彝族的、白族的。《阿诗玛》也很轰动。

毛：您看，虽然说现在咱们的传媒非常发达，但没有一个能够像当时《刘三姐》《阿诗玛》这样轰动，有影响力。

梁：我们现在的诗人、作家也没有像当时轰动的人物了。

毛：没有……

梁：阿来有点轰动。

梁：还有吉狄马加。但他们也没有达到老舍那个程度，也没有达到玛拉沁夫的程度。

毛：我觉得这和时代也有关系。

梁：现在多元了，文化多元了，传播媒介也多样。

毛：当时就是让各个少数民族诗人，还有包括搜集，目的也是希望能展示多民族文化。

梁：五六十年代，为什么那么注重少数民族呢？有个原因就是像毛泽东、周恩来、邓小平，他们都是经过民族地区的。贺龙在民族地区起家的，邓小平在民族地区起家的，长征的过程里面也走了民族地区，而且得到帮助。红军经过彝族地区是得到了帮助。后来，到了延安以后，北边全是少数民族。

毛：我估计这个因素很大，因为他们走的地方多嘛，所以他们已经感受到、意识到少数民族对于中国的意义，否则的话，像国民党他吃亏也就吃在这个地方。

梁：所以这样的话呢，当时对中央来说，对少数民族的生活、经济、文化都特别关注。当时，我们来上学。1957年来的嘛，学生的吃住全包了。

毛：都是免费？

梁：不仅免费，每月还给8块钱的零用钱。我上高中的时候，我拿甲等学金是9块钱。9块钱里面7块钱是交伙食费，这个月吃7块钱就够了，剩两块钱呢，把它积累起来，买一件衣服，买一点日用品，买一点文具够了。所以8块钱很多。拿了一年以后，学生还是觉得挺多的，后来大家集体又提了建议，"学生不要发那么多，减到三块"，自己要求减的。因为觉得国家确实也困难。

毛：对，1959 年、1960 年那时候自然灾害开始出现了。

梁：要抗美援朝。你像我 1951 年上的初中，上初中以后，当时就给 9 块钱，当时 9 块钱已经了不得了。新中国刚刚成立，财政非常困难，这个时候，我们学校里面的学生，当时我们四个县一个高中。高中里面家比较穷的学生，国家都给钱。当时刚刚建国，又抗美援朝，没有钱哪！困难得不得了。

毛：其实当时中原地区特别困难。政府还是给少数民族地区资助挺多的。您当时来了之后，学壮文，当时壮文不是刚刚有吗，然后您就学了新壮文？

梁：对。

毛：当时，我看时间是您到北京上学那年，才有新壮文。

梁：新壮文是 1956 年通过的，1957 年我们来的时候刚刚通过了一年，还没有怎么用呢。

毛：当时大家都不认识新的壮文吧？

梁：当时轰动一时，壮族历史上没有通用的文字，有过古壮字，但是不通用。好不容易有一个通用的文字，当时一下子扫盲扫了几百万。

毛：当时在各个地方都办识字班、扫盲运动。那当时您上高中的时候，应该上的是汉语的学校吧？

梁：汉语。从初中开始，小学开始就上的汉语的学校。当时，初小、高小教的汉文，用壮话来解释，光用汉话的话大家不懂。

毛：就像我们一样，有的用方言，说普通话还听不懂呢。

梁：到了初中二年级以上，才能用不标准、不流畅的汉语来回答老师的问题。一年级都还不行。我们就这么走过来的。

毛：就是刚开始就相当于是用汉语教你们，但是要把汉语的内容用壮话解释？

梁：是呀，你用汉话来解释，不懂呀。因为我们在家里面一句汉话都不会，一个汉字都不懂。上学的时候，教的又是古文"人之初，性本善"，那你怎么办？

毛：那更是脱离了，完全和你们的语境脱离。

梁：完全脱离了，而且我们那个学校用四书五经，老师用四书五经来教。

毛：还不用后来推行的新的教材？

梁：不用不用，我这个老师厉害，教四书五经。

毛：他是一个汉族的老师吗？

梁：壮族。

毛：也是一个壮族的老师？

梁：每天都教一句话，教一句话得背。背完了，我们那个教室就一个门。背完了，到下午要回家了，老师拿一个桌子把这个门一拦，往进一坐。学生从里面出来，就背。谁背得了从下面钻着回家，背不了不能回去！所以学生非常烦这个老师，给他编了一个顺口溜："人之初，老师哭；性本善，老师吃冷饭。"这是翻译成汉语，当时大家讲壮语："人之初，老师……，性本善，……"（原话为壮语）

毛：就是壮语编的顺口溜笑话老师。

梁：现在我是非常感谢这个老师的。

毛：传统、国语的基础。

梁：传统的文化、道德都是这个老师教我的。我们记得他一辈子。

毛：对对对。他应该也是受了古文教育的？

梁：接受的古文教育。这个老师后来奠定了我们国学的基础。虽然教的很少。他一直教，后来到高小，碰到一个姓王的老师，还是教这一套，不是教的国民教材。一直教到《左宗棠家书》，教到这个时候。而且教，当时像《愚公移山》早就背了，在小学就背了。

毛：对呀，那时候其实这种教育对孩子才是永久性的。

梁：永久性，一般它里面有叫作《故事琼林》（应为《幼学故事琼林》），里面有一句话，大意就是"忍得一时之气，免得百日之忧"。所谓的"忍得一时"是过就过了，如果这时你忍不了，你这一百天都过不了。影响很大！后来要跟人家打架，就想起这句话，不打了。

毛：我看他们访谈您，说您家里比较困难，是吧？

梁：很困难！

毛：但是您上小学什么的，都是哪儿负担呢？没有学费吗？

梁：没有，没有任何学费。小学的时候因为我们家情况特殊。我是抗战那年出生的，1937 年。我们家只有唯一的一块好地。那一年家里实在是穷的不得了，后来我父亲就把地当给一个大地主，结果那个地主写了个契，地契里面，本来它是当据，把"当"字写成"绝"，绝卖了。本来是"当卖"，他写成"绝卖"了。我父亲不认得字啊，把那东西拿来，过了几年以后我们再去要赎这个地的时候，拿出来一看，是绝卖，这个地是丢了。后来我父亲就说我们受人家欺负就是因为不认得字，所以说再穷也送去上几年小学，是这样！每一年，因为那个小学离我家大概有四公里，很远。每天早上开始是我父亲或者我姐姐送去，后来我自己就去。没有什么，我们还是非常困难的，家里也都没有吃的呀，用竹子来编这么一个小盒子，然后里面，我们家是没有田的，做点玉米粥，粥里面放点盐，打在我这个小盒里，我就带去，中午饭就吃它，就这么过的，五年。

毛：哎哟，那真是好艰苦，当时那是家里就觉得一定要让您读书。

梁：对，是这样呀，因为吃了亏了。

毛：就是因为这个地契看不懂，然后被骗了。

梁：对，被骗了，所以说我是偶然才能上的。没有这个事件上不了。

毛：对，因为当时我估计大家还不是很重视上学。

梁：我们那个地方不太一样。我们那地方，上学的风比较兴盛，不知道怎么回事，那个地方和他们（指李斯颖）那个县市，那个县有一个塘红这个地区，跟我们那一带不懂得怎么搞的，都有一种上学的风。

毛：肯定还和祖上有关系。

梁：对。整个那一带，有一种上学的风气。

李：他那边有个状元村嘛。

梁：那一带有上学的风气。所以我们这个县是个穷县，她（指李斯颖）知道，比他们县要穷一点。但是我们县在广西文化界是有名的文化县。

毛：哦，就是出的文人特别多。

梁：嗯，文人、专家、作家，而且都是全国的知名人物。歌唱家我们有好几个，民族歌舞团、广西歌舞团，好几个。唱歌的都能单独做一台戏。

毛：这个还真的是和地域有关系，就家里人这个……

梁：然后广西的比较有名的大学里面都有我们县的人当教授，很怪的一个县。

毛：哎，对，就是这种好奇怪，经济并不是很发达，但是它就是重视教育。

梁：有一个河南的人到我们县里面，倒不知道到哪工作，后来到我们县里面当副县长。他是下放到那儿体验。听着这个县里面还有博导，他觉得很奇怪——这个县怎么有博导？

毛：因为大家还是有一种偏见。

梁：后来他跟我一交谈以后，他很多学问都不行。

毛：是呢是呢，因为我们，就是包括我，老觉得挺突然的，因为老觉得边远嘛。

梁：对，嗯。

毛：嗯，大家不了解。就觉得边远地区，可能对文化不是很重视。我发现现在就是广西、贵州、云南都有一些这样的地方，都很重视文化教育。就是过去很少关注。因为我看到您的访谈，然后我看到您说这句话，就是说家里边一定要让上学。

梁：上学。上学老受欺负，因为我又瘦又矮又小又穿破衣服。我们那个小学里面，有一个国民党的一个科长的儿子，也在那儿上小学。每天来的时候，他拿一个拐棍，一个大的拐棍，它有一个把，一拧里面有很长的一把刀。拿着拐棍，经常威胁穷人家的孩子。然后在他周围啊，成立了一帮专门欺负人的学生。那我挨着他们打，有时候都打，闷到田里面差点闷死了，都到那个程度。打我最凶的那个，他是五年级，我刚上学，我是一年级啊，五年级欺负一年级。

毛：啊，那年龄也相差太大。

梁：后来到1952年吧，那人参加土匪被枪毙掉了。

毛：哦！你看他这个品行……从小就不好！

梁：那个人被枪毙的时候，我还去送他一程呢。

毛：对对对，那时候真是……因为我们当地的小学吧，很多都是就是某一个地主家办的，不是说是这个村子里办的。你们那儿也是吗？也是这种……

梁：我们倒是当时国民党政府办的，但是这个小学里面一般都被当地的某个势力给垄断了，都是这样，嗯，都是垄断了。

毛：是吧，我们当时就是类似于像私塾一样，你像贾芝、贾植芳他们吧，小的时候就在自己家，相当于他们家自己办的那个学校，请的先生，然后村子里的小孩都在那儿学习。但是可能上到三四年级，就像您说，可能就去政府办的国小，当时叫国小。然后再上初中，再上高中，才到这种国民教育的这种……当时可能学费也不算高。

梁：当时那个小学没有收学费，到了高小才收学费，高中有两年。我在高小被赶出来了，就是因为交不起学费。我应该是1948年年底，还是1949年年初被赶出来了，当时期末考试，因为那时候我们没有钢笔，都是用毛笔的，我这么写的时候有人从后面把那个毛笔一抽抽走了，弄得一手都是墨，我说为什么抽走？说你没交学费，不能考，给赶出考场，我就回家了。回家正好，正好游击队……

毛：解放了？

梁：没有，还没解放，我们那个地方是单独解放两个乡，单独解放。单独解放以后，后来，当时为了搞一个儿童团，类似儿童团，就从我们这帮孩子里面，家比较穷的孩子里面抽了一部分人建了个儿童团。我参加儿童团，大概，我们都做了六个月，六个月以后才解放的。实际上我是可以申请离休的，但是我没有申请，因为解放的时候我上学了。广西有个文件：解放的时候你上学的就这么离开现在的岗位了，不享受离休。所以我没有申请。

毛：对呀，这么早参加工作……

梁：相当于我参加了六个月，我记得脸上有伤的，有伤口。

毛：对，这都是参加革命的。

梁：是呀。

李：当时儿童团做什么工作啊？

梁：儿童团，我们当时小，解放区给我们两个工作：一个到路口去查行人，因为当时国民党有特务往里渗透，这是白天的工作。到晚上呢，然后我们都到各个村里面给老百姓讲文件。所以就小时候都懂得汉语呀！然后在石头上、房子上写大标语，用大的竹子，竹子的一头给它扎烂了，拿一个灰桶，这一沾，往石头上写"中国共产党万岁"。有一次半路上碰上国民党的特务了，特务渗透到我们解放区里去了。一看我们这帮孩子，我们是一个游击队的一个受伤的队员来带领我们这几个孩子，也不多。特务给我们打了两枪，我们就赶快往玉米地里跑、躲。躲进玉米地里面，我就摔了一下，结果我这个手啊砸到一个石头棱里面，拉了一个大口子，现在还有。好几个月没好，没有药啊。我们干了好几个月这个事。

毛：写标语，很危险，其实当时年龄又那么小，还没有保护自己的能力。

梁：我还有一个特殊的任务：为县委书记送信。县委书记的父亲跟我父亲都是穷人，是拜把兄弟。所以县委书记有时候就躲在我家里面去。家里面有时候他对外送个信给某某人，就让我，小孩去送啊，一般人家就不会怀疑，我来做这事。但那个书记呢，1949年初被叛徒给杀了。那个叛徒，是书记的警卫员。叛徒的哥哥被国民党给逮着了，国民党说你拿你县委书记的脑袋来、来换，所以他这个书记的警卫员叛变了。他有一个晚上，经过红水河边下乡去发动群众的时候，就让这个叛徒警卫跟着他，这个警卫到了红水河边，因为他是两把枪，国民党是一把刀，大刀，拿一大刀从后面砍这个县委书记，就给他推到河里面，尸体都没找着。后来在我们县城烈士墓里面这个县委书记的烈士墓是个空坟。衣冠冢，冠都没有，空坟。后来我没想到县里⋯⋯唉，这个人躲得比较厉害，躲到1963年，我就在那年不是下乡调查，调研经过我们县的那个法院门口，里面正在审判这个叛徒，他躲了十几年。那天审判完了以后，我就听、从头到尾听他怎么杀这个县委书记。

毛：当时广西的国民党势力还是比较强？

梁：厉害，我们那两三个乡吧，搞过个临时的，叫作临时人民政府。国民党把我们包围，包围以后，里面苦得不得了。

毛：是的，我看他们有人写的那个土改日记，在广西还是非常残酷的。经常被国民党的残余部队杀掉。

梁：那时候，我们一年领五十三斤大米，没有盐哪，都封锁了，不让进去。我们很多东西都是经过你们（指李斯颖）那里来的。从宾阳过来，经过兴宁到我们解放区，到解放区进不来。有一个商家运百货进来被杀掉了，把他劈为两半，然后用两个门板把他钉在路口，就是革命摆红旗、白旗的一个路口，钉在那儿，就警告商人别往里面入，别往里送。

毛：从事这个工作很危险。

梁：那很危险，因为我们被国民党包围，包围了一年多，然后还派特务到我们里面。我都没有想到我们会碰到特务。

毛：对啊，你看还有枪啊什么的，所以当时解放区还是非常的……

梁：所以，后来，我们解放要比北京晚两个月，是十二月四号才解放的。建国的时候，我们还没有解放呢。所以，解放的时候，简直高兴得不得了。因为被包围一年多，简直穷得不得了。

毛：主要生活很困难啊！

梁：太困难了！

毛：关键是外界什么联系都没有，想一想都挺可怕的。而且关键是你不知道什么时候结束啊！

梁：我讲的这个再过一段时间，就变成民间文学了。哈哈哈。

毛：我觉得这个是很重要的一部分，可能就因为这个，有可能您对这个整体上的感触……

梁：当时对毛泽东，对共产党已经建立了很浓厚的感情。

毛：这种因为亲身经历过。

梁：所以我为什么1957年要来这里，其中有一个也是想来北京。

毛：对对对……

梁：那可是神圣的地方。

毛：很神圣，它不像现在对首都的感觉，就是一个大都市。但是过去的人，他就觉得……

梁：所以1964年我回到乡下去，也是两种待遇。一种待遇，从北京来好像是和一个神一样。

毛：不像现在这么发达，来的人很少。

梁：在北京一个大学里当老师，在当地很隆重的。后来就找，为什么这个地方，因为我家很穷哪，一岁我母亲就去世了，家里穷的不得了。当地人认为：穷家怎么能出这么一个人物？后来一找，大概他们家好像有一个坟地呀，还能找到我爷爷的坟地。那个村子特别有意思，它那个山是这样的两座山，这里有座山，像一个人的半身，就像一个人这样坐一样。这里有个嘴巴，正好是一个山洞。山洞正好是葬我爷爷的地方。到现在为止，都认为这个地方出人才。这个山周围现在旁边葬满了坟。哈哈哈，真的，我在北京就是一个普通教员，在当地就不得了。

毛：对，当时人就觉得在北京工作不像现在流动性这么强，不是谁都能在北京工作。

梁：当地觉得有点奇怪，因为我和他们相比，文化底蕴、氛围差得多。当然，我后来来了以后，补充学习。虽然跟国学有一点关系，但是并没有打好基础。但现在在民族大学，如果从著作的总量来说，目前没有超过我的。我现在各种著作有 64 种，论文大概 300 多篇，量很大，1400 万字，目前大概没有超过我的。

毛：是的是的，我估计这和您经历有关系吧，特别能吃苦。

梁：那没办法，那只能这样。

毛：包括 60 年代去调查，我觉得调查一年也时间好长啊。

梁：调查那一年收获不少，后来有很多东西都是那一时期积累下来的。

毛：对，对，还是和当时的积累有关系。

梁：五六十年代，刚才讲，那三个系统来调查。调查的资料使用当中也出了些问题，全国性的问题。最大的问题有两个，一个是把民间的作品与创作混淆，不区分。这个像那个《阿诗玛》，这个东西他们都讲成一种民间文学。实际上，我的了解是经过很大的改变，他把好几个版本，这个版本要一点，那个版本要一点，很多东西删掉了。把那些东西拼起来，形成一个东西，这个实际上就是创作。

毛：对，对，对，更多是一个文人的创作。

梁：文人的创作，这样就与民间文学没有分开。有些是可以分清明显是民间创作，有的就是没有分开，某某民间长诗，它是某某民间长诗，实际上是经过文人再创作。

毛：对对，这个应该就是说文人创作的民间文学。

梁：这是第一个大弊病，第二个大弊病是乱加乱减。乱加乱减，这个在改革开放初期，我都还吃过亏。1984 年，我出《传扬歌》的原本，就是中文版，中文版到广西民族出版社，里面有一部分在讲求子，就是人结婚以后要生孩子，后来，那出版社坚决把这部分去掉了，说与计划生育有矛盾。我说明代的东西哪有计划生育呀？后来非得要删，你要出版可以，这部分不能要，后来我只好屈服，为了出版，把这部分去掉。

毛：哎哟，真是。

梁：是啊，都这个思想。这个思想即使在古代，要生一个孩子，要把他保护长大很困难,没有医疗条件嘛。所以那个时候呢,《传扬歌》里有一部分就是要人有一个责任,成家、生孩子、把孩子保护长大,其实这很正常嘛。

毛:对呀,对呀,要说整个人口都是这种状态。

梁:这是乱减嘛,还有乱加,我们广西有位研究者,她是乱加的典型,经常乱加,乱加到什么程度?她发明了一个东西,有一个人到山上去与女情人见面,结果她发明了是两个女情人,不是一个。可是我看原文是一个,原文的壮语是一个,那你加了一个等于加了个小三了,这个东西不像话,这不能这样加的。

毛:对啊,对啊,她本人是什么呢,作家吗?

梁:也是搞民间文学的,所以这是一个教训。乱加乱减,加减的结果,这个国外对我们打个大问号。说你整理的民间文学,我不信!所以现在我搞的东西是搞科学本。我拿一本给你看一下。① 小李,你这个有吗?

李:有的,有的。

梁:给你一本。

李:好,谢谢您!

梁:里面我们就是原本,这个原本里面,如果这个字我们认为抄错了,绝不改,在注解里面,有个注解。这就是我1963年、1964年从乡下搜集来的材料。

毛:就是您下去调查那一年找到的吗?

梁:嗯,搜集来的材料。

毛:就是您当时抄的吗?还是原来的抄本?

梁:这是原来的抄本。

毛:当时您把这个资料保存下来了吗?

梁:保存下来了。保存下来,可是1966—1976年丢失了一些。

毛:后来都还回来了吗?

梁:没有还,找不着了。当年有些材料我是抄了备份,因为我觉得太兴奋了,我怕丢。

---

① 梁庭望先生当时赠送了我一本他和罗宾译注的《壮族伦理道德长诗传扬歌译注》(广西民族出版社2005年版)。

毛：当时您自己就多抄了一份，是吗？

梁：嗯嗯。

梁：后来我去政治系工作，我的专业在语言系啊。所以1977年在政治系工作是很紧张很紧张，当第一把手、第二把手在军舰队、攻坚队，实际的工作都是我在做的，也没别的领导。所有的工作安排，政治系我又不熟悉，工作很难。那个时候工作非常紧张，在这样紧张的情况下，我回过头来，我又把自己的工作拿下了——壮族文学。另外呢，后来研究壮族文学就发现了，光搞文学不行，它的背景说不清楚根本不行，所以扩大到文化，1978年、1979年，我上下班以后回到家，礼拜六、礼拜天都不能休息，用来搞研究，把文学拿来分析它的背景，然后写了一本书《壮族文化概论》，想必你也知道，就是这样来的。

毛：对，当时可真不容易。

梁：政治系是大系，而且来的学生都不是一般人，1977级、1978级，这两级的学生质量很高，有些在地方上都已经是厅级干部了。

毛：对，有的人已经是大人物了，尤其少数民族地区。

梁：我这个副处干部管他，他还不听话，后来我说管你什么官，你到我这里就是学生。要不你别来，你那个官是过去的事，后来没办法我就让马飚来帮我管学生，他当学生会主席，后来他做了全国政协副主席。

毛：对，民大是培养了不少少数民族地区的干部，现在可能很多少数民族地区的干部都是你们学校的学生。

梁：我说，马飚你来帮我管学生，学生太闹了。

毛：对啊，因为这些学生他们的身份又不一样。当时民大也挺特殊的，是军队管呢，不是所有大学，就是民大是军队管的吧？

梁：别的学校也是，军管。

毛：都是军队管呢，当时全国上下可能都出于军管状态。

梁：李克明的小儿子来管嘛。

毛：噢，他就是负责民大的。

梁：对，还是革委会，革委会主任嘛。党委书记，李克明的小儿子。

毛：后来你才从政治系回到文学系？

梁：我在政治系待了八年，就不让我回来。到了1984年，实在不让我走了，我就不要这个官，我就辞掉这个职务，回到原系去了。原系有个教研室，只有两个教员，我就到那个教研室去了。这一次呢，引起了全校的轰动了。

毛：是啊，因为政治系还是大系呢。

梁：一个是大系，当时我把政治系治理得是全民院的标杆系，治理得最好，政治系不放。另外有一些人不了解，因为当时很多人想当官，所以一听当官，就说人家都是削掉脑袋往里钻，而你丢掉身份。还有人问我是不是犯错了，为什么要这样？反正说什么的都有，没想到是这么简单的理由。半路经常有人挡住我，问"你怎么了？"

毛：比较有趣。

梁：而且，当处级干部虽然不是很大的官，到底也是不那么容易。

毛：在学校也是。

梁：当时在学校各个系的领导中，像我那样的年龄只有我一个，其他都是老干部，都是1937年的老干部，只有我年轻，所以1978年、1979年学校里面准备把我提为副校长，当时叫副院长。如果当时提，就是很年轻的厅级干部。

毛：在全国都算是最年轻的了。

梁：1984年的时候我不当政治系主任的时候，也有人问我是不是因为对校领导有意见，我没理这个事就回去了。这个时候我们就准备研究民族文学怎么办。因为原来啊，我们在60年代，当时民族文学有一个任务就是培养人才。但是，60年代，当时有一个编民族文学史的任务。当时我们的研究，局限在哪儿呢，单一民族，因为要编某个民族的文学史，必须把某个民族的历史情况给它了解，都做单一民族研究。中文研究没有做，整个民族文学能不能绑在一起，有没有共性都不知道。所以当时马学良建立民族文学教研室，只有两个老师，我来，就是三个人。

毛：这个民族文学教研室是80年代才成立的，对吗？

梁：1981年、1982年成立的，两个人做不了什么事。我回来以后，当时我就加入这个教研室，因为我这样搞文学，当时也是想扩大到壮侗语族，八个民族的文学。我也想搞扩大，光搞一个民族不行。结果我清闲了一年，到那个教研室一年，到1985年、1986年，我们这个系分成三个系，少数民族语言分成一系、二系、三系。到这个时候呢，后来又给我套上了，我是做三个系的党组织书记。当书记是1986年，这个时候呢，我们民族文学教研室，就是我们三个人就提出来一个建议。

毛：另外那两个老师是谁呢？

梁：一个叫杨敏悦，"敏捷"的"敏"，高兴的那个"悦"；另一个叫王妙文，"妙笔文章"的"妙文"。

毛：她俩是女的吗？

梁：两个都是女老师。

毛：她们都是少数民族吗？

梁：都是汉族。杨敏悦是汉族人，是河北人，她是彝语专业毕业的，研究彝族文化。

毛：当时50年代建专业她就学的彝文？

梁：对，就是彝文，所以她就是搞彝族文学的。王妙文是搞藏族文学的，我们三个人当时提出来要搞民族文学和民族文学史，因为没有民族文学史，在1986年我们系建立以后就提出这个方案。这个方案呢，后来得到马学良的同意。得到马学良同意以后呢，后来，我们就请马学良做少数民族文学史的总主编。

毛：就是当时你们提出来想写中国少数民族文学史。

梁：对对。

毛：总史。但当时我们国家五六十年代主要是族别史。

梁：族别史，现在要搞个综合的、全国性的。

毛：当时，这个举措还是非常大的。

梁：但是难度太大。

毛：对。

梁：因为原来没有过。

毛：开创性的。

梁：对，开创性的。原来没有过，原来有过阶段性的。比如说吴重阳有一个当代民族文学，他不教史，教当代民族文学，就是把作品弄在一起。我们要搞史，这个时候，提出来交到科研处，科研处再把它交给马学良。当时马学良也是我们系的教授了。后来马学良非常同意搞这本书，后来我们就研究。那么这本书呢，就把所有的少数民族能进入的尽量都进入。但你要搞史，难度就比较大了。这个史怎么摆布？当时有好几个方案，第一个方案准备按朝代，按中国的朝代来弄。后来把作品拿来一看，大部分都是民间文学。民间文学里没有时间，没有朝代。你现在要去鉴别这个作品是哪个朝代的，非常非常困难。后来想了想，没有办法，后来就想到社会发展史。当时有一个问题，就是1976年以后呢，有一帮子人随意对马克思、恩格斯、毛泽东，对他们的思想进行抨击。当时对于马克思提出来人类社会发展史，原始社会、封建社会这一套，甚至要推翻掉。现在看来是错误的，错误不少。

毛：对啊，80年代最严重了。

梁：严重。

梁：后来我们就准备按社会发展史。社会发展史是马克思提出来的，后来斯大林、列宁弄出来，我们没有认为它是错的。后来作品一对，按社会发展史阶段能够鉴定，朝代不能鉴定。因为按这个内容，它讲奴隶制还是讲民主制都很清楚。当然你说是唐代还是隋代那精确不了。

毛：对，可以鉴定社会阶段，但不能按朝代。这还是比较科学的。

梁：这个解决了，排列怎么排列？我们翻了很多历史的书，我们一千六百部中国文学史，基本都是汉文学，民族文学基本进不去，所以说得不到东西。里面有少量的少数民族名人在里面，但是并没有打少数民族的旗号。像元稹他们，这个怎么办？怎么排列？那么一般说来用名人来排列。名人，像张三、李四这样排列。少数民族像这样排列要怎么排列？这个名人怎么比？

毛：对，没有可比性。

梁：没有可比性。太难太难了。后来我们就搞分区。当时我还没有提出板块结构。所以说，就按照北方的、西部的、西南的、南方、东南分这五个板块先来，五个板块每个板块里面……

毛：当时就觉得这个太宏大了是吧？

梁：最后呢，我们分片，这一片的作家在一起。北方这些作家，西北和北方还是有点差别的。像北方的蒙古族，跟东北几个民族，西北做一片，然后西南做一片，然后华南作为一部分。

毛：不管是从社会发展的阶段还是从分区，它都经过很长时间的考虑吧？

梁：很苦，很苦。那个弄完了这样分以后呢，其实一个好处，就是各少数民族的作家比较平衡，作品比较平衡。如果都搞名人，到时候藏族、蒙古族、维吾尔族全垄断了。

毛：对呀，对呀，其他的民族可能就……

梁：进不去了。

毛：其实他们在历史上……

梁：这都不行的。

毛：这个在整体上我觉得很难编。

梁：对，对。这就比较平衡了，一般下一步，就是第三步我们就搞作品的鉴定。作品鉴定，首先要鉴定它是哪个民族，有些作品没有写民族，你像《格萨尔》，它五六个民族都有。门巴族跟藏族争这个《格萨尔》还争得挺厉害，所以很难的。还有这个作品，这个人是哪个民族？常常听人家说，门巴是门巴人。其实竞争得很厉害。要把这个人定哪个民族，作品是哪个民族，然后才能定它是哪个时代。这个作品简直堆积如山，有时候我把学生弄到家里帮忙，我们家里里外外全都是材料堆满了。我老伴给大家做饭。

毛：这个工作量太大了。

梁：太累了。后来加了张公瑾，但张公瑾没搞这个研究，他插手不了。当时我的意见呢，杨美月应该让他当副主编，后面因为各种原因未落实。当时就是你没有搞清楚大部头到底能不能搞出来，打个问号，所以把张公瑾给弄去了。张公瑾弄去一看，张公瑾就头疼，往后退。后来，马学良让我来积极处置，从头到尾整个处置让我来弄。

毛：对对对，工作量太大了。

梁：工作量太大，我们从1986年一直弄到1991年。

毛：嗯，这和您五六十年代做调查有关系。

梁：对，有关系。

毛：否则的话没有积累真是做不了这个。

梁：是。然后这个是比较艰难的。

毛：然后像当时鉴定的一些原则都是你们几个讨论吗？

梁：对，讨论，我们讨论。讨论鉴定以后落实，落实以后然后分头去写，但是分头去写呢，比如说按次序：一章、二章、三章下来，很有次序，不是这样的。就是你比如说这一章，这一章里面要分五节，东北的一节，西北的第二节，西南第三，都是这样的。然后呢，再分人去写，写完之后呢，到我这里整合。整合就把我为难住了，各写各的，五花八门，前后颠倒，然后又连不上，然后每一个小节的末尾，还得要有一个小结，一章的末尾要有个小结，这个是没办法，都是我做的。天天夜里得弄到两点。很艰难很艰难。

毛：对对，因为这种呢，第一个要把别人这个完全没有一个体系的东西整理在一起。

梁：第一次做。

毛：毕竟是这么大的，这工程很大。

梁：工程太大了，当时我满房里都是纸啊，有的不要了整个扯掉啊，扯掉重新打，晚上电脑里打。那时候有的让女儿帮打，女儿打得比较快一点。

毛：哎哟，那时候真是，整体上压力各方面什么的……

梁：压力太大了。

毛：对，因为这种完全没有，就是这种开创性的一种工作，做族别史，它毕竟还是要容易一些，以一个民族为中心做出来。

梁：另外当时它还涉及一个问题，史跟论的比例，当时讨论了很久。现在我们这个书，论的比较少，史比较多。当时我们考虑到少数民族的文学，我们一般的学生，包括少数民族生，基本不懂。如果你是搞一般的，理论多了，没有作品，那学生根本看不懂。没有办法，后来就尽量多放作品，理论就尽量简略一点。

毛：当时还是想着主要用于学生的教材。

梁：对。教材你必须要让学生懂，现在看作品的没有，都是看你这个史，他不懂啊。

毛：对，凭空论述他们也没学过，根本不知道。

梁：对，这种情况弄出来。但是当时1991年年初，书出的时候，现当代没有。到了近代，后来马学良去世以前，觉得有点遗憾，说现当代应该有。后来……

毛：当时为什么没有做现当代呢？

梁：来不及了。

毛：就是因为来不及了？

梁：来不及了，现当代的材料比古代还要多。后来没办法，马学良有这个意见我们就要实行,后来我和黄凤显两个人又补了现当代。补了现当代,因为原来那个是80万,补了现当代20万,100万字,到了2000年初吧,整个就完整了。

毛:现在看到的就是完整的。

梁:完整的,这样。但这个书现在看来,从现在来看很简陋,说老实话很不满意。

毛:任何一个做首创性的事情都会这样,因为前面没有参照。

梁:写东西永远是这样,写的时候一样,写完了又一样,都是这样。

毛:是不是时间太久了,梁老师有点累。您休息一下吧,现在五点半。

梁:基本情况就这样。

毛:然后我再有什么不了解的我再跟您聊。

梁:可以。

毛:挺累的,一聊就好长时间。

梁:可以。

2. 刘守华先生访谈

刘守华先生从20世纪50年代开始接触民间文学,到现在一直从事民间叙事文学的研究,在民间故事学领域成绩卓著。从开始撰写此课题,就与刘先生多次接触,在刘先生80岁学术座谈会上曾拜访先生,并就他当时发表的关于牛郎织女文章进行了访谈。恰逢刘先生到北京参加学术评审会议,就联系了他,希冀能再进行比较系统的访谈。此次访谈在漆凌云教授"故事研究名家访谈——刘守华"的基础上完成,在此特向漆教授致谢!

访谈时间:2017年9月2日　13:30至15:30

访谈人:毛巧晖(以下简称毛)

被访谈人:刘守华(以下简称刘)

协助访谈人:李丽丹(天津师范大学文学院副教授,以下简称李)

访谈地点:北京市朝阳区河荫中路如家(望京科技园店)326房间

毛:我对您访谈,还是因为我社科基金课题,我倒是做得差不多了。理论方面的都做了,就剩下一个总论还有最后一部分结语,还有就是尚有一部分学者访谈未做。对于当时参与的学者，能有回忆和反思最好。其实这个还挺难找的，我原来以为还挺多的。像您，当时好多，包括刘魁立先生，张振犁先生都参与过。但是张振犁先生身体不太好，我去年九月份、十月份的时候去见他了。

刘：你这个是哪个项目？

毛：就是专门做1949—1966年民间文学的研究。您当时写了很多文章，我看了漆凌云的访谈，他已经做了很多工作，也问得很清楚。我就是有几个小问题。

刘：你是准备出一本书是吧？

毛：当时课题的结项写的是专著。就专门做1949—1966年这部分。

刘：漆凌云这个稿子给你之后，你打算怎么处理呢？是会发表么？

毛：我就是希望能做个附录，在附录的基础上做成日志式的，围绕几个问题整理一下访谈。因为他（漆凌云）访谈您比较多，所以我要给他署一个名字。我还是希望在访谈的基础上提炼几个问题，围绕几个问题写一下。

刘：我就是想问一下这个稿子是不是单独发表？

毛：没有单独发表，但是《中国社会科学报》有一个学林版约我写。如果您同意的话，我可以专门写一个关于您的访谈。因为我写过朱秋枫，还写过李子贤老师。李子贤老师这个稿子我已经交给他们了，但估计到今年的9月份才能发。学林版一直在约大家写。因为现在这种的还挺不好写的。要访谈学者，主要是希望和学者有个互动和沟通吧。如果到时候写好这个，我发给您，您核对了之后我们再发。

刘：因为他（指漆凌云）跟我访谈比较久，谈了一整个上午，他整理了一下，我大致看了下，我跟他说，因为是访谈嘛，不是说马上就可以发表，你要是全文发表呢，还是要给我核对一下的。访谈嘛，跟发表的不一样。你这个访谈是项目里的？

毛：对的，是项目里的一部分。我希望以几位学者为中心，就选了几位学者。然后我以访谈每一位学者的内容写一段。特别吸引我的是，您当时和李岳南关于牛郎织女的讨论。我看他也问到了，所以我就根据这个再问几个问题。您跟漆凌云提到1950年的时候，您在沔阳师范学院读书。当时就让搜集关于革命的歌谣。您能再大概说一下，当时搜集歌谣的情况吗？

刘：这个我还专门写过文章的。

毛：那您跟我说下，我到时候查下您的资料就行了。

刘：后来这个文章还在一本杂志上发表了。现在我编一本论文集，准备在上海文艺出版社出版。稿子我都有。关于那次搜集，我专门有一篇文章。

毛：是当时发表的呢？还是后来发表的？

刘：后来发表的。等我回去之后我就可以把这个文章专门寄给你。

毛：那太好了！谢谢您。

刘：包括我这个怎么样采访啊，我后来的发表情况都有。大体上是这样的。因为当时我在沔阳师范学校读书，沔阳师范学校后来又改成洪湖师范学校，因为它是在洪湖县——老革命根据地办的学校。当时正在搞土地改革，曾经我们也作为学生参与社会活动，做土改队员。而且我又被吸收，到县里去筹办土地改革展览。我的任务就是搜集洪湖革命歌谣。我就在洪湖县及相关的乡镇进行采访。请人家唱，或者是从人家的本子上抄录洪湖歌谣。

毛：是从当地的一些本子上抄录是吗？

刘：也从别人的本子上抄录歌词。这些成果后来就使用在土地改革展览会上。我也从这里面选了几首革命歌谣寄到《说说唱唱》杂志。

毛：我后边看到就是在那发表的是吗？

刘：发表过两首。一首比较有名的是《贺龙军》。

毛：《贺龙军》对吧？

刘：就是讲贺龙的。这是洪湖革命歌谣里头内容比较生动完整，有很高的艺术性的一首，也算是革命歌谣里面的经典之作。其中有几句大概是这样："睡到半夜深，门口在过兵。只听脚板响，不见人做声。媳妇一起来，门口点个灯。照在大路上，同志们好行军。"它就是很生动地描写了红军从门口经过，不骚扰百姓，百姓们就知道这不是国民党的反动军队，是红军。所以最后几句是"媳妇一起来，门口点个灯。照在大路上，同志们好行军"。

毛：就是他们专门在门口点了灯，方便行军。

刘：描写了百姓和红军鱼水情深的这种关系。

毛：您当时对民间文学还没有概念吧？

刘：有概念了。当时在我们的语文课中就有民间文学的内容。当时就有一本课外书是钟敬文先生的《民间文艺新论集》。

毛：您当时是当作课外书来读的？

刘：图书馆有这本书，我当时也买到了。这是我学习民间文学的第一本启蒙读物。那个书里就把"五四"以来，成立歌谣研究会，及钟敬文先生他们搞民间文学、解放区搜集革命歌谣等都写了。

毛：对。

刘：我专业上就是受这本书启发。另一个，那时候搜集洪湖革命歌谣成了一个风气。经常有人搜集到之后在报纸上发表。那些不是专门搞民间文学，而是搞农民工作的干部，他们也知道这些东西很有价值，不断地发表。我也受他们的启发，把这些歌谣搜集起来，抄录在一个本子上，也寄出去发表。这是我投身于民间文学活动的一个开端。我最近写文章还回忆这个事情。这就体现了中国特色社会主义的文化事业的一个层面。在我们新中国成立之后的建设中间，有一股风气：比较喜爱、尊重民间文学。因为它是人民群众创作的，当时流行的歌谣都是革命主题。一些长工歌或者童养媳歌都是反对阶级压迫、反对封建主义的，这就很有价值。我就领会到，在共产党的领导下，经济文化建设中间是很看重民间文学的。最看重民间文学的就是我们党。党尊重农民和尊重人民群众的创造和这个有关系的。所以当时就是有这么一种氛围——尊重民间文学。

毛：当时这种氛围是很浓厚的。

刘：当时的干部，即使他不是搞文化工作的，他也知道这是很宝贵的。是直接表现了人民群众民主的、革命的情绪。我认为这个是反映了中国特色社会主义的特点，反映了新中国的一种特点。在世界上的其他国家不会有这种情况。和那些出于单纯学术或文化目的的世界民间文学是不一样的。整个社会都有这么一种氛围。所以我这个稿子投递出去之后，就在书上发表了。1956年，关于搜集整理民间故事发表了我第一篇论文《慎重对待民间故事的整理编写工作》。这个是对民间文学有了一定的知识基础之上提出来的，也是读了钟敬文先生那个论文集之后提出来的。因为搞民间歌谣也好，民间故事也好，都应该尊重它的本来面目，不应该过多的进行修改或加工。

毛：您在五六十年代见过刘魁立老师吗？

刘：没有。他当时在苏联。他在莫斯科大学留学。

毛：他好像回来过一次。

刘：那我就不知道了。我们是共同的参与这个讨论。

毛：共同的参与讨论，但是没见过是吧？

刘：没见过。我这个文章发表之后引起了热烈的反响。有的赞成有的反对。刘魁立他是赞成的，但是他要求比较严苛。他有很有名的一句话就是一字不动。还与董均伦打笔墨官司。

毛：您主要提倡要尊重民间文学本来的面目。

刘：主要是心理描写问题，像兄弟分家这样的故事，因为当时中学文学课本分为两部分。

毛：文学和语言是吧？

刘：文学和语言。文学中就编了关于兄弟分家的这篇故事。李岳南也是个编辑，他就说这个改编得很好。

毛：李岳南？

刘：李岳南。他说改编得很好，因为心理描写很细致。比如分家的时候哥哥怎么想，弟弟怎么想，嫂嫂怎么样都写得很细致。

毛：李岳南是个编辑么？

刘：是个编辑。

毛：是哪个刊物的编辑呢？

刘：不知道。

毛：但知道他是个编辑。

刘：我就认为他这个评论不对，因为民间故事不是靠心理描写取胜，而是根据故事情节。所以这个不是民间文学本来的风格。

毛：您还是更注重民间故事的艺术风格。

刘：对，因为我在调查中对故事、歌谣有了一些感性的认识。讲民间故事和作家写小说是不同的。要尊重民间文学的口头表达风格。对于当时课本中收录的文本，我有的地方同意，有的地方不同意，就引起了一些争论。

毛：这个争论引起的时候对当时的民间文学领域影响大么？

刘：影响比较大，那应该是新中国成立之后，第一次有很多人参加的一种讨论。有的人赞成，有的人反对。这个事情有一些背景，整理完之后，《民间文学》发表了。后来民研会编了一本民间文学搜集整理问题的书籍，是一本小册子。

毛：我也见过那本小册子。

刘：那里面就有《民间文学》杂志发表的社论。我的文章和当时民研会社论要忠实搜集，慎重整理的精神是一致的。我的题目就是《慎重对待民间故事的整理编写工作》。但是现在看来，这篇文章也有一些不足的地方。

毛：您什么时候觉得它有不足的地方呢？

刘：那是改革开放以后了。

毛：80年代以后了。

刘：80年代以后，我就被抽调出来编写学校的语文教材。那时候没有全国统一教材，各个省自己编教材。我是湖北省中学语文教材的编写组长。这样就参与全国的关于语文教材编写工程，编写讨论。通过这个事情，我就知道语文课本中间的那篇民间故事是叶圣陶先生改写的。

毛：您之前不知道是吧？

刘：完全不知道。当时"初生牛犊不怕虎"。不管是谁编的，我就觉得有毛病。

毛：您当时是干什么呢？您是中学语文教师吗？

刘：不是，我是华中师范大学的。

毛：您已经到华中师范大学读大学了是吧？

刘：我当时就是从师范保送到华师。读完大学之后就留校。

毛：您哪年毕业的呢？

刘：1957年。

毛：您这个文章是1956年写的是吗？相当于当时还没大学毕业。

刘：还没大学毕业。我留下来就是从事民间文学专业教学。因为我在大学中文系的时候就喜欢民间文学。当时向科学进军嘛。

毛：对，当时有个口号"向科学进军"。您当时就对民间文学感兴趣是吧？

刘：对，感兴趣。所以后来从事这个工作。后来知道这个是叶老叶圣陶先生改写的。

毛：都是80年代以后才知道的。

刘：另外一个，从科学学理上来讲，我这篇文章也有不足的地方。我笼统地叫民间故事的整理编写工作，其实这不是一回事情。

毛：整理和编写不是一回事。

刘：整理和编写不是一回事情。

毛：您最近给一苇写的"序言"中也提到这个问题了。

刘：我把它们混起来了。现在看来，严格的整理和适当的编写应该是两回事。后来，我就逐步把它们分开了。贾芝同志专门作了报告讲这个事情。不是说不能去编写，而是说应该把它们分开。作为科学版本的记录整理和适当做些加工的文学读物应该区别。我当时把它们混在一起了，这个是不妥当的。叶老那个尽管不是记录的科学版本，但是作为一种文学读物，作为文学教材应该是可以的。

毛：是可以推广的。

刘：对，是可以推广的，我们不应该否定。

毛：但是我们80年代以后把改编这一部分从民间文学的范畴中去掉了。

刘：后来进一步了，在搞三套集成的时候，就提出来把搜集整理这个概念都去掉了，就应该叫作采录，不叫搜集整理。

毛：我专门看了您那篇文章。

刘：搜集整理比较含混。

毛：从三套集成才开始用采录这个词，对吧？

刘：嗯，现在看来，我认为适当的编写还是需要的。我专门写了篇关于改写的文章在《民俗研究》发表了，你看过了吗？

毛：是最近吗？

刘：2016年。我支持一个年轻的作家，叫一苇，她署名不叫整理，也不叫改写，叫做"述"。"述"就是有适当的文学加工的。

毛：他们也喊我给他们写一个书评，所以把包括您写的"序"的书都寄给我了。我8月份写了个书评。

刘：发表在哪里？

毛：不知道，我给了推动这个书出版的人，涂志刚。我在写的过程中也涉及董均伦和江源。我给他的时候，他说他正好跟您通了电话。说到董均伦跟江源这个事情，我觉得在学术史上应该重新予以一个定位。

刘：今年正好是董均伦诞辰一百周年。山东今年准备搞纪念活动。刘锡诚老师写了一篇纪念的文章，刘锡诚老师又让我写了一篇，现在决定了两篇在这一期的《民俗研究》上都发出来。还有家乡的纪念文章。

毛：因为他是山东人嘛！

刘：应该说董均伦就是改写民间故事的典范。

毛：对，我觉得是。

刘：我很早就认为他应该作为中国的"格林"。

毛：之前他被掩盖了，大家对他不太了解，后来我也是梳理了一下。

刘：过去对他评价不高。

毛：有失当的地方。

刘：因为他不是一种科学记录。

毛：他不是学术研究。

刘：所以对他评价不高，其实他有他的特殊价值。因为《格林童话》也是经过加工的文学读物。咱们的，还有意大利的童话也是。

毛：对，卡尔维诺？所以我觉得我们对这一脉其实在60年代发展的还是挺好的。因为当时整理了的民间故事在老百姓中间流传广泛。我们现在搜集整理的民间故事虽然是科学本，但是在老百姓中间影响不大。只有学者作为学术资料在用，但老百姓们不知道。

刘：现在回忆起来，那时是民间文学发展的一个美好时代。不仅是因为像董均伦这样的搜集者的确深入到群众当中去，我自己也是这样的，那时跟群众在一起生活，了解他们的生活，了解他们的语言，然后记录整理。当时的社会氛围很好，这些发表出来以后，大家都很感兴趣，都觉得很有教育意义。这一点呢，贾老（贾芝）他们也倡导，做得也很好。贾老他们作的贡献是不可抹灭的。

毛：但是后来我们这一块就没有发展。我也是想专门写一个关于当时口头叙事的这种改编，包括新故事。我也看了下侯姝慧写的五六十年代的新故事，新故事当时影响蛮大的。虽然不像新民歌在文学史、政治史上的影响那么大。新故事在政治史上影响小，提及的人就不太多。我看到您写的那篇文章了。我们上次还说最佩服您的就是这种反思。文章里面还专门提到了，您1956年也写过文章，当时您对概念的辨析，也包括我们现在对概念的辨析依然是模糊的。很少有人关注这方面。那次我跟刘宗迪还讨论了一下这个问题。因为2012年或者2013年他在《读书》上发表的《大地如歌》中也提到采风的问题。从中国古代开始，采风是很重要的。

刘：后来我跟李福清建立了一种友好的关系。

毛：我看您在文章里写到了。

刘：因为那时候我不知道我的文章发表后有多大的影响。后来才知道。1957年，李福清在苏联发表的《总结新中国十年》，《现代中国民间文艺学》文章中就提到这场争论，也提到我的文章。

毛：是《中国民间文艺学》？俄语的吗？

刘：对，俄语的。在苏联的《民族文学研究》上发表的。他这个文章很鲜明地讲道他是赞成我的文章的观点，不赞成李岳南的。

毛：您有李福清这篇文章的原文吗？

刘：有。这个原文是马昌仪翻译的。马昌仪翻译以后，一直到80年代才在《民族文学译丛》（内部刊物）上发表。

毛：但是我没见到过。

刘：你们是没看到。由此我就跟李福清建立了关系。因为我们是同年。只是我在中国读大学，他在苏联列宁格勒大学读书。他也是很年轻，但是他的影响比较大。他写了一篇总结新中国民间文学的文章，鲜明地表达了他赞成我的观点。民间文学的文学性就是不做细节加工，是应该忠实于原作。

毛：您可否给我看一下这篇文章？

刘：那当然是可以的。我后来专门有一篇文章回忆这个事情，特别是80年代以后建立了亲密友好的关系，就是从这篇文章开始的。后来他到中国大陆来访问，后又到中国台湾去教学。在苏俄剧变的时候，他在台湾教大学的存款都存了戈尔巴乔夫的基金里头，基金都垮了，他就很困难。马昌仪说李福清困难到连针头线脑都要托马昌仪从北京买。李福清也告诉我这个事情，我就说写点文章，我帮他在中国发表，把稿费给他。他发了一篇他比较得意的长文章，关于中国和印度故事比较的文章。文章翻译后在中国台湾的杂志发表，然后给他200美元的稿费。他也不要钱，就说你给我买书，买稿纸。

毛：国家动荡……学者还是最艰难的。我看到您当时在民间文艺出社出版的书也是关于中印故事比较的，还获得了比较文学的一个奖项。这个影响也是蛮大的。当时您做比较的起意是什么？

刘：这是改革开放以后，受比较文学学科复兴的影响。民间文学领域我算最先做这样研究的学者之一。我写了一部书《中国民间童话概说》，这部书是我读大学的时候就开始琢磨。因为我喜欢故事，喜欢幻想性童话故事。

毛：这与当时提倡童话有关系么？

刘：当时看了很多书，例如周作人的、赵景深的，也看了胡适的，他们都提倡比较。所以我在写这本书的时候就吸收了他们关于比较研究的方法。

毛：对，我就是想知道这个。

刘：像对《看见她》童谣的比较。

毛：董作宾的。

刘：对这个童谣的比较等。因此我在写这个书的时候就有一些故事的比较。改革开放以后，受到比较文学思潮的影响，比较文学成为一种学问、成为一种新学科、新方法。这样我就把我原来写的《中国民间童话概说》中比较研究的部分抽出来，就单独写了一篇文章。

毛：我看到五六十年代，童话其实是兴盛的，影响也很大。当时已经提出来关于科学主题的童话，像张天翼的科学童话。

刘：我把这篇文章寄到《民间文学》杂志。那时比较文学是一种新的学科，因为比较文学在苏联是受批判的。文学性是人性，在中国也受批判，也是否定的。据说我寄过去之后，编辑觉得很新，但是不敢发表。

毛：您60年代就寄给他们了是吗？

刘：不是，是改革开放，70年代以后。我的文章是1979年发表的，是刚刚改革开放兴起的时候。寄给他们，他们不敢发表，就把文章转给刘魁立审查。征求刘魁立的意见，看能不能发。刘魁立当时已经是权威了，在当时的社科院民间文学研究室。民间文学研究室就是祁连休、刘魁立他们在那里。据说是得到了刘魁立的肯定之后就发表了。并且发表的时候是用大字发表的。这篇文章发表之后得到了学界的肯定。《新华文摘》就把我的文章和钟老的《为孟姜女冤案平反》两篇文章同时转载了。这时我的故事研究转到一个新的起点上了。

毛：就是转到比较这个上了。这是一个比较关键的时候，大家对这个认可，然后您就发展到这个方面了。

刘：后来自然而然地就激起了自己的研究兴趣，就连续不断地从事这样的研究，后来发了十几篇文章出版了比较研究的小册子《民间故事的比较研究》，中国民间文艺出版社出版的。后来又作为课程教材出了一本《比较故事学》。

毛：《比较故事学》是在这个基础上扩充了。

刘：《比较故事学》后来又经过修订，出了修订版。

刘：中国民间文艺出版社后来被取消了。我的书译奖时有评委质疑。能不能评奖？后来还是季羡林先生出来说这是两回事情，我们评奖还是要评的。

毛：是的。在漆凌云访谈您的时候您提到一点就是，董均伦、江源他们在搜集的时候已经注意到关于表演理论的概念了。这个您认为是他们的一个贡献是吧？就是您觉得他们在搜集的时候注意到故事讲述的场域是吧？

刘：因为不是后来这几年嘛，美国这个表演理论非常重要。董均伦他们不仅搜集故事，还把自己搜集故事的情况写成文章发表。文章里他们讲到了怎样安营扎寨，跟群众生活在一起。尤其他讲到，他说讲故事的时候，如果说一般的时候，你给我讲一个故事，一个人讲的好故事，要在人家情绪最好的时候，要在气氛都很好的时候，他就讲得特别带劲。人家爱听，他也爱讲，并且讲得非常精彩。这个时候你采录的故事才最好。这实际就是一种表演理论。只是他没有用这个词。其实表演理论并不是最新的，在中国，你得有一定的实践。一些会采录的故事家或者搜集故事的人，他们都知道这个道理。

毛：他们知道这个道理，只是没有这个词。

刘：对，没有这个词。比如像我们采录会上，湖北的王作栋他们，每次采录故事都是提一瓶酒，不是提一小瓶而是提一大壶，采录的时候跟人家喝酒，兴高采烈，他的故事就讲得又多又好。你没有那种气氛，没有那种环境的话，故事就讲不好，你采录的质量也不行。

毛：那您觉得这个跟段宝林先生在80年代提出来的整体性这个。

刘：立体性。

毛：对，立体性，也有一定的……

刘：那是一回事情。

毛：是一样的吧？

刘：段老师提了个立体研究也是有道理的。但是这个呢，大家都知道怎么做。

毛：对，都在这么做。

刘：都知道这个道理，只是没有提出一个特别的理论出来。

毛：我觉得您这点说的特别……对我们初衷……

刘：我至今虽然没有做得很多，但我实际参与过。

毛：也是以这种原则来做的。

刘：对，也是以这种原则来做的。

毛：您说得太好了。就是我们一直在执行这种原则，只是我们没有总结出这个理论。当时在鲁艺的时候，冼星海他在采集民歌的时候也是这个原则。还有就是《民间文学新论集》里面张澍，他们在采集故事的时候，其实他们都已经关注到这个问题，不过没有人专门去总结这个问题，只是当作工作实践。

刘：我最近在整理新中国成就的时候我也发现，包括我们在民间文学方面，有很多是有独创性的，是中国特色社会主义文化事业的一个方面。过去我们有点视而不见，对实践的经验没有很好的总结。有点过分地崇拜国外的理论。实际上，我们自己好东西是很多的。像董均伦安营扎寨，肖甘牛也是的，他为了搜集故事全家都住到农村去，把全家都搬到乡村里去。他搜集苗族的故事。但他影响力没有董均伦那么大。

毛：没有董均伦那么大。

刘：董均伦也是，深入到农村去。平时和群众在一起生活。过去我们叫做"三同"，同吃、同住、同劳动。在这个过程中，建立了很亲密的关系，而且非常熟悉群众的语言生活。在这个基础之上搜集他们的故事，所以这个故事能够搜集的很好。这一点呢，我们的实践超过了国外的一些学者。一些学者他们为了学术研究进行专门的活动。毕竟我们有这种社会氛围，因为党和政府的指导思想都是尊重群众、尊重农民。并且知识分子向农民学习。从延安就开始讲了，不是高高在上的。

毛：其实我们就是从延安才开始真正改变了知识分子从上往下看老百

姓这种。这是一个比较重要的转折。

刘：这一点呢，最近还写文章提到了。刘锡诚老师最近出了一本书《双重的文学》①，这本书你应该看一看，讲到了周扬的问题，周扬和民间文学。其中就讲到毛泽东有一封信，40年代在延安，毛泽东给周扬写过一封信，这封信过去没有收在《毛泽东选集》里头，一直到前几年才正式发表。

毛：这是刘锡成先生刚出版的书？

刘：刚出的这本书《双重的文学》，新出的。书中提到了周扬。刘锡诚书中提到了一些内容，就是我们现在很重视左翼文化、左翼联盟，其实左翼受苏联的"拉普"派的影响，不大重视民间文学，不大重视农民的东西，他只看工人的东西。他们还是崇拜托尔斯泰啊这些东西的。周扬也是的。后来毛泽东给周扬写了一封信，看了周扬一篇文章之后写信，信中肯定了他的文章之外，另外说你有一个不足，对农民的民主性重视不够。他说我们现阶段是讲民主、科学，这个民主主义就在农民那里。40年代农民他们的斗争，他们的经济，他们的文化就是民主主义的，我们应该很好地加以重视。就是这封信给周扬以后，周扬他们才改变对民间文学的态度，才有解放区的那一套，包括《白毛女》《王贵与李香香》，包括董均伦他们的工作都是受这个影响。这个文章非常有价值。

毛：很重要。

刘：我们不光简单地接受"五四"以来博大的传统，还有中国共产党他们进行革命运动，依靠农民，发动农民进行革命运动的一整套理论中的一个环节，就是农民问题。

毛：对，这个很重要。

刘：包括他们讲的故事，他们唱的歌谣都是一种民主主义的，或者我们叫作革命的，所以才有革命歌谣、革命故事这些东西出来。所以，这一点很重要。我们回顾新中国民间文学的时候。

毛：忽略的一点。

刘：以前没有重视。

毛：以前没有关注到这一点。

---

① 刘锡诚：《双重的文学：民间文学+作家文学》，天津：百花洲文艺出版社，2016年。

刘：包括我们的一些做法，包括编我的论文集，编一部故事集，我都在想这一点。过去我们就认为民间文学就是集体创作的。讲故事连讲述人的名字都不提，搜集故事的人就更没有名字。就是一个故事发表，讲述人连发表在哪儿都不知道。

毛：对对对。

刘：我看到过（一个出版社）曾经出版一套故事集，这些东西（指故事讲述者、故事流传地等信息）全没有，只有一个故事。这个故事哪个省的，是什么地方来的，是谁讲的，都没有。

毛：都没有，全都给抹杀了。

刘：编辑就觉得这个还比较清爽。实际上，这里面就有一个态度不尊重。

毛：不尊重讲述人、搜集人。

刘：不尊重人民群众，不尊重的态度。所以这次我与长江文艺出版社选编故事集的时候，我就特别强调，一定要把谁讲的，每一篇都注清楚。这不是一个格式的问题，是对人民群众的尊重。应该恢复他们在历史上的地位。所以有一些文章，我们就很好地恢复它们历史的面貌。其中给我印象最深的几个例子就是董均伦、江源这个例子。另外还有李星华。李星华到云南搜集故事，她记录的一个故事《两个朋友》就很好，后来编了《白族民间故事集》（应为《白族民间故事传说集》），这个你应该知道。

毛：对，《白族民间故事传说集》。

刘：其中有一个老太婆叫瑞青。瑞兆的瑞，青年的青。因为她后来讲她怎么搜集故事，就这个瑞青老妈妈，特别会讲故事，她这个白族故事就选了一篇，这个给我留下了很深的印象。所以我这次编，就特别把这个故事写进去，讲的人就是瑞青，当时还是叫瑞青大妈，记录者是李星华。李星华作为李大钊烈士的长女有很高的地位，可是对民间文学这么喜爱，这也是受李大钊同志，受共产党人尊重老百姓的传统的影响。后来又有很多有名的故事家，像孙剑冰在内蒙古采录了秦地女的故事，肖崇素采录了黑尔甲的故事，我在写文章或者编故事书的时候都要把他们的名字要突出出来。我给学生讲故事学的时候，都特别突出过去被抹杀的这些有名的故事家的名字，都讲了。秦地女、黑尔甲。

毛：河尔甲？黑尔甲？

刘：黑白的黑。早期的。他们的故事很有影响，但是过去不知道，把他们的名字都抹杀了。像肖崇素搜集的黑尔甲的故事，过去就非常动人。肖崇素过去就是四川省民间文艺家协会的主席。

毛：四川省的？

刘：是的，四川民协的主席，是周扬早期的同学。是左联早期的文化人。解放以后，他当文联的主席。开始不是文联主席，是作为文化干部。有一次下乡去，因为四川的风雪天，被困在山里头了，只能借住在伐木工人的小房子里头。风雪天不能出去，躲了好多天。好多天就烤火啦，吃东西啦，讲故事。就结识了藏族的故事家，叫黑尔甲。讲了很多很优美的故事。这个故事在20世纪50年代的故事里头都是很有名的。像《青蛙骑手》这样的故事。就是肖崇素。

毛：肖崇素听过，但是……

刘：后来他在回忆录讲了这件事情。肖崇素就问黑尔甲："你这么会讲故事，是谁讲给你听的？"他就回答说："是我的伯父讲给我听的。我伯父是一个喇嘛，他出家，但是他识字，他能够读古书，读佛经，佛经有很多故事性的书，他自己读的时候就一边读一边哭。故事悲哀的时候他就很伤心，所以我从小就在他身边长大，听他讲故事。"后来他就把这些故事讲给肖崇素他们听。

毛：就是这个黑尔甲。

刘：风雪天被困在山里头的时候，就跟他讲的这些故事。所以肖崇素就把这些故事整理出来，后来在《民间文学》杂志上发表。这是最早的公开发表的一篇藏族故事，非常有影响。关于文成公主的故事啊，关于奴隶和龙女的故事等。就是说从这里看出来，当时新中国成立初期就有这么一种很好的氛围，就是尊重劳动人民，尊重他们的口头文学。

毛：当时是真的很尊重他们。

刘：当时有专门的机构，专门的刊物发表这些故事。后来把这些故事编成书，一本一本地出版。这是很值得纪念的一件事。

毛：你（李丽丹）帮我和刘老师照一张相吧。

刘：来喝点水。

毛：不喝了，都带着呢。

刘：过去大家都不知道，周扬他的思想是怎么转变的。这个毛主席的信,转变了他对民间文学的态度。

毛:我基本就是这些问题,因为之前看了漆凌云的访谈,我就总结了这几个问题。因为他访谈的很详细。孙正国说11月份华中师大要开会,我到时候去想找您看能不能找一点资料。我听他说当时五六十年代《民间文学》杂志全套您都有。

刘:对,我都有。

毛:对,我去翻一下目录。其他的都没有了。因为本来我就想到时候再去访谈您,然后李丽丹她说您要来。正好在北京,我就先做点访谈。

刘:我主要的书都捐给了图书馆。我挑了3000本书都捐给了图书馆。图书馆专门设了一个专题特藏室。就和其他的书一样可以开放的。这里面有50年代的《民间文学》,我都是一本一本的订好了。

毛:那太好了。

刘:订成了合订本。

毛:行,去了以后我就查一下这个书,看一下。其他没有什么了。再有什么我可以直接跟您联系。您可以写邮件吧?

刘:可以。我不大熟练的,我可以请学生帮我。

毛:或者我可以给您写信,我到时候可以寄给您。

刘:在手机上短信就可以了。

毛:短信也可以是吧?

刘:简单的,发短信就可以了。

毛:基本上没有什么,目前就是这些问题。我有什么问题的时候,我再找您。

刘:再补充说下,我是民间文艺家协会的老会员,或者叫民间文艺研究会。我是1958年加入民研会的。后来一直是它的会员,我就对新时期,改革开放之前的民研会的工作,我是有很深的感情。所以说与一些编辑,与一些有关的人员,包括贾老都有很频繁的来往。

毛:当时您和他来往比较多。

刘:都有一种比较亲密的关系。当时由贾老主持民研会的工作,做了很多事情。虽然我们没有什么经常性的活动,但经常出版一些内部刊物。刊物我现在全部都保存在那里。刘锡诚老师那里也有。

毛:您保存的也挺完整的。

刘：是的。刘锡诚老师今天还说他还有一些内部资料，明天处理一些内部资料，一些内部东西。

毛：那太好了。

刘：要说处理的话，应该是转到你们那里去。我觉得内部印的更重要。

毛：是的，更重要。

刘：比公开出版的书籍更重要，因为找不到了。有些很重要的资料和信息，不应该让它散失。这些人呢，这些编辑，态度都很好。我还保存了他们的一些信件，像我这个文章1956年发表之后，他们还给我写了一个长信。

毛：那个信还在吗？

刘：还在啊。

毛：那个信可不可以让我用一下，拍个照片。

刘：我会把复印件给你，他就说我文章写得很好，还有不足的地方还可以做深入的研究等。

毛：这么好！

刘：贾老还给我写了封长信。我在纪念文章里头已经用了。这个原信将来还可以转给你。有几千字，像一篇大文章。是我写得一个批判胡适民间文艺学的文章。文章有几万字。作为民间文学史的一部分。但是我寄给贾老看的时候，他说这个文章写得不好。他说你这个搞批判不能简单地把他们都否定，过去的民俗学是有很多道理的，你没有很好地研究透，简单地批判没有作用，还是要做深入的研究，做专题研究。所以我这个文章后来就没有修改，没有发表。我就按照他的意见，做专题研究，我就专门搞故事研究。这是非常有意义的。因为贾老领导民研会，长期做领导，他也出现一些左的东西，这是不可避免的。他也有一些很新鲜的，很冷静的一些言论。我这就是一个很好的例子。这个信，几千字的一个信，不主张简单地粗暴地批判所谓的资产阶级民俗学。

毛：这个大家都认为当时的批判都很简单。

刘：很有意义，以后有关资料可以转给你，研究下这段历史。

毛：好呢，谢谢刘老师。

刘：后来，刘锡诚老师曾主持，准备编一本当代民间文学史，在

1989 年，我们还集中到青岛那里去。

毛：集中搜集了一些资料。

刘：准备出《中国当代民间文学》这本书。

毛：1989 年以前是吧？

刘：我写第一部分。

毛：这本书后来出来了么？

刘：没有出来。

毛：就没有再写了。

刘：但是我那个部分我写完了。也在一个杂志上发表了。就是 1949—1966 年这个部分。

毛：已经发表了。在哪个杂志上呢？

刘：在武汉《通俗文学评论》杂志上。我现在编在我的书里头。

毛：就是您现在这个新书里面？

刘：在上海文艺出版社出版的书里头，作为其中的一个部分。

毛：行呢。这个《通讯文学评论》也是公开发表的？我可以搜一下看。

刘：是公开发表。是《通俗文学评论》。

毛：《通俗文学评论》是吧。

刘：是湖北省《通俗文学评论》。

毛：行呢，这个我可以搜一下。

刘：书应该会很快出来，将来我可以寄给你。你需要这一段呢，我就把这一段给你。

毛：好呀。

刘：这一部分是刘锡诚老师作为编辑的这部书里头完稿的。我这一部分是最先完稿的。第一部分，是已经写成了的。并且我寄给他看过，也公开发表了。可以作为你这个项目的一个参考。

毛：行啊，这个太重要了。谢谢刘老师。

刘：不过现在也要重看，因为那个时候是 1989 年，不过那个时候的看法也不能说都不对。只是有不全面的地方。

毛：每个时代都有它时代的背景，您写的这个肯定是非常好的。

刘：因为当时是在改革开放的初期，后来对历史有一种过分的否定。

肯定的东西也不够。

毛：现在大家又都有一定的……

刘：现在应该把它作为中国特色社会主义里头的组成部分来看。包括对董均伦、江源他们的评价。

毛：是的，谢谢您接受我的访谈。

3. 在新故事培育中成长——吴金光访谈录

访谈时间：2017年10月23日

访谈人：毛巧晖（以下简称毛）

被访谈人：吴金光（以下简称吴）

访谈地点：中央民委1号楼404室

毛：您知道当时关于民间文学方面的情况吗？或者是民俗学，因为当时还没有民俗学。

吴：对，要是再晚一点，我比较清楚。我那天找到了我那个故事。那个时候，大概1966年以后到1976年，民间文艺形式比较单一。

毛：嗯，这一段也可以。因为1949年到1966年与后来1966年到1976年还是有一定联系的，并不是完全孤立的。从博士期间，我就做民间文学的学术史研究，读博士期间做的是延安时期的民间文学。

吴：延安时期倒是在一直坚持着，一直在做。因为毛主席在的时候，就已经有这个了。

毛：对对对，关键是当时我做的时候，我自己还是比较重视当时人的学术研究，就是在那个时间段的人的学术研究。经历过这个情境的学者，他们的相关回忆。

吴：我经历过1966年到1976年这一时期。这个时期，其实样板戏是主要的。但在民间文化艺术里面，陕西地区的陕西快板和讲故事比较流行。为什么呢？因为讲故事有一个好处，它既不需要任何道具，也不需要舞台和灯光，就是一张桌子，甚至有的连桌子也没有，一个人往那一站就可以讲。但是讲的内容都是和当时的政治形势有关，比如1966年，一般讲革命的故事比较多。到了1970年以后，就到了"批林批孔"的阶段，那时讲"批林批孔"的比较多一些。另外，也有讲其他故事的，比如革命故事、抗日故事、延安保卫战，也讲历史故事，比如《西门豹治邺》，还有好人好事，类似于《祖国处处有亲人》这类故事，这些我都讲过。

毛：当时您是什么身份呢？

吴：当时我是中学生，在黄河中学上学。在黄河中学上学期间，我先是跳芭蕾。因为黄河中学整个学校居然能把芭蕾舞《红色娘子军》全场演下来。我去得比较晚，就在那里演群众。然后因为我比较刻苦，所以演了一年多群众以后呢，正好电影出来了，他们觉得我长得有点像刘庆棠，所以就让我演二组洪常青。从那以后，我又参加学校广播站、做播音，之后又组织了学校的故事队。因为我们是黄河厂的子弟学校，因此后来厂里又组织故事队，我们又参加厂里的故事队。1974年，我还没有毕业，就以故事队的名义去延安参观，并和延安地区的文化故事队交流。当时延安地区还有陕北说书，就是韩起祥他们。其实我们当时就在文艺馆，我就住在韩起祥的三个女徒弟旁边，是一个职工宿舍。我经常看到他的三个女徒弟。之后，在延安插队的时候，我就把这个形式带到了延安插队的地方。

毛：您在延安插队，您是西安人吗？

吴：西安人。插队之后，1977年高考恢复的时候，我们考完试，陕西省组织了全省的故事调讲。在头一次的故事调讲中，延安没有去，因此打了0分。这次倒是挺高兴的，就组织了我们这些下乡和回乡的知青去讲故事。我们只讲"三老"的故事——毛主席、周总理、朱德这三老的故事，还有刘志丹，主要是以情感人。

毛：当时还让讲刘志丹吗？

吴：当时还让讲。但1976年以后可以讲。我们主要讲"三老"，以情动人。我们去了汉中参加故事调讲。当时的故事调讲呢，西安市的力量很大，很强，因为他们好多人都是从话剧团出来的，所以他们的力量比较大一些。当时，我们没想到，虽然我们都不是搞话剧出身，但是我们以情感人，我们最后讲的结果是我们和延安、西安并列第一，取得了第一的成绩。当时我们的带队馆长特别高兴，所以他就说回到西安以后，我们要从西安沿途讲过去。因为当时叫作延安地区，包括好多县，包括黄陵、甘泉呀，这些都属于延安地区。这里面还有一些小插曲。我们在富县讲最后一场的时候，当时坐车四个小时就到延安了。但是那个时候，我们有一个工作人员提前回到延安，问我们考试的情况。当时我的英语笔试已经过了，通知让参加口试。但是我已经错过机会了。第二天老师就要走了，后来那个工作人员给我打电话，让我们找车，第二天务必赶回延安，参加考试。

他好说歹说把老师留了一天。把老师留住了以后呢，老师就等了我，我们就截了一辆邮车，我就和邮包一起回到了延安。第二天口试，我考得也不错，给了个良，就通过了。通过之后，没想到我学的是英语，上海外国语学院第一个录取的就是我。所以，机会差点错过去。讲故事以后呢，当时上海文艺出版社有个《革命故事会》，现在叫《故事会》，那时候上海文艺出版社的《革命故事会》重点是到延安地区去搜集"三老"的故事，后来，我们就把我们的故事都提供给他们了。我是1977年考试，1978年入校。入校之后，我的故事就出版了，当时出版这些故事还需要政审，所以就在学校调研、政审。政审我的时候，我的老师说："没问题，中学就入党了，政治上很可靠。"所以说，他们政审之后，1978年，大概是《革命故事会》的第四期就发表了。这个故事是当时我们的馆长田苗（田苗是他的笔名，他姓段，是群众艺术馆的副馆长）写的，然后让我讲，我在讲的过程中根据讲述情况修改了一些。这个老同志艺德特别好，他说："你改得这么好，咱们创作就两个人都加上吧，把你的名字也加上吧。"在这样的情况下，把我的名字加上了，所以这是我的处女作——第一个公开发表的作品。这是我一个月前刚找到的。

毛：对，我也是看到您发的这个。其实，当时您还是参加创作了，段馆长口述给您……

吴：不，段馆长写的脚本，故事叫作脚本。拿到脚本以后，我先背，背得滚瓜烂熟以后再讲。它有这么一个过程。

毛：哦，当时是这种形式。

吴：是的，当时段馆长写了一个脚本，我在拿着脚本背的过程中改了很多。改了很多以后，我再讲出来，就和他原来的版本不太一样了。不一样了以后，他这个人艺德很好，他就说："既然这样的话，咱们发表之后就联合署名吧。"这就等于我沾了老同志一个光，跟着署了一个名。

毛：这挺难得的，因为那个时候发文章不像现在发文章，当时很少有人发文章。

吴：对对对，1978年那时候能发文章，老师都特别羡慕地看着我，说上海文艺出版社来找你发故事了。我在这种情况下发的文章，发了之后，可能因为我不是第一作者，所以书没有寄给我，也可能是寄给我了，我弄丢了，我也没有印象了。之后那天，我在网上发了那个消息，问其他人这种情况怎么办。好多人告诉我网上查。我就在网上输入，正好有一个叫作道客的网站，他们是专门录入过去的老的文艺作品，我就找到我这个作品了。我就把它全部下载下来了。因为没有办法单独下载，我只能全部下载下来。下载之后，我就保留在了文件夹里。

毛：这个真的是很难得！那你们当时讲故事都是先写一个脚本，就像戏曲一样，先有剧本再去表演吗？

吴：对，先有脚本，然后把脚本交给讲故事的人，然后讲故事的人把它背熟以后再讲。

毛：当时你在文化馆是故事员吗？

吴：不是，我当时是在延安插队。当时文化馆组织了一个故事队，他们在各个文化馆抽人，我是被抽上来的。

毛：组织一个故事队，这个故事队都是去讲故事的吗？

吴：都是知青，是各个队的知青。这些人在一起各讲各的故事。有的讲毛主席——《给毛主席拜年》，有的讲周总理——《咱们的好总理》，有的讲朱老总——《咱们的总司令》，还有的讲刘志丹……

毛：就是大家分开了，比如你讲总司令的故事，他讲毛泽东的故事……我倒是看过很多资料，但是对当时的运作情况还不是很了解。

吴：我比较清楚，就是首先有个脚本，脚本是要写的。写出来之后呢，因为故事最大的特点是口语化，要适合讲才行，它不像文学那样。因此拿到脚本之后，一定要根据自己的特点进行修改，然后把它背出来。必须背，背得滚瓜烂熟之后呢，再用自己的话讲出来。首先讲故事必须背，没有说我拿到故事以后不背，自己想怎么讲就怎么讲，那个不行。

毛：哦，那才能是真正的故事。

吴：没有不背的，而且你还要演讲、试讲。所谓试讲就是试验性地讲。自己对着墙或者对着镜子，就开始讲。

毛：就像表演一样吗？

吴：讲故事有很多技巧，它比表演还复杂。为什么复杂呢，因为它就一个人、一张嘴，要把全场的注意力都吸引过来，因此它有很多技巧。比如：一上台，你的眼睛要平视前方。因为你平视前方，在观众看来，你是在看着他呢，其实你没有看他，你看的是最后一排的那个人，但是前边这些人都以为你看他呢。首先你要和他有眼光交流，然后还要左看一下，右看一下，最后停在中间。而且你还不能马上就讲，要稍微停一下。你停一下的时候，人们会自动安静，因为突然站了一个人却没声音，大家会感到莫名其妙，会想，当他们有一大堆疑问的时候，你再开始讲。开始讲的时候呢，要和观众有交流，眼神上要和观众有交流和互动。其实它确实有表演，它所谓的表演，其实在讲故事上有术语，一个叫"表"，一个叫"述"。"述"就是叙述，是指有叙述的时候，比如说在什么什么年代，发生什么故事。但是也有表演的时候，"表"的时候，比如："张科长说"，这时就是张科长说的话了。"李科长对张科长说"就是又回过来了。这就是两个人的对话。两个人的对话就会有年龄、身份、背景的不同，还包括位置的不同。如果你跟小孩子说话，就得冲下看；如果是小孩对大人说话，你就得冲上看。其实，讲故事是最复杂、最综合的民间艺术。为什么呢，因为它可以在任何地方讲，我在火车上都讲过。我曾在从西安到北京的火车上讲过；在田头上讲过，就是地头劳动的时候，老百姓一休息，往地上一坐，就说："讲个故事吧！"还给车间工人讲过。

毛：当时有没有人组织这些，就是专门固定的讲。比如您的任务，一个月讲几场，在什么地方讲。

吴：没有，都是业余的。业余的就是组织故事队，就像是宣传队一样。在这讲一讲，在那讲一讲；在这演一演，在那演一演，但都是业余时间。你要上课、上班，在上班、上课之余出去讲。

毛：哦，就相当于，假如您在地里劳动，就在劳动完之后再讲。

吴：对，劳动休息的时候就可以讲了。

毛：您当时插队是教书吗？还是？

吴：不是，就是劳动。

毛：讲故事给您算工分吗？

吴：不算。

毛：那都是贡献。当时那些老人家还讲吗？就是各个地方不都有比较擅长讲故事的人吗？特别是咱们陕北，更是有很多这样的人。比如说当时有些"练子嘴"，他们还讲吗？

吴：他们很少了。

毛：是因为当时有限制，要求主要讲"三老"的故事吗？

吴：不是，当时的故事队成为一种潮流，它和民间的故事不太一样。

它和老人往那一坐，给你讲当年毛主席呀、当年闹红呀的事不一样。它是一种带有表演性质的讲故事，因此当时讲故事成了一种潮流，甚至可以说成为群众艺术或者说民间文化艺术的主体。

毛：当时您也这么感觉呀。

吴：我也这么感觉，因为当时讲故事最方便，而且时效性最强。"批林批孔"的时候就讲怎么批孔老二呀什么的，反正配合政治形势最快，所以那时候讲故事活动特别普及。这比你跳舞好呀，比如跳芭蕾，你得学半天吧，还得配乐、服装、道具，还需要有剧场才能演。唯独讲故事最简单，它什么都不需要，你往那一站，把故事准备好就行。所以它是那个时间最直接的一种方式。

毛：也是最合适的，让老百姓愿意接受。

吴：对，就是说老百姓最喜欢的。

毛：他们是真正喜欢、并愿意听。

吴：是真正喜欢、愿意听，你像我讲《西门豹治邺》的故事，就把西门豹的智慧都讲出来了；讲《祖国处处有亲人》的时候，穿插着"此地话"，我们叫陕西方言，就是讲普通话的同时也讲陕西方言，效果特别好。

毛：您用陕西话讲吗？

吴：不是，只有当里面出现人物的时候。故事里，一个老大妈丢了，当她去看儿子以后，老大妈说话就说陕西话。

毛：就像独角戏的感觉一样了，一个人要扮演几个角色。

吴：对对对，有点像独角戏，但是独角戏更偏重于表演。这个偏重于讲，主要是讲述，所以这个有个好处，就是既能看，也能听。你在人民电台的广播里面经常能听到一段故事或者说书。

毛：对，这是过去的农村主要的一个娱乐方式。

吴：农村、工厂、学校当时都是这样，包括部队都是这样的。因为我最早听讲故事是在北京沙窝小学的时候，叫《一块银元》。当时这个故事特别流行。

毛：对，这个还发表了。

吴：对，是发表了的。当时是一个解放军战士讲。当时我们在听"忆苦思甜"的报告，一个解放军战士来讲。当时我们还纳闷，这怎么讲吗。没想到，他是用故事的形式讲出来的。所以我小学的时候，大概是1966年，我在三年级的时候，就出现了这种形式。

毛：当时您怎么在北京呢？您是从北京回的西安吗？

吴：对，我是这样的。1960年，我三岁的时候，跟随我父亲从河北宣化张家口调到北京工程兵司令部，就是现在的太平路14号。然后在北京待了十年，在这十年过程中，我把小学上完了。我在小学的时候就听过这种故事形式，叫《一块银元》。

毛：就是小学三年级吗？

吴：小学三年级以后。然后我到了西安以后，就开始自己讲。1970年，我们全家搬到西安，因为我父亲调到西安去了。到西安后不久，我先是参加了芭蕾舞《红色娘子军》的演出，然后开始播音，然后开始讲故事。

毛：您真有文艺天分。

吴：对。讲故事在我学习上给了我很大的帮助，尤其是我后来学外语，我的记忆力好、表达能力好、语音语调好、发音字正腔圆，这些对我的学习都有帮助。

毛：您当时记故事，有专门的人培训你们吗？比如说如何记故事。

吴：有，讲故事是可以辅导的。我们说的辅导呢是各个群众文化艺术馆的老师给辅导。这种辅导一般就是把脚本给了你以后，你站在老师面前讲，老师随时会让你停，告诉你这个地方，你该怎么怎么处理，然后你再接着讲。然后再停，告诉你这个你应该怎么处理。有人辅导，而且这些老师绝大多数都是搞话剧的、搞表演的。

毛：嗯，因为故事是有一定故事结构的，所以在您记忆的时候，有没有人给你们讲类似于"三段式"这样的内容。因为故事很多时候都是重复的，比如《三兄弟》的故事，他做了三件事，每件事的前面基本都是一样的，只是后边的结尾不一样。有没有人给你们专门讲过故事该如何记忆？有没有一些简单的记忆方法或者技巧？

吴：讲故事的技巧是有的。但是说实话，讲故事最重要的一点是你要把它背熟，死记硬背，背得滚瓜烂熟。因为你无论有什么技巧，都需要在背熟的基础上发挥。背熟之后，你可以有一些表演性、时间性的发挥，它包括好多，比如眼神、手势、语腔语调、声音转换、人物转换、群众交流、观众交流等。

毛：也就是说，当时咱们的故事都是专门的人去讲，农村那些老的艺术家基本上都不讲了？

吴：当时我们下乡的时候，老一代的人用讲故事的形式的就不多了，反正我们见得不多了。但是，陕北有陕北的特点，陕北比较流行说书。

毛：是盲艺人吗？

吴：盲人，也有不是盲人的，说书比较流行。所以，就不再有讲故事了。但是，就全国的情况来看，讲故事的群体中也有农民，比如工农兵、工农商学兵，都有讲故事的。也有的故事员是农民出身，包括西安市代表队去故事调讲的几个人中就有农村代表。他们在农村劳动，然后当故事员。但是传统的那种农村讲述人就不多了，基本上都被取代了。

毛：因为当时有很多关于革命的故事呀，其实从50年代他们就开始讲起了，慢慢还真是变成……其实我看到一些资料，好多老的故事家们，其实后来主要讲的也都是革命故事。因为民间文学本身受政治影响还是很大的，它不像我们想象的那样自在的存在。您看，延安时期陕北的说书，当时的政策宣传主要就靠说书，因为老百姓就是喜欢听说书呀。

吴：这和红军来有关，当时"闹红"，很多民歌也改得与此有关。

毛：对，这可能也比较容易接受吧，它属于民众的文艺。

吴：那时候可能是一个特殊年代产生的特殊产物，因为那个年代各个文艺形式都停了。地方戏、戏曲都停了，能演得都是样板戏，比如秦腔《红色娘子军》，都是样板戏。因此，在这样的一种情况下，就产生了讲故事的形式。这种形式呢就开始越来越普遍，越来越普及。后来，又慢慢消失了。

毛：对，突然就消失了，好像是80年代，突然就消失了。

吴：对，主要是被广播和电台里的说书取代了。同时，也被更多的艺术形式的恢复和出现取代了。你看相声也有了，各种都回来了，各种文艺形式都有了，慢慢对讲故事这种就不那么重视了，也不那么热衷了。但是《革命故事会》这本杂志是非常早的一本杂志，一直办到现在，现在也办得更加灵活了，好像看的人还挺多。

毛：它的销售量一直很高。

吴：对，现在叫《故事会》，而且版面呀什么的，我看着都很新颖。

毛：它在60年代，大概1962年、1963年开始，它们的编辑部就很活跃。我看到一些资料，他们专门组织全国的故事员进行交流，而且在各个地方培养故事员。

吴：对，这点很好的。这个杂志可能是最早的，上次有一个题目问《读者文摘》和《革命故事会》哪本杂志出版得更早。

毛：应该是这个早。

吴：这个早，那个晚多了，后来我们就都说这个早。这是一段非常难得的经历，我后来也总结了一下自己个人的收获，也写了一些文章。你可以看一下我的博客，名字叫湖光秋水，里面有我关于讲故事的一些体会。

毛：您看这个就说得很清楚（指吴金光先生最早发表的那篇讲故事的文章），注意观察生活，努力讲好故事。

吴：对，它在每个杂志最后都会有一个怎么讲好故事的介绍。

毛：您这个是PDF版还是……您这是向他们买的吗？还是直接可以下载？

吴：应该是买的，我下载的时候需要用支付宝，支付10元钱吧。我付款后，就相当于这个材料被我提走了，或者说复制了，然后我才能打印出来。

毛：我拍一下吧。之前几期我倒是见过，在图书馆查到过。我看了您分享的文章，您是在上海外国语大学上完本科之后回的北京吧？

吴：嗯，大学毕业后被分配回北京了。

毛：您学的是英语？

吴：英语。

毛：上海外国语大学有一个谢天振老师，您认识吗？

吴：是哪一年的呀？

毛：他应该很早，应该您那时候就在。不过您可能不认识他，因为他学俄语，在俄语系。

吴：嗯，我们当时认识的老师比较窄，就是教英语的老师。

毛：我是在华东师大读的博士，后来在复旦做博士后，在上海待了5年。我是2002年到2007年在上海。您插队是在延安市吗，还是在下边的村子里？

吴：下面的村子里，但是它归延安市管。

毛：在哪里呢？

吴：延安的姚店，这个地方离延安只有五十里路。

毛：那还是挺近的。延安现在很漂亮了。

吴：延安很漂亮，现在搞得非常好。

毛：对，因为我当时不是做延安的民间文学吗，我还去过两次延安。后来，我们不是去学习吗，我还在那开过会。

吴：延安是个非常好的地方，尤其是我们劳动的时候，挑着担子走在高山上，就能感受到李有源的经历，确实能看到"东方红，太阳升"的景象。

毛：这其实之前也是一个民歌。

吴：嗯，《骑白马》，白马调，它本身就是一个民歌。

毛：还有"万丈高楼平地起"，都是根据那个改编的，但这种改编也不容易。因为能改编的让全国人民唱出来、普及出来十分不容易。像《王贵与李香香》也是，它和回族的《马五哥与尕豆妹》的调与词非常像。但是，它能变成一个家喻户晓的，大家都愿意唱的作品。特别是回流，它能够回流到民间。后来我去调查，他们当地的老百姓也知道《王贵与李香香》。

吴：这个也是流传比较广的。

毛：对，尤其是后来，它能够流传下来，我觉得也是很有意思的。

吴：陕西就是越是民间的越有生命力。

毛：它的存续能力很强。比如有的作品，我们会说"过一阵风，它就会没了，会消失掉"。你看这些，虽然语境什么的都变了，但是当地老百姓还都能记得这个事或者唱几句。

吴：有的时候它就是一个口口相传的事情，有好多地方就是通过故事来传信息。

毛：像你们当时讲故事的时候，有没有专门讲一些政策性的，比如当时新的政策。

吴：没有，主要是讲革命故事。因为像宣传政治和这个还是不太一样，它主要是通过讲故事来宣传一些东西。

毛：当时你们的名称叫什么，就是故事队吗？

吴：故事队，当时最流行的就是某某厂、某某学校故事队。

毛：你们和当时的宣传队的性质一样吗？

吴：性质是一样的，都是业余时间宣传的，但是形式不一样。

毛：虽然看了很多资料，但是没想到，当时那么普遍。

吴：非常普遍。我们从那个年代过来，现在还能想起好多故事队的人。一说到，都是一起讲故事的人。

毛：当时，一般来说，一个公社有几个故事队呢？

吴：没有这么平均过，他不是这么分配。这些故事员散在各个生产队，然后需要搞故事会或者故事调讲的时候，他们会把故事员抽上来，进行培训，然后再讲。所以，那个时候就有点像现在的会演一样。他会有故事调讲，有全省的，有县的、地区的、公社的，各个级别的故事调讲都有，最高的是全省的。

毛：这还是比较有意思的。

吴：对，我还没经历过全国的，最高的是全省的。

毛：后来您到了上海上大学以后，还参加过这些活动吗？

吴：后来就没有了，后来就明显感觉到，到了上海以后，这个故事的形式好像越来越少了。离开延安以后，基本上就没有再讲过。

毛：那您后来再关注过这个吗？比如您工作了以后，工作很长时间以后，您想没想过把之前一起讲过故事的人组织在一起，或者大家有没有这种想法，就是大家对这段历史的记忆。我觉得您对这段历史还是很有感情的。

吴：有。但是我们那些人上大学以后基本都走散了。他们大多数人在西安，我在北京，然后有的人去了外地。以前的故事队没有再聚过。

毛：你们大部分还是以读过书的知青为主吧？

吴：对，故事员大多都是读过书的知青。

毛：这倒是挺有意思的一件事，之前没有人讲过。大家都会以为故事员都是从当地的农村发现的。

吴：农村的也是知青，是回乡知青。

毛：其实都是受过教育的。

吴：受过教育的，那种完全没有受过教育的人讲的故事，又能被列为民间传说。比如老人给你说的故事，类似于传说。它和讲故事的这种形式还不太一样，讲故事重在"讲"字，它那个"讲"字很重要。

毛：而且这个有点官方的，是政府组织的。

吴：对，政府组织的，这是时代产物。其实我觉得，如果再这么追踪的话，如果你能找到老的《故事会》看，你能学习到好多东西。

毛：我看到有人专门写过这个，我看了一下。因为这涉及我这个里面吧，我第一个是想把各个门类的民间文艺做一个简单的学术分析。我做过民歌的，也做了关于当时的"国家话语和民间文学"，也做了关于"刘三姐"的追踪，我们把它定义为民间传说。最近我还写了一篇关于童话的，大概囊括了当时主要的民间文艺门类。我还写了一篇关于神话的，就是当时五六十年代的神话，一个是当时国家比较重视民间文化，另外一个就是关于少数民族的神话。我的课题，这一部分基本已经做完了，还有一部分是关于学者的研究。关于当时的一些学者的分析，比如周扬、何其芳、钟敬文、贾芝这四位的分析和反思。因为钟敬文是在新中国之前就开始做民间文学了。新中国成立以后，他的一些思想和研究状况也有一定的变化。周扬和何其芳本身是从延安时期就开始做民间文艺。我的附录里面，我想让大家了解一下，从那个时间段走过来的学者和各界人士，他们对那一时代的一些具体情况的介绍。但是呢，这个很难做，因为我原来以为这段时期的老人们很多。

吴：我不知道你去陕西方便不方便，陕西有一个我们故事队的人，我们现在还保持联系。这个人从陕西师大毕业，叫班理。我们在故事队的时间差不多，但他对那段历史有很多回忆，因为他就是延安知青。

毛：要是有机会，我就去拜访一下。我现在找了几位特别老的先生。比如原来云南省的李缵绪，他去年12月31日去世了。像您说的，您这个年龄经历过1966年到1976年，但是1949年到1966年就没有经历过。虽然您那时候已经读书了，但是还没有参与到社会，可能对整个认知就不太深了。我现在做了有四五位老人家。然后，我的重点不是想做这一段的故事会，但是听您讲，我觉得很有意思。以后有机会的话，我觉得这个也是很有意思的话题。我刚才和您聊的，就是希望把当时的状况做一个简单的梳理，因为这个是作为一个附录。到时候我把录音誊写出来，如果您觉得没有大的失误的话，然后我就把它作为一个附录，就是咱们俩谈的关于当时的故事会和讲故事。这是国家社会科学基金的项目，到时候做完之后，我也会送您一本。因为到时候可能会先送审，送审通过了，才会出书。我们《中国社会科学报》总有一些关于学人的介绍，它有学林版，然后我再看点您的资料，如果您也同意，我就写一些关于您的，因为也做了访谈。

吴：可以的。

毛：然后做一个简单的介绍，因为是一个报纸，也不会写很多。但是我就觉得这个故事会很有趣，以后要是继续做下去的话，我肯定会专门……

吴：对，我可以给你推荐几个人，比如班理这样的人。他可能比我更清楚一些。他还是本地人，而且他还占了一个大便宜。当时我们讲的故事都背得滚瓜烂熟了，当时我们高考的时候，陕西出的语文题就是一篇记叙文——《致科学大会的一封信》。班理就把他讲的那个故事《周总理和我们一起来过年》写上去了，所以他得了陕西的文科第一。我当时傻，我老想着记叙文就一定要和我相关，我就没有把我讲的朱老总的故事写上去。其实我已经背得滚瓜烂熟了，拿起来就能写上去。其实我还是擅长或者说喜欢议论文。我就给科学大会写了一封信，最后也还行，考了79分，当时还挺高的。录取我的外语老师说，就是看我外语都过了，另外语文成绩比较好，所以是在这个基础上录取我的。他是写了这个，得了全省状元。我们确实是讨了个巧，我们相当于在这之前就做了预习。正好它说，不管什么故事，只要是记叙文就可以。我们讲的故事正好就是一篇非常生动的记叙文。

毛：对呀，而且这个比你现场编生动多了。

吴：对呀，非常生动的，因为我讲了多少遍了，都滚瓜烂熟了，拿起来就能写。最后我还是没写，换了一个写。如果你对这个感兴趣，你以后可以采访采访他。他会更多地介绍一些当时延安讲故事的情况。

毛：你们当时讲的时候，比如您和班理都是这个故事队的，彼此之间会提意见吗？

吴：我们之间一般不怎么会提意见，因为每个人的风格不一样，大家都是比较成熟的故事员。我们一般会对一些新故事员提意见或者辅导。比如这个故事队来了一个新的故事员，他刚学怎么讲，我就会告诉他这个故事你要怎么讲，要注意什么问题。但是我们互相之间，已经形成比较好的风格了，我们就不再讲了。

毛：您做了几年故事员呢？

吴：我从 1975 年开始，进了中学就开始讲，一直做到 1978 年，进了大学以后就不讲了。

毛：当时就是各个学校也要组织故事队吗？

吴：都有，各个学校都有故事队。各个学校、各个厂矿都有，这是一个很普遍的情况。但是这个总牵头，你比如说西安市总牵头，就是由西安市群众艺术文化馆来总牵头做这个事情。比如办一个学习班，或者要培训一下，或者要故事调讲，都是由他们来组织。

毛：之前看过一些相关资料，但是听您这么生动地讲，还是很有意思的。

吴：说句老实话，你要是不整理的话，这段历史就消失了。

毛：对对对。

吴：就没有人去那什么了。我当时和我的老师，我们在 QQ 上互相联系时，老师说让我写一篇如何讲好故事的文章，我就写了一篇，就是我刚才说的那些故事技巧。

毛：是哪个老师呢？

吴：是我们高中的语文老师，他还负责广播站，他就成立了一个故事队。之后，他比较会辅导，辅导人怎么讲故事，在播音方面也会辅导。现在我们还保持着联系。现在他退休了，七十多岁了。退休之后，他在做朗诵视频，就是把好的朗诵做成视频，在网上播放。

毛：很与时俱进呀！

吴：是的，我去拜访他，他让我看他的设备，也是电脑，就是各种做朗诵的软件，刚才我看到一个，他给我发过来了。所以我们一直保持着联系。有好多人比较偏，什么意思呢，有些人唱歌唱得好，但是跳舞不行；有些人跳舞跳得好，但是声音不行，很多演员的声音不好听，他们练功练的把嗓子练哑了。但是呢，我是比较全的一个人，唱歌、跳舞都没有问题，尤其是朗诵、话剧、播音都没有问题。而且最近，我们中国歌剧舞剧院——市朗诵评级的评审单位，评级最高是十一级，上次给我评了十级。所以我这个老师知道之后呢，就让我给他朗诵《滕王阁序》。当时，我正好去了滕王阁，我发现那个文特别难读，我就给推了，说我读不了。他是分散型的，到处找人，他也不光是找我一个，我说简单一些的可以。他现在就在做这些东西,做完以后发我。

毛:他这个是之后在网上全部推广吗?

吴:他就是在网上发,给朋友也发。

毛:就相当于一个公益性质的活动。

吴:公益性质的。

参考文献

一 英文文献

Wei-pang Chao, "Mordern China Folklore Investigation," *Folklore Studies*, Vol. 1 (1942), Vol. 2 (1943).

Alan Dundes, *Analytic Essays in Folklore*, Mouton Publishers, 1975.

Richard M. Dorson (ed.), *Folklore in the Modern World*, Mouton Publishers, 1978.

Simon. J. Bronner, *American Folklore Studies: An Intellectual History*, University Press of Kansas, 1986.

Rosemary Levy Zumwalt, *American Folklore Scholarship: A Dialogue of Dissent*, Indiana University Press, 1988.

Changtai Hung, "Reeducating a Blind Storyteller: Han Qixiang and the Chinese Communist Storytelling Campaign," *Modern China*, 1993 (4).

Ziying You, "Tradition and Ideology: Creating and Performing New *Gushi* in China, 1962-1966," *Asian Ethnology*, 2012 (2).

Lauri Honko, "Folkloristic Theories of Genre," Pekka Hakamies and Anneli Honko (eds.), *Theoretical Milestones: Selected Writings of Lauri Honko*, Academia Scientiarum Fennica, 2013.

二 中文著作

[苏] A. M. 阿丝塔霍娃等合编，连树声译：《苏联人民创作引论》，东方书店1954年版。

[美] 阿兰·邓迪斯编，朝戈金等译：《西方神话学读本》，广西师范

大学出版社 2006 年版。

［美］阿兰·邓迪斯编，陈建宪、彭海斌译：《世界民俗学》，上海文艺出版社 1990 年版。

［英］安东尼·吉登斯著，文军、赵勇译：《社会理论与现代社会学》，社会科学文献出版社 2003 年版。

［英］班恩著，杨成志译：《民俗学问题格》，中山大学 1928 年版。

北京大学、北京师范大学、北京师范学院中文系中国现代文学教研室编：《文学运动史料选》，上海教育出版社 1979 年版。

［美］本尼迪克特·安德森著，吴叡人译：《想象的共同体：民族主义的起源与散布》，上海人民出版社 2005 年版。

［美］加布里埃尔·A. 阿尔蒙德、［美］小 G. 宾厄姆·鲍威尔著，曹沛林等译：《比较政治学：体系、过程和政策》，上海译文出版社 1987 年版。

［美］J. H. 布鲁范德著，李扬译：《美国民俗学》，汕头大学出版社 1993 年版。

蔡翔：《革命/叙述：社会主义文学—文化想象（1949—1966）》北京大学出版社 2010 年版。

陈平原：《中国现代学术之建立：以章太炎、胡适之为中心》，北京大学出版社 1998 年版。

陈平原主编：《中国文学研究现代化进程二编》，北京大学出版社 2002 年版。

陈启新：《中国民俗学通论》，中山大学出版社 1996 年版。

陈勤建：《文艺民俗学导论》，上海文艺出版社 1991 年版。

陈勤建：《中国民俗》，中国民间文艺出版社 1989 年版。

陈顺馨：《1962：夹缝中的生存》，山东教育出版社 2002 年版。

陈思和：《陈思和自选集》，广西师范大学出版社 1997 年版。

陈益源主编：《民俗文化与民间文学》，台北里仁书局 1997 年版。

陈泳超：《中国民间文学研究的现代轨辙》，北京大学出版社 2005 年版。

邓小平：《邓小平文选》，人民出版社 1983 年版。

丁耘、陈新主编：《思想史研究》，广西师范大学出版社 2005 年版。

董晓萍：《田野民俗志》，北京师范大学出版社2003年版。

董晓萍编：《民间文艺学及其历史——钟敬文自选集》，山东教育出版社1998年版。

段宝林主编：《中国民间文学概要》，北京大学出版社1998年版。

方成智：《艰难的规整——新中国十七年（1949—1966）中小学教科书的研究》，湖南师范大学出版社2013年版。

［瑞士］费尔迪南·索绪尔著，高名凯译：《普通语言学教程》，商务印书馆1980年版。

［美］费正清、［美］罗德里克·麦克法夸尔主编，王建朗等译：《剑桥中华人民共和国史（1949—1965）》，上海人民出版社1990年版。

冯桂芬：《校邠庐抗议》，上海书店2002年版。

冯梦龙：《山歌》，江苏古籍出版社2000年版。

高丙中：《民俗文化与民俗生活》，中国社会科学出版社1994年版。

高国藩主编：《中国民间文学》，台湾学生书局1995年版。

顾颉刚：《孟姜女故事研究集》，上海古籍出版社1984年版。

管成南主编：《中国民间文学赏析》，台北国家出版社1993年版。

何其芳、张松如选辑：《陕北民歌选》，新文艺出版社1952年版。

贺桂梅：《赵树理文学与乡土中国现代性》，北岳文艺出版社2016年版。

侯姝慧：《20世纪新故事文体的衍变及其特征研究》，中国社会科学出版社2014年版。

胡适著，唐德刚译注：《胡适口述自传》，华文出版社1992年版。

胡适：《胡适留学日记》，岳麓书社2000年版。

胡适：《胡适文存》，黄山书社1996年版。

胡万川：《民间文学的理论与实际》，台湾清华大学出版社2004年版。

胡万川主编：《民间文学工作手册》，台湾台中县立文化中心1996年版。

胡万川主编：《文化的源头活水——民间文学之重要性》，台湾彰化县立文化中心1993年版。

户晓辉：《现代性与民间文学》，社会科学文献出版社2004年版。

黄曼君主编：《中国20世纪文学理论批评史》，中国文联出版社2002

年版。

黄曼君:《中国近百年文艺理论批评史（1895—1990）》,湖北教育出版社1997年版。

贾芝:《民间文学论集》,作家文学出版社1963年版。

贾芝主编:《延安文艺丛书·民间文艺卷》,湖南文艺出版社1988年版。

贾芝:《播谷集》,人民文学出版社1994年版。

贾芝主编:《新中国民间文学五十年》,大众文艺出版社2004年版。

江宝钗:《从民间文学到古小说》,台湾复文图书出版社1999年版。

姜彬主编:《中国民间文学大辞典》,上海文艺出版社1992年版。

姜义华主编:《胡适学术文集·新文学运动》,中华书局1993年版。

蒋祖怡:《中国人民文学史》,北新书局1950年版。

［德］卡尔·曼海姆著,艾彦译:《意识形态和乌托邦》,华夏出版社2001年版。

［美］凯瑟琳·奥兰丝汀著,杨淑智译:《百变小红帽:一则童话三百年的演变》,生活·读书·新知三联书店2006年版。

［德］康德著,何兆武译:《历史理性批判文集》,商务印书馆1990年版。

［英］柯克士著,郑振铎译:《民俗学浅说》,上海商务印书馆1934年版。

［美］柯文著,林同奇译:《在中国发现历史——中国中心观在美国的兴起》,中华书局1989年版。

［苏］Л. Д. 克拉耶夫斯基,连树声译:《苏联口头文学概论》,东方书店1954年版。

匡扶:《民间文学概论》,甘肃人民出版社1957年版。

蓝棣之主编:《何其芳全集》,河北人民出版社2000年版。

［美］勒内·韦勒克、［美］奥斯汀·沃伦著,刘象愚等译:《文学理论》,江苏教育出版社2005年版。

李惠芳:《民间文学的艺术美》,武汉大学出版社1986年版。

李惠芳:《中国民间文学》,武汉大学出版社1999年版。

李书磊:《1942:走向民间》,山东教育出版社2002年版。

李岳南:《民间戏曲歌谣散论》,上海出版公司1954年版。

梁启超:《饮冰室合集》,中华书局1989年版。

梁启超:《中国近三百年学术史》,天津古籍出版社2003年版。

梁昭:《表述"刘三姐":壮族歌仙传说的变迁与建构》,民族出版社2014年版。

林骧华、朱立元、居延安等主编:《文艺新学科新方法手册》,上海文艺出版社1987年版。

刘半农:《国外民歌译》(第一集),北新书局1927年版。

刘大先:《现代中国与少数民族文学》,中国社会科学出版社2013年版。

刘禾:《世界秩序与文明等级:全球史研究的新路径》,读书·生活·新知三联书店2016年版。

刘禾:《语际书写——现代思想史写作批判纲要》,生活·读书·新知三联书店1999年版。

刘魁立:《刘魁立民俗学论集》,上海文艺出版社1998年版。

刘梦溪主编,陈平原校:《中国现代学术经典——章太炎卷》,河北教育出版社1996年版。

刘守华、白庚胜主编:《中国民间文艺学年鉴:2001年卷》,华中师范大学出版社2003年版。

刘锡诚:《20世纪中国民间文学学术史》,河南大学出版社2006年版。

刘锡诚:《双重的文学——民间文学+作家文学》,百花洲文艺出版社2016年版。

娄子匡、朱介凡主编:《五十年来的中国俗文学》,台湾正中书局1963年版。

鲁迅:《鲁迅集外集拾遗补编》,人民文学出版社1995年版。

吕微:《民俗学:一门伟大的学科:从学术反思到实践科学的历史与逻辑研究》,中国社会科学出版社2015年版。

罗岗、陈春艳编:《梅光迪文录》,辽宁教育出版社2001年版。

[加]马克·昂热诺等主编,史忠义、田庆生译:《问题与观点——20世纪文学理论综论》,百花文艺出版社2000年版。

马学良：《素园集》，中国民间文艺出版社1989年版。

毛巧晖：《涵化与归化——论延安时期解放区"民间文学"》，上海辞书出版社2006年版。

毛泽东：《毛泽东选集》，人民出版社1991年版。

毛泽东：《毛泽东著作选读》，人民出版社1986年版。

[荷] 米克·巴尔著，谭君强译：《叙述学：叙事理论导论》（第三版），北京师范大学出版社2015年版。

[法] 米歇尔·福柯著，谢强、马月译：《知识考古学》，生活·读书·新知三联书店1998年版。

[法] 米歇尔·福柯著，张廷琛等译：《性史》，上海科学技术文献出版社1989年版。

[苏] 莫·卡冈著，凌继尧、金亚娜译：《艺术形态学》，生活·读书·新知三联书店1986年版。

[美] 尼尔·波兹曼著，章艳译：《娱乐至死》，中信出版社2015年版。

祁连休、程蔷编：《中华民间文学史》，河北教育出版社1999年版。

[美] 乔治·E. 马尔库斯、[美] 米开尔·M. J. 费切尔著，王铭铭、蓝居达译：《作为文化批评的人类学》，生活·读书·新知三联书店1998年版。

[英] 瑞爱德著，江绍原编译：《现代英国民俗与民俗学》，上海文艺出版社1988年影印。

施爱东：《倡立一门新学科：中国现代民俗学的鼓吹、经营与中落》，中国社会科学出版社2011年版。

史学理论丛书编辑部：《八十年代的西方史学》，中国社会科学出版社1990年版。

司马长风：《中国新文学史》，香港昭明出版社1978年版。

宋德胤：《文艺民俗学》，北方文艺出版社1991年版。

谭达先：《中国民间文学概论》，香港商务印书馆香港分馆1980年版。

谭达先主编：《中国民间文学概论》，贯雅文化事业有限公司1992年版。

谭丕模：《清代思想史纲》，上海书店1990年影印。

天鹰（姜彬）：《一九五八年中国民歌运动》，上海文艺出版社1959年版。

汪晖:《汪晖自选集》,广西师范大学出版社 1997 年版。

汪晖:《现代中国思想的兴起》,生活·读书·新知三联书店 2004 年版。

王明:《中共 50 年》,东方出版社 2004 年版。

王明珂:《华夏边缘:历史的记忆与族群认同》,社会科学文献出版社 2006 年版

王平凡、白鸿编,毛星著:《毛星纪念文集》,学苑出版社 2004 年版。

王韬:《弢园文录外编》,上海书店 2002 年版。

王文宝:《中国民俗学史》,巴蜀书社 1995 年版。

王文宝:《中国民俗研究史》,黑龙江人民出版社 2003 年版。

王瑶:《王瑶文集》,北岳文艺出版社 1995 年版。

乌丙安:《民间文学概论》,春风文艺出版社 1980 年版。

乌丙安:《中国民俗学》,辽宁大学出版社 1985 年版。

周作人著,吴平、邱明一编:《周作人民俗学论集》,上海文艺出版社 1999 年版。

萧超然等编:《北京大学校史(一八九八——一九四九)》(增订本),北京大学出版社 1988 年版。

谢冕、洪子诚主编:《中国当代文学史料选(1948—1975)》,北京大学出版社 1995 年版。

徐蔚南:《民间文学》,世界书局 1927 年版。

岩叠、陈贵培、刘绮、王松翻译整理:《召树屯(附:嘎龙)》,人民文学出版社 1959 年版。

杨成志:《杨成志民俗学译述与研究》,高等教育出版社 1989 年版。

杨荫深:《中国民间文学概说》,华通书局 1930 年版。

杨荫深:《中国俗文学概论》,世界书局 1935 年版。

杨哲编:《钟敬文生平·思想及著作》,河北教育出版社 1991 年版。

姚居顺、孟慧英:《新时期民间文学搜集出版史略》,辽宁大学出版社 1989 年版。

叶春生编:《岭南俗文学简史》,广东高等教育出版社 1996 年版。

叶涛主编:《新中国民俗学 70 年》,中国社会科学出版社 2019 年版。

[苏]尤·科鲁格洛夫著,夏宇继译:《民间文学实习手册》,中国民

间文艺出版社 1985 年版。

　　岳永逸：《"土著"之学：辅仁札记》，九州出版社 2020 年版。

　　岳永逸：《"口耳"之学：燕京札记》，九州出版社 2023 年版。

　　岳永逸：《终始：社会学的民俗学（1926—1950）》，北京师范大学出版社 2023 年版。

　　曾永义：《俗文学概论》，台湾三民书局 2003 年版。

　　张宏：《民间文学改旧编新论》，时代文艺出版社 1991 年版。

　　张霖：《赵树理与通俗文艺改造运动（1930—1955）》，南京大学出版社 2020 年版。

　　张婷婷：《中国 20 世纪文艺学学术史》第四部，上海文艺出版社 2001 年版。

　　张之伟：《中国现代儿童文学史稿》，华东师范大学出版社 1993 年版。

　　张紫晨主编：《民间文学基本知识》，上海文艺出版社 1979 年版。

　　章学诚：《章学诚遗书》，文物出版社 1985 年版。

　　赵景深：《民间文艺概论》，北新书局 1950 年版。

　　赵世瑜：《眼光向下的革命——中国现代民俗学思想史论（1918～1937）》，北京师范大学出版社 1999 年版。

　　赵汀阳、贺照田主编：《学术思想评论》，辽宁大学出版社 1997 年版。

　　郑元者：《艺术之根：艺术起源学引论》，湖南教育出版社 1998 年版。

　　郑振铎：《中国俗文学史》，商务印书馆 1938 年版。

　　郑志明：《文学民俗与民俗文学》，台湾嘉义南华管理学院 1999 年版。

　　［日］直江广治著，林怀卿译：《中国民俗学》，台湾世一书局 1970 年版。

　　中共中央党史研究室著，胡绳主编：《中国共产党的七十年》，中共党史出版社 1991 年版。

　　中国民间文艺家协会编：《真情呼唤　共铸辉煌——庆贺贾芝百岁文集》，中国文联出版社 2016 年版。

　　中国民间文艺研究会整理：《毛泽东的故事和传说》，工人出版社 1954 年版。

　　中国民间文艺研究会研究部编：《民歌作者谈民歌创作》，作家出版社 1960 年版。

中国民间文艺研究会编:《民间文学搜集整理问题》第一集,上海文艺出版社1962年版。

中国民间文艺研究会上海分会编:《中国民间文学论文选》,上海文艺出版社1980年版。

中国民间文艺研究会研究部编:《民间文学论丛》,中国民间文艺出版社1981年版。

中国民俗学学会编:《中国民俗学研究》(第二辑),中央民族大学出版社1996年版。

中国社会科学院科研局组织编选:《毛星集》,中国社会科学出版社2002年版。

中国俗文学学会编:《俗文学论》,黑龙江人民出版社1987年版。

钟敬文:《民间文艺新论集》,中外出版社1950年版。

钟敬文:《口头文学:一宗重大的民族文化遗产》,北京师范大学出版社1951年版。

钟敬文主编:《民间文学概论》,上海文艺出版社1980年版。

钟敬文:《民间文艺谈薮》,湖南人民出版社1981年版。

钟敬文:《钟敬文民间文学论集》,上海文艺出版社1982年版。

钟敬文:《新的驿程》,中国民间文艺出版社1987年版。

钟敬文主编:《民间文艺学探索》,北京师范大学出版社1987年版。

钟敬文主编:《中国民间文艺学的新时代》,敦煌文艺出版社1991年版。

钟敬文:《钟敬文学术论著自选集》,首都师范大学出版社1994年版。

钟敬文著,董晓萍编:《民俗文化学:梗概与兴起》,中华书局1996年版。

钟敬文、马名超、王彩云主编:《中国民间文学大辞典》,黑龙江人民出版社1996年版。

钟敬文:《钟敬文民俗学论集》,上海文艺出版社1998年版。

钟敬文:《民间文艺学及其历史》,山东教育出版社1998年版。

钟敬文:《中国民间文学讲演集》,北京师范大学出版社1999年版。

钟敬文著,董晓萍整理:《钟敬文学述》,浙江人民出版社2000年版。

钟敬文:《钟敬文文集·民间文艺学卷》,安徽教育出版社2002年版。

周扬、郭沫若编：《红旗歌谣》，红旗杂志社1959年版。

周扬：《周扬文集》，人民文学出版社1984年版。

[美]周纵策著，周子平等译：《五四运动：现代中国的思想革命》，江苏人民出版社1996年版。

周作人：《谈龙集》，河北教育出版社2002年版。

朱自清：《中国歌谣》，复旦大学出版社2004年版。

邹振环：《影响中国近代社会的一百种译作》，中国对外翻译出版公司1996年版。

三　文章

[美]阿伦·邓迪斯著，王克友、侯萍萍译：《"民"指什么人?》，《民俗研究》1994年第1期。

安德明：《多尔逊对现代中国民俗学史的论述》，《北京师范大学学报》（社会科学版）1996年第6期。

本刊记者：《增强学科意识　提高民间文学基础理论研究水平》，《思想战线》1996年第5期。

《编后记》，《民间文学》1957年第11期。

《编后记》，《民间文艺集刊》1950年第1册。

编者：《本刊今后的话》，《民俗》第101期，1930年2月26日。

曹顺庆：《21世纪中国文化发展战略与重建中国文论话语》，《东方丛刊》1995年第3辑。

陈平原：《"通俗小说"在中国》，《上海文化》1996年第2期。

陈勤建：《20世纪中日民俗学学术倾向及前瞻》，《民俗研究》2001年第1期。

陈勤建：《文艺民俗批评的理论基础与实践应用》，《广西民族学院学报》（哲学社会科学版）2000年第6期。

陈勤建：《现实性：中国民俗学的世纪抉择》，《民俗研究》1998年第4期。

陈勤建、廖海波：《中国现代民间文学在民俗学文学化中独立发展》，《广西师范学院学报》（哲学社会科学版）2004年第2期。

陈泳超：《作为运动与作为学术的民间文学》，《民俗研究》2006年第

1 期。

陈子艾：《民间文学本质特征新议》，《民间文学》1986 年第 12 期。

程善伟：《钟敬文主要著作年表》，《民间文化·祝贺钟敬文百岁华诞学术专刊》2001 年第 6 期。

党圣元：《学术规范与学术人格》，《文学评论》1996 年第 5 期。

董晓萍：《民族志式田野作业中的学者观念——对我国现代田野作业中的 8 种学者著述的分析》，《北京师范大学学报》（社会科学版）1998 年第 6 期。

董作宾：《一首歌谣整理研究的尝试》，《歌谣》周刊第 63 号，1924 年 10 月 12 日。

段宝林：《民间文学的立体描写与研究方法》，《民间文学》1988 年第 1 期。

段宝林：《加强民族民间文学的描写研究》，《南风》1982 年第 2 期。

《发刊词》，《歌谣》周刊第 1 号，1922 年 12 月 17 日。

《发刊词》，《民间文学》1955 年第 1 期。

福田亚细男：《民俗学的研究方法》，高木立子、陈岗龙译，《民俗研究》1999 年第 1 期。

高丙中：《关于民俗主体的定义——英美学者不断发展的认识》，《湖北大学学报》（哲学社会科学版）1993 年第 4 期。

高丙中：《民间、人民、公民：民俗学与现代中国的关键范畴》，《西北民族研究》2015 年第 2 期。

高丙中：《中国民俗学的人类学倾向》，《民俗研究》1996 年 2 期。

高国藩：《略谈"中国民间文学"的概念》，《民间文学论坛》1985 年第 1 期。

《歌谣选由日刊发表》，《北京大学日刊》1918 年 5 月 20 日。

古通今：《民俗学复刊号第一卷第一期——兼评我国民俗学运动》，《大公报》1936 年 11 月 14 日。

顾颉刚：《孟姜女故事的转变》，《歌谣》周刊第 69 号，1924 年 11 月 23 日。

郭沫若：《关于大规模收集民歌问题答本刊编辑部问》，《民间文学》1958 年 5 月号。

何其芳：《论民歌》，《人民文学》1950年第1期。

胡愈之：《论民间文学》，《妇女杂志》1921年第7卷第1号。

黄浩：《文学失语症——新小说"语言革命"批判》，《文学评论》1990年第2期。

黄意明：《化民成俗：民俗学的重大课题》，《戏剧艺术》1998年第4期。

吉星：《为忠实记录民间文学呼吁》，《民间文学》1981年第5期。

记哲：《略谈文学的人民性问题》，《山东师范学院学报》1959年第3期。

贾芝：《读〈西北民族研究〉说到民俗学与民间文学》，《西北民族研究》1997年第2期。

贾芝：《发扬民间文学战斗和教育的作用——谈民间文学为农村社会主义教育服务问题》，《民间文学》1963年第6期。

贾芝：《民间文学的普查与记录》，《民间文学论坛》1986年3期。

贾芝：《社会主义建设时期民间文学的范围界限和工作任务问题》，《民间文学》1960年12月号。

柯扬：《关于深化民俗学田野作业的两点思考》，《民俗研究》1994年第4期。

克冰（连树声）：《关于"人民口头创作"》，《民间文学》1957年5月号。

老彭：《论民间文学的特征》，《山茶》1988年第4期。

黎敏：《新中国头十年苏联民间文学理论的引入》，《西北民族研究》2006年第2期。

李初黎：《十年来新文化运动的检讨》，《解放周刊》1937年第42期。

李岳南：《由〈牛郎织女〉来看民间故事的思想性和艺术性》，《北京文艺》1956年8月号。

连树声：《借鉴苏联民间文学理论的历史回顾与思考》，《民俗典籍文字研究》2003年第1期。

林默涵、邵荃麟：《为文学艺术大跃进扫清道路》，《文艺报》1958年第6期。

刘守华：《1949—1966：中国民间文艺学（一）》，《通俗文学评论》

1996 年第 3 期。

刘守华：《1949—1966：中国民间文艺学（二）》，《通俗文学评论》1996 年第 4 期。

刘守华：《慎重地对待民间故事的整理编写工作——从人民教育出版社整理的〈牛郎织女〉和李岳南同志的评论谈起》，《民间文学》1956 年 11 月号。

刘守华：《中国民间文学研究百年历程》，《华中师范大学学报》（人文社科版）2001 年第 3 期。

刘铁梁：《民俗调查中的心理观察问题》，《民间文学论坛》1996 年第 3 期。

刘铁梁：《中国民间文化的田野调查》，《广西民族学院学报》1997 年第 2 期。

刘锡诚：《新中国民间文学理论研究和学科建设：1949～1966》，《广西民族学院学报》（哲学社会科学版）2003 年第 1 期。

刘锡诚：《中国民间文艺学史上的民俗学派》，《湖北民族学院学报》（哲学社会科学版）2004 年第 1 期。

刘锡城：《民俗百年话题》，《民俗研究》2000 年第 1 期。

刘锡城：《作为民间文艺学家的何其芳》，《民族艺术研究》2004 年第 1 期。

刘竹：《试论神话的文学特性》，《云南师范大学学报》（哲学社会科学版）1993 年第 2 期。

路文彬：《救救文学批评：让文学批评回到文学》，《文艺争鸣》1998 年第 1 期。

吕微：《"内在的"和"外在的"民间文学》，《文学评论》2003 年第 3 期。

吕微：《〈中华民间文学史〉编写研讨会纪要》，《文学遗产》1995 年第 2 期。

马学良：《关于忠实记录的问题》，《民间文学论坛》1986 年 3 期；

毛星：《论文学艺术的特性——评陈涌等关于文学艺术的特性的错误意见》，《文学研究》1957 年第 4 期。

毛星：《民间文学及其发展谫论》，《民间文学论坛》1984 年第 1 期。

毛泽东:《论新阶段》,《解放》第57期,1938年11月25日。

毛泽东:《主席给陈毅同志谈诗的一封信》,《诗刊》1978年第1期。

毛泽东:《在延安文艺座谈会上的讲话》,《解放日报》1943年10月19日。

《民间文学》编辑部:《关于搜集整理工作的各种不同意见》,《民间文学》1959年7月号。

屈雅君:《变则通通则久——"中国古代文论的现代转换"研讨会综述》,《文学评论》1997年第1期。

容肇祖:《回忆顾颉刚先生》,《社会科学辑刊》1982年第3期。

桑新民:《建构主义的历史、哲学、文化与教育解读》,《全球教育展望》2005年第4期。

施爱东:《"概论教育"与"概论思维"》,《西北民族研究》2004年第1期。

施爱东:《民间文学的共时研究》,《民俗研究》2021年第1期。

蜀客:《关于"民间文学是什么"的思考》,《民间文学》1986年第8期。

陶东方、金元浦:《人文精神与世俗化——关于90年代文化讨论的对话》,《社会科学战线》1996年第2期。

陶立璠:《中国民俗学发展新的里程碑——中国民俗学1994年学术研讨会闭幕词》,《民俗研究》1994年第4期。

王晓明、张宏、徐麟、张柠、崔宜明:《旷野上的废墟——文学和人文精神的危机》,《上海文学》1993年第6期。

王一川:《从启蒙到沟通——90年代审美文化与人文精神转化论纲》,《文艺争鸣》1994年第5期。

魏建功《歌谣四十年》(下),《民间文学》1962年第2期。

魏同贤:《民间文学界说》,《文史哲》1962年第6期。

魏同贤:《社会主义时期民间文学的范围界限琐议》,《民间文学》1981年第11期。

乌丙安:《填补了民俗学方法论空白的好书——评江帆的〈民俗学田野作业研究〉》,《中国图书评论》1996年第6期。

吴敏:《文人的"新社会梦"——试论何其芳1942—1949年的思想变

化》,《广东社会科学》2002 年第 2 期。

吴晓铃:《俗文学的供状》,《华北日报》1948 年 6 月 4 日。

晓丹、赵仲:《文学批评:在新的挑战面前——记厦门全国文学评论方法论讨论会》,《文学评论》1985 年第 4 期。

谢保杰:《1958 年新民歌运动的历史描述》,《中国现代文学丛刊》2005 年第 1 期。

徐纪民整理:《"田野作业与研究方法"座谈会》,《民间文学论坛》1985 年第 5 期。

许钰:《关于民间文学范围的思考》,《民间文学论坛》1987 年 5 期。

薛洁、李连江、石收鸽:《1991—2000 年民俗学文献分析》,《民俗研究》2002 年第 2 期。

杨利慧:《女娲信仰:华北地区的田野考察》,《广西民族学院学报》(哲学社会科学版) 1997 年第 2 期。

杨利慧:《中原女娲神话及其信仰习俗的考察报告》,《中国民俗学研究》1996 年第 2 辑。

杨亮才:《民间文学之子——为庆祝贾芝先生九十华诞而作》,《西北民族研究》2003 年第 1 期。

于彤:《评〈民间文学概论〉》,《文艺报》1951 年第 4 期。

岳永逸:《保守与激进:委以重任的近世歌谣——李素英的〈中国近世歌谣研究〉》,《开放时代》2018 年第 1 期。

张弘:《民间文学发展的必由之路——"改旧编新论"之二》,《民间文学》1980 年第 8 期。

张士杰:《漫谈义和团故事的搜集整理与创作》,《民间文学》1963 年第 1 期。

赵卫邦:《中国近代民俗学研究概况》,王雅宏、岳永逸译,《贵州民族大学学报》(哲学社会科学版) 2017 年第 2 期。

《征集民间文艺资料办法》,《民间文艺集刊》1950 年第一集。

郑元者:《中国问题、中国话语与中国理论》,《杭州师范学院学报》(社会科学版) 2004 年第 6 期。

《中央人民政府高等学校课程草案》,《光明日报丛刊》1950 年第三辑。

钟敬文：《从事民俗学研究的反思与体会》，《北京师范大学学报》（社会科学版）1998年第6期。

钟敬文：《对待外来民俗学学说、理论的态度问题》，《民间文学论坛》1997年第3期。

钟敬文：《建立中国民俗学学派刍议》，《民族艺术》1999年第1期。

钟敬文：《建立中国民俗学学派论纲》，《广西民族学院学报》（哲学社会科学版）2000年第1期。

钟敬文：《口承文艺在民俗学研究中的位置》，《文艺研究》2002年第4期。

钟敬文：《七十年学术经历纪程——〈钟敬文学术论著自选集〉自序》，《北京师范大学学报》（社会科学版）1993年第4期。

钟敬文：《请多多地注意民间文艺》，《文艺报》1949年第13期。

钟敬文：《谈谈民间文学在大学中文系课程中的位置》，《北京师范大学学报》（社会科学版）1996年第6期。

周恩来：《在文艺工作座谈会和故事片创作会议上的讲话》，《文艺报》1979年第2期。

周景雷：《走向民间与面向大众——关于周扬文艺思想中民间与大众化问题的解释》，《文艺理论与批评》2002年第6期。

周扬：《大规模收集全国民歌》，《人民日报》1958年4月14日。

周扬：《文艺战线上的一场大辩论（根据1957年9月16日在中共中国作家协会党组扩大会议上的讲话整理、补充并和文艺界的一些同志交换了意见之后写成）》，《人民日报》1958年2月28日。

周作人：《平民的文学》，《每周评论》1919年第5号。

周作人：《人的文学》，《新青年》第5卷6号，1918年12月15日。

四　网络资源

乌丙安：《民俗学——当然的一级学科》，故乡网，http：//guxiang.com/xueshu/others/shijiao/200208/200208150039.htm。

五　内部资料（含学位论文与博士后工作报告）

贾芝：《我是草根学者》（手稿），2004年。

刘思诚:《新中国初期内蒙古民间文艺搜集整理史（1949—1959）》，硕士研究生学位论文，北京师范大学，2014年。

穆昭阳:《中国民间故事搜集整理史研究——以1949—2010年为例》，博士学位论文，中央民族大学，2014年。

施爱东:《中国现代民俗学检讨》，北京师范大学博士后出站报告，2005年。

王芳芳:《1958：新民歌运动》，硕士学位论文，北京师范大学，2005年。

王文宝编:《中国俗文学学会概况》，中国俗文学学会，1993年。

杨亮才:《我对民间文学工作的几点意见》（手稿），2004年。

郑土有:《打通"民间文学""俗文学"，构建"口传文学"平台——关于新时期民间文学学科建设的思考》，《中国民俗学学会第六届代表大会论文集》，2006年。

中国民间文艺研究会研究部编:《民间文学参考资料》（第1—8辑），1963年。

多重学缘与视野开拓

——民俗学学习历程的思考(代后记)

职业选择有着偶然性。在没有手机、没有网络的时代，生长于华北腹地小县城的我对身外世界了解极少，除了中国最好的大学和身边哥哥姐姐就读的学校，其他都不熟悉。高考报志愿，拿着厚厚一大本资料，漫无目的地浏览着高校的名字，但脑海中闪现的只是历史老师的身影，他讲课精彩，视野宏大，让我对历史有了莫名的热爱。我当时就对父母说，学校无所谓，但我一定要读历史系。父亲是英语老师，最推荐的是外语系，其次中文系，当然这些也都是他志愿的延续。但作为中学教师，他当时更沉迷于教育别人家的孩子，对学习中等的我倒不甚关心，估计觉得我不复读很难考上大学吧。结果造化弄人，高考成了我人生的巅峰，成绩出奇地高，我很顺利地进入离家不远的山西师范大学历史系学习。这也算是进入当下职业的起点吧（一般学术简历都从大学写起）。

一 无心插柳柳成荫：专业与课题方向

我成了大家现在经常说起的既非985，也非211高校的毕业生。1993年，山西师范大学的校长是陶本一教授，他在开学典礼仪式上的其他讲话都已不记得，但一句话铭记于心，就是"上山、下海"，他极为形象地宣讲了大学生应有的志向与追求。恰逢当年我大学辅导员对于学术极为追逐，他鼓励全班同学考研，于是乎从大一开始就奔着考研的目的，只是当时一心想读历史专业，固执于对世界历史的学习，从大三开始就选择了北京师范大学世界上古史方向，至于如何选择的，我似乎已经不记得了，模糊记忆中，好像是老师觉得我英语好。结果因为考研当年英语成绩略差，只能转离北京，当时不像今天，网上申请或电话联系，父母想起了奶奶的哥哥，他们都在大城市，了解大学。也恰因此，我在奶奶的大哥贾芝先生的帮助下，前往西北民族大学学习民间文学。我从来没想过，会以此为职业。

对于历史的执念，让我对文学关注极少。当时根本不知道有民间文学这一研究方向，只是儿时的记忆中，舅爷爷贾芝回老家的时候，让妈妈讲过故事。在懵懂中开始了跟随著名民俗学家郝苏民先生的学习历程。在西北民族大学，一切都是新鲜的，纷繁的民族节日，丰富多彩的美食，但绚丽过后，更多是冷寂的日子，面对知之甚少的专业，内心一片苍茫。几年前搬家，还把当时的日记翻出来，里面大多记录的是自己内心的失落与苦闷。每天面对的都是从未读过、似乎也不感兴趣的《金枝》《野蛮人的性生活》《文化模式》等生涩的专业书籍，而且我的学习方式依然停留在大学阶段的知识记忆。度过研究生一年级的痛苦之后，二年级时专业似乎有了点眉目。弗雷泽巫术、宗教、科学的进化路径，爱德华·泰勒的文化遗留物理论，本尼迪克特的"文化相对论"等共同影响和建构着我对《金枝》所描述各区域、马林诺夫斯基调查的特罗布里恩德岛、印第安人等遥远文化的认知。现在依然记得有一天午后，郝先生将我喊到他家，问我今后毕业论文的选题方向。他一再询问我："你喜欢什么？"他举例，比如"我就非常喜欢八思巴文，我盯着它，有时候一看一天，如果我认出来了一个字，就要兴奋很久很久。"如果按照这样子，那我没有喜欢的。在看《心灵奇旅》（*Soul*）时，看着21号灵魂的恐惧与犹豫，我仿佛回到了自己当时的状态。在二十多年的人生旅途中，似乎很少有特别喜欢的，大多是为了读书而读书。可能本科直接读硕士的很多同人有此遭遇，但沮丧过后，还是要完成硕士论题的选择。突然想起老师一直强调要关注身边的人和事，与当下所说的民俗学的"日常生活"转向契合。在他的理念中，民俗就是生活实践。但我最初能想到的就是山西古老的神话传说，当我一说这一选题，郝先生就说可能你古文功底尚可，但你的专业优势如何？后来在与老师多次长谈后，聊到了全国各地都有回族，山西长治也有回族社区，他探寻式地问我是否对此有兴趣。瞬间豁然开朗，费孝通先生的《江村经济》，其中社区研究、村落研究，①"解剖麻雀"的微型研究方法是老师倡导的，同时郝先生也一直在践行费孝通先生提倡的民族走廊理论等。② 在老师的启迪下，我硕士论文以山西长治回族女性的宗教生活作为选题。这也就意味着对于村落研究方法的吸纳，同时因为关注回族，对伊斯兰教有了一些了解，也开始关注其他信仰伊斯兰教的民族如青海的撒拉族，最初发表的几篇论文也与此有关，如关于山西长治回族③、青海撒拉族的民间文学研究④。

对于现在而言，如此的专业方向与课题的选择似乎有点随意。但于我而言，或许对于历史的执念只是源起于少年时期的愿景，并非热爱。亦或许我不是个例，将执念与热爱、喜好等同。反而是民间文学更成就了我的爱好与知识追求。成年之后，特别感恩硕士阶段的经历。当时对于学术并无深刻认知，但在参与民间文学的田野调查时让我开始发现了自己的兴趣所在。今天第一次田野经历依然历历在目，我似乎更喜欢除了书本外的知识获取方式。听着老人们讲述，跟同龄人聊天，接触到了不一样的一片天地。在那一时刻，再也没有了无法进入历史专业攻读硕士研究生的懊恼。对于硕士的选题，从现在的学术考虑，做得并不是很理想，但当时是村落研究与社区研究的一个实践个案。我也看到老师地处西北一隅，他首先关注西北少数民族民俗、民间文学的研究，尤其是甘青特有民族的研究，扬长避短，充分利用地域优势，同时他对于当时烽烟四起的民俗学、民族学、社会学、人类学各个理论流派兼容并收。特别是他作为《西北民族研究》的主编，关注学术动态，在全国首先将社会人类学与民俗学兼容，对于他的多学科、全球视野当时无法全部领会，但他的学术导引让我的视野可以不局限于某一领域，这奠定了后来我的专业基础。当我自己也开始做硕士生导师后，越发感悟到郝先生在选题时的高屋建瓴，于是最初自己

---

① 费孝通：《江村经济：中国农民的生活》，江苏人民出版社1986年版。
② 郝苏民先生1997年主持国家社会科学基金项目"甘青特有民族文化形态研究"，并出版《甘青特有民族文化形态研究》（民族出版社1999年版）一书。
③ 毛巧晖：《山西省阳高县袁家皂丁氏回族民俗生活调查研究》，《青海民族研究》2003年第2期。
④ 毛巧晖：《撒拉族民间文学中的民俗事象透视》，《青海民族研究》2001年第3期。

就亦步亦趋,希望自己的学生能着眼于本地域特色民俗事象的研究,并且这一思路与理念伴随我多年,很长一段时间都在关注区域民俗与民间文学的搜集及其研究,直到博士毕业初期所申请与承担的课题都是与三晋文化或山西南部神话传说相关。同时,因为有少数民族民俗、民间文学研究的学习经历,让我在后来的研究中有了多民族文化视野,这一优势一直发挥其效力,让我能较早关注到山西、陕西、河南黄河流域一带的少数民族民俗研究,尤其是山西的回族。数年后,我也开始反思区域民俗类选题的得失之处。在最初的资料普查与积累阶段,它是必不可少的;区域研究也是民俗学长期以来的优势方法,但也因此,我固守于此法,陷入大量区域个案难以自拔。这一思路与方法的困境,在博士阶段学习中已有显露,只是我个人最初并未意识到。

二 新的学缘吸纳:强扭的瓜也甜

硕士毕业两年后,我又考入华东师范大学跟随陈勤建老师在文艺学专业攻读博士学位。之所以选择华东师范大学文艺学专业,就因为当时陈老师所导引的文艺民俗学方向。当然最初我只是将这一名词简单叠加在一起了,即"文学+民俗学"。由于硕士毕业后,我认定自己的研究方向就是民俗学,但在文学院工作,希望能让自己的专业融入本科教学。当然当时以我的视野与学术积累并未意识到这其实源于困扰民俗学的学科归属问题。1997年教育部学科调整,民俗学调整为从属于社会学的三级学科,其一级学科为法学,我当时只是从"小我"角度考虑到自己历史学本科学缘。目前来看,这似乎长期困扰着民俗学。我简单的想法就是,文艺民俗学满足我的需要,而且不会远离民俗。我也很幸运地如愿跟随导师学习。到上海的学习历程开启后,突然发现与硕士阶段的研究方法、思路与理念极为不同,兰州与上海的城市文化更是大相径庭。

陈老师是古典文艺批评出身,他最初从事《文心雕龙》的研究,后来在上海民间文艺家协会兼职工作,当时主持《采风》杂志。20世纪80

年代，在多学科交叉、新学科发展之时①，他积极推动文艺民俗学。他的学术渊源以及后来在日本的交流学习，让他对民俗有其独到之解。他期冀"在民俗和文艺学的结合点上，共同建构新视角、新方法和新理论"②。学习初始，我对他的理论导向尚无明确认知，只是沿袭硕士阶段研究，希望自己博士毕业论文能从事山西某一地域民俗文化事象的研究，这样调查方便，再加上在大学两年的从教经历，积累了田野经验。这一设想，让我对博士学业很乐观，似乎美丽的前景就在眼前。有了这一想法，就开始了各种倦怠，首先在阅读专业书籍上，不浪费"精力"，集中翻阅对所选课题"有用"的书籍，对于老师的博览群书要求置若罔闻，看到老师对于吴越鸟信仰③、稻作文化④等似乎开合很大的专业半径没有关注。直到老师在讲授他关于"民俗之民""民俗之俗"的阐释，尤其是他对于民俗知识与中华民族文化基因关联的论述⑤，他提出的民俗学之"民间"概念的流变吸引了我的注意力。而且当时陈思和教授也提出了"民间的沉浮"，他以"民间"为介质梳理当代文学史，以此我和陈勤建老师、刘颖博士合作撰写了20世纪民俗学视野下"民间"内涵、外延的变迁⑥，以此回应当时学界对于"民""俗"的讨论，并作为会议论文参加了2003年中国民俗学成立20周年的大会。会议上关于"民间""民"的讨论，2015年高丙中教授将其结集刊发。⑦ 这算是我撰写的第一篇关于民俗学学术史的文章，但尚未想过以学术史为选题方向。在谈论博士论文选题时，陈老师坚

---

① "文艺研究方法论问题"纳入"哲学社会科学'八五'（1991—1995年）国家重点课题规划"，此外，20世纪80年代各高校亦积极促进学科建设与学缘重构。参见拙文《文艺民俗学》，《民间文化论坛》2018年第3期，第125—128页；沈梅丽、陈勤建：《文艺民俗学：近三十年交叉研究走向》，《文艺理论研究》2014年第4期，第87—93页；王霄冰：《文艺民俗学理论新探》，《民间文化论坛》2021年第2期，第83—95页。

② 陈勤建：《文艺民俗学发生论》，《华东师范大学学报》（哲学社会科学版）1986年第6期，第72页。

③ 陈勤建：《中国鸟信仰：关于鸟化宇宙观的思考》，学苑出版社2003年版。

④ 陈勤建、王恬：《吴越民俗文化与吴越民间文学》，吉林摄影出版社2002年版。

⑤ 陈勤建：《20世纪中日民俗学学术倾向及前瞻》，《民俗研究》2001年第1期，第5—35页。

⑥ 毛巧晖、刘颖、陈勤建：《20世纪民俗学视野下"民间"的流变》，《华东师范大学学报》（哲学社会科学版）2004年第6期，第71—77、188页。

⑦ 高丙中：《民间、人民、公民：民俗学与现代中国的关键范畴》，《西北民族研究》2015年第2期，第145—153页。

持我最好不要局限于山西,这样的选题地域性太强,但博士论文更要思考的是普遍性意义,对接学界的主流问题。陈老师从事民俗学研究,在八九十年代曾到北京师范大学钟敬文先生处访学,他提到当时钟先生就希望有人对延安时期的民间文学进行研究;但是长期以来,没有人对此系统、全面研究。他认为我有条件,也能完成这一方向。瞬间我有点发懵,首先我已经不关心历史了,甚至忘记了自己本科是历史专业,倒是导师提醒我的本科教育,对此会有很大帮助,或许这就是老师吧,他更能从整体、全面了解你,甚至连你自己都忘记的因素,他都会考虑。其次,我觉得这一题目太"文学"了,我只是希望给自己的民俗学加上"文学"的修饰词,并非真要进入"文学圈"。最后,也是自己的懒惰之处,这个课题是全新的,一切要从头开始。在老师各种理由的说服下,我似乎也觉得这个题目适合自己。但真正开始之后,才知道这一选题远比想象的要难。记得有一次关于延安时期的学术讨论会上,有位老师提到,不接触延安的史料,你不会对这一时期文学有真正、深入地了解。在不知情者眼中,这一段似乎就是"简单""单一""政治"等字眼。按照老师的要求,我先计划到中国国家图书馆、中国艺术研究院图书馆、首都图书馆等地查找资料。记得自己走入中国艺术研究院图书馆,看到大量吕骥在鲁艺时期调查资料的油印本时,震惊,也很难过。大量的资料散落在角落里,落满灰尘,没有整理的油印本很多已经破损。看着当时的资料,感慨对于学术遗产研究不足的同时,慢慢开始感恩自己能有机会接触这一段尘封的历史。同时也走访了这段时期的亲历者贾芝先生,翻阅了他 20 世纪三四十年代的日记。在片段资料搜集、整理中,逐步开始感悟到学术史对于学科的意义。2004年 12 月,陈老师推荐我前往日本神奈川大学进行交换学习,遇到日本爱知大学周星教授,他对于民间、民具、民艺的考察与理论亦触动我,包括在日本国立民俗博物馆考察和柳田文库的参观,更是认识到中国民俗学学术史、民间文学学术史研究之不足。

  博士论文的完成,有很多不尽人意之处,这既是博士论文的惯有表述,但也确实是博士论文完成后内心真实的懊恼,不知道其是不是有共性,当时就觉得如果自己能再努力一些,如果再延长一个月的时间,自己会做得很好,往往都是写完结语后,才发现,突然思路开始清晰了。尤其是当时特别想梳理延安时期民间文学与《歌谣》周刊发刊词所提倡的

"学术的"和"文艺的"两个目的①之间的关系。

或许强扭的瓜也会甜吧！在蹒跚前行中，开始热爱上了这种爬梳。至今都回响在我脑海里的是，答辩当天，我无精打采顺着 PPT 读的同时，突然却冒出了一句"强扭的瓜有时候也甜"。后来在导师评议中，复旦大学郑元者教授说，你脱离了 PPT 后，说得最好。估计因为是肺腑之言吧。之后自己开始给学术方向贴上了"学术史"标签。因为这一标签，我倒是没有意识到，自然也就无法接受陈老师关于"普遍性意义"的理论思考，只是认为以前的方向注重田野调查，现在所选择的以"文本"为主，同时发挥自己"田野"优势，这样超越一般文学史的研究。恰恰没有思考，区域民俗与解放区民俗之间的分野与聚合，而这也是当下民俗学经常混淆或不予深究之处，比如"都市传说""当代传说"等研究，是传说学新的分支，还是他们只是修辞意义？② 这一与老师理论诉求的擦肩而过，让我在博士后期间有了弥补的机会。

我人生第一次，做了回将理想付诸实践之事，"延安时期解放区民间文学"是导师"命题"，但"强扭"的瓜并未随着博士毕业而蒂落。我希望能进一步完善延安时期民间文学不同文类的研究，做类似于洪长泰对于盲艺人韩起祥的研究③，探究经典文本《王贵与李香香》等的撰写过程，并进行实地回访，将其与当时流传于三边地区的民歌进行比较④，因此选择继续从事博士后研究。这恐怕也是我开始专业追求的真正开端。

三　学缘交叉：开阔视野与能力提升

如果博士毕业就停止学习的话，我不知道自己目前在干嘛，也不知道自己是否还会像今天这样在专业领域继续前行。这倒不是说每个人都要有

---

① 《发刊词》，《歌谣》周刊第 1 卷第 1 号，1922 年 12 月 17 日。
② 2018 年 11 月 16 日在中央民族大学硕士研究生课堂上，讨论扬·哈罗德·布鲁范德著《消失的搭车客：美国都市传说及其意义》（李扬、王珏纯译，生活·读书·新知三联书店 2018 年版）一书时，受到中国社会科学院少数民族文学系博士生张建军启迪，特此致谢！
③ Changtai Hung, Reeducating a Blind Storyteller: Han Qixiang and the Chinese Communist Storytelling Campaign, *Modern China*, 1993 (4), pp. 395 – 426.
④ 之后笔者撰写完成了《民间文学与作家文学——以〈马五哥与尕豆妹〉和〈王贵与李香香〉的对比分析为例》（载《民族文学研究》2008 年第 3 期，第 25—30 页）。

漫长的学习时间，但对于专业意识萌生较晚的人，博士后期间遇到郑元者教授这样治学严谨，兼跨美学、艺术人类学、民间文学多学科的学者令我受益终生。

博士毕业后，我申请了复旦大学中文系新成立的艺术人类学与民间文学专业方向的博士后，跟随郑元者教授继续学习（尽管博士后是合作研究，但我更愿意用"学习"）。郑元者教授《艺术之根——艺术起源学引论》① 从"历史优先原则"探讨艺术的起源，他所提出的独特的"W_1—H—W_2"艺术起源问题环的概念以及艺术起源研究的重要基础问题，即因果问题和情境问题等是国内较早从艺术人类学视野审视艺术的思考。② 后来他在艺术人类学理论的建构上更是表现了自我独特的追求，较早意识到原初艺术人类学仅限于对无文字小型社会考察的局限性，提倡将研究视野扩充到"全景式的人类艺术景观"的审视，并以"寻求对艺术和人生的真理作出自己的理解"为理论诉求。③ 同时他关注学术思考的问题链，提出了问题阐释存在着三个层面，即自相关、有关相关和无关相关。④ 他在学术史梳理中一再提醒我要关注如何梳理出民间文学学术史、思想史发展过程中的"中国问题、中国话语"，并在此基础上思考如何形成适合于此的"中国理论"。⑤ 他的思考恰是对21世纪初期各个学科理论、话语本土化的回应，而他的启迪让我开始重新梳理博士期间对于民间文学学术史的理论起点。他的理论思路"文艺学"色彩显著，但其背后更多是对打破时空区隔的思想索道之追逐。他的理论对于美学零起点的我接受起来很艰难，很多理论夹生吸纳，现在依然能看到其薄弱之处，但这段美学、艺术人类学学科的学习让我具有了跳出单一民间文学视野与理论的储备。

我开始尝试"长阶段"研究，将研究拓展为"20世纪下半叶中国民间文艺学思想史论"。对于到底是"学术史"还是"思想史"，也是挣扎

---

① 郑元者《艺术之根——艺术起源学引论》，湖南教育出版社1998年版。
② 参见2000年第6期《文艺研究》对于《艺术之根——艺术起源学引论》的推介。
③ 参见郑元者《中国艺术人类学：历史、理念、事实和方法》，《杭州师范大学学报》（社会科学版）2007年第6期，第87—91页。
④ 参见郑元者《中国艺术人类学：历史、理念、事实和方法》，《杭州师范大学学报》（社会科学版）2007年第6期，第87—91页。
⑤ 郑元者：《中国问题、中国话语与中国理论》，《杭州师范学院学报》（社会科学版）2004年第6期，第54—55页。

很久，生硬地啃完曼海姆的著作，再加上当时葛兆光、汪晖等诸位先生思想史著作问世，亦受到"问题史"等新史学方向的影响，尤其是赵世瑜《眼光向下的革命——中国现代民俗学思想史论（1918～1937）》一书围绕问题史构筑学术史的启迪，终于在原初的预想基础上有了提升①，可能与郑元者教授最初预设"民间文学文学性"的探索还有很大差距，但是对我个人的学术而言，这次算是自我选择与学术引领人的提升共同发力。自此在这一方向上前行，到今天依然没有达到郑元者教授的要求，但总是安慰自己，至少我一直在努力。而这一视野的交叉与提升，让我在数年后申请国家社会科学基金项目"国家话语与民间文学的理论建构（1949—1966）""新中国70年少数民族民间文学学术史研究"时，尝试用全局视野观照特定时段的学术发展，而其意义恰在于其对于学科思想轨迹的理论价值。这也与当下民俗学领域的村落研究反思异曲同工。目前正在完成的北京市宣传部重点课题"北运河流域民俗文化普查活动及民俗志编纂"②，对此有了进一步的贯彻与思考。课题组在讨论这一课题撰写时，同样遇到了如何打破传统村落民俗志的范式，而其背后思考的恰是突破民俗学的村落研究，这也是当下民俗学领域探索与思考之处。打破村落局限，突出"流域"特色成为课题推进的方向。③ 这些尝试让我开始进一步深化打破"时空"区隔的学术认知。貌似不相连的"延安时期解放区民间文学""20世纪下半叶中国民间文学思想史""1949—1966年民间文学学术史""新中国70年中国少数民族民间文学学术史研究"及《北运河民俗志》等，其背后的理念则有着一致性，这些都受益于多年来少数民族民间文学、文艺民俗学、艺术人类学与民间文学等多学科理论视野的交融。

　　对于我的学术历程，大家看到后一般第一句都要说，"你去了好多地方啊？"熟悉了的朋友就会开玩笑"读个书都要换这么多地方，你可真是

---

① 参见赵世瑜《眼光向下的革命——中国现代民俗学思想史论（1918～1937）》，北京师范大学出版社1999年版，第2—5页。
② 此课题为北京市宣传部重点项目，由北京市文联、北京市民间文艺家协会承办，北京市民间文艺家协会委托我负责，项目批号：京财科【2018】86号。
③ 2018年11月4日，课题组成员中央民族大学张青仁、袁剑、王卫华，中国科学院自然史研究所博士后王文超，北京师范大学古籍所在读博士瞿丹，中国社会科学院民族学与人类学研究所在读博士王京就这一问题进行了深入讨论，很受启迪。特此致谢！

一个喜欢玩的人"。我最初只是笑笑，也从来没做过深入思考，感觉与自己的人生境遇有关。如果我不在高校工作，可能不会继续读博士，因为我毕竟不是一个那么努力用功的人。但当静心思考后，慢慢觉得或许看似随意的专业选择，课题认领，其中有着某种必然。尤其是从硕士、博士、博士后不同阶段，不同老师的教授，让我学习、了解了不同学科的研究范式；即使在同一学科，不同的学术取向在我内心也产生了碰撞。当时可能并未感悟其背后的学科理念与研究思路，但在后来，正是在多学缘的吸纳中，开始了如本尼迪克特·安德森所说的"椰壳碗外的人生"①。而我也是在对不同学科视野学习、吸纳后，意识到了先生们对于学术的共同追求，同时也兼顾了彼此的不同，当然诸位先生的优长，各学科的研究范式，可能需要我尽一生的精力去吸纳与内化。但我希望能通过自己的学习经历与个人得失经验分享，让很多与我有类似学术背景的朋友为鉴。

附记：此文曾刊发于《民族艺术》2019年第4期，进行修订后作为本书代后记，希望与更多人分享对中国民间文学学术史关注的缘起与研究的推进过程。本书是在国家社会科学基金青年项目"国家话语与民间文学的理论建构（1949—1966）"成果基础上修订而成，有些章节撰写时间较早，后来自己在研究中对一些材料和观点都有修正，但为了保持全书的一致性，没有进行修改。

在课题完成过程中，得到了众多师友及工作单位中国社会科学院民族文学研究所领导与同事的帮助与支持。在此一并谢过！此书很有幸得到中国社会科学院创新工程的出版资助，感谢在申请资助过程中给予帮助的各位，感谢外审专家对书稿的修订意见，感谢中国社会科学出版社张林女士的细心编辑与校订。

此书撰写与修订的过程，恰逢家母生病，我很多时候处于一种无奈、焦躁与绝望的情绪中。每每心情糟糕，无法继续工作的时候就会想到母亲要强与坚韧的性格，也借此鼓励自己前行，同时安慰自己，母亲可能更愿意看到的是女儿平稳的工作与生活吧。感恩在母亲生病期间，身边所有亲人、朋友的帮助！

---

① [美]本尼迪克特·安德森：《椰壳碗外的人生》，徐德林译，上海人民出版社2018年版。